Dreisbach · Gott ließ mich nie allein

Elisabeth Dreisbach

Gott ließ mich nie allein

Biographie

Mit einem Nachwort von Martl Lang

CHRISTLICHES VERLAGSHAUS
STUTTGART

ABC team

ABCteam-Bücher erscheinen in folgenden Verlagen:

Aussaat Verlag Neukirchen-Vluyn
R. Brockhaus Verlag Wuppertal und Zürich
Brunnen Verlag Gießen und Basel
Christliches Verlagshaus Stuttgart
Oncken Verlag Wuppertal und Kassel

Beinhaltet die beiden Bücher „...als flögen wir davon" und „...aber die Freude bleibt"

Die Deutsche Bibliothek – CIP-Einheitsaufnahme

Dreisbach, Elisabeth:
Gott ließ mich nie allein / Elisabeth Dreisbach. – Neuaufl. – Stuttgart : Christliches Verl.-Haus, 1996
(ABC-Team)
ISBN 3-7675-1605-5

Umschlaggestaltung: Dieter Betz, Weissach
Gesamtherstellung: Druckhaus West GmbH, Stuttgart
ISBN 3-7675-1605-5

Vorwort

Elisabeth Dreisbach starb am 14. Juni 1996 im Alter von 92 Jahren. Aus diesem Anlaß legt der Verlag ihre Autobiographie in neuer Fassung vor.

Gott ließ mich nie allein ist die ergänzte Ausgabe von *...als flögen wir davon* und *...aber die Freude bleibt.*

Elisabeth Dreisbach wollte in ihren Büchern unterhaltsam von Gott reden, sie wollte die »Frohe Botschaft« weitertragen, das Evangelium in anderer Form vermitteln. Das macht ihre Bücher bei ihren Leserinnen und Lesern seit Jahrzehnten so überaus beliebt.

Wie reich ein Leben sein kann, das im Dienst Gottes steht, wird uns in ihrer Biographie eindrücklich vor Augen geführt:

> die fröhliche Kindheit, geborgen in der Liebe der Eltern, in der lustige Streiche und heitere Erlebnisse nicht fehlten;
> ihre Jugendzeit, überschattet von langer Krankheit;
> später der Dienst in der Heilsarmee;
> bald wird sie »Mutter« vieler heimatloser Kinder, die sie aufnimmt und versorgt – das »Berghaus St. Michael«, ein weithin bekannt gewordenes Kinder- und Erholungsheim, ist eine Frucht dieser Arbeit.
> Neben aller Aufbauarbeit hatte sie nie ihr schriftstellerisches Engagement aus den Augen verloren.
> Als Mensch, der Überraschungen liebte und immer den Mut zum Wagnis hatte, heiratete sie mit fast 70 Jahren und führte eine glückliche Ehe bis zu ihrem Tode.

Elisabeth Sauter-Dreisbach vermochte täglich von ihrem Glück zu reden, und sie verstand es, auch andere glücklich zu machen. Das war das Geheimnis ihres Lebens. Aus ihrer tiefen Gottesbeziehung hat sie Glauben und Ermutigung geschöpft und konnte deshalb sagen: *Gott ließ mich nie allein.* Dies ihren Leserinnen und Lesern zu vermitteln, ist die Aufgabe der vorliegenden Autobiographie.

Der Verlag

…als flögen wir davon

Zum Geleit

Auf meinen vielen Vortragsreisen wurde ich immer wieder gebeten, aus meinem Leben zu erzählen. Wenn ich es tat, und es geschah im Laufe der letzten Jahre oft, dann nicht deshalb, weil ich mir einbildete, so Außergewöhnliches erlebt zu haben, daß andere ein besonderes Interesse daran gewinnen könnten; sondern weil ich je länger desto mehr erkenne, wie wunderbar die Führungen Gottes in meinem Leben waren und noch sind, und weil ich meine, diese Erfahrungen könnten dem einen oder anderen eine Hilfe sein.

Damit niemand denkt, ich wolle dabei in erster Linie von mir und meinem Tun reden, fasse ich das Thema dieser Abende in die Worte: »Führungen Gottes in meinem Leben.« Ich meine, damit käme von vorneherein klar zum Ausdruck, daß es um Gottes und nicht um meine Sache geht – obgleich es mir natürlich nicht erspart blieb, persönliche Entscheidungen zu treffen. Ob sie immer richtig waren? Es wäre vermessen, wollte ich dieses unbedingt in jedem Fall mit einem Ja beantworten. Eins aber ist sicher: Ich weiß von Ruf und Führung.

Wer sensationelle Geschehnisse zu lesen hofft, legt am besten gleich das Buch wieder aus der Hand. Es ist alles sehr schlicht, was ich niederschreibe – aber im Wissen um die oft überwältigenden Führungen Gottes wird das Schlichte groß und läßt in uns ein anbetendes Staunen und Wundern zurück.

Eine Zeitspanne von beinahe sechzig Jahren wird das Buch umfassen. Ist das eine lange Wegstrecke? – »Als flögen wir davon« heißt es im 90. Psalm. Je älter ich werde, desto mehr frage ich mich: Wo ist die Zeit geblieben? – In der Tat: Wie im Flug ging sie dahin! Wesentlich bleibt, daß dieser Flug ein Ziel – nein, das von Gott gesetzte Ziel hat. Wohl uns, wenn wir darauf zustreben!

So will ich nun erzählen, und ich freue mich, noch einmal die Wege meiner Kinder- und Jungmädchenzeit zu durchwandern, die gesammelten Erfahrungen, seien sie froher oder betrüblicher Art, rückblickend aufs neue vor mir erstehen zu lassen, all die vielen Orte, in die mich meine Arbeit führte, noch einmal aufzusuchen, allerlei Menschen, die mir an den Weg gestellt wurden, wieder zu begegnen – und am Ende wird es mir klar sein, noch mehr als jetzt, da ich dies Buch beginne, daß alles, Freude und Leid, Erfolg und Mißerfolg, Verzicht und Erfüllung, meiner inneren Reife zu dienen hatte und ich nur zu danken habe.

Elisabeth Dreisbach

Es ist nicht unwesentlich, in welches Erdreich ein Baum seine Wurzeln senkt und aus welchem Boden man seine Kräfte zieht. So muß ich zuerst von meinen Eltern berichten. Sie waren beide bewußte Christen – fröhliche Christen, die nicht nur das Evangelium verkündeten, sondern es auch auslebten. Es fiel uns Kindern nicht schwer, an ihr Christentum zu glauben. Nie wäre uns ein Zweifel daran gekommen. Ich liebte und bewunderte meine Eltern – aber daß sie äußerlich so ganz anders waren als alle anderen Menschen, das hat mir in meinen Kinderjahren manche Not bereitet. Ich war ein mitteilsames Kind, und es gab nichts, was ich meinen Eltern nicht anvertraut hätte. Aber darüber konnte ich in all den Jahren meiner Kindheit nicht zu ihnen sprechen. Vielleicht hatte ich das Gefühl, ihnen damit Schmerz zuzufügen, und das wollte ich auf keinen Fall.

Daß mein Vater ein Reichsgottesarbeiter war, störte mich nicht. Dafür hatten uns unsere Eltern diesen Dienst zu sehr als Würde und Vorrecht hingestellt. Wäre er doch Pfarrer oder Prediger gewesen oder Missionar – aber Heilsarmeeoffizier? Daß er und meine Mutter diese Uniform trugen, nach der sich alle Leute umschauten! Daß ich es mit anhören mußte, wenn Kinder ihnen nachschrien: »Heilsarmee hat Läus und Flöh!« Ob meine Eltern nicht ahnten, wie furchtbar mir das war? Erst viele Jahre später habe ich begriffen, daß sie dieses Kleid als ein Zeugnis und Bekenntnis trugen. Als Schulmädchen habe ich jedoch manches Mal einen Umweg gemacht, um ihnen auf dem Heimweg nicht begegnen zu müssen. Aber einmal – ich werde noch heute schamrot, wenn ich mich daran erinnere – geschah es doch, daß mein Vater, natürlich in Uniform, in die gleiche Straßenbahn einstieg, die mich von der Schule nach Hause brachte. Er strahlte über sein ganzes Gesicht, als er mich sah. Ich aber stand in großer Verlegenheit auf und ging auf die hintere Plattform. Meine Schulkameradin fragte mich: »Ist das nicht dein Vater?« – Und ich brachte es fertig zu sagen: »Nein!«

Ich war damals etwa elf Jahre alt. Noch jetzt weiß ich, wie

ich plötzlich in meinem Inneren zu hören vermeinte: »Du bist wie Petrus, der den Heiland verleugnete!« Kein Mensch ahnte, wie unsagbar unglücklich ich war. Noch am gleichen Abend bekannte ich es meinem Vater. Schluchzend warf ich mich an seine Brust. »Papa – ich habe etwas Furchtbares getan!« Und dann erzählte ich ihm die schreckliche Geschichte. Nie werde ich vergessen, mit welch unendlich traurigem Blick er mich ansah. Dann aber hat er mir verziehen, und es war alles wieder gut.

Der Dienst für Gott galt meinen Eltern als Höchstes, und mehr als vierzig Jahre erfüllten sie Seite an Seite den Auftrag, den sie als Berufung ihres Lebens erkannt hatten. Ob mein Vater getreu dem Grundsatz der Organisation, der er angehörte, den Schlimmsten und Verkommensten nachging, ob er als Leiter der Kadettenschule Unterricht gab, ob er in Hamburg zur Cholerazeit tatkräftig zugriff oder Gefangene in den Gefängnissen besuchte, ob er mit einer kleinen Schar Heilsarmeeleute in die Wirtschaften der Hamburger Unterwelt ging, um durch evangelistische Lieder und das gedruckte Wort Menschen vom Abgrund zurückzurufen, oder ob er als Divisionsleiter vor Hunderten von Menschen sprach – immer war es ihm darum zu tun, der Frohen Botschaft Raum zu schaffen.

Meine Mutter stand ihm dabei tatkräftig zur Seite. Sie war eine geistvolle Frau, die über eine außerordentliche Redegabe verfügte, viel las und sich für alle Lebensgebiete interessierte. Sie hat viele Lieder gedichtet und manchen Artikel geschrieben. Die Schilderungsgabe habe ich sicherlich von ihr geerbt, während ich vom Vater vielleicht ein Stück seines Organisationstalents mitbekommen habe.

Obgleich unsere Eltern viel auf Reisen waren und wir durch die Versetzungen meines Vaters oft den Wohnort und damit auch die Schule wechseln mußten, hatten meine Geschwister und ich doch eine frohe und sonnige Kindheit. Die Eltern nahmen sich neben ihren vielerlei Aufgaben Zeit für uns. In den Ferien fuhren sie mit uns aufs Land zu den

Verwandten. Wenn auch manches Verbot über unserer Jugend stand – wir durften zum Beispiel nie auf einen Rummelplatz oder an einem Volksfest und seinen Belustigungen, wie Karussellfahrten und dergleichen, teilnehmen –, so wurde uns durch unsere Eltern andererseits viel Schönes geboten.

Nicht nur äußerlich waren die Eltern sehr verschieden, sondern auch in Wesen und Temperament. Der Vater war ein Riese von Gestalt, die Mutter so klein und zierlich, daß sie unter seinem ausgestreckten Arm stehen konnte. Der Ehering meiner Mutter hatte in dem meines Vaters Platz. Als er einmal von einer Reise zurückkam und erklärte, daß er sich unterwegs bei einem uns bekannten Schuhfabrikanten ein Paar Schuhe gekauft habe, waren wir Kinder fast ein wenig entrüstet, daß er unserer Mutter keine mitgebracht hatte. Als wir aber seinen Koffer auspackten, stimmten wir ein fröhliches Geschrei an: In seinen neuen Schuhen fand sich ein Paar für unsere Mutter. Er trug Schuhgröße 48 – sie 37. Erst mit den Jahren erkannte ich, welch »große« Frau meine Mutter trotzdem war.

Nicht immer waren die Eltern gleicher Meinung. Wo wäre auch das der Fall? Es soll mir niemand sagen, daß man solches irgendwo fände – auch nicht in bewußt christlichen Familien. Es wäre ja auch langweilig. Mir scheint es darauf anzukommen, daß man die Meinung des anderen zumindest respektiert, wenn man auch glaubt, sie nicht bejahen zu können. Es muß nicht unbedingt ein ausgewachsener Streit daraus werden. Jedenfalls habe ich nie erlebt, daß meine Eltern eine Meinungsverschiedenheit mit in den anderen Tag nahmen. Ich sehe meinen großen, gütigen Vater vor mir, wie er seine Hand meiner Mutter entgegenstreckte: »Komm, Mama, laß uns gut miteinander sein.« Und immer legte sie ihre Rechte in die seine, und alles war in Ordnung.

Ich kann mich auch nicht erinnern, von meinen Eltern je eine Unwahrheit gehört zu haben. Wie wahr ist es, was jene beiden kleinen Mädchen sagten, die mit klappernden Schultaschen auf dem Rücken von der Schule heimwärtszogen, keine älter als sieben Jahre. Ich hörte ungewollt ihr Gespräch mit an.

»Eine rechte Mutter lügt nicht«, sagte die eine, und die andere antwortete: »Und wenn sie lügt, dann ist es keine rechte Mutter.« – Welch kindliche Logik! Wir Kinder wurden nicht gestraft, wenn wir aus Unvorsicht eine Vase oder gar eine Fensterscheibe zerbrachen, aber einer Unwahrheit folgte ernste Strafe.

Mein Vater hatte die schöne Gewohnheit, Nichtanwesende zu verteidigen. Wenn wir manches Mal über irgend jemand »herzogen«, sah er uns ernst an und fragte: »Würdet ihr den Mut haben, in Gegenwart derer, über die ihr jetzt redet, dasselbe zu sagen?« Eines Tages bastelte er ein »Sünderglöckchen«. Das war ein kleines Kapellendach aus Baumrinde. Darunter hing eine Glocke und unter ihr ein Spruch:

Willkommen sei uns jedermann,
der über andere schweigen kann.
Wer Böses über andere spricht,
entgeht dem Sünderglöckchen nicht.

Wenn dann andere kritisiert wurden, dann stand mein Vater wortlos auf und läutete das Sünderglöckchen. Das war sehr beschämend und ließ uns rasch verstummen.

Auf meinen Reisen gewann ich im Lauf der Jahre inzwischen immer mehr den Eindruck, daß in manchem Haus – auch in christlichen Familien da und dort – ein solches Glöckchen angebracht wäre. Einige Male hat man auch an mich geschrieben und mich um den Vers vom Sünderglöckchen gebeten, den ich etwa in einem Vortrag zitiert hatte.

Ich war das einzige Mädchen unter drei Brüdern, nachdem meine kleine Schwester Debora früh gestorben war. Meine allererste Lebenserinnerung ist ihre Beerdigung. Ich saß in einem weißen Mäntelchen auf dem Schoß meiner Mutter in einer Droschke. Meine Mutter weinte. Ich begriff nicht warum. Vorne in der Droschke stand hinter einer Glasscheibe ein weißer Kasten. Ich hatte natürlich keine Ahnung, daß es ein Kindersarg war. Auf dem Friedhof – daran erinnere ich mich nicht mehr – soll ich mich sehr schlecht benommen haben. Ich wollte unbedingt auf den Arm meines Vaters gehoben werden, der dies aber ablehnen mußte, weil er die Beerdigung seiner kleinen Tochter selbst leitete. Dem Vernehmen nach bin ich in jener Zeit überhaupt des öfteren »unmanierlich« gewesen. Meine Mutter hat mir erzählt, daß ich bei einem großen Gemeindeausflug, an dem ein paar hundert Menschen teilnahmen und den mein Vater ebenfalls leitete, aus diesem Grund unter Einsatz von zehn Pfennig »etwas hinten drauf« bekommen hätte. Es ging so zu: Wir fuhren mit dem Schiff von Hamburg an irgendeinen Ausflugsort. Auf dem Dampfer fand mein Vater keine Zeit, sich um mich zu kümmern. Das kränkte mich. Ich war nicht gewohnt, von ihm derartig übersehen zu werden, und quengelte unaufhörlich. Als alles liebevolle Zureden, Ermahnen und auch jede Strafandrohung ohne Erfolg blieben, nahm mich meine energische Mutter kurz entschlossen bei der Hand und suchte mit mir den Ort auf, dessen Türe sich nur nach Einwurf eines Zehnpfennigstückes öffnete. Dort brachten mich einige gehörige Klapse offenbar zur Vernunft.

Auf die Frage, was ich einmal werden wolle, antwortete ich stets, ohne mich lange besinnen zu müssen: »Mutter will ich werden und viele Kinder haben!« Später, als ich die Zusammenhänge begriff, stand es bei mir außer Frage, daß ich einmal heiraten würde, weil ich nicht ohne Kinder sein wollte. Immer war ich umringt von einer Schar Mädchen und Buben. In jeden Kinderwagen mußte ich die Nase stecken, und es ist einige Male geschehen, daß ich völlig verwahrloste Kinder einfach mit nach Hause nahm, ihnen ein Bad richtete und sie von Kopf bis Fuß mit meinen eigenen Sachen frisch einkleidete. Nie hinderte mich meine Mutter an solchem Tun. Eine Zeitlang wünschte ich mir zum Geburtstag Kinderwäsche und Kleidchen, um mein »Sozialwerk« betreiben zu können.

Ich sehe mich jetzt noch als Schulmädchen des Sonntags einen Leiterwagen ziehen, in dem ich vier, fünf kleinere Kinder sitzen hatte, die ich zur Sonntagsschule mitnahm. Links und rechts neben dem Wagen trippelten auch noch einige. Ich sammelte diese Kleinen aus der Nachbarschaft und leitete die Gruppe der Vorschulpflichtigen im Kindergottesdienst bereits, als ich selbst noch zur Schule ging. Gehorchten sie nicht, so konnte ich mitten auf der Straße mit meinem Gefährt stehenbleiben, eins oder das andere aus dem Wagen heben, es durchhauen, dann mit Nachdruck wieder in den Wagen hineinsetzen – und weiter ging's.

Mutter, nichts anderes, wollte ich einmal werden.

Einmal hatten mich meine Eltern mitgenommen zu einem Missionsgottesdienst, in dem auch über die Not der vielfach unerwünschten kleinen Mädchen in Indien gesprochen wurde. Ich war damals etwa neun Jahre alt. Heiß stieg der Wunsch in mir auf, diesen Kindern zu helfen. Das mußte sich doch mit meinem Muttergedanken verbinden lassen. Zu Hause angekommen, sagte ich: »Mama, jetzt weiß ich ganz genau, was ich werden möchte.«

»Nun?« fragt sie.

»Missionarin, damit ich den armen Kindern helfen kann.«

Die Antwort der Mutter war sehr ernüchternd, aber so unzweideutig, daß ich sie bis zum heutigen Tage nicht vergessen habe.

»Ich bin ganz damit einverstanden, daß du Missionarin wirst«, erwiderte sie, »aber es scheint mir vor allem wichtig, daß du erst einmal dein augenblickliches Missionsfeld kennenlernst.« Und sie drückte mir ein Staubtuch in die Hand.

Schon damals las ich leidenschaftlich gerne. Mußte ich der Mutter bei irgendeiner Arbeit zur Hand gehen – und es war selbstverständlich, daß sowohl meine Brüder als auch ich von klein auf zur Mithilfe im Haushalt herangezogen wurden –, so trug ich gewiß unter der Schürze versteckt ein Buch mit mir herum. Sollte ich im Wohnzimmer staubwischen, so kam ich gewöhnlich nur bis zum Bücherschrank. Dort griff ich mir irgend etwas, von dem ich glaubte, es zu verstehen. Dann saß ich in meine Lektüre vertieft und vergaß die Umwelt samt meinem Auftrag völlig.

Ja, meine Mutter wußte es schon, warum sie von mir forderte: »Lerne erst einmal dein augenblickliches Missionsgebiet richtig kennen.« Wie oft hat sie gesagt: »Jede Arbeit, die wir tun, muß ein Gottesdienst sein. Nur dann macht sie uns froh.«

Eigentlich wollte ich immer gerne ein gutes Kind sein, und es bereitete mir manche Not, daß es mir so schlecht gelang, meine Vorsätze zur Tat werden zu lassen. Vor allem das Streiten mit meinen Brüdern! Jeder von uns wollte bestimmen! Der eine, weil er der Älteste, der andere, weil er der Jüngste, ich, weil ich das einzige Mädchen, und der vierte, weil er weder das eine noch das andere war. Wie die Kampfhähne gingen wir oft aufeinander los – aber wenn wir von fremden Kindern angegriffen wurden, hielten wir wie die Kletten zusammen. Hundertmal hatte ich mir vorgenommen, mich nicht mehr zu zanken, aber höchstens zwei Tage gelang es mir. Dann ging mein Temperament wieder mit mir durch.

Schlimm war das auch bei dem abendlichen Erzählen. Wir lagen alle vier im Kinderschlafzimmer. Einer meiner Brüder war ein ausgezeichneter Erzähler von selbsterfundenen, oft schauerlich-schönen Geschichten. Aber ob es sich um Räuber, Prinzen, Raub- oder Kreuzritter handelte – immer waren die Männer im Vergleich zu den in den Geschichten vorkommenden Frauen oder Mädchen in der Überzahl. Das kränkte mich ungemein. War es nicht schlimm genug, daß es bei uns tatsächlich so stand? Eine gegen drei! Ich war überzeugt, daß mein Bruder solch ungerechte Anordnungen in seinen Erzählungen nur traf, um mich zu reizen. Mein heftiger Protest führte höchstens dazu, daß mir ein Kopfkissen ins Gesicht flog. »Wenn du nicht sofort still bist, erzähle ich so leise, daß du überhaupt nichts verstehst!« Und wirklich, die spannende Geschichte wurde in lächerlichem Flüsterton fortgesetzt.

Das aber war mehr, als ich ertragen konnte. Das bedeutete

ebensoviel wie ausgestoßen sein aus der Gemeinschaft. Nach wenigen Sätzen bettelte ich: »Nimm meinetwegen so viele Männer, wie du willst, aber erzähle so, daß ich es auch verstehen kann.«

Obgleich wir bis dahin nie ein Schauspiel und auch noch keinen Film gesehen hatten, war unsere liebste Beschäftigung »Theaterspielen«. Da saß ich etwa oben auf dem Fußteil meines Bettes im weißen, selbst entworfenen Gewand – einem Leintuch –, den langen blonden Zopf aufgelöst, so daß mir die Haare über den Rücken fielen (mein großer Kummer war, daß ich keine Locken hatte und es mir nicht erlaubt wurde, solche zu drehen), kämmte mich mit einem Metallkamm (sie kämmt es mit goldenem Kamme und singt ein Lied dabei) und stellte so die Lorelei dar. Einer meiner Brüder begleitete mein Singen auf dem Klavier, der andere saß zu meinen Füßen in einem Waschzuber und ruderte im Takt mit einem großen Kochlöffel. Jeder wußte, daß er der schmachtende Jüngling war, der im Rhein um die bezaubernde Jungfrau, die Lorelei, herumschwänzelte. Der dritte Bruder hatte genug damit zu tun, sämtliche Blumentöpfe und Blattpflanzen von Fensterbänken und Balkon herbeizutragen, die dem Bild nicht nur den malerischen Rahmen zu geben hatten, sondern auch das Schlinggewächs darstellen mußten, das, am Fuße des Felsens sich ausbreitend, den wehmütig schluchzenden und liebeskranke Seufzer ausstoßenden Jüngling heimtükkisch in die Tiefe zog. Publikum: Mutter und Haustochter, eventuell auch die zu Besuch weilende Großmutter. Eintritt: 10 Pfennig.

Ja, die Oma! Sie hat mir damals frühen Untergang prophezeit. Es war um jene Zeit Sitte, daß kleine Mädchen täglich eine Anzahl Reihen zu stricken hatten. Immer, wenn sich meine Großmutter zu Besuch anmeldete, fing ich ein neues Strickzeug an. Aber die kluge Oma hatte, obgleich sie eine Brille auf der Nase trug, scharfe Augen. »Es ist etwas Eigenartiges um dein Strickzeug«, sagte sie. »Es wächst überhaupt nicht.« Dann stellte sie mir verschiendene meiner Kusinen als

Vorbild hin. »Du müßtest einmal sehen, wie schön die strikken, nähen und sticken können. Wenn du so weitermachst, wird nie etwas aus dir. Das sehe ich kommen!«

Ich war mir der Tatsache durchaus bewußt, daß ich einige außerordentlich tüchtige Basen hatte. Keine von ihnen aber besaß wie ich drei Brüder. Ich konnte diese doch unmöglich in die Straßenkämpfe gegen die Jungen benachbarter Viertel ziehen lassen, ohne dabei zu sein. Und weil damals noch keine Flintenweiber zugelassen waren, meldete ich mich beim »Roten Kreuz« – wobei ich Direktion, Oberin und Hilfsschwester zugleich war. Ein steifer Kragen meines Vaters, auf den meine Brüder ein fesches rotes Kreuz malten, wurde mir kunstgerecht auf den blonden Kopf placiert, und nun ging es in die Schlacht. Ich durfte dabei sein. Mein bereits recht ergrautes, ehemals weißes Strickzeug lag in irgendeiner Schublade. Mußte sich da die Prophezeiung meiner Großmutter nicht erfüllen? Das konnte ja niemals gutgehen! Ich wundere mich, daß ich heute Freude an schönen Handarbeiten habe. Damals jedenfalls vermochte ich keine Geduld dafür aufzubringen. Im Handarbeitsunterricht war ich eine glatte Null. Ich erinnere mich, daß wir in der Schule einmal von Hand ein schrecklich langes Hemd – es reichte mir bis an die Knöchel – aus grobem Leinen nähen mußten. Dabei glich meine Seitennaht – Trüllnaht hieß sie – einem schwarzen Regenwurm. Wie das kam, ist mir heute noch unerklärlich. Da war es doch schöner, Rotkreuzschwester im Schlachtgetümmel zu sein!

Heute, nach zwei hinter uns liegenden grauenvollen Kriegen, bin ich entsetzt, wenn Kinder Krieg spielen, und nie würde ich einem Jungen ein Gewehr oder einen Spielrevolver kaufen. Damals, zur Zeit Kaiser Wilhelms II., wurden wir zum schrankenlosen Patriotismus erzogen. Wir trugen zu Kaisers Geburtstag schwarzweißrote Haarschleifen in den Zöpfen. An diesem Tag, dem 27. Januar, hatte man schulfrei, nachdem alle Klassen in der Aula zu einer Feierstunde zusammengekommen waren. Bei einer solchen Gelegenheit

– ich war etwa neun Jahre alt – habe ich mein erstes selbstgemachtes Gedicht vortragen dürfen. Ich weiß nur noch, daß es begann: »Die Fahnen heraus!« Ach, wieviel Gedichte und Lieder hatten in den folgenden Jahren ähnliche Anfänge. Aber all diese Fahnen wehen nicht mehr...

»Die Kinder müssen den Kaiser sehen!« sagte mein Vater eines Tages, als es hieß, er käme nach Süddeutschland. Wir lebten damals in Stuttgart. Der Bezirk, den mein Vater zu leiten hatte, erstreckte sich bis nach Straßburg und Colmar. Der Kaiser und die Kaiserin wurden in Straßburg erwartet. Aus diesem Grund durften wir dieses Mal die Eltern dorthin begleiten. Eine unübersehbare Menschenmenge stand vor dem Rathaus. Kein Gedanke daran, daß wir die Kaiserlichen Hoheiten hätten sehen können. Kurz entschlossen kaufte mein Vater eine Trittleiter. Ich durfte ganz oben hinauf. Jedes von uns vier – alle in Matrosenkleidern steckend, die blaue Mütze mit dem flatternden Band auf dem Kopf – hielt ein schwarzweißrotes Fähnchen in der Hand. Weil meine Mutter ebenfalls zu klein war, um über die anderen Menschen hinwegzusehen, überredete sie mein Vater, gleichfalls einige Tritt hoch auf die Leiter zu steigen.

Nach einer mir endlos scheinenden Zeit des Wartens hieß es: »Sie kommen!« In einer prächtigen Kutsche, gezogen von wundervollen Pferden, saß das kaiserliche Ehepaar. Zuerst herrschte ehrfurchtsvolles Schweigen auf dem großen Platz bei der tausendköpfigen Menschenmenge. Auf einmal begann ein begeistertes kleines Mädchen, das auf der Spitze der Trittleiter, von seinem Vater gehalten, stand, sein Fähnchen zu schwingen. Es schrie mit heller Kinderstimme: »Eins – zwei – drei – hurra!« – Alles stimmte mit ein, und wie ein Orkan brauste es über den Platz: »Hurra! Hurra! Hurra!«

Vorbei! – Aus! – Überholt, überrollt von der Woge der Zeit!

Es mag etwa im gleichen Jahr gewesen sein. Ich sagte schon, daß wir damals in Stuttgart wohnten, nicht weit von den Anlagen, in denen der württembergische König, begleitet von seinen zwei weißen Spitzern, vielfach seine Spaziergänge machte, ganz ohne Leibwache und großes Polizeiaufgebot. Ja, das war damals noch möglich. »Das ist der König!« flüsterte meine Mutter uns zu, und es verstand sich von selbst, daß wir tief dienerten und ich den allerschönsten Knix machte.

Einmal begegnete uns ein älterer Herr, der große Ähnlichkeit mit dem König hatte. Als ich sah, daß einige Kinder zu ihm sprangen, um ihn zu begrüßen, riß ich mich von der Hand meiner Mutter los, eilte auf ihn zu und reichte ihm ebenfalls die Hand. Dann entdeckte ich, daß es nicht der König war. Aber er gefiel mir gleichwohl sehr gut, und ich beschloß, daß dieser alte Herr mein Freund werden sollte. Schon lange hatte ich mir einen solchen gewünscht. Meine Brüder, die damals schon zur Schule gingen, berichteten freudig, daß sie dort Freunde gefunden hätten. Gewohnt, möglichst dasselbe zu haben wie sie, wünschte ich mir nun auch einen.

»Kleine Mädchen haben Freundinnen«, versuchte mich meine Mutter zu belehren. Das machte aber keinen Eindruck auf mich. Ich wollte einen Freund. Nun lief er mir ja direkt – oder vielmehr ich lief ihm in die Arme. Auf unseren täglichen Spaziergängen durch den Schloßgarten trafen wir ihn fortan fast jeden Morgen. Ich weiß nicht, was mir am meisten imponierte: sein schöner, weißer Backenbart oder der schwarze Spazierstock mit dem silbernen Griff. Jedenfalls sprang ich ihm schon nach wenigen Begegnungen jedesmal mit ausgebreiteten Armen entgegen und rief zur Belustigung anderer Spaziergänger mit lauter Stimme: »Mein Freund! Mein Freund!« – Diese Freundschaft hat mehr als zwanzig Jahre bestanden. Damals war ich knapp fünf Jahre alt. Als der alte Herr mich einige Tage nicht sah, suchte er unsere Wohnung in der Neckarstraße auf, um sich zu erkundigen, ob seine kleine Freundin etwa krank sei. Ich hatte ihn gleich zu Anfang mit meinen Personalien bekannt gemacht. In der Tat lag ich mit Masern in meinem Kinderbettchen. Luise, die langjährige, treue Stütze meiner Mutter, aus Großheppach stammend, öffnete meine Zimmertüre: »Elisabethle, du bekommsch Besuch.« Und herein führte sie meinen guten Freund Johannes Roeder. Es war das erstemal in meinem Leben, daß ich ganz für mich allein Besuch und dazu noch Herrenbesuch bekam. Am nächsten Tag brachte mein Freund sogar Blumen und Schokolade!

Bald darauf wurde mein Vater nach Berlin versetzt. Dort begann ich zur Schule zu gehen. Der erste Brief, den ich in meinem Leben schrieb, war an meinen Freund in Stuttgart gerichtet. Prompt antwortete er mir. Und dann verging kein Weihnachtsfest, kein Geburtstag, ohne daß nicht ein Gruß und ein kleines Geschenk von ihm zu mir und von mir zu ihm gegangen wäre. Wir wechselten Briefe, ich sandte ihm meine ersten Gedichte, zeichnete ihm Bilder und schickte ihm Photographien, damit er auch sicher wisse, wie ich inzwischen aussähe. Seine Briefe waren voll väterlicher Fürsorge und liebevoller Ermahnungen. Sie begannen stets mit den Worten: »Mein liebes Elisabethle!« oder »Meine liebe kleine Freundin!« Der Schluß lautete: »Dein Dir wohlgesinnter alter Freund...« Er war ein frommer Mann. Jahrzehntelang hatte er am königlichen Hof eine Stellung innegehabt. Der Briefwechsel mit ihm bedeutete mir je länger desto mehr Freude und Bereicherung. Aus allem, was er schrieb, konnte man seine tiefe Ehrfurcht vor Gott erkennen.

Ich war bereits zwanzig Jahre alt, als wir uns nach fünfzehn Jahren wiedersahen. Meine Mutter und ich unterbrachen, von der Schweiz kommend, die Reise, um meinen Freund in Stuttgart zu besuchen. Als wir uns seiner Wohnung näherten, sahen wir einen gebeugten alten Herrn, mit einem schwarzen Samtkäppchen auf dem schneeweißen Haar, mühsam auf den Stock mit dem silbernen Griff gestützt, über die Straße kommen. Kein Zweifel, er war es. Ich ging ihm einige Schritte entgegen, war aber so aufgeregt, daß mir die Knie zitterten.

»Sind Sie Herr Roeder?« fragte ich ihn. Er hob den Kopf und bejahte es. Ich überragte ihn längenmäßig um ein gutes Stück. Erkennen und doch wieder Zweifel sprachen aus seinen Augen. Er blieb stehen: »Ja – bisch du – sind Sie – bisch du etwa's Elisabethle?«

Ich nickte, weil Tränen der Rührung mich hinderten, ihm zu antworten. Da weinte auch er. »Daß du zu mir kommsch! – Daß du mi net vergesse hosch!« Dann saßen meine Mutter und ich in seiner Wohnung. Meine Kinderphotographie, die ich scheußlich fand, hing an der Wand, und all meine Briefe und Zeichnungen hatte er fein säuberlich aufgehoben. Dieses Treffen nach so viel Jahren und diese schöne Freundschaft war schon etwas Besonderes, und selbst meine spottlustigen Brüder freuten sich mit mir, als ich ihnen davon erzählte. Immer hatten sie mich geneckt: »Glaube nur nicht, daß du jemals einen Mann bekommst! Der müßte ja eine Leiter anstellen, wenn er dir einen Kuß geben wollte. Meinst du, es wolle einer eine Frau, die aus der Dachrinne trinken kann?«

Es stimmt schon: ich war sehr groß, meist die Größte der jeweiligen Schulklasse, aber sie übertrieben wieder einmal stark. Gewöhnlich folgte dann der tröstliche Nachsatz: »Aber du hast ja deinen alten Freund in Stuttgart. Das genügt!« Als mein Vater später ein zweites Mal nach Stuttgart versetzt wurde, war es mein jüngster Bruder, der den damals 85jährigen Herrn Roeder und mich zusammen fotografierte. Noch heute besitze ich ein kleines Testament, das mein alter Freund mir schenkte. Er hatte es, wie er mir sagte, im Siebzigerkrieg immer in seiner Brusttasche bei sich getragen und viel Trost und Hilfe daraus geschöpft. – Als er fühlte, daß es mit ihm zum Sterben ging, band er all meine Briefe und Gedichte, die er von mir hatte, zusammen und sandte sie an unsere frühere Hausgehilfin nach Großheppach, daß sie mir diese nach seinem Tode zustelle. »Es soll nicht in fremde Hände kommen!« schrieb er ihr.

Mein guter, alter Freund! Irgendwie fehlte mir etwas, als kein Brief mehr von ihm kam. Die Verbindung mit ihm gehört zu meinen schönsten Erinnerungen.

Aber nun muß ich wieder zurückkehren in meine Kinderzeit. – Sorglose, fröhliche Jahre in der Obhut meiner Eltern reihten sich aneinander, in denen ich unbeschwert zwischen meinen drei unternehmungslustigen Brüdern heranwuchs. Eine Zeitlang wohnten wir in Düsseldorf-Rath, gegenüber dem großen Rathener Wald. Wie war meine Mutter glücklich, daß die Dienstwohnung diesmal außerhalb des Lärms und der Unruhe der Großstadt lag! Dabei war Düsseldorf damals im Vergleich zu heute beinahe eine gemütliche Kleinstadt. Immer hat meine Mutter darunter gelitten, daß sie, die auf dem Lande aufgewachsen war, mit ihrer Familie in Großstädten wie Hamburg, Berlin, Stuttgart, Leipzig leben mußte. Daher war es ihr wichtig, die großen Ferien mit uns möglichst bei unseren Verwandten auf dem Dorf zuzubringen. Jetzt, wo wir außerhalb Düsseldorfs wohnten, schickte sie uns in jeder freien Stunde in den Wald. Nachdem ich jedoch eines Tages, als ich mit meinem jüngsten Bruder allein durch denselben streifte, beinahe einem Unhold in die Hände gefallen wäre und nur wie durch ein Wunder vor Schlimmstem bewahrt wurde, durfte ich nie mehr ohne den Schutz meiner älteren Brüder gehen. Jenes Erlebnis hat mir einen nachhaltigen Schock versetzt. Zum erstenmal war mir ein gemeiner Mensch begegnet.

Unsere Mutter liebte den Wald. Sie kannte viele Kräuter, Blumen und Pilze mit Namen. Noch mit mehr als 80 Jahren sagte sie: »Ich bin ein Waldkind.« Sie verstand, uns die Augen für die Schönheiten der Natur zu öffnen. Ob wir in späteren Jahren die Ferien am Meer, in den Schneebergen, in ihrer rheinischen Heimat oder sonstwo zubrachten: immer steckte sie uns an mit ihrer Freude an all dem, was aus Gottes Schöpferhand so wundervoll hervorgegangen ist. Der nächtliche Sternenhimmel beglückte sie ebenso wie eine Löwenzahnblüte oder ein Frauenmäntelikraut, ein Gebirgsbach genauso wie die majestätisch in den Himmel ragenden Berge des Berner Oberlands mit ihrem ewigen Schnee. So saß sie oft mit uns im Düsseldorfer Wald und bastelte uns das schönste Spielzeug aus Kastanien und Eicheln.

Ich denke an einen Herbstnachmittag. Das Laub raschelte

unter unseren Füßen. Der herbe Duft des auf den nahen Feldern verbrannten Kartoffelkrautes erfüllte die Luft. Einzelne Vogelstimmen waren noch vernehmbar. Meine Mutter setzte sich mit einer Handarbeit an einen sonnigen Platz. Wir Kinder trugen einen großen Laubberg zusammen unter einem Baum am Waldrand. Nun kletterten meine Brüder auf einen der vorstehenden Äste und sprangen mit Jubelgeschrei mitten hinein in den raschelnden Laubberg. Ha! – das konnte ich gewiß genauso gut wie sie. Meine Mutter warnte. Aber meine Brüder leisteten mir Hilfestellung. Tatsächlich, da stand ich auch schon auf dem Ast und stürzte mich begeistert in die Tiefe, die gewiß nicht beträchtlich war, mir jedoch damals erstaunlich vorkam. Ein-, zweimal ging es auch gut. Aber beim dritten Versuch blieb ich mit meinem braunen, glücklicherweise haltbaren Lüster-Samtrock am oberen Ast hängen. Da zappelte ich nun, und ich kann nicht behaupten, daß mir besonders behaglich zumute gewesen wäre. Unter mir aber brachen meine drei Brüder in ein Indianergeheul aus, wie es der stille Wald vorher kaum erlebt hatte. Selbst meine Mutter konnte ein Lächeln bei meinem Anblick nicht unterdrücken. Mir aber wurde angst und bange. Es gab nur zwei Möglichkeiten: Entweder riß mein schöner Rock und ich landete mit dem Gesicht mitten in dem schon ziemlich auseinandergewirbelten Laub; oder aber – und das war bei der Stabilität der Stoffe, die meine Mutter gewöhnlich einkaufte, durchaus denkbar – ich mußte da oben hängenbleiben, bis ich – vielleicht sogar durch die Feuerwehr! – befreit wurde. Wie entsetzlich, sich das vorzustellen! Morgen stand es dann gewiß in der Zeitung.

Da kam, gemächlich am Waldrand entlangspazierend, ein Herr auf uns zu. »Dein Lehrer! – Dein Lehrer!« riefen meine Brüder halblaut, aber in unverkennbarer Schadenfreude.

»Erde, tu dich auf!« Etwas Schlimmeres hätte mir nicht passieren können. Was sollte ich nur tun? – »Mama – Mama – hilf mir doch!« rief ich beinahe weinend, obgleich ich mir nicht vorstellen konnte, was sie zu meiner Rettung hätte unternehmen können. In diesem Augenblick riß mein Rock und ich sauste vor meinem verdutzten Lehrer in die Tiefe und versank im Laubhaufen, aus dem ich aber in erstaunlicher Geschwindigkeit wieder auftauchte, um mit meinem zerrissenen Rock hinter einem dicken Baumstamm zu verschwinden. – Mein Lehrer aber unterhielt sich noch eine Weile wohlwollend mit meiner Mutter, die klein und zierlich vor ihm stand.

In jener Zeit, es war kurz vor dem ersten Weltkrieg, reisten meine Eltern für vier Wochen nach London zu einem internationalen Heilsarmeekongreß, an dem Tausende Heilsarmeeleute aus aller Welt teilnahmen. Meine Großmutter hatte es übernommen, während dieser Zeit uns Kinder zu betreuen. Das war bestimmt kein leichtes Amt. – In unserer Nachbarschaft wurden Schaubuden, Karussells, Schiffschaukeln und anderes aufgebaut. Für uns Geschwister stand dort unsichtbar und doch nicht zu übersehen eine Tafel »Zutritt verboten!«. Mit sehnsüchtigen Augen standen wir mit den anderen Jungen und Mädchen aus unserer Nachbarschaft und schauten dem Erstehen dieser Märchenstadt zu. Ja, die anderen, die hatten es gut. Für die war keine Verbotstafel angebracht. Die durften den Degenschlucker und die dickste Frau der Welt und das Schwein mit den zwei Köpfen in den Schaubuden ansehen. Aber wir? Wir durften nicht einmal Karussell fahren. Schon in Hamburg hatte meine Mutter uns gesagt: »Dort wohnt der Teufel«, wenn von St. Pauli, dem weltbekannten Vergnügungsviertel, Musik und Gekreische zu uns herüberdrang, und sie mochte nicht unrecht haben, wenn sie an das dortige Nachtleben dachte. »Nie sollt ihr etwas mit all dem zu tun haben«, sagte sie, mit der Hand nach St. Pauli hinüberdeutend. Wie gerne wollte sie uns vor allem Übel bewahren!

Aber jetzt waren beide Eltern fort – weit fort, in London. Und die Drehorgelmusik, nach deren Takt sich die kleinen Pferdchen des Karussells hin- und herwiegten, lockte. Wir aber durften nicht! – Nie hätte unsere Großmutter uns einen Pfennig Geld dafür gegeben. Und fünf Pfennig kostete es, einige Male im Kreis herumzufahren. Konnte das wirklich eine so schwere Sünde sein?

»Ich hab' eine Idee!« sagte einer meiner älteren Brüder. »Wir malen Indianerköpfe und verkaufen sie in der Schule.« Sie waren unumstritten die besten Zeichner in ihren Klassen. – Gesagt, getan. – Die Indianerköpfe fanden reißend Absatz. Mit dem so verdienten Geld zogen wir am nächsten Nachmittag auf den Rummelplatz und bestiegen jeder ein Karussellpferd. Irgendwie enttäuscht, zumindest aber sehr ernüchtert, kehrten wir nach einer Stunde wieder heim. Wir hatten es uns ganz anders vorgestellt. Dazu hatten wir alle ein schlechtes Gewissen. Hatten wir nicht den Eltern versprochen, in ihrer Abwesenheit gehorsam zu sein? – Die Freude bei ihrer Rückkehr von London war jedoch so groß, daß auch nicht der kleinste Schatten zwischen uns erträglich war. Noch hatten sie die Reisekleider nicht ausgezogen, als wir ihnen bereits ein Bekenntnis ablegten.

»Wir haben etwas getan, was wir nicht durften.«

»So? – Was denn?« Ernst waren die Augen der Mutter auf uns gerichtet, während in denen des Vaters ein winziges Lächeln aufblitzte, als er die kleine Büßergruppe vor sich sah.

»Wir sind Karussell gefahren.«

»Für selbstverdientes Geld.«

»Aber wir tun es nicht wieder.«

»Es war auch gar nicht besonders schön.«

»Und wir haben dann auch die bösen, gottlosen Menschen bestraft.«

»Was habt ihr getan?«

»Ja, bestraft haben wir sie. Am letzten Sonntag.«

»Den Klosettdeckel haben wir zugenagelt.«

»Was habt ihr?«

Unsere Mutter mußte sich setzen, und in den Augen unseres Vaters erlosch das kleine Lächeln.

»Wie war das? Erzählt!«

»Ja – ihr wißt doch, daß drüben in der Gartenwirtschaft immer am Sonntagnachmittag Tanz ist. Und dann betrinken sie sich und singen dumme Lieder. Da haben wir uns besonnen, wie wir sie alle strafen könnten, damit sie einen Denkzettel bekommen, den sie nicht so schnell vergessen. Und dann haben wir einen Hammer und ganz große Nägel genommen. Die beiden Großen haben die Nägel in den runden Klosettdeckel geschlagen, und zwar immer, wenn die Straßenbahn draußen vorbeifuhr, dann hörte man nämlich das Hämmern nicht. Und wir beiden anderen haben draußen Schmiere gestanden. Aber es hat die ganze Zeit keiner aufs Klo müssen, bis der Deckel festgenagelt war. Und dann haben wir uns versteckt und aufgepaßt, was die bösen Leute für Gesichter machen, wenn sie wieder rauskommen. Ein paar haben schrecklich gelacht, aber einige sind auch wütend geworden. Dann sind wir abgehauen.«

»Aber es war ein guter Denkzettel!«

Entsetzt schauten die Eltern sich an. Sollten sie uns jetzt gleich eine Strafe zudiktieren? – Nein, das war nicht gut möglich. Aber eine ernste Ansprache folgte, oftmals unterbrochen von unserer sichtlich erschöpften Großmutter, die behauptete, solch unmögliche Kinder noch nie erlebt zu haben.

Dabei dachte sie an einige Episoden, die sie in den vergangenen Wochen mit uns durchgestanden hatte; etwa daran, daß wir an einem Sonntag erst um Mitternacht heimkamen und sie Todesängste ausstand, weil sie befürchtete, wir seien im Waldsee ertrunken, wo wir am Sonntag zuvor Boot gefahren waren. Da sie, durch Gicht gelähmt, an zwei Stöcken gehen mußte, konnte sie uns auf unseren Streifzügen nicht begleiten. Zu Hause festbinden konnte man uns lebhafte Gesellschaft aber auch nicht. Ohne ein eigentliches Ziel zu haben, waren wir mittags nach dem Essen losgezogen. Kaum eine Viertelstunde später hatten wir bereits einen Plan ausgeheckt. Wir wollten unsere Verwandten in Duisburg besuchen.

»Wie die sich freuen werden!«

»Das gibt eine großartige Überraschung!«

Es waren immerhin 25 Kilometer. Ein Glück, daß die Großmutter uns einige Butterbrote mitgegeben hatte. Blasen an den Füßen hatten zumindest wir beiden Jüngsten, als wir abends um 8.00 Uhr vor der Wohnungstüre unserer Tante standen. Eine Überraschung wurde es zweifellos.

»Ja, wo kommt denn ihr so unerwartet her? – Und wo sind eure Eltern? – Und die Oma weiß nichts davon? – Die ängstigt sich ja zu Tode! – Wo ist der Fahrplan? – Ihr müßt natürlich mit dem nächsten Zug zurück. – Fahrgeld habt ihr auch keins? – Ihr versteht einen in der Tat zu überraschen. Das muß man schon sagen.«

»Und Hunger haben wir auch!«

»Bis der nächste Zug fährt, haben wir uns noch nicht satt gegessen.«

»Und ich kann auch nicht so schnell schon wieder zum Bahnhof laufen«, protestierte mein jüngster Bruder. »Seht mal, was für große Blasen ich an der Ferse habe!« Tatsächlich, seine Füße sahen schlimm aus. Unsere Verwandten hatten ein Einsehen. Die Tante eilte in die Küche, um eine große Pfanne voll Bratkartoffeln zu machen.

»Ihr seid schon eine tolle Bande!« sagte der Onkel und begann für uns den Tisch zu decken. – Und dann war es wirklich so, daß wir den nächsten Zug nicht schafften. Der übernächste fuhr so, daß wir erst um Mitternacht heimkamen. Heute würde man telefonieren. Damals war das eine viel umständlichere Sache, zudem hatte niemand von den drei Mietsparteien unseres Hauses ein Telefon. Der Gedanke, die nicht weit entfernte Gartenwirtschaft anzurufen und den Besitzer zu bitten, unsere in Todesängsten schwebende Großmutter zu benachrichtigen, kam niemand von uns. Vielleicht war der zugenagelte Klosettdeckel auch ein Hinderungsgrund...

Wir vier waren jedenfalls in übermütigster Stimmung, als wir durch die nächtlich stillen Straßen unseres Vororts um Mitternacht heimwärts marschierten, einer hinter dem anderen im Gänsemarsch und laut singend. Noch heute wundere ich mich, daß uns keine Polizeistreife als nächtliche Ruhestörer abführte. Und noch heute tut mir unsere Großmutter leid, die wir in solche Angst gestürzt hatten. Als wir sturmklingelnd vor unserer Haustüre standen, schrak die Ärmste, die zusammengekauert in einem Sessel, halb krank vor Sorgen um uns saß, zusammen. Jetzt bringen sie alle vier tot! dachte sie, wie sie uns nachher erzählte. Sie konnte sich nichts anderes vorstellen, als daß wir alle ertrunken waren. Mit zitternden Knien trat sie auf den Balkon und war starr vor Verwunderung, daß wir alle wohlbehalten, aufgedreht und voller Übermut vor dem Haus standen. »Oma, wir sind wieder da!«

Sie warf uns den Hausschlüssel nicht gerade sanft herunter. Schon an diesem »schwungvollen« Tun erkannten wir unzweideutig, wie die Aktien standen. Ziemlich kleinlaut schlichen wir die Treppe hinauf. Da stand sie, wie der Erzengel mit dem Schwert, und streckte gebieterisch die Hand aus: »Marsch, ins Bett!«

»Oma, wir sollen dich grüßen von –«

»Ich will nichts wissen!«

»Wir waren bei Onkel Heinrich und Tante –«

»Kein weiteres Wort!«

Das war unmißverständlich. – Ein Blick durch die offene Tür ließ uns erkennen, daß sie den Abendbrottisch für uns gedeckt hatte. Aber zu einem nächtlichen Gelage hätte sie jetzt unter keinen Umständen mehr ihre Zustimmung gegeben. Mochten wir hungrig zu Bett gehen!

Wenig später saßen wir beratend im Kinderzimmer auf unseren Betten. Keine Spur der Sättigung war noch von den Duisburger Bratkartoffeln her zu merken. Allerhand, uns das Nötigste vorzuenthalten! Plötzlich kam meinem zweiten Bruder ein Einfall. »Ich hab's! Laßt mich nur machen!« Mutig stand er wenige Augenblicke später vor dem Zimmer der Großmutter: »Oma, ich habe den Wecker vergessen. Darf ich ihn mir schnell holen? Damit wir morgen früh nicht verschlafen – wo wir heute doch so spät ins Bett kommen!«

»Meinetwegen! Aber mach schnell!«

Und wie schnell er machte! Und was er außer dem Wecker noch alles mitbrachte! Dann saßen wir vier in seltener Einigkeit noch eine ganze Weile beieinander und ließen uns die belegten Brote schmecken!

Kein Wunder, daß die Großmutter über uns klagte, als die Eltern von London zurückkehrten. Für eine kurze Weile waren wir wirklich geknickt. Was wir als herrliche Überraschung für unsere Verwandten ausgedacht hatten, das wurde nun wieder als böswilliges Tun hingestellt. Nein, es war wirklich nicht leicht, immer gut zu sein! Unsere Eltern waren bestimmt nicht kleinlich. Aber sie erwarteten von uns unbedingten Gehorsam. Nach und nach lernten wir verstehen, daß man auch dann ungehorsam sein kann, wenn man nicht unbedingt vorher ein Verbot oder Gebot bekommen hat. »Ihr müßt es lernen, auf die Stimme eures Gewissens zu hören, ohne daß euch ein Erwachsener immer ermahnt!«

Es war im ersten Weltkrieg. Nachdem mein Vater kaum mehr mit seiner Einberufung zum Kriegsdienst gerechnet hatte, erfolgte diese doch noch. Er mußte als Landsturmmann einrücken. Gut erinnere ich mich noch daran, wie er sagte: »Wenn Gott es doch verhüten wollte, daß ich einen Menschen töten muß!« Noch jetzt bin ich um seinetwillen dankbar, daß sein Gebet Erhörung fand. Er hatte als Wachhabender in verschiedenen Gefangenenlagern seinen Dienst zu verrichten. Auch mußte er Lichtbilderabende und andere Vorträge in Soldatenheimen halten. Einige Male besuchten wir ihn, als er in den Gefangenenlagern Dienst hatte. Da konnten wir uns davon überzeugen, wie die Gefangenen, ob es Russen, Engländer oder Franzosen waren, an ihm hingen. – »Du gutt Mann!« sagten sie immer wieder. In Verkaufsbuden wurden damals kleine Gefangene aus Pappmaché oder übermaltem Gips angeboten, die Kinder und sogar Erwachsene sich dann an die Kleidung steckten oder mit Gummibändern an ihrer Brust zappeln ließen. Welche Roheit! Nie hätte mein Vater erlaubt, daß wir uns solch einen Gefangenen-Hampelmann kauften. »Sie sind Menschen, genau wie wir, sie haben eine Mutter, viele auch Frau und

Kinder zu Hause, nach denen sie sich sehnen«, sagte er.

Ich litt unsagbar unter der Trennung von meinem Vater. Vielleicht verknüpfte uns ein besonders inniges Band. Es ist ja oft so zwischen Vätern und Töchtern. Als ich erwachsen war, stellte es sich heraus, daß ich ihm sehr wesensähnlich bin. – In jener Zeit vermochte ich kein Lied, kein Klavierspiel zu hören, ohne daß ich im Gedanken an meinen in der Ferne weilenden Vater mit den Tränen kämpfen mußte.

Es wurde Ostern. Die rechte Festfreude wollte bei uns nicht aufkommen; der Vater fehlte. – In einem Schaufenster sah ich ein mit gelbem Samt überzogenes Küken aus Pappe, das rote Glasaugen hatte. Mir, der Elfjährigen, gefiel es ungemein. Ich hätte es zu gerne gehabt. Nie aber hätte meine Mutter, die strikt gegen unnötige Ausgaben war, mir erlaubt, derartiges zu kaufen. – Wenn ich es nun aber als Geschenk für meinen Vater erstand? Würde er sich nicht ebenfalls darüber erfreuen, schon weil es von mir kam? Und ich persönlich würde es wenigstens für eine kurze Zeit besitzen, würde mit dem Finger über diesen herrlichen gelben Samt fahren können. An jenem Tag besaß ich allerdings nur dreißig Pfennige, das Küken aber kostete fünfzig! Meine Mutter hatte mich beauftragt, verschiedene Einkäufe zu machen. Sie würde gewiß nicht merken, daß ich ein kleineres Brot heimbrachte. Dann konnte ich zu meinen dreißig Pfennigen die fehlenden zwanzig legen...

In einem seltsamen Gemisch von Glück und schlechtem Gewissen machte ich mich auf den Heimweg, unterwegs immer wieder das gelbe Küken ansehend und befühlend. War es nicht eine gute Tat, dem ferne weilenden Vater damit eine Freude zu machen? Das wog doch gewiß schwerer als das Unrecht, das ich getan, indem ich der Mutter die zwei Groschen genommen hatte. Später würde ich es ihr vielleicht auch bekennen! Aber je näher ich unserer Wohnung kam, desto ungemütlicher wurde mir ums Herz. Nein – ich mußte dieses Osterküken so schnell wie möglich wieder aus dem Haus schaffen. Ganz rasch verpacken wollte ich es und dann damit auf die Post! – Doch wir Kinder waren so gar nicht gewöhnt, etwas zu verbergen. Kaum betrat ich die Wohnung mit meinem Einkaufskorb – ich muß ein sehr unglückliches, zumindest unsicheres Gesicht gemacht haben –, als meine Mutter mich fragte: »Nanu – was ist denn mit dir los? Ist etwas passiert?«

Ich vermochte nur den Kopf zu schütteln.

»Hast du Geld verloren?«

»Nein!« Ganz fremd klang meine Stimme.

»Aber es ist doch irgend etwas nicht in Ordnung!«

Mehr brauchte es nicht. Laut auf weinte ich. »Ich – ich hab' etwas getan, Mama – ich hab' etwas getan, was ich nicht durfte!«

»Komm, erzähle mir alles.«

Und ich beichtete, war aber doch sehr bemüht, hervorzuheben, daß es sich um eine gute Tat handele, weil ich ja dem Vater mit dem Geschenk eine Freude machen wollte. Meine Mutter blieb zwar ruhig, war aber doch, das merkte ich genau, sehr traurig über mich. »Es tut mir weh«, sagte sie, »daß du nicht so viel Vertrauen zu mir hast, mir zu sagen, du möchtest Papa eine Freude zu Ostern machen. Wir hätten miteinander beraten, was wir ihm schicken könnten. Du bist alt genug, um zu verstehen, daß er mit diesem Samtküken, so sehr es dir persönlich gefallen mag, nichts anfangen kann. Im Grunde genommen hast du es selbst gewollt und dich hinter dem Gedanken der guten Tat versteckt, um dein Gewissen zum Schweigen zu bringen. Daß du dabei Geld, das dir nicht gehörte, veruntreut hast, ist sehr schlimm. Ich bin sehr traurig über dich. Du wirst nun sofort in das Geschäft gehen und das Küken mit der Begründung zurückbringen, daß du es nicht kaufen durftest.«

Was kam in diesem Augenblick über mich, daß ich mich wie eine Wildkatze benahm? »Das tu ich nicht – das tu ich nicht. Schlag mich tot – aber das tu ich nicht.«

Dieser Trotz mußte natürlich gebrochen werden. Diesmal handelte es sich nicht nur um ein paar Klapse wie damals für zehn Pfennig auf dem Ausflugsdampfer. Diesmal wurde ich regelrecht durchgehauen.

»Bist du nun bereit, in das Geschäft zu gehen?«

Ich zitterte am ganzen Körper. Mein Gesicht war tränenüberströmt. Aber ich warf den Kopf zurück. »Und wenn du mich totschlägst – ich gehe nicht!«

Es folgte eine zweite Tracht Prügel.

»Willst du jetzt gehen?«

Ich rang nach Luft. »Nein, ich gehe nicht!«

Da sah ich, daß auch über das Gesicht meiner Mutter Tränen rannen. Das war mehr, als ich ertragen konnte. Mit einem verzweifelten Aufschrei warf ich mich ihr in die Arme. »Mama – Mama – ich will es tun! Ich will gehn. – Verzeih mir!« Fest umschlungen hielt mich meine Mutter, die mich größenmäßig damals nur noch um weniges überragte. Dann aber kam das Unvergeßliche. Sie nahm mich bei der Hand und zog mich neben sich auf die Knie nieder. Dann schloß sie die Augen, faltete ihre Hände und sagte: »Lieber Herr! Ich komme zu dir mit meiner Tochter, die mich so traurig gemacht hat! Gib doch, daß aus ihr keine Diebin wird und daß sie lernt, auf die Stimme ihres Gewissens zu achten, und immer den Mut aufbringt, ihr Unrecht zu gestehen und gutzumachen, wo sie gefehlt hat. Du liebst sie noch viel mehr als wir, die Eltern, es tun. Du bist ja auch für ihre Sünden gestorben. Und nun hilf ihr, daß sie niemals wieder etwas veruntreut. Amen.«

Es mag jemand denken: War es nötig, so eine Affäre aus einer Bagatelle zu machen? Wo es sich doch nur um zwanzig Pfennige handelte? – Heute bin ich meiner Mutter dankbar, daß sie es so ernst nahm. Ich kann mich nicht erinnern, jemals wieder etwas Ähnliches getan zu haben. Das Gebet meiner Mutter hat mich zutiefst beeindruckt. Nachdem ich mein verweintes Gesicht gewaschen und sie meine zerzausten Haare geordnet hatte, ging sie selbst mit mir bis vor das Geschäft. »Nun geh mutig hinein. Ich warte draußen auf dich.«

»Ich durfte es nicht kaufen«, sagte ich und rang mit den

bereits wieder aufsteigenden Tränen. Dabei legte ich das Küken auf den Ladentisch. Ohne ein Wort griff der Besitzer in die Kasse und gab mir die fünfzig Pfennig zurück. Ein Stein fiel mir vom Herzen. Draußen umarmte ich meine Mutter stürmisch: »Mama, ich bin so froh, und meine dreißig Pfennig schenke ich dir jetzt auch noch.« Damals habe ich, wie nie zuvor, empfunden, wie ein reines Gewissen glücklich macht.

Im Jahre 1916 folgte meine Mutter mit uns Kindern einem Ruf in die Schweiz. Sie wollte unter allen Umständen tätig sein, nicht nur als Frau und Mutter. Es verstand sich für sie von selbst, daß Familie und Haushalt nicht zu kurz kommen durften, aber sie wußte klar und unzweideutig von einem inneren Auftrag, den sie als junges Mädchen empfangen hatte, nämlich Dienst für Gott an den Menschen zu tun. Sie meinte auch, die Trennung von ihrem Mann besser ertragen zu können, wenn sie einen Platz ausfüllte in der Weise, wie sie ihn bisher zusammen eingenommen hatten. Der Leiter der Heilsarmee in der Schweiz, ein Holländer, berief sie nach Aarau, woselbst sie ein Korps (eine Missionsstation) zu übernehmen hatte. Es war dies nichts Kleines für die körperlich zarte Frau neben der Erziehung und Betreuung ihrer vier Kinder, von denen erst der Älteste damals begann, die Kinderschuhe abzustreifen. In jener Zeit fing ich an, in Bewunderung an meiner Mutter emporzusehen und zu begreifen, welch große Frau sie war. Um neben der vielen beruflichen Arbeit den Haushalt und die Kinder nicht zu kurz kommen zu lassen, stand sie jeden Montag früh um vier Uhr auf und wusch selbst unsere Wäsche!

Wie oft aber erlebten wir es, daß sie ihre Arbeit unterbrach, auch wenn diese noch so wichtig war, um sich einem Menschen zu widmen, der zu ihr gekommen war, um Rat und Hilfe zu erbitten. Einmal beobachteten wir Kinder am frühen Vormittag eines Ferientages einen Betrunkenen. Es hatte in der Nacht heftig geregnet. Der Mann bemühte sich vergeblich, einen steilen Hang an dem nicht weit von unserem

Hause gelegenen Spielplatz zu erklimmen. Immer wieder glitt er aus und sah bald verheerend aus, von oben bis unten lehmbeschmiert. Zuerst reizte uns dieser Anblick derart, daß wir in übermütiges Lachen ausbrachen. Dann aber meinten wir die Stimme unserer Mutter zu hören: »Ein an den Trunk gebundener Mensch ist tief zu bedauern. Er ist von einer finsteren Macht besessen, er möchte vielleicht los, aber er kann nicht aus eigener Kraft. Und wenn ihr daran denkt, welches Elend er über seine Familie, über Frau und Kinder bringt, dann gibt es wirklich dabei nichts, was zum Lachen reizen könnte.«

Hier also war so ein bedauernswerter Mensch. »Man muß ihm helfen«, würde Mama bestimmt sagen. – Helfen! Aber wie? – Zuerst mußten wir ihm vielleicht beistehen, den glitschigen Hang hinaufzukommen. Also los! Wenig später hatte mein zweiter Bruder ihn links, ich ihn rechts am Arm gepackt, und während der Jüngste ihn von hinten schob, versuchten wir ihn hinaufzubugsieren. Zweimal glitten wir mitsamt unserem Schützling aus und lagen im Matsch. Dann aber hatten wir's geschafft. Er war so dankbar für unsere Hilfe, daß er zu weinen begann. Auch das noch! Nun mußte ihm wirklich geholfen werden, denn gewiß reute ihn sein Leben. Aber diese Hilfe konnte nur von unserer Mutter kommen.

»Wollen Sie, daß wir Sie zu unserer Mutter bringen?« fragte ich den Mann. »Die wird sicher mit Ihnen beten. Sie ist zwar gerade in der Waschküche, aber sie nimmt sich bestimmt Zeit für Sie und wird Ihnen helfen.«

»Ja, o ja« schluchzte der Mann, »es muß mir einer helfen.« Was sich wohl die Leute auf der Straße gedacht haben, als wir mit dem Betrunkenen nach Hause schwankten und in unserer Waschküche verschwanden?

Meine Mutter war kein bißchen erstaunt. Es war nicht das erste und einzige Mal, daß man ihr Menschen in solch traurigem Zustand brachte. Sie trocknete einen nassen Stuhl ab, hieß den »Hilfsbedürftigen« sich darauf setzen und schickte uns hinaus. Bei diesem seelsorgerlichen Gespräch brauchte sie uns nicht als Zeugen. Ich weiß aber, daß sie den Mann am nächsten Tag in seiner Wohnung besucht hat, um sich um ihn und seine Familie zu kümmern.

In jener Zeit brachte sie auch einmal ein verkrüppeltes kleines Mädchen nach Hause, das sie in einer Kiste in menschenunwürdigem Zustand bei einer schwachsinnigen fünfundzwanzigjährigen Mutter und deren fünfundsiebzigjährigem Mann gefunden hatte. Das Kind war anderthalb Jahre alt, völlig vernachlässigt, konnte weder sitzen noch stehen und hatte noch nicht einmal gelächelt. Das Köpfchen war von einer dicken Schmutzrinde bedeckt, und der Körper roch nach Fäulnis. Kurz entschlossen brachte sie das arme Geschöpf heim und legte es mir in die Arme. »Hier hast du ein Schwesterchen.« Sie sorgte dafür, daß die Mutter des Kindes in eine Schwachsinnigenanstalt und der Vater in ein Altersheim kam. Das kleine Anneli behielten wir monatelang, bis sich auch für das Kind ein guter Platz fand.

Einige Gestalten aus jener Zeit in der Schweiz sind mir noch in Erinnerung. Da war einmal das kleine Fräulein Fisch, deren Wohnung gegenüber der Kaserne lag. Man sprach von ihr als von der »Soldatenmutter« in größter Hochachtung. Ich weiß nicht, hatte sie ihre Wohnung um der jungen Rekruten willen gegenüber der Kaserne gewählt, damit diese keinen weiten Weg zu ihr hätten, oder nahm sie sich dieser an, weil sie vom Fenster ihrer Wohnung des öfteren am Abend beobachtet hatte, wie diese, wenn sie Ausgang hatten, von oberflächlichen jungen Mädchen in Empfang genommen wurden und ihre Schritte ins Kino oder an andere Orte, die ihr gefahrbringend schienen, lenkten.

»Ich muß immer an die Mütter dieser jungen Rekruten denken«, sagte sie einmal meiner Mutter. »Viele von ihnen kommen aus guten, geordneten Elternhäusern, wo sie umsorgt und bewahrt wurden. Für manche von ihnen ist es der erste Flug in die Welt. Wie wichtig ist es da, daß sie unter guten Einfluß kommen.« An einem Tag hatte sie einfach so ein paar junge Rekruten auf der Straße angesprochen: »Sie sind gewiß in Aarau fremd. Sehen Sie, ich wohne dort drüben, direkt gegenüber der Kaserne. Darf ich Sie nicht zu einem netten Abend bei Tee und Gebäck und einigen fröhlichen Gesellschaftsspielen einladen, vielleicht gleich bei Ihrem nächsten Ausgang?«

Höflichkeitshalber dankten die also Angesprochenen. Sie würden gerne kommen. Zwei machten hinter ihrem Rücken spöttische Bemerkungen: »So was Blödes! Mit einer alten Jungfer den Abend zu verbringen!« Drei andere folgten der Einladung. Das nächstemal brachten sie weitere Rekruten mit. So wurde Fräulein Fisch die Soldatenmutter. Von da an gehörten einige Abende in jeder Woche den Rekruten. Sie, die nie ein eigenes Kind gehabt hatte, nahm sich mütterlich dieser jungen Männer an – im Laufe der Jahre waren es sicher einige Hundert – und befreite die Mütter dieser Soldaten in jener Zeit von mancher Sorge.

Wir kamen einige Male unverhofft zu Fräulein Fisch und fanden sie in ihrer hübschen Wohnung mit sechs oder gar mehr jungen Rekruten um den Tisch sitzen, entweder bei Tee und Gebäck oder in fröhlichem Eifer »Eile mit Weile«, das schweizerische »Mensch ärgere dich nicht«, spielend. Wir kamen aber auch dazu, wie alle über der aufgeschlagenen Bibel oder betend versammelt waren. Nie ließ die Soldatenmutter ihre Rekruten ziehen, ohne eine kurze Andacht mit ihnen gehalten zu haben. Sie ist mir unvergeßlich. Sie strahlte soviel Güte aus, daß selbst die jungen Männer, die sich vielleicht zu Hause gescheut hätten, eine Einladung von einem alten Fräulein anzunehmen, dieser Atmosphäre nicht widerstehen konnten.

Eine andere Persönlichkeit war Eduard Erwin Mayer, Verlagsbuchhändler in Aarau. Er war einige Male im Saal der Heilsarmee gewesen, als meine Mutter gesprochen hatte. Obgleich er zur Landeskirche gehörte, kam er immer wieder, weil ihre Rede ihn fesselte. Eines Tages erschien er in unserer Privatwohnung und bat, meine Mutter sprechen zu dürfen. »Wie bringen Sie es nur fertig, die Missionsstation zu leiten, jede Woche in mindestens vier oder fünf Veranstaltungen zu sprechen, Hausbesuche bei Kranken und Armen zu machen, eine Assistentin anzuleiten und außerdem vier Kinder zu erziehen und einen Haushalt zu führen?« So fragte er und fuhr fort: »Es drängt mich, Ihnen ein wenig zu helfen. Wäre es Ihnen eine Erleichterung, wenn ich jeden Samstagnachmittag mit Ihren Kindern in die umliegenden Berge steigen und ihnen unsere schöne Umgebung zeigen würde? – Ich könnte mir denken, daß Sie gerade den Samstag zur Vorbereitung benötigen.«

Wie froh war meine Mutter! So lernten wir Kinder den Schweizer Jura kennen. Wenn es nicht für solche Expeditionen unmögliches Wetter war, zogen wir mit unserem neugewonnen Freund los, durch Wiesen und Wälder, auf die Höhen und ins Tal, singend und springend. Herr Mayer lehrte uns die Flora kennen, machte uns auf Insekten, Vögel und die verschiedensten Waldtiere aufmerksam und setzte damit fort, was unsere so naturliebende Mutter schon in frühester Kindheit in uns geweckt hatte. Und wie fröhlich und vergnügt war er mit uns! Eines Tages erlaubte ich mir, die damals Zwölfjährige, ihn zu fragen: »Herr Mayer, Sie sind doch schon ein so alter Mann« – er war damals gerade fünfzig Jahre alt geworden – »wie kommt es, daß Sie immer so vergnügt sind und so jung scheinen?«

»Soll ich es euch verraten?« fragte er geheimnisvoll. »Ich besitze nämlich ein Schönheitsmittel, das mich immer jung und froh hält.«

»Ja, ja!« riefen wir wie aus einem Munde. »Verraten Sie es uns.«

Da setzte er sich an einen Wiesenhang, und wir lagerten uns rings um ihn. Er zog aus seinem Rucksack, der eine wahre Fundgrube guter Dinge war, sein Neues Testament hervor. »Seht, das ist mein Schönheitsmittel und mein Jungborn.« Und dann las er uns etwas aus der Bergpredigt vor. – Wie sehr war auch dieses Erlebnis eine Bestätigung dessen, was Vater und Mutter uns von klein auf nahegebracht hatten!

Dann muß ich noch von unserem guten Onkel Dr. Ernst von May erzählen. Er kam aus einem alten, würdigen Schweizer Geschlecht, war als junger Mann in einer Heilsarmeeversammlung zum Glauben gekommen und hatte sich entschlossen, sein Leben gerade bei dieser von so vielen verachteten Organisation in den Dienst Gottes zu stellen. So führte ihn sein Weg nach Berlin, wo er am Hauptquartier der Heilsarmee als Redakteur der bekannten Zeitschriften »Der Kriegsruf« und des Kinderblattes »Der junge Soldat« tätig war.

Mein Vater hatte ihn eines Tages in Berlin angesprochen, als er, auf die Straßenbahn wartend, ihm einen etwas bedrückten Eindruck machte. Sie hatten sich im Dienst zuvor nur oberflächlich kennengelernt. Nun aber vertraute der junge Schweizer ihm an, daß er sich in seinem möblierten Zimmer bei einer recht unsauberen Wirtin sehr unglücklich fühle. Außerdem vermochte er sein Heimweh, woran ja viele Schweizer in der Fremde kranken, nicht zu verbergen. Kurz entschlossen lud mein Vater ihn ein, brachte ihn mit an unseren Familientisch und wurde sich rasch mit meiner Mutter einig, daß wir eines unserer Zimmer an ihn abgaben. So war Dr. von May in unser Haus gekommen, und es dauerte nicht lange, bis er völlig zur Familie gehörte. Wir gingen mit unseren Schulproblemen zu ihm – gewiß habe ich ihm damals als Siebenjährige auch vorgetragen, wie ungerecht ich es empfände, daß meine Lehrerin mir das Wort »Vatter« im Diktat angestrichen habe. Es sei doch nicht mehr als recht, daß man Vater mit zwei »t« schreibe, nachdem »Mutter« doch ebenfalls zwei »t« aufweise. Warum solle der Vater hier zu kurz kommen? Meine Lehrerin hatte jedoch für meine Argumente kein Verständnis gehabt und meinen »Vatter« nicht stehenlassen. Onkel Ernst hörte sich alles ruhig an, erklärte und gab

Rat. Er übte mit einem meiner Brüder für den Geigen-, mit dem anderen für den Klavierunterricht und zahlte stillschweigend die Rechnungen für unsere Musikstunden. Als er meinen Eltern, denen es damals bei ihrem kleinen Gehalt nicht immer leichtfiel, das Nötige für uns Kinder zu beschaffen, das Geld für vier neue Kindermäntel gab, und diese es nicht nehmen wollten, legte er es wortlos auf den Tisch. Immer fühlte er sich veranlaßt, zu helfen und Gutes zu tun. Meine Mutter, die damals manchen Artikel schrieb und auch viele Lieder dichtete, besprach diese Arbeiten mit ihm. Es bestand überhaupt ein feines Verstehen zwischen ihr und Dr. von May, und mein Vater freute sich herzlich an dieser edlen Freundschaft. Wenn ich heute zurückblicke, so ist es mir klar, daß sie auch befruchtend für uns Kinder war. Wir spürten einfach etwas von der Leuchtkraft, die von diesem ausgeglichenen, vornehmen und doch auch wieder so schlichten Menschen ausging. Ohne daß er es wußte und anstrebte, gab er auch uns Kindern eine gewisse Prägung. Leider war seine Gesundheit nicht stark, und er mußte später die Arbeit im Dienst der Heilsarmee niederlegen.

Daß meine Mutter in die Schweiz kam, hatte sie unter anderem seinem Einfluß zu verdanken. Wenn er uns dann in Aarau besuchte, war das immer ein großes Fest. Wir Kinder fielen ihm jubelnd um den Hals, und meine Mutter besaß an ihm einen von Gott geschenkten Freund, mit dem sie Freud und Leid besprechen konnte. – Nie werde ich auch vergessen, wie die beiden Männer, Dr. von May und mein Vater, sich in tiefer Bewegung umarmten, als der letztere aus dem Kriegsdienst entlassen wurde und zu uns in die Schweiz kam. – Als ich vierzehn Jahre alt war, durfte ich einige Tage im Schloß seiner Familie zubringen. Ich verlebte dort eine herrliche Zeit, und es ist mir unvergeßlich, wie er mich junges und unfertiges Mädchen ernst nahm, sich mir widmete und um mein Wohlergehen besorgt war.

Solche Weggeleiter von Gott zu bekommen, ist Geschenk und Gnade. Das erkenne ich, je älter ich werde, desto mehr.

Und daher dürfen sie nicht fehlen, wenn ich aus meinem Leben berichte. Sie waren mir wegweisend und wegbereitend.

Noch einen Schweizer möchte ich nennen: Eduard Dussy aus Basel. Er gehörte zu denen, die meiner Mutter in der Zeit ihrer Tätigkeit dort zur Seite standen, sie geistig und geistlich förderten. Er war Direktor einer großen chemischen Fabrik in Basel und eine einflußreiche Persönlichkeit. In seiner freien Zeit, vor allem sonntags, trug er die Uniform der Heilsarmee und hat meine Mutter durch sein Mitwirken ermutigt und angespornt.

Als ich viele Jahre später selbst in Basel Vorträge über geistliche Themen hielt, saß er Abend für Abend unter meiner Zuhörerschar und inspirierte mich durch sein waches und aufmerksames Zuhören. Gerne nahm ich seine Einladung in sein mit alten Kunstschätzen ausgestattetes, gepflegtes Heim an und freute mich, mit welcher Hochachtung und Wertschätzung er von meiner Mutter sprach.

Natürlich könnte ich aus der Schweizer Zeit noch manchen wertvollen Menschen, der mich beeindruckte, nennen – aber es sind ihrer zu viele. Männer und Frauen vieler Nationalitäten gingen bei uns aus und ein. In den verschiedensten Sprachen unterhielt man sich an unserem Tisch. Wir wurden dadurch in die Weite geführt und lernten früh, aufzumerken und zuzuhören. Für unsere Eltern war jede Begegnung mit einem Menschen eine Aufforderung Gottes. Einmal waren Neger bei uns, die eine Europareise machten und ihre uns fremdartig klingenden Lieder sangen. Meine Mutter machte uns darauf aufmerksam, daß der Name »Jesus« beinahe in allen Sprachen gleich klinge und daß dieser Name das Bindeglied zwischen allen Christen sei. Sie taxierte die Menschen nicht nach ihrer Hautfarbe, sondern nach ihrer Gesinnung. Als die Neger übermüdet von den Anstrengungen der Reise sich kaum aufrecht halten konnten, quartierte sie diese einfach in ihre eigenen Betten ein und konnte es nicht begreifen, daß eine Bekannte sich darüber entrüstete: »Was, Sie legen Neger in Ihr Schlafzimmer? So etwas würde ich nicht tun.«

In Aarau war es. Wir erlebten das Weihnachtsfest wieder ohne unseren Vater. Vierzehn Tage vorher baten wir Geschwister unsere Mutter, gemeinsam in die Stadt gehen zu dürfen, um von unseren ersparten Geldern Weihnachtsgeschenke zu kaufen. Da jeder von uns auch die Geschenke für die Geschwister, ja vor allem diese kaufen wollte, trennten wir uns in der Stadt und machten Zeit und Ort aus, wo wir uns wieder treffen wollten. Daß wir einander nicht nachspionierten, war Ehrensache. Auf dem Rückweg, jeder trug ein paar Päckchen in den Händen, bekam mein zweiter Bruder plötzlich eigenartige Anwandlungen. »Findet ihr nicht, daß es eine sehr fragliche Sache ist, ob wir zu Weihnachten alle noch am Leben sind?«

Wir blickten ihn erstaunt an. Hatte er Todesahnungen? »Wäre es nicht richtiger«, fuhr er mit ernstem Gesicht fort, »wenn wir uns vor unserem eventuellen Sterben bescheren würden?«

Ah – dahin zielte er! Wir begriffen, und auf einmal fanden wir es alle höchst unsicher, ob wir am Heiligen Abend noch am Leben sein würden. Als unser Bruder den Vorschlag machte, mit der Bescherung erst gar nicht zu warten, bis wir zu Hause seien, stimmten wir ihm in seltener Einigkeit zu. Gleich darauf saßen wir im Aarauer Kantonsschulpark auf einer Bank, die wir zuvor vom Schnee befreit hatten, und bescherten uns gegenseitig. Wir fanden es herrlich, waren aber gleichzeitig keinen Augenblick im Zweifel darüber, daß unsere Mutter solche Art von Weihnachtsbescherung niemals gutheißen würde, und beschlossen deshalb, ihr gegenüber davon zu schweigen. Sicherheitshalber gaben wir auch dem jeweiligen Spender unsere wieder sorgfältig verpackten Geschenke zur Aufbewahrung bis zum Heiligen Abend zurück. Unsere Neugier war jedenfalls gestillt!

Damit wir am Weihnachtsfest das Fehlen unseres Vaters

nicht so schmerzlich empfänden, schlug unsere Mutter vor, jeder von uns solle irgendeinen bedürftigen Menschen als Gast zum Heiligen Abend einladen. Es stehe uns ganz frei, wen wir mitbringen wollten. Einer meiner Brüder hatte als Tischdame ein uraltes Mütterchen erwählt, das mit vor Aufregung hochroten Wangen meiner Mutter einen Blumenstock überreichte. Ein anderer hatte irgendwann einen etwas einfältigen jungen Mann kennengelernt, den man »Schneckenfresser« nannte, weil er für Geld lebende Schnecken verschluckte. Den brachte er zu unserer Weihnachtsfeier mit. Mein Tischherr war ein Straßenfeger, mit dem ich mich auf dem Schulweg angefreundet und von dem ich erfahren hatte, daß er sieben Kinder besaß und es oft sehr kärglich in seinem Hause zugehe. Daß er sich an diesem Abend von seiner Frau und den sieben Kindern trennte und meiner Einladung folgte, war gewiß etwas eigenartig, aber sicher zog das in Aussicht gestellte Festtagsessen bei uns, und vielleicht hatte er vorher schon mit seiner Familie gefeiert oder holte es anschließend nach. Ich machte mir damals darüber keine Gedanken. Wie fein verstand es jedenfalls meine Mutter, diese gemischte Gesellschaft zu einem gemeinsamen Erleben zu führen! Gewiß half dieser Dienst auch ihr, mit dem Schmerz fertig zu werden, der sie doch am allermeisten erfüllte im Gedanken an das Fehlen unseres Vaters an jenem Weihnachtsfest.

Es war in jener Zeit, und ich hatte meinen dreizehnten Geburtstag vor mir, als unsere Deutschlehrerin in der Sekundarschule in Aarau uns ein Aufsatzthema gab: »Wie ich mir meine Zukunft vorstelle.« Ich schrieb: »Ich möchte einmal Mutter vieler heimatloser Kinder und Schriftstellerin werden.«

Im Rechnen war ich nie eine Leuchte, aber je länger desto lieber schrieb ich Aufsätze, besonders wenn uns die Themen freigestellt wurden. Noch heute bin ich meiner damaligen Lehrerin dankbar, daß sie Verständnis dafür hatte, daß man unmöglich einen zehn bis zwanzig Seiten langen

Aufsatz, der in zwei knappen Stunden geschrieben sein mußte, auch noch in Schönschrift verfassen konnte. Es war mir gar nicht möglich, so schnell zu schreiben, wie mir die Gedanken kamen. Eine große Freude, die ich kaum in Worte hätte fassen können, erfüllte mich dabei. Schildern können – erzählen dürfen! Gewöhnlich forderte mich meine Lehrerin auf, meine Aufsätze vorzulesen. Das gespannte, atemlose Zuhören meiner Klassenkameradinnen war mir immer wieder Ansporn und Bestätigung. – Aber Bücher zu schreiben, das mußte noch herrlicher sein, und das konnte man bestimmt, auch wenn man Mutter war – denn darauf wollte ich auf keinen Fall verzichten.

Damals begann ich ein bewußtes Verhältnis zum Wort zu bekommen. Ich ahnte, wie wunderbar es ist, daß der Mensch seine Gedanken zum Ausdruck bringen kann, und welchen Reichtum unser Wortschatz birgt. Ich fing an, mich an schöner, gutgesetzter Rede zu freuen. Schon damals empfand ich Wiederholungen in der Formulierung, ungeschliffene Redewendungen oder nicht abgerundete Sätze beinahe als körperlichen Schmerz. Rede mußte wie eine Melodie sein. Es geht mir noch jetzt so, und in den dreißig Jahren meiner schriftstellerischen Arbeit habe ich jedes Manuskript mindestens einmal, wenn nicht öfter, einem Hörerkreis vorgelesen. Nur so war ich in der Lage, seinen Wert zu beurteilen. Heute sind mir nicht nur der Klangwert des Wortes und seine Möglichkeiten und Schönheiten bewußt, sondern je länger desto mehr wird mir die uns durch die Anwendung des Wortes auferlegte Verantwortung klar.

In jener Zeit in Aarau lag ich manchmal des Abends wach und versuchte mir vorzustellen, wie es sein würde, wenn ich wirklich einmal Bücher schreiben könnte. Aber ich zeichnete auch bereits das Haus, das einmal mein Kinderheim sein würde. Nicht genug, daß ich eigene Kinder großziehen wollte, in meinem Herzen war Raum genug, auch noch eine ganze Anzahl fremder hilfsbedürftiger Buben und Mädchen aufzunehmen. So stellte ich mir meine Zukunft vor!

Meine beiden engsten Freundinnen, die mit mir die gleiche Klasse besuchten, standen plänemachend nicht hinter mir zurück. Die Welt und das Leben lagen ja verheißungsvoll vor uns. Daran änderte die Tatsache des noch immer bestehenden Krieges nichts. Wir übertrafen uns gegenseitig bei der Schilderung unserer Zukunftspläne. Und als der Tag des Abschieds kam, gelobten wir uns feierlich, uns nach fünf Jahren in Aarau zu treffen, um einander zu berichten, ob und wie unsere Wünsche in Erfüllung gegangen und unsere weltbewegenden und himmelstürmenden Pläne durchführbar gewesen waren.

In der Tat kam solch ein Treffen zustande, wenn auch etwas mehr als fünf Jahre darüber hingingen. Erika, die anmutige Pfarrerstocher, kam aus England; Irene, von allen nur »Blume« genannt, die von Geist und witzigen Einfällen nur so sprühte, reiste aus Budapest an, und ich nach schwerer, langjähriger Krankheit aus Deutschland. In unserem lieben, alten Aarau trafen wir uns. Was hatten wir nicht alles zu erzählen!

Erika starb leider schon mit dreißig Jahren. »Blume« fand ich vor einigen Jahren als Konvertitin in einem Kloster. Sie war zum Katholizismus übergetreten, um im Orden der Dominikanerinnen tätig zu sein an gefangenen Frauen und Mädchen. Ich hätte das niemals bei ihr für möglich gehalten. Fast vierzig Jahre waren vergangen, seitdem wir uns das letztemal gesehen hatten. Strahlend kam sie mir entgegen. Nie zuvor habe ich eine fröhlichere Nonne gesehen. Unlängst war sie in unserem Erholungsheim und hat zu uns und unseren Gästen von ihrer Arbeit gesprochen und Lichtbilder davon gezeigt. Da war wirklich ein Stück »Una Sancta« zu erleben. Eine tiefe Frömmigkeit und fröhlicher Diensteifer erfüllte diese intelligente Frau und läßt sie Freude ausstrahlen, so daß jeder sich in ihrer Nähe wohlfühlen muß. Als sie damals den Aufsatz schrieb »Wie ich mir meine Zukunft vorstelle«, ahnte sie nicht im entferntesten, daß ihr Weg einmal ins Kloster führen würde – genausowenig wie unsere blonde, liebliche Erika wissen konnte, daß ihr nur drei Jahrzehnte Lebenszeit beschieden waren.

Wie gut, daß man den Schleier der Zukunft nicht zu lüften vermag! Man könnte es nicht ertragen. Es genügt, daß Gott unseren Weg vom Ende her sieht und daß alles, was auf uns zukommt, erst an ihm vorbei muß. Er mißt uns das rechte Teil an Freude und Leid zu. Legt er uns eine Last auf, dann hilft er uns auch. Wichtig ist allerdings, daß wir unterscheiden lernen zwischen Lasten, die er uns auferlegt, und solchen, die wir uns selbst aufbürden. Manchmal geht es uns wie Martha, der Schwester des Lazarus, der Jesus sagen mußte: »...du machst dir viel Sorgen und Mühe.« Oft habe ich das Wort Schlatters für mich in Anspruch genommen und auch anderen weitergegeben: »Macht nicht aus jedem Hölzlein am Wege ein Kreuz!«

Damals in Aarau ahnte ich nicht, wie bald sich über mein sorgenloses Kinderdasein ein Schatten legen sollte.

Eines Tages knickte ich mit dem linken Fuß heftig um. Das war schon öfter geschehen, aber diesmal setzten Schmerz und Geschwulst derartig ein, daß meine Mutter mit mir zum Arzt ging. Er konnte nichts finden, verordnete Schonung und meinte, es würde bald vergehen.

In jener Zeit mußten wir Aarau verlassen. Meine Mutter wurde nach Basel versetzt, wo sie die Leitung einer der größten Heilsarmeestationen in der Schweiz zu übernehmen hatte. Es war dies eine schwere und verantwortungsvolle Aufgabe, und noch heute – oder heute erst recht, denn damals vermochte ich das Ausmaß ihres Pflichtenkreises nicht zu überblicken – bewundere ich sie, die diese ihre neue Aufgabe trefflich meisterte. Ich bin mir aber auch darüber klar, daß ihr tiefes Gottvertrauen, ihr bewußtes Leben vor dem Herrn die Quelle der Kraft war, aus der sie schöpfte. Sie bekam zwei männliche Assistenten, die sie entlasten sollten. Aber dennoch hatte die kleine Frau Erstaunliches zu leisten. Nie werde ich vergessen, wie über zweihundert Heilsarmeemitglieder sich schweigend und in Ehrfurcht vor ihr erhoben, als sie anläßlich eines Jubiläums als über Achtzigjährige an meinem Arm nach vielen Jahren den Saal betrat, in dem die Veranstaltung stattfand. In den Festreden wurde immer wieder hervorgehoben, wie man sie schätzte und ihre Arbeit zu würdigen wußte.

Als wir von Aarau nach Basel kamen, schrieb man das Jahr 1918. Ich war vierzehn Jahre alt. Damals setzte ganz langsam die unheimliche Krankheit ein, die mich in den kommenden fünf Jahren in die Stille und Abgeschiedenheit zwingen sollte. Heißluftbäder und Massage in einem Heilinstitut brachten wenig Linderung. Ich war nach wie vor ein äußerst lebhaftes Mädchen – aber nur zu bald mahnte mich immer wieder ein heftiger Schmerz im Fuß daran, daß etwas nicht in Ordnung war...

1919 wurde das Jahr der schweren Grippeepidemie. In Scharen starben die Menschen. Man sprach damals von der »Spanischen Krankheit«. Bald wurden alle öffentlichen Zusammenkünfte verboten, die Schulen geschlossen, keine Konzerte oder Theatervorstellungen konnten mehr stattfinden, ja eines Tages durfte auch niemand mehr zur Beerdigung der Verstorbenen mitgehen. Angst und Schrecken erfüllten die Menschen. Meine Mutter hatte mich für ein Vierteljahr in eine Haushaltungsschule geschickt, in der Hoffnung, daß die Schmerzen im Fuß doch eines Tages nachlassen würden. Da erkrankte auch ich an der »Spanischen Krankheit« und lag längere Zeit mit hohem Fieber. Als der Arzt die Gefahr für überwunden erklärte, versetzte etwas Neues meine Mutter in große Sorge. An meinen Beinen und Armen zeigten sich plötzlich etwa zwanzig walnußgroße Beulen. Auch der Arzt konnte sich ihre Ursache nicht erklären. Nie vorher hatte er solche Beulen gesehen. Glücklicherweise verschwanden sie so plötzlich, wie sie gekommen waren.

In jene Zeit fiel das langersehnte Kriegsende. Unbeschreiblich war der Jubel, der unser Haus erfüllte, als ein Telegramm unseres Vaters kam: »Bin entlassen, komme morgen zur

Grenzstelle ›Leopoldshöhe‹, um mit Euch heimzukehren.«

Wir Kinder waren rein aus dem Häuschen. Wir schrien und tobten, wir riefen alle möglichen und unmöglichen Menschen an, um ihnen, ob sie das interessierte oder nicht, mitzuteilen, daß unser Vater endlich, endlich nach Hause käme. Viele freuten sich mit uns, schickten Blumen, Kuchen und anderes. Die Augen meiner Mutter strahlten. Ihre Freude war wie ein stilles Licht. Wie sehr hatte sie ihren treuen Lebenskameraden vermißt!

Am nächsten Tag standen wir fiebernd vor Aufregung an der Landesgrenze. Noch nie war unser Vater in der Schweiz gewesen. In Deutschland waren die Geschäfte leer. Die Menschen hungerten und froren. Dagegen war in der Schweiz die Fülle und gutes Leben, obwohl es auch gewisse Einschränkungen während des Krieges gegeben hatte. Oh, wie wollten wir unseren heimgekehrten Vater verwöhnen! Dann aber mußten wir doch ohne ihn zurückkehren. Das war eine Enttäuschung! Erst hatten wir stundenlang an der Grenze gestanden. Endlich kam mit viel Verspätung der Zug. Die Tränen kamen uns, so elend, ausgehungert und gealtert sah unser Vater aus. Und dann mußte er mit vielen anderen, die ebenfalls wie er hofften, gleich zu ihren Familien zurückkehren zu können, nach Riehen bei Basel in eine Schule, die als Quarantäne eingerichtet wurde. Aber immerhin – er war doch in der Nähe, wir konnten täglich mit der Straßenbahn hinausfahren, und wenn es uns auch nicht gestattet war, die Schule zu betreten, so konnten wir wenigsten über den Zaun hinweg mit dem geliebten Heimgekehrten sprechen. Was machte es uns aus, daß es bitterkalt war und wir stundenlang im Schnee standen! Oft äußerte meine Mutter allerdings Bedenken, weil die schwere Krankheit kaum hinter mir lag; aber ich ließ mich nicht halten. Ich war zu glücklich, meinen Vater wieder zu haben.

Vierzehn Tage später betrat er dann die festlich geschmückte Wohnung. Ein Willkommenschild grüßte ihn, überall waren Blumen und sonstige Zeichen der Liebe. Plötzlich ertönte, gespielt von der vierzig Mann starken Bläserkapelle der Basler Heilsarmeestation, das Lied: »Lobe den Herren, den mächtigen König der Ehren...« Über das Gesicht meines Vaters liefen unaufhaltsam Tränen. Obgleich nie zuvor in der Schweiz gewesen, war er doch heimgekehrt. In der Begrüßungsfeier, an der wohl über dreihundert Menschen teilnahmen, sprach Direktor Dussy über das Bibelwort Epheser 2, 14: »...er hat abgebrochen den Zaun, der dazwischen lag...«, davon ausgehend, daß die Heimkehr des lange Erwarteten durch den Zaun der Quarantäne noch verhindert gewesen, nun aber zur beglückenden Wirklichkeit geworden sei, und dann übergehend zu einer überzeugenden und packenden geistlichen Ansprache.

Nun war also die ganze Familie nach jahrelanger Trennung wieder beisammen. Mein Vater übernahm aus den Händen meiner Mutter die Leitung der großen Station. So hatte sie wieder mehr Zeit für uns Kinder, die nun bis auf den Jüngsten schon aus den Kinderschuhen herausgewachsen waren.

Nach wie vor schwankte meine Gesundheit. Ich nahm das zunächst nicht tragisch. Wenn ich auch nicht länger zur Schule gehen oder mich einer Berufsausbildung unterziehen konnte, meine Tage waren trotzdem ausgefüllt. Ich half im Haushalt und hatte genügend Zeit für meine Liebhabereien, vor allem für das Lesen.

Der Tag meiner Einsegnung kam als ein dreifaches Fest: Ostern, Geburtstag und Einsegnung. Wie schön war es, daß mein Vater selbst die Hände segnend auf mein Haupt legte. Er hatte auch im letzten halben Jahr den Unterricht selbst erteilt. Als er mich am Abend des Festtages fragte: »War es nicht schön heute? Es ist doch sicher ein unvergeßlicher Tag für dich!«, da antwortete ich ihm: »Doch, es war alles wunderschön, nur eins –« ich zögerte, weiterzusprechen.

Mein Vater ermutigte mich: »Nun – womit warst du nicht zufrieden? Sag es nur!«

»Warum hast du mir keinen anderen Denkspruch gegeben? – Ich weiß nichts damit anzufangen.«

Mein Vater wiederholte ihn und sprach bewußt langsam und betont die Worte: »Sei stille dem Herrn und warte auf ihn!« Dann fuhr er fort: »Es mag schon sein, daß du diesen Vers heute noch nicht ganz verstehst, aber die Zeit wird kommen, wo du erkennst, daß gerade dieses Wort das richtige für dich ist.«

Ich schüttelte ungläubig den Kopf. Viel lieber hätte ich einen fröhlichen Denkspruch gehabt, in dem etwas vom Singen und Loben, etwas von der Freude vorkam. Aber was sollte ich damit anfangen: »Sei stille...«? Stillesein fiel mir von jeher schwer. Immer hatte es in der Schule geheißen: »Bleib doch einmal ruhig sitzen! – Konzentriere dich! – Nun hast du schon wieder geschwätzt!« – Und zu Hause mußte ich auch oft ermahnt werden, stille zu sein – ganz abgesehen von den Sticheleien meiner Brüder, die behaupteten, neben mir käme überhaupt niemand zu Wort. Und dann: »Sei stille dem Herrn!«

Das hieß doch, sich in allem unbedingt fügen – sich nicht wehren – nicht selbst bestimmen dürfen – sich führen lassen. Ach, vielleicht verstand ich meinen Denkspruch besser, als ich es zugeben wollte. War es nicht so, daß ich mich gegen ihn wehrte? – »Und warte auf ihn!« Irgendwie schien mir das mit dem Tod zu tun haben. Aber ich wollte doch nicht sterben, ich wollte leben und viel erleben: Reisen machen, Bücher schreiben, heiraten, Kinder haben, ein Kinderheim eröffnen – und was weiß ich noch alles! – Ich wollte keineswegs gottlos sein, nein, ein guter, brauchbarer Mensch mit christlicher Gesinnung wollte ich sein – aber jetzt schon auf den Herrn warten? War das nicht ein wenig viel verlangt?

Bald darauf wurden meine Eltern wieder zurück nach Deutschland versetzt. Es wurde ein schmerzlicher Abschied. Wie waren wir mit der Schweiz verbunden! Sie war uns in der Tat ein Stück Heimat geworden, und wir ließen viele gute Freunde zurück. Ostpreußen hieß das neue Aufgabengebiet meines Vaters. Der Bezirk, den er betreuen sollte, erstreckte sich bis über Memel hinaus, nach Litauen hinein. Insterburg, Tilsit, Danzig – in diese und manche andere Städte hatte mein Vater zu reisen. Die dortigen Missionsstationen der Heilsarmee waren seiner Leitung unterstellt. In Königsberg würden wir wohnen.

Bevor wir aber die Schweiz verließen, machten wir noch eine Reise durch das Berner Oberland, um dessen unübertreffliche Naturschönheit kennenzulernen. Zum erstenmal standen wir vor Schneebergen. Überwältigt und vor Ehrfurcht stumm sahen wir ihre Häupter in den blauen Himmel ragen. Als das schönste empfanden wir Adelboden, diesen bezaubernden Höhenkurort. Und das alles sollten wir verlassen und in das ostpreußische Flachland übersiedeln? Mit jeder Stunde fiel uns der Abschied schwerer.

Aber dann war es soweit. Es folgte eine unvergeßliche Fahrt quer durch Deutschland. Wir waren ein paar Tage unterwegs. Überall gab es Aufenthalt und Verspätung. Die Spuren des vergangenen Krieges begegneten uns auf Schritt und Tritt. – Unsere Schweizer Freunde hatten uns in rührender Fürsorge ausstaffiert mit Bett- und Leibwäsche und großen Lebensmittelpaketen. In Berlin, wo wir zwei Tage Aufenthalt hatten, wurden wir auf der Straße angepöbelt. »Ihr Schieber! – Ihr Neureichen! – Was habt ihr in euren Säcken? Heraus damit!« – Uns Kindern wurde angst und bange. Es sah aus, als wollten sich die ausgehungerten, nur notdürftig gekleideten Menschen in der Tat auf unser Gepäck stürzen und es uns entreißen. Nur mit Mühe vermochte mein Vater sie zu besänftigen. Als eine Pferdedroschke langsam vorüberfuhr, winkte er sie kurz entschlossen heran und verfrachtete Frau und Kinder mitsamt dem Gepäck darin, um mit uns eiligst den Platz des Aufruhrs zu verlassen.

Als wir von Berlin nach Königsberg fuhren, blieb unser Zug acht Stunden auf der Strecke stehen, weil ein anderer im sogenannten »Korridor«, der gerade an diesem Tag von den Polen besetzt wurde, mit Handgranaten beworfen worden war. Der Unglückszug begegnete uns. Reisende mit verbundenen Köpfen und Armen riefen uns zu: »Kehrt um – fahrt zurück! Es geht euch nicht anders als uns.«

»Laßt uns heimfahren in die Schweiz!« Flehend waren die Augen meines jüngsten Bruders auf die Eltern gerichtet. Auch wir anderen wären sofort zur Umkehr bereit gewesen. Aber das war keine Frage für unsere Eltern. Sie hatten den Befehl bekommen, nach Königsberg zu reisen. Etwas anderes als Gehorsam kam für sie nicht in Frage.

»Gott kann uns überall bewahren«, sagte meine Mutter in ihrer überzeugenden Art, die immer beruhigend auf uns wirkte. »Er sendet seine Engel, daß sie uns behüten.« – Und wirklich, mitten in der Nacht kamen wir wohlbehalten in Königsberg an.

Der Kontrast zwischen der Schweiz und der ostpreußischen Hauptstadt war unbeschreiblich. Die Geschäfte waren leer, ausgehungerte Menschen in zerlumpter Kleidung mit hoffnungslosem Gesichtsausdruck schwankten entkräftet über die Straßen. – Wie froh waren meine Eltern für die Liebesgaben aus der Schweiz! Mit vollen Händen konnten sie nun austeilen. Und unsere Freunde sandten Woche für Woche weitere Lebensmittel. Als kurze Zeit später meine Krankheit voll zum Ausbruch kam, hätte ich diese in ihrer Heftigkeit nicht überstehen können ohne die tatkräftige Hilfe unserer Schweizer Bekannten, die innerhalb eines Jahres mehr als fünfzig nahrhafte Pakete schickten.

Die Schmerzen im Fuß wurden immer heftiger. Ich aber wollte nun nicht länger auf eine Berufsausbildung verzichten. Ich hatte mich entschlossen, Kindergärtnerin zu werden. Diese Ausbildung benötigte ich ja, um später einmal ein Kinderheim eröffnen zu können. Nicht allzu weit vom »Sackheim«, so hieß die Straße, in der wir wohnten, befand sich das Fröbelsche Kindergärtnerinnenseminar. Meine Mutter meldete mich dort an.

Vom ersten Augenblick faßte ich eine tiefe Zuneigung zu Fräulein Krause, der prächtigen Vorsteherin. Bis zu ihrem Tod verband mich ein inniges Verhältnis mit ihr, die mir mütterliche Freundin wurde. Eine herrliche Zeit begann für mich. Die Ausbildung im Seminar erschloß mir eine neue Welt und ungeahnte Möglichkeiten. Ich war glücklich oder wäre es jedenfalls gewesen, wenn nicht der Schmerz im Fuß gebohrt hätte. Es kam so weit, daß ich auf einen Stock gestützt ins Seminar gehen mußte. Dort versteckte ich ihn schamvoll und biß die Zähne aufeinander, wenn der Schmerz mich im Gehen oder Springen mit den Kindern qualvoll behindern wollte. Ein Masseur kam ins Haus. Aber es wurde immer schlimmer.

Unsere Ferien verbrachten wir damals am Ostseestrand. Wie wir einige Monate vorher in schweigender Bewunderung vor den gewaltigen Schneebergen in der Schweiz gestanden hatten, so verstummten wir jetzt vor der einmal stillen, dann wieder brausenden Schönheit des Meeres. Wie klein ist doch der Mensch gegen solche Gewalten!

Früher war mein Vater immer etwa drei Jahre an einem Platz geblieben. In Königsberg aber erreichte ihn die nächste Versetzung bereits nach anderthalb Jahren. Er wurde als nationaler Jugendsekretär der Heilsarmee nach Berlin beordert und hatte alle Missionsstationen in Deutschland zu bereisen. In diesem Dienst hatte meine Mutter ihren Platz nicht mehr so intensiv an seiner Seite wie vorher, und es war gut so – denn jetzt beanspruchte ich sie voll und ganz.

Wir waren kaum in Berlin angekommen, als ich schwer an Diphtherie und anschließend an Scharlach erkrankte. Als das abgeklungen war, vermochte ich nicht mehr auf meinen Fuß zu stehen. Ein Arzt nach dem anderen wurde zu Rate gezogen, im ganzen waren es sieben verschiedene Ärzte und Professoren. Niemand konnte helfen. Anderthalb Jahre lag ich ständig im Bett. Mit siebzehn Jahren mußte ich wie ein kleines Kind getragen werden. Mein Fuß war ein unförmiger Klumpen geworden. Man legte ihn wochenlang in Gips. Als der harte Verband entfernt wurde, hatte ich einen Spitzfuß bekommen und vermochte auch jetzt nicht zu stehen, geschweige einige Schritte zu machen, während das Bein bis zum Knie einem dünnen Stock glich. Wir wohnten damals in der vierten Etage eines Mietshauses im Berliner Norden. Über fünfzig Familien lebten in diesem Bau. Man kannte sich im allgemeinen nicht. Aber bald wußte man im ganzen Haus: »Dort oben wohnt das kranke Fräulein.« Und wenn mein Vater mich, die ich inzwischen beinahe so groß geworden war wie er selbst, auf seinen starken Armen all die vielen Treppenstufen hinuntertrug, bis zur Droschke, mit der ich wieder zu einem anderen Arzt oder in die Charité, das bekannte Berliner Krankenhaus, gefahren werden sollte, standen sie voller Mitleid Spalier. Es kam auch vor, daß einer halblaut sagte: »Die macht's ooch nich mehr lang, det sieht man doch. Det is'n Jammer, so jung, un schon ins Jraas beißen!«

Alles mögliche versuchten die Ärzte. Damals begann man mit Tuberkulinspritzen zu arbeiten. Nur ungern gaben meine Eltern ihre Einwilligung für die Spritzkur. Innerhalb zweier Monate wurden mir fünfunddreißig Tuberkulinspritzen verabreicht. Doch ich wurde immer elender. Schmerzen im Rükken und im linken Schultergelenk stellten sich ein. An meiner rechten Wange zeigte sich plötzlich eine kleine Wunde, die nicht mehr zuheilte.

Meine Mutter pflegte mich unermüdlich Tag und Nacht. Wie oft riß sie mein schmerzhaftes Stöhnen aus ihrem leichten Schlummer, und immer war sie gleichbleibend liebevoll besorgt um mich. Jede Woche kaufte sie mir ein neues Buch, besprach es mit mir und lehrte mich vieles mit ihren Augen sehen. Wie viele innige und wertvolle Gespräche fanden an meinem Krankenbett statt! Unermüdlich sann sie darauf, mich mit irgendwelchen kleinen Freuden zu überraschen.

In jener Zeit fand mein Schreibdrang Befriedigung im Tagebuchführen. Deutlich vermag ich darin meinen inneren Werdegang in jener Zeit zu verfolgen. Die Krankheit ließ mich reifen. Vieles, was mir vorher groß gewesen war, verlor an Wichtigkeit, und manches Unscheinbare, was ich als nebensächlich angesehen hatte, begann mehr oder gar großen Raum einzunehmen. Nicht daß ich kopfhängerisch geworden und über die Zeit des Beiseitestehenmüssens gejammert hätte. Meine Eltern und Geschwister umgaben mich ja auch mit so viel sorgender Liebe und sannen nach immer neuen Möglichkeiten, mich zu erfreuen, so daß ich kaum Mangel empfand. Allerdings trauerte ich meiner Berufsausbildung nach, die ich hatte abbrechen müssen. Meine gütige Vorsteherin, Fräulein Krause, hatte zwar meinen Eltern ein großzügiges Angebot gemacht. Sie wollte mich bei sich im Seminar behalten, mich versorgen und für meine weitere Ausbildung aufkommen. Aber Vater und Mutter hatten sich nicht entschließen können, mich in Königsberg zu lassen. Außerdem hätte die zunehmende Krankheit all diese Pläne ohnehin zunichte gemacht. – Es hieß in der Tat für mich, stille zu sein und zu warten. – Worauf? – Auf die Gesundheit? – Würde ich je wieder gesund werden? – Auf den Herrn? So, wie es in meinem Einsegnungsspruch hieß? Bedeutete das also doch – sterben?

Ich besinne mich auf eine Nacht. Meine Familie war um mein Bett versammelt. Mein Vater vermochte kein Wort mehr zu sprechen. Über sein gütiges Gesicht rannen unaufhaltsam Tränen. Meine Mutter versuchte mir zuzulächeln, aber es war ein schmerzvolles, um die große Not der Stunde wissendes Lächeln. Mein jüngster Bruder kniete vor einem Sessel, legte die Hände vor das Gesicht, und zwischen den Fingern rannen Tränen hervor. – Auf meinem Fuß hatte sich eine apfelgroße, schwer entzündete Beule gebildet. Die Schmerzen waren beinahe unerträglich. Jeder Atemzug war ein einziges Stöhnen. Es ging bis an die Grenze meiner Kraft. Mein Vater betete. Ich selbst hatte das Empfinden, als sei es eine Nacht der Entscheidung. Nur zögernd, zumindest sehr behutsam, schreibe ich das Folgende nieder, denn es ist heiliges Land, das ich betrete.

Ach, wie gerne wollte ich wieder gesund werden – aber in dieser Nacht wurde es mir klar, daß mein Leben, wenn ich genesen durfte, nicht mehr mir und der Erfüllung meiner eigenen Wünsche gehören dürfe, sondern daß ich es ganz und völlig dem Willen Gottes unterstellen müsse. – Ich gelobte es Gott: »Ich werde dir mein ganzes Leben zur Verfügung stellen zum Dienst an den Menschen, wenn du mich wieder gesund machst.«

In der gleichen Nacht brach mein Fuß auf. Das schaffte mir unerhörte Erleichterung. Eine neue Epoche meiner Krankheitsgeschichte begann. Plötzlich erklärte ich, keinen Arzt mehr zu wollen. Ich hatte so genug von all dem Experimentieren. Irgend jemand riet meiner Mutter: »Nehmen Sie Lehm, direkt aus der Lehmgrube.« Hätten wir damals mehr vom Starrkrampfbazillus gewußt, wir hätten zögernd oder überhaupt nicht die Lehmerde aus der Grube, sondern gereinigte Heilerde aus der Apotheke geholt. Wohl befindet sich der Tetanusbazillus nicht im Lehmboden, jedoch war die dafür in Frage kommende Ackererde gleich daneben. Mein jüngster Bruder holte also in großen Leinenbeuteln laufend den Lehm, und meine Mutter begann, Tag und Nacht die drei Wunden, die inzwischen aufgebrochen waren, mit kühlenden Lehmumschlägen zu behandeln. Welch eine Wohltat war dies für meinen seit Jahren gepeinigten Fuß! Noch immer vermochte ich keinen Schritt zu gehen. Dazu begann mein linkes Schultergelenk zu versteifen.

In jener Zeit habe ich manches Lied und Gedicht geschrieben. Ich war siebzehn Jahre alt, als ich das folgende verfaßte und auch vertonte. Oft habe ich es mit Gitarrenbegleitung auf meinem Krankenlager gesungen.

Ich komm zu dir aus lautem Weltgetriebe
und sehne mich nach deiner Vaterliebe.
Bei dir nur find ich die ersehnte Ruh!
O neige dich zu mir – mein Vater du!
Oft bin ich matt und brauche deine Gnade.
Allein kann ich nicht gehn auf dunklem Pfade.
O reich mir deine starke Vaterhand,
bring du mein Herz zur Ruh – mein Vater du!

Ganz langsam begann ich zu verstehen, was mein Vater meinte, als er mir meinen Einsegnungsspruch zu erklären versuchte: »Die Zeit wird kommen, wo du erkennst, daß es das richtige Wort für dich ist.« Er ahnte damals allerdings ebensowenig wie ich, welch schwere Zeiten wir miteinander durchwandern würden.

Wieder waren es unsere Freunde aus der Schweiz, die eine ausgezeichnete Heilsalbe schickten. Und nun ging es langsam, ganz langsam aufwärts. Ein Fest war es, als ich zum erstenmal, auf dem Arm meiner Mutter und auf den Stock gestützt, wieder versuchen konnte, auf meinem Fuß zu stehen, wenn die Schmerzen mir auch die Tränen in die Augen zwangen. Aber ich ließ nicht nach. Mit zäher Ausdauer übte ich Tag für Tag.

Dann wurde es Frühling. Sollte ich auch diesmal nichts von ihm erleben? »Bringt mich doch hinunter in den Friedrichshain«, bat ich. Der war nur wenige Minuten von uns entfernt.

Zweifelnd sah meine Mutter mich an. »Wird das gehen?« Mein Vater war auf Dienstreisen. Sie selbst konnte mich nicht die vielen Treppen hinuntertragen.

»Wir versuchen es!« Meine Sehnsucht nach Luft und Sonne schien mir stärker als die körperliche Schwäche.

Kurze Zeit später lehnte ich schweratmend und völlig erschöpft an der Hauswand auf der Straße. Ich hatte mir doch zuviel zugemutet. Allein die vielen Treppenstufen waren eine Tortur gewesen. Meine Mutter hatte es befürchtet, wollte mir aber nicht die Freude verderben und meinen Unternehmungsgeist nicht eindämmen. An ein Weitergehen zum Friedrichshain war nicht zu denken, obgleich dieser nicht weiter als fünf Minuten entfernt war.

Schon sammelten sich Neugierige um mich, die mit mehr oder minder taktlosen, wenn auch gutgemeinten Beileidsbezeugungen nicht sparten. Ich hatte Mühe, die Tränen zurückzuhalten. »Laß uns nach Hause gehen«, bat ich meine Mutter. »Nach Hause« – das war über die Straße zurück und vierundsechzig Stufen hoch. Vor Anstrengung in Schweiß gebadet, kam ich oben an und mußte mich sofort legen. Ich schluchzte in meine Kissen. Meine Frühlingssehnsucht war nicht gestillt worden.

Vier Wochen später wagte ich es dennoch wieder. Nun schien die Sonne schon stärker, und das einzige Rotdornbäumchen auf der spärlichen Rasenfläche unseres Hofes begann seine Knospen zu entfalten. Die Blätter der Kastanienbäume am Rand des Friedrichsparks hatten sich schon weit hervorgewagt. Bald würden die weißen und roten Blütenkerzen zwischen ihnen leuchten. Ich saß auf einer der ersten Bänke. Neben mir lehnte mein Stock als ständiger Begleiter. Für die an sich kurze Strecke von der Lippehner Straße zur Parkanlage hatte ich eine Dreiviertelstunde gebraucht. Aber die Aussicht, endlich wieder einmal draußen im Grünen sitzen zu können, die Sonnenstrahlen auf meinem Körper zu fühlen, frische Luft, soweit diese im Berliner Norden zu haben war, einzuatmen, gab mir Mut. Zwar war ich am Ende der Kraft, als ich mich auf der Bank neben dem Invaliden niederließ, der auf zwei Krücken gestützt ebenfalls einen Platz an der Sonne suchte.

Verständnisvoll hatte er mir entgegengeblickt und war treuherzig ein Stück auf die Seite gerückt.

»Na, Frollein, ha'm Se ooch'n Holzbeen?«

Da saß ich nun und konnte zuerst nichts anderes tun, als mich freuen. Die Vögel sangen; auf den Rasenflächen blühten Krokus, Narzissen und feuerfarbene Tulpen. Mütter fuhren ihre Kleinen spazieren. Alle Menschen schienen froh und zufrieden zu sein. Oder meinte ich es nur, weil ich selbst so glücklich war? Wohl spürte ich den besorgt auf mir ruhenden Blick meiner Mutter: »Hast du dir nicht doch zuviel zugetraut?« Aber als sie in meine strahlenden Augen blickte, beruhigte sie sich.

»Wie schön ist es«, sagte ich, »wie wunderschön! Ich habe gar nicht mehr gewußt, wie herrlich der Frühling ist!«

Meine Mutter mochte einsehen, daß sie mir den Rückweg nicht so schnell wieder zumuten konnte. So schlug sie mir vor, daß ich auf der Bank sitzen bleiben sollte, während sie nach Hause ging, um noch einiges zu erledigen. Am Mittag kam sie zurück und brachte mir etwas zu essen. Dann blieb sie mit einer Handarbeit noch zwei Stunden bei mir, bevor der kurze, für mich aber lange und anstrengende Heimweg wieder angetreten wurde.

Von da an führte mich meine Mutter täglich, wenn das Wetter gut war, in den Friedrichshain. Dort erschloß sich mir ungeahnt ein Aufgabengebiet, das mir viel Freude vermitteln sollte. Ich vermochte nicht spielende Kinder um mich zu haben, ohne diese anzusprechen. Bei wiederholtem Treffen wurden sie zutraulich. Bald waren es einige, die zu mir an die Bank kamen, mich begrüßten und mir ihre Namen nannten. An den Nachmittagen waren es Schulkinder, besonders solche, um die sich zu Hause niemand kümmerte. Es dauert nicht lange, da konnte man Gespräche folgenden Inhalts hören: »Kennste det lahme Frollein?«

»Sie hat ihr eijene Bank vorn im Friedrichshain.«

»Jed'n Morjen bringt se ihre Mutter. Det is 'ne janz kleene Frau, aber ick gloobe enerjisch. Zu die Tochter scheint se sehr nett zu sein.«

»Wat hat'n det lahme Frollein?«

»Holzbeen?«

»Wees ick nich, aber ohne Stock kann se nich loofen.«

»Kommste ooch hin, die liest uns wat vor.«

»Manchetmal krieg'n wir ooch wat jeschenkt – Obst oder Kuchen.«

»Klar, Mensch, denn komm ick ooch.«

Es dauerte nicht lange, da war meine Bank umlagert von einer Schar Kinder – fünf, zehn, zwanzig und noch mehr. Es waren echte, wilde, zum Teil völlig unerzogene Rangen, diese Berliner Kinder; aber ich liebte sie, und das spürten sie und dankten es mir durch rührende Anhänglichkeit.

Oft kamen sie direkt aus der Schule mit ihren Schulsachen zu mir. »Frollein, helfen Se mich bei die Schularbeiten? Wir ha'm so'n blöden Aufsatz uff.« –

»Ick vasteh' die Rechnungen nich. Würden Se mich die nochmal erklären?«

Gingen Erwachsene vorbei, so blieben sie oft kopfschüttelnd stehen und fragten: »Ist das hier eine Privatschule im Freien?«

Ich aber war glücklich. So war ich doch zu etwas nütze und wurde gebraucht. Um viele dieser »meiner Kinder« kümmerte sich in der Tat kein Mensch. Die Eltern gingen zur Arbeit oder waren auf Arbeitsuche. Es war ja die schlimme Zeit der Inflation, in der das Geld von Tag zu Tag mehr entwertet wurde. Der Berliner Humor wußte auch darüber seine Glossen zu machen. »Mutter trägt die Millionenscheine im Einkaufskorb fort und bringt die Ware im Geldbeutel nach Hause.«

Die meisten Kinder, die nun täglich, den ganzen Sommer und Herbst über, meine Bank umlagerten und umtobten, waren, das hatte ich bald herausgefunden, aus völlig unchristlichen Familien. Kein Mensch betete mit ihnen, niemand hielt sie an, zum Kindergottesdienst oder zur Kirche zu gehen. Erwuchs mir nicht auch daraus eine Aufgabe?

Wenn sie dann, auf den Rasenstangen um mich hersitzend, ihre Schulaufgaben gemacht und ich diese kontrolliert hatte, begann ich Geschichten zu erzählen. Oftmals waren es biblische Geschichten. Und warum sollte ich nicht auch mit ihnen Lieder üben? Das war gewiß bis dahin noch nicht dagewesen, und der grimmige Parkwächter, den die Kinder so oft ärgerten, weil sie über die Rasenfläche sprangen oder Papier herumwarfen, ging immer wieder kopfschüttelnd vorbei. Waren die, welche hier mitsangen oder mucksmäuschenstill auf die Geschichten lauschten, die ihnen das lahme junge Mädchen erzählte, dieselben, die sonst schreiend und tobend die Gegend unsicher machten und friedliche Bürger ärgerten?

Eines Tages gab ich ihnen biblische Rätsel auf und versprach eine Preisverteilung. Da ging über manches Gesicht der Spaziergänger ein stilles Schmunzeln, als die Kinder uralte Bibeln, manche riesigen Umfangs, heranschleppten und eifrig neben mir auf der Bank, auf den Rasenstangen oder gar auf dem Boden zu meinen Füßen suchten und blätterten. Es war mir schleierhaft, wo sie alle die Bibeln hervorgezaubert hatten.

Einmal brachte mir ein kleiner Junge behutsam von zu Hause ein Tellerchen mit einem undefinierbaren Inhalt. Er nannte das giftigfarbene Gebilde »Pudding«. Das war damals eine Kostbarkeit mit Seltenheitswert. Vorsichtig, um ja nichts davon zu verschütten, hatte der kleine Kerl es über die gefahrvolle Straße jongliert. »Frollein, det ha' ick für Ihnen ufjeho'm, damit Se ooch mal probier'n können.«

Schon längst brauchte meine Mutter, die ja nicht jeden Tag Zeit hatte, bei mir zu sitzen, mich nicht mehr abzuholen. Abends um fünf Uhr setzte sich der Zug in Bewegung. Die Großen, zwölf- oder dreizehnjährige Jungen und Mädchen, rissen sich darum, wer mich stützen durfte. So hatte ich immer auf der linken Seite einen meiner »Sanitätler«, während ich noch rechts auf meinen Stock gestützt ging. Die übrigen bildeten den Geleitzug.

Nur ganz langsam machte die Genesung Fortschritte. Schlimm war, daß die linke Schulter immer mehr versteifte.

Eines Tages kam eine freundliche ältere Frau zu mir und setzte sich neben mich auf »meine« Bank. »Ich bin die Großmutter von Lilli und Sonja, die auch zu den Kindern gehören, die jeden Nachmittag zu Ihnen kommen und die Schulaufgaben machen. Lilli ist sehr begabt. Sie hätte es nicht nötig, daß man ihr hilft. Aber sie schwärmt so von Ihnen und erzählt mir immer wieder die Geschichten, und dann singen sie mir Ihre Lieder vor. – Wissen Sie, ich bin Baptistin. Meine Tochter ist geschieden. Sie geht ins Geschäft, und ich muß die Kinder versorgen. Nun aber kommt der Winter. Die Kinder können nicht mehr zu Ihnen in den Park. Bitte, lassen Sie Lilli und Sonja doch nachmittags zu sich in die Wohnung kommen und beaufsichtigen Sie die beiden bei den Schulaufgaben! Ich will Ihnen gerne etwas dafür bezahlen.« Um die Bezahlung war es mir nicht zu tun; aber wie dankbar wollte ich für ein neues Aufgabengebiet sein, wenn das Wetter es nicht mehr zuließ, daß ich in den Park gebracht wurde!

Als die bunten Blätter von den Bäumen des Friedrichshains zum Sterben niederfielen und es unmöglich wurde, länger auf meiner Bank zu sitzen, nahm ich schweren Herzens von »meinen« Kindern Abschied. Wer würde sich jetzt um sie kümmern? Zum letztenmal stützte mich einer der Großen, nachdem er ein paar andere unsanft beiseite gedrängt hatte: »Heute bin ick an die Reije!« Einem Trauerzug gleich, folgten die anderen alle. Täglich waren die Leute auf der Straße stehengeblieben, um diesem seltsamen Zug nachzuschauen. So viel Behutsamkeit hatten sie nicht hinter den so verwahrlosten Kindern gesucht.

Irgendwie hatte es sich herumgesprochen, ohne daß ich etwas dazu beigetragen hatte: »Das lahme Fräulein gibt Nachhilfestunden und eröffnet einen Schularbeitszirkel.« Man fand damals solche Zirkel in Berlin da und dort. Unsere Wohnung war nicht groß. Aber meine Mutter machte es möglich. Sie schuf Platz für die zwölf bis fünfzehn Kinder, die im kommenden Winter jeden Nachmittag außer Samstag und Sonntag ihre Schularbeiten unter meiner Aufsicht machten und denen ich zum Teil Nachhilfestunden gab. Wie hat es mich beglückt, wenn ich einem Kind, das in der Schule einfach nicht mitkam und auf der Liste derer stand, die sitzenbleiben würden, zum Schritthalten verhelfen konnte! Die Lehrer wurden darauf aufmerksam, schickten mir neue Schüler und wiesen Eltern auf meinen Schularbeitszirkel hin. Dabei nahm ich mein erstes selbstverdientes Geld ein. Anfangs waren es in einer Woche 35.000 Mark, später genausoviel Millionen. Aber wenn ich etwas dafür kaufen wollte, reichte es gerade für ein Brot. Da war es mir schon lieber, wenn der Bäcker an der Ecke, der seine drei Kinder zu mir schickte, mich mit Backwaren, frischen Brötchen oder Schneckennudeln, bezahlte.

Wenn die Kinder ihre Aufgaben sauber gemacht hatten, übten wir ein Märchenspiel ein, das ich selbst geschrieben hatte. Im kommenden Frühjahr wurden in alle Familien unseres Hauses Zettel getragen:

Herzliche Einladung zu dem Märchenspiel
auf dem Hinterhof des Hauses Lippehner Straße 29.
Stühle sind mitzubringen.
Die Kinder des Schularbeitszirkels Dreisbach.

Und sie kamen alle, sogar der ewig angetrunkene Schneider und der meist schlecht gelaunte und ständig schimpfende Portier. Es war ein milder Abend, Papierlaternen spendeten buntes Licht, und hinter kunstvoll aufgerichteten spanischen Wänden traten in phantastischen Kostümen die Märchengestalten hervor. Das »Frollein mit'm Stock« hatte sich um gar nichts anderes zu kümmern, als Regie zu führen. Über fünfzig Leute waren erschienen. Zwei Frauen saßen in meiner Nähe. Als ein blonder Engel über einigen schlafenden Kindern sang: »Schlaf, mein Kind, die Bäume rauschen und durch die Zweige weht der Wind, Engel schweben leis hernieder, singen süße Schlummerlieder«, da hielt eine von ihnen schluchzend die Schürze vor die Augen, und die andere schneuzte sich kräftig in ihr blaues Taschentuch und sagte mit ihrer tiefen Stimme zu ihrer Nachbarin: »Wenn ick se nich genau kennen würde, tät' ich nicht jlooben, dat det meene eijenen Jören sind – zu Haus muß ick mir immer mit se rumärjern. Ich möcht' bloß wissen, wat det lahme Frollein mit die Kinder tut, det se ihr so lammfromm aufs Wort jehorchen.«

Ja, was tat ich mit den Kindern? Nichts Außergewöhnliches. Ich nahm sie ernst, ich hörte sie an, ich hatte Zeit für sie. Es war in der Tat eine Freude, mit ihnen umzugehen und ihren Eifer zu sehen.

Um wieviel ärmer wäre mein Leben gewesen ohne all die ungezählten Kinder, die in mein Dasein Heiterkeit und Frohsinn trugen. Sie haben mein Leben reich gemacht. Es lohnt immer, sich um ein Kind zu kümmern. Erst viel später las ich ein Wort, das mich stark beeindruckte und das ich nach dem zweiten Weltkrieg an die breite Wand der Eingangshalle meines Flüchtlingskinderheims schreiben ließ:

»Kinder sind Rätsel von Gott, schwerer als alle zu lösen, aber der Liebe gelingt's, wenn sie sich selber bezwingt.«

Es war keinesfalls so, daß nur ich den Kindern etwas zu geben hatte; sie waren es, die mich beschenkten, mit ihrer Liebe und ihrem rührenden Vertrauen, mit dem sie mir Einblick gewährten in ihre kleine Welt, in der sie doch oft schon ein dunkles und sorgenvolles Dasein führten. Je länger desto mehr verstehe ich das Wort Jesu aus Matthäus 18, 6: »Wer aber ärgert dieser Geringsten einen, dem wäre besser, daß ein Mühlstein an seinen Hals gehängt und er ersäuft würde im Meer, da es am tiefsten ist.«

Ich habe Kinder gesehen, aus deren Augen Haß glühte, Haß anstelle der Liebe zu Vater und Mutter, denen sie nicht mehr vertrauen und an die sie nicht mehr glauben konnten. Ich habe Kinder kennengelernt, die von den Erwachsenen frech und aufsässig genannt wurden, weil sie den Jammer ihres Herzens hinter Trotz zu verbergen suchten.

In jener Zeit in Berlin kam einmal ein fünfzehnjähriges Mädchen zu mir. Sie wollte mir eine Freude machen und hatte ihrer Mutter ein großes Stück Seife, das damals eine Kostbarkeit war, aus dem Schrank entwendet. Erst später hat sie mir gesagt, auf welche Art sie zu dieser Seife gekommen war. Unter Schluchzen erzählte sie mir, daß andere Kinder ihr ins Gesicht geschrien hatten: »Du – du hast ja keinen Vater, du hast ja nur einen Erzeuger!« Dieses Mädchen war unehelich und galt als äußerst schwierig. Dabei war sie begabt und auch zugänglich, wenn man ihr nur ein klein wenig Liebe entgegenbrachte. Kindernot, die gen Himmel schreit! Bücher wären darüber zu schreiben.

Wohl ging ich noch immer auf den Stock gestützt; aber dank der fürsorglichen Pflege meiner Mutter, der Lehmbehandlung und der guten Schweizer Salbe begannen die tiefen Wunden meines Fußes nach Monaten zu heilen. Erst viel später, bei einer Röntgenuntersuchung, entdeckte man, daß ich gleichzeitig eine schwere Lungentuberkulose durchgemacht hatte, die aber, wahrscheinlich infolge des langen, durch meinen kranken Fuß bedingten Liegens, völlig ausgeheilt war. Die Wunde an meiner Backe war ein Lupus vulgaris, eine Form der Hauttuberkulose, gewesen!

In jener Zeit kam für mich eine Einladung von Fräulein von Wattenwyl, Erholungstage in ihrem wunderbar über dem Thunersee gelegenen Familienbesitz »Schlingenmoos« in Gurzelen zuzubringen. Freudig sagten wir zu. Mein Vater brachte mich in die Schweiz. Allerdings reiste er mit einiger Besorgnis zurück. War ich nicht noch viel zu elend, um allein bleiben zu können? Nur mit großer Mühe vermochte ich, auf den Stock gestützt, allein zu gehen. Aber im Hause von Wattenwyl war ich ja so gut versorgt. Man würde mich pflegen, mit guter, fetter Schweizermilch, mit Butter und Käse, wie solches in Deutschland noch immer nur selten zu haben war.

Ich aber war glücklich, wieder in unserer geliebten Schweiz zu sein. Stundenlang lag ich auf der offenen Terrasse, den Blick zu den Schneebergen gewandt, immer wieder neu entzückt, etwa von dem Nebelmeer, das sich unter uns über dem Thunersee ausbreitete, oder von dem Sonnenaufgang, der die Bergspitzen in geheimnisvolles Licht hüllte, oder von dem Alpenglühen beim Scheiden der Sonne.

Zwar ging es mir dort gesundheitlich nicht gut. Auch blickte ich immer wieder voller Besorgnis in den Spiegel – die kleine Wunde an der rechten Wange war noch immer nicht geheilt, und irgendeine Ahnung sagte mir, daß es sich um nichts Ungefährliches handele. Jedoch vergaß ich meine Besorgnis sofort wieder, wenn ich in dem großen Bibliothekzimmer des Hauses vor den Büchern stand, die bis zur Decke empor die Regale füllten.

Zurück nach Deutschland reiste ich allein. Aber ich wagte während der ganzen Reise von Basel nach Berlin meinen Platz nicht zu verlassen, so unsicher fühlte ich mich. Zu Hause ging es jedoch bald weiter aufwärts. Ich war ja wieder in den Händen meiner Mutter. Nun wollte ich die im Kindergärtnerinnenseminar in Königsberg begonnene Berufsausbildung möglichst zum Abschluß bringen. Noch immer auf den Stock gestützt, fuhr ich jeden Morgen mit der Straßenbahn ins Zentrum Berlins, um dort die Schule weiter zu besuchen und abschließend das Examen zu machen. Zur Ausbildung gehörte auch das Praktikum in einem Säuglingsheim. Wie aber hätte ich die kleinen Kinder baden, wickeln und tragen können und mich gleichzeitig auf den Stock stützen? Die Ärzte hätten mich gar nicht zugelassen. So versteckte ich beim Eintritt ins Säuglingsheim jeweils meinen Stock und übte mich mit aller Energie, ohne meinen treuen Begleiter fertig zu werden, was mir in der ersten Zeit unendlich schwerfiel. Mit zusammengebissenen Zähnen verrichtete ich oft meinen Dienst, aber nach und nach lernte ich, wieder ohne Stock zu gehen. Es war für die ganze Familie eine Freude, als ich ihn endgültig beiseite legen konnte, und wurde als besonderer Tag gefeiert.

Ich war neunzehn Jahre alt, als ich mein Examen mit der Note »eins« bestand. Nun wollte ich aber auch gleich ausüben, was ich gelernt hatte. Die Vorsteherin unserer Schule rief mich zu sich: »Ich hätte eine Stelle, die ich nur Ihnen anbieten kann. Es wird nicht ganz einfach sein. Es sind in diesem Haus sechs Söhne. Die drei Jüngsten werden Ihrer Obhut und Erziehung anvertraut. Aber ich weiß, Sie werden es schaffen. Ich traue es Ihnen zu.«

»Sechs Söhne?« Meine Mutter war besorgt. »Das ist zuviel für dich!«

Aber ich war so sicher – zu sicher, daher mußte ich die notwendige Lektion lernen. Eines Tages zog ich also mit meinem Koffer in der großen Villa im Grunewald auf und wurde dort sehr freundlich – fast zu freundlich – von der Dame des Hauses empfangen.

»Fräulein hier – Fräulein dort!« Bereits nach acht Tagen war es mir klar, daß es für mich unmöglich sein würde, in diesem Hause zu bleiben, wo ich auch nicht die geringste erzieherische Aufgabe zu erfüllen, sondern nur Kindermädchen zu sein hatte, von dem man nichts anderes erwartete, als daß es darauf aufpaßte, daß die jüngsten Kinder sich nicht aus dem Fenster stürzten oder die Finger zwischen die Türen klemmten. Hatte ich dafür Pädagogik gelernt? Aber nicht nur das: Es war ein Haus ohne innere und äußere Ordnung, ohne Grundsätze. Schon in den ersten Tagen begriff ich, warum man derartig um mich herumschwänzelte. Keine Erzieherin, kein Dienstmädchen hielt es dort länger als einen Monat aus. Daß nun auch ich dieses Los teilte, deprimierte mich sehr. Hatte meine Schulvorsteherin nicht mir, als der einzigen der Klasse, zugetraut, daß ich es schaffen würde? – Aber nach dem jahrelangen Umsorgtsein zu Hause war die Atmosphäre für mich einfach untragbar. Ich kapitulierte. Reichlich geknickt kam ich zurück. Aber diese eine Demütigung schien noch nicht genug zu sein.

»Nimm einen Platz an, von dem aus du am Abend nach Hause kommen kannst«, rieten mir meine Eltern, die erkannten, daß ich so großen sowohl körperlichen als auch seelischen Anforderungen nach der langen Krankheitszeit einfach noch nicht gewachsen war. Wieder besorgte mir meine Vorsteherin eine Stelle. Ein Fabrikant suchte für seine beiden Töchter eine Erzieherin. Diesmal wäre es mit den Kindern gut gegangen, zumal ich ja jeden Abend nach Hause kam und dort meinem Herzen Luft machen konnte. Aber die »gnädige Frau«! So etwas hatte ich vorher weder erlebt noch geahnt. In Büchern hatte ich wohl von Frauen gelesen, die in hysterischer Weise Mann und Kinder sowie Angestellte tyrannisierten, aber ich hatte es für übertreibende dichterische Freiheit gehalten, was da geschildert wurde. Hier aber erlebte ich es, daß der Herr des Hauses Auftritten zu entgehen suchte, indem er so selten wie möglich heimkam, daß die Kinder vor der Mutter zitterten und aus lauter Angst in ähnliche Zustände verfielen, daß Masseuse und Friseuse, die täglich in die Wohnung kamen, ebenfalls kopflos wurden. Als eines Tages das Dienstmädchen vor meinen Augen von der »Gnädigen», die einen Wutanfall bekam, geohrfeigt und an den

Haaren auf dem Boden herumgeschleift wurde, da wankte ich am Abend schluchzend nach Hause. Nein, das ging ebenfalls über meine Kraft. Sollte ich dafür meinen Beruf erwählt haben? Dann wollte ich lieber umsatteln. Meine Mutter fuhr am nächsten Tag in das Haus des Fabrikanten und sagte seiner Frau ohne Umschweife, daß ich derartige Erlebnisse weder gewohnt sei noch ertragen könne und daß ich nach dem gestrigen Geschehen einem Nervenzusammenbruch nahe heimgekommen sei. Unter keinen Umständen würde sie mich wieder hierhergehen lassen.

Ich aber sah es als ein zweites Versagen meinerseits an. Was nützte es mich nun, daß ich das beste Examen der Klasse abgelegt und ein gutes Zeugnis nach Hause gebracht hatte, wenn ich in der Praxis nicht durchhielt? Äußerst entmutigt ging ich aufs neue zu meiner Vorsteherin. Heute weiß ich, daß diese Demütigungen nötig waren. Wie schnell ist der Mensch bereit, sein Können, seine Leistung hervorzuheben, und wie schwer fällt es ihm, zu erkennen, daß er auch versagt! Ich hatte einfach meine Fähigkeiten überschätzt und war im geheimen stolz darauf gewesen, daß man es mir und keiner anderen zugetraut hatte, diese Plätze auszufüllen.

Aber ich hatte auch gelernt, Vergleiche zu ziehen. Tausendmal lieber wollte ich an solchen Kindern arbeiten, wie es meine Parkkinder waren. Die wußten zu schätzen, daß man sich mit ihnen abgab, und waren nicht übersättigt und verwöhnt. Hatte es mich nicht schon immer zu den Armen und Hilfsbedürftigen gezogen? Ich sehnte mich direkt nach meiner Rasselbande im Friedrichshain. Erst viel später begriff ich, daß es Tausende gibt, die bei großem Reichtum ärmer sind, als es meine Parkkinder waren, und daß man sich auch ihrer annehmen muß, weil sie hilfsbedürftig sind, ohne es zu wissen.

Eine meiner Lehrerinnen, die mit ihrer Freundin einen eigenen Kindergarten und eine kleine Privatschule leitete, hörte, wie es mir ergangen war, und fragte mich, ob ich nicht zu ihr kommen wolle. Hatte ich vorher in einer gewissen

Selbstsicherheit die Privatstellen angetreten, so bekam ich jetzt, als Reaktion auf das Vorausgegangene, beinahe Hemmungen. Wie sollte ich mit dreißig Kindern fertig werden, dazu in der Privatschule mitarbeiten, wenn ich mich vorher nicht hatte durchsetzen können?

Aber das Gegenteil geschah. Das mir entgegengebrachte Vertrauen spornte mich an, es herrschte Disziplin und Ordnung in der Schule. Je mehr Verantwortung man mir entgegenbrachte, desto sicherer fühlte ich mich. Und bald wußte ich: es war doch der richtige Beruf, den ich gewählt hatte.

War er es wirklich? – Wie kam es, daß immer wieder derselbe Gedanke mich am Einschlafen hinderte? »Weißt du noch, was du Gott in jener Nacht gelobt hast?«

»Ja – ich will es auch unter allen Umständen halten.«

»Sollte er nicht mehr von dir fordern, als nur bei kleinen Kindern tätig zu sein? Solltest du mit der Zeit den Bogen deines Aufgabengebietes nicht weiter spannen? Für Kinder wie für Erwachsene, für Junge wie für Alte da sein? Denke an das Elend in den Großstädten, denke an die vielen müden, überarbeiteten Mütter, denke an die gefangenen Männer und Frauen in den Strafanstalten! Deine Ausbildung als Kindergärtnerin ist deswegen keinesfalls umsonst gewesen, denn du wirst einmal wieder mit Kindern zu tun haben. Aber nütze deine Jugend und die dir neu geschenkte Kraft, um mehr zu lernen und dann auch mehr zu leisten.«

Nun stand ich vor der Frage: Wo ist der dir von Gott zugewiesene Platz? War es nicht naheliegend, daß ich den Weg einschlug, den meine Eltern auch gegangen waren? Längst hatte ich mein »Aber« der Heilsarmeeuniform gegenüber aufgegeben und überwunden. Ich kannte jetzt ihren Sinn und Zweck. Nach meiner Einsegnung trug ich als freiwilliges Mitglied der Heilsarmee selbst die Uniform. In Königsberg hatte ich meine Mitseminaristinnen freudig eingeladen, an unseren Gottesdiensten teilzunehmen, und ebenso meine Kolleginnen in der Berliner Schule. Sollte mein Lebensauftrag nun wirklich ganz in dieses Werk führen?

Als ich meinen Eltern diese Erwägungen mitteilte, nahm mein Vater mich in tiefer Bewegung in seine Arme. »Nie hätten wir dich dazu überredet«, sagte er, »aber daß dies unser heimlicher Wunsch ist, kannst du dir denken.«

»Glaubst du deiner Berufung gewiß zu sein?« fragte meine Mutter. »Das ist wichtiger als alles andere. Nie dürftest du aus Liebe zu deinen Eltern eine so schwerwiegende Entscheidung treffen. Du mußt es selber wissen, daß es der dir von Gott gewiesene Weg ist.«

Ja, ich meine es auch heute noch zu wissen, daß ich so und nicht anders entscheiden durfte, obgleich mein Weg mich nach zehn Jahren wieder aus der Heilsarmee führte.

Nachdem ich noch einmal drei wundervolle Wochen im Aarauer Pfarrhaus bei den Eltern meiner Freundin Erika zugebracht hatte, zog ich eines Tages in die Kadettenschule der Heilsarmee in Berlin, um Unterricht in Bibelkunde, Sozialpädagogik, Lehre der Heilsarmee und anderen Fächern zu nehmen. Das Leben in einem Internat war mir bis dahin fremd, aber in der Gewißheit, dem Ruf Gottes zu folgen, nahm ich auch das, was mir nicht leichtfiel, auf mich. Daß ich jede Woche an meinem freien Nachmittag zu meinen Eltern fahren konnte, bedeutete mir Freude und Hilfe. Wir Schüler und Schülerinnen wurden auch gleich praktisch eingesetzt. So mußten wir, immer zu zweien, Hausbesuche bei Alten, Kranken und Notleidenden machen und kamen schon damals, obgleich die meisten von uns noch reichlich jung waren, in manch seelsorgerliches Gespräch.

In jener Zeit erkannte ich, wie segensreich meine Krankheit gewesen war. Wie ganz anders vermochte ich nun, Leidende zu verstehen und ihnen zuzuhören, wenn sie ihr Herz ausschütteten, und ihnen Mut zuzusprechen. Je länger desto mehr erfüllte mich ein heißes Verlangen, den Ärmsten und Verkommensten zu dienen. Wie gut verstand ich, daß der Gründer der Heilsarmee jenes Motto zu seinem Lebensziel gemacht hatte: »Rettet Seelen, geht den Schlimmsten nach!«

Ich brannte damals darauf, auf irgendeiner Missionsstation eingesetzt zu werden, um in die Tat umsetzen zu können, was uns in der Schule als Theorie beigebracht wurde. Wie enttäuscht war ich darum, als ich nicht, wie die andern, nach dem Ende der Schulzeit meine Stationierung in irgendeine Stadt erhielt, sondern noch einmal ein Dreivierteljahr in der Ausbildungsschule, und zwar als Gruppenführerin für den nächsten Kurs, zu bleiben hatte! Zwar sagte man mir, es sei dies ein Vertrauensposten, aber ich hätte mich viel lieber in die Praxis gestürzt.

Für die kurze Zeit bis zum Beginn des nächsten Kurses wurde ich als Assistentin nach Hamburg geschickt. Zu meinen dortigen Aufgaben gehörten solche, die mich das Tragen der Uniform als äußerst segensreich und nützlich erkennen ließen. So wurde ich in den späten Abendstunden mit Missions-Zeitschriften der Heilsarmee in das Hafenviertel mit seinen zweifelhaften Kneipen geschickt. Ich habe es erlebt, daß plötzlich das Licht ausgeschaltet wurde, während ich in einer solchen Kaschemme stand, um die Botschaft der Retterkraft Christi durch die Blätter den dort weilenden Menschen anzubieten. Die Kriminalpolizei war nämlich erschienen, um einen Verbrecher aufzuspüren. Erst nach einer Weile wurde es wieder hell – jedenfalls war Zeit genug vergangen, daß der, welcher der Polizei nicht in die Hände fallen wollte, sich in Sicherheit bringen konnte. Ich leugne nicht, daß mir in solchen Augenblicken mehr als beklommen zumute war – ich bin stets ein ängstlicher Mensch gewesen. Doch habe ich in solchen Situationen immer wieder wunderbare Bewahrung erlebt. Oft hatte ich auch in jenen Straßen, in denen ein Freudenhaus neben dem anderen lag, Besuche zu machen. In mir selbst war nicht so viel Mut, daß ich ohne Zittern und Zagen solche Aufträge ausgeführt hätte – aber nie geschah mit ein Leid.

Viele Jahre später, als ich schon längst nicht mehr die Uniform der Heilsarmee trug, machte ich eine ähnliche Erfahrung. Da war es die Tracht einer Diakonisse, die an einem solchen Ort achtunggebietend und schutzspendend wirkte.

Anläßlich eines Vortrags, den ich in einer Stadt halten mußte, suchten wir, eine Diakonisse und ich, vergeblich nach einer ordentlichen Gaststätte, wo wir zu Abend essen konnten. Für die meisten Gasthäuser war ausgerechnet heute der wöchentliche Ruhetag. Endlich fanden wir ein offenes Lokal. Das aber war so wenig anziehend, ja, wirkte beinahe unheimlich auf uns, daß wir am liebsten wieder hinausgegangen wären. Aber schon kam der Wirt auf uns zu, streckte als erster der Diakonisse die Hand entgegen und war sichtlich durch ihr Erscheinen geehrt. Damals schrieb ich folgendes Gedicht:

Weißt du noch? In der Kaschemme
saßen wir im Dämmerlicht.
Hieß die Wirtschaft nicht »Zur Schwemme«?
Nein, genau weiß ich dies wirklich nicht.
Und der dicke Wirt reicht uns die Pranke,
wollt so gern ein wenig freundlich sein;
beinah hätten wir gesagt: Nein, danke!
doch wir drückten höflich es in uns hinein.
Die Bedienung trug schäumende Biere,
abgetastet oft von Männerhänden.
Hinter Tischen hockten sie wie Tiere;
Fliegen klebten unbeweglich an den Wänden.
Uns wollt ob all diesem Grauen schütteln –
kann man so etwas noch Leben nennen?
Müßte man sie alle nicht wachrütteln!
Ob sie in der Tat nichts anderes kennen?
Sind es nicht im Grunde unsere Brüder?
Und erfüllen wir an ihnen unsere Pflicht?
Immer seh ich uns in der Kaschemme
schaudernd in der Dämmerung fahlem Licht ...

Hier hat die Heilsarmee vor allen anderen ihre Aufgabe. Unzählige Male habe ich es erlebt, daß Männer über ihren Bier- und Schnapsgläsern weinten, wenn wir bei der »Wirtschaftsmission« sangen: »Bringt sie heim, bringt die Irrenden oder Gemeinschaft wir auch gehören, in den gestrauchelten Männern, in den verkommenen Mädchen unsere Brüder und Schwestern sehen? Sollten wir uns nicht immer wieder die Frage vorlegen, ob wir an ihnen unsere Pflicht erfüllen? Es gilt auch hier, was ich in einem Vortrag von meiner Freundin, der Klosterfrau, hörte, als sie über den Dienst an den Frauen und Mädchen in den Strafanstalten sprach: »Wir sind nicht besser als sie – wir hatten es nur besser.«

In welche Abgründe von Leid habe ich in den folgenden Jahren geblickt, in denen ich im Dienst der Heilsarmee stand! Ganz gleich, ob es in Zwickau oder Stollberg im Erzgebirge, in Dresden, Wien oder in Freiburg war – überall führte mich mein Dienst zu den Armen und Hilfsbedürftigen. Überall erkannte ich aber auch die Wahrheit des biblischen Wortes: Die Sünde ist der Leute Verderben.

Wenn wir die Ursachen von Armut, Krankheit und Verbrechen oft in den sozialen Mißständen der einzelnen Völker suchen und zu finden glauben: das Urübel, der Ausgangspunkt, ist und bleibt die Sünde. Daher ist es notwendig, neben der Bekämpfung der äußeren Not sich auch der inneren anzunehmen. Wie aber sollte das möglich sein ohne den Glauben an einen lebendigen Gott, der uns in Jesus Christus geoffenbart wird? Die seelsorgerliche Arbeit am Menschen befriedigte mich überhaupt am meisten.

Für eine Zeitland kam ich zurück nach Berlin, um im dortigen Hauptquartier der Heilsarmee in der Redaktion tätig zu sein. Ich schrieb Erzählungen und Gedichte und zeichnete für das Jugendblatt »Der junge Soldat«. Auch dieser Dienst machte mir Freude, vor allem weil mir hier die Möglichkeit gegeben war, meinem Schreib- und Schilderungsdrang freien Lauf zu lassen. Aber ich begrüßte es doch sehr, als ich wieder die Leitung einer Missionsstation übernehmen konnte.

Es ist mir nicht möglich, an dieser Stelle erschöpfend von meinen Erlebnissen zu berichten. Ich will jedoch versuchen, wenigstens einiges zu schildern.

In meinem Heilsarmeedienst hat mich kaum eine Aufgabe

so befriedigt wie die sogenannten Freiversammlungen. Da erreichten wir Menschen, die seit Jahr und Tag in keine Kirche gegangen waren, Menschen, die keinerlei Zugang hatten zum Worte Gottes und zu einer Gemeinde. Wir stellten uns einfach auf einen Platz mit unseren Instrumenten und sangen die Lieder mit jenen Melodien, die so vielen auf die Nerven fallen, durch die wir aber oft gerade Eingang fanden bei Menschen, die ohne Glauben und Hoffnung waren. Dann gaben wir unser Zeugnis. Da die Heilsarmee unter ihren Mitarbeitern auch solche sehr schlichter Herkunft hat, waren diese Zeugnisse oft sehr einfach, ja manchmal geradezu primitiv. Aber wo sie aus reinem und aufrichtigem Herzem hervorgingen, konnte Gott sie segnen. Manch ein Mensch wurde gerade dadurch angesprochen – andere wieder abgestoßen. – Wissen wir, was bei Gott am meisten in die Waagschale fällt?

Oft waren es Hunderte von Menschen, die uns umstanden. Manchmal wurden wir anschließend an eine solche Freiversammlung um Unterredungen und Hausbesuche gebeten. Etliche Male kam es vor, daß Menschen zu mir kamen und sagten: »Ich war am Ende, hatte jegliche Hoffnung verloren und wollte mit meinem Leben Schluß machen. Da kam ich zu dieser Versammlung, zufällig – aber vielleicht war es doch nicht ganz zufällig. Glauben Sie, daß mir noch geholfen werden kann?«

Einmal sprach ich vor etlichen hundert Menschen in Köslin, wo ich die Arbeit der Heilsarmee, die dort noch ganz unbekannt war, einführen sollte. Mitten in meiner Rede drängte sich ein stämmiger, aber ziemlich heruntergekommen aussehender Mann durch die Menge und versuchte mich herauszufordern, indem er mich laut schreiend unterbrach: »He – was ist denn das für ein Gott, der uns hungern läßt? – Was nützt mich Ihr frommes Reden, wenn meine Kinder kein richtiges Dach über dem Kopf haben und meine Frau krank ist! Ihr lieber Gott kümmert sich einen Dreck um uns – der läßt uns verrecken!«

Aller Augen waren gespannt auf mich gerichtet. Was

würde ich antworten? Wie wichtig war es, jetzt das rechte Wort zu finden! Ich sagte laut und vernehmlich: »Nein, es ist nicht so, daß Gott sich nicht um Sie und Ihre Familie kümmert. Aber er bedient sich der Menschen, daß sie einander in seinem Auftrag in der Not beistehen. – Nachdem ich nun von Ihrer Not gehört habe, fühle ich mich verpflichtet, diese zu lindern, soweit es mir möglich ist. Bitte, geben Sie mir jetzt Ihre Adresse. Ich werde Sie besuchen, um zu sehen, wie ich Ihnen helfen kann.«

Ein großes, abwartendes Schweigen folgte diesen Worten. – Inwieweit ich tatsächlich helfen konnte, wußte ich noch nicht; aber es ging hier um Gottes Sache, die nicht geschmäht und herabgesetzt werden durfte. Dieser Mann jedoch ging nicht auf meine Forderung ein. Ohne ein weiteres Wort zu sagen, verschwand er und hat sich nie mehr an uns gewandt.

Bei unseren Hausbesuchen fanden wir in der Tat da und dort erschreckende Not. Oft war keine umfassende Abhilfe möglich. In vielen Fällen aber zeigten sich die Leute schon dankbar, wenn man sich überhaupt um sie kümmerte, und oft bedeutete ein Lebensmittelpaket oder eine warme Decke schon spürbare Entlastung.

Auch in die Gefängnisse führte mich mein Dienst. In Dresden bat man mich, im Frauengefängnis Bibelstunden zu halten; in Zwickau wurde ich sogar regelmäßig alle vierzehn Tage zu einer Gruppe Männer gerufen, die einen religiösen Vortrag erwarteten. Dort sprach ich auch jedes Vierteljahr in der großen Gefängniskirche vor rund fünfhundert Gefangenen. Nie verrichtete ich solchen Dienst, ohne innerlich selbst zutiefst erschüttert zu werden. – Waren nicht alle, die da vor mir saßen, einer Mutter Kind? Wieviel Tränen mochten um manche geweint worden sein! Andere hingegen weilten hier, weil niemand zur rechten Stunde dagewesen war, der sie warnte oder ihnen die Hand zur Hilfe reichte. Es gab gewiß mehr als nur einen, dem es ergangen war wie jenem Mann, der in Hamburg aus dem Wasser gezogen wurde und in dessen Tasche man einen Zettel fand: »Ein freundliches Wort hätte genügt, mich zu retten.« Hier in der Gefängniskirche saßen viele Menschen vor mir, die schon als Kinder von einer Pflegestelle zur anderen, von einem Heim zum anderen geschoben worden waren, die nie Liebe empfangen hatten. Mehr als einer hat mir im Laufe der Jahre geklagt: »Ich wußte von klein auf, daß ich ein unerwünschtes Kind war.«

Es gab natürlich auch andere Fälle. In einer Gefängniszelle stand ich einer Frau gegenüber, die völlig unzugänglich schien. Der Direktor hatte mich gebeten, sie zu besuchen. Wie es kam, daß er mir nichts Näheres über die Gefangene mitteilte, vermag ich heute nicht mehr zu sagen. Ich wußte nur, daß sie sich sehr aufsässig gegen die Wärter zeigte. Es schien unmöglich, in ein Gespräch mit ihr zu kommen. Sie saß auf ihrem Hocker hinter dem rohen Holztisch und starrte mich aus wilden Augen an, so, als wolle sie sich im nächsten Augenblick auf mich stürzen. Ich gebe zu, daß mir der Gedanke an den hinter der Türe stehenden Wärter, der von Zeit zu Zeit einen fürsorglichen Blick von draußen durch das runde Guckloch warf, eine gewisse Beruhigung war.

Ich versuchte auf alle Arten, die Gefangene zum Reden zu bringen. Schließlich fragte ich: »Haben Sie noch Angehörige?«

Keine Antwort.

»Lebt Ihre Mutter noch?«

Da rang es sich wie ein unterdrückter Schrei aus ihrer Brust: »Reden Sie nicht von meiner Mutter – ich kann es nicht hören!« Und plötzlich warf sich die Frau, ich schätze, daß sie etwa vierzig Jahre alt war, mit dem Oberkörper über den Tisch und weinte hemmungslos.

»Oh, meine Mutter, meine Mutter! – Hätte ich auf sie gehört! Auf ihrem Schoß habe ich als kleines Kind beten gelernt. Sie hat mich auf den rechten Weg geführt. Aber ich habe ihn verlassen!« Es war erschütternd, diese Verzweiflung mit anzusehen.

Ahnungslos stellte ich die nächste Frage: »Wie hoch ist Ihre Strafzeit?«

Da hob sie den Kopf und starrte mich aus beinahe irren Augen an. »Sie fragen: wie hoch? – Hat man Ihnen nicht gesagt, daß ich zum Tode verurteilt bin? (Damals gab es in Deutschland noch die Todesstrafe.) Ich habe einen Mord begangen – ich werde hingerichtet – nie mehr werde ich dieses Haus lebend verlassen! – Oh, meine Mutter – meine Mutter! Hätte ich doch auf sie gehört.«

Wie gelähmt stand ich in der Zelle dieser Mörderin. Grauen wollte mich erfüllen. – Aber hatte ich nicht einen Auftrag? Jetzt ging es wahrlich nicht um meine Gefühle. Plötzlich fiel alle Angst von mir ab. War es nicht groß, daß ich auch zu dieser Frau von dem sprechen durfte, der gekommen ist, zu suchen und selig zu machen, was verloren ist? Es wurde mir geschenkt, was ich zu sagen hatte. Plötzlich stand das Bild des gekreuzigten Herrn vor mir, und an seiner Seite sah ich den, der um seiner Verbrechen willen zum Tode verurteilt war und der in der Erkenntnis seiner Schuld den, der unschuldig dort hing, bat: »Herr, gedenke an mich, wenn du in dein Reich kommst!« Ich sprach davon zu dieser verzweifelten Frau, die eben noch völlig unzugänglich gewesen war, nun aber ansprechbar schien. Ein tiefes Glück durchflutete mich, als ich ihr die Worte Jesu weitergeben durfte: »Wer zu mir kommt, den werde ich nicht hinausstoßen.« Ich fragte die zum Tode Verurteilte zum Schluß, ob ich noch mit ihr beten dürfe, und war unendlich froh, daß sie es nicht ablehnte. So befahl ich sie der Liebe und dem Erbarmen Gottes an. –

Ich berichtete schon davon, daß meine ehemalige Schulfreundin, Schwester Johanna Dominik, in unserem Erholungsheim einen Vortrag hielt und von ihrem Orden erzählte, dessen vornehmste Aufgabe es sei, sich solcher Leute anzunehmen. Dieser Orden gibt gestrauchelten Frauen und Mädchen, die nach Verbüßung ihrer Strafe ein neues Leben beginnen wollen, aber nicht die Kraft und den Mut aufbringen, dieses draußen inmitten der vielfältigen Versuchungen zu tun, die Möglichkeit, in den Orden als Schwester einzutreten, nachdem sie eine gewisse Bewährungszeit hinter sich gebracht haben. Sie erhalten dieselbe Ordenstracht wie die anderen Schwestern, die eine geordnete und bewahrte Vergangenheit aufzuweisen haben. Über die Vergangenheit darf im Orden nicht gesprochen werden, weder über die sogenannte gute als auch über die verfehlte.

»So weiß niemand von uns, außer der Äbtissin und etwa der Schwester, die durch die Gefängnismission mit den Betreffenden zu tun hatte, wer von den Schwestern schon straffällig war und vielleicht Jahre seines Lebens im Gefängnis oder gar im Zuchthaus zugebracht hat. Wir nehmen es auf uns, ebenfalls für solche angesehen zu werden«, sagte meine Freundin. Dabei strahlten ihre Augen, daß sie solchen Dienst tun durfte.

»Wir sind nicht besser als sie – wir hatten es nur besser.«

Erst im vergangenen Jahr hielt ich einen Vortrag in einer Strafanstalt, in der meine Bücher in der Bibliothek enthalten sind und von den Gefangenen gerne gelesen werden. Ich werde nie vergessen, wie eine neunzehnjährige Gefangene fragte: »Wo sind denn diese Menschen, von denen Elisabeth Dreisbach schreibt? Zeigt sie uns doch!« Als christliche Schriftstellerin, die von einem inneren Auftrag weiß, ist es mir ein Anliegen, nicht nur die Macht des Bösen, die Auswirkung der Dämonie abschreckend zu schildern, sondern auch den Weg und die Möglichkeit zur Befreiung; und von Menschen zu reden, die dies an sich selbst erlebt haben. Ist es nicht erschütternd und für uns Christen eine Anklage, wenn solch ein junges Mädchen klagen muß: »Mir sind noch keine erlösten Menschen begegnet«?

Noch heute, da ich nicht mehr im Dienst der Heilsarmee stehe, bewegt mich das Schicksal der Gefangenen aufs tiefste. Ich stehe auch immer wieder mit solch unglücklichen Menschen im Briefwechsel. Gewiß gibt es Abgebrühte und Unverbesserliche – aber wie oft lese ich auch aus den Briefen Sehnsucht nach einem neuen Leben! –

Einen ganz besonderen Auftrag erkannte ich auch darin, jungen Müttern und ihren Kindern zu helfen. Nachdem ich im Erzgebirge einmal erlebt hatte, daß eine werdende Mutter auf dem Weg ins Krankenhaus, wo sie entbinden sollte, starb und die Ärzte erklärten, sie sei an nichts anderem als an gebrochenem Herzen gestorben, sah ich ein neues, dringliches Aufgabengebiet vor mir. Dieses Mädchen war verlobt gewesen und gehörte ebenfalls, wenn sie auch nicht durch die Ausbildungsschule gegangen war, zur Heilsarmee. In ihrer freien Zeit stellte sie sich für den Dienst zur Verfügung, tagsüber ging sie ihrem Beruf nach. Die Heilsarmee erwartet von ihren Mitgliedern, daß sie ein sauberes, geordnetes Leben führen. Geschieht dies nicht, so müssen sie damit rechnen, daß sie die Uniform nicht mehr tragen und auch nicht mehr öffentlich tätig sein dürfen. Nachdem diese Mädchen ein Kind erwartete, mußte auch sie und ihr Bräutigam sich diesen Anordnungen fügen. Außerdem war ihnen klar, daß sie nicht öffentlich, sondern nur in aller Stille getraut werden konnten. – Der Mann ließ seine Verlobte im Stich. Aber ihn zu verlieren und auch ihre Tätigkeit in der Heilsarmee, an der sie sehr hing, aufgeben zu müssen, ging über die Kraft dieses Mädchens. Es starb.

Mir ging das Geschehen sehr nahe. Tagelang war ich tief unglücklich. Wenn ich auch die jüngste Schwester der Verstorbenen, an der diese Mutterstelle vertreten hatte, für längere Zeit zu mir ins Haus nahm, so war die Tote damit nicht ins Leben zurückzurufen. Ich machte mir die schwersten Vorwürfe. Hätte ich mich ihrer nicht mehr annehmen müssen? Waren die Bestimmungen der Heilsarmee auf diesem Gebiet vielleicht doch zu hart? Das letztere mußte ich verneinen, denn das Tragen der Uniform verpflichtet. Von da an nahm ich mich ganz besonders der jungen Leute an, die zu uns kamen. Wenn ich sah, daß sie vergeblich nach einer Wohnung suchten oder ihre finanzielle Lage ihnen nicht zu gestatten schien, sich zu verheiraten, machte ich mich selbst auf Wohnungssuche, kümmerte mich um ihre Wohnungseinrichtung oder um Arbeitsplätze. Der Gedanke an unerwünschte Kinder oder solche, die nicht in die Geborgenheit eines geordneten Familienlebens hineingeboren werden sollten, bekümmerte mich besonders. Aus solchen Erlebnissen ging später mein Buch »Steffa Matt« hervor. Der tragische Tod jenes Mädchens lehrte mich auch, zurückhaltender in meinem Urteil zu sein. Was wissen wir von unserem Nächsten? Und wie würden wir vielleicht an seiner Stelle handeln? Das bedeutet nicht, Unrecht gut zu heißen. Aber immer noch gilt das Jesuswort: »Wer unter euch ohne Sünde ist, der werfe den ersten Stein.«

Oft litt ich darunter, daß unsere Hände nicht genügend gefüllt waren, um die Not, die an unsere Türe klopfte, zu wenden. In Wien hielt ich eine Zeitlang regelmäßig Sprechstunden ab. Da standen die Menschen Schlange. Die sozialen Verhältnisse jener Zeit waren katastrophal. Das Herz tat einem weh, wenn man helfen wollte und nicht konnte. Anläßlich eines Kongresses kam ich auch einmal nach Budapest und sah eines Nachts im Oktober über hundert Männer, einer neben dem anderen, auf dem nackten Stein einer Straße liegen. Es waren Obdachlose, die nirgends mehr Aufnahme gefunden hatten. Die Heilsarmee besaß sowohl in Wien als auch dort in Budapest ein großes Obdachlosenhaus; aber das war, obgleich einige hundert Männer jede Nacht darin Aufnahme fanden, wie ein Tropfen auf einen heißen Stein.

Aber waren die inneren Nöte nicht ebenso schlimm, ja noch schlimmer? Und wie leichtfertig setzten sich viele darüber hinweg! Nicht immer griff Gott so spürbar und erschütternd ein wie im folgenden Fall.

Ich hatte in einem Evangelisationsgottesdienst zu sprechen. Eine große Zuhörermenge lauschte. Hinten an der Türe allerdings standen einige junge Männer, die sich erdreisteten, alberne Bemerkungen zu machen und das Gehörte ins Lächerliche zu ziehen. Sie wurden einige Male zur Ruhe ermahnt, hörten aber nicht auf. Nach der Evangelisationsveranstaltung nahm ich Gelegenheit, mit ihnen zu reden. Ich machte sie auf den Ernst und die Verantwortung aufmerksam, die auch ihnen daraus erwachse, daß sie die Aufforderung zur Buße an diesem Abend vernommen hatten. – Hohnlachend setzten sie sich darüber hinweg. Ihre Antworten waren Gotteslästerungen.

Am kommenden Morgen in aller Frühe wurde ich von einem schreckensbleichen, völlig verstört wirkenden jungen Mann gerufen und gebeten, an das Sterbebett seines Freundes zu kommen, der in der Nacht einen Blutsturz gehabt hatte. Ich eilte sofort mit dem Überbringer dieser Botschaft, fand den Kranken jedoch bereits besinnungslos und konnte nur noch an seinem Sterbebett beten, daß Gott ihm gnädig sein möge. Es war einer der Rädelsführer vom vergangenen Abend. Ob noch eines der Worte, die er während des Evangelisationsgottesdienstes vernommen hatte, in seine Seele Eingang gefunden hatte? Ich vermag es nicht zu sagen. Fassungslos weinend stand die Mutter am Lager ihres Sohnes. Ähnliche Erlebnisse hatte ich mehr als einmal. –

In Dresden machte ich die Bekanntschaft eines jungen Mannes, der dort studierte. Er kam aus einer landeskirchlichen Gemeinschaft und hatte schon mit sechzehn Jahren von einer klaren Berufung zum Missionar gewußt. Durch den Besuch einer unserer Versammlungen lernte er die Heilsarmee kennen und fühlte sich durch die frische Art der Verkündigung angesprochen. Es war ein Gottesdienst, den mein Vater leitete. Er hatte zu jener Zeit gerade die Zeltmission der Heilsarmee in Deutschland ins Leben gerufen. In den Sommermonaten reiste er durch die Städte Sachsens, und Abend für Abend lauschten Hunderte von Menschen in seinem Zelt der Botschaft. Es gab oft einen so großen Andrang zu seelsorgerlichen Gesprächen und Hilfeleistungen, daß die Zahl der dafür in Frage kommenden Mitarbeiter nicht ausreichte. Aber auch manche praktische Arbeit beim Auf- und Abbau des Zeltes war zu verrichten. Mein Vater hielt nach Helfern Ausschau.

Eines Tages kam der junge Student zu ihm und sagte: »Ich weiß seit Jahren von einem klaren Ruf in den Dienst Gottes. Wie kann ich weiter studieren, wenn es überall an

Reichsgottesarbeitern fehlt? Ich stelle mich Ihnen für die Zeltmission zur Verfügung.«

»Wenn Sie glauben, daß dies der Weg Gottes ist, dann kommen Sie. Wir brauchen dringend Hilfe«, erwiderte mein Vater. Der junge Mann sprach auch mit seinen Eltern. Weil sie selbst entschiedene Christen waren, zeigten sie Verständnis für seinen Entschluß. So brach er die Brücken hinter sich ab und wurde der Gehilfe meines Vaters. Meine Eltern lernten ihn als einen gotthingegebenen, ernsten und befähigten Menschen kennen, und gaben darum gerne ihre Einwilligung zu unserer Verlobung, als er mich nach einem Jahr fragte, ob ich seine Frau werden wolle.

Inzwischen waren meine Eltern nach Herrenalb im Schwarzwald gezogen. Wohl war mein Vater erst sechzig Jahre alt, aber ein schweres Herzleiden zwang ihn plötzlich, die Arbeit vorzeitig aus den Händen zu geben und sich pensionieren zu lassen. Das war sehr schmerzlich für ihn. Mit seinem ganzen Herzen hing er an seiner bisherigen Tätigkeit. In jener Zeit nahmen meine Eltern den Kontakt mit einer Freikirche, der Evangelischen Gemeinschaft, auf. Prediger Rapp, der als Gemeindepastor, Gründer und Leiter des Kurhospizes »Grüner Wald« in Herrenalb tätig war, besuchte meine Eltern, nachdem diese an einem seiner Gottesdienste teilgenommen hatten.

»Bitte, was haben Sie für einen Rang in der Heilsarmee?« fragte der Prediger.

»Ich bin jetzt pensioniert«, erwiderte mein Vater. »Da spielt der Rang, der mir auch vorher nicht das Wesentliche war, schon gar keine Rolle mehr. Aber ich will Ihnen gerne meinen jetzigen Rang nennen.« Und was er nun sagte, war keineswegs eine leere Redensart oder gar eine fromme Phrase, sondern das, was er fühlte und empfand, was seine innerste Überzeugung war. »Ich bin ein begnadigter Sünder. Das ist mein Rang.«

Da streckte ihm Prediger Rapp die Hand entgegen und sagte: »Dann sind wir Brüder.« Von Stund an verband diese beiden Männer, die ihr Leben lang in Gottes Dienst gestanden hatten, eine herzliche Freundschaft.

Der Tag unserer Hochzeit wurde festgesetzt. Ich bekam noch einige Wochen Sonderurlaub, um die notwendigen Vorbereitungen zu treffen. Da kam eines Tages mein Verlobter zu mir. Er war sehr niedergeschlagen. Schon monatelang hatte ich seinen Briefen angemerkt, daß er in großen inneren Kämpfen stand. Keinen Augenblick war er sich über seine innere Berufung unklar, mit keinem Gedanken dachte er daran, Gott aus der Schule zu laufen – aber er konnte sich auf die Dauer nicht in Art und System der Heilsarmee hineinfinden.

»Ich werde jetzt noch eine Zeitlang die Missionsschule in Wiedenest besuchen«, sagte er mir, »und dann heiraten wir und gehen zusammen in die Äußere Mission.«

Zutiefst erschrocken blickte ich ihn an. Mein Vater war ja leidend. Erst vor kurzer Zeit hatte man gemeint, daß es mit ihm zum Sterben gehe. Ich war die einzige Tochter. Hatte ich nicht die Pflicht, meiner Mutter zur Seite zu stehen, wenn mein Vater pflegebedürftig wurde? – Und meinte nicht auch ich, von einer klaren Berufung zu wissen für den Dienst, in dem ich stand? Ich möchte hier nicht Einzelheiten des nun einsetzenden inneren Kampfes und der daraus entstehenden Not schildern. Wir trennten uns. Ich wußte, daß ich meinen Verlobten nicht zurückhalten und an mich binden durfte, nachdem er von einer klaren Berufung für die Äußere Mission wußte. Andererseits durfte ich selbst meinen kranken Vater und meine Mutter nicht verlassen. Blieb ich in Deutschland, so konnte man mich jederzeit nach Hause rufen.

Der Entschluß war nicht leicht, zumal ich einen Menschen in die Ferne ziehen ließ, dem mein Herz zugetan war und dessen ich nur in Liebe und Achtung zu gedenken vermochte. Ich habe damals sehr lange gebraucht, ehe ich den Schmerz, der mir daraus entstand, überwinden konnte. Später aber glaubte ich doch zu erkennen, daß auch das Führung Gottes war. Es warteten Aufgaben auf mich, die ich nicht hätte erfüllen können, wäre ich an eine Familie gebunden gewesen. Damals konnte ich das Handeln Gottes mit mir nicht verstehen. Aber ich beugte mich dieser Führung im Vertrauen, daß Gott keine Fehler macht.

Viele Jahre hat mein ehemaliger Verlobter in großem Segen in der Äußeren Mission gearbeitet. Der Dienst für Gott ging ihm über alles. Mit seinen Eltern blieb ich bis zu ihrem Tode in Verbindung und durfte sie sogar nach dem zweiten Weltkrieg und dem Umsturz aus dem Osten zu mir nehmen, um ihnen eine Erholungszeit, die sie dringend nötig hatten, zu ermöglichen.

Ich selbst ging damals zurück in die Arbeit der Heilsarmee. Daß der Weg aus beglückender Zweisamkeit in das Alleinsein nicht leicht war, bedarf wohl keiner Erwähnung.

Die Gesundheit meines Vaters ließ sehr zu wünschen übrig. Ich war froh, in der Nähe meiner Eltern zu sein. Aber auch ich selbst war körperlich in wenig guter Verfassung. Eines Tages forderte der Arzt sofortiges Aussetzen. Ich erbat Urlaub und erhielt ihn auch.

Als ich glaubte, mich wieder kräftig genug zu fühlen, bat ich um eine Missionsstation in Süddeutschland, um gleich bei der Hand zu sein, wenn die Mutter mich bei der Pflege meines Vaters brauchen sollte. – Man schrieb mir, daß ich im Augenblick nur in Berlin ein Aufgabengebiet bekommen könne. Daraufhin sah ich es als meine Pflicht an, mein Dienstverhältnis mit der Heilsarmee zu lösen, um bei meinen Eltern bleiben zu können. Auch das ging nicht ohne inneren Kampf ab. Doch ich hatte Gott um klare Weisung gebeten, und sie wurde mir zuteil.

Daß ich nicht etwa nur als Haustochter bei Vater und Mutter sein würde, stand bei mir fest. »Dienst am Menschen« – das war meine Berufung, und daran änderte der Austritt aus der Heilsarmee nichts. Waren nicht überall ausgestreckte Hände, die um Hilfe flehten?

Kurz entschlossen mietete ich ein neuerbautes, wunderschönes Schwarzwaldhaus in Herrenalb. Es sollte ein Kindererholungsheim werden. Das war ein Glaubenswagnis, denn in der Heilsarmee hatte ich kein Gehalt bekommen, das es mir gestattet hätte, etwas zurückzulegen. Wohl nahm ich meine Eltern mit in dieses Haus, aber ihre Wohnungseinrichtung reichte gerade für sie. Wie sollte ich ohne Geld ein ganzes Haus möblieren?

Eines Tages kam ein Ehepaar zu mir.

»Wir bitten Sie um eine große Gefälligkeit«, sagte der Mann. »Wir hatten die Möglichkeit, sehr günstig eine Wohnungseinrichtung zu kaufen, können sie jetzt aber noch nicht unterbringen, da unsere Räume zu klein sind und wir unsere bisherigen Möbel noch haben. Könnten wir die großen Stücke nicht vorerst in Ihrem Kinderheim unterstellen?«

Es waren genau die Möbel, die ich benötigte. Sie hatten auch die notwendige Größe, als wären sie nach Maß für meine Räume gearbeitet worden. Es war nicht das erste und auch nicht das letzte Mal, daß ich solche wunderbaren Führungen Gottes erleben sollte. Längst war es mir klar: Machen wir Gottes Interessen zu den unseren, so macht er die unseren zu den seinen.

Zwar war ich noch jung, nicht einmal dreißig Jahre alt; aber ich ahnte bereits, daß mein Wunsch, eigene Kinder zu haben, nicht in Erfüllung gehen würde. Und doch – Kinder gehörten einfach zu meinem Leben. Zwar eröffnete ich jetzt ein Kindererholungsheim. Noch war es aber nicht das, was ich mir vorstellte und von Herzen wünschte, nämlich Kindern wirklich Mutter zu sein. Aber ein Anfang war jedenfalls gemacht.

Ob ich nun wohl auch Zeit finden würde, zu schreiben? Mein erstes Manuskript lag zwar schon fertig in meiner Schreibtischschublade. Ich hatte es in Freiburg, wo ich zuletzt stationiert gewesen war, geschrieben, meist während der Nachtstunden, weil der Tag dem Dienst in der Heilsarmee, der ich verpflichtet war, gehörte. An traulichen langen Winterabenden las ich meinen Eltern, die glücklich waren, mich nach jahrelangem Fernsein bei sich zu haben, aus meinem Manuskript vor.

»Du solltest es drucken lassen«, sagte mein Vater.

»Es scheint mir, daß da ein neuer Auftrag für dich vorliegt«, war die Ansicht meiner Mutter. Sie freute sich besonders darüber, hatte ich doch die Schilderungsgabe von ihr geerbt.

»Wie aber soll ich zu einem und vor allem zu dem richtigen Verleger kommen?« war mein Bedenken.

Eines Tages besuchte uns wieder Prediger Rapp. Mein Vater gab ihm mein Manuskript und sagte: »Lies es doch einmal. Vielleicht kannst du meiner Tochter einen Rat geben, wohin sie sich wenden soll.«

Nicht lange danach teilte uns Prediger Rapp mit, daß er meine Arbeit mit großer Freude gelesen habe und unbedingt der Meinung sei, daß sie gedruckt werden solle. Er fragte mich: »Sind Sie damit einverstanden, daß ich das Manuskript unserem Christlichen Verlagshaus in Stuttgart vorlege?«

Und ob ich damit einverstanden war! Zwar konnte ich es noch nicht fassen. Sollte dies wirklich der Beginn eines Weges sein, den mich seit Jahren zu beschreiten verlangte? – Es schien mir, als könne ich kaum ein größeres Glück erleben. Fieberhaft wartete ich auf die Antwort des Verlags. Ich riß dem Briefträger den Umschlag beinahe aus der Hand. Mein Herz klopfte. Und da stand es schwarz auf weiß: »Wir freuen uns, Ihnen mitteilen zu können...« Mein Manuskript war angenommen, würde gedruckt werden; ich hielt die Bestätigung in den Händen! Glückselig eilte ich zu meinen Eltern: »Sie nehmen mein Buch – und ich darf weiter schreiben!« Wie freuten sie sich mit mir! Dann mußte ich mit meinem Glück einen stillen Weg machen. Das Heidehaus, das ich gepachtet hatte, lag an einem Wiesenhang direkt unter einem der herrlichen Wälder, die Herrenalb umgeben. Es war ein warmer Frühlingsmorgen. Die Tannen hatten zur Feier des Tages hellgrüne Spitzen an ihre Zweige gesteckt. Auf dem obersten Ast eines Baumes jubilierte eine Amsel ihr Lied. Ich saß auf einer Bank am Waldrand. Rings um mich her war nichts als Stille, und in meinem Innern nichts als Dank.

Als ich dann mein erstes Buch gedruckt in den Händen hielt, liefen mir Freudentränen über das Gesicht. War es nicht mein Kind, das ich geboren hatte? – Andere würden folgen.

Mein Leben hatte wieder einen tiefen Sinn. Ich konnte nicht leugnen, daß die Arbeit in der Öffentlichkeit, die ich jahrelang getan hatte, mir fehlte. Obgleich ich wußte, daß mein Platz jetzt an der Seite meiner alternden Eltern war, schien es mir unmöglich, daß meine Tätigkeit sich auf den Bereich des kleinen Schwarzwaldortes, so schön er war, beschränken sollte. Gott hatte mich von dem Auftrag, den er mir einst gegeben, nicht entbunden: »Dienst am Menschen!« Jetzt würden meine Bücher solchen Dienst tun. Durch sie wollte ich zu den Menschen sprechen. Es würden wahrscheinlich in erster Linie einfache, im Kampf des Lebens stehende Menschen sein. Zu ihnen hatte es mich immer hingezogen. In einer Sprache, die sie verstanden, mußte ich reden, nein, schreiben. Ihre Sorgen und Nöte mußte ich schildern, aber auch den Weg weisen, sie zu überwinden und unter der Last zu erstarken.

»Wege im Schatten« war der Titel meines ersten Buches. Es war dem Leben nacherzählt und schilderte die Geschichte eines alten Mannes, den ich in Dresden an seinem achtzigsten Geburtstag anläßlich einer Weihnachtsfeier für Alte und Einsame kennengelernt hatte. Er war als der Sohn einer Dirne im Gefängnis geboren und hatte ein unsagbar schweres Leben hinter sich. Unendlich dankbar war er, als ich mich seiner annahm. Konnte die Lebensgeschichte dieses Mannes nicht manchem dienen, der glaubte, die Last, die ihm auferlegt sei, wäre zu schwer?

Schneller, als ich gedacht hatte, füllte sich mein kleines Kinderferienheim. Es waren meist Kinder aus sogenannten »besseren« Häusern, die zu mir geschickt wurden, damit sie sich in der gesunden Schwarzwaldluft erholten, oder damit sie, die verwöhnt und teils völlig falsch erzogen waren, sich umstellen und anpassen lernten. Oft ging es um die einfachsten Dinge – etwa darum, daß die Mütter es nicht fertigbrachten, die Kinder bei den Mahlzeiten zum Essen zu bewegen. Es gab auch Fälle, in denen die Eltern Ferienreisen unternahmen, auf denen sie die Kinder nicht brauchen konnten. Bald vermochte ich die Arbeit nicht mehr allein zu bewältigen, obgleich meine Mutter mithalf, wo sie nur konnte. Zwei nette junge Mädchen fanden Anstellung bei mir. Mein Vater freute sich an den Mädchen und Buben, als seien es seine Enkel. Es war eigenartig: Auch die von den Eltern als schwierig bezeichneten Kinder fügten sich bei uns meistens ohne Mühe. Oft erkannte ich allerdings an den Kindern, wie schwierig die Eltern waren.

Unsere Methoden waren manchmal etwas eigenartig. Ein zwölfjähriger bildhübscher, aber sehr eigenwilliger Junge, den wir Napoleon nannten, war zum Beispiel höchst erstaunt, als ich ihn zum Dirigenten des Kinderchores, den ich gründete, erhob. Von da an gab es mit ihm keine Schwierigkeiten mehr. Mit Feuereifer probte er jeden Tag mit seinen Sängern, und es war erstaunlich, was diese leisteten.

Eines Tages brachte ein Ehepaar seine noch nicht ganz dreijährige Tochter zu uns. Die Eltern reisten nach Italien und konnten das kleine, sehr verwöhnte Persönchen dabei nicht gebrauchen. Brigitte kam also ins Heidehaus. Ich mußte der Mutter jedoch versprechen, jeden Tag eine Postkarte zu schreiben und ihr über das Ergehen des Kindes Bericht zu erstatten.

Zuerst hatte die Kleine Mühe, sich in die Haus- und Tagesordnung zu fügen. Sie schien daheim der Tyrann aller gewesen zu sein. Dann aber ging es vorzüglich, und nach kurzer Zeit hatte das Kind runde rote Bäckchen und aß bei jeder Mahlzeit seinen Teller widerspruchslos leer. Auch stubenrein war sie endlich geworden. Nun kamen die Eltern von Italien zurück. Daß die Mutter enttäuscht war, daß die Kleine die Arme nach mir und nicht nach ihr ausstreckte, konnte ich verstehen. Daß sie aber auf die Feststellung ihres Mannes,

»Titti« habe sich doch prächtig erholt, erwiderte: »Ja, aber siehst du denn nicht, daß sie den Glanz ihrer Augen verloren hat?« – das empörte mich denn doch.

Am Abend dieses Tages, es war schon am Dunkelwerden, vermißte ich meine großen Buben. Als ich vor das Haus trat, liefen sie, angeführt von Napoleon, auf dem Hof herum und leuchteten angestrengt mit einer Stallaterne in allen Winkeln und Ecken herum.

»Was sucht ihr denn da?« fragte ich, und prompt wie aus einem Munde tönte es: »Wir suchen den Glanz aus Tittis Augen, den sie hier verloren haben soll.« Ich stimmte befreit mit ihnen in ein herzhaftes Gelächter ein.

Ein ganzes Jahr lebte ich nun schon im Heidehaus. Mein Tag war reichlich ausgefüllt. Alle dafür in Frage kommenden Zimmer waren mit Kindern belegt. Die mußten versorgt werden. Wie gut, daß meine Mutter noch so rüstig war und die beiden jungen Mädchen zuverlässig genannt werden konnten! Wie hätte ich sonst Zeit zum Schreiben finden sollen? Nachdem jedoch mein erstes Buch gedruckt war, hatte es mich gepackt. Es verging kein Tag mehr, an dem ich nicht geschrieben hätte, außer dem Sonntag. So entstand ein zweites, dann ein drittes Buch. An Stoff fehlte es nicht. Hatte ich nicht jahrelang Erlebnisse gesammelt, Menschen beobachtet und manches gesehen auf meinen vielen Reisen? Und wie viele Lebensbeichten hatte ich anhören müssen – oder besser gesagt dürfen –, denn das Vertrauen der Menschen genießen ist immer ein Geschenk, wenn auch ein verpflichtendes.

Wie oft bin ich gefragt worden: Wie entsteht denn so ein Buch? Einmal kam eine Mutter zu mir. Köstlich naiv erklärte sie: »Ich möchte meine Tochter auch gerne Schriftstellerin ›lernen‹ lassen. Was muß ich da unternehmen?« – Nein, so ist das nicht. Schriftsteller ist man, oder man ist es nicht. Natürlich ist es auch hier so, daß man Übung benötigt und durch Erfahrungen im Laufe der Zeit reift und sich vervollkommnet. Doch Voraussetzung bleibt eine gewisse Begabung. Gabe aber wird zur Aufgabe, besonders beim christlich ausgerichteten Autor.

Wie also sind meine Bücher entstanden? Meist sah ich den ganzen Stoff eines Buches vor mir, noch ehe ich daran zu schreiben begann. Es konnte sein, daß ein Gespräch mit einem Menschen oder eine Reise, die ich machte, ein strahlender Sonnenaufgang, den ich erlebte, die Not oder Freude eines Menschen für mich der Auftakt zu einer schriftstellerischen Arbeit waren. Ich weiß noch gut, wie ich eines Tages, auf dem Motorrad meines Bruders mitfahrend, einen leichten Schrei ausstieß, ihm einen Schlag auf den Rücken versetzte und ausrief: »Ich hab' ein neues Buch!« Das war ganz in der ersten Zeit meines Schreibens. In Sekundenschnelle sah ich den Ablauf der ganzen Begebenheit, die ich schildern wollte. Das Gerippe war jedenfalls da, immer bevor ich mit Schreiben begann. Ich mußte es nur mit Fleisch und Haut umgeben. Mitten in der Nacht oder bei einem Spaziergang oder während einer Unterredung entstanden auf diese Art meine Bücher. Oft konnte ich kaum erwarten, bis ich mich an die Schreibmaschine setzen und das formulieren konnte, was ich innerlich sah.

Als ich mit dem dritten und vierten Manuskript zu meinem Verleger kam, hob er beschwörend die Hände: »Fräulein Dreisbach, langsam – langsam! Sie verausgaben sich zu sehr. Wenn Sie so weitermachen, werden Sie in Kürze keinen Stoff mehr haben. Vergessen Sie auch nicht, daß wir ein Risiko auf uns genommen haben, indem wir mit Ihnen einen neuen Namen auf den Büchermarkt brachten. Sie sind völlig unbekannt. Man weiß ja noch nicht, ob sich Ihre Bücher überhaupt durchsetzen, ob sie gern gelesen werden.«

Ich glaube, ich habe ihn ganz entgeistert angesehen. »Herr Direktor, Sie meinen im Ernst, ich hätte in Kürze keinen Stoff mehr? Ich fürchte, daß ich nicht lang genug lebe, um all das Erlebte, das sich angesammelt hat, verarbeiten zu können. Und das Leben spricht weiter täglich zu mir.«

Als mein Verleger vor etwa fünf Jahren einen Prospekt herausgab, auf dem meine Bücher verzeichnet standen, da staunte ich selbst, als ich las, daß bis dahin mehr als 300.000 Exemplare hinausgegangen waren. Welch eine Aufgabe hat Gott mir gegeben! Viele Leserbriefe bezeugen mir, daß die Menschen verstehen, worauf es mir ankommt. Helfen will ich, Mahnzeichen aufrichten, wohl Not und Schuld schildern, aber auch Wege zeigen, die herausführen. War es in den ersten Jahren vor allem die Freude am Schildern, so wurde es mit der Zeit immer mehr das Wissen um den Auftrag zur Evangelisation und Missionsarbeit durch meine Bücher. Es kam die Zeit, da ich an keinem Manuskript arbeiten konnte, ohne immer wieder mit Gott darüber zu reden. Es geht mir wie in meinen Vorträgen: ich will nicht unterhalten, sondern Wesentliches, nein, das Wesentliche weitergeben. Das bedeutet aber, sich selbst immer wieder füllen zu lassen, denn was man nicht hat, kann man nicht geben.

Aus den Rezensionen, die mir mein Verleger schickte und die ich auch heute immer wieder bekomme, lernte ich viel. Wenngleich die Mehrzahl positiv ist, etliche negative sind immer dabei. So beanstandet eine Buchbesprechung, daß ich es den Leuten zu leicht mache, ein neues Leben anzufangen, wenn sie gestrauchelt sind. Aber es geht hier nicht um meine persönliche Auffassung, sondern um das Zeugnis der Bibel. Sie sagt: »Ist jemand in Christo, so ist er eine neue Kreatur; das Alte ist vergangen, siehe, es ist alles neu geworden.« Und: »Wen der Sohn frei macht, der ist recht frei!«

Andere waren der Meinung, es wäre besser, wenn ich nicht so viel »Christliches« in meinen Büchern brächte. Es gäbe auch eine Keuschheit der Seele, und Worte wie »persönliche Entscheidung«, »Hinfinden zu Christus« seien veraltet und nicht mehr angebracht.

Ich habe mich immer bemüht, keine frömmelnden Redensarten zu bringen. »Christliche Phrasendrescherei« liegt mir nicht. Noch nie habe ich es geschätzt, wenn jemand die sogenannte »Sprache Kanaans« gewohnheitsmäßig oder gedankenlos anwandte und Bibelverse, ob es paßte oder nicht, in seine Rede einflocht. Aber es ist mir bewußt, daß ein klares Zeugnis von uns gefordert wird. Je länger desto weniger darf es in meinen Büchern fehlen.

Es wurde von anderer Seite beanstandet, daß ich offen über Unmoral, sittliche Entgleisungen, freie Liebe usw. spreche. Niemand wird mir nachsagen können, daß ich diese heiklen Themen so behandelt hätte, daß selbst der Empfindsamste beim Lesen erröten oder peinlich berührt sein müßte. Aber es ist mir klar, daß wir Dinge, die wir bekämpfen wollen, beim Namen nennen müssen und daß ein lächerliches Versteckspielen auf diesem Gebiet nicht angebracht ist.

Als ich, es sind nun schon 25 Jahre her, »Steffa Matt« schrieb, hatte mein Verleger starke Bedenken, das Manuskript so zu veröffentlichen. Ich konnte aber nicht auf seine Forderungen eingehen, Dinge, die mir besonders wesentlich schienen, zu streichen. Meine Frage, ob das Manuskript auch von einer Frau gelesen und begutachtet worden sei, wurde verneint. Ich bestand darauf. Man gab es einer Dame, die selbst zwei Söhne im heiratsfähigen Alter hatte. Sie brachte das Manuskript zurück mit der Bemerkung: »So und nicht anders muß es gedruckt werden! Das Buch wird vielen jungen Menschen Hilfe und vielleicht sogar Bewahrung bedeuten.« Manche Zuschrift hat es mir bestätigt.

Es sind nicht nur Frauen, von denen ich Zuschriften erhielt. Junge Männer haben mir bestätigt, Wegweisung durch meine Bücher bekommen zu haben. Eheleute haben mir gestanden, ihren gemeinsamen Weg neu vor sich gesehen zu haben nach dem Lesen eines meiner Bücher. Väter haben mir anvertraut, daß ich gerade den Irrweg ihrer Tochter beschrieben, aber auch die Hilfe aufgezeigt hätte.

Eine Mutter schrieb mir in tiefer Bewegung: »Mein Sohn war in englischer Gefangenschaft und hat aus der Gefangenenbibliothek Ihr Buch ›Es wird ein Schwert durch deine Seele dringen‹ in die Hand bekommen. Er hat mich gebeten, in Deutschland nach diesem Buch Ausschau zu halten. Er wünsche es selbst zu besitzen, wenn er nach Hause käme;

denn durch dieses Buch habe er den Weg zu Gott zurückgefunden.«

Sind das nicht Briefe, die zum Weiterarbeiten anspornen? Es gibt natürlich auch Zuschriften origineller Art:

»...Ich habe den ganzen Friedhof in Mittelberg nach dem Grab Steffa Matts abgesucht und es nicht gefunden. Wo hat man sie denn beerdigt?« – »...Warum hören Sie immer auf, wenn es am spannendsten ist? Ich wünsche zu wissen, was aus der Arztfrau Siegberte geworden ist. Lebt sie noch?« – »...Warum haben Sie Steffa Matt sterben lassen? – Die beiden hätten miteinander glücklich werden können.«

Ich selbst lebe seit mehr als dreißig Jahren ständig zwei Leben: mein eigenes und das der Gestalten meiner Bücher. Es sind nun bald fünfzig größere und kleinere Bände, dazu viele Kurzerzählungen. Jedesmal aber greift es mich innerlich an, wenn ich das letzte Wort einer Arbeit schreibe und mich damit von Menschen trennen muß, mit denen ich vielleicht monatelang »gelebt« habe, die ich werden oder sterben ließ, denen ich Namen gab und deren Werdegang ich bestimmte. Sie sind aus dem Leben entnommen, irgendwo und irgendwann sind sie oder ihre Vorbilder mir begegnet – aber wollte man nach ihnen suchen, würde man sie nicht finden.

Ich danke Gott für diesen Lebensauftrag, den er mir gegeben hat, und ich wünsche mir, noch bis an mein Lebensende schreiben zu können.

Aber auch die Arbeit an den Kindern machte mir Freude. Wenn ich meine Jungen und Mädchen nach etlichen Ferienwochen wieder abgeben mußte und mir vorstellte, daß sie nun, zum Teil wenigstens, wieder in derselben unverantwortlichen Weise verwöhnt und verhätschelt würden und man ihnen jeden Wunsch erfüllte, dann kam immer wieder die Erkenntnis über mich, daß es mit meiner Aufgabe doch nicht ganz das Richtige sei. Mutter wollte ich sein. Wenn es mir schon versagt war, eigene Kinder zu haben, sollte ich wenigstens Kinder wie meine eigenen halten können. – Gewiß war auch das, was ich für meine Erholungskinder und an ihnen tat, nicht vergeblich. Aber ich sehnte mich nach Kindern, die ich behalten konnte.

In jener Zeit hörte ich vom Evangelischen Kinderrettungsverein. Ob ich mich an diesen wandte? Ich tat es, und umgehend kam Antwort: Wir suchen dringend Familien, in denen Kinder, die aus irgendeinem Grund nicht bei ihren Angehörigen leben können, eine bleibende Heimat finden. – Es handelte sich um Waisen, Halbwaisen, Kinder aus geschiedenen Ehen oder aus schwierigen Verhältnissen, aber auch um solche aus gutsituierten Kreisen, wo irgendeine Ursache das Kind nicht bei den Eltern sein läßt.

Mir war es sofort klar: Hier war meine Aufgabe: Man sandte mir verschiedene Formulare, die ich ausfüllen sollte. Unter anderem mußte ich meine Zugehörigkeit zur evangelischen Kirche nachweisen. Das konnte ich nicht. Wohl besuchten wir abwechselnd die sonntäglichen Gottesdienste der Landeskirche und der Evangelischen Gemeinschaft; aber nach meinem Austritt aus der Heilsarmee hatte ich mich noch nirgends angeschlossen. Meine Eltern hatten früher zur Landeskirche gehört und waren dort getauft und konfirmiert worden.

Ich konnte mit dem Evangelischen Kinderrettungsverein nur zusammenarbeiten, wenn ich zur Landeskirche gehörte. Bis dahin hatte ich keinerlei Verhältnis zu ihr gehabt. Es war mir jedoch längst klar, daß ich mich nicht nur rein äußerlich, sondern auch innerlich irgendwo anschließen mußte.

Die Heilsarmee lehnt zwar die Taufe als solche nicht ab, jedoch tauft sie selbst nicht. Sie weiht die Kinder Gott. Man bringt das Kind in den Gottesdienst und betet über ihm, daß Gott sein Leben segne, es führe und ihm, wenn es selbst alt genug ist, dies zu erkennen und zu wählen, Vergebung der Sünden und die Gewißheit der Gotteskindschaft schenke. Unsere Eltern hatten auch uns in tiefer Frömmigkeit in dieser Weise Gott geweiht.

Für mich galt es nun, die ersten Beziehungen zur Kirche aufzunehmen. Auf wunderbare Weise wurde ich mit Frau

Gräfin Luitgart zu Solms, der Oberin des Diakonissenmutterhauses in Karlsruhe-Rüppurr, zusammengeführt. Durch sie lernte ich die beiden Anstaltspfarrer Kayser und Brandl kennen. Letzterer erklärte sich gerne bereit, mich zu taufen, denn ohne Taufe konnte ich nicht Glied der Evangelischen Kirche werden. Die Vorschrift war jedoch, daß ein Taufunterricht vorausgehen mußte. So fuhr ich eine Zeitlang jede Woche einmal nach Rüppurr, um in interessantem und segensreichem Gespräch mit diesem feinen Geistlichen nicht nur über die Taufe, sondern auch über manche andere Fragen der Kirche zu sprechen.

Vor mir liegt die große schöne Bibel (Menge-Übersetzung), die er mir an meinem Tauftag, dem 1. Adventssonntag 1935, überreichte. Als Bibelwort trug er Römer 6, Vers 3 und 4 auf die erste Seite ein. Daß wir als begnadigte Sünder in einem neuen Leben wandeln sollen und dürfen, wie es in den angegebenen Versen heißt, das hatte ich schon vor der Taufe erlebt und ebenso die Gewißheit der Gotteskindschaft erfahren. Nein, das war nicht irgendeine Illusion, von dieser inneren Bestätigung wußte ich. Es war mir aber auch klar, daß es hieß, dieses kostbare Gut zu bewahren: »Halte, was du hast, daß niemand deine Krone nehme.«

Als ich mich nach der Taufe in der Rüppurrer Mutterhauskirche von den Knien erhob, nahm mich mein Vater, der mit meiner Mutter an der feierlichen Handlung teilgenommen hatte, bewegt in seine Arme. – Mir selbst war es mehr als nur die Aufnahme in die evangelische Landeskirche. Der Taufauftrag Jesu war mir plötzlich neu und groß geworden. Ich ahnte damals nicht, daß ich später einige Male in dieser Kirche, von deren Empore der Schwesternchor zu meiner Taufe gesunden hatte, sowohl zu einer großen Diakonissenschar als auch zu der Gemeinde sprechen würde.

Im darauffolgenden Jahr war mein Vater vom Prediger der Evangelischen Gemeinschaft, dem Nachfolger von Chr. Rapp – dieser war inzwischen auch in den Ruhestand getreten –, wie schon oft zuvor gebeten worden, den Abendgottesdienst an einem Sonntag zu übernehmen. Meine Mutter und ich waren immer besorgt, es könne ihm, der nicht nur zuckerkrank war, sondern auch ein schweres Herzleiden hatte, zu viel werden; aber in den vier Jahren, seit meine Eltern in den Schwarzwald gezogen waren, hatte er sich erstaunlich erholt, so daß er bei Wind und Wetter nach Loffenau über den Berg steigen und dort im Saal der Evangelischen Gemeinschaft manche Bibelstunde halten konnte. In diesem Frühjahr hatte er sogar, einem langgehegten Wunsch zufolge, noch eine große Reise durch fast ganz Deutschland unternommen, um in etlichen Städten, in denen er tätig gewesen war, noch einmal zu evangelisieren. Nur ungern hatte meine Mutter ihn allein reisen lassen. Ich konnte sie jedoch in meinem Kinderheim in jener Zeit nicht entbehren. Aber mein Vater war, wenn auch sehr müde, so doch wohlbehalten zurückgekehrt.

Die Kapelle in Herrenalb war bis zum letzten Platz gefüllt. Mein Vater stand auf der Kanzel und sprach über das kananäische Weib. Ich hatte im Lauf der Jahre viele Predigten von ihm gehört. Diesmal aber emfpand ich, ihn nie zuvor so verinnerlicht, so gereift, so freudig reden gehört zu haben. Es war mir, als sei es eine Botschaft aus einer anderen Welt, und ich nahm mir vor, meinem Vater nach diesem Gottesdienst zu sagen, was ich während seiner Predigt empfunden hatte. Plötzlich hielt er mitten in seiner Rede inne, erbleichte, schloß die Augen – seine Hände griffen nach der Kanzelbrüstung wie nach einem Halt – und nun sah ich, wie über sein Gesicht von oben nach unten ein Schatten fiel, so, als wolle eine gütige Hand ihm die Augen schließen.

Ich weiß heute nicht mehr, wie ich auf die Kanzel gelangte. Als ich neben ihm stand, fragte ich ihn leise: »Kannst du noch die Kapelle verlassen?«

In atemlosem Schweigen verharrte die Gemeinde. Mein Vater schüttelte den Kopf. In diesem Augenblick trat an seine andere Seite ein junger Mann, bereit, ihn ebenfalls zu stützen. Ich hätte ihn, der so groß und schwer war, nie allein die Stufen herabführen können. Während wir meinen Vater zum Platz meiner Mutter geleiteten, die unter der Kanzel saß, flüsterte ich dem anwesenden Prediger zu: »Lassen Sie die Gemeinde ein Lied singen.« Er stimmte an und alle Anwesenden fielen ein: »Gott ist getreu!«

Wir legten meinen Vater auf die Bank neben meine Mutter. Sein Kopf ruhte in ihrem Schoß. Während die Gemeinde den ersten Vers sang, verließ er uns. Ohne Kampf, ohne Todesnot ging er in die andere Welt. Die Heilsarmee drückt es so aus: »Zur Herrlichkeit befördert!« Ja, das war er wirklich. Es war eine Atmosphäre wie im Vorraum zur Ewigkeit. Eine ganze Anzahl der Leute, die in unmittelbarer Nähe meiner Mutter saßen, sanken in Ergriffenheit auf die Knie.

Mir aber war es, als könne auch ich nicht weiterleben. Der Schmerz schien mir das Herz zerreißen zu wollen. – Und doch – hätte der Heimgang meines Vaters schöner, friedvoller, ja, ich möchte sagen, hoheitsvoller sein können? Sein letztes Wort war Gotteswort – sein letzter Dienst Gottesdienst.

Als meine Mutter und ich an diesem Abend im Auto nach Hause gefahren wurden, versprach ich ihr: »Ich werde dich nie verlassen.« Gott schenkte es, daß ich mein Versprechen halten konnte. Sie blieb bei mir bis zu ihrem Tode.

Im Heidehaus bahrten wir meinen Vater auf. Wie friedevoll ruhte er da! Der Abglanz der Ewigkeit schien auf seinem Angesicht zu liegen.

Es war die reinste Völkerwanderung, die sich zu uns herauf bewegte. Von Loffenau über den Berg kamen die Leute, von Stuttgart, Karlsruhe und von anderen Orten, um »Vater Dreisbach« noch einmal zu sehen. Bei der Beerdigung war kaum ein Haus in Herrenalb, vor dem nicht ein oder mehrere Bewohner standen, um sich dem Trauerzug anzuschließen. Der Friedhof faßte die Menschenmenge nicht.

Auf seinem Grabstein stehen die Worte: »Er hat den Tod nicht gesehen« (1.Mose 5,24).

Wie froh war ich, daß ich während des letzten Lebensjahres meines Vaters bei meinen Eltern geblieben war. Ich erinnere mich an manches wertvolle Gespräch in seinen letzten Lebenstagen. Mit ihm verließ ein Mensch diese Erde, der sich aufgeopfert hat im Dienst für andere. Er war ein tüchtiger Organisator; das größte aber an ihm war sein kindlich gläubiges Herz.

Im Winter nach meines Vaters Tod kamen die ersten »meiner« Kinder, zwei Brüder von fünf und sechs Jahren. Sie waren bis dahin bei Pflegeeltern gewesen. Nach dem Tod seiner Frau hatte der Vater die Kinder nicht länger bei sich behalten können. Schmal und bleich standen die kleinen Buben vor mir, und ich wußte vom ersten Augenblick an: es waren Kinder, denen ich Mutter sein konnte. Ein grimmig kalter Tag war es, als ich sie an der Autobushaltestelle abholte. Sie hatten nur ein paar Handschuhe, die der größere an den Händen trug. Als er merkte, wie der Kleinere fror, zog er sie aus und reichte sie ihm. Als ich ihm daraufhin die meinen gab, zog ein dankbares und zugleich verschmitztes Lächeln über sein Gesicht. Wir schlossen bald Freundschaft.

Der Jüngere stellte sich ein paar Tage später mit auf dem Rücken verschränkten Armen vor mich hin. »Mutti« – vom ersten Augenblick an hatten sie mich so genannt, sie sollten ja bei mir bleibende Heimat finden – »bisch du net verheiratet?«

»Nein, ich bin nicht verheiratet.«

»Worum net?«

Was sollte ich dem Fünfjährigen antworten? Grundsatz war, wie es schon in meinem Elternhaus gewesen, unbedingte Wahrhaftigkeit. Aber wie hätte ich eine für ihn faßbare Erklärung geben sollen?

Mein Besinnen dauerte ihm viel zu lange. Er fuhr mit seinem Verhör fort: »Hasch kein Maa kriegt?«

Und als ich auch jetzt nicht sofort antwortete, beendete er das Gespräch selbst: »Gelt, er isch dir vertloffe (fortgelaufen)!«

Er schien eine ausreichende Erklärung gefunden zu haben und wandte sich wieder seinem Spiel zu.

Er war ein origineller kleiner Kerl und hatte sich sehr bald innig an mich angeschlossen. Wo ich ging und stand, trottete er hinter mir her und brach, wenn er mit mir Besorgungen machte und ich etwa beim Einkauf auch nur einen kurzen Augenblick seinen Blicken entschwand, in ein jammervolles Geheul aus. »Mutti, Mutti, wo bisch du?«

Ich war glücklich. Diese Kinder brauchten mich nun wirklich. Da war außer mir niemand, der sich um sie kümmerte, und mir war es vergönnt, ihnen das Beste, was ich wußte und hatte, mitzugeben.

Zu den zwei Kleinen kam kurz vor Weihnachten noch ein Zwölfjähriger, dem ich in besonderer Weise wünschte, daß er sich bei uns heimisch fühlte. Er war schon in etlichen Pflegestellen gewesen und hatte, da er ein sehr sensibler Junge war, unter diesem mannigfachen Wechsel unendlich gelitten – zumal er wußte, daß seine Eltern in Verhältnissen lebten, die ihnen gestattet hätten, ihn bei sich zu haben.

Mein jüngster Pflegesohn, der wissen wollte, ob ich keinen Mann bekommen hatte, war schon als kleiner Kerl sehr besorgt, selbst nicht unverheiratet zu bleiben. Er ging noch nicht zur Schule, als er mich fragte: »Wie muß ich es denn machen, Mutti, wenn ich mich einmal verheiraten will? – Wenn ich dann einmal auf der Straße ein Fräulein sehe, das mit gut gefällt, muß ich dann zu ihm gehen und es fragen, ob es meine Frau werden will?«

Ich erwiderte: »Mach dir doch darüber jetzt noch keine Gedanken. Wenn es dann soweit ist, wirst du schon wissen, was du zu tun hast.«

Daraufhin schmiegte er sich an mich, blickte mich treuherzig an und sagte: »Gelt, Mutti, dann kommst du mit mir und sagst mir, was ich sie fragen muß.«

Als er dann aber soweit war, daß er sich eine Frau suchte, hat er mich doch nicht mitgenommen...

Die Kinder wußten, daß sie zu mir mit all ihren Anliegen kommen durften, daß ich ihre Fragen beantwortete und daß es gar nichts gab, worüber man nicht ganz offen miteinander sprechen konnte. So wurde natürlich eines Tages auch die Frage gestellt, woher die kleinen Kinder kommen. Daß die lächerliche Klapperstorchgeschichte nicht herhalten durfte, bedarf keiner Worte. »Der liebe Gott schickt sie«, antwortete ich. Selbstverständlich gaben sie sich auf die Dauer nicht damit zufrieden. In dem Grad, wie sie es verstehen konnten, habe ich ihnen dann nach und nach das Wunder des Menschwerdens erklärt und mich daran gefreut, wie ein großes, frohes Staunen und Wundern über sie kam.

Keine Mutter sollte sich die Möglichkeit der Aufklärung ihrer Kinder durch andere nehmen lassen. Manches geheime und häßliche Flüstern und Wispern auf den Schulhöfen und draußen auf der Straße würde ganz von selbst wegfallen, wenn die Mütter den Mut hätten, offen über diese Frage mit ihren Kindern zu sprechen, die einfach irgendwann eine klare, wahrhaftige Antwort fordern.

Als wir später nach Stuttgart-Kaltental umzogen, wohnte in unserem Haus ein nettes junges Architektenehepaar. Die junge Frau erwartete ihr erstes Kind. Ich sagte zu meinen Buben: »Ihr dürft es nun nicht mehr dulden, daß Frau G. selbst ihre Kohlen die Treppen heraufträgt oder sonst eine schwere Arbeit tut. Ihr seht ja, daß sie ein Kindchen erwartet. Seid immer hilfsbereit und ritterlich zu ihr, wie sich das gehört.«

Der junge Architekt hatte ein Motorrad. Seine Frau saß auch damals noch manchmal auf dessen Rücksitz und fuhr mit in die Stadt oder an die Arbeitsplätze. Motorradfahren war nun für meine kleinen Buben das Ziel aller Wünsche. Sehnsüchtig schauten sie oft, wenn das junge Ehepaar losbrauste. Eines Tages kam mein Jüngster zu mir und sagte: »Also, Mutti, des isch emol schön von der Frau, daß sie ihr Kindle jetzt scho Motorrad fahre läßt!« Er war überzeugt, daß sie sich nur auf das Gefährt setzte, um ihrem noch nicht geborenen Kind eine Freude zu machen.

Mit der Zeit wurde es mir klar, daß ich auf die Dauer beides miteinander nicht leisten konnte: ein Kinderheim leiten und gleichzeitig intensiv schreiben. Eines von beiden mußte ich aufgeben, um beides nicht nur halb zu tun. Das Schreiben aufgeben? – Völlig unmöglich. Es nahm je länger desto mehr von mir Besitz. – Aber ohne Kinder? – Nein, das ging ebensowenig. Aber war es jetzt nicht vor allem wichtig, daß ich mich meinen Pflegekindern widmete? Längst hatte ich erkannt, daß diese mich ganz anders beanspruchten und benötigten als die Erholungskinder, die ja ihr Zuhause hatten und den Aufenthalt im Heidehaus nur als eine vielleicht interessante, aber vorübergehende Abwechslung betrachteten. Meinen Pflegekindern aber hatte ich eine Heimat zu schaffen; bei ihnen ging es nicht um eine kurzfristige Beeinflussung, nein, sie hatte ich fürs Leben zu erziehen. Die Verpflichtung, die ich mit ihnen auf mich genommen hatte, stellte ganz andere Ansprüche an mich.

Eines Tages fragte ich meine Mutter: »Würdest du bereit sein, mit mir und den drei Jungen nach Stuttgart zu ziehen?« Ich nannte ihr meine Gründe. Stuttgart hatte ich ins Auge gefaßt, weil ich gerne in der Nähe des Christlichen Verlagshauses sein wollte.

Meine Mutter antwortete nicht gleich. Ich wußte, es war nicht einfach für sie. Wie liebte sie den Schwarzwald und seine stillen Wege: die Talwiese, die Plotzsägemühle, das obere Gaistal – ach so viele Plätze, an denen sie mit meinem Vater geweilt hatte – und dann das frische Grab auf dem Friedhof in Herrenalb! – All die Erinnerungen!

»Wenn es dir zu schwer fällt, bleiben wir natürlich hier«, sagte ich. »Es wird schon einen gangbaren Weg geben.«

Aber meine Mutter schüttelte den Kopf. »Nein, es ist doch selbstverständlich, daß ich mit dir gehe. Ich habe schon eine Zeitlang befürchtet, daß du nicht alles auf die Dauer schaffen kannst. Also fahre nach Stuttgart und suche irgendwo in einem Vorort eine Wohnung. Nur darf sie nicht zu weit von einem Wald entfernt sein.«

Mir selbst tat das Herz weh. Bei all dem vielen Wechsel,

den ich erlebt hatte, war mir kein Ort so liebgeworden wie Herrenalb. Obgleich ich keine zwei Jahre hier gelebt hatte, schien es mir, als habe sich ein wichtiges Stück meines Lebens hier abgespielt, und so war es ja auch. Das alles sollte ich zurücklassen! Bis dahin war ich beinahe jeden Tag mit meiner Mutter am Grab meines Vaters gewesen. War es recht, daß ich sie noch einmal verpflanzte, die dies wunderschöne Fleckchen Erde so liebte?

Aber es war meine Mutter, die mir nun eifrig zusprach: »Es ist sicher besser so, und wir brauchen einander, du mich und ich dich. Du wirst sehen, es wird recht so.«

So zogen wir nach Stuttgart-Kaltental. Unsere Wohnung lag nur fünf Minuten vom Wald entfernt. Aber es war nicht unser geliebter Schwarzwald mit seinem köstlichen Tannenduft, seinen sandigen, sonnenwarmen Wegen, an denen Ginsterbüsche und Heidekraut standen, und seiner erhabenen Stille. Wir bekamen bald Heimweh, schmerzhaftes Heimweh, das wir voreinander zu verbergen suchten, meine Mutter und ich, um es uns nicht gegenseitig noch schwerer zu machen. Unser liebes Heidehaus fehlte, der Predigerweg, den unser Vater so gerne gegangen war, ach, wir durften gar nicht anfangen, alles aufzuzählen!

Nur gut, daß wir gleich soviel Arbeit hatten. Da waren die drei Buben, die versorgt und eingeschult werden mußten. Die Handwerker kamen noch in die Wohnung; es gab viel zu putzen und zu richten. Mein neues Buch mußte fertiggeschrieben werden – denn nun waren die Einnahmen geringer geworden. Die fünfundzwanzig Mark, die das Jugendamt monatlich für jedes der Kinder zahlte, reichten natürlich nicht aus. Ich wollte, daß sie gut versorgt und anständig gekleidet waren. Wie oft in meinem Leben habe ich erfahren, welche Trösterin die Arbeit sein kann. Wir hatten nicht viel Zeit, unserer Sehnsucht nach Herrenalb nachzuhängen. Nur nachts, wenn wir meinten, die hohen Tannen rauschen zu hören oder den silberhellen Klang des Brünnleins zu vernehmen, der in die Steinschale vor unserem Heidehaus fiel, dann wollte etwas in uns aufsteigen, das wir nun, da es unabänderlich war, niederringen mußten.

Es war mir von vornherein klar, daß wir vor allem Anschluß an die Kirchengemeinde brauchten. Als wir in den ersten Tagen die Bibelstunde besuchten, sprach der Ortspfarrer über tätige Nächstenliebe und sagte anerkennende Worte über die Heilsarmee, ohne natürlich eine Ahnung zu haben, daß er dadurch bei uns eine Glocke zum Klingen brachte. Wie oft hatten wir ablehnende Worte und ironische Äußerungen über das Werk gehört, in dem meine Eltern ihr Leben zugebracht hatten und das sie liebten! Nach der Bibelstunde stellten wir uns dem Pfarrer vor, sagten ihm, daß wir neu zugezogen seien, und baten um seinen Besuch. Bereits am anderen Morgen kam er. Freudig nahm er es an, als ich ihn bat, mir innerhalb der Gemeinde eine Aufgabe zu geben. Gut begriff er, daß ich nach jahrelanger seelsorgerlicher Arbeit nicht ohne Aufgabe sein konnte. Er bot mir die Mitarbeit im Mädchenkreis und im Kindergottesdienst an. Wenn wir uns daraufhin in der Gemeinde und am neuen Wohnort wohl zu fühlen begannen und unser Heimweh nach dem Schwarzwald zu überwinden vermochten, hatten wir es unserem Pfarrer und seiner Familie zu verdanken, mit der wir bald in herzlicher Feundschaft, die bis zum heutigen Tag währt, verbunden waren.

Als mein jüngster Pflegesohn von mir als kleiner Abc-Schütze zum erstenmal in die Schule gebracht wurde, kam er bereits am gleichen Vormittag freudestrahlend nach Hause: »Mutti, ich habe einen Freund, und der betet!« Die beiden Nebensitzer schienen sich offenbar eine Weile abwägend mit den Augen betastet zu haben. Dann hatte der eine mit seinem Verhör begonnen, und zwar dergestalt, daß er meinem Pflegesohn seine Hand vor die Augen hielt: »Weißt du, wer die Menschen erschaffen hat?«

»Klar! Der liebe Gott natürlich!«

»Ja, alles, was auf der Welt ist, hat er geschaffen.«

»Betest du auch?«

»Na, selbstverständlich!«

So war also das erste Gespräch der beiden ein »geistliches« gewesen. Ob sie heute, wenn sie dies lesen, darüber lächeln? Wieviel schwerer fällt es doch Erwachsenen, den Mut aufzubringen, frei und offen über Gott zu sprechen! Ich machte mich jedenfalls auf den Weg, um die Familie des neugewonnenen Freundes meines kleinen Jungen kennenzulernen, und fand dort nicht nur ihn, der »betete«, sondern auch seine Eltern, denen es ein inneres Anliegen war, ihre Kinder beten zu lehren. Manche gemeinsam verlebte Stunde in diesem gastfreien Haus ist mir in guter Erinnerung.

Nicht weit von uns wohnte Professor Mayer-Strathmann. Seine Frau stand tätig im kirchlichen Leben. Wir trafen uns öfter im Frauenkreis oder auf dem Weg zur Kirche. Eines Tages sagte sie zu mir, nachdem wir in ihrem Hause zu Gast gewesen waren: »Sie sollten unbedingt in die kirchliche Vortragsarbeit kommen.« Sie selbst sprach immer wieder da und dort zu den Frauen verschiedener Gemeinden.

Ich horchte auf. War das etwa ein neuer Weg im Zeichen der Berufung, die über meinem Leben lag? Ich selbst hatte nicht das geringste dazu getan – und nun trat man damit an mich heran, ohne mein Zutun. Aber ich war ja noch so neu in der Kirche. Was würde man von mir erwarten?

Ich unternahm zunächst nichts in dieser Angelegenheit. Frau Mayer-Strathmann aber ließ nicht nach. Eines Tages brachte sie mir eine Aufforderung, zu der damaligen Leiterin der Evangelischen Frauenhilfe zu kommen.

In großer Herzlichkeit empfing mich Fräulein Heidi Denzel. »Ich habe gehört, Sie wären bereit, soweit es Ihre Zeit erlaubt, zu den Frauen unserer Gemeinden zu sprechen. Wollen Sie mir ein wenig von Ihrem Werdegang erzählen?«

Ich berichtete, daß ich aus der Heilsarmee kam und nun zur Landeskirche gehöre.

»Ausgezeichnet«, sagte sie. »Ich glaube, wir kirchlichen Leute können einiges von der Heilsarmee lernen, und die Heilsarmee vielleicht auch einiges von der Kirche.«

»Das mag wohl sein!« war meine Antwort.

Und nun öffnete sich mir ein ungeahntes Aufgabengebiet, wie ich es mir nicht vorzustellen gewagt hätte. Doch war es im Grunde genommen nur eine Fortsetzung dessen, was ich jahrelang im Dienst der Heilsarmee getan hatte. Die Evangelische Frauenhilfe gab in den Gemeinden bekannt, daß man mich zum Vortragsdienst rufen könne. Meist durfte ich die Themen wählen, manchmal bat man mich um bestimmte Vorträge. Vielfach ging es um erzieherische Fragen – ich sprach ja zu Frauen und Müttern: »Mutter, was weißt du von deinem Kinde?« – »Du und deine Zeit!« – »Vom Sinn des Lebens« – »Worauf warten wir?« – »Haben wir noch Einfluß auf unsere Jugendlichen?«

Diese und viele andere Themen bearbeitete ich – aber es gab eigentlich keinen Vortrag, der nicht Evangelisationscharakter gehabt hätte. Ich sprach in kleinen Dorfgemeinden, wo manchmal nur zwanzig Frauen kamen; ich stand in Kirchen und Gemeindesälen vor Hunderten von Frauen. Unvergeßlich sind mir die verschiedenen Bezirksfrauentage, wo manchmal siebenhundert und noch mehr Frauen anwesend waren. Die meisten von ihnen standen im Kampf des Lebens, Menschen, die mich oft aus müden und verarbeiteten Gesichtern anblickten. Es hat mich oft beschämt, wie sie mir durch ihr Mitgehen und ihre Aufnahmebereitschaft halfen und mich immer aufs neue zu diesem Dienst anspornten.

In jener Zeit kam mir ein Erlebnis in den Sinn, das mir vor einem Jahrzehnt in Kolberg an der Ostsee widerfahren war, wo ich meine erste Missionsstation der Heilsarmee zu leiten hatte. Da war ein Mann, der seltsame Zukunftserscheinungen hatte, eines Tages zu mir gekommen. Er war in verschiedenen meiner Versammlungen gewesen und sagte: »Sie werden nicht in der Heilsarmee bleiben. Die Türen der Kirchen werden sich für Sie öffnen und Sie werden vor vielen Menschen sprechen.«

Ich nahm den Mann nicht ernst. Nichts lag mir damals so fern, als die Heilsarmee zu verlassen. Ich hatte in jener Zeit auch keinerlei Verbindung zur Kirche. Wohl hatte ich mich, als ich nach Kolberg kam, dem dortigen Superintendenten der Landeskirche vorgestellt und war von ihm freundlich, aber doch mit Abstand empfangen worden. Sichtlich beruhigt war er gewesen, als ich ihm sagte, daß unser Aufgabengebiet bei denen sei, die zu keiner Kirche oder Gemeinschaft gehörten. – Aber sonst stand ich damals der Kirche ferne. Jung, wie ich war, lächelte ich über die vermeintlich törichte Prophezeiung jenes Mannes.

Oft, wenn ich nun vor gefüllten Sälen oder Kirchen sprach, gedachte ich dankbar dieser Führung meines Lebens. Eine große, unbeschreibliche Freude erfüllte mich. Ich durfte es verspüren, daß das Wort mir abgenommen wurde. Die Freude an solchem Dienst ist mir bis heute geblieben – ob ich nun etwa an einem »Offenen Abend« vor einigen hundert Menschen spreche oder eine Morgenandacht in dem kleinen Andachtsraum unseres Erholungsheimes halte. Größer aber ist das Verantwortungsbewußtsein über diesem mir von Gott gegebenen Dienst geworden. Je länger desto mehr ist es mir wichtig, meine Zuhörer nicht zu unterhalten, sie nicht allein durch wohlgesetzte, flüssige Rede zu fesseln, sondern ihnen eine Botschaft auszurichten. Ich werde ja einmal über diesem Dienst zur Rechenschaft gezogen werden. Vor allem erbitte ich von Gott ein demütiges Herz. Mein Reden soll ohne Pathos und ohne Effekthascherei sein. Immer, wenn ich anerkennende Worte über einen meiner Vorträge gesagt bekomme, bin ich besorgt, daß die Ehre Gott bleibt. Wie schnell ist ein Menschenherz bereit, sich schmeicheln zu lassen!

Mehr als zwanzig Jahre sind es nun her, seit ich in die Vortrags- und Evangelisationsarbeit gerufen wurde. In den ersten Jahren dieser Tätigkeit waren es oft in einem Winter bis zu hundert Gemeinden, die ich besuchte. Oft hatte ich in einer Woche vier oder fünf Vorträge zu halten. So bin ich hineingewachsen in das kirchliche Leben und in den kirchlichen Dienst. Sehr bald schon mußte ich in meinem Innern manches Vorurteil, das ich in Unkenntnis der Kirche entgegengebracht hatte, zurücknehmen. Welch prächtige Pfarrer und Gemeindeglieder habe ich kennengelernt! Welche Hingabe an den Dienst Gottes und welche Opferbereitschaft begegneten mir! Wie herzlich wurde ich in den Pfarrhäusern aufgenommen und wie freundlich bewirtet! In welcher Demut hörten Menschen, die seit Jahren im Dienst Gottes standen, mir zu, auch wenn wir in ein persönliches Gespräch kamen. Wieviel konnte ich von ihnen lernen! Es hat mich oft beschämt, wenn ich um Rat gefragt wurde von solchen, die gewiß viel mehr Erfahrung besaßen als ich. Es war ein anstrengender, aber doch gesegneter Dienst.

Wie fröhlich ging es oft in den kinderreichen Pfarrhäusern zu! Manch nette kleine Episode könnte ich davon erzählen. Es würde mir in der Tat nicht schwerfallen, auch ein Buch über schwäbische Pfarrhäuser zu schreiben, wie es einst Ottilie Wildermuth getan hat.

Einmal kam ich in ein altes, weniger gut beleuchtetes Pfarrhaus auf dem Lande. Die ganze Familie saß bereits um den Tisch beim Abendbrot. Gewöhnlich holte man mich vom Bahnhof ab. Diesmal war meine Karte mit der Angabe der Ankunftszeit nicht mehr rechtzeitig eingetroffen. Zwölf Kinder gab es in diesem Pfarrhaus, und die Pfarrfrau kam einfach nicht mit aller Arbeit nach. Wo zwölf Kinder sind, kann auch nicht immer und überall Ordnung herrschen, auch nicht, wenn Besuch erwartet wird. Ich betrat das große Wohnzimmer, in dem nur über dem Eßtisch eine Lampe dürftiges Licht verbreitete. Dabei übersah ich vollständig, daß mitten im Zimmer ein verlorener Stuhl stand. Ich stolperte darüber und fiel der Länge nach hin. Mein erstes Wort in diesem Pfarrhaus war »hoppla!«, was die Kinderschar zu stürmischem, nicht endenwollendem Gelächter reizte. Für sie war ich von Stund an »Fräulein Hoppla«.

Bei dieser großen Kinderschar hieß es natürlich auch sparen. Als ich mich nun zu Tisch setzte und einer der Buben mit seiner Gabel die Hälfte eines hartgekochten Eies angeln wollte, das auf der Spitze eines Kartoffelsalatberges thronte, schlug ihm die Mutter mit dem Löffel auf die Hand: »Weg da – das gehört Fräulein Dreisbach.«

Eines Tages – es war bereits im Krieg – sollte ich in einer Gemeinde im Remstal sprechen. Auch dort war ich zuvor nie gewesen. Eine freundliche, rotbackige Frau trat auf dem Bahnhof auf mich zu. »Sind Sie das Fräulein, das bei uns den Vortrag hält?«

»Ja, das bin ich.«

»So, das ist schön. Ich soll Sie nämlich abholen. Bitte, geben Sie mir Ihr Köfferchen.« Ich hatte immer eine Anzahl Bücher von der Evangelischen Frauenhilfe mitzunehmen, weil nach dem Vortrag Gelegenheit zum Kauf guter Literatur geboten werden sollte.

Ich zog also mit meiner netten Frau los. Wir überquerten den Bahnhofsplatz und wandten uns der Ortsmitte zu. Die Frau sprach lebhaft auf mich ein.

»Sind Sie viel unterwegs?«

»Zur Zeit beinahe jeden Abend.«

»Das ist aber sehr anstrengend.«

»Ja, zumal ich immer nach den Vorträgen nach Hause zurückfahre, um meine Pflegekinder nachts nicht allein zu lassen. Zwar ist meine Mutter bei ihnen; aber wenn sie am Morgen zur Schule gehen, ist es ihnen doch lieb, wenn die Mutti bei ihnen ist.«

»Ach, Pflegekinder haben Sie auch? – Na, dann verstehen Sie ja die Nöte von uns Frauen.«

»Ich hoffe es!«

»Ja, und wie gut ist es, daß Sie in so praktischer Weise Ratschläge geben. Wir sind gespannt, was Sie uns heute abend über die Quarkverwertung sagen werden.«

»Wie bitte? – Worüber?«

»Na ja, über die Verwertung von Quark. Es soll da ja so viele Möglichkeiten geben, und so gesund soll er sein.«

Ich blieb mitten auf der Straße stehen. Irgend etwas stimmte da nicht, entweder bei der Frau oder bei mir.

Auch sie blieb stehen.

Zögernd fragte ich sie: »Wer schickt Sie eigentlich, und wen sollen Sie abholen?«

Sie warf sich in die Brust: »Doch niemand anders als die Nationalsozialistische Frauenschaft schickt mich, und ich soll die Rednerin abholen, die über praktische Quarkverwertung zu uns spricht.«

Nun mußte ich herzlich lachen. »Nein, liebe Frau, die bin ich nicht. Ich habe noch nie einen Quarkvortrag gehalten. Ich habe im Kirchengemeindesaal zu sprechen. Nun kommen Sie mal ruhig mit mir wieder zurück zum Bahnhof. Das war ein großer Irrtum.«

Dort standen dann ein wenig ratlos sowohl die Pfarrfrau als auch die Quarkrednerin.

Eines Abends – es war ebenfalls im Krieg und keine Straße beleuchtet – hatte ich in einem Vorort Stuttgarts zu sprechen. An Ort und Stelle verließ ich den Omnibus und hörte bereits die Kirchenglocken läuten. Es war also schon spät. Rings um mich her war undurchdringliche Dunkelheit, keine Menschenseele weit und breit. Ich konnte natürlich dem Klang der Glocken nachgehen, aber ich sah die Hand nicht vor den Augen. Wenn doch wenigstens irgend jemand gekommen wäre, den ich hätte fragen oder dem ich mich hätte anschließen können! Gleich würden sicher auch die Glocken aufhören zu läuten.

Plötzlich hörte ich Schritte, eilige Schritte, die sich mir näherten. Zu sehen war niemand.

Ich rief: »Hallo, hallo!«

»Ja – was ist?«

»Können Sie mir vielleicht sagen, wo die Kirche ist?«

»Kommen Sie mit mir«, war die Antwort aus der Dunkelheit. »Sie wollen wohl auch zu dem Vortrag?«

»Ja, das will ich. Aber bitte, laufen Sie doch nicht so schnell, ich kann weder Sie noch den Weg sehen.« Die Frau reichte mir die Hand. »Aber nun los! Wir kommen ohnehin schon zu spät. Der Vortrag hat gewiß begonnen, bis wir kommen.«

»Nein, das glaube ich nicht«, erwiderte ich und setzte mich mit ihr in Trab. Vor der Kirchentüre wartete schon der Pfarrer. Die Frau wollte mich mitziehen. »Nun kommen Sie schon, sonst finden wir nicht einmal mehr einen Platz.« Aber ich bekam dann doch noch einen – hinter dem Rednerpult.

So lernte ich, die der Kirche ganz fremd gegenübergestanden hatte, deren Möglichkeiten und Arbeitsgebiete immer mehr kennen. Unvergeßlich sind mir einige kirchliche Persönlichkeiten geblieben, deren Größe sich in ihrer Demut zeigte und im Wissen um die totale Abhängigkeit vor Gott. Wie haben mich Landesbischof Wurm oder Prälat Hartenstein beeindruckt! Wertvoll waren mir auch immer die Tagungen der Frauenhilfe, in denen alle, die in ihren Gemeinden oder Bezirken in den Frauenkreisen tätig waren, durch wertvolle Referate und fruchtbringende Diskussionen für ihren Dienst neu ausgerüstet wurden. Es dauerte gar nicht lange, und ich fühlte mich daheim unter ihnen.

Trotz der immer mehr Zeit und Kraft fordernden Vortragstätigkeit vergaß ich keinen Augenblick, daß ich jetzt »eigene« Kinder hatte. Ich betrachtete meine Pflegekinder in der Tat als meine eigenen. Die Vortragsarbeit war mir nur möglich, weil sie sich auf die Abende beschränkte. Zur Verwunderung der Pfarrersleute lehnte ich es stets ab, anschließend im Pfarrhaus zu übernachten. Meine Kinder wußten: Die Mutti kommt am Abend nach Hause. Wie froh war ich aber auch um meine Mutter! Sie machte mir die Hände frei für den Dienst in der Öffentlichkeit.

Die Kinder freuten sich begreiflicherweise nicht so sehr über meine Vortragsarbeit. »Mußt du heute abend wieder fort?« fragten sie oft. Die freien Abende waren in der Tat selten. Die wenigen aber wurden möglichst festlich gestaltet. Es wurde dreistimmig gesungen, und wir machten Spiele, bei schönem Wetter auch wohl noch einen Abendspaziergang. Als dann mein ältester Pflegesohn konfirmiert war, ließ er es nicht zu, daß ich abends spät allein nach Hause kam. Oft hatten die Züge Verspätung, besonders im Krieg. Manches Mal wurde es Mitternacht oder sogar später, bis ich in Stuttgart ankam. Aber mein Ältester hatte gewartet und brachte mich ritterlich heim.

In Kaltental sprach man von mir da und dort als von der »verrückten Schriftstellerin«. Als ich einmal verwundert nach der Ursache fragte, bekam ich zur Antwort: »Na, das ist doch mehr als verrückt, sechs fremde Kinder aufzuziehen. Welcher normale Mensch bürdet sich denn solche Last auf, wenn er nicht muß?« Ich hatte inzwischen nämlich zu meinen drei Buben auch noch drei Mädchen angenommen. Natürlich gab es weitaus mehr freundliche und wohlwollende Stimmen. Und wenn ich am Sonntagmorgen mit meinen Sechsen zur Kirche ging, traf uns manch freundlicher Blick.

Eine Frau jedoch zeigte sich geradezu gehässig. Sie wohnte in unserer Nachbarschaft und hatte meine Mutter und mich schon einige Male zu sich eingeladen. Nachdem wir jedoch einmal bei ihr zum Tee gewesen waren, wußten wir, daß wir ihrer Einladung nie mehr folgen würden. Über die ganze Nachbarschaft zog sie her, von jedem wußte sie einen Roman. Ihre Lebensauffassung war der unseren gerade entgegengesetzt. Zwar waren wir nach wie vor freundlich zu ihr und grüßten sie, jedoch vermieden wir engeren Kontakt. Das löste in ihr Empörung, ja geradezu Haß aus.

Eines Tages befand sie sich auf dem Weg von der Stadt nach Hause. Unweit der Straßenbahnhaltestelle wurde sie von einer älteren Dame angesprochen. »Ach bitte, ich bin hier fremd. Können Sie mir sagen, wo Familie Dreisbach wohnt?« – »Ja, das kann ich. Sie können mit mir kommen; sie wohnt nicht weit von mir entfernt.«

Nach wenigen Schritten fragte sie neugierig: »Kennen Sie die Kinder von diesem Fräulein Dreisbach?«

»Nein«, erwiderte die Dame. »Ich war noch nie hier in Kaltental.«

»Aber Sie wissen, daß Fräulein Dreisbach sechs Kinder hat?«

»Ich habe davon gehört.«

»Wissen Sie, was meine Meinung ist?« – Die Frau aus der Nachbarschaft blieb stehen, so wichtig war es ihr, ihre haarsträubende Vermutung anzubringen. »Unter dem Deckmantel der Nächstenliebe nimmt dieses Fräulein eine Anzahl fremder Kinder auf, damit sie verbergen kann, daß sie selber ein uneheliches hat.«

»Wie bitte?« fragte die Dame und blieb nun ebenfalls stehen. »Das ist mir völlig neu.«

»Na ja, sehen Sie sich doch einmal ihren Ältesten an. Der sieht ihr ähnlich, wie aus dem Gesicht geschnitten.«

»Dann müßte er ja auch Dreisbach heißen«, erinnerte die Dame.

Da wurde die andere unsicher. »Ja – nein – nein – so heißt er nicht. Aber das könnte ja...« Unter allen Umständen wünschte sie einen Belastungsbeweis zu finden.

Da beschloß die kleine, ältere Dame das Gespräch, indem sie sagte: »Strengen Sie sich nicht weiter an, einen Roman zu fabrizieren. Ich bin nämlich die jüngste Schwester von Frau Dreisbach, und ihre Tochter ist meine Nichte. Wir haben uns einige Jahre nicht gesehen, und nun bin ich gekommen, um sie zu besuchen und ihre Pflegekinder kennenzulernen. Nun aber danke ich für Ihre Begleitung. Ich werde sicher jemand anders finden, der mir den Weg beschreiben kann. Leben Sie wohl!«

Meine Tante ließ die Verblüffte stehen. Zu Hause haben wir herzlich gelacht. Im Grunde genommen tat uns die Frau aus der Nachbarschaft leid. Wie freud- und friedlos mußte ihr eigenes Leben sein, daß es ihr ein Bedürfnis war, Schlechtes über andere zu denken und zu verbreiten!

Mit »meinen« Töchtern war es so gegangen: Eines Tages war eine telefonische Anfrage vom Jugendamt gekommen, ob ich nicht bereit wäre, ein kleines Mädchen aufzunehmen. Schon lange hatte ich mir eines gewünscht. Wo drei Buben heranwuchsen, war auch noch Platz für ein Schwesterchen. Ich sagte also zu, betrat das Kinderzimmer mit der Nachricht:

»Denkt euch, ihr bekommt eine kleine Schwester.«

»Woher weißt du das, Mutti?«

»Es ist soeben telefoniert worden.«

Da brach ein Jubel aus. »Wann kommt sie?«

»Wie sieht sie aus?«

»Dürfen wir mitkommen, wenn du sie abholst?«

Mein jüngster Sohn aber lief spornstreichs zu unseren Mitbewohnern: »Unsere Mutti kriegt die Kinder durchs Telefon.«

Andere müssen hinnehmen, was sie bekommen. Ich aber hatte die Möglichkeit, zu wünschen oder zu wählen. Warum sollten zu den drei Jungen nicht auch drei Mädchen kommen? Ich meldete mich beim Kinderrettungsverein. Das eine Mädchen sollte noch eine Spielgefährtin haben. Kurze Zeit darauf kam eine Anfrage. »Wir haben ein zwölfjähriges Mädchen, deren Eltern beide auf tragische Weise umgekommen sind. Das Kind selbst ist jetzt im Krankenhaus. Es ist sehr ernst und still für sein Alter, und wir suchen einen Platz, wo es unter anderen Kindern im fröhlichen Geschwisterkreis heranwachsen kann. Es ist ein sehr sensibles Mädchen, das viel Liebe benötigt.«

Ich fragte meine drei Buben und das kleine Mädchen. »Was meint ihr, wollt ihr noch eine Schwester haben? Sie ist aber schon zwölf Jahre alt.«

»Ja, o ja!« Einstimmiger Jubel.

So holten wir also meine älteste Tochter. Gleich in den ersten Tagen wurde festgestellt, daß sie sehr musikalisch war. Fein, nun konnten wir dreistimmig singen. Die »verrückte Schriftstellerin« hatte jetzt also bereits fünf Kinder. Manche schüttelten den Kopf, aber die meisten freuten sich mit mir. Meine naturverbundene Mutter schlug vor: »Wir pachten ein Stück Land und bearbeiten es als Garten. Die Kinder können dabei helfen, haben gleichzeitig einen Tummelplatz und sind von der Straße weg.« – Ja, das war eine gute Idee. Mit Feuereifer gingen alle ans Werk.

Und dann bekam ich noch einmal ein Kind durchs Telefon:

meine Jüngste. Als ich sie von ihrer letzten Pflegestelle abholen wollte, wo sie etwa ein Jahr gewesen war, lag sie mit Masern im Bett, und ich kam zunächst ohne Schwesterchen nach Hause. – Große Enttäuschung bei den fünfen.

»Du hast doch gesagt, du bringst uns noch eine kleine Schwester.«

»Wir müssen noch kurze Zeit Geduld haben, bis sie gesund ist.«

Als ich die Kleine dann etwas später abholte, sprang sie mir mit ausgebreiteten Armen in ihrem roten Kleidchen entgegen. Über ihren Ohren standen kleine blonde Zöpfchen unternehmungslustig links und rechts ab.

»Ich hab' schon auf dich gewartet«, sagte sie, klemmte ihren großen Teddybär unter den Arm und faßte mich bei der Hand. »Komm, laß uns gehen.« In der Straßenbahn zwitscherte sie lustig drauflos und erzählte mir fast pausenlos alles, was ihr wichtig war, so daß sich alle Fahrgäste amüsierten.

Wenn ihr wüßtet, dachte ich, daß ich mir eben erst meine kleine Tochter geholt habe und sie zum erstenmal mit ihrer neuen Mutti zusammen ist! Vom ersten Augenblick an machte mich das Kind glücklich.

Am Nachmittag dieses Tages hatte ich bei einem baptistischen Frauentreffen in einem Waldheim außerhalb Stuttgarts zu sprechen. Ich begann mein Referat mit den Worten: »Liebe Frauen, heute habe ich mein sechstes Kind bekommen!« Ein allgemeines, fröhliches Gelächter war die Antwort. Es schien in der Tat eine leichte Geburt gewesen zu sein.

Einige Male ist es vorgekommen, daß ich in der Straßenbahn über ein paar Bänke hinweg lebhaft begrüßt wurde: »Guten Tag, Fräulein Dreisbach, wie geht es Ihren sechs Kindern?« Mehr als ein Fahrgast warf daraufhin einen prüfenden Blick auf mich.

Ich war es allerdings keineswegs allein, die zu geben und zu erziehen hatte. Die Kinder gaben auch mir und erzogen mich ebenso.

Ich erinnere mich, wie eines Tages ein heftiger Streit im Kinderzimmer ausbrach. Bei aller Liebe zu meinen Sechsen blieb mir dann und wann nicht erspart, strafend dazwischenzufahren. So geschah es auch dieses Mal. Und weil ich davon überzeugt war, daß der Älteste den Streit hätte verhindern können, ja daß er vielleicht die Hauptursache gewesen war, bekam er eine zünftige Ohrfeige. Es war allerdings meine Gewohnheit, wenn ich schon strafen mußte, mich nachher noch einmal davon zu überzeugen, daß die Kinder auch wußten, wofür sie gestraft worden waren; denn ungerecht wollte ich unter keinen Umständen sein. An diesem Abend ging ich, wie üblich, von einem Bett der Kinder zum anderen, um noch mit ihnen zu beten. Ich nahm mir vor, mit meinem Ältesten noch ein ernstes Wort zu reden. Als ich jedoch sein Zimmer betrat, sah ich auf den ersten Blick, daß er völlig unansprechbar war. Ich hatte ihn offenbar schwer gekränkt. Seine Haltung empörte mich. War ich nicht in vollem Recht gewesen, als ich ihn strafte?

Ich setzte mich zu ihm. »Hör mal, mein Junge, findest du, daß es richtig ist von dir, den Beleidigten zu spielen? Du mußt doch zugeben, daß du den Streit im Kinderzimmer –«

Er unterbrach mich. Mit einem Ruck saß er im Bett auf und wandte mir sein zorngerötetes Gesicht zu. »Ich will dir einmal etwas sagen», fauchte er mich an. »Erst hast du mich die Sprüche aus dem Konfirmandenbüchlein gelehrt und ausgerechnet den, in dem von der sanftmütigen Bestrafung die Rede ist. Und dann bist du so zornig geworden! Ist das vielleicht christlich?«

Ich war empört. Was fiel dem noch nicht Vierzehnjährigen ein, in diesem Ton mit mir zu sprechen? Ich setzte mich in Positur und wollte gerade beginnen, eine Strafpredigt auf ihn loszulassen. Da hieß es in mir: »Hat er im Grunde genommen nicht recht? Du hast ihn unbeherrscht gestraft. Durch deinen Zorn war er nicht imstande, die Strafe als gerecht zu empfinden. Somit hast du ihm nicht geholfen, sondern ihm eher geschadet.«

Ein kurzer Augenblick der Besinnung genügte, daß ich wußte: »Du mußt ihm sagen, daß du es einsiehst.« So bat ich ihn: »Verzeih mir, daß ich dich so zornig strafte. Es ist wahr, ich habe dir damit nicht geholfen. Es tut mir leid, und ich will mich bemühen, wenn ich es wieder einmal für nötig finde einzugreifen, dich nicht unbeherrscht zu strafen.«

Da legte der große Junge seinen Arm um meinen Hals und sagte: »Ach Mutti, im Grunde genommen war ich ja doch schuld. Ich will mir in Zukunft Mühe geben, Streitigkeiten zu verhüten.«

Die Liebe und Anhänglichkeit der Kinder haben mich reich und froh gemacht. Es gab allerdings auch manchen Augenblick der Sorge und des unsicheren Tastens. Waren es doch Kinder aus fünf verschiedenen Familien. Jedes von ihnen brachte seine eigene Erbanlage mit. Damals war ich noch der Überzeugung, daß Beispiel und Vorbild stärker sind als die im Kind schlummernde und eines Tages hervorbrechende Erbmasse. Heute ist es mir klar, daß das letztere ein mindestens ebensolch machtvoller Faktor ist wie die neue Umwelt, in die man das Kind verpflanzt, ja, daß die Veranlagung meist bestimmender ist. Nur eine Macht ist in der Tat unvergleichlich stärker: die Macht Gottes, die wir uns durch das Gebet zugänglich machen können. Darum sollte jede Mutter eine Beterin sein.

Viele schöne und vergeßliche Erlebnisse liegen in diesen Jahren. Wenn ich heute mit meinen Pflegekindern zusammenkomme, dann heißt es immer wieder: »Weißt du noch? – Weißt du noch?«

Wie fröhlich und anregend war zum Beispiel auch das gemeinsame Plänemachen für die Ferien. Schon kurz nach Weihnachten begannen wir damit: Wenn wir am Sonntagnachmittag beim Kaffeetrinken saßen, dann holte eines der Kinder die Landkarte hervor. »Wohin fahren wir dieses Jahr in den Sommerferien?« Mindestens ein Vierteljahr zuvor schon malten wir uns aus, wie es sein würde am Bodensee, im Schwarzwald oder im Kleinen Walsertal. Es war eine Kostenfrage, da wir alles selbst aufbringen mußten. Natürlich verbrachten wir die Ferien nicht in einem Hotel, sondern mieteten irgendwo in einem Bauernhaus ein paar Zimmer, wo wir uns selbst verköstigen konnten.

Gleich nach Weihnachten wurde das Ferienkäßchen aufgestellt. Bekamen die Kinder eine geldliche Belohnung, dann wurde der Betrag hineingelegt. Fragten Bekannte oder Angehörige: »Was können wir den Kindern schenken?« so wurde auf die Ferienkasse hingewiesen. Der Jubel war bei allen groß, wenn die Kasse sich füllte.

Und dann ging es gleich zu Beginn der Sommerferien los. Jedes Kind hatte seinen Rucksack. Meine Mutter war selbstverständlich auch immer dabei, und als wir dann ein junges Pflichtjahrmädchen hatten, wurde auch dieses mitgenommen. Gewöhnlich nahmen wir ein ganzes Abteil des Zuges für uns in Anspruch. Wer hinderte uns daran, unsere Ferienfreude kundzutun, indem wir während der Reise ein Lied nach dem anderen sangen? Es wirkte oft geradezu anstekkend. Mitreisende in den Gängen stimmten fröhlich mit ein.

Einmal erlebten wir dabei etwas Originelles. Während wir im Schnellzug unserem Ziel entgegenfuhren, wurden uns Hände voll saftig reifer Pfirsiche von außen durch das Fenster in unser Abteil gereicht. Wie war das möglich? Im Abteil nebenan saßen Fahrgäste, die im Gepäcknetz einen großen Korb dieser überreifen Früchte transportierten. Plötzlich fing es an, aus dem Korb zu tropfen. Die Eigentümer befürchteten, daß sie nur noch einen Fruchtbrei an den Bestimmungsort bringen würden, und begannen schleunigst die Mitreisenden mit ihren Pfirsichen zu beglücken. Weil der Zug aber derartig überfüllt war, daß man kaum durch den Gang gehen konnte und sie Freude an den fröhlich singenden und lebhaft erzählenden Kinderstimmen hatten, beugten sie sich aus ihrem Fenster und reichten durch das unsere von außen die Früchte herüber, über die meine Kinder sich natürlich begeistert hermachten.

Besonders gerne brachten wir die Ferien im Kleinen Walsertal zu. Während die Kinder sich draußen tummelten oder in der Breitach, die direkt unterhalb unseres Ferienhauses floß, badeten und meine Mutter Bergkräuter zu Tee sammelte, schrieb ich, erfüllt von der unbeschreiblich schönen Bergwelt, an meinem Buch »Steffa Matt«, dessen Geschichte sich dort im Kleinen Walsertal abspielt. Die mannigfachen Erlebnisse auf unseren vielen Reisen regten mich immer wieder zum Schreiben an.

Und wie genossen die Kinder diese Urlaubszeit! Die Hände voller Blumen und Beeren kamen sie zu mir geeilt: »Mutti, sieh nur – ist das nicht schön?« Immer wieder habe ich es dankbar empfunden, wie zugänglich und aufgeschlossen gegenüber der Schönheit der Natur sie waren. Wenn ich dann fragte: »Nun, hat es sich nicht gelohnt, daß wir auf manches verzichtet haben, was andere Kinder für sich in Anspruch nehmen, auf Kinobesuch und Leckereien, um das Geld für unsere Ferien zu sparen?« dann stimmten sie alle überzeugt und fröhlich zu. Wenn doch die Mütter wüßten, wieviel Ärger und Sorgen sie sich ersparen, indem sie sich Zeit für ihre Kinder nehmen und erfinderisch sind im Planen und Vermitteln von Freuden. Es müssen gar nicht immer käufliche Freuden sein!

Einen Luxus leisteten wir uns: Ich photographierte viel in den Ferien, und jedes Kind bekam von jeder gelungenen Aufnahme einen Abzug. Zum Geburtstag oder zu Weihnachten lag dann das dazugehörige Album auf dem Gabentisch. Noch heute, da sie alle verheiratet sind und Kinder haben, hüten sie ihre Ferienbilder aus der Kindheit und schwelgen in Erinnerungen.

Einmal machten wir während der Ferien im Kleinen Walsertal eine große Wanderung. Unterwegs hatten wir auf einer Bank gerastet. Plötzlich – wir waren gewiß schon wieder zwanzig Minuten unterwegs – stieß ich einen Schrei aus.

»Wo ist meine Umhängetasche?«

Sie mußte an der Banklehne hängen geblieben sein. Unser ganzes Geld, über dreihundertundfünfzig Mark – und das war damals sehr viel – war darin. Ehe ich überlegen konnte, was zu tun sei, rannten mein ältester Pflegesohn und unser Pflichtjahrmädchen bereits davon. Wir übrigen folgten ihnen langsamer und sehr niedergeschlagen. Es waren viele Feriengäste unterwegs, und wir konnten nicht mit Sicherheit damit rechnen, die Tasche wiederzubekommen.

»Wir müssen sofort nach Hause fahren, wenn sie nicht mehr aufzufinden ist«, sagte ich zu den anderen Kindern. »Ein Glück, daß ich wenigstens die Fahrkarten in unserer Ferienwohnung habe.«

Zehn vor Entsetzen geweitete Kinderaugen blickten mich an. Unausdenkbar – jetzt, wo die Ferien doch erst begannen, heimfahren müssen? Schweigend setzten wir den Weg fort. In meinem Herzen aber betete ich still, Gott möge uns die Tasche wieder finden lassen. Neben mir ging meine Mutter. Ich wußte, sie tat dasselbe, hatte sie es mich doch gelehrt, auch solch irdische Anliegen ganz kindlich und getrost in Gottes Hände zu legen.

Als wir wieder an der bewußten Bank ankamen, standen unsere beiden jungen Leute wie zwei Wachhunde davor, sichtlich bereit, sich mit fletschenden Zähnen auf das junge Paar zu stürzen, das dort saß und – ein Stein fiel mir vom Herzen – meine Umhängetasche in den Händen hielt.

»Dieser Jüngling behauptet«, sagte der junge Mann, »daß diese Tasche seiner Mutter gehöre, und verlangt, daß ich dies ohne weiteres glaube und sie ihm aushändige. Ich habe ihm bereits erklärt, daß ich das nur gegen Vorlage eines Ausweises tun könne.« Er zwinkerte mir aber lustig mit den Augen zu, und ich wußte sofort, daß ich einen ehrlichen Menschen vor mir hatte.

»Mit meinem Ausweis kann ich Ihnen allerdings nicht dienen«, erwiderte ich, »denn sämtliche Ausweise, die wir besitzen, haben Sie in Ihren Händen. Aber vielleicht genügt es Ihnen, wenn ich Ihnen den genauen Inhalt der Tasche angebe und unsere Personalien ebenfalls, damit sie sich an Hand der Ausweise überzeugen können.«

Lachend reichte mir der junge Mann die Tasche. »Ich will der Aufregung ein Ende machen«, sagte er. »Ihre Kleinen kämpfen bereits mit den Tränen, und die beiden Großen setzen schon zum Sprung an, meine Frau und mich zu zerfleischen.«

Mit herzlichem Dank verabschiedeten wir uns. Meine Kleinen aber stießen einen hörbaren Seufzer der Erleichterung aus.

»Nicht wahr, Mutti, jetzt müssen wir nicht gleich nach Hause fahren!« –

Ein anderes Mal – das war allerdings schon im zweiten Weltkrieg – hatten wir bereits gepackt, um am nächsten Morgen wiederum ins Kleine Walsertal zu fahren.

Die Kinder waren rein aus dem Häuschen. »Wenn doch nur die Nacht schon vorbei wäre!«

Wochenlang hatten wir uns Lebensmittel am Mund abgespart; denn anders wäre ein Verreisen damals nicht möglich gewesen. Da stand ein Leinensäcklein mit Zucker, dort ein Steinguttopf mit Fett, hier ein Beutel mit Dörrobst.

Die Nachbarn schüttelten den Kopf. Wie konnte man in solch einer Zeit in Ferien fahren, wo man nie sicher war, ob der Zug nicht von feindlichen Fliegern bombardiert wurde? Ich aber war anderer Meinung. Den Kindern, die monatelang beinahe jede Nacht aus dem Schlaf gerissen wurden und in die Luftschutzkeller flüchten mußten, würde es guttun, in eine andere Umgebung, möglichst aufs Land, gebracht zu werden, wo sie unbeschwerte Tage und Nächte verleben und sich in guter Luft, Stille und Naturschönheit erholen konnten.

Finanziell war das im Krieg ein besonderes Problem, denn in jener Zeit wurden keine oder nur wenig Bücher veröffentlicht. Meine Honorare waren gering. Es hieß schon sorgsam sparen, einteilen und berechnen. Aber immer wieder wurde es mir möglich, den Kindern die notwendige Ferienerholung zu schenken.

Auch diesmal waren also alle Vorbereitungen getroffen.

Ich traute meinen Ohren nicht, als meine Mutter am Abend vor der Abreise erklärte: »Ich fahre nicht – noch nicht.«

»Aber bitte, warum nicht?«

»Ich kann es nicht begründen, aber ich habe ein unbestimmtes Gefühl, wir dürften nicht fahren.«

Die Kinder, wenigstens die Kleinen, weinten. »Nun haben wir uns so gefreut.« Die Großen schimpften, und ich muß gestehen, daß auch ich ärgerlich war. Was kam denn meiner Mutter, die sonst immer zu mir stand und so vernünftig und überlegend war, plötzlich an? Sie wußte doch, welche Vorbereitungen getroffen und mit welchen Schwierigkeiten sie verbunden gewesen waren. Aber ohne die Mutter zu fahren, wäre mir nicht eingefallen. Es blieb mir nichts übrig, als ein vorläufiges Absagetelegramm zu schicken und ein späteres Kommen in Aussicht zu stellen.

Es war am Morgen des nächsten Tages, als meine Mutter plötzlich sagte: »So, jetzt bin ich bereit, zu fahren.«

Über uns alle kam ein großes erschrockenes Verstummen, als wir am anderen Tag erfuhren, daß der Zug, mit dem wir hatten fahren wollen, von feindlichen Fliegern bombardiert worden war. Gott hatte uns gnädig bewahrt. Wortlos blickten meine Mutter und ich uns an. Aber in unseren Herzen tönte eine Melodie tiefer Dankbarkeit.

Meine Familie war übrigens inzwischen wieder um ein Glied gewachsen. Ich hatte die elfährige Tochter unserer befreundeten Pfarrfamilie aus Stuttgart-Kaltental zu mir genommen, damit die Mutter entlastet wurde, als der Vater hatte in den Krieg ziehen müssen. Es war ein kluges und sensibles Kind, das in vollen Zügen mit meinen übrigen Buben und Mädchen diese glück- und freudeerfüllten Ferien genoß.

Nie werde ich die Rückreise aus diesem Urlaub vergessen. Die Züge, immer bedroht von feindlichen Fliegern, hatten oft große Verspätung. So kamen wir auch viel später als vorgesehen in Ulm an. Der Anschlußzug hatte nicht gewartet. Erst um Mitternacht konnten wir weiterfahren. In jener Zeit waren schon viele Städte Württembergs von furchtbaren Fliegerangriffen heimgesucht worden. Wir selbst hatten in Stuttgart solche erlebt. Ulm war bis dahin verschont worden, aber jede Nacht konnte das Unheil über die Donaustadt hereinbrechen. Wir konnten nicht stundenlang mit den Kindern auf dem Bahnhof bleiben. Am liebsten wäre ich mit ihnen zu Fuß etliche Kilometer weit bis zu einer ländlichen Bahnstation gegangen. Aber das wäre mit unserem vielen Gepäck unmöglich gewesen, und es als Passagiergut aufzugeben, trauten wir uns auch nicht. So baten wir in einer uns bekannten Schwesternstation um Obdach. Ein Zimmer mit einem Bett, in das wir fünf Kinder legten, drei am Kopfende und zwei am Fußende, konnte man uns zur Verfügung stellen. Die anderen blieben auf Stühlen sitzen.

In dieser Nacht hatte ich das Empfinden, als habe sich der Rachen der Hölle geöffnet, um uns zu verschlingen. Es konnte ja kein Zweifel darüber bestehen, daß auch Ulm über kurz oder lang das Ziel eines schrecklichen Bombenangriffes sein würde. Als ich später die unbeschreiblich zerstörte Stadt sah und gerade das Viertel, in dem wir jene Nacht zugebracht hatten, als dem Erdboden gleichgemacht erblickte, begriff ich, daß es eine Vorahnung gewesen sein mußte, die mich in jenen Stunden so unheimlich marterte. Ich saß auf meinem Stuhl, neben mir meine Mutter, vor uns in dem einen Bett die schlafenden Kinder, und betete unaufhörlich, ja, ich schrie in meinem Herzen nach Gott. – Was sind wir, daß wir in jener Nacht gnädig bewahrt wurden, nachdem später Tausende von Menschen eines grauenvollen Todes starben, als ganze Reihen von Häusern rings um das herrliche Münster hinweggemäht wurden?

Um Mitternacht sollten wir weiterfahren. Kopf an Kopf standen die Menschen, die mit diesem Zug reisen wollten. Er kam mit viel Verspätung und war bereits voll besetzt. Die Menschen standen auf den Trittbrettern und saßen auf den Fensterbänken. Wohl stiegen etliche aus, aber ein Strom von Reisenden drängte sich an die Türen. Wie sollte ich mit meiner Kinderschar in diesen überfüllten Zug kommen? »Haltet euch fest, eins am anderen!« rief ich. »Wir dürfen uns nicht aus den Augen verlieren!«

Einen Hagel von Schimpfworten mußten wir über uns ergehen lassen.

»Unerhört, mit so vielen Kindern in dieser Zeit zu verreisen.«

»Dazu noch nachts!«

Aber ich ließ mich nicht beirren. »Ich kann keins der Kinder draußen lassen«, wehrte ich mich und drückte sie einfach hinein. So bekamen wir wenigstens einen Stehplatz im Gang des Schnellzuges. Aber man stand buchstäblich Kopf an Kopf und vielfach auf den Füßen anderer Reisender. Ich stellte mir vor, welch eine Panik ausbrechen würde, wenn jetzt ein Bombenangriff käme.

»Laß doch endlich den Zug abfahren«, betete ich in meinem Herzen. Ich war erfüllt von einem Grauen wie nie zuvor. Nun stand der Zug schon eine geschlagene Stunde hier. Endlich setzte er sich in Bewegung. Ein hörbares Aufatmen ging durch den überfüllten Gang. Die Dunkelheit war undurchdringlich. Nirgends auch nur das kleinste Licht. Ich rief voller Sorge die Namen meiner Kinder. »Seid ihr alle da?«

Plötzlich hörte ich die Stimme meines jüngsten Sohnes: »Mutti, hier unten sitzt e klei's Hundle, ganz e nett's.«

Gleich darauf vernahm ich eine keifende Frauenstimme: »Gehst du mit deinen Händen von meinem Kopf, du Lausbub!«

Was mein Jüngster zu seinen Füßen als netten kleinen Hund zu spüren geglaubt hatte, war das gelockte Haar einer Dame gewesen, die sich, nicht mehr imstande, auf den Füßen zu stehen, einfach im Gang auf den Boden gekauert hatte. Sinn für Humor schien sie nicht zu haben.

Aber auch diese Reise nahm ein Ende. Als wir den Zug verlassen wollten, schimpften dieselben, die ihre Stimme erbost über uns erhoben hatten, als wir eingestiegen waren. Alles war aufgeregt und gereizt, im Innern voll panischer Angst.

Eine dunkle Zeit waren diese Kriegsjahre. Wie litt ich darunter, daß mein ältester Pflegesohn bereits mit siebzehn Jahren Soldat werden mußte. War er nicht im Grunde genommen noch ein Kind. Zwangsläufig hatte er zur Hitlerjugend gehört. Wie all die vielen anderen jungen Leute glaubte auch er an die Idee des Dritten Reiches und ließ sich begeistern.

Ich wußte, wie sehr eine starke Verbindung zwischen der Heimat und ihm nötig war. Daß wir ihn täglich in unsere Fürbitte einschlossen, war selbstverständlich, aber er sollte auch von all unseren Erlebnissen wissen. Die Heimat mußte zu ihm kommen. So schrieb ich ihm täglich. Manchmal kam ich während des Tages nicht dazu. Dann saß ich um Mitternacht an meinem Schreibtisch, wenn meine Mutter und die Kinder längst schliefen. Aber mein Junge mußte seinen Heimatgruß haben. Diese Briefe trieften nicht etwa von frommen Worten. Ich erzählte ihm darin von allem, was wir erlebten, sagte ihm aber auch, daß kein Tag vergehe, an dem wir nicht für ihn beteten, und riet ihm, wo und wann er Gelegenheit habe, einen Gottesdienst zu besuchen, dies zu tun. Es werde die Zeit an der Front kommen, wo er sich vergeblich danach sehne.

Einmal schrieb er mir: »O Mutti, Du und Deine Himmelsbriefe!« Das war aber keineswegs spöttisch oder ablehnend gemeint. Er erwartete von mir keine anderen Briefe. Ich weiß, daß sie mit dazu beitrugen, ihn zu bewahren in den mancherlei gefahrbringenden Situationen, in die er zwangsläufig kam. Mir kamen die Dankestränen, als er, vom Krieg und von darauffolgender Gefangenschaft heimgekehrt, nun zum Mann geworden vor mir stand, groß, aufrecht und schlank. Er sah mir in die Augen und sagte: »Mutti, ich komme zu dir, wie ich gegangen bin, als dein großer Junge.« – Ich wußte, was er mir damit sagen wollte, und mein Herz war voll Dankbarkeit.

Es war gut, daß ich damals kaum zu mir selbst kam vor lauter Arbeit. Zu meinen drei Mädchen und zwei Buben, die noch zu Hause waren, hatte sich ein weiteres dreizehnjähriges Mädchen gesellt, deren Mutter in Warschau dienstverpflichtet war. Ein intelligenter, aber nicht unproblematischer, äußerst lebhafter Backfisch, der, wenn er gekonnt hätte, unseren ganzen Haushalt auf den Kopf gestellt hätte. Zur Hilfe im Haushalt hatte ich eine Vierzehnjährige, eben aus der Schule entlassen; also ein weiteres Kind. Da mußte man schon wach sein und die Augen überall haben. Aber die Kinder blieben meine große Freude und halfen mir über so manches Schwere jener Zeit hinweg.

Und es waren allerlei Schwierigkeiten zu überwinden. Die Lebensmittel, die es ja nur auf Karten gab, mußten genau eingeteilt werden, daß es reichte und jedes der Kinder satt wurde. Aus alten Kleidern von mir und meiner Mutter nähte ich den Kindern Kleider und Mäntel, aus aufgezogener Wolle strickte ich meinen Buben Pullover. Wenn das meine Handarbeitslehrerin gesehen hätte, die einst über mein verkorkstes Hemd mit seiner Regenwurmtrüllnaht die Hände gerungen hatte! – Und die Kleider paßten sogar. Ich wunderte mich über mich selbst.

In jener Zeit schrieb ich auch wieder an einem Manuskript. Vor dem Druck mußte jedes Werk der Reichsschrifttumskammer zur Genehmigung vorgelegt werden. Später sagte mir mein Verleger, daß mein Buch das einzige unter zwölf eingesandten gewesen war, das die Zensur unbeanstandet passiert habe – und das, obgleich ich nicht ein einziges politisches Wort darin geschrieben hatte. Als Schriftstellerin mußte auch ich damals Mitglied der Reichsschrifttumskammer sein, sonst hätte kein Buch mehr von mir gedruckt werden dürfen. Aber es war mir klar, daß ich nie etwas schreiben würde, was mit meiner innersten Überzeugung nicht übereinstimmte.

Ich besuchte einige Male die Versammlungen der »Nationalsozialistischen deutschen Frauenschaft«, ging dann aber gemeinsam mit Frau Professor Mayer-Strathmann zu der Leiterin und sagte ihr, daß wir das nicht mehr mit unserem Gewissen vereinbaren könnten, nachdem in den Schulungsbriefen dieser Organisation immer wieder gehässige Angriffe gegen die Kirche, ihren Dienst und ihre Diener geäußert würden. Von da an blieben wir diesen Zusammenkünften fern. Noch heute wundere ich mich, daß man uns dieserhalb nicht zur Rechenschaft zog. Gott ließ es nicht zu.

Das Schrecklichste in jener Zeit waren die Nächte. Es gab Wochen und Monate, in denen man Nacht für Nacht die Kinder aus den Betten reißen und mit ihnen in den Luftschutzkeller flüchten mußte. Meine beiden Buben schliefen einen Stock höher als wir. Es war fast unmöglich, sie wachzubekommen. Hatte ich den einen endlich so weit, daß er schlaftrunken vor seinem Bett stand, und wandte ich mich dem anderen zu, der an der gegenüberliegenden Wand schlief, um ihn zu wecken und auf die Füße zu stellen, da war der erste indessen bestimmt wieder in sein Bett gekrochen und lag bereits aufs neue in tiefem Schlaf. Wenn ich mich voller Entsetzen dem ersten wieder zuwandte, weil man bereits das Motorengeräusch der feindlichen Flieger hörte, dann war der zweite schon wieder unter seiner Decke. Oft war ich vor lauter Verzweiflung dem Weinen nahe.

»So steht doch endlich auf, Buben!« rief ich und schüttelte sie. »Wir müssen doch in den Luftschutzkeller!« Wie taten sie mir leid, wenn sie mich dann aus schlaftrunkenen Augen bittend ansahen.

»Warum dürfen wir nicht liegenbleiben, Mutti?«

Mehr als einmal drückte ich ihnen die Kleider unter den Arm und die Schuhe in die Hand, weil keine Zeit mehr war, sich noch anzuziehen. Das mußte im Keller geschehen. Einmal war bereits höchster Alarmzustand, und die beiden Buben kamen einfach nicht zu sich. Schließlich rief ich in meiner Verzweiflung: »Dann bleibt eben liegen, ich gehe jetzt mit den anderen Kindern in den Keller!« Als ich wirklich das Zimmer verließ – nur zum Schein natürlich, denn niemals hätte ich sie allein in ihrem Zimmer gelassen – entstiegen sie mit halbgeschlossenen Augen ihren Betten und folgten mir. Als ich mich umwandte, trug jeder anstelle seines Kleiderbündels in der Hand sein Nachtgeschirr. – Arme Kinder! So ging es Tausenden. Ist es ein Wunder, daß man Spuren solch durchlebter schlimmer Jugendjahre noch heute an ihnen findet!

Einmal berichtete mein kleiner, damals etwa vierjähriger Neffe, der mit seinem Schwesterchen einige Wochen bei uns verlebte, nach seiner Rückkehr ins Elternhaus: »Denk dir nur, Mama, es war ein Fliegerangriff in einer Nacht, und die Oma ist angeschossen worden.«

»Was sagst du?« fragte meine Schwägerin erschrocken. »Junge, das kann doch nicht sein. Da hätten wir doch längst Nachricht, wenn die Oma verletzt worden wäre.«

»Doch, bestimmt, sie ist von einer Hexe angeschossen worden.«

Es wurde immer mysteriöser. »Von einer Hexe? Was redest du denn da? So etwas gibt es doch nicht.«

Da fing der Kleine gekränkt zu weinen an. »Doch, ich weiß es ganz genau. Wir waren im Bett und da kam die Fliegersirene. Oma hat mich auf dem Rücken die Treppen hinuntergetragen, weil wir in den Keller mußten. Und auf einmal ist sie zusammengeknickt und konnte mich nicht mehr tragen und hat laut gerufen: 'O weh, jetzt habe ich einen Hexenschuß bekommen'.« Über diese Episode haben wir noch manchmal herzhaft gelacht.

Sonst aber verging uns das Lachen in jenen Tagen. Je länger desto mehr überschatteten dunkle Wolken das Geschick unseres Volkes. Es geschahen fürchterliche Dinge. Genau wußte man es nicht, aber es wurde geflüstert: »Habt ihr von dem schrecklichen Schicksal der Juden gehört? – Wißt ihr, was mit den Geisteskranken geschieht? – Und solche, die es wagen, dagegen ihre Stimme zu erheben, werden abgeholt und verschwinden spurlos.« Lähmendes Entsetzen erfüllte die Menschen.

Unser Ortspfarrer wurde ebenfalls zur Wehrmacht eingezogen. Das war ein großer Verlust für die Gemeinde. Auch ich hatte jederzeit, wenn ich Rat und Hilfe brauchte, zu ihm kommen können. Jetzt war es nicht mehr möglich. Und es waren doch so viele Probleme, die mich bewegten, gerade die

Geschehnisse der Zeit, die auch nicht vor dem Familienleben haltmachten.

Landesbischof Hahn aus Dresden, der ein Kämpfer der Bekennenden Kirche war, hatte sein Arbeitsgebiet in Sachsen aus Sicherheitsgründen, wenn auch schweren Herzens, verlassen müssen. Nun kam er anstelle unseres Gemeindepfarrers zu uns. Jede Woche war er einmal in unserem Haus zu Tisch. Wie beeindruckte mich seine tiefe Frömmigkeit! Unvergeßlich ist mir sein kummervoller Gesichtsausdruck, wenn er von den Nöten im Hinblick auf die innere Entwicklung unserer Kirche sprach.

In jener Zeit standen drei meiner Pflegekinder vor der Konfirmation. So sehr sie den Herrn Landesbischof schätzten, so sehr bedauerten sie es andererseits, daß unser Gemeindepfarrer, der ihnen ein väterlicher Freund geworden war, sie nicht einsegnen konnte. Als einer ihrer Mitkonfirmanden, ein unternehmungslustiger Draufgänger, auf die Idee kam, an dessen Hauptmann zu schreiben, um Urlaub für den Pfarrer zum Tag der Konfirmation seiner Kinder, die er unterrichtet hatte, zu bitten, stimmten meine drei begeistert zu. Ja, dieses Gesuch wollten auch sie unterschreiben.

Wir Erwachsenen lächelten wehmütig. Aber der Hauptmann nahm den Bittbrief der Kinder ernst. Unser Pfarrer bekam Urlaub. Das war eine Freude! Und nun schritten die beiden Geistlichen, Landesbischof Hahn und Stadtpfarrer Koepf, vor der Kinderschar zum Altar. In brüderlicher Gemeinschaft übten sie die Handlung an den jungen Menschen in der neuerbauten, wunderschönen Kirche in Kaltental aus. Die Namen meiner drei Kinder wurden aufgerufen. Hand in Hand, das Mädchen zwischen den beiden Buben, schritten sie zum Altar. Am darauffolgenden Sonntag sollte das Konfirmandenabendmahl stattfinden. – Warum war mir das Herz so schwer?

Donnerstagnacht! Das Heulen der Sirenen riß uns aus dem leichten Schlummer, der schon längst nicht mehr Schlaf genannt werden konnte. Schnell, schnell in den Keller! Da hörte man auch schon das Surren der feindlichen Flieger; und nun folgte die schrecklichste Nacht, die ich je erlebte. Die Häuser zitterten bis in ihre Grundfesten, die Erde bebte, das donnerähnliche Aufschlagen der Bomben rings um uns her kündete von der Schwere des Angriffs. Das Licht verlöschte, eine Wand unseres Kellers stürzte ein. Meine Mutter und ich hatten uns die Hände gereicht. Zwischen uns kauerten meine Kinder, einige schreckensbleich, starr und stumm vor Grauen, einige angstvoll schreiend und bitterlich weinend – wir alle aber erfüllt von unbeschreiblichem Entsetzen. Unwillkürlich zog man bei jedem neuen Dröhnen Kopf und Schulter ein. Die Hölle schien losgelassen.

Nein, ich gehörte keineswegs zu denen, die heroisch waren. Und ich habe es einfach nicht geglaubt, wenn Menschen nach solch einer Nacht des Grauens behaupteten, keine Angst gehabt zu haben. Ich war ein bewußter Christ, aber ich habe Angst gehabt, die ich nicht in Worte fassen kann. »In der Welt habt ihr Angst, aber seid getrost, ich habe die Welt überwunden«, dieses Wort ließ mich auch in jener Nacht Zuflucht zu dem einzigen Ruheort nehmen. Aber von schönen, in wohlgesetzten Worten vorgetragenen Gebeten war da nicht die Rede. Wir haben zu Gott geschrien, ohne zu fragen, was die anderen Leute, die mit uns im Keller kauerten, dazu sagten: »Erbarme dich unser! Erbarme dich unser!« Nichts anderes vermochten wir mehr zu beten.

Der ganze Angriff hatte gewiß nicht länger als zwanzig Minuten gedauert. Uns schien es eine Ewigkeit.

Endlich, endlich kam die Entwarnung. Ach, wie sah es draußen aus! Häuser in Flammen, auch die Kirche brannte, Tote auf der Straße und unter den Trümmern. Menschen fielen sich weinend in die Arme. »Du lebst? – Du lebst noch?«

Dann gellte ein Aufschrei aus vieler Mund. Unser Kirchturm, das Wahrzeichen unseres erst neu erbauten Gotteshauses, senkte sich und stürzte brennend in die Tiefe. Auch unser Nachbarhaus brannte lichterloh.

Wie verscheuchte Hühner umstanden die Kinder meine Mutter und mich, zitternd und angstvoll zu uns aufblickend. Wie sollte es nun weitergehen? Ja, ich selber hatte das Gefühl, als müsse der Krieg doch eigentlich nach dieser notvollen Nacht ein Ende haben. Es war doch unmöglich, daß man derartiges noch einmal oder sogar des öfteren erlebte! Ja, so ichbezogen ist der Mensch. Tausende unserer Soldaten mußten solches und noch weit Entsetzlicheres Tage, Nächte, Wochen und Monate über sich ergehen lassen. Wie viele Städte waren schon dem Erdboden gleichgemacht. Und immer noch war kein Ende abzusehen!

Unsere Wohnung war nach dieser Nacht so zugerichtet, daß wir vorerst nicht darin hausen konnten. Zudem hatte ich selbst das Gefühl, mit den Kindern wenigstens für kurze Zeit fort zu müssen, damit wir alle wieder einmal zur Ruhe kamen, vor allem ein paar Nächte wieder schlafen konnten.

Ich hatte unter anderem auch in Korntal Vorträge gehalten und erinnerte mich, daß dort ein Gemeindegasthaus war, in dem man, so hoffte ich wenigstens, für einige Nächte ein paar Zimmer mieten konnte. So fuhr ich mit meiner Mutter und den Kindern dorthin. Nachdem wir ein Abendessen eingenommen hatten, ließ ich die Kinder in der Obhut meiner Mutter in dem Gemeindegasthaus, um ins Pfarrhaus zu gehen und dort unser Hiersein zu melden. Die Gemeindehelferin, Schwester Selma, öffnete mir die Türe. Auch sie kannte mich durch die Vortragsarbeit. Ich wollte beginnen, ihr von unseren Erlebnissen zu erzählen, brachte aber kein Wort heraus. Statt dessen wurde ich von einem hilflosen Schluchzen geschüttelt. Ich war einfach nach der vorausgegangenen Schreckensnacht am Ende meiner Kraft. Da geschah es, daß die junge Pfarrfrau hinzutrat und, obwohl sie selbst eine Schar noch kleiner Kinder hatte, sagte: »Nein, Sie wohnen nicht im Gemeindegasthaus. Wir rücken hier im Pfarrhaus zusammen. Sie kommen alle zu uns.«

Es war einfach großartig, mit welcher Selbstverständlichkeit sie uns sieben Personen aufnahm und an ihren Tisch lud.

Die Atmosphäre ihres Hauses tat wohl und beruhigte, trotz der vielen Kinder, die nun beisammen waren. Im Ort sprach es sich schnell herum, daß ich mit meinen Kindern schutzsuchend für einige Zeit nach Korntal gekommen sei, und daß wir etliche Verluste durch die Angriffsnacht erlitten hatten. Wie beschämte es mich, als nun verschiedene Gemeindeglieder kamen, um uns Lebensmittel aller Art und sogar Geld zu bringen. Man lud mich auch mit den Kindern da und dort zum Essen ein. Hier war wirklich christliche Bruderschaft zu spüren. Meine Mutter erkrankte in jenen Tagen ernstlich an Gesichtsrose und wurde im Pfarrhaus in rührender Weise gepflegt, bis sie wieder gesund war.

Drei Wochen blieben wir in Korntal. Dann mußten wir zurück. Die Kinder sollten ja wieder zur Schule gehen. Unsere Wohnung war notdürftig bewohnbar gemacht worden.

Kaum waren wir dort, begann der Schrecken aufs neue: Nacht für Nacht mußte ich die Kinder aus den Betten reißen und mit ihnen in den Keller flüchten. Wollte denn dieser Krieg überhaupt kein Ende nehmen?

Am Sonntag nach dem entsetzlichen Angriff stand unser Pfarrer in seiner Soldatenuniform auf der Kanzel der katholischen Kirche in Kaltental, die uns Evangelischen freundlicherweise zur Verfügung gestellt wurde, weil unser Gotteshaus zerstört war. Zu seinen Füßen saßen weinende und doch wieder dankbare Menschen. Daß man überhaupt noch an einem Gottesdienst teilnehmen konnte! Unter ihnen waren solche, die man aus den Trümmern ihrer Häuser hatte hervorziehen müssen, die nichts gerettet hatten als das nackte Leben. – In tiefer Bewegung sprach der Pfarrer. Über die Trümmer seiner Kirche war er auf die Kanzel der katholischen Brüder gestiegen. – Was bedeutete in solcher Stunde das, was uns sonst glaubensmäßig trennte! Hier war man Notgemeinde, die an den Grabstätten ihrer getöteten Mitmenschen und vor den Trümmern ihrer Häuser nichts anderes zu singen und zu beten wußte als: »Aus tiefer Not schrei ich zu dir!« Ja, in jener Zeit lernte manch einer zu Gott schreien.

Eines Tages erkrankte ich schwer. Ich erschrak, als ich meinen Hals im Spiegel betrachtete. Das konnte nur Diphtherie sein. Die Ärztin spritzte ein Serum. »Eigentlich müßte ich Sie ins Krankenhaus legen«, sagte sie. »Aber wer versorgt Ihre Kinder in der Zwischenzeit?«

In der darauffolgenden Nacht versagte mein Herz. Voller Besorgnis beugte sich meine Mutter über mich.

»Wenn das so weitergeht, erlebe ich den Morgen nicht«, flüsterte ich ihr zu. Mir war es sterbenselend. Nicht auszudenken, daß ich jetzt meine Mutter und die Kinder allein lassen sollte. Wir beteten zusammen. Plötzlich – es war wie eine Eingebung – sagte ich: »Bring mir die kleine Wanne mit kaltem Wasser und stell sie mir hier auf die Bettdecke.« Mühsam richtete ich mich auf. Beide Arme tauchte ich bis über die Ellbogen ein, zwei-, dreimal, noch einmal und nach einigen Augenblicken wieder. Dann fing mein Herz, das den Dienst versagt hatte, wieder an zu klopfen, der Kreislauf setzte ein. Ich war gerettet.

Am nächsten Tag kam der Luftschutzwart. »Wir hören, daß hier eine Kranke ist. Wir haben strengen Befehl, alle Kranken in den Luftschutzkeller zu transportieren.«

»Aber ich kann bestimmt noch nicht gehen. Ich fühle mich zu schwach.«

»Wir holen Sie mit einer Tragbahre.«

In der darauffolgenden Nacht ertönte natürlich wieder die Fliegersirene. Gleich darauf standen ein paar starke Männer vor meinem Bett. In Decken gewickelt trugen sie mich aus dem Haus in eines der Nachbargebäude. Nach dem schweren vorausgegangenen Angriff war unser Keller nicht mehr zulässig für die Hausbewohner. Hinter der Tragbahre folgten wie Leidtragende meine Mutter und die Kinder je zwei und zwei. Da lag ich nun in einem fremden Keller unter fremden Menschen, umgeben von meinen bleichen Kindern, die mit mir ängstlich lauschten. Sollten wir eine Wiederholung jener furchtbaren Nacht erleben? Sollte es etwa unsere letzte sein? Doch es ging vorüber.

Von dieser Krankheit konnte ich mich lange Zeit nicht erholen. Wir alle hätten dringend eine Zeit des Ausspannens benötigt. Aber ich wagte keine Reisepläne zu machen.

Wie Gott zur rechten Zeit in wunderbarer Weise eingreift, erlebte ich in jenen Tagen wieder einmal.

»Ich möchte Sie einladen, Erholungstage bei mir zuzubringen«, schrieb eine Großheppacher Kinderschwester aus Gingen an der Fils. Dort hatte ich auch einen Vortrag gehalten.

Ich antwortete ihr: »Herzlichen Dank für Ihre freundliche Einladung. Aber ich kann unmöglich meine Mutter und die Kinder in dieser unsicheren Zeit allein lassen. Bisher bin ich nie ohne sie in die Ferien gereist, und jetzt hätte ich erst recht keine Ruhe, nachdem man jede Nacht mit Fliegerangriffen rechnen muß.«

Sie antwortete: »Ich kann bei mir vier Personen unterbringen. Für die übrigen stellt das Pfarrhaus die Unterkunft. Bitte, kommen Sie bald.«

War denn so etwas möglich? Acht Personen wollte man ohne weiteres aufnehmen? Mit Freuden sagte ich zu. Ferien in einem schwäbischen Dorf des Filstals! Ungestörte Nächte für drei Wochen! Es war kaum anzunehmen, daß Gingen das Ziel eines Fliegerangriffs sein würde! Meine Kinder jubelten, und wir reisten.

Ich lag ganze Tage im Liegestuhl unter den Bäumen vor dem neuen Kindergarten, und Schwester Anna tat für mich, was sie nur konnte. Die Kinder sprangen wie die jungen Füllen auf der Wiese um mich herum. »Mutti, hier ist es schön! Hier laß uns bleiben!«

Mit Bangen sah ich dem Ende dieser sorglosen Ferientage entgegen. Wohl hatte ich mich ganz gut erholt, aber der Gedanke an die entsetzlichen Nächte hing wie ein Gewicht an mir, je näher der Abreisetag kam. Außerdem beunruhigten mich Zeitungsartikel, die besagten, daß man plane, alle Schulkinder aus den gefährdeten Großstädten zu entfernen und in Lager zu bringen. Mußte ich meine Kinder hergeben? Würde ich sie dann je wiederbekommen? Unter welche Einflüsse würden sie geraten? Würde ich mich durchsetzen können, wenn ich verlangte, daß man sie bei mir ließe? Es waren ja nicht meine eigenen Kinder!

Und wieder kam zur rechten Zeit die Hilfe Gottes. Ein unfaßbares Wunder schien es zu sein, als der Ortspfarrer, den wir in diesen drei Wochen als einen edlen und gütigen Menschen kennengelernt hatten, zu mir kam und sagte: »Über kurz oder lang müssen wir doch Flüchtlinge oder Evakuierte in unserem Pfarrhaus aufnehmen. Wir haben Sie jetzt kennengelernt und möchten Ihnen vorschlagen: Geben Sie Ihre Wohnung in Stuttgart-Kaltental auf. Wir rücken im Pfarrhaus zusammen. Ich stelle Ihnen mein Studierzimmer zur Verfügung. Aus unserer Waschküche machen wir eine provisorische Küche für Sie, damit Sie Ihren eigenen Haushalt haben. Unser Gastzimmer wird das Schlafzimmer für Sie und Ihre Mutter. Ihre Mädchen können im Kindergarten schlafen, und den Buben richten wir die Dachkammer ein.«

Ich konnte es kaum fassen. Wieder rückte man um unseretwillen zusammen. Wie beschämte mich Gott über meinem Sorgen! Jetzt durfte ich meine Kinder behalten. Zwar war die Trennung von der Kaltentaler Gemeinde nicht ganz leicht für uns. Wie waren wir dort mit dem kirchlichen Leben verwachsen! Aber Gott hatte auch auf diesem Gebiet bereits wieder neue Wege für mich gebahnt. Selbstverständlich stellte ich mich auch in Gingen der kirchlichen Arbeit zur Verfügung. Wie dankbar und aufgeschlossen waren auch hier die Leute. Daß ich mithalf, war nur ein geringes Dankeszeichen für das große Entgegenkommen, das der Pfarrer und seine Frau uns erwiesen, indem sie uns alle in ihr Pfarrhaus aufnahmen.

Wieder war es die Arbeit, die über Heimweh und Trennungsschmerz hinweghalf. Ich führte einen regelmäßigen, kirchlichen Frauenhilfe-Abend ein. Zweihundert und mehr

Frauen kamen jedesmal; Frauen, die ihre Männer und Söhne an der Front wußten und um sie bangten; Frauen, die um ihre Gefallenen trauerten und nicht wußten, wo sie das Grab ihrer Lieben suchen sollten und ob sie überhaupt ein solches hatten; Frauen, die Vermißte beklagten und nächtelang in ihre Kissen weinten über der Not solcher Ungewißheit. Wie machte mich ihr Vertrauen glücklich, und daß ich ihnen dienen durfte!

Bald waren wir in Gingen so heimisch, als wären wir immer dort gewesen. Montagabends leitete ich den Mädchenkreis. Welch eine fröhliche Schar kam da zusammen! Sechzig junge Mädchen, ansprechbar und aufgeschlossen. Trotz der Not der Zeit vermochten sie noch herzhaft zu lachen und ausgelassen zu sein, ließen sich aber auch willig einführen in das biblische Wort und nahmen eifrig teil an ernsten Gesprächen.

Nicht weniger Freude machte mir die Arbeit im Kindergottesdienst. Immer mehr Kinder kamen. Ich vermochte den Dienst nicht mehr ohne Hilfskräfte zu tun. Aus meinem Mädchenkreis meldeten sich zehn prächtige, junge Helferinnen. Diese – es kamen dann auch noch ein paar Helfer dazu – mußten geschult und unterrichtet werden. Aber es ist in der Tat so: Die Freude an der Sache Gottes und an seinem Dienst läßt in uns Brunnen aufbrechen. Es ist unglaublich, wie leistungsfähig man dabei wird. In meinem großen Haushalt stand mir meine Mutter tatkräftig zur Seite, so daß ich immer noch Zeit zum Schreiben fand. Wie lange dies allerdings noch sinnvoll sein würde, schien mir fraglich. Es sollten nur noch Bücher mit nationalsozialistischer Tendenz veröffentlicht werden. Solche aber konnte und wollte ich nicht schreiben.

Wenn ich heute zurückblicke auf jene Zeit in Gingen, so erfüllt mich ein großes Staunen und Wundern. Nicht nur, daß Gott mir mit meiner Kinderschar einen Platz in wunderschöner Umgebung zuwies, nicht nur, daß wir neue Verbindungen mit wertvollen Menschen aufnehmen durften, daß wir wieder ungestörte Nächte hatten und meine Buben und

Mädchen nicht dauernd aus tiefem Schlaf gerissen werden mußten; da waren auch wieder offene Türen, Arbeitsmöglichkeiten, wie ich sie als meines Lebens Auftrag erkannte. Alles schien längst vorbereitet zu sein. Nicht ich handelte, sondern es wurde mit mir gehandelt. Ich hatte nur zu gehorchen. Schon damals erkannte ich, was mir heute noch viel deutlicher zum Bewußtsein kommt:

> Ehrfurcht vor Gott haben, bedeutet Gott ernst nehmen.
> Gott ernst nehmen, heißt nach seinem Willen fragen und bestrebt sein, ihn zu erfüllen.
> Aus dem Gehorsam aber entspringt der Friede.
> Wo Friede herrscht, wächst die Freude.
> Wo Freude ist, hat man immer etwas weiterzugeben.
> Durch Geben aber wird man nie ärmer, sondern reicher.

Die Großheppacher Kinderschwester litt unter heftigen Kopfschmerzen. Ich riet ihr eines Tages, zur Augenärztin zu gehen. Diese schickte sie nach Tübingen in die Universitätsklinik. Dort stellte man einen Tumor im Gehirn fest. Bald nach der Operation starb sie. Erschüttert saß ich kurz vor ihrem Tode an ihrem Bett und wußte, daß ich sie das nächste Mal nicht mehr lebend antreffen würde. Wie arm wäre man in solchen Augenblicken, wenn man nicht mit dem Kranken und für ihn beten könnte!

Jetzt war der Kindergarten verwaist. Es war uns jedoch klar, daß dies nicht lange der Fall sein würde. Die Partei würde mit Freuden das neuerbaute Haus mit dem schönen Spielgelände übernehmen, um einen NSV-Kindergarten daraus zu machen. Das aber durfte nicht sein. Die Kinder sollten in christlicher Weise betreut und erzogen werden. So wünschten es auch die Eltern. Der Pfarrer schrieb nach Großheppach um eine neue Schwester. Die Antwort war abschlägig. »Wir haben niemand, der frei ist, so gerne wir helfen würden.«

Die Pfarrersleute und ich saßen beratend zusammen.

Wenn der Kindergarten erst einmal in nichtkirchlichen Händen war, würde man ihn nicht so schnell zurückbekommen. Nach einigem Zögern bot ich mich an. »Herr Pfarrer, zwar sind es fast zwanzig Jahre her, daß ich mein Kindergärtnerinnenexamen gemacht habe, und es würde sicher eine große Umstellung für mich bedeuten; aber wenn Sie es mir zutrauen, will ich mich bereit erklären, die Arbeit zu übernehmen, so lange, bis das Mutterhaus in Großheppach wieder eine Schwester senden kann.«

»Das würden Sie tun?« fragte der Pfarrer. »Sie sind doch wahrhaftig mit Ihrer Kinderschar genügend ausgelastet. – Aber ich wäre natürlich sehr froh.«

»Geben Sie mir so die Möglichkeit, Ihnen wenigstens ein klein wenig dafür zu danken, daß Sie uns alle in so großzügiger Weise aufgenommen haben.«

So kam es mir also nach zwanzig Jahren zugut, daß ich damals mein Kindergärtnerinnenexamen gemacht hatte. Es strengte mich mächtig an. Ich hatte immerhin täglich neunzig Kinder zu betreuen und war mit meinen vierzig Jahren aus dem Spring- und Spielalter heraus. Aber es bedurfte keiner Erwägung, ich konnte den Pfarrer nicht im Stich lassen. In den ersten Tagen meinte ich manchmal, der Kopf würde mir zerspringen. Obgleich ich keine Disziplinschwierigkeiten mit den Kindern hatte, war die Arbeit doch so ungewohnt für mich, daß ich es gesundheitlich fast nicht verkraften konnte. Aber dann gewöhnte ich mich daran. Bald hatte ich ein ausgezeichnetes Verhältnis zu den Kindern. Meine jüngste Pflegetochter gehörte auch zu meinen Kindergartenkindern.

Vortragsarbeit übernahm ich jetzt, da ich den Kindergarten zu betreuen hatte, nur noch in Ausnahmefällen. Bücher wurden in den drei letzten Kriegsjahren nicht mehr gedruckt. Abgesehen davon, daß ich das Schreiben vermißte, fehlten mir die Honorare. Meine Familie wollte leben. Da kam mir das Geld zur Hilfe, das mir die Gemeinde für die Arbeit im Kindergarten zahlte. Wieder hatte Gott zur rechten Zeit eine Türe aufgetan.

Auch innerhalb der Gemeinde wuchs mein Aufgabengebiet. Der Pfarrer erkrankte ebenfalls und mußte sich immer mehr vom Kirchendienst zurückziehen. Vertretung für ihn war höchstens am Sonntagmorgen oder zu Trauungen, Beerdigungen und Taufen zu haben. Es blieb viel Arbeit ungetan liegen. Ich sah, wie er sich darüber sorgte.

»Wenn ich Sie sonstwie in der Gemeinde entlasten kann«, schlug ich ihm vor, »bin ich dazu bereit.« So hatte ich in jener Zeit des öfteren den Konfirmanden- und Zuhörerunterricht zu übernehmen, ebenso leitete ich den Schulanfängergottesdienst in der Kirche. Da kein Dirigent für den Beerdigungschor da war, übernahm ich auch dieses Amt. Hausbesuche und seelsorgerliche Aussprachen im Pfarrhaus gehörten ebenfalls zu meinen Aufgaben, die ich freiwillig, einem inneren Auftrag folgend, übernahm.

Weil ich kein schwarzes Kleid besaß und man ein solches, selbst wenn das Geld dazu vorhanden gewesen wäre, nirgends kaufen konnte, wurde ein alter Gehrock vom Pfarrherrn auseinandergetrennt und das Fehlende von einem alten Mantel hinzugenommen. Also ausgerüstet schritt ich bei jeder Beerdigung mit meinem kleinen »Leichenchor« vor dem Sarg her, konnte mich aber nie des Eindrucks erwehren, daß mein »Trauerkleid« reichlich kurz war und überhaupt nicht richtig saß. Das veranlaßte mich, dauernd an ihm herumzuzupfen, und ließ ein Gefühl der Unsicherheit bei den Beerdigungen aufkommen. Aber was wollte man machen? Die Pfarrersleute sprachen mir ermutigend zu. Ich könne wirklich gut im ehemaligen Frack des Herrn Pfarrer herumlaufen.

Auch hier auf dem Dorf gab es Alarm, und die Kinder wurden oft genug aus der Schule nach Hause geschickt, weil feindliche Flieger gemeldet waren. Aber es wurden nie Bomben geworfen. War des Nachts Alarm, so standen wir oft gar nicht auf, weil ich den Schlaf der Kinder nicht stören wollte. Manchmal flogen jedoch ganze Scharen feindlicher Flugzeuge über unser Dorf, oft so niedrig, daß wir meinten, sie nähmen die Dächer der Häuser mit. Aber eigentümlicherweise fühlte ich mich draußen im Freien wohler als im Keller, wo ich mir wie ein in den Boden getretener Wurm vorkam. Manchmal stieg ich in jener Zeit mit meiner Mutter und den Kindern während der Nacht den Berg hinauf zum Wald, wo wir unter den Bäumen Schutz suchend warteten, bis das unheimliche Getöse der Motoren verstummte.

Meine jüngste Pflegetochter wünschte sich eine neue Puppe. Nirgends aber war eine zu erstehen. Spielzeug jeder Art war nicht kriegswichtig, also Mangelware. In Gingen gab es einige Drechslerwerkstätten, in denen Holzarbeiten hergestellt wurden. Wiederholt hatte ich mit den Kindern den Drechslern bei ihrer Arbeit zugeschaut. Eines Tages sah ich, wie einer der Männer Strumpfkugeln drehte. »Könnten Sie diesen Kugeln nicht eine verlängerte Form geben?» fragte ich. »Sehen Sie, so etwa.« Und ich zeichnete es ihm auf. »Es müßte wie der Hals an einem Kopf sein. Ich möchte meiner Tochter eine Puppe machen. Den Rumpf, die Oberarme und Oberschenkel würde ich aus Stoff fertigen und mit Sägemehl füllen; aber den Kopf, die Unterarme und Hände sowie die Beine vom Knie ab müßten Sie wieder drechseln.« Wir besprachen eifrig die Möglichkeiten, und der Drechsler machte sich sofort ans Werk.

Drei Tage später jauchzte meine Jüngste über ihre neue Puppe. Sie war wirklich hübsch geworden. Das Gesicht malte ich an, die Haare mit zwei langen Zöpfen wurden aus aufgezogener Schnur oder Flachs gemacht. Dazu kamen ein blauweiß kariertes Dirndlkleidchen, ein buntgesticktes Schürzchen, eine reizende kleine Haube, und die Trachtenpuppe war fertig.

Überall wurde sie bewundert, und irgend jemand meinte: »Damit könnten Sie noch Geschäfte machen.«

Ich lachte. »Dieses Geschäft müßte bestimmt bald den Konkurs anmelden.«

Die militärische Lage wurde immer bedenklicher. Zwar wurde immer noch, lauter und stärker denn je, der bevorstehende Sieg verkündigt. Es gab auch noch genügend Fanatiker, die daran glaubten. Die Wirklichkeit aber sah anders aus. Eine Stadt nach der anderen wurde dem Erdboden gleichgemacht. Tausende von Menschen kamen auf grausamste Weise um. Urlauber, die von der Front kamen, berichteten Erschütterndes. Wehe aber, wenn jemand das glorreiche Ende des Krieges anzweifelte! Innerlich taten es viele, aber wer hätte es wagen dürfen, seine Befürchtungen auszusprechen?

Ich stand neu vor der Frage: Wie soll es mit uns weitergehen? Meine Honorare fehlten. Das Geld vom Jugendamt reichte niemals aus.

»Die Puppe!« hieß es in mir.

Ich sträubte mich. Das war schießlich das Allerletzte, daß ich mit meiner Holzkopfpuppe hausieren ging! Aber immer wieder drängte sich mir dieser Gedanke auf. Schließlich mußte irgend etwas geschehen. Wir mußten ja leben. Meine Mutter stellte mir ihre Pension zur Verfügung. »Was mein ist, ist auch dein.« Aber ein Dauerzustand durfte das nicht werden.

Eines Tages machte ich mich dann doch auf den Weg. In einem kleinen Köfferchen lag säuberlich zurechtgemacht meine Holzkopfpuppe. Irgend etwas mußte ich unternehmen, und mehr wie »nein« konnte man schließlich nicht sagen. Ich muß schon zugeben, mir war ziemlich komisch zumute, als ich in Stuttgart eines der größten und bekanntesten Spielwarengeschäfte betrat. Würde man mich nicht auslachen?

»Sie wünschen?«

Suchend sah ich mich um. Im ganzen Geschäft war außer ein paar Stoffpüppchen nicht eine Puppe zu sehen.

»Ich möchte den Geschäftsführer sprechen.«

Ich kam mir wie ein Hausierer vor. Aber war nicht alles in diesen Tagen aus den Fugen geraten? Und eine Schande war es schließlich nicht. Ich ging diesen außergewöhnlichen Weg um meiner Kinder willen.

»Bitte, Sie möchten mich sprechen?«

Eine sympathische Dame mittleren Alters stand vor mir. »Ich bin die Geschäftsführerin.« Ich spürte, wie ich rot wurde, und vielleicht habe ich vor Verlegenheit sogar gestottert.

»Ich – ich möchte Ihnen eine selbstentworfene Puppe zeigen.«

»Eine Puppe?« Sie schien mir nicht recht zu glauben. »Aber bitte, da haben wir allergrößtes Interesse. Kommen Sie doch in mein Büro.«

Wenigstens mußte ich also mein Köfferchen nicht im Laden vor den Augen der Verkäuferinnen öffnen. Im Büro zitterten meine Hände, als ich es tat, so aufgeregt war ich.

Die Dame stieß einen Schrei aus. War sie so entsetzt über meinen Holzkopf? Ich wagte gar nicht, sie anzublicken. Dann aber geschah es, daß die Geschäftsführerin mir beinahe um den Hals fiel.

»Das ist ja eine ganz reizende Puppe – und etwas ganz Neues – und wie entzückend sie gekleidet ist!«

»Was kostet sie und wie viele können Sie mir liefern?«

Mir klopfte das Herz bis in den Hals hinauf. Was hatte sie gefragt: Wie viele?

»Könnten Sie mir zweihundertfünfzig Stück senden?«

Mir schien der Boden unter den Füßen zu schwanken. Vielleicht hatte ich auch nur einen leeren Magen, und es wurde mir davon schlecht. Hunger hatte man in jener Zeit öfters.

»Wie, bitte?« fragte ich zurück. »Wie viele soll ich liefern?«

»Vorerst zweihundertfünfzig, aber später sicher mehr. Wird das gehen?«

»Ja natürlich!« würgte ich heraus und sah vor meinen Augen zweihundertfünzig verlängerte Strumpfkugeln, fünfhundert Unterschenkel mit Holzfüßen und ebenso viele Unterarme mit Händen daran – und Unmengen von Hemdchen, Höschen, Kleidchen, Schürzchen, Häubchen, Flachszöpfen – und – und –

Wo um alles in der Welt sollte ich so viele Stoffreste herbekommen? Ob Frau Pfarrers Lappensack ausreichte? – Aber wenn ich von Haus zu Haus ging, um Flicklappen zu betteln, die Holzköpfe mußten bekleidet werden!

»Bis wann können Sie die Puppen liefern?«

Ich mußte tief atmen. Wenn ich das nur selber wüßte! Aber ich mußte es schaffen, und wenn wir Tag und Nacht arbeiteten.

»Ich hoffe, daß es in drei bis vier Wochen möglich sein wird. Sie sehen ja, es ist alles Handarbeit.«

»Ja, ich sehe, kunstgewerbliche Arbeit. Aber ich freue mich, daß Sie zu uns gekommen sind und uns die Puppen angeboten haben.«

Mit hochrotem Gesicht verließ ich das Geschäft, liebenswürdig von der Dame bis zur Ausgangstüre begleitet. Ich ging wie auf Wolken. Im Takt meiner Schritte hieß es immer wieder: zweihundertfünfzig – zweihundertfünfzig – zweihundertfünfzig!

Und dann wurde ich vor lauter Freude übermütig. Wenn ich so viele beschaffen mußte, warum nicht noch ein paar mehr! Und es mußte gelingen, das stand bei mir fest. Mit meiner Holzkopfpuppe im Köfferchen betrat ich ein anderes, ebenfalls sehr bekanntes Kunstgewerbegeschäft in Stuttgart. Dort bestellte man fünfzig Puppen. Und nun sangen es die Räder, als ich im Zug nach Gingen zurückfuhr: dreihundert Puppen – dreihundert Puppen! Und ich dankte in meinem Herzen Gott für die Idee meines Holzkopfes.

Im Pfarrhaus ließ ich alle zusammenrufen und befahl: »Jeder suche sich eine Sitzgelegenheit. Wenn es euch geht wie mir, wankt euch der Boden unter den Füßen, sobald ihr die Neuigkeit hört.« Mit einem Aufschrei beantwortete man meine Eröffnung: Dreihundert Puppen sind bestellt! Dreihundert Holzköpfe! Bis in spätestens vier Wochen muß alles fertig sein! – Die Pfarrfrau rannte los, um ihren Flicksack zu holen. Meine Kinder aber brachen in ein Indianergeheul aus und vollführten einen Freudentanz um mich. »Mutti, jetzt brauchst du dich nicht mehr zu sorgen, wovon wir leben sollen. Jetzt eröffnen wir eine Puppenfabrik und werden steinreich.«

Eine Puppenfabrik wurde es zwar nicht, und ebensowenig konnten wir uns steinreich nennen. Aber es war wieder eine Türe aufgegangen. Wir bekamen so viele Bestellungen, ohne daß wir irgendwelche Reklame machten, daß wir eines Tages einen Arbeitsraum mieten mußten. Dort saßen wir, fünf Personen, und nähten, malten, entwarfen immer neue Kleidchen, Trachten und Häubchen, flochten Zöpfe und drehten Locken. Nach einiger Zeit schafften wir es nicht mehr allein. Wir konnten einigen Frauen Heimarbeit und damit Verdienstmöglichkeiten geben. Vom Wirtschaftsamt bekamen wir Genehmigung zum Stoffbeschaffen. Türme von Schachteln, die damals ungeheuer schwer zu bekommen waren, die eine Fabrik jedoch extra für uns herstellte, stapelten sich in unserem Arbeitsraum. Sie trugen rosa Etiketten mit der Aufschrift »Kunstgewerbliche Puppenwerkstätte von Elisabeth Dreisbach«, und quer darüber der Name der von mir entworfenen Puppe »Bärbel-Kathrin«.

Mehr als einmal stand ich kopfschüttelnd davor. Was war aus meinem Holzkopf geworden? – Autos fuhren vor aus ganz Württemberg, aus Bayern und weiter her. Unsere »Bärbel-Kathrin« war gefragt und unsere Existenz gesichert. In mir war ein einziges Danken, Staunen und Wundern. Als nach dem Krieg mein ältester Pflegesohn und kurz darauf auch mein Neffe aus der Gefangenschaft kamen, haben sie beide, bis sie selbst wieder eine berufliche Möglichkeit hatten, mit Feuereifer geholfen. Es gab manches herzliche Lachen, wenn man die beiden an den Nähmaschinen sitzen sah, wo sie in erstaunlicher Geschicklichkeit drauflosnähten, alles, was gerade gebraucht wurde: Puppenhöschen und Unterröckchen, Kleider und Schürzchen.

Hatte uns der Tod von Schwester Anna schon tief bewegt, so waren wir jetzt erschüttert, erleben zu müssen, wie der

Pfarrer, der uns allen in seinem Haus eine Heimat geschenkt hatte, sich auch zum Sterben anschickte. Eine schwere Krankheit zehrte seine Kräfte zusehends auf. Wie manches Mal hörten wir sein schmerzhaftes Stöhnen aus dem oberen Stockwerk zu uns herunterdringen. Er litt unsagbar, war aber heldenhaft tapfer. Oft saß ich an seinem Krankenbett. Weil wir beide wußten, daß es sein Sterbebett sein würde, besprach er mit mir, solange seine Kräfte ausreichten, was innerhalb der Gemeinde geschehen mußte. Wie froh war ich, ihm, der nun nicht mehr arbeiten konnte, einiges abnehmen zu können. Immer wieder machte meine Mutter mir die Hände frei, indem sie manche Aufgabe im Haus, so zum Beispiel das Flicken und Stopfen der Kindersachen, übernahm. Eines aber erbat sie sich auch für die Kirche tun zu dürfen: jeden Samstagnachmittag schmückte sie den Altar. Mit welcher Liebe und welchem Feinsinn tat sie es! Es war ihr ein Dienst für Gott.

Der Gemeindepfarrer starb. Erschüttert standen wir alle an seinem Grabe. Wie sollte es nun weitergehen? Ob wir wohl noch im Pfarrhaus bleiben durften? Und wie lange mußten wir noch warten, bis die Friedensglocken läuteten? Waren denn noch nicht genug Opfer gefordert? Eine Schreckensnachricht jagte die andere. Auch unsere Familie wurde nicht verschont. Meine Kusine war mit ihrem Mann und ihrer Tochter im Keller ihres Hauses bei einem Fliegerangriff verschüttet und getötet worden. Eine andere hatte in Elberfeld bei den schrecklichen Phosphorangriffen, wo buchstäblich Feuer vom Himmel fiel, vier Angehörige verloren, die nachher alle in einem Sarg Platz fanden, weil sie in der Feuersglut zusammengeschmort waren. Unfaßliches, gen Himmel schreiendes Elend! Grauen erfüllte unser aller Herzen. Tausende schrien zu Gott. »Mach End, o Herr, mach Ende!« In allen Gesichtern, besonders aber in den Augen der Frauen und Mütter las man die bange Frage: »Wie mag es ausgehen?«

Wir durften im Pfarrhaus bleiben. Die Pfarrfrau, ein stiller, bescheidener, gütiger Mensch, wußte zwar nicht, wie lange sie selbst mit ihrer Tochter dort noch wohnen konnte. Wir durchschritten gemeinsam jene grauenvolle Zeit, eines auf die Hilfe des anderen angewiesen.

Dann häuften sich die Nachrichten, daß deutsche Städte von feindlichen Truppen eingenommen wurden.

Eines Sonntags leitete ich wie immer den Kindergottesdienst. Etwa zweihundert Kinder waren anwesend. Auf einmal ertönte die Fliegersirene, und gleich darauf hörten wir die Motorengeräusche nahender, tieffliegender Bomber. Ehe ich mich besinnen konnte, ob es wohl möglich sei, die Kinder noch nach Hause zu entlassen, setzte Schießen ein. Grauenvolle Meldungen hatten uns in den letzten Wochen beunruhigt. Tiefflieger hatten auf Frauen, Kinder und Greise geschossen. Nun fühlte man sich auch auf den Dörfern oder bei der Feldarbeit nicht mehr sicher.

Deutlich hörten wir es: die Flieger kreisten über unserem Dorf und umflogen den Kirchturm. Immer wieder fielen Schüsse. Mit angstvoll geweiteten Augen saßen die Kinder auf ihren Plätzen, einige begannen zu weinen, verschiedene wollten aus der Kirche nach Hause eilen.

»Nur keine Panik!« betete ich in meinem Herzen. Mir selbst klopfte das Herz bis zum Hals. Ich spürte, wie mir die Knie zitterten. Im gleichen Augenblick wußte ich, daß es jetzt darauf ankam, daß ich Ruhe bewahrte.

»Alle Kinder kommen jetzt zu mir nach vorne an den Altar!« rief ich mit möglichst ruhiger Stimme. Und sie gehorchten! Wie eine Herde Schafe drängten sie sich um mich, die Augen voller Vertrauen auf mich gerichtet. Ihr Vertrauen stärkte mich und gab mir Mut.

»Der liebe Gott kann uns vor allem Übel bewahren!« sagte ich und war froh, daß meine Stimme wieder an Festigkeit gewann. »Seine Engelscharen werden uns umgeben, so daß uns kein Leid geschieht. Wir falten jetzt alle unsere Hände, und jedes von uns betet in seinem Herzen um Bewahrung und Hilfe.«

Nie werde ich dieses Gebet der zweihundert Kinder vergessen. Es lag eine heilige Stille über dem Kirchenraum, und deutlich war es zu spüren: Hier wurde ernstlich gebetet. Und ganz gewiß stiegen diese Gebete aus den geängstigten Kinderherzen zu Gott empor. Jedenfalls durfte uns nichts geschehen. Ich selbst betete dann noch mit den Kindern. Kurz darauf flogen die Bomber davon.

Wenige Minuten später wurden die Kirchentüren aufgerissen. Einige Mütter stürzten schreckensbleich in die Kirche. Weinend zogen sie ihre Kinder an sich. Verschiedene hatten sich Schürzen um den Kopf gewickelt, als könnten sie sich dadurch vor den Schüssen der Flieger schützen.

Nun waren die feindlichen Truppen bereits in Stuttgart. Es konnte sich nur noch um Tage handeln, und sie würden auch das Filstal besetzen. Wenn es nur nicht zu Kampfhandlungen kam und die Ortschaften dadurch in Flammen aufgingen!

Man schlief kaum noch während der Nacht und wartete in ruheloser Spannung auf weitere Nachrichten.

Eines Morgens hieß es: »Göppingen ist besetzt.« Von der Partei wurde angeordnet, daß sich alles bereitmachen müsse, das Dorf zu verlassen. »Wohin sollen wir denn mit unseren kleinen Kindern und dem Vieh? Und was können wir mitnehmen? Das hat doch alles keinen Sinn mehr«, weinten einige Frauen und kamen zum Pfarrhaus, um uns zu fragen, was sie tun sollten. Aber bald war dieser Befehl überholt. Dafür kam strenge Anordnung: »Es darf keine weiße Flagge gehißt werden. Wer es tut, wird erschossen!"

Die nächste Meldung widerrief das Vorhergehende: Sobald feindliche Truppen in Sicht seien, müßten aus allen Häusern weiße Tücher gehängt werden, sonst würde das Dorf in Brand geschossen. Woher kamen die Nachrichten, wer gab die Anordnungen? – Niemand konnte Genaues sagen. In aller Herzen aber war nur eine Sehnsucht: Schenk uns den Frieden, o Gott! Mach ein Ende mit all dem Grauenvollen!

Dann zogen amerikanische Panzer ein. Im Nu hing aus jedem Haus ein weißes Tuch. Ging es nicht wie ein Aufatmen durch den ganzen Ort? So weit war man gekommen, daß man nicht mehr nach dem »Wie« des Endes fragte, sondern nur das Ende selbst wollte.

Ohne mir dabei etwas zu denken, in völliger Ahnungslosigkeit über die Gefahr, in die ich mich begab, verließ ich mit meiner jüngsten Pflegetochter an der Hand das Pfarrhaus, um zu sehen, was sich draußen abspielte. Innerhalb unseres Dorfes war kein Schuß gefallen. In diesem Augenblick rollte ein Panzer an, auf dem schweigend, auf den übernächtigten Gesichtern gespannte Aufmerksamkeit, amerikanische Soldaten saßen, die Waffe auf mich gerichtet. Ich hatte das Gefühl, daß sie schonungslos auf mich und das Kind schießen würden, wenn ich nur die geringste mißverständliche Bewegung machte. Erst später wurde mir klar, wie töricht ich gehandelt hatte, in diesem Augenblick das Haus zu verlassen. Die einrückenden Truppen mußten ja damit rechnen, aus dem Hinterhalt beschossen zu werden. Langsam rückwärts gehend, das Kind fest an der Hand haltend, erreichte ich das Pfarrhaus wieder.

Es war denn das erste Haus im Dorf, das besetzt wurde. Wohl alt, aber stabil und fest gebaut, schien es den fremden Soldaten offenbar gerade geeignet für ihre Zwecke. Mit heftigem Herzklopfen öffnete ich auf ihr stürmisches Pochen die Eingangstüre, nachdem ich meinen großen Mädchen und der Pfarrerstochter einen Wink gegeben hatte, sich unter keinen Umständen blicken zu lassen. Wußte man, womit man zu rechnen hatte? Allerlei Gerüchte waren den fremden Truppen vorangeflogen. Noch konnte man nicht sagen, was wahr daran war.

Ein Offizier, gefolgt von etlichen Soldaten, betrat den Vorraum unseres Hauses und verlangte die Zimmer zu sehen. Ich suchte mein ziemlich verlorengegangenes Englisch zusammen und bemühte mich, ihm zu erklären, daß dies das Pfarrhaus sei. Freundlich, aber bestimmt wiederholte er seine

Forderung. Dann erklärte er uns, daß wir – dreizehn Personen – zwei größere und ein kleines Zimmer und die Küche behalten dürften, alles andere werde von ihnen besetzt. – Erschrocken blickten wir uns an, aber da gab es kein Besinnen. Hier hieß es, sich zu fügen.

Wir konnten nicht klagen. Die Männer, die unser Haus besetzten, waren freundlich. Zwar gab es für uns schon ein wenig zu schlucken, als sie sich in unseren Räumen breitmachten und wir nun auf sehr begrenztem Raum hausen mußten. Aber wir hatten doch ein Obdach und befanden uns nicht auf der Flucht. Ich besann mich, ob es wohl besser sei, strikte Zurückhaltung zu üben, oder ob wir rein menschlich Kontakt zu gewinnen versuchen sollten. Ich hielt das letztere für richtiger und wagte es sogar, die Spannung des ersten Tages mit einem Scherz zu überbrücken. Mit meinem schönsten Englisch, das gewiß mehr als mangelhaft war, ging ich zu den Amerikanern, die sich in einem der Räume des Pfarrhauses häuslich niedergelassen hatten. Die Füße auf herangezogenen Stühlen saßen sie in unseren Sesseln. Sie lachten, sangen, zogen Kaugummi durch die Zähne und genossen sichtlich den Ruhetag.

»Bitte«, sagte ich, »wir wären Ihnen dankbar, wenn Sie ein wenig leise sein könnten. Es ist in der Nacht in unserem Hause ein Baby geboren worden.« Sofort waren sie interessiert.

»Oh – little Baby?«

»Ja. Wollen Sie es gerne sehen?«

»O yes!«

»Kommen Sie mit mir.« Auf Zehenspitzen, um die Notwendigkeit des Leise-Auftretens und überhaupt des Ruhigseins zu demonstrieren, ging ich vor ihnen her, nicht ganz ohne Bangen, wie sie mein Vorhaben aufnehmen würden.

Ich führte sie in unser Wohnzimmer, die ehemalige Studierstube des Pfarrers, wo unter dem Kachelofen in einem Körbchen unsere Katze lag, die in der Nacht ein Junges bekommen hatte.

»Hier ist das little Baby!« sagte ich und legte den Finger auf den Mund.

Ein brüllendes Gelächter aus rauhen Männerkehlen war die Antwort. »Little Baby! Little Baby!« schrien die Amerikaner, schlugen sich vor Freude über den gelungenen Scherz auf die Knie und sprangen wie übermütige Jungen im Zimmer herum. Dann fragten sie, ob ich erlaube, daß sie mit einigen ihrer Kameraden den Spaß wiederholen dürften. Natürlich gab ich gerne meine Zustimmung, froh, daß sie auf den Scherz, der ja nichts anderes als eine Überbrückung sein sollte, so fröhlich eingegangen waren. Sie liefen also hinaus, kamen mit einigen anderen Soldaten, die in den Nachbarhäusern einquartiert waren, zurück, gaben diesen ein Zeichen, daß sie auf Zehenspitzen zu gehen hätten und führten sie übermütig wie Kinder zu unserem »little Baby« unter der Ofenbank. Die Reaktion war dieselbe. – Später spielten sie stundenlang begeistert Schlager auf meinem Harmonium.

So endete mein Geburtstag – an diesem besetzten die amerikanischen Truppen unser Dorf – doch noch mit einer kleinen, harmlosen Freude.

Schon nach ganz kurzer Zeit zogen die Truppen, die das Dorf als erste besetzt hatten, weiter. Doch folgten ihnen sofort andere. Das Pfarrhaus blieb eine Zeitlang ungeschoren. Wir machten es uns wieder in unseren Zimmern gemütlich, soweit das in jener Zeit möglich war.

Zur Ehre der Amerikaner sei gesagt, daß auch nicht einer sich unerlaubte Übergriffe gestattete. Wenn Mädchen oder Frauen sich mit ihnen einließen, so geschah dies nie, weil Zwang ausgeübt wurde. Es gab aber genügend, die sich für eine Schachtel Zigaretten, eine Tafel Schokolade oder eine Büchse Kaffee kaufen ließen.

Die Amerikaner sind sehr kinderlieb. Das hatten die Buben und Mädchen des Dorfes bald herausgefunden und wußten dies zu schätzen. Wenn sie sich beschenken ließen, hatten wir dafür Verständnis. Auch meine kleine Pflegetochter kam glückselig nach Hause gesprungen. In ihrem Schürzchen trug sie Apfelsinen und Schokolade. Nie zuvor hatte sie so etwas gesehen, geschweige gegessen!

In unserer Nachbarschaft fanden in den nächsten Tagen noch immer Kämpfe statt. Eines Tages stand ich mit meinem kleinen Beerdigungschor am offenen Grab eines blutjungen deutschen Soldaten, der dabei ums Leben gekommen war. Man hatte ihn in unser Dorf getragen und aufgebahrt. Es war ergreifend, wie die Frauen und Mädchen Blumen und Kränze herbeitrugen, um sein letztes irdisches Lager zu schmücken. Sie taten es im Gedanken an ihre in der Ferne weilenden Männer, Söhne und Verlobten, von denen die meisten unter ihnen seit Wochen oder gar Monaten keine Nachricht hatten. Den Papieren des jungen Soldaten hatte man seinen Namen, das Alter und die Heimatadresse entnommen. Wohl hatte man an seine Eltern geschrieben, aber in jenen Tagen der Wirrnisse kam kaum Post an ihren Bestimmungsort, jedenfalls nicht pünktlich. So war niemand der Angehörigen zur Beerdigung des jungen Gefallenen gekommen. Aber das ganze Dorf, auf dessen Friedhof er sein Grab fand, trug ihn wie einen Sohn und Bruder zur letzten Ruhestätte. Wir alle umstanden das Grab als wahrhaft Leidtragende. Ich selbst konnte mich nicht fassen, solch ein tiefes Weh war in mir aufgebrochen. Irgendwie meinte ich meinen ältesten Pflegesohn zu Grabe zu tragen. Der Gefallene trug denselben Vornamen wie er und war auch genauso alt. Wie lange hatte ich keine Nachricht mehr von ihm bekommen! Wo mußte ich ihn suchen? Lebte er noch? Befand er sich in Gefangenschaft? War er vermißt oder verwundet?

Dann war das Kriegsende da. Hitler hatte den Freitod gewählt; seine engsten Mitarbeiter waren ebenfalls tot oder in Gefangenschaft. In jener Zeit hörte ich zum erstenmal über den Rundfunk von den Konzentrationslagern. Nie zuvor hätten wir gewagt, einen Auslandssender einzustellen. Todesstrafe stand auf solchem Tun, das ein Staatsverbrechen genannt wurde. – Mir stockte der Atem, als ich hörte, welch teuflische Greueltaten verübt worden waren. Hin und wieder war wohl ein Flüstern an mein Ohr gedrungen, daß schreckliche Dinge hinter den elektrisch geladenen Stacheldrähten der Konzentrationslager geschehen sein sollten. Aber etwas Bestimmtes wußte man nicht. Auf Verbreitung derartiger »Gerüchte« stand ebenfalls Todesstrafe. – Wie war man doch geknechtet in jener Zeit!

Mit tränennassem Gesicht lauschte ich nun diesen empörenden Nachrichten. War denn so etwas möglich? Schrie nicht der Jammer der Gequälten zum Himmel? Tausende von Unschuldigen waren zu Tode gefoltert worden. Männer, Frauen, Greise, Kinder, zu Skeletten abgemagert, hatten sehnlichst auf die Befreiung durch die Siegermächte gewartet. Scham stieg in meinem Innern hoch im Gedanken daran, daß solches durch Deutsche geschehen war. Ich hatte das Gefühl, nicht weiterleben zu können, ohne daß ich wenigstens den Versuch machte, etwas, wenn auch nur ein ganz klein wenig, von dieser ungeheuren Schuld abzutragen. Aber wie? – Was konnte ich tun?

Und plötzlich war es mir, als griffe eine unsichtbare Hand nach mir, die für mich handelte und mir ohne mein Zutun meinen Platz anwies.

Mutter vieler heimatloser Kinder! – Wie lange war es her, daß ich dieses Wort niedergeschrieben hatte? – Richtig, als Zwölfjährige in der Schweiz, als wir in der Schule das Aufsatzthema bekamen: »Wie ich mir meine Zukunft vorstelle.« Damals hatte ich das Wort Konzentrationslager noch nie gehört. Ich hätte mir – bei aller mir zu Gebote stehenden Phantasie – auch nicht im geringsten davon Vorstellungen machen können, wie Menschen so gequält werden würden. Niemals hätte ich in jener Zeit auch nur entfernt an die Möglichkeit gedacht, daß diesem ersten Weltkrieg, in dem ich den besagten Aufsatz schrieb, ein zweiter, noch tausendmal schrecklicher folgen würde, und daß nach diesem mehr als sechzigtausend Jugendliche heimatlos auf den Landstraßen Deutschlands umherirren würden. Das war nun grauenvolle Wirklichkeit. Und mitten hinein in dieses Elend meinte ich deutlich den Auftrag zu hören: »Jetzt ist die Zeit gekommen, wo du Mutter heimatloser Kinder werden sollst. Sieh deine Möglichkeiten, nutze deine Gelegenheiten.«

Unsere Landstraßen waren überfüllt von Flüchtlingen und Vertriebenen. In den Straßengräben starben Entkräftete und wurden Kinder geboren. Lange Kolonnen deutscher Gefangener wurden durch die Dörfer und Städte gefahren und an ihren Bestimmungsort gebracht. Die Dorfleute und wir mit ihnen fertigten kleine Beutel und Päckchen an, die wir mit Dörrobst und, in Ermangelung von Weißmehl, mit grauem Gebäck füllten. So standen wir an der Hauptstraße, die mitten durch Gingen führte, und warfen den Deutschen, die abtransportiert wurden, diese Gaben der Verbundenheit zu, um wenigstens den guten Willen zu zeigen, ihren Hunger zu lindern. Ihn zu stillen, davon konnte nicht die Rede sein. Irgendwie würgte es einen im Hals, unsere eigenen Männer und Söhne jetzt hilflos gefangen zu sehen. Der Krieg war zu Ende. Aber sah so der Friede aus?

Ich hatte an den Oberbürgermeister in Geislingen an der Steige, der nächsten Kreisstadt, geschrieben. Unumstößlich klar war es mir, daß jetzt wieder ein neuer Auftrag auf mich wartete. Mit einer Sicherheit, die mich selbst in Erstaunen versetzte und die nicht aus mir selbst kam, wußte ich, welchen Weg ich einzuschlagen hatte. Waren nicht viele Häuser, die zuvor von der Partei mit Beschlag belegt gewesen waren, frei geworden? Sollte es nicht möglich sein, in einem derselben ein Kinderheim zu eröffnen? In einem langen Brief legte ich dem Oberbürgermeister mein Vorhaben klar. Heimatlose Kinder wollte ich aufnehmen, möglichst auch solche, die in Gefangenen- oder Konzentrationslagern gewesen waren. Ein einziger Wunsch erfüllte mich: solch bedauernswerten Geschöpfen Mutter sein zu dürfen, die Wunden zu heilen, die ihnen der grausame Krieg geschlagen hatte, und ihnen das verlorengegangene Elternhaus zu ersetzen.

Es dauerte nicht lange, bis eine wohlwollende Antwort kam. Der Oberbürgermeister hatte meine Pläne der amerikanischen Militärbehörde übergeben. Nach einiger Zeit wurde ich zu einer Besprechung vorgeladen. Man gab mir Gelegenheit, meine Wünsche vorzutragen. Das warmherzige Interesse, das diesen sowohl von deutscher als auch von amerikanischer Seite entgegengebracht wurde, war sehr ermutigend für mich.

Natürlich konnte man die Sache nicht übers Knie brechen. Auch war mein Projekt ja nur winzig im Vergleich zu all den umwälzenden Aufgaben, die jene Zeit stellte. Und doch wußte ich innerlich genau: es geschieht etwas. Du wirst deinem großen Auftrag entgegengeführt.

Inzwischen arbeiteten wir eifrig weiter in der Puppenwerkstätte. Wohl war Nachricht vom Christlichen Verlagshaus gekommen: Man hoffe, daß bald wieder Bücher erscheinen dürften. Aber im Augenblick war noch nicht daran zu denken. Das Schreiben fehlte mir sehr. Es war mir, als sei mir damit der Lebensfaden abgeschnitten. Aber es blieb mir keine Zeit, mich Grübeleien hinzugeben. Ich hatte meine Kinder zu versorgen. Von unserem Großen war noch immer keine Nachricht gekommen. Wie gerne hätten wir ihm auch jetzt täglich geschrieben. Aber wir wußten nicht, wo wir ihn suchen sollten. Lebte er überhaupt noch? War er verwundet? Oder lag er irgendwo mit einem schweren Malariaanfall im Lazarett? Er hatte sich dieses Leiden im Krieg zugezogen. Wir haben wohl nie so anhaltend für ihn gebetet wie damals.

Mein zweiter Pflegesohn war bereits Lehrling auf der Kreissparkasse. Die anderen Kinder gingen noch zur Schule. Wie schwer fiel es mir damals, die Heranwachsenden, die ständig Hunger hatten, täglich satt zu machen. Bei Tisch mußte ich ihnen die Kartoffeln auf den Teller zählen, und ebenso war es mit den Brotschnitten. Alles war ja noch rationiert. Konnten wir im Vergleich zu anderen auch nicht von eigentlichem Hunger sprechen – richtig satt essen konnten die Kinder sich oft nicht. Aber es ging ja allen anderen auch so.

Die Einnahmen des Puppengeschäftes bewahrten uns

wenigstens vor Not. Nach wie vor hatten wir gute Bestellungen. Aber innerlich befriedigt war ich nicht von dieser Aufgabe, und es wurde mir je länger desto mehr klar, daß dieses nur eine Überbrückung sein konnte, so sehr wir auch Grund zur Dankbarkeit hatten, daß uns diese Möglichkeit gegeben worden war. Inzwischen waren wir dazu übergegangen, die Puppenköpfe von einem sehr geschickten Holzschnitzer fertigen zu lassen, was ihren Wert und ihre Schönheit merklich hob.

Dann stand eines Tages, wohl sehnlich erwartet und doch in diesem Augenblick völlig unverhofft, ein Soldat vor der Türe. Mein großer Junge war aus der Gefangenschaft heimgekehrt. War das ein Jubel im ganzen Haus! Die Geschwister rissen ihn fast um. Ich saß mit ihm bis spät in die Nacht zusammen, und er erzählte von all den Erlebnissen, die seine Tage und Nächte in Feindesland gefüllt und ihn zum Manne hatten reifen lassen. Völlig unsicher lag auch vor ihm die Zukunft; es war noch nicht abzusehen, wo er Arbeit finden würde, ob in seinem erlernten Beruf oder anderswo. Aber das alles tat der großen Freude keinen Abbruch. Er war wieder da, er gehörte wieder ganz zu uns. Vorerst half er ohne Zögern im Puppengeschäft mit. Und als wenige Tage später mein Neffe ebenfalls aus der Kriegsgefangenschaft zu mir kam, scheute er sich ebensowenig, mit anzugreifen.

Meine Familie aber wurde immer größer. Auch die Mutter meines Neffen flüchtete zu uns und fand im Pfarrhaus Aufnahme. Unvergeßlich ist das Zusammentreffen der beiden, die sich wer weiß wie lange nicht gesehen und auch nichts voneinander gehört hatten.

Ein neuer Pfarrer kam und benötigte mit seiner Familie die Räume des Pfarrhauses. Was anfangs unmöglich schien, wurde Wirklichkeit: Ich fand mit meiner großen Familie eine Wohnung. Es war überhaupt erstaunlich, wie sich auch auf diesem Gebiet Türen öffneten, wo es anfangs nach unüberwindlichen Schwierigkeiten aussah. Eine Freundin aus Pommern, die wie durch ein Wunder am Leben geblieben war, kam aus unbeschreiblichen notvollen Erlebnissen mit ihren vier Kindern zu mir geflüchtet. Ich konnte ebenfalls für sie und die Kinder eine Wohnung besorgen.

In unserer neuen Wohnung waren wir allerdings nicht sehr glücklich. Wie harmonisch waren die dreieinhalb Jahre im Pfarrhaus gewesen! In diesem Hause, das wir mit den Hausbesitzern teilten, wurden wir nie heimisch. Was nützt die schönste Wohnung, wenn Friede und Harmonie fehlen! Gottlob war mir klar: Es ist nur eine Notlösung für kurze Zeit. Ich wußte ja, daß die große Aufgabe auf mich wartete, und ich war bereit, sie zu übernehmen.

Verschiedentlich wurde ich zum Oberbürgermeister nach Geislingen und zur amerikanischen Militärbehörde beordert. Eines Tages teilte man mir mit: »Wir haben den Lindenhof für Sie beschlagnahmt, damit Sie dort ein Flüchtlingskinderheim eröffnen können. Noch befinden sich zwar vierhundert Jugoslawen dort, die als Fremdarbeiter unter dem Nazi-Regime in Deutschland arbeiten mußten und auf ihren Rücktransport warten. Bis es soweit ist, werden noch einige Wochen vergehen; aber Sie können sich auf alle Fälle darauf einrichten, dort ihr Vorhaben durchzuführen.«

Ich hätte jubeln mögen. Zwar war mir klar, daß noch genügend Hindernisse zu überwinden waren, aber ich zweifelte keinen Augenblick daran, daß mein Plan Wirklichkeit werden würde; wußte ich nicht von einem klaren inneren Auftrag?

Von außen umkreiste ich einige Male den auf einer Anhöhe liegenden »Lindenhof«, ein ehemaliges Kloster, dessen alte Mauern gewiß manches aus vergangener Zeit berichten konnten. Bei sonnigem Wetter lagerten auf dem Hof, umgeben von den Bündeln, in denen sie ihr spärliches Hab und Gut hatten, jugoslawische Männer, Frauen und Kinder, die uns mit mißtrauischen, zum Teil sogar boshaften Blicken musterten. Sie mochten da und dort in den Lagern wenig gute Erfahrungen gemacht haben und betrachteten jeden Deutschen als ihren Feind. Ich hätte nicht wagen dürfen, den

Lindenhof zu besichtigen, solange sie ihn bewohnten. Natürlich waren sie dort nur notdürftig untergebracht, was ihre Stimmung nicht hob. Sie hausten gedrängt in den Räumen, ja selbst auch in den Gängen und Treppenhäusern.

Dann kam der Tag, an dem das Haus zur Besichtigung frei war. Schweigend durchschritten wir die Zimmer, meine Mutter, mein Neffe und ich. Nein, es war alles andere nur nicht ermutigend. Berge von Schmutz und Unrat hatten die Jugoslawen zurückgelassen. Niemand würde sich zuständig fühlen, sie wegzuräumen. Fensterscheiben waren zertrümmert und die Treppengeländer zum Teil zu Kleinholz verarbeitet. Die Lichtleitungen waren zerstört und die Lampen heruntergerissen. Allerdings kam nicht alles auf das Konto der Jugoslawen. Man würde ihnen Unrecht tun, wollte man dies behaupten. In den meisten Häusern, die bis zum Kriegsende von der Partei benützt worden waren, hatte sich nach Kriegsende Wut und Empörung der betrogenen Bevölkerung derartig entladen, daß sie vieles sinnlos demolierte.

»Du wirst dir doch nicht solch eine Last aufbürden?« warnte mich mein Neffe und blieb mitten auf der Straße stehen, nachdem wir den Lindenhof verlassen hatten. »Überlege dir, was das für dich bedeutet. Es geht über deine Kraft.« Ich wußte, es war ehrliche Besorgnis, die ihn so reden ließ. Für einen ganz kurzen Augenblick hieß es in mir: Hat er nicht recht? Wie willst du in dieser Zeit, wo man nichts, aber wirklich gar nichts kaufen kann, selbst wenn man Geld hätte – und ich besaß ja nur das, was ich mit meiner Familie gerade zum Leben benötigte –, Betten, Möbel, Geschirr, Bettwäsche und alles sonstige erwerben? Woher willst du Mitarbeiter bekommen? Womit willst du sie bezahlen? Wer garantiert dir, daß man dir wirklich Kinder übergibt?

Seltsam, wie in einem Nu eine hohe Woge von Bedenken über mich herfiel! Aber beunruhigt wurde ich deswegen nicht. Ganz klar stand wieder mein Auftrag vor mir. Sollte der Gott, der mich zu diesem Dienst berief, mir nicht alles geben können? – Wie es geschehen sollte, wußte ich in diesem

Augenblick nicht, aber daß es geschehen, daß er mich nicht im Stich lassen würde, das bezweifelte ich keinen Augenblick.

»Doch, ich werde den Lindenhof übernehmen!« erwiderte ich. »Ich muß es tun. Es ist mein Weg.«

»Und wie willst du monatlich 500 Mark für die Miete aufbringen?«

Nun schaltete sich meine Mutter ein.

»Wenn Gott dir diesen Auftrag gibt, kannst du dich darauf verlassen, daß er dich nicht im Stich läßt. Er kann dir mehr geben als monatlich nur 500 Mark für die Miete.« Ihre Glaubenszuversicht bestärkte mich. Ich sagte zu.

So zogen wir auf den Lindenhof. Allerdings meinten wir zuerst mehr als einmal durch die Berge von Unrat, Schmutz, verfaultem Stroh, Papier und anderes erdrückt zu werden. In dem ganzen, großen Häuserkomplex war nicht ein einziges Möbelstück. Hätten wir das Erbe der Reichsarbeitsdienst-Maiden, die vor Kriegsende zuletzt den Lindenhof bewohnt und ihn tadellos eingerichtet hatten, übernehmen können, wäre es mir wie eine Spielerei vorgekommen – aber so fanden wir gar nichts vor, außer einem großen, jedoch sehr abgenutzten Küchenherd und einer toten Katze. Kein Bett, keinen Tisch, keinen Stuhl, kein Geschirr, kein Besteck, keine Bettwäsche, nichts, nur Schmutz und Unrat in Massen. Alles bewegliche Inventar war gestohlen oder zusammengeschlagen worden.

Vier Wochen lang haben wir nicht anderes getan als geputzt. Mit Pferd und Wagen mußten wir in vielen Fuhren den Unrat wegführen lassen. Endlich waren die Räume gesäubert, das Treppenhaus begehbar. Nach langem Warten kamen auch einige Handwerker, so daß die notwendigsten Fensterscheiben eingesetzt und Lichtleitungen sowie Lampen angebracht werden konnten.

Wir waren längst noch nicht mit allem fertig, da erreichten uns bereits die ersten Anfragen: »Wann und wieviel Kinder können wir Ihnen bringen?«

Es blieb nichts anderes übrig, als sie in unsere eigenen Betten zu legen. Ein Grund zur Absage war das nicht.

Zwei Berliner Kinder waren die ersten, der Junge zwölf Jahre alt, das Mädchen zehn. Was lag nur über dem körperlich zarten Knaben, daß lange Zeit, auch nachdem seine Schwester längst heimisch bei uns geworden war, kein noch so spärliches Lächeln über sein Gesicht zog? Ich wußte nicht viel von den Verhältnissen, aus denen die Kinder kamen. Der Vater befand sich noch in Gefangenschaft, die Mutter war tot. Eine Rote-Kreuz-Schwester hatte uns die beiden ins Haus gebracht, war aber sofort wieder abgefahren. Wahrscheinlich wußte sie selbst nichts Näheres über die Kinder. Ich wartete einige Tage ab. Die Kinder waren wohlerzogen, das Mädchen fröhlich und voll sprühenden Lebens. Es genoß sichtlich das Neue und Schöne, das Umsorgtsein und die Atmosphäre unseres Hauses. Der Junge aber blieb zurückhaltend, wenn auch nicht ablehnend.

Eines Abends sagte ich zu ihm: »Dieter, hast du Lust, mit mir einen Weg die Felder entlang zu machen?«

Er blickte mich fragend an, antwortete jedoch wohlerzogen: »Ja, gerne, wenn ich darf.«

Und dann öffnete sich mir an diesem stillen Abend ein leiderfülltes Kinderherz. Auf meine Frage: »Was ist es, Dieter, daß du gar nicht unbekümmert froh sein kannst wie deine Schwester?« antwortete er eine Weile überhaupt nicht. Dann aber blieb er stehen und hob sein unkindlich ernstes Gesicht zu mir empor. »Wie kann ich je wieder froh sein, nachdem ich erlebt habe, wie meine Mutter sich das Leben genommen hat?« Und dann rang es sich wie ein Schrei aus seinem Innern: »Warum hat sie uns nicht mitgenommen? Warum hat sie meine Schwester und mich allein zurückgelassen? Sie meinte das Leben nicht mehr ertragen zu können. Aber an uns hat sie nicht gedacht!«

War das ein zwölfjähriger Junge, der mir hier Einblick gewährte in sein abgrundtiefes Leid? Hier waren Worte meinerseits nicht am Platze. Schweigend gingen wir weiter. Aber ich war froh, daß er Vertrauen gefaßt und wenigstens einmal ausgesprochen hatte, was auf ihm lastete. – Erst nach langer Zeit durften wir erleben, daß die Schatten der Schwermut langsam von ihm wichen.

Ein Anruf von einem Flüchtlingslager kam: »Wir schicken Ihnen drei Kinder, die die Eltern auf der Flucht verloren haben.« Nun hieß es noch mehr zusammenzurücken, denn nirgends war bisher ein Möbelstück, weder Bett noch Stuhl zu bekommen gewesen.

Ich wartete auf dem Bahnhof, als der Zug einlief. Eine Rote-Kreuz-Schwester stieg aus, hob drei kleine Gestalten auf den Bahnsteig, danach eine Persilschachtel, stieg wieder ein und fuhr ab. Da standen die beiden kleinen Buben mit ihrem noch kleineren Schwesterchen. Erbarmungswürdig sahen sie aus, als sie in viel zu langen und weiten Kleidungsstücken, die zum Teil von Erwachsenen zu sein schienen, vor mir warteten, bleich, mit müden, verweinten, trostlosen Augen.

Da machte sich der Älteste, er ging noch nicht zur Schule, zum Sprecher für alle: »Schwester, kriegen wir was zu essen?«

In diesem Augenblick wußte ich wieder einmal, daß Kinder in erster Linie eine Mutter benötigen, keine Oberin oder Schwester, so wichtig diese an ihrem Platz sind.

»Ich bin die Mutti«, sagte ich. »Jetzt gehen wir heim, und es gibt einen guten Brei und ein weiches Bett.«

Dann saßen sie vor ihren Tellern mit großen, staunenden Augen. Kein Wort sagten sie und löffelten, bis die Teller wieder ganz blank waren. Vor ihren Betten standen sie, drückten die Matratzen mit ihren kleinen Händen und riefen immer wieder voller Bewunderung: »Kein Stroh, kein Stroh, richtige Betten!«

Lange lag ich in dieser Nacht wach. Die Nachwehen des Krieges wurden immer mehr offenbar. Die Städte lagen in Trümmern. Würden wir ihren Wiederaufbau je erleben? Tausende von Obdachlosen irrten auf den Landstraßen. Zahllose Wunden waren geschlagen, die nie wieder heilen würden, und Ströme von Tränen flossen Tag und Nacht aus den Augen derer, die um einen Gefallenen oder Vermißten trauerten. Es gab Mütter, die zwei und drei Söhne auf dem Schlachtfeld verloren hatten. Tausende von Kindern waren geboren, die nie ihren Vater kennen würden. Es war ein namenlos großes Elend, das gen Himmel schrie. – In unseren Betten aber lagen drei Kinder, denen wir Heimat bieten durften, die ihre Hände über einem Teller Brei zusammenschlugen. Kinder, die es glaubten, als ich ihnen sagte: »Ich will eure Mutti sein, und wir gehen jetzt nach Hause.«

»Meine Kinder!« Ich konnte nicht schlafen vor Glück und Dankbarkeit, daß Gott mir diese Aufgabe gegeben hatte.

Plötzlich stand vor mir ein Erlebnis aus der Zeit, als ich ein Kind von sieben Jahren gewesen war. Meine Eltern waren mit uns in Mecklenburg in den Sommerferien. Baron von Tiele-Winckler hatte der Heilsarmee dort ein wunderschönes Erholungsheim zur Verfügung gestellt. Für uns aus Berlin kommende Kinder blieb der Aufenthalt dort unvergeßlich. Da war der große See, in dem man baden und auf dem man Boot fahren konnte. Da war der Wald mit seinen geheimnisvollen Winkeln und Wegen, wo ich einmal mit meinen Brüdern fünfzig Frösche – wir hatten sie genau gezählt – gesucht und in meinem frischen, weißen Sonntagsschürzchen ins Heim getragen hatte. Wir setzten sie einem Igel, den wir gefangen hatten, als Sonntagsspeise vor. Der Igel wandte den Fröschen, die fröhlich davonhüpften, hoheitsvoll den Rücken und würdigte sie keines Blickes, geschweige eines Bisses. – Meine Schürze aber hatte ein völlig verändertes Aussehen.

Aber das Schönste für mich war doch gewesen, daß einige Male ein entzückender kleiner Ponywagen bei uns vorfuhr und die beiden jungen Baronessen von Tiele-Winckler mit ihrer Erzieherin kamen, um meine etwas ältere Freundin, eine Engländerin, und mich zu sich ins Schloß einzuladen. Das war natürlich ein unerhörtes Erlebnis, in einem richtigen Schloß zu Besuch zu sein. Meine Brüder, die nicht eingeladen waren, beneideten mich sehr. Das Eindrucksvollste aber war, daß ich dort Eva von Tiele-Winckler, die Mutter der vielen heimatlosen Kinder, kennenlernte. Gewiß – ich war damals zu jung, um zu erkennen, was für eine Persönlichkeit mir in ihr begegnete. Erst später, als ich ihr Lebensbild und andere Bücher über ihr Wirken las, wurde mir dies klar. Jetzt, da Gott mir selbst heimatlose Kinder in die Arme und ans Herz legte, erstand vor mir erneut das leuchtende Vorbild der Mutter Eva von Tiele-Winckler, die durch ihre Glaubens- und Gebetskraft Unmögliches möglich gemacht hatte.

Der Lindenhof hatte im Laufe der Zeit manchen Wandel durchgemacht. Im vierzehnten Jahrhundert war er ein Kloster gewesen. Die erste christliche Kirche, die in dieser Gegend gebaut wurde, stand dort oben, und wo ich mir den Spielplatz für unsere Kinder dachte, war der Friedhof gewesen. Später hatte man Kranke in seinen Räumen gepflegt. Krankenhaus, Forsthaus, Gaststättenbetrieb – eins löste das andere ab. Im letzten Krieg waren Arbeitsdienstmaiden im Lindenhof untergebracht. Als diese beim Nahen der feindlichen Truppen flüchteten, wurde er von SA-Leuten besetzt, die, von seiner Höhe ins Tal schießend, offenbar hofften, die anrückenden Feinde aufhalten zu können.

In früheren Kriegszeiten hatten flüchtende Menschen oft hinter den dicken Mauern Schutz gesucht. Da hatte man der Stätte den Namen Zufluchtsburg gegeben.

»Zufluchtsburg!« Ich lag wach und dachte über meine neue Aufgabe nach. War sie nicht die bisher größte, die mir anvertraut war? Ja, eine Zufluchtsstätte sollte der Lindenhof sein, so wahr mir Gott half. So wie Eva von Tiele-Winckler es gewesen war, so wollte auch ich den mir anvertrauten Kindern nichts anderes als wahrhaft Mutter sein. Daß ich ihre Art nicht kopieren konnte, war mir klar. Jeder lebt sein eigenes Leben und hat seinen eigenen Auftrag zu erfüllen. Aber denselben Gott, dem sie vertraut hatte, der ihren unumstößlichen Glauben belohnte und ihr half, unmöglich Scheinendes zu erreichen, durfte auch ich Vater nennen.

Daß ich in verhältnismäßig kurzer Zeit einige prächtige Mitarbeiter fand, schien mir ein besonderes Zeichen der Freundlichkeit Gottes. Es waren zumeist junge Kindergärtnerinnen, die nicht in erster Linie nach dem Verdienst fragten, sondern bereit zum Dienst waren. Heute erlebt man es ja immer wieder, und es ist ein Zeichen unserer materialistisch ausgerichteten Zeit, daß die Menschen, wenn sie sich irgendwo vorstellen und um einen Arbeitsplatz bewerben, zuerst nach ihrer Freizeit, ihren Ferien und ihrem Feierabend fragen. Dienen wird ganz klein geschrieben oder ist ganz gestrichen im Wörterbuch unserer Tage, während Verdienen ganz groß geschrieben wird. Oft habe ich meine Mitarbeiterinnen bewundert, die manchen Abend bis Mitternacht saßen, um die zerrissenen Strümpfe und die fadenscheinige Wäsche zu flicken, die wir meist schon in abgetragenem Zustand von Freunden unseres Hauses bekamen. Überfluß besaß damals niemand.

Eines Tages fuhr ich nach Stuttgart zum Oberkirchenrat. »Ich habe ein Haus und eine Anzahl tüchtiger Mitarbeiterinnen. Wir haben bereits mit der Arbeit begonnen. Ich übernehme die Leitung des Hauses, und würde vielleicht auch ohne Ihre Hilfe fertig werden. Aber als Glied unserer Kirche ist es mir ein lieber Gedanke, wenn wir ein Heim der Inneren Mission werden.«

Freudig wurde mein Vorschlag aufgenommen, und ich erhielt gleich eine Summe für Mobiliar, soweit solches irgendwo aufzutreiben sein würde.

Immer mehr Anmeldungen kamen. Nun benötigten wir dringend Betten. Aber woher sollten wir sie nehmen? Mußte ich jetzt doch noch Stroh aufschütten, um die Kinder aufnehmen zu können, die man mir bringen wollte?

Das Wirtschaftsamt sollte mir helfen. Als ich die Dienststelle betrat, hatte der Leiter gerade ein Telefongespräch mit dem Oberbürgermeister, das ich allerdings nur einseitig hören, von dem ich mir jedoch gut ein Bild machen konnte und das mir zu einem sofortigen Entschluß verhalf.

»Dreihundert Polen, die auf der Rückbeförderung in ihre Heimat sind?«

»—«

»Aber Herr Oberbürgermeister, in welchem Zustand werden die hier ankommen?«

»—«

»Alle vorrätigen Betten? – Muß das sein?«

Ich hörte nur »Betten«. Im nächsten Augenblick hatte ich das Wirtschaftsamt wieder verlassen. Wenig später stand ich im Vorzimmer des Oberbürgermeisters und ließ mich bei ihm melden.

»Ist es dringend?« fragte seine Sekretärin.

»Mehr als dringend«, erwiderte ich und rückte nicht von der Stelle.

Dann saß ich dem Oberbürgermeister gegenüber.

»Nichts gegen die Polen«, sagte ich. »Von Herzen wünsche ich, daß alle, die zwangsweise als Fremdarbeiter hier sein mußten, so schnell wie irgend möglich in ihre Heimat transportiert werden. Es ist mir auch klar, daß man ihnen, bis die Transporte zusammengestellt sind, Übernachtungsmöglichkeit in den verschiedenen Städten gewähren muß. Aber – entschuldigen Sie, Herr Oberbürgermeister – ich habe ungewollt die eine Hälfte des Telefongespräches mitgehört, das Sie vorhin mit dem Leiter des Wirtschaftsamtes führten. Ich weiß also, daß die Stadt über Betten verfügt. Ich meine – bitte, erlauben Sie mir, meine Ansicht in dieser Sache zu äußern – ich meine, man könnte den Polen, die doch nur vorübergehend in unserer Stadt sind, in einer Turnhalle oder in einem Tanzsaal Strohbetten aufschütten. Den Kindern aber, die zu uns kommen, müssen wir eine bleibende Heimat bieten. Viele von ihnen haben schon monatelang in keinem Bett mehr gelegen. Bitte, geben Sie mir eine Anzahl der vorhandenen Betten.«

Der Oberbürgermeister zeigte sich wohlwollend. Wenige Tage später fuhren einige Lastwagen vor, und ich bekam von der Stadt siebzig Betten und für alle Matratzen. Es waren roh gezimmerte Flüchtlingsbetten. Aber wir waren glücklich. Ach, ich hatte ja gewußt, Gott würde uns nicht im Stich lassen.

Eine Stuttgarter Firma spendete uns für alle Betten kleine Kopfkissen, und zu günstigen Preisen lieferte sie uns die erste Bettwäsche. Wolldecken folgten. Es war alles äußerst einfach, aber unsere Kinder, die zum großen Teil aus Flüchtlingslagern, ja sogar von der Landstraße kamen, fühlten sich in den Räumen wie in einem Palast und kuschelten sich wohlig in ihre primitiven Betten.

Von einer furchtbaren Plage muß ich noch sprechen. Noch keinen Tag war ich auf dem Lindenhof, als ich die erste Wanze entdeckte. Scharen dieser Tiere beherrschten sämtliche Räume. Ich gestehe, daß mir diese Entdeckung mehr Kummer bereitete als die Unterbringung der Kinder. Wie sollte ich dieser Plage Herr werden? Sieben- oder achtmal ließ ich vom Stadtkammerjäger die einzelnen Etagen ausschwefeln. Keiner, der nicht etwas Ähnliches erlebt hat, macht sich ein Bild von allen dazu gehörenden Umständen. Sämtliche Tür- und Fensterritzen mußten verklebt werden, die Kinder wurden in den anderen Abteilungen untergebracht. Das war gar nicht einfach, besonders als wir das ganze Haus belegt, ja überbelegt hatten.

Das Schlimme war nur: die Wanzen lachten sich ins Fäustchen. War der Kammerjäger dagewesen, verschwanden sie für eine, höchstens zwei Wochen. Dann erschienen sie wieder in alter Treue. Ich schäme mich nicht, zu sagen, daß ich wegen dieses Ungeziefers Tränen vergossen habe. Schon nach ganz kurzer Zeit waren unsere neuen Betten vollständig verwanzt.

Wir hatten Kinder, die mehr Anziehungskraft auf die Wanzen ausübten als andere – wahrscheinlich besaßen sie süßeres Blut –, die standen am Morgen mit Schwellungen am ganzen Körper auf. Wir verzweifelten beinahe. Manchmal gingen wir, meine Kindergärtnerinnen und ich, um Mitternacht durch die Schlafräume der Kinder. Wir hatten den Eindruck, daß die Wanzen speziell am späten Abend »Ausgang« hatten, denn um diese Zeit war ihr Tun am regsamsten. Wir lasen sie von den Betten, von den Händen und Gesichtern der Kinder. Ich erinnere mich, daß eine neue Mitarbeiterin, die noch nie eine Wanze gesehen hatte, fragte: »Um alles in der Welt, was sind denn das für scheußliche Tiere?« Eine andere antwortete scherzhaft: »Das ist eine besondere Art von Stechmücken.« Bei unseren nächtlichen Rundgängen aber lernte sie bald den Unterschied zwischen Stechmücken und Wanzen kennen.

Es war in der Tat zum Verzweifeln. Um dieser Sache willen wäre ich beinahe meines Amtes müde und unsicher geworden. Unsere Kinder hatten ihren Spaß daran, sie mit Stricknadeln aus den Bettritzen zu angeln. Dann kehrten sie auf dem Boden die Kolonnen mit Schaufel und Besen zusammen und verbrannten sie. Der Städtische Kammerjäger hat mir später erzählt, wie er immer, wenn er wieder zum Ausschwefeln bei uns gewesen war, mit Herzklopfen darauf gewartet habe, daß wir trotz seiner Bemühungen wieder anrufen und das abermalige Auftauchen der Wanzen melden würden. Er selbst war schon völlig ratlos.

In jener Zeit riet mir jemand, mich an die IG-Farben in Leverkusen zu wenden. Ich schrieb also einen verzweifelten Brief dorthin und fragte um Rat. Prompt bekam ich Antwort: »Wir werden unseren Mitarbeiter Dr. F., der in der französischen Besatzungszone arbeitet, beauftragen, Ihnen drei Fläschchen Vertilgungsmittel zu schicken. Lösen Sie den Inhalt in einer Wanne Wasser auf und bespritzen Sie die Wände, Türen, Betten und Möbel damit. Sie werden Erfolg haben.«

Drei kleine Fläschchen? Für diese Wanzen-Völkerscharen? Wir waren sehr skeptisch. Aber wir handelten nach Vorschrift. Nachdem die Flüssigkeit aufgelöst war, standen wir, eine Anzahl meiner Mitarbeiter, mein Pflegesohn, der den Verwalterposten im Hause einnahm, und ich um die Wanne herum.

»Man reiche mir eine Wanze!« sagte ich feierlich. Es war ein großer Moment. Die Wanze zu beschaffen, war keine Schwierigkeit. Aber, o Schreck, das Tier paddelte vergnügt in dem giftgetränkten Meer herum und dachte nicht daran, einzugehen. Ich sah meine Hoffnung wieder einmal dahinschwimmen. Oder hatten wir etwas verkehrt gemacht?

Ich mußte Gewißheit haben. Der F. mußte doch telefonisch zu erreichen sein. Aber von Geislingen nach Reutlingen zu telefonieren, war damals schwieriger, als heute mit Amerika ein Ferngespräch zu führen. Ich benötigte die Erlaubnis der amerikanischen Militärbehörde, mußte Inhalt und Grund des Gespräches angeben. Reutlingen war für uns Frankreich. – Nun, es klappte schließlich.

»Herr Doktor, wir sind verzweifelt. Die Wanze denkt nicht daran, einzugehen. Was sollen wir tun?«

»Das Gift wirkt nach. Verlieren Sie nicht den Mut. In vierzehn Tagen haben Sie nicht eine einzige Wanze mehr.«

Und so war es. Wir konnten es beinahe nicht fassen. Wir waren überglücklich und atmeten auf. In der Tat ist bis zum heutigen Tag nicht eines dieser schrecklichen Tiere mehr aufgetaucht. Damals aber fühlten wir uns von einer Last befreit.

Erstaunlich schnell hatte sich unser Haus gefüllt. Hundert Kinder konnten wir zur Not unterbringen, dazu zwanzig Erwachsene. So viele Mitarbeiter benötigte ich mit der Zeit, nämlich Erzieherinnen, eine Köchin, Küchenhilfen, Leute in der Waschküche und im Bügelzimmer, im Büro und im Garten. Und wunderbarerweise hatten wir immer wieder an Mitarbeitern, was wir brauchten, und in den meisten Fällen wirklich gediegene, pflichtgetreue Menschen. Es kam auch vor, daß wir insgesamt hundertdreißig Menschen unterbringen mußten. Aber immer wieder fanden wir Mittel und Wege, durchzukommen. Es ist erstaunlich und wunderbar zugleich, wie erfinderisch man wird, wenn man von der unbedingten Notwendigkeit einer Sache überzeugt ist.

Und aus was für unmöglichen Verhältnissen kamen die Kinder oft! Es ist mir hier nur möglich, einige Schicksale herauszugreifen. In Abgründe von Leid blickten wir und kamen uns so hilflos vor gegenüber dieser Not, durch die unsere Kinder gegangen waren. Es ging ja nicht nur darum, den Kindern eine neue Heimat zu bieten, sie mit Essen und Trinken, Kleidern und Schuhen zu versorgen – viel wichtiger war, Antwort auf die Fragen zu finden, die in den Kindern aufbrachen.

»Wie kann Gott so etwas zulassen?«

»Warum straft er die Menschen nicht, die solches Unglück über uns kommen ließen?«

»Wo ist da noch Gerechtigkeit?«

»Ist das ein Gott der Liebe?«

So fragten nicht Erwachsene, sondern Kinder, die von der Seite ihrer Eltern gerissen worden waren, Kinder, die Zeuge der Vergewaltigungen der Mütter oder Erschießung ihrer Väter gewesen waren! Nicht alle waren so, es gab auch unbekümmerte, fröhliche Buben und Mädchen, die wenig an das dachten, was vorüber war, die sich auch keinerlei Sorgen um die Zukunft machten, sondern dem Augenblick lebten und zufrieden waren, daß sie jetzt gefüllte Teller, ein Bett und ein Dach über dem Kopf hatten. Doch es gab auch andere, die nicht vergessen, die aber auch nicht glauben konnten.

Bei der Betreuung und Erziehung dieser Kinder genügte nicht eine gute pädagogische Ausbildung und Geschick zur erzieherischen Arbeit, sondern es braucht Liebe und noch einmal Liebe, dazu viel Geduld und täglich neu von Gott geschenkte Weisheit. Wir erbaten sie uns an jedem neuen Morgen in der gemeinsamen Andacht, die ich mit Kindern und Erwachsenen hielt und die uns zur Kraftquelle wurde.

Einmal in der Woche kamen meine Mitarbeiter in meiner Wohnung zur Arbeitsbesprechung zusammen. Da berieten wir, wie wir mit den verschiedenen Kindern umzugehen hatten. Jeder Fall lag wieder anders und erforderte individuelle Behandlung. Wie sehr erkannten wir damals unsere unbedingte Abhängigkeit von Gott!

Ganz in der Anfangszeit läutete jemand an unserer Eingangstür, von dem wir glaubten, daß er sich im Haus geirrt haben müsse. Wir waren doch kein Altersheim! Als wir ihn aber aus seinen verschiedenen Hüllen und Lumpen geschält hatten und der schwer Asthmaleidende endlich sprechen konnte, stellte es sich heraus, daß es ein sechzehnjähriger Junge war, der aus der Breslauer Gegend zu Fuß geflüchtet war. Er war auf der Suche nach seiner Mutter, die er auf der Flucht verloren hatte. Halb Deutschland hatte er dabei durchquert. Wir nahmen ihn auf. Als er hörte, daß die anderen Kinder Mutti zu mir sagten, begehrte er auf.

»Ich sage zu keiner fremden Frau Mutter.«

Sichtlich erleichtert war er, als ich dafür Verständnis zeigte.

»Das begreife ich gut«, sagte ich zu ihm. »In deinem Alter würde ich das wohl auch nicht so ohne weiteres getan haben. Du darfst Fräulein Dreisbach oder Tante Elisabeth zu mir sagen – wie du willst. Und ich will dir versprechen, mit dir gemeinsam nach deiner Mutter zu suchen.« Ein dankbarer Blick streifte mich.

Nach einigen Tagen klopfte er an meine Wohnungstüre. Ich ließ ihn eintreten. Da stand der große Junge verlegen, drehte sein Taschentuch und würgte heraus: »Ich möchte doch lieber auch Mutti zu dir sagen, wie die anderen auch, wenigstens so lange, bis ich meine eigene Mutter wieder gefunden habe.«

Er hat sie nie wieder gesehen. Bei unseren Nachforschungen über Suchdienst und Rotes Kreuz erfuhren wir, daß sie bei dem letzten Angriff auf Breslau ums Leben gekommen war. Jetzt ist er schon einige Jahre verheiratet, unser Erich. Er hat mir verschiedentlich geschrieben. Immer lautet die Anrede: »Liebe Mutti ...«

Erich – einer von den eintausendfünfhundert Kindern, die in den sechseinhalb Jahren, in denen ich das Flüchlingskinderheim leitete, durch unser Haus gingen.

Was erlebten wir alles in jener Zeit! Das Wohnungsamt meinte, die Personalien aller Kinder haben zu müssen. Ach, wie viele von ihnen kamen zu uns und wußten kaum, wie sie hießen, geschweige denn, wie alt sie waren und wo sie zuletzt polizeilich gemeldet waren. Etliche von ihnen befanden sich ja bereits monatelang auf der Flucht. Unsere drei Kleinen, die ich zu Anfang mitsamt ihrer Persilschachtel aus den Händen der gleich wieder abfahrenden Rote-Kreuz-Schwester auf dem Bahnsteig in Empfang genommen hatte, besaßen natürlich auch keinen Personalausweis. Das Einwohnermeldeamt wünschte ihr Alter zu wissen. Was sollten wir tun? Ich rief unseren Hausarzt.

»Herr Doktor, was schätzen Sie, wie alt die Kinder sind?« Er ließ sie zu sich kommen und den Mund öffnen. Dann zählte er ihre Zähne und sagte: »Den lassen wir fünf Jahre alt sein, den vier und die Kleine drei!«

Eines Tages sprang der Älteste zu mir: »Mutti, alle Kinder haben einen Geburtstag, nur wir nicht. Wir wollen auch einen Geburtstag, wo wir mit Lichtern und einem Kuchen gefeiert werden.«

Wir verschenkten großzügig Geburtstage. »Du wirst am achten August sechs Jahre alt, dein Brüderchen am zehnten September fünf, und euer Schwesterchen wird am zwanzigsten September vier Jahre alt.«

Überglücklich lief der Junge zu den anderen: »Die Mutti hat uns einen Geburtstag geschenkt.«

Durch meine Vortragstätigkeit in den vorausgegangenen Jahren war ich in den Gemeinden Württembergs und darüber hinaus bekannt, ebenso durch meine Bücher. Mit der Zeit hatte sich ein großer Leserkreis gebildet. So war es nicht schwer für mich, Eingang in die Gemeinden zu finden und dort durch neue Vortragstätigkeit einen Freundeskreis zu schaffen. In verhältnismäßig kurzer Zeit gelang es mir tausend Freunde zu werben, die sich unterschriftlich verpflichteten, monatlich einen Beitrag von –,50 DM zu spenden. Das ergab schon die monatliche Miete von 500 DM. Auf Schritt und Tritt durfte ich erleben, wie Gott sich zu seinen Verheißungen stellte und gab, um was wir ihn baten. Ich schrieb dann einige biblische Aufführungen, mit denen wir die Gemeinden besuchten, um diesen auch etwas zu bieten und nicht mit leeren Händen zu kommen. Mit großer Freude und Begeisterung führten meine Mitarbeiter und die größeren Kinder diese Spiele auf, und die Autobusfahrten in die verschiedensten Gemeinden waren Höhepunkte im Jahresablauf. Wir spielten in überfüllten Kirchen und in Festsälen. Der Kreis der Freunde des Lindenhofes wurde immer größer.

Einmal war ein Pfarrer nicht sehr zugänglich. Eine meiner Mitarbeiterinnen und ich hatten ihn aufgesucht, um ihn zu bitten, uns seine Kirche zur Verfügung zu stellen, damit wir dort unsere Aufführung »Ich kann nicht ansehen des Knaben Sterben« darbieten könnten. Er hatte allerlei Bedenken. Es würden gewiß nicht allzuviele Leute kommen. Das Opfer würde nur gering sein – die Gemeinde habe in letzter Zeit so viele Veranstaltungen gehabt, daß man ihr vorerst nichts Weiteres zumuten könne.

Aber wir muteten es ihr und ihrem Pfarrer doch zu. Wir gingen einfach nicht fort. Und schließlich stimmte er zu »um unseres unverschämten Geilens willen«, wie die Bibel einmal sagt, und weil er wahrscheinlich erkannte, daß er uns vorher doch nicht los würde. Als ich ihn jedoch bat, am Anfang der Veranstaltung einige einführende Worte zu sagen, lehnte er das, wenn auch nicht unfreundlich, so doch ganz entschieden ab. »Ich kenne weder Sie, Fräulein Dreisbach, noch Ihre Aufführung. Es möge genügen, daß ich Ihnen die Kirche zur Verfügung stelle.«

Der Abend kam. Die Kirche war überfüllt. In der ersten Reihe saß der Pfarrer. Die Aufführung wurde von allen Anwesenden mit großem Interesse und tiefer innerer Bewegung aufgenommen. Der Stoff ist dem Leben Abrahams entnommen. Besonders eindrucksvoll und ergreifend ist die Szene, wo Hagar mit ihrem Sohn Ismael in der Wüste zusammenbricht, den sterbenden Knaben unter einen Strauch bettet und verzweifelt ausruft: »Ich kann nicht ansehen des Knaben Sterben!« Hörbar atmete die ganze Gemeinde auf, als der von Gott gesandte Engel kam und Mutter und Sohn zu dem Brunnen in der Wüste führte.

Plötzlich erhob sich der Pfarrer am Ende der Darbietung und bat mich, das Schlußwort sprechen zu dürfen. Zu meiner großen Verwunderung bekannte er öffentlich, daß er sich sehr ablehnend verhalten und es uns sehr schwer gemacht habe, den Abend durchzuführen. Nun müsse er Abbitte leisten. Er sei zutiefst bewegt von dem Gehörten und Geschauten. Das sei mehr als eine Predigt gewesen. Er wolle nun als erster seinen Namen in die Freundeskreis-Liste eintragen, die in der Sakristei ausgelegt sei, und bitte die Gemeinde, es ihm nachzutun. Die allermeisten der Anwesenden schlossen sich ihm an und wurden Freunde des Lindenhofs. Gerade mit diesem Pfarrer verband uns von da an ein inniges Freundschaftsband. Er sorgte unter anderem dafür, daß in jedem Herbst eine große Fuhre Kartoffeln, Gemüse und Obst aus seiner Gemeinde ins Kinderheim kam.

Nach einem Vortrag, den ich ganz zu Anfang meiner Lindenhoftätigkeit hielt, als eben die Fabriken wieder zu arbeiten begannen und das Wirtschaftsleben angekurbelt wurde, kam ein großer, stattlicher Herr zu mir.

«Ich habe eine Haushaltwarenfabrik«, sagte er, nachdem er sich vorgestellt hatte. »Ich möchte Ihnen einiges als Spende zukommen lassen. Was brauchen Sie am nötigsten?«

Ich war so überrascht von dem Angebot, daß ich zuerst gar keine Worte fand. Auf seine wiederholte Frage antwortete ich: »Alles, Herr R., es fehlt ja überall.«

Er zückte Bleistift und Notizbuch. »Wir arbeiten in Aluminium. Brauchen Sie Kaffeekannen, Milchkannen, Schüsseln, Teller, Becher?«

Mir klopfte das Herz. War das nicht ein Traum? Aber noch nötiger als all dies war etwas ganz anderes. Aber konnte ich ihm das sagen?

»Ich sehe, Sie haben noch etwas auf dem Herzen«, half er mir. »Sprechen Sie offen und ohne Scheu. Ich habe selbst eine große Familie und weiß, wie vielerlei da benötigt wird.«

Also faßte ich mir ein Herz. »Herr R. – ich habe in meinem Kinderheim vierzig vorschulpflichtige Kinder, darunter solche, die noch nicht allein stehen und gehen können. Aber ich verfüge nicht über ein einziges Nachtgeschirr, und nirgends gibt es das zu kaufen. Sie als Familienvater können verstehen, was das für meine Kindergärtnerinnen bedeutet.«

»Derartiges haben wir zwar noch nie hergestellt«, sagte der Besucher, »aber ich will sehen, was sich tun läßt.« Herzlich verabschiedete er sich.

Vierzehn Tage später fuhr ein großer Lastwagen vor. Herr R. stieg mit seinem Fahrer aus. Meine Mitarbeiterinnen wurden zusammengerufen, und jede bekam einen Stapel Teller, Becher, Schüsseln, Kaffee- und Milchkannen. Dann befahl der großzügige Spender, daß die Kinder herbeigerufen würden und Spalier stehen sollten. Und nun drückte er ihnen vierzig dieser so sehr entbehrten Gegenstände in die Hände. Jubelnd stürmten die Kinder davon und schwangen die vierzig Nachtgeschirre über ihren Häuptern. Es fehlte nicht an humorvollen Bemerkungen; aber eine der Kindertanten meinte, die »mitternächtlichen Vasen« seien das Allerwichtigste der ganzen Spende.

Wir erlebten in der Tat eine Kette von Wundern. Das war auch nötig, denn die Schwierigkeiten häuften sich.

So besaßen wir lange Zeit für über hundert Kinder ein einziges Fieberthermometer. E i n Thermometer, dazu e i n e Badewanne für das ganze Haus. Heute frage ich mich manchmal: Wie war das nur zu überstehen? Einmal brachen innerhalb einer Woche im Kinderheim Masern, Scharlach, Keuchhusten und Diphtherie aus. E i n Fieberthermometer für all diese Kranken! Als wir später ein Krankenzimmer, eine eigene Hausapotheke und eine spezielle Betreuerin für unsere jeweiligen Kranken hatten, bedeutete dies für uns einen unfaßbaren Fortschritt – obwohl es, gemessen an den heutigen Verhältnisen, auch dann noch dürftig genug war.

Unsere Kinder kamen zum großen Teil so unterernährt bei uns an, daß schon geringfügige Krankheiten sie völlig umwarfen. Man kann zwar Masern keine geringfügige Krankheit nennen, aber Tausende von Kindern machen sie durch, ohne daß irgendwelche Komplikationen dabei auftreten. Uns starben drei kleine Kinder innerhalb von vier Wochen daran. Ich meinte, mir müsse das Herz brechen. Unser jüngstes Bübchen, einundeinhalb Jahre alt, hatte ich mit seinem Bettchen in mein Zimmer stellen lassen. Zwei kleine Särge hatten wir bereits hinausgetragen. Nun sollte ich auch dieses Kind hergeben müssen. Mein Gesicht war tränenüberströmt, als ich den Kleinen in seiner letzten Erdennacht in meinem Zimmer auf und ab trug, um seine furchtbare Atemnot zu lindern. Karl-Heinz war der Liebling des ganzen Hauses. Über Erwachsenen und Kindern lag ein tiefes Trauern im Gedanken daran, daß wir ihn hergeben müßten. Seine Mutter hatten wir telegraphisch an das Sterbebett ihres Kindes gerufen. In einer Bar, die hauptsächlich von Negern besucht wurde, hatte man sie gefunden. Einige meiner Mitarbeiterinnen wachten mit mir in dieser für den Kleinen so notvollen Nacht. Röchelnd rang sich sein Atem aus der wunden Brust. Ach, wie so gerne hätten wir ihm geholfen!

Plötzlich ging eine seltsame Veränderung mit ihm vor. Der keuchende Atem beruhigte sich. Weit öffnete er seine Augen und blickte wie in großem Staunen nach oben. Wir folgten seinem Blick, konnten aber nichts entdecken. Dann wurde das Gesicht des Kleinen von einem strahlenden Lächeln verklärt. Wir sahen es alle und waren tief ergriffen. Dieses Lächeln blieb, bis Karl-Heinz seinen letzten Atemzug tat. Ob Gott ihm Einblick gewährt hatte in eine andere Welt? Ich möchte es annehmen. Jedenfalls war die Sterbestunde des Kindes verklärt.

Wir bahrten Karl-Heinz auf und schmückten sein Lager mit Tannengrün und Alpenveilchenblüten. Es war kurz vor Weihnachten. Seine Mutter aber lag für den Rest der Nacht neben dem Totenlager auf den Knien und sang in erschütternder Weise ein Wiegenlied nach dem anderen, als könne sie den kleinen Schläfer damit wieder zum Leben erwecken oder gutmachen, was sie an ihrem Kind versäumt hatte.

Am nächsten Morgen wanderten die hundert Kinder unseres Hauses zum letztenmal an ihrem kleinen Liebling vorbei, manche stumm, viele weinend – alle in tiefer Ergriffenheit.

Es ist mir nicht möglich, von allen 1500 Kindern zu berichten, die in jenen Jahren durch unser Haus gingen. Wie gerne wollte ich mich nicht nur von ihnen Mutter nennen lassen, sondern ihnen wirklich eine solche sein!

In den ersten Monaten kam kaum ein Kind zu uns, das nicht Krätze oder Läuse hatte. Die Armen waren so geplagt, daß mir gar nichts anderes übrigblieb, als die mit Eiter gefüllten Bläschen, mit denen ihr ganzer Körper bedeckt war, aufzustechen, um ihnen Linderung zu verschaffen. Daß wir uns alle ansteckten, war begreiflich. Eine der Fragen, die ich allen vorlegte, die sich um Anstellung bewarben oder sich vorstellten, war: »Haben Sie schon einmal Ungeziefer gehabt?« Meistens blickten sie mich verwundert an oder schüttelten, entrüstet ob solcher Unterstellung, den Kopf: »Aber nein – noch nie!« Dann antwortete ich gewöhnlich: »Sie haben noch nie Läuse gehabt? Dann ist es höchste Zeit, daß Sie welche bekommen, um mit unseren armen Kindern mitfühlen zu können. Rechnen Sie damit, daß Sie in kürzester Zeit Bekanntschaft mit diesen Tieren machen werden; aber seien Sie auch davon überzeugt, daß hier alles geschieht, um sie zu bekämpfen.« Ja, wenn man nur auch die nötigen Mittel in den Apotheken und Drogerien bekommen hätte – aber hier war es genauso wie bei den Wanzen!

Einmal kam eine Mutter mit vier Kindern aus dem Osten zu uns. Auch sie hatte keine Heimat mehr. »Bitte, nehmen Sie meine Töchter auf, während ich mich zur Behandlung ins Krankenhaus begeben muß.« Obgleich ich von vornherein damit rechnete, fragte ich gewohnheitsmäßig: »Haben die Kinder Ungeziefer?« Die Frau errötete verlegen und stotterte: »Die eine hat wohl irgendwo einige Läuse aufgelesen – aber die anderen sind frei davon.« Das bezweifelte ich natürlich stark. Vier Mädchen, alle mit langen Haaren, und nur eine sollte Läuse haben? Wir nahmen zunächst diese eine vor. Das arme Kind hatte am Hinterkopf eine handtellergroße Wunde, in der es wie in einem Ameisenhausen wimmelte. Es war unmöglich, das Mädchen zu behalten. Es mußte in Krankenhausbehandlung. In meinem Wohnzimmer versuchte ich später, die verfilzten Haare der drei übrigen Schwestern zu entwirren. Ich wollte ja meinen Kindergärtnerinnen mit gutem Beispiel vorangehen und konnte von ihnen nichts erwarten, was ich selbst nicht zu tun bereit war. Mit jedem Kammstrich, den ich durch die Haare zog, wimmelten meine Hände und Arme mehr von Läusen. Die Kinder rochen unbeschreiblich. Wir mußten uns ablösen, denn länger als zehn Minuten vermochte man die Behandlung nicht fortzusetzen, ohne daß es einem übel wurde. Es blieb uns nichts anderes übrig, als allen drei Mädchen die Köpfe völlig kahl scheren zu lassen. Selbst dann noch spazierten einzelne dieser kleinen, zähen Tiere auf den Stoppeln herum. Aber mit der Zeit wurden wir auch dieser Plage Herr.

Mit Ausnahme derer, die in die Mittelschule oder ins Gymnasium gingen, besuchten unsere Kinder die nur wenige Minuten entfernt liegende Einsteinschule – später die neuerbaute Lindenschule. Immer, wenn ich ein neues Kind seinem Lehrer zuführte – in den ersten Jahren tat ich es selbst –, ging es wie ein Lauffeuer durch die Schule, in der Lindenhofkinder in allen Klassen zu finden waren: »Die Mutti – die Lindenhofmutti ist da!« Dann geschah es gewöhnlich, daß mich meine ganze Gesellschaft – meist hatten wir siebzig Schulkinder – auf dem Hof stürmisch begrüßte. Hier wurde ich in den Arm genommen, und dort bekam ich einen Kuß. Ein kleines Mädchen mußte mir schnell ein Geheimnis ins Ohr flüstern und ein anderes sein Leid klagen. Mit einigen Metern Abstand umringten uns die anderen Schulkinder. Es dauerte bei manchen von ihnen lange, bis sie unsere zum Teil kahlgeschorenen Kinder, die wenn auch saubere, so doch sehr einfache und vielfach geflickte Kleider trugen, in die Klassengemeinschaft aufnahmen und sie als gleichberechtigt betrachteten. Auch einige Lehrer hatten Mühe, sich in unsere Kinder, die durch Flucht und Kriegserlebnisse oft recht unbedeutende oder gar schlechte Schüler waren, hineinzudenken. Die Rektoren beider Schulen brachten uns jedoch großes Verständnis entgegen.

Einmal brachte uns die Polizei ein kleines Mädchen. Es war etwa fünf Jahre alt. Die Mutter war bei Landstreicherei gefaßt worden, und man hatte sie ins Gefängnis gesteckt. Was hieß aber in jener Zeit schon Landstreicherei? Lebten nicht Tausende unter freiem Himmel, in Heuschobern, auf den Bahnhöfen und unter Brückenbogen? Doch hier ging es noch um andere Dinge. Die Kleine war wiederholt Zeuge der Tatsache geworden, daß ihre Mutter sich für Zigaretten, ein Stück Brot oder einen Würfel Margarine Männern hingab. Gewiß gab es in jener Zeit unzählige heimatlose Frauen, die um keinen Preis ihre Ehre darangegeben hätten, die dagegen keine noch so schwere Arbeit scheuten, um für sich und ihre heimatlosen Kinder auf ehrliche und anständige Weise ihr tägliches Brot zu verdienen. Wer aber schon vorher haltlos gewesen war, verlor in diesen Zeiten nun vollends den Boden unter den Füßen. Dem kleinen Mädchen dieser unverheirateten Frau, die sich nun im Gefängnis befand, hatte die Mutter die Kleider, die dem Kind viel zu groß waren, so mit Faden zusammengenäht, daß wir das Kind nicht ausziehen konnten, ohne die Kleider aufzuschneiden. Eine unserer Erzieherinnen hatte diese Aufgabe übernommen. Sie rief mich voller Entsetzen. Schaudernd standen wir um den eiternden und mit Ungeziefer bedeckten unterernährten Körper des Kindes herum. Was wir hier sahen, spottete jeder Beschreibung. Kaum hatten wir das Mädchen in einen Zuber zum Baden gesetzt, da wimmelte die Oberfläche des Wassers von Läusen. Nie voher hatten wir so etwas gesehen. Das arme Geschöpfchen wußte nicht, wie ihm geschah, als es gereinigt, mit geschorenem Kopf in einem sauberen Bett lag. – Ach, wir hatten für unsere kleinen Schützlinge ja auch nur das Allernötigste, aber sauber und ordentlich konnten wir sie doch halten, wenn wir sie in jener Zeit auch im Bett liegen lassen mußten, bis das einzige Hemd, das wir für jedes Kind besaßen, gewaschen und wieder trocken war. Nach und nach bekamen wir von Familien abgelegte Kleider, und auch Firmen spendeten aus ihren Vorräten.

Kleider- und Wäscheschränke besaßen wir nicht. Ich kam auf den Gedanken, große Schachteln in einer Kartonfabrik anfertigen zu lassen. Wir bauten Regale und stellten diese, säuberlich mit Etiketten versehen, in Reih und Glied darauf. Das waren unsere Kleider- und Wäscheschränke, bis wir nach Jahren endlich richtige bekamen. Als ich den Leiter des Flüchtlingswesens einmal darauf aufmerksam machte, daß es jetzt wirklich an der Zeit sei, uns Schränke zu besorgen, wies er mit der Hand auf unsere Regale und sagte: »Aber wieso denn? Sie haben dieses Problem mit ihren Schachteln wunderbar gelöst. Wir werden uns jetzt zuerst um die Heime kümmern müssen, die nicht so erfinderisch sind.«

Ich besuchte die Mutter des kleinen verkommenen Mädchens im Gefängnis. Dort lag sie auf einer Pritsche, hatte ein Tuch um den Kopf gebunden, wahrscheinlich um zu verhüten, daß man sähe, wie es auch auf ihrem Kopf wimmelte. Aber es war trotzdem nicht zu verbergen. So verkommen sie körperlich und moralisch auch war, sie weinte vor Freude, als ich ihr sagte, daß es ihrer Kleinen gut gehe und es uns gelungen sei, sie von dem Ungeziefer zu befreien. –

Ich sehe sie heute wieder alle vor mir, meine kleinen und großen Kinder. Da waren die prächtigen vier Geschwister G. Der Vater hatte in Schlesien einen eigenen Betrieb besessen mit mehr als fünfzig Arbeitern. Er mußte in den Krieg ziehen. Die Frau fand am Morgen nach dem Einzug der Russen ihre Mutter, eine ehrwürdige alte Dame, tot. Sie war freiwillig aus dem Leben gegangen, weil sie das Grauenvolle, was sich in jenen Tagen abspielte, nicht mehr verkraften konnte. Die Mutter der vier flüchtete mit ihren Kindern. Obgleich sie nur das Allernötigste mitnehmen konnten und wochenlang unterwegs waren, sahen diese Kinder sauber und ordentlich aus. Die Frau scheute sich nicht, als Hausangestellte zu arbeiten, um ihren Kindern wieder eine Heimat zu schaffen. Sie, die selbst Dienstboten gehabt hatte, putzte bei fremden Leuten, um ihrer Familie eine neue Zukunft aufzubauen.

Die Kinder gehörten zu unseren Begabtesten, waren wohlerzogen und machten uns viel Freude. In einem geordneten Elternhaus hatten sie bereits ihre Prägung erhalten. Nie werde ich vergessen, wie an einem Karfreitagabend ein großer, stattlicher, wenn auch vom Kriegserleben gezeichneter Mann aus der Gefangenschaft zurückkehrte, nichts besitzend als das, was er auf dem Leibe trug. Es war der Vater unserer vier Kinder G. Wir holten sie aus den Betten. Uns kamen die Tränen, als die beiden Mädchen und die zwei kleineren Jungen alle in ihren Nachtanzügen weinend vor Glück und Freude in den geöffneten Armen ihres Vaters lagen und dieser sein tränennasses Gesicht in den blonden und braunen Haaren seiner an ihn geschmiegten Kinder barg. – Am nächsten Tag kam seine Frau. Die ganze Familie verlebte das Osterfest in unserem Haus. Es beeindruckte mich tief, wie ehrfürchtig und andächtig die Eltern dieser Kinder an unserer Osterandacht teilnahmen, die in Ermangelung eines Andachtsraumes im Speisesaal abgehalten wurde.

Jeden Sonntag fanden wir uns hier zusammen. Kinder, die sich während der vergangenen Woche durch vorbildliches Benehmen ausgezeichnet hatten, durften den »Altar« hereintragen: Kruzifix, Leuchter, Bibel und Blumenschmuck. Es geschah jedesmal in würdiger, feierlicher Form, während die ganze Hausgemeinde, Große und Kleine, in das Lied einstimmte: »Gott des Himmels und der Erden, Vater, Sohn und Heilger Geist…«

Dann sprach ich den Altarspruch, den ich geschrieben hatte, um die anwesenden Kinder und Erwachsenen zur Sammlung und Stille aufzurufen.

Kommt, laßt gemeinsam uns nun stille sein
und Hand in Hand vor unseren Altar treten.
Wir wissen alle: dort ist Heiligtum
und Kraft wird uns geschenkt aus stillem Beten.

Es strahlt von ihm ein wundersames Leuchten aus –
kommt, laßt die Seelen uns von diesem füllen!
Die Herrlichkeit des Herrn durchdringe unser Haus,
und laßt uns untertänig werden seinem Willen.
Kommt, laßt gemeinsam uns nun stille bleiben
und Hand in Hand vor unserm Altar stehn.
Die Not des Alltags wird uns nicht aufreiben,
wenn wir sein Leuchten lassen mit uns gehn.

Ich hatte den Kindern erklärt, daß mit diesem Altar nicht derjenige gemeint sei, den wir allsonntäglich zu unseren Andachten in den Speisesaal trugen, sondern die Stätte der Anbetung in uns, wo wir Gott einen Altar aufzurichten hätten. Immer wieder neu freute ich mich darüber, wie ernst und gesammelt die Kinder bei der Sache und wie ansprechbar sie waren. – Ich lehne auch heute noch die Behauptung, daß Kinder mit Andachten überfordert seien, ganz entschieden ab. Natürlich dauerte meine biblische Ansprache nicht länger als höchstens eine Viertelstunde, und es war mir klar, daß ich mich dem kindlichen Auffassungsvermögen anzupassen hatte. Aber außer den Kindern waren ja noch zwanzig Erwachsene anwesend, die ebenfalls angesprochen sein wollten. So gestaltete ich die fast eine Stunde dauernde Andacht bewußt abwechslungsreich. Unser recht leistungsfähiger Kinderchor sang mindestens zwei Lieder, Gedichte wurden vorgelesen, gemeinsam sangen Erwachsene und Kinder, und immer verging die Stunde wie im Flug. Disziplinschwierigkeiten gab es eigentlich nie. Es wurde den Kindern sehr bald zur Selbstverständlichkeit, daß man in der Andacht still und aufmerksam zu sein hatte. Selbst die Kleinen, die auf dem Schoß der Kindergärtnerinnen saßen, lernten es.
Unvergeßlich ist es mir, wie unser Kinderchor das Lied sang:

Wir sind ein Volk, vom Strom der Zeit
gespült ans Erdeneiland,

voll Unruh und voll Herzeleid,
bis heim uns holt der Heiland.
Das Vaterhaus ist immer nah,
wie wechselnd auch die Lose:
Es ist das Kreuz von Golgatha,
Heimat für Heimatlose.

Je länger desto mehr empfinde ich, daß es in unserer Zeit an der Ehrfurcht fehlt. Wenn Kinder einmal erfaßt haben, daß man vor allem Göttlichen ehrfürchtig zu sein hat, so ist viel gewonnen. Die Kinder empfinden allerdings deutlich, wie unser eigenes Verhältnis zu Gott ist, ob wir gesammelt sein Angesicht suchen oder ob es uns selbst an der nötigen Ehrfurcht mangelt.

Die Andachten in meinem Kinderheim mit den aufmerksam lauschenden und fröhlich mitwirkenden Kindern und Erwachsenen gehören zu meinen schönsten Erinnerungen. Im Grunde genommen ist ja jeder Teilnehmer an einem Gottesdienst nicht nur Zuhörer, sondern, ob er es weiß oder nicht, Mitwirkender. Befindet er sich betend und fürbittend innerhalb der Gemeinde, dem Wirken des Geistes Gottes Raum gebend und bewußt in Erwartung eines Segens, so wirkt er positiv mit und wird dem Redner eine Hilfe und Ermutigung sein. Sitzt er aber interesselos oder gar kritisierend und ablehnend da, so wirkt er im negativen Sinne mit und ist ein Hindernis. Wir haben auf dem Lindenhof deutlich solch positive Einflüsse auf unsere Andachten empfunden.

Je länger desto mehr erkannten wir aber auch, daß nicht nur pädagogische Eignung erforderlich war, die uns gestellten, oft nicht einfachen Aufgaben zu lösen, sondern daß wir täglich von Gottes Weisung abhängig waren. Mehr als einmal habe ich ein äußerst schwieriges Kind allein genommen und mit ihm gebetet, wenn die Kindergärtnerinnen ratlos waren und ich mich ebenfalls am Ende meiner erzieherischen Möglichkeiten befand. Ich habe es nie erlebt, daß ein solches Kind aufsässig geblieben wäre, nachdem ich zu ihm gesagt hatte:

»Wir wollen jetzt einmal mit Gott über dich und die Sache, die dir Schwierigkeiten macht, reden.«

Erst kürzlich hat mich ein junger Mann, verheiratet und Vater von zwei Töchtern, besucht, der damals zu meinen Kindern gehörte. »Ich werde es nie vergessen«, sagte er, »wie du, Mutti, einmal über mich geweint und dann mit mir gebetet hast.« Wie hat es mich beglückt, als er mir erzählte, daß er jeden Tag im gemeinsamen Gebet mit seiner Frau und den Kindern beschließe! Ich weiß, daß längst nicht alle meine Lindenhofkinder so handeln; aber wenn es nur dieser eine wäre, der Ehrfurcht vor dem Heiligen empfindet und sich daran erinnert, daß wir auf dem Lindenhof bemüht waren, Gott den ersten Platz einzuräumen, dann hätte sich unser Mühen gelohnt.

Eines Tages, es war ein trüber, regnerischer Herbstnachmittag, sah eine Frau aus Geislingen zwei Jungen, noch nicht zwölf Jahre alt, in zerlumpten Kleidern auf einem Steinhaufen am Straßenrand sitzen. Sie säbelten sich gerade von einem Brotlaib Stücke herunter, bestrichen diese mit Margarine und verschlangen sie heißhungrig.

»Wo kommt ihr denn her?« fragte die Frau.

Die Jungen zuckten die Achseln, ohne zu antworten.

»Und wo wollt ihr hin?«

Auch jetzt blieb die Antwort aus. Als der eine, der noch ein kindliches Gesicht hatte, sich schließlich doch zum Reden anschickte, warf der andere ihm einen warnenden Blick zu und zischte: »Halt die Klappe!«

Nun war das in jenen Tagen kein seltener Anblick. »Gewiß sind das auch Heimatlose«, sagte sich die Frau. Sie drang nicht weiter mit Fragen auf die Jungen ein, sondern fuhr fort: »Hier ganz in der Nähe ist der Lindenhof, ein Flüchtlingskinderheim. Wollt ihr dorthin gehen? Vielleicht haben sie Platz für euch.«

Ablehnend und unentwegt weiterkauend, schüttelte der eine der beiden Jungen den Kopf. »Kommt nicht in Frage.«

Der andere aber blickte sehnsuchtsvoll in die Richtung, wo

dieser Lindenhof nach Angaben der Frau liegen mußte. Dann wandte er sich zu seinem Kameraden: »Wie wär's? Wenigstens einmal wieder in einem Bett schlafen!« Es gelang ihm schießlich, den anderen zu überreden. Die Frau machte sich die Mühe, die Jungen zu uns zu bringen. Wahrscheinlich war sie selbst eine Mutter.

So kam Harry zu uns. Sein Freund verschwand wenige Tage später, wurde wegen allerlei unsauberer Dinge, die er angestellt hatte, von der Polizei geschnappt und in eine Erziehungsanstalt gebracht. Harry aber fühlte sich unendlich wohl in unserem Heim nach den Monaten, die er auf der Landstraße zugebracht hatte.

Er hatte mit ansehen müssen, wie sein Vater erschossen und seine Mutter verschleppt wurde. Dann war er mit vielen anderen Kindern und Erwachsenen in ein Gefangenenlager gekommen, wo er beinahe zwei Jahre unter schrecklichsten Verhältnissen vegetiert hatte, denn leben konnte man so etwas kaum noch nennen. Er hatte mit ansehen müssen, wie Scharen seiner Mitgefangenen am Hunger zugrunde gingen, wie die Toten tagelang unbegraben herumlagen; Heimweh, Angst und Entsetzen hatten ihn beinahe um den Verstand gebracht. Unbegreiflicherweise war ihm und ein paar anderen eines Nachts die Flucht geglückt. Dann waren sie monatelang auf den Landstraßen herumgeirrt, hatten in Wäldern, in Heuschobern und Bahnhofshallen übernachtet, gehungert, gebettelt, gestohlen, waren von der Polizei gefaßt, eingesperrt und wieder freigelassen worden. Die Gefängnisse hätten in jener Zeit nicht ausgereicht, hätte man alle Obdachlosen festnehmen wollen. Ziellos und ohne Hoffnung, auch ohne jegliche Vorstellung, wie es weitergehen sollte, war Harry mit seinen Kumpanen weitergewandert, durch Sonnenglut und Regen, unter dem Sternenhimmel und im Toben heftiger Gewitter. Kein Wunder, daß er sich wie in eine neue Welt versetzt fühlte, als er auf den Lindenhof kam und dort nun wirklich Heimat fand. Er blieb bei uns, bis er aus der Schule entlassen wurde und wir ihm bei prächtigen Menschen eine Lehrstelle besorgen konnten. Noch heute, wo er selbst bereits Familie hat, steht er mit jener Familie in Verbindung.

Aber Harry war nicht der einzige, dem es so ergangen war. Eines Tages brachte uns ein Mann seinen etwa zehnjährigen Sohn. Er erzählte uns seine erschütternde Geschichte. Nachdem er fünf Jahre lang in Gefangenschaft gewesen war, hatte er sich auf die Suche nach seiner Frau gemacht. In Ostpreußen hatten sie gelebt. Er fand sie in Süddeutschland mit einem anderen Mann verheiratet, nachdem sie ihn für tot hatte erklären lassen. Das war in jener Zeit kein Einzelschicksal. »Wo sind unsere Kinder?« hatte der Heimkehrer gefragt, als sie ihm die Türe öffnete.

»Ich weiß es nicht«, war die Antwort gewesen. »Ich habe sie alle drei auf der Flucht verloren. Und weil ich davon überzeugt war, daß du tot seist, habe ich einen anderen geheiratet. Das kannst du mir schließlich nicht verdenken.«

Da hatte der Mann sich auf den Weg gemacht, um seine drei Kinder zu suchen. Monate vergingen. Von seinem kleinen Töchterchen, das etwa drei Jahre alt gewesen war, als die Mutter es verlor, fehlte jede Spur. Einen der beiden Söhne fand er durch den Suchdienst des Roten Kreuzes in einem Flüchtlingslager. Er erzählte uns das Schicksal dieses ihm noch allein verbliebenen Kindes. Mit seinem um ein Jahr älteren Bruder war er ebenfalls in ein Gefangenenlager verschleppt worden. Dort herrschten dieselben Zustände wie in dem Lager, durch das Harry gegangen war. Eines Tages starb der ältere der beiden kleinen Buben an Entkräftung. Weil man bei dem Massensterben nicht nachkam, die Toten unter die Erde zu bringen, grub der Kleinere seinem Bruder mit eigenen Händen ein Loch in die Erde und legte ihn dort hinein. – Waren das noch Kinder zu nennen?

Für diesen übriggebliebenen Jungen, den er uns zur Betreuung brachte, wollte der Vater nun leben und arbeiten. – Wahrlich, auch er stand vor den Trümmern seines Lebens. Ob es ihm Trost bedeutete, daß er nicht der einzige war?

Nicht nur in Abgründe von Not blickten wir, sondern auch in solche von Schuld. So erzählte ein zwölfjähriges Mädchen den anderen Kindern: »Mein Vater war auch im Krieg, aber unsere Mutter hat jede Nacht einen anderen Mann bei sich gehabt.«

Ein kleines fünfjähriges Mädchen aus einer geschiedenen Ehe sagte am dritten Tag seines Beiunsseins: »Hier will ich bleiben, hier ist kein Streit.« Oder jene andere Kleine: »Unsere Ehe wird geschieden. Ich weiß noch nicht, wem ich zugeschrieben werde!« Und in bitterliches Weinen ausbrechend: »Ich habe doch die Mama und den Papa gleich lieb.«

Von unserem siebzehnjährigen Horst, den ich in die Nervenklinik bringen mußte, weil er die Scheidung seiner Eltern, an denen er sehr hing, nicht verkraften konnte, habe ich in meinem Buch »Große Not im Kleinen Kaufhaus« bereits erzählt. Der Vater hatte ihn, als er aus dem Krieg nach Hause zurückkehrte, zur Preisgabe der Tatsache gezwungen, daß die Mutter in seiner Abwesenheit einen Freund gehabt hatte. Die Ehe zerbrach. Der Junge aber verließ in seiner Verzweiflung das Elternhaus bei Nacht und Nebel, irrte heimatlos umher, bis er eines Tages bei uns landete. »Ich bin schuld, daß meine Eltern auseinandergingen«, klagte er sich ständig an. »Hätte ich geschwiegen, wäre vielleicht doch noch alles gut geworden.« Er brach unter der Last des Erlebten zusammen.

Einmal brachte uns die Polizei über zwanzig Kinder, die unversorgt zu Hause gewesen waren, während die Mütter sich in Besatzungskneipen und anderen zweifelhaften Lokalen herumtrieben. Ihre Männer befanden sich zum großen Teil noch in der Gefangenschaft. Bei einer Razzia waren die Frauen aufgegriffen worden. Nie werde ich vergessen, wie ein zehnjähriges kleines Mädchen am nächsten Morgen mir gegenüberstand und schluchzte: »Ich weiß genau, warum die Polizei meine Mutti geholt hat. Und ich schäme mich so. Was wird nur mein Vati sagen, wenn er aus der Gefangenschaft nach Hause kommt!«

Noch ein letztes, ebenfalls erschütterndes Bild: Ein auch

aus der Gefangenschaft Zurückgekehrter – Heimgekehrter kann man nicht sagen, denn seine ostpreußische Heimat existierte für ihn nicht mehr – brachte uns seine drei Kinder, zwei Buben im Alter von zwölf und zehn Jahren und seine siebenjährige Tochter. Ein biederer, frommer Mann war es, dem ehemals ein kleiner Bauernhof zu eigen gewesen war. Jetzt besaß er bei einer Familie eine Schlafstelle, nicht einmal ein eigenes Zimmer, und arbeitete in einer Fabrik. Seine Kinder hatte er in einem Flüchtlingslager gefunden. Nun vertraute er sie unserer Obhut an. Der Älteste, zwölfjährig, hatte überhaupt noch keine Schule besucht. Er mußte bei uns mit den Abc-Schützen in die erste Klasse. Dabei wirkte er überhaupt nicht mehr wie ein Kind. Er war groß und stämmig, mit strohblondem Haar, ein richtiger ostpreußischer Bauernjunge. Erschütternd war der wissende Ernst, der aus seinen blauen Augen sprach. Auch er hatte Zeuge der Vergewaltigung seiner Mutter und ihrer Verschleppung gemeinsam mit dem ältesten Bruder sein müssen. Seine beiden jüngeren Geschwister bewegten sich bald unbeschwert und fröhlich zwischen den anderen Kindern. Er aber stand immer mit einem seltsam verlorenen Gesichtsausdruck abseits, so, als wollte er fragen: Was soll das alles hier? Das Leben, kaum begonnen, schien für ihn abgeschlossen zu sein…

Der Vater dieser Kinder war ein guter Mensch. Regelmäßig besuchte er seine drei. Nie ging er fort, ohne ihnen zu sagen: »Kinder, betet, daß Mutter und euer großer Bruder wieder zu uns kommen dürfen.« Sein kindliches Vertrauen rührte mich tief. – Und wir erlebten, daß es belohnt wurde. Zu Weihnachten wurden die Frau und ihr siebzehnjähriger Sohn zurückgeführt.

Das Wiedersehen zwischen Mutter und Kindern wird mir unvergeßlich sein. Wir hatten die drei Kinder in einen unserer Aufenthaltsräume gerufen, wo der Vater, seine Frau und der älteste Sohn bereits Platz genommen hatten. Die Kinder wußten noch nichts davon, daß Mutter und Bruder nun aus der Gefangenschaft zurückgekehrt seien. Freudig begrüßten sie den Vater. Die Frau aber war ihnen fremd. Es kam ihnen überhaupt nicht der Gedanke, daß dies ihre Mutter sein könnte, so sehr hatte sie sich verändert. Auf dem von schwerster Arbeit im Bergwerk gezeichneten Gesicht gab es kein Lächeln mehr, so sehr die Freude des Wiedersehens ihr Herz erfüllen mochte. Verlegen standen die Kinder da. Wer mochte die fremde Frau sein? Auch den Bruder kannten sie nicht mehr. Er, der fast noch ein Kind gewesen war, als er von ihrer Seite gerissen wurde, saß vor ihnen als ein Mann.

Nach einigen Augenblicken abwartenden Schweigens öffnete die Mutter den Mund und rief leise die Namen ihrer drei jüngeren Kinder. Und die Stimme der Mutter war es dann, die wenigstens bei dem Zwölfjährigen Erinnerungen aus vergangener Zeit wachrief. Er warf sich laut aufweinend mit dem Oberkörper über den Tisch, vor dem er stand, und vermochte eine ganze Weile nichts, als haltlos zu schluchzen. Die Stimme der Mutter mochte die grauenvolle Szene in der Stunde des Auseinandergerissenwerdens aufs neue in ihm wachgerufen haben. Auch die kleineren Geschwister weinten und wir alle, die wir dieses Wiedersehen miterlebten.

Noch einige Zeit blieben die drei Kinder bei uns, bis der Vater für seine Familie Wohnung und Existenz erarbeitet hatte. Jedesmal war es ein Fest, wenn die Eltern die Kinder besuchten, aber es dauerte lange Zeit, bis die Frau sich von dem Grauen der Vergangenheit lösen und wieder fröhlich mit ihren Kindern sein konnte.

In unserer Kleinkinderabteilung, wo die Ein- bis Vierjährigen beisammen waren, hatte sich ein kleiner Deutsch-Ungar eingefunden. »Ötschi« hieß er. Seine beiden größeren Geschwister waren schon bei den Schulkindern untergebracht. Ötschi war drei Jahre alt. Er sprach und verstand kein Wort deutsch. Zu Hause hatte man nur ungarisch gesprochen. Tag und Nacht rief er nach seinem »Abu« (Vater) und ging in der ersten Zeit fast an Heimweh zugrunde. Wir sorgten uns sehr um den kleinen Kerl, den wir alle bald ins Herz geschlossen hatten, nicht nur weil er ein bildhübsches Kind war, sondern weil sein heimwehkranker Blick uns zutiefst bewegte. Seine beiden Geschwister durften ihn, so oft sie wollten, besuchen; aber das vermochte das Heimweh in ihm nicht zu tilgen. Nach wie vor jammerte er nach seinem »Abu«. Der Vater hatte ihm als letztes ein paar Schuhe gekauft. Mit diesen ging er zu Bett und drückte sie an sein Herz, während ihm Tränenbäche über das Gesicht rannen. »Abu! Abu!«

Eines Tages wurde er krank. Mit hohem Fieber lag er in seinem Bettchen. Ich beugte mich über ihn. »Ötschi, was machst du für Sachen?« Er hatte inzwischen ein paar deutsche Worte gelernt. Mit fiebernden Augen sah er mich an. »Abu kommt!«

»Am Sonntag kommt er sicher«, erwiderte ich. »Bis dahin wirst du hoffentlich wieder ganz gesund sein.« Aber Ötschi schüttelte den Kopf. »Abu kommt heute!«

Damit war natürlich nicht zu rechnen, denn es war mitten in der Woche, und Ötschis Vater arbeitete. Wie staunten wir jedoch, als zwei Stunden später der »Abu« vor unserer Türe stand!

»Was ist mit meinem Ötschi? Ich mußte die Arbeit liegenlassen und herkommen. Mein Kind braucht mich.«

Wir durften es dann doch noch erleben, daß Ötschi sein Heimweh überwand und fließend deutsch sprechen lernte. – Ja, unsere Heimwehkinder!

Wir erlebten allerdings auch das Gegenteil. Ich denke an unseren Rüdi. Auch er gehörte noch zur Kleinkinderabteilung. Seine Eltern hatten in sehr guten Verhältnissen gelebt, aber wie Tausende alles verloren. Jetzt mußten sie von vorne anfangen. So war der Kleine zu uns gekommen. Eines Tages fuhr ein für damalige Zeit und Verhältnisse elegantes Auto vor. Die Dame, die ziemlich aufgedonnert dem Wagen entstieg, schien »Beziehungen« zu haben. Sie stellte sich uns als Rüdis Tante vor und begehrte ihn zu sehen.

Der Gewünschte kam gerade aus dem Planschbecken, das wir für unsere Kleinen gebaut hatten. Wie ihn Gott geschaffen hatte, stand er vor der eleganten Dame und musterte ungeniert ihr »farbenfrohes« Gesicht, das ihm offenbar nicht sehr imponierte. Die Arme hatte er auf dem Rücken verschränkt.

»Rüdi!« rief die Dame lebhaft aus, »ich bin deine Tante Hella.«

Er nahm es stumm zur Kenntnis.

»Kennst du mich denn nicht mehr?«

Rüdi schüttelte verneinend den Kopf.

Die Dame war sichtlich enttäuscht. Ihrer umfangreichen Tasche entnahm sie ein Paket. »Sieh mal, ich habe dir etwas mitgebracht!«

»Das kannst du ja hierlassen, aber deswegen kenne ich dich doch nicht.« Rüdi sprach's, nahm das Paket und stieg mit ihm, ohne die Tante eines weiteren Blicks zu würdigen, wieder ins Planschbecken, was diese zu der berechtigten Äußerung veranlaßte, daß es ihm anscheinend doch recht gut im Kinderheim gefallen müsse. Sie brauste in ihrem Auto davon.

Wenn wir auch meist mehr als hundert Personen waren, so fühlten wir uns doch wie eine große Familie. Wie herzerquikkend war es zum Beispiel, wenn so ein kleiner Knirps zu mir gesprungen kam. »Mutti, ich hab' eine Freude für dich!« Und dann streckte er mir das Händchen entgegen, in dem in einem Schneckenhaus ein Veilchen sorgfältig in Erde gepflanzt war. – Oder ich denke daran, wie die Kinder einer Abteilung ihre Erzieherin an jedem Sonntagmorgen mit einer »Sonntagsfreude« überraschten. Da hatten sie über einen Hocker ein weißes Tuch gebreitet, und darauf lagen selbstgemalte Bilder oder Sprüche, Blumenkränze, besonders schöne Steine und anderes. Wie vermochten uns doch in jener Zeit die kleinsten Dinge zu beglücken! Und wie bescheiden und anspruchslos waren die Kinder. Welchen Jubel löste jede noch so kleine Spende aus!

Wie beschämt wurden wir aber auch oft durch die ärmsten Leute, die von dem wenigen, das sie besaßen, uns noch abgaben. Ich denke an jene alte Frau, die aus Stoffresten Waschlappen für unsere Kinder nähte, oder an die Achtzigjährige im Altersheim, die bis zu ihrem Tode Kinderstrümpfe für uns strickte. Eine andere Frau, die sah, wie sie sich zuletzt damit abquälte, wollte ihr die Arbeit abnehmen: »Ich stricke Ihnen die Strümpfe fertig.«

Aber die Schwerkranke schüttelte den Kopf. »Das ist für meine Lindenhofkinder, das muß ich selbst fertigmachen.«

Am anderen Morgen fand man sie tot in ihrem Bett liegend, die fertigen Kinderstrümpfe unter ihrem Kopfkissen.

Wahrlich, eine Kette von Wundern durften wir erleben. In der ersten Zeit war es manchmal so, daß wir uns besorgt fragten: Was setzen wir morgen den Kindern vor? Und immer kam zur rechten Zeit, was wir benötigten. Entweder stand ein Sack Kartoffeln vor der Türe, oder jemand brachte einige Brotlaibe, oder aus der Nachbarschaft rief man uns zur Obsternte. Einige Male wurde uns ein halbes beschlagnahmtes Schwein von der Polizei ins Haus gebracht. In jener Zeit durfte nur mit Genehmigung geschlachtet werden. Ertappte man jemand beim Schwarzschlachten, so mußte das Fleisch abgeliefert werden. Die Hälfte bekam das Altersheim, die andere Hälfte wir.

Ähnlich ging es mit Süßigkeiten. In einer Konditorei wurden ziemliche Mengen Marzipan beschlagnahmt, das unerlaubterweise hergestellt worden war. Das bedeutete für unsere Kinder, die ja überhaupt keine Süßigkeiten kannten, ein Fest.

Es war mir wichtig, daß wir soviel Feste wie nur möglich mit unseren aus so unsagbarer Not kommenden Buben und Mädchen feierten. Ohne Freude muß der Mensch, besonders aber ein Kind, verkümmern. Wir veranstalteten Feste, für die wir nicht einen Pfennig ausgeben mußten. Die ersten Frühlingsblumen waren Ursache zum Feiern. Der erste warme Tag, an dem man baden konnte, die Prämiierung guter Schulzeugnisse – ach, es gab so viele Möglichkeiten, froh zu sein. Man mußte nur ein wenig Erfindungsgabe besitzen. Es war uns ein Anliegen, unseren Kindern die Augen für die kleinen

Freuden an ihrem Wege zu öffnen, und immer wieder durften wir erleben, wie zugänglich und aufgeschlossen sie dafür waren.

Nach einem Waldspaziergang im Frühling, von dem sie alle mit Händen voller Anemonen heimkamen und ihre Wohn- und Schlafräume damit schmückten, schrieb ich folgende Worte und las sie den Kindern dann vor:

Aufgeschlagne Waldesaugen,
wachgeküßt von Frühlingswehn,
schweigend, ehrfürchtig verharrend,
laßt mich vor dem Wunder stehn.
Gott, der groß ist und erhaben,
offenbart sein Wirken hier;
er ist in euch kleinen Sternen,
und er will auch sein in mir.
Er, der durch sein Wort: »Es werde«,
schuf, was unsere Augen sehn,
er belebt die ganze Erde,
will auch in uns auferstehn.
Wie nach Winternacht und Starre
offenbart sich Frühlingspracht,
so ich stille vor dir harre,
Herr, laß weichen meine Nacht!
In der Gottesfern ich leide –
schenke neuen Frühling mir,
daß mich nichts von dir mehr scheide.
Ewig, ewig dank ich dir! –
Aufgeschlagne Waldesaugen,
wachgeküßt von Frühlingswehn:
Dank – ihr habt zu mir gesprochen.
Dank! Ich konnte euch verstehn.

Die Kinder wußten: damit waren ihre Waldblumen gemeint, die sie heimgetragen hatten. Sie sahen sie plötzlich mit anderen Augen und pflegten sie liebevoll.

Dies alles sind ja keine besonderen Dinge. Manche meinen vielleicht, es sei unwichtig, sie aufzuschreiben. Aber den Blick für das Kleine zu haben, den Sinn auch für die geringen Freuden zu wecken und zu bewahren, das gehörte zu unseren wichtigsten Aufgaben. Kürzlich las ich einen Ausspruch: »Gott wird großer Königreiche leid, aber kleiner Blumen nie.«

Auch die Liebe zu den Tieren versuchten wir bei den Kindern zu wecken. Dazu trug vor allem meine Mutter, die »Lindenhof-Oma«, bei. Sie war eine große Natur- und Tierfreundin. Oft zog sie mit einer Anzahl Kinder los, um im Wald Kräuter zu Tee, auf den Wiesen Löwenzahnblätter zu Salat, Brennesseln zu Wildgemüse oder auch Pilze zu suchen. Immer begleitete sie Struppi, unser Rauhhaardackel, den meine Pflegekinder mir einmal zum Geburtstag geschenkt hatten. Sie machte die Kinder auf die verschiedenen Vögel aufmerksam, freute sich besonders an den Lerchen, die sich im Frühjahr jubilierend in die Höhe schwangen, oder an den Amseln, die auf den höchsten Spitzen der Bäume ihr jauchzendes Lied sangen.

Omas Obhut war auch unsere Senta, ein schwarzer Hund, groß wie ein Bernhardiner, anvertraut. Senta war ebenso geliebt wie gefürchtet. Mit Vorliebe ließen die großen Jungen sie mitspielen, wenn sie auf dem Spielplatz mit dem Fußball tollten. Wenn es dem Hund jedoch zuviel wurde, konnte es vorkommen, daß er mit seiner Pfote den Ball festhielt und unter keinen Umständen ein Weiterspielen duldete. Versuchte es einer der Jungen, ihm den Ball zu entreißen, so warf er den Frechen einfach zu Boden und setzte ihm den Fuß auf die Brust, bis die Kinder jemand von den Erwachsenen holten, der den Spielkameraden befreien mußte. Senta war höchst empfindlich und vergaß nicht, wenn ihr jemand etwas zuleide getan hatte. Einmal kam eine Frau auf den Lindenhof, die den sie laut anbellenden Hund anschrie: »Halt doch dein Maul, du blödes Rindvieh!« Aber was ein echter Hund ist, läßt sich nicht Rindvieh nennen. Wie eine Wilde ging

Senta auf die Frau los, stellte sich auf die beiden Hinterpfoten, legte ihr, die nicht schnell genug flüchten konnte, die Vorderpranken auf die Schultern, und ehe die Frau sich versah, lag auch sie auf der Erde, Sentas Fuß auf ihrer Brust. Jammervoll schrie sie um Hilfe. Von da an kam sie nur zitternd und zagend auf den Lindenhof, denn Senta vergaß ihr nie, daß sie sie »Rindvieh« genannt hatte.

Katzen, Kaninchen und Hühner hatten wir natürlich auch, und nach einiger Zeit grunzten zwei Schweine im Stall. So war dafür gesorgt, daß alle Speiseabfälle gut verwertet wurden. Als einmal ein junges Schwein mit einer klaffenden Wunde am Ohr geliefert wurde, nahm meine Mutter es in ihr Zimmer, bettete es in eine Kiste und pflegte es, bis das Ohr geheilt und das Tier in den Schweinestall umsiedeln konnte. In ihrem Zimmer kamen auch, ebenfalls in einer Kiste, die jungen Dackel von Struppi zur Welt. Es war ein Erlebnis für die Kinder, als sie einen Besuch bei der Oma machen und zusehen durften, wie Struppi ihre Kinder säugte. Erlaubte sich aber ein Kind, ein Tier zu quälen, dann war meine Mutter schnell bei der Hand, wohlverdiente Ohrfeigen auszuteilen. Ich höre sie sagen: »Der Gerechte erbarmt sich seines Viehs.«

Sie machte aber gern mit, wenn die Kinder sie einluden, am Begräbnis eines toten Vögelchens oder einer Maus teilzunehmen, und hatte Verständnis dafür, daß sie ein solches Grab mit Blumen und einem Stein schmückten.

In der Kleinkinderabteilung war große Aufregung. Ein kleiner Negerjunge war uns gebracht worden und flößte seinen Kameraden, die nie einen Andersfarbigen gesehen hatten, Entsetzen ein.

»Tante, der schwarze Junge soll nicht neben mir sitzen.«

»Ich will nicht, daß er aus meinem Becher trinkt.«

»Wasch ihn ja nicht mit unserem Waschlappen!«

Die Kindergärtnerin kam ratlos zu mir. »Was soll ich denn nur tun? Der arme kleine Peter tut mir so leid. Sie lehnen ihn einfach ab.«

Ich ging in die Kleinkinderabteilung, wo in einer Ecke unser heimwehkrankes Negerbüblein kauerte. In der anderen standen, wie eine Schar Verschworener, die »Weißen«, offensichtlich eine Protestkundgebung vorbereitend. Ich rief sie alle zu mir, nahm den »schwarzen Peter« in meinen Arm und sagte: »Hört einmal, Kinder, der Peter ist genauso euer Brüderlein wie der Hans und Gustel und der Jürgen. Euch hat der liebe Gott nur weiß und ihn hat er schwarz werden lassen. Aber Peter gehört genauso zu uns wie alle anderen auch, und wir wollen ihn liebhaben, daß er sein Heimweh vergißt und sich bei uns wohlfühlt.«

Ausschlaggebend für sie war: Der liebe Gott hat ihn schwarz werden lassen. Da zeigte sich etwas von der bereits angeführten Erziehung zur Ehrfurcht vor Gott, die wir auch den Kleinen schon beizubringen versuchten. Also der liebe Gott hatte auch den Andersfarbigen geschaffen? – Sichtlich ließ ihre Abneigung nach, wenn es auch nur langsam zu einem sich gegenseitigen Befreunden kam.

Nur kurze Zeit später kam wieder ein kleiner Negerjunge, Daniel, in die Kleinkinderabteilung. Er tobte, schrie, warf sich zu Boden, schlug mit Händen und Füßen um sich und wollte unter keinen Umständen im Kinderheim bleiben. Als alles gütliche Zureden, jeder Ablenkungsversuch, Spielzeug und der schönste, rotbackige Apfel keinen Erfolg zeigten, ließ ihn die Kindergärtnerin sich auf dem Boden austoben und setzte sich mit ihren übrigen Kindern um den runden Tisch zum Abendessen nieder. Nachdem man sich nun nicht mehr um ihn kümmerte, richtete sich der Kleine langsam auf und blickte von einem zum anderen in der Tischrunde. Dann entnahm er plötzlich seiner Hosentasche eine Tüte Süßigkeiten, ging von einem Kind zum anderen und legte jedem einen Bonbon neben den Teller. Vor Peter aber blieb er mit staunenden Augen stehen. Zum ersten Mal sah er seinesgleichen. Nie vorher war ihm ein anderes Negerkind begegnet. Einer plötzlichen Eingebung folgend, legte er seinem dunkelhäutigen Bruder einen zweiten Bonbon hin. Nun fühlte er sich nicht mehr allein. Das half ihm, den Schritt in die neue Umgebung zu wagen.

Die anderen aber bestürmten mich, als ich mich in der Kleinkinderabteilung wieder blicken ließ: »Mutti, stell dir vor: Jetzt hat der liebe Gott schon wieder einen schwarz gemacht.«

Je länger desto mehr erkannte ich, daß der Erfolg unserer Arbeit stark davon abhing, daß ich gewissenhafte und innerlich recht ausgerichtete Mitarbeiter besaß. Immer mehr wurde es mir zum Anliegen, um die rechten Helfer zu bitten. Und auch hier durfte ich erleben, daß Gott antwortete. Unter anderem sandte mir ein Kindergärtnerinnenseminar eine Praktikantin, die später nach ihrem Examen – obgleich ihr noch ein anderes, äußerst günstiges Angebot vorlag, bei dessen Annahme sie sich finanziell weit besser gestanden hätte – unsere Bubenabteilung übernahm und mir nicht nur eine große Hilfe wurde, sondern sich mir in herzlicher Freundschaft verband. Siebzehn Jahre sind seit jener Zeit vergangen. Wir stehen noch heute in gemeinsamer Arbeit und wissen trotz des Altersunterschiedes von zwanzig Jahren von einer beglückenden Freundschaft, in der Christus Zentrum und Ziel ist. Gibt es einen schöneren Ausdruck der Verbundenheit, als wenn man miteinander beten kann? Ich erkenne es heute mehr denn je als eine Gnade Gottes, wenn uns ein Mensch zur Seite gestellt ist – ganz gleich, um welche Lebensgemeinschaft es geht, sei es Freundschaft oder Ehe –, der mit uns auf gleichem Glaubensboden steht und dasselbe Ziel vor Augen hat. Oft habe ich Menschen, die mir ihre Einsamkeit klagten, ermutigt: »Du darfst es Gott sagen.« Er weiß, was wir bedürfen, und kann uns den rechten Menschen an die Seite stellen. Es muß nicht immer der Ehepartner sein, es kann sich, wie schon gesagt, um eine edle Freundschaft handeln, von der ja auch die Bibel berichtet – siehe David und Jonathan. Es kann eine beglückende Arbeitsgemeinschaft sein. Aus meiner seelsorgerlichen Arbeit weiß ich, wie viele

Menschen, besonders unverheiratete Frauen, an ihrer Einsamkeit beinahe zugrunde gehen. Wir dürfen allerdings nicht immer nur warten, bis der andere auf uns zukommt, sondern, indem wir das Gesetz Christi erfüllen: »Einer trage des anderen Last«, dürfen wir uns selbst den Weg zu manch einer wertvollen Begegnung bahnen. Wo aber keine Bindung an Gott ist, kann der Mensch auch innerhalb der Ehe, unter Freunden und umgeben von vielen Arbeitskollegen mehr als einsam und zutiefst unglücklich sein.

Ich darf im großen und ganzen auf ein schönes, gegenseitiges Verhältnis zwischen meinen Mitarbeitern und mir zurückblicken. Jedes von uns stand gewiß bis an die Grenze seines Vermögens in seinem Aufgabengebiet, aber gemeinsame Freude schenkte sowohl der Gemeinschaft als auch dem einzelnen immer wieder neue Kraft.

So hatte ich es eingeführt, daß wir an jedem Samstagabend zu einem festlichen Wochenausklang zusammenkamen. Es ging hier wieder um die Kunst, aus geringen Mitteln und Möglichkeiten ein »Fest« zu gestalten.

Da wir nur eine einzige Badewanne für die siebzig Schulkinder hatten, mußten die Kindergärtnerinnen schon am frühen Nachmittag mit dem Baden der Kinder beginnen. Bis allen die Finger- und Fußnägel geschnitten, frische Wäsche ausgeteilt und die Sonntagskleider bereitgelegt waren, ging der Nachmittag hin. Die bereits gebadeten Kinder mußten zu Bett gehen und durften dort lesen oder spielen. Sonst wären wir nie vor Mitternacht fertig geworden. Auch das Abendbrot nahmen die Kinder dann im Bett ein. Es gab am Samstag stets den von ihnen sehr geliebten, süßen Grießbrei. Dies war die einzige Mahlzeit, die die Erzieherinnen nicht gemeinsam mit den Kindern einnahmen, weil sie einfach nicht dazu kamen.

Waren die Kinder nun versorgt und war nach dem Abendgebet und -lied das Licht gelöscht, eilten die Gruppenleiterinnen mit ihren Helferinnen, sich zum festlichen Abend zu rüsten. An der mit Blumen geschmückten, in Hufeisenform gestellten, weißgedeckten Tafel erschienen sie in ihren Sonntagskleidern. Es gab ein gutes, warmes Abendessen und danach, da man sonst wahrscheinlich vergeblich gegen die große Müdigkeit gekämpft hätte, eine Tasse Bohnenkaffee und ein Stück Kuchen.

Die schon konfirmierten Kinder, die entweder zur Oberschule gingen oder im Heim selbst beschäftigt waren, durften an diesen Wochenend-Feierstunden immer teilnehmen, was sie sehr zu schätzen wußten. Nach dem Essen wurde musiziert. Wir hatten unter den Mitarbeitern gute Klavier-, Geigen- und Flötenspieler. Manchmal ließ ich auch eine Sängerin kommen oder andere Künstler, die zur Gestaltung des Abends beitrugen. So lernten wir auch den Landwirt und Kunstmaler Hans Lang aus Oberböhringen kennen, auf dessen Bilder ich durch eine Zeitschrift aufmerksam geworden war. Ich hatte ihn daraufhin mit meiner Mutter im Atelier auf seinem Bauernhof besucht und war tief beeindruckt vor allem von seinem Zyklus »Das Zeitgeschehen«. Als ich ihn bat, an einem Samstagabend meinen Mitarbeitern diese Bilder zu zeigen und darüber zu sprechen, sagte er bereitwillig zu.

Unser Gemeindepfarrer Weitbrecht gehörte ebenfalls zu den gern gesehenen Gästen unseres Hauses. Nein, er war mehr als ein Gast. Er verwuchs nicht erst mit dieser Arbeit, als seine Tochter meine Nachfolgerin auf dem Lindenhof wurde, sondern war schon damals wie ein Vater für unsere Kinder. An einem der ersten Sonntage des Bestehens unseres Kinderheims kam er in einem langen, feierlichen Zug mit den vielen Teilnehmern seines Kindergottesdienstes den Hügel zu uns herauf auf den Lindenhof und brachte uns ein wunderschönes, holzgeschnitztes Kruzifix als Spende der Kinderkirche für unseren Hausaltar. Ich werde diese Feierstunde nie vergessen. Unter den weitausladenden, alten Bäumen unseres Hofes, wo früher der Friedhof gewesen war, hatten wir einen Altar aufgestellt, auf dem die Bibel lag und der mit Blumen geschmückt war. Mit einer feinen Ansprache überreichte uns Pfarrer Weitbrecht das Kruzifix, das von da an seinen Platz auf unserem Hausaltar hatte. Aber auch materielle Gaben hatten wir ihm zu verdanken. Mancher Korb Kirschen, Pflaumen, Äpfel und Birnen wanderte aus dem Pfarrgarten zu uns auf den Lindenhof.

Ein bedeutsames Samstagabend-Erleben war auch der Leseabend der schwedischen Schriftstellerin Clara Nordström. Sie besaß in Geislingen einen großen, sie verehrenden Kreis und war aufgefordert worden, an Ort und Stelle aus ihren Werken zu lesen. Hier hörte ich sie zum erstenmal. Ich bat sie, wenn irgend möglich, einen solchen Abend vor meinen Mitarbeitern im Lindenhof zu gestalten. Freudig sagte sie zu. Ich sehe sie vor mir mit ihrem gütigen Gesicht, aus dem ein paar strahlende, tiefblaue Augen leuchteten, mit ihrem weichen, weißen Haar, in ihrem von Hand genähten, schwarzen Kleid mit den weiten Ärmeln. Alles war apart an dieser Frau. Aber wenn sie dann erst mit ihrer warmen, volltönenden Stimme, die trotz ihres ausgezeichneten Deutsch einen leisen schwedischen Akzent nicht verleugnete, zu lesen begann – dann wagte man kaum zu atmen.

Sie war zur katholischen Kirche konvertiert. Nicht daß ich in den Katholiken nicht auch unsere Brüder und Schwestern sehen würde – aber es ist doch verständlich, daß ich als überzeugter evangelischer Christ bedaure, wenn jemand hinüberwechselt. So wagte ich, als wir uns schon eine Zeitlang kannten und herzlich miteinander verbunden waren, zu fragen: »Frau Nordström, wie ist es geschehen, daß Sie katholisch wurden?« Mit klarem Blick sah sie mich an und antwortete schlicht, und wie ich deutlich empfand, aus der Wahrhaftigkeit ihres liebenswerten Herzens heraus: »Ich habe in der katholischen Kirche Christus gefunden.«

Ich schwieg. Wer gab mir ein Recht, dies zu bezweifeln? Und ich habe selten einen Menschen kennengelernt, der bewußter mit Christus lebte als sie.

Welch ein Gebetsleben führte diese Frau! Als sie bei ihrem ersten Besuch in meinem Kinderheim in Ermangelung eines

Fremdenzimmers in meinem Wohnzimmer auf der Couch schlief, vermied ich es, vor dem Frühstück diesen Raum zu betreten, um sie nicht zu wecken. Wie erstaunt, ja ärgerlich war ich, als ich jemand hinter der Türe sprechen hörte. Wer wagte es, die alte Dame so früh am Morgen zu stören? Ich mußte Gewißheit haben und klopfte an die Türe.

»Bitte, nur einen Augenblick«, antwortete Frau Nordström. »Ich bin noch nicht ganz fertig, aber es dauert nur noch ein paar Minuten.«

Wenig später öffnete sie mir. Verwundert stellte ich fest, daß sie allein war. Sie bemerkte meinen erstaunten Blick. »Sie wundern sich, mich allein zu treffen, nachdem Sie im Zimmer reden hörten? Wissen Sie, ich habe mir seit Jahren angewöhnt, laut mit meinem Herrn zu sprechen. Ich stehe ja allein in der Welt. Aber dieses Alleinsein ist mir schon längst zu einer wunderbaren Zweisamkeit geworden. Der Herr Jesus Christus ist mir so nahe, daß es mir seltsam vorkommen würde, wollte ich nicht hörbar mit ihm reden.« Ganz selbstverständlich sagte sie es und ohne jedes fromme Pathos. – Im Laufe der Jahre unserer Bekanntschaft, die immer mehr zur Freundschaft wurde, habe ich bestätigt gefunden, wie sehr sie aus ewigen Quellen schöpfte und anderen auszuteilen vermochte. Es war zwischen der Katholikin und mir, der Evangelischen, nichts Trennendes zu spüren.

Was haben mir ihre Bücher zu sagen gehabt, besonders ihre Selbstbiographie »Mein Leben«! Wie verstand sie, in all den wechselvollen Führungen ihres Lebens die leitende Hand Gottes zu sehen, und wie beugte sie sich dieser Hand! Ich fürchte, ich habe noch viel zu lernen, bis ich ihr darin ähnlich bin.

Eines Tages schrieb sie uns, meinen Freunden Lang und mir: »Ich liege auf meinem letzten Lager und schreibe an meinem letzten Buch. Mein Herz ist ganz stille und getrost.«

Noch eine halbe Stunde vor ihrem Heimgang besuchte sie ein alter Priester, der mit ihr sehr verbunden war und dann auch ihre Beerdigung leitete. An ihrem Grabe sprach er davon, wie ruhig und gefaßt sie davon geredet habe, daß sie damit rechne, abgerufen zu werden. Still und fröhlich wartete sie darauf.

Meine Pflegekinder waren inzwischen bis auf die jüngste Tochter alle erwachsen. Der Älteste bekleidete, wie schon erwähnt, das Amt des Verwalters in meinem Kinderheim. Er heiratete dann eine Baltin, die ebenfalls auf dem Lindenhof tätig war. Einige Jahre später verehelichten sich auch die anderen Pflegesöhne. Heute ist es so, wie ich an einem unserer Familienfeste sagte: »Meine lieben Kinder, nun seid ihr alle verheiratet, nur eure Mutti noch nicht.«

Inzwischen bin ich aber nicht nur Mutter und Schwiegermutter in meinem engeren Familienkreis, sondern auch schon achtfache Großmutter. Längst habe ich mich an den Namen »Omi« gewöhnt. Und manches herzerquickende Erlebnis mit den jüngsten Kindern meiner engsten Mitarbeiter Lang-Sommer, die ich vom ersten Augenblick ihres Lebens heranwachsen sah, ist mir zur Freudenquelle geworden. Zwar sind sie oft von schonungsloser Offenheit, aber wer könnte ihnen deswegen böse sein! Unlängst sagte unser kleiner Hans-Albert, fünf Jahre alt, mit offensichtlicher Geringschätzung: »Omi, du kannst aber auch gar nichts. Du kannst dich nicht einmal bücken und Kartoffeln auf dem Acker auflesen.« Worauf seine um ein Jahr ältere Schwester, im Bemühen, mich zu verteidigen, erklärte: »O doch, die Omi kann vieles. Sie kann Andacht halten und Geschenke machen.« Konnte sie mir ein besseres Zeugnis ausstellen? Gibt es etwas Größeres als sich gegenseitig beschenken, Liebe üben, Freundlichkeit erweisen und einer des anderen Last tragen? – Und Andacht halten! Ja, je älter ich werde, desto mehr beglückt es mich, daß ich von dieser Berufung meines Lebens weiß. Es ist höchster Beruf, ein Bote des Friedens und ein Gehilfe zur Freude sein zu dürfen.

Daß ich »Omi« bin, empfinde ich als eine schöne Würde meiner Jahre. Der Umgang mit Kindern erhält jung – das ist eine altbekannte Tatsache. Kürzlich schrieb ich an ein befreundetes Großelternpaar, das mir die Geburt seines vierten Enkelkindes mitteilte:

Großeltern!

Wir werden alt, 's ist wirklich wahr,
auch wenn man selber es nicht glaubt,
selbst, wenn kein einz'ges Silberhaar
vom Altern spricht auf unsrem Haupt.
Wir werden alt – denn Tochter, Sohn,
sie wuchsen über uns hinaus,
dem Metermaß nach lange schon –
mit unserer Jugend ist es aus.
Und sieh, zu unsern Füßen spielt
bereits das erste Enkelkind,
und eh man sich als Oma fühlt,
drei, vier daraus geworden sind.

Wir werden jung, 's ist wirklich wahr,
auch wenn man es nicht fassen kann.
Erst alt? – Dann jung? – Mir ist's nicht klar!
Doch sieh dich mal genauer an:
Du singst und lachst, du wirfst den Ball,
hüpfst Seil, schlägst sogar Purzelbaum!
Das war doch früher nie dein Fall,
doch es macht jung – man glaubt es kaum!
Du lernst dich freuen an den Kleinen,
dein Herz bricht, wenn die Enkel weinen,
du stellst dich ganz auf sie nur ein
willst nichts als Frohmacher sein,
tust für sie manchen Freudensprung –
und wirst darüber wieder jung.

Einer meiner Pflegesöhne ist mit seiner Familie in Amerika. Wie er berichtet, geht es ihnen gut. Zeit hat man dort offenbar noch weniger als bei uns. Er schreibt nicht allzuoft, aber immer anhänglich und herzlich.

Daß ich eine meiner Pflegetöchter ihrer äußerst schwierigen Veranlagung willen nicht behalten konnte, war mir sehr schmerzlich. Es beruhigte mich einigermaßen, daß ich sie ihrer eigenen Mutter zurückgeben konnte, die inzwischen geheiratet hatte. Schon um meiner anderen Kinder willen mußte ich diesem untragbaren Zustand ein Ende machen. Die beinahe krankhafte Unaufrichtigkeit dieses Mädchens störte unser Familienleben ständig und wurde sowohl für die übrigen Kinder als auch für mich eine Belastung, die ich aus psychologischen und pädagogischen Gründen auf die Dauer nicht tragen konnte. Die Erkenntnis, trotz aller pädagogischen Ausbildung und der im Laufe der Jahre gesammelten Erfahrungen hier versagt zu haben oder zumindest nicht imstande gewesen zu sein, einem Menschen grundlegend zu helfen, war schmerzlich, aber wahrscheinlich auch notwendig für mich. Wie wahr ist es, was Dr. Billy Graham sagt: »Kein Mensch kann einen andern ändern – das kann nur Christus allein.« Wir können ermahnen, warnen, bitten, uns bemühen, durch Beispiel und Vorleben zu helfen – das Entscheidende müssen wir Gott überlassen.

Nun aber zurück zu meiner Lindenhofzeit. Ich hatte es als selbstverständlich betrachtet, daß ich mein Leben in meinem Kinderheim beschließen würde. Daß wir uns jahrelang geradezu kümmerlich behelfen mußten, störte mich nicht. Gott gab uns täglich, was wir für uns und unsere Kinder zum Leben benötigten. Was brauchten wir mehr? Die Wanzen, Läuse und die Krätzeplage waren wir losgeworden. Das brachte manche Erleichterung. Unser Freundeskreis setzte sich ebenfalls tatkräftig ein. Was an Spenden vor allem zu Weihnachten kam, löste Dank und Jubel bei allen aus.

Neben der vielen Arbeit, die das Heim forderte, hatte ich auch wieder begonnen, Bücher zu schreiben. Das gab mir innerlich Auftrieb und füllte mich mit der gleichen, ja mit noch größerer Freude wie zu Anfang meiner schriftstellerischen Tätigkeit. Das Schicksal meiner vielen Kinder, die Begegnung mit ihren aus der Gefangenschaft heimkehrenden Vätern und den aus oft ebenso schwerem Erleben kommenden Müttern und manchen anderen Menschen bot mir immer neuen Stoff.

Wenn nur meine Gesundheit nicht immer wieder ins Wanken geraten wäre, nachdem ich jahrelang körperlich ungehindert hatte arbeiten können! Mit vierzig Jahren hatten sich zum erstenmal heftige Kreislaufstörungen mit Tetaniezuständen eingestellt. Auf dem Lindenhof wiederholten sie sich immer wieder und zwangen mich, zeitweise auszusetzen. Wahrscheinlich hatten die an mich gestellten Anforderungen in der schweren Zeit, gleich nach dem Krieg, meine Kräfte überstiegen. Nachdem ich das Flüchtlingskinderheim sechseinhalb Jahre geleitet hatte, wurde mir klar, daß ich es in andere Hände legen mußte. Es ist mir wahrlich nicht leichtgefallen, mich zu diesem Entschluß durchzuringen. Manche Träne ist geflossen, bis ich dazu »ja« sagen konnte, und lange Zeit hat mich das Heimweh nach meinen Kindern nicht losgelassen. Und doch sehe ich heute rückblickend auch in dieser Führung die Hand Gottes. Allerdings, es mußte durchkämpft und durchlitten sein. Als ich an meinem letzten Geburtstag auf dem Lindenhof vor meinen Kindern stand, konnte ich vor Tränen kaum zu ihnen sprechen. Mir war, als müsse mir mein Herz brechen. Hatte ich die Arbeit in dem von mir gegründeten Kinderheim nicht als mein Lebenswerk betrachten wollen? Warum nahm Gott es mir nun wieder aus der Hand? – Oder wählte ich einen eigenen Weg, indem ich mich, wenn auch schweren Herzens, dazu entschloß, die Arbeit anderen Händen zu übergeben? – Wie manche Nachtstunde hatte ich wach gelegen und Gott um Klarheit gebeten: »Zeige mir deinen Weg und bewahre mich davor, etwas Falsches zu tun.«

Mein gesundheitlicher Zustand ließ es jedoch nicht zu, daß ich weitermachte. So schaute ich mich nach einem Menschen um, in dessen Hände ich die mir so liebgewordene Arbeit legen konnte und von dem ich glaubte, daß er sie in meinem Sinne weiterführen würde. Fräulein Heidi Weitbrecht, die Tochter unseres ersten Gemeindepfarrers, schien mir die Frau zu sein, die nicht nur die notwendige Ausbildung genossen, sondern auch die menschlichen und vor allem inneren Voraussetzungen dazu hatte. Der Gedanke, daß ihr Vater, solange er lebte, seiner Tochter helfend und ratend zur Seite stehen würde, ebenso wie ihre Mutter, die wir als Pfarrfrau schätzen gelernt hatten, bestärkte mich.

Fräulein Weitbrecht sagte zu. Sie leitet noch heute das inzwischen völlig umgebaute und modernisierte Kinderheim, den Lindenhof.

Ich aber fragte mich, ob mein Weg nun wirklich schon in Stille und Zurückgezogenheit führen sollte. Ich kam mir weder alt noch leistungsunfähig vor. Jedoch forderte mein Gesundheitszustand jetzt erst einmal ein längeres Ausspannen. Bevor ich den Lindenhof verließ, fuhr ich mit meiner Mutter und meiner jüngsten Pflegetochter, die damals fünfzehn Jahre alt war, zunächst an den Bodensee, um mich dort ein Vierteljahr zu erholen. An dem herrlichen Strand des Diakonissen-Erholungsheims in Fischbach war die Möglichkeit dazu gegeben. Das Schwimmen im Bodensee trug spürbar zur Kräftigung bei. Manche Stunde saß ich unter den schattigen Bäumen am Wasser und schrieb an meinem neuesten Buch; denn untätig sein konnte ich auch da nicht. Schreiben bedeutete mir immer Erholung.

Einer inneren Eingebung folgend, hatte ich einige Jahre zuvor mit einer Bausparkasse einen Vertrag abgeschlossen. Nach all dem Wechsel, der hinter mir lag, fiel mir die Vorstellung nicht schwer, daß es schön sein müsse, den Rest meines Lebens an einem ruhigen Ort im eigenen Hause zuzubringen. Meine Mutter war inzwischen auch an die Achtzig herangekommen und würde einen geruhsameren Lebensabend begrüßen. Zwar äußerte sie in ihrer Bescheidenheit und Hilfsbereitschaft nie eigene Wünsche. Sie wäre auch bereit gewesen, mit mir auf dem Lindenhof zu bleiben. Keiner von uns kam der Gedanke, daß wir uns trennen könnten. Sie blieb mein »goldener Anhänger«, wie ich sie oft scherzhaft nannte, bis zu ihrem Tode.

So saßen wir am Bodensee und machten Pläne. Ich wollte in der Zukunft wieder mehr Zeit haben zum Schreiben, und außerdem würden mich die Gemeinden erneut zur Vortragsarbeit rufen. Ohne Arbeit würde ich keinesfalls sein. – Aber sollte nicht doch noch eine andere Aufgabe auf mich warten? Es war mir klar, daß es nicht leicht für mich sein würde, nach den Jahren pulsierenden, immer bewegten Lebens in meinem Kinderheim mich jetzt in der Stille des Einfamilienhauses und in der Zurückgezogenheit eines Schriftstellerdaseins zurechtzufinden. – Seltsam, immer wieder hieß es in mir: Es warten noch andere Aufgaben auf dich. – Aber wo? Und was?

Die Zeit am Bodensee hatte mir die nötige Erholung gebracht. Nun lag das Sichlösen von meinem Kinderheim vor mir. Das würde nicht leicht sein.

Wie wunderbar hatte Gott bereits wieder vorgesorgt!

Am Tag, bevor ich in der Altenstädter Kirche, die bis zum letzten Platz gefüllt war, als Gründerin des Lindenhof-Kinderheims verabschiedet wurde, führte ich ein Telefongespräch mit dem Gemeindepfarrer des Kurorts Bad Ditzenbach.

»Sie verlassen den Lindenhof?« fragte er, und ich meinte, in seiner Stimme einen eigenartig vergnügten Klang zu vernehmen. »Und was haben Sie jetzt vor?«

»Ich werde Bücher schreiben, und voraussichtlich wird man mich wieder mehr als in den letzten Jahren zur Vortragsarbeit in die Gemeinden rufen.«

»Nein, Sie werden noch eine andere Aufgabe erfüllen«, sagte der Pfarrer mit erstaunlicher Bestimmtheit.

Eine andere Aufgabe? Was mochte er meinen?

Er berichtete, daß die Leiterin des Evangelischen Müttererholungsheimes, eine Diakonisse, abberufen worden sei –

wenn ich nicht irre, mußte sie ihre kranke Mutter pflegen –, und daß man dringend jemand suche, der ihre Arbeit übernehmen könne, wenigstens so lange, bis die Evangelische Frauenhilfe Ersatz gefunden habe.

In mir brach ein großes Staunen auf. Als etwa ein Jahr zuvor das Müttererholungsheim eröffnet worden war, hatte auch ich eine Einladung zu dieser festlichen Veranstaltung bekommen. Bei der Führung durch das Haus und über dem Hören der verschiedenen Festreden, in denen Zweck und Ziel des Heimes immer wieder herausgestellt wurden, war mir der Gedanke gekommen: Das müßte auch eine schöne Aufgabe sein, müden, abgearbeiteten, vielfach vom Leben enttäuschten Frauen und Müttern zu dienen. Aber damals sah ich keine Veranlassung, mich um diesen Platz zu bewerben, und außerdem war ja eine Heimleiterin da.

Nun trat der Gemeindepfarrer ganz ohne mein Zutun mit dieser Aufforderung an mich heran. Zwar hatte er eigentlich nicht die Befugnis dazu. Aber er zweifelte nicht daran, daß die Evangelische Frauenhilfe in Stuttgart, die mich ja längst durch die Vortragsarbeit kannte, einverstanden sein würde. So war es dann auch. – Wie durfte ich auch hier die Freundlichkeit Gottes wieder erfahren, der mir diese neue Aufgabe in Aussicht stellte, noch bevor der mir so nahegehende endgültige Abschied vom Lindenhof stattfand. Nun würde es mir nicht mehr ganz so schwer fallen, bei meiner Verabschiedung in der Kirche zu der großen Zuhörerschaft zu sprechen. Ich hatte ein neues Ziel, eine neue Aufgabe.

Wie oft habe ich die Wahrheit des biblischen Wortes erleben dürfen: »Ehe sie rufen, will ich antworten!« Gott wußte, daß ich nach der großen Lindenhofarbeit erst einen Übergang brauchte. Ich glaube, das Heimweh nach meinen Kindern hätte mich sonst verzehrt. Der Dienst an den Frauen ließ mich nicht dazu kommen.

Ich durfte meine Mutter, den »goldenen Anhänger«, mitbringen, und meine jüngste Pflegetochter wurde als Praktikantin im Müttererholungsheim angestellt.

Hatte ich bis dahin gemeint, die wichtigste soziale Aufgabe sei darin zu sehen, heimatlose Kinder zu betreuen, so wurde es mir hier bei den Frauen klar, daß es ebenso notwendig ist, sich um die Mütter zu kümmern, um sie ihren Familien zu erhalten und ihnen zu helfen, gute Mütter zu sein.

Viele kamen in unser Heim, die nichts mehr vom Leben zu erwarten schienen, in deren Augen jede Freude erloschen war. Welch lohnende Arbeit galt es zu tun, indem wir uns mühten, ihnen wieder neue Hoffnung und neuen Mut für den Dienst an Mann und Kindern zu vermitteln!

Die Freizeiten dauerten drei Wochen. Jedesmal, wenn die fast vierzig Frauen mit dem Autobus ankamen, führten wir sie als erstes in den Speiseraum, wo sie an festlich gedeckten Tischen zum Kaffeetrinken Platz nahmen. Wenn ich sie dann willkommen hieß, sparte ich mir alle sentimentalen Worte und sagte ihnen nur, daß wir uns bemühen wollten, ihnen zu schönen, erholsamen Ferientagen zu verhelfen. Ich bat sie, nun die Sorge um Mann und Kinder beiseite zu legen und sich daran zu freuen, daß sie jetzt wirklich einmal zur Ruhe kommen, schlafen, lesen, sich bedienen lassen und auch für ihren inneren Menschen etwas tun könnten.

Und immer war es dasselbe, so oft auch eine Freizeit begann. Die meisten der Frauen fingen an zu weinen. Sie waren wohl zum großen Teil gar nicht mehr gewöhnt, freundlich angesprochen zu werden. Das war von seiten ihrer Ehegatten gewiß kein böser Wille – aber man lebte in jahrelanger Gewöhnung, zu der die Ehe geworden war, nur noch nebeneinander her, tat sich nichts Leides, aber auch nichts Liebes. Man hatte sich einfach nichts mehr zu sagen. Ich habe herausgefunden, daß es Häuser gibt, in denen man nur noch im Telegrammstil miteinander spricht: Auf! – Komm! – Mach! – Los! usw. Eine Mutter erzählte mir einmal, ihr kleines Mädchen hätte ihr einen Zettel auf den Nachttisch gelegt, auf den sie geschrieben habe: »Bitte, sanft wecken!« Über diesem Zettel ist der Mutter klargeworden, wie sehr ein Kind den Unterschied zwischen zwei Müttern empfindet, von denen die eine in der Hetze der bereits am Morgen über sie herfallenden Arbeit die Schlafzimmertüre aufreißt und hineinschreit: »Aufstehen! – Höchste Zeit, sonst kommst du zu spät in die Schule!« – während die andere sich liebevoll über das Bett des Kindes beugt, ihm über den Kof streicht und es mit gütigen Worten aus dem Schlaf hineinführt in den Tag.

Immer wieder konnte ich es erleben, wie aus den Augen der Mütter ein deutliches Verwundern sprach: Ja – so könnte man es auch machen!

Nach dem gemeinsamen Frühstück saßen wir täglich zur Bibelarbeit beieinander. Manche der Frauen fügten sich anfangs heimlich seufzend dieser Ordnung. Da sie nun aber einmal in ein christliches Heim verschickt worden waren, glaubten sie sich nicht entziehen zu dürfen und machten eben mit. Aber bald war zu merken, wie sie aufwachten und Interesse zeigten. Sie stellten Fragen, ein spürbares Suchen brach in ihnen auf, und die Folgen blieben nicht aus.

Oft äußerten sie sich: »Das haben wir gar nicht gewußt, daß Bibelarbeit so interessant sein kann!«

»Mir ist eine neue Welt aufgegangen!«

»Jetzt weiß ich, warum es bisher bei uns zu Hause nicht klappte. Das Wichtigste fehlt uns.«

Ich hatte selten das Gefühl, daß es Redensarten waren. Immer wieder hat es mich erschüttert, welche Unkenntnis auch bei manchen, die vorgaben, regelmäßig zur Kirche zu gehen, bestand. So wurde die wichtigste aller Fragen: »Kann man Heilsgewißheit haben? Kann man wissen, ob man selig wird, ob man sich Gottes Kind nennen kann?« oft genug mit Achselzucken oder mit einem »ich hoffe« oder »ich möchte schon« beantwortet.

Dann meldete sich gewöhnlich meine Mutter zum Wort. Ich höre sie noch jetzt mit klarer, deutlicher Stimme sagen: »Sein Geist gibt Zeugnis unserm Geist, daß wir Gottes Kinder sind« (Römer 8, 16). Das war aus ihrem Munde nicht nur ein Bibelvers und schon gar nicht eine fromme Phrase – das hatte sie erlebt und hat sie festgehalten bis in ihr hohes Alter, ja bis an ihren Tod.

Je länger, desto mehr erfüllte mich eine große Freude, diesen Dienst an den Frauen tun zu dürfen. Ich hatte eine Andacht vor dem Abendbrot eingeführt, an die sich eine Gebetsgemeinschaft anschloß. Immer wieder betonte ich, daß die Teilnahme an der Andacht freiwillig sei, daß schon gar nicht jemand genötigt werde, öffentlich zu beten. Aber nur ganz selten blieb eine der Frauen fern. Viele haben in unserer kleinen Hauskapelle wieder beten gelernt, viele, die jahrelang die Hände nicht mehr gefaltet hatten – manche unter Tränen.

Wir durften es erleben, wie in müde Augen wieder ein Leuchten kam, wie resignierende, unfrohe Mütter wieder lachen und froh sein lernten, wie aber auch Schuld erkannt, aufgedeckt und gutgemacht wurde.

In meinem Büchlein »Herz zwischen Dunkel und Licht« habe ich einige dieser Erlebnisse festgehalten – natürlich in veränderter Form, so daß keine der Frauen sich in einer solchen Schilderung wiedererkannt hätte. Wenn ich auch hier noch ein wenig aus jener Zeit erzähle, dann geschieht es in dem Wunsch, anderen dadurch zu helfen.

In meine tägliche Sprechstunde, die von den Müttern rege besucht wurde, kam eines Tages eine ältere Frau.

»Ich benötige Ihren Rat«, sagte sie. »Bei der morgendlichen Bibelarbeit ist mir klargeworden, daß ich seit Jahren in furchtbarem Selbstbetrug lebe. Sonntag für Sonntag gehe ich mit meinem Mann zur Kirche. Bis jetzt hielt ich mich für rechtschaffen, bis ich Sie kürzlich sagen hörte, daß unvergebene Schuld zwischen Gott und uns stünde und all unser Beten keinen Sinn habe, bis wir unser Leben zu ordnen bereit seien. Woran ich jahrelang kaum mehr gedacht habe, das ist mir in diesen Tagen wie eine Last auf die Seele gefallen. Ich habe kurz vor unserer Hochzeit meinen Mann betrogen. Auf eine Frage, die er mir stellte, hätte ich ihm bekennen müssen, daß ich vor unserer Eheschließung ein uneheliches Kind hatte, das aber gestorben ist. Ich belog ihn. Nun sind wir schon über zwanzig Jahre verheiratet – unsere Ehe ist glücklich zu nennen. Wir haben Kinder, die uns Freude machen. Aber da steht nun die Schuld vor mir auf. Was soll ich tun? Muß ich meinem Mann nach all diesen Jahren ein Bekenntnis ablegen?«

Eine ungeheure Verantwortung legte sich wie ein Stein auf mein Herz. Was konnte, was durfte, was mußte ich als Seelsorgerin dieser Frau sagen? – Wenn doch die Ehe glücklich war? – Der Mann und die Kinder glaubten an sie, vertrauten ihr! Und wie lange lag die Sache schon zurück! Bestand nicht die Gefahr, daß die Ehe zerbrach, daß gar Mann und Kinder sich von ihr zurückzogen?

Da saß die Frau nun voller Vertrauen vor mir und wartete. Ich fand nicht die Freiheit, ihr zu raten, diesen oder jenen Weg zu gehen. Gott mußte ihr zeigen, was sie zu tun hatte. Aber ich betete mit ihr um Klarheit.

Am anderen Tag kam die Frau wieder in die Sprechstunde. »Es ist mir klargeworden, daß ich es meinem Mann bekennen muß«, sagte sie. Nun durfte auch ich sie dazu ermutigen. Aber ich gebe zu, ich tat es mit zitterndem Herzen, statt es Gott zuzutrauen, daß er selbst die Angelegenheit in seine Hände nehmen würde.

Die Frau schrieb ihrem Mann ein offenes Bekenntnis. Mit ihr wartete ich auf eine Antwort. Tagelang blieb sie aus. Ich bewunderte die Frau. Sie war so ruhig und gefaßt, und in ihr war ein tiefer Friede.

Dann kam ein Schreiben des Mannes. Sie brachte es mir mit tränennassen Augen und totenblassem Gesicht. Der Brief wies keine Anrede auf. Sein Inhalt war etwa so:

»Jahrelang hast Du mit einem Betrug auf dem Gewissen neben mir gelebt. Nun erwartest Du, daß ich Dir verzeihe? – Das ist zuviel verlangt. Sei froh, daß Du nicht hier bist. Du hättest harte Worte zu hören bekommen.«

Kein Gruß, kein gutes Wort stand unter diesem Brief. Eiseskälte und harte Unversöhnlichkeit wehte ihr aus ihm entgegen.

Schweigend saßen wir beisammen. Hatte ich es nicht befürchtet? Aber das sagte ich der so Geschlagenen natürlich nicht. Ich konnte nur wieder die Hände mit ihr falten und alles weitere Gott überlassen.

Wie hat er mich beschämt und den Glauben und das Vertrauen dieser Frau belohnt!

Es vergingen abermals ein paar Tage, dann brachte sie mir einen zweiten Brief ihres Mannes. Und wieder standen ihre Augen in Tränen – aber diesmal waren es Freudentränen. »Lesen Sie«, bat sie mich, und ihre Stimme zitterte. Was da stand, bewegte auch mich aufs tiefste.

»Meine liebe ...!

Es ist mitten in der Nacht. Aber ich kann nicht warten, bis es Morgen wird. Ich muß Dir sofort schreiben. Ich habe ein unerhörtes Erlebnis gehabt. Zwar vermag ich nicht zu sagen, ob es ein Traum oder eine Vision war. Aber nie vorher ist mir Ähnliches widerfahren.

Mir war es, als stündest Du plötzlich an meinem Bett. Du sprachst kein Wort, sahst mich nur mit todtraurigem, bittendem Blick unentwegt an. Mir war es sofort klar: Du kamst, mich um Verzeihung zu bitten. Ich aber gönnte Dir weder ein gutes Wort noch einen freundlichen Blick und ließ Dich in Deiner Traurigkeit wieder gehen. Dasselbe geschah ein zweites Mal. Wieder standest Du unglücklich und flehentlich bittend vor mir, und wieder schickte ich Dich fort, herzlos und kalt.

Du kamst ein drittes Mal – aber diesmal nicht allein. Ganz deutlich sah ich unseren Herrn Jesus Christus vor mir. Ich sah ihn mit der Dornenkrone auf seinem Haupt, und er streckte mir seine Hände entgegen, in denen ganz deutlich die Nägelmale sichtbar waren. Er sprach ebenfalls kein Wort, aber das war auch nicht nötig, denn ich wußte ganz genau, was er von mir forderte, und es war mir im gleichen Augenblick klar, daß ich nie mehr das Gebet unseres Herrn beten könne, in dem es heißt: »Vergib uns unsere Schuld, wie auch wir vergeben unseren Schuldigern« – wenn ich nicht bereit wäre, Dir zu vergeben. Ich kam zu mir und wußte, was ich zu tun hatte. Sofort bin ich aufgestanden, um Dir diesen Brief zu schreiben.

Liebe ..., komm bald wieder heim; wir wollen miteinander von vorne anfangen. Ich vergebe Dir, so wie ich hoffe, daß mir Gott vergeben wird.«

Bei einem sogenannten »Ditzenbacher Treffen«, das ich später arrangierte und zu dem ich alle Frauen einlud, die an den von mir geleiteten Freizeiten teilgenommen hatten – im Laufe der Zeit waren es einige Hundert geworden –, traf ich diese Frau wieder.

»Wie ist es Ihnen seither ergangen?« fragte ich sie und konnte mich einer gewissen Bangigkeit nicht erwehren.

Strahlend sah sie mich an. »Gut geht es«, antwortete sie, und ihr froher und ausgeglichener Gesichtsausdruck war mir ein Beweis dafür, daß sie die Wahrheit sprach. »Wir haben wirklich von vorne angefangen und sind glücklich miteinander.« Wie freute ich mich mit ihr!

Viele der Frauen, die in unser Müttererholungsheim kamen, erlebten hier den ersten Urlaub ihres Lebens. – Man muß sich das einmal vorstellen: Jahraus – jahrein pausenloses Arbeiten! In den ersten Jahren der Ehe, als die Kinder noch klein waren, nicht nur bis zum Rand mit Arbeit gefüllte Tage, sondern oft genug auch gestörte Nächte. Manche von ihnen lebten auch in unglücklichen Ehen – oft trank der Mann oder war der Frau nicht treu. Dann die Kriegs- und Nachkriegsjahre! Viele waren Kriegerwitwen und mußten ihre Kinderschar allein erziehen. In wieviel Abgründe von Leid blickte ich auch in dieser Arbeit wieder, und manches, was ich in der Sprechstunde hörte, wollte sich wie eine Last auf mein Herz legen. Oft war ich in der Tat hilflos – in anderen Fällen aber wurde es mir geschenkt, raten und helfen zu können. Wenn ich erlebte, daß Mütter, die unter der Last ihres Alltages beinahe zusammengebrochen waren, in den drei Wochen ihrer

Erholungszeit neuen Mut faßten und bereit waren, alles wieder auf sich zu nehmen, und innerlich erneuert nach Hause zurückkehrten, dann war das die schönste Belohnung für meinen Dienst.

Während ich dieses niederschreibe, sehe ich manche der mir anvertrauten Mütter vor mir, und ihre oft so schweren Schicksale erstehen vor meinen Augen. Ich denke an die junge Frau, die einen Selbstmordversuch unternommen und auch ihr Kind einbezogen hatte. Sie glaubte, das Leben an der Seite eines sie bestialisch behandelnden Mannes nicht länger ertragen zu können. Durch die Kunst der Ärzte wurde sie ins Leben zurückgerufen, während das Kind an der Gasvergiftung starb. Folgerichtig wurde sie des Mordes an ihrem Kind angeklagt. Nachdem sie aus dem Krankenhaus entlassen worden war, durfte sie zunächst noch acht Wochen in unserem Müttererholungsheim verbringen. Als sie uns dann wieder verließ, bat sie mich unter Tränen: »Bitte, kommen Sie doch zu der Gerichtsverhandlung, damit ich dort nicht so ganz verlassen bin.« Ich versprach es ihr und bat das Gericht, im Laufe der Verhandlung einige Worte für diese unglückliche, junge Frau sprechen zu dürfen. Es wurde mir gestattet, und ich war dankbar, daß ich auf diese Weise dazu beitragen konnte, daß das Urteil milder ausfiel. Für die Angeklagte war es Strafe genug, nun ohne ihr Kind, das sie innig geliebt hatte, weiterleben zu müssen.

In der Mittagspause, die während der neun Stunden dauernden Gerichtsverhandlung eingelegt wurde, sprach ich mit dem Staatsanwalt, schilderte ihm noch einmal die Not dieser Frau und bat ihn inständig, ihr wenn möglich die Schmach einer Gefängnisstrafe zu ersparen. Seine Antwort lautete: »Wir haben unser Gesetzbuch. Nach seinen Paragraphen müssen die Richter ihren Spruch fällen. – Aber«, so fügte er hinzu, »wir haben ja auch Gnadenmittel.«

Unvergeßlich ist mir, wie dieser Staatsanwalt dann in einer flammenden Rede das notvolle, enttäuschungsreiche Leben der Angeklagten schilderte, die im schwarzen Trauerkleid verlassen hinter den Gerichtsschranken auf der Anklagebank saß. Die Öffentlichkeit hatte zu dieser Verhandlung Zutritt, und viele Neugierige und Sensationslustige, aber auch solche, die das Mitleid mit der jungen Frau hergetrieben hatte, saßen da.

Unter anderem sagte der Staatsanwalt, nachdem er geschildert hatte, was die Angeklagte bei ihrem brutalen Mann durchlebt und durchlitten und wie er sie buchstäblich in den Tod getrieben hatte: »Wir alle wissen, daß eigentlich ein anderer anstelle dieser jungen, unglücklichen Mutter auf der Anklagebank Platz nehmen müßte.« Auf der vordersten Bank im Zuschauerraum saß nämlich unfaßlicherweise der Ehemann der Angeklagten, der sich dieses Schauspiel nicht entgehen lassen wollte. Bei den unmißverständlichen Worten des Staatsanwaltes sprang er, wohl wissend, daß kein anderer als er gemeint war, wutentbrannt auf, stieß Protestrufe aus und wollte sich »solche Anzüglichkeiten« verbieten. Er mußte zur Ordnung gerufen werden. Als dies erfolglos blieb, gab der Richter dem stämmigen Gerichtsdiener ein Zeichen, der daraufhin den sich mit Händen und Füßen Wehrenden beim Kragen nahm und hinausbeförderte.

Schließlich kam die Urteilsverkündigung: Der Richter verhängte eine Gefängnisstrafe, die aber unter Berücksichtigung der Verhältnisse zur Bewährung ausgesetzt wurde. Wie dankbar war ich!

Als ich den Gerichtssaal verließ, klang mir immer noch der Satz des Staatsanwalts in den Ohren: »Ein anderer müßte eigentlich auf dieser Anklagebank Platz nehmen!« Warum nur wurde ich diese Worte nicht los?

Dann wußte ich es. Vor meinem inneren Auge erstand das Bild dessen, der schweigend vor Herodes und Pilatus gestanden hatte, der alle Anklagen über sich ergehen ließ – an unserer Stelle. Nie ist mir so bewußt geworden, was Jesus für uns getan hat, wie in jener Stunde. Nie zuvor ist mir aber auch der Ernst des Gerichts so deutlich gewesen, des Gerichts, das uns zugedacht war, und das Jesus auf sich genommen hat.

In den folgenden Tagen ließ ich in besonderer Weise die Aussagen der Heiligen Schrift über Gericht und Gnade zu mir sprechen. Was Gott mir über solchem Forschen und Nachdenken schenkte, hat seinen Niederschlag in einem Evangelisationsvortrag gefunden, mit dem ich dann mehr als einmal unter dem Thema »Auf der Anklagebank« meinen Hörern den Ernst der Entscheidung für Christus und die Notwendigkeit, sein Heil anzunehmen, vor Augen stellen durfte.

Ein anderes Thema, das ich in den letzten Jahren immer wieder wählte, war: »Jesus kommt wieder – unumstößliche Wahrheit.« Manche Leute sind der Auffassung, daß über dieses gewaltige Thema nur sehr wenig in der Bibel gesagt ist. Als ich mich aber intensiv damit befaßte, kam ein großes Staunen über mich. Wenn wir all das, was uns darüber bezeugt ist, beherzigen, dann werden wir dem größten aller Ereignisse, nämlich dem Wiederkommen Jesu, nicht unvorbereitet entgegengehen. Und wie begierig sind die Menschen, davon zu hören! Nie sind die Vorträge so gut besucht, als wenn ich über dieses Thema spreche.

Auch im Müttererholungsheim machte ich diese Erfahrung. Wie aufgeschlossen und zugänglich waren die Frauen! Vielen ging beim Hören dieser Botschaft eine völlig neue Welt auf – und in der Tat wird jeder, der sich mit der Wiederkunft Jesu beschäftigt und daran glaubt, bestätigen müssen, daß mit diesem Glauben unser Verhältnis zu allem, zu den Menschen, zu den Schwierigkeiten, zu Freud und Leid, zu unserem Besitz wie zu Verlusten, zu Leben und Tod ein völlig neues wird.

Ja, es lohnte sich, Zeit für meine Mütter zu haben, ganz besonders auf seelsorgerlichem Gebiet. Wenn ich dann später ein Echo vernehmen durfte, so erfüllte es mein Herz mit großer Freude und Dankbarkeit.

Eine Mutter von sieben Kindern hatte sich mir anvertraut und sich angeklagt, daß sie oft zu ungeduldig und gereizt mit ihrem Mann und den Kindern umgehe; daß sie sich aber bisher vor sich und ihrem Gewissen damit entschuldigt habe, sie sei eben nervlich überfordert, müsse zuviel arbeiten und finde keine Zeit für sich und ihre Erholung. Nun aber sei ihr klargeworden, daß es nicht allein daran liege, sondern daß sie in Selbstbemitleidung an den Kraftquellen, die auch für sie da seien, vorübergegangen war.

Diese Frau schrieb mir, nachdem sie wieder einige Tage zu Hause war:

»...Denken Sie, meine Kinder haben sofort gemerkt, daß ich in den drei Wochen eine andere geworden bin – nicht nur, daß ich besser aussehe, zugenommen habe und mich viel wohler fühle, sondern daß sich in meinem Innern etwas zugetragen hat.

Meine fünfzehnjährige Tochter blickte mich gleich am ersten Tag prüfend an und sagte: 'Mutti, du bist ganz anders geworden. Du siehst viel jünger aus. Du bist so froh. Woher kommt das?'

Da mußte ich es ihr sagen: 'Irmela, ich bin dem Herrn Jesus begegnet!' Da hat mich meine sonst so herbe und unnahbare Tochter stürmisch umarmt und mir einen Kuß gegeben. Dann ist sie eilig davongelaufen, als müsse sie sich ihrer weichen Regung schämen. Aber ich habe deutlich gesehen, daß sie Tränen in den Augen hatte. Als ich am Abend in die Zimmer meiner anderen Kinder ging, um mit ihnen zu beten, saß mein dreizehnjähriger Sohn, der im Frühjahr konfirmiert wird, bereits auf mich wartend in seinem Bett. 'Mutti', fragte er, 'stimmt das, was Irmela gesagt hat, daß du dem Herrn Jesus begegnet bist? Komm, setze dich zu mir und erzähle mir, wie das war!'

Und ich konnte nicht anders, als auch ihm zu sagen, wie wunderbar es gewesen ist, daß wir zur Stille kamen und Zeit fanden, uns mit ewigen Dingen zu befassen.«

In diesem Fall freute sich die ganze Familie über das, was die Mutter erlebt und was sie so positiv verändert hatte. – Es gab aber auch andere Fälle.

Da war eine unter meinen Frauen, die in recht unglücklicher Ehe lebte. Sie wußte, daß ihr Mann sie betrog, hatte aber bisher um ihrer Kinder willen, die allerdings bis auf den Jüngsten bereits erwachsen waren, bei ihm ausgeharrt. Im Müttererholungsheim wurde ihr klar, daß ihrem eigenen Leben wie ihrer Familie das Wesentliche gefehlt hatte: das rechte Verhältnis zu Gott. Auch ihr ging eine neue Welt auf. Sie sandte ihrem Mann und ihren Kindern einen Brief: »Laßt uns neu anfangen und gemeinsam den Weg im Gehorsam gehen.«

Auch sie schrieb mir, nachdem sie nach Hause zurückgekehrt war. Die erwachsenen Kinder hatten sie von der Bahn geholt. Noch bevor sie in ihrem Heim angelangt war, fragte ihr ältester Sohn: »Sag einmal, Mama, hat man euch in dem Heim solche Briefe diktiert, wie du einen an uns geschrieben hast? Der kam doch einfach nicht von dir. Nein, der war bestimmt nicht echt.« Als die Mutter daraufhin versuchte, über die ihr neu gewordene Erkenntnis mit ihren Kindern zu sprechen, wehrten sie entsetzt ab. »Verschone uns mit solchen hirnverrückten Ideen. Sicher verliert sich das, wenn du nicht mehr von diesen Betschwestern beaufsichtigt und beeinflußt wirst!«

Noch einen weiteren Versuch machte die Frau, die so gerne in die Tat umsetzen wollte, was ihr wichtig geworden war. »Darf ich nicht vor und nach dem Essen beten, wie wir es im Müttererholungsheim getan haben?« fragte sie, nachdem man sich zu Tisch gesetzt hatte.

Ein schallendes Gelächter war die Antwort. »Ohne uns, Mama!«

Ob sie durchhalten konnte? Nach diesem ersten Brief, den ich natürlich beantwortete, kam keine Antwort mehr. – Arme Frau – einsam, inmitten ihrer Familie!

Bei so viel Ernstem erlebten wir aber auch manches Heitere im Müttererholungsheim. Es gehörte zu meinen Aufgaben, die Frauen in die verschiedenen Zimmer einzuteilen. Ich mußte dies zweckmäßigerweise tun, bevor sie ankamen. Da ich sie ja nicht kannte, war das gar nicht so einfach. An Hand der Anmeldebogen, auf denen ihre Personalien standen, versuchte ich die zusammenzulegen, von denen ich glaubte, daß sie nach Alter, Stand, Zahl der Kinder, aus der Stadt oder vom Land kommend, zusammenpassen könnten. Natürlich hätte jede am liebsten einen Raum für sich gehabt. Aber wir besaßen nur elf Einbettzimmer, und es waren jeweils vierzig Frauen. So mußte ich eine kleine List anwenden, mit der es gelang, die meisten meiner Frauen zufriedenzustellen. Ich sagte nach meiner Begrüßungsansprache, solange wir noch am Kaffeetisch saßen: »Wir haben einige Zimmer mit drei, andere mit zwei Betten – einige von Ihnen müssen leider allein in einem Zimmer schlafen. Ich hoffe, daß Sie sich nicht zu einsam vorkommen.« Es war interessant, zu beobachten, wie die Einzelzimmer nach diesen Worten schlagartig an Reiz verloren.

Wenn dann alle ihr Zimmer bezogen hatten, ging ich gewöhnlich mit meiner Namenliste von Raum zu Raum, um zu sehen, ob sie sich zurechtgefunden und bereits Kontakt zueinander aufgenommen hatten. Dabei erlebte ich einmal etwas Nettes.

Zwei Frauen vom Land, die noch nie in Ferien gewesen waren und sich erst seit zehn Minuten kannten, strahlten mich an: »Oh, Fräulein Dreisbach, daß Sie gerade uns zueinandergelegt haben! Wir passen so gut zusammen. Beide haben wir eine Bauchoperation hinter uns, und beide legen wir die Zähne ins Glas.« Ich hatte Mühe, nicht laut zu lachen, dann aber begriff ich, daß ihnen dies eine wirkliche Sorge gewesen war: »Was sagt meine Zimmerkollegin, wenn ich am Abend meine Zähne aus dem Mund nehme?« Nun waren beide in der gleichen Lage, und ich war froh, wieder einmal das Richtige getroffen zu haben.

Eine nette Sache war auch das Erlebnis mit unserem achtzigjährigen Weihnachtsengel.

Mutter V. erlebte eine Weihnachtsfreizeit im Müttererholungsheim. Es waren meist einsame Frauen, viele von ihnen schon recht alt, unter ihnen auch solche, die den Festumtrieb zu Hause nicht mehr ertrugen und darum Weihnachten sowie Jahreswechsel lieber in einem stillen christlichen Heim zubringen wollten. Zum erstenmal erlebte Mutter V. ein Krippenspiel mit. Wie gebannt blickte sie auf die Gestalten der Weihnachtsgeschichte, die sich ihr hier in lebenden Bildern zeigten: die Hirten, die Weisen, Maria und Joseph. Vor allem taten es ihr die Engel an. Vor lauter Erregung und Freude färbten sich die Wangen der alten Frau, und ihre Augen glänzten.

Als einige Tage nach Silvester die Freizeit beendet war und der Autobus vor dem Haus hielt, der die Frauen fortbringen sollte, traute ich meinen Augen nicht. Mutter V. hielt in ihren zitternden Händen eine Goldkrone aus Papier, die sie im Autobus, wo es ziemlich eng zuging, auf ihr schneeweißes Haupt plazierte. Unter ihren Arm hatte sie ein winziges Tannenbäumchen geklemmt, das sie sich, ich weiß nicht wie, vor der Abreise organisiert hatte und unter keinen Umständen losließ, obgleich sie dauernd irgend jemand in ihrer Umgebung die Tannenzweige ins Gesicht stieß.

Strahlend winkte sie mir mit der freien Hand zu: »Jetzt werde ich denen daheim beibringen, wie man Weihnachten feiert!«

Etwa eine Woche später kam ein junger Mann ins Müttererholungsheim, der sich als Enkel unserer Mutter V. vorstellte. »Ich habe gerade in dieser Gegend zu tun«, sagte er, »und da wollte ich Ihnen doch erzählen, was wir mit unserer Großmutter erlebten.

Sie kam also aus Ihrem Müttererholungsheim mit einem Tannenbäumchen, obgleich Weihnachten schon vorüber war, und bestimmte, daß wir alle bei ihr noch einmal feiern müßten, weil wir keine Ahnung von einer rechten Weihnachtsfeier hätten. Wir taten ihr den Gefallen, gespannt, was daraus werden sollte. Wir mußten im Nebenzimmmer warten, bis sie uns rief. Als es dann soweit war, hatte sie ihr Bäumchen aufgestellt und die Kerzen daran angezündet. Sie selbst stand in einem langen, weißen Nachthemd mit aufgelöstem Haar daneben, die Goldkrone auf dem Kopf. Sollten wir lachen?

Verlegen blickten wir einander an, dann aber empfanden wir, daß dies für unsere Großmutter eine große Stunde war. Mit zitternder Stimme sang sie ein Weihnachtslied. Uns aber kamen die Tränen. Wer weiß, ob sie am nächsten Christfest noch unter uns ist! dachten wir, und dann umfing uns alle eine große, feierliche Stille. Wir haben wirklich noch einmal Christfest gefeiert.«

Inzwischen hatte ich auf der Oberaichener Höhe bei Stuttgart direkt am Waldrand ein kleines Grundstück kaufen können und mir dort ein Häuschen erstellen lassen. Dorthin zog ich nun mit meiner Mutter, meiner Pflegetochter und meiner Mitarbeiterin und Freundin. Die Frauenhilfe nahm gerne unser Anerbieten an, auch weiterhin in dem Müttererholungsheim, das uns nun schon ein Stück Heimat geworden war, Freizeiten zu leiten. So wechselten meine Freundin und ich uns in dieser Arbeit ab. Eine von uns blieb bei meiner Mutter, die nun beinahe achtzig Jahre alt war, im Häuschen auf der Oberaichener Höhe, die andere übernahm eine Freizeit. Auch in die Vortragsarbeit wurden wir beide immer wieder gerufen. Es war schön, wenn wir unsere gegenseitigen Erfahrungen austauschen und uns Hilfe leisten durften, vor allem für den seelsorgerlichen Dienst, den wir in den Gemeinden oder im Müttererholungsheim auszuüben hatten. Es ist mir in den vergangenen Jahren immer mehr klargeworden, daß tiefste Lebensgemeinschaft und Verbundenheit der Herzen eigentlich nur da gewährleistet ist, wo man das Bedürfnis hat, auch über die letzten Fragen und inneren Nöte miteinander zu sprechen. Daß wir miteinander beten konnten, gab unserer Freundschaft den tiefsten Wert.

Immer wieder kehrten wir beglückt und innerlich erfüllt von unseren Erlebnissen auf den Freizeiten im Müttererholungsheim zurück. Mit vielen der Frauen blieben wir in brieflicher Verbindung und gaben, solange es unsere Zeit erlaubte, auch einen Rundbrief an die Teilnehmerinnen heraus. Inzwischen waren es nahezu fünfhundert geworden.

Das machte schon Mühe, brachte aber auch viel Freude. Wir beschlossen, einmal im Jahr eine Zusammenkunft zu veranstalten, und führten diese Treffen auch einige Jahre durch. In diesem Zusammenhang erinnere ich mich an eine fröhliche Episode.

Einige Frauen hatten angefragt, ob sie nicht ihre Männer zu diesem Treffen mitbringen dürften. Wir erlaubten das natürlich gerne. Ich stand an der Endhaltestelle des Autobusses, der die Teilnehmer zu unserer Veranstaltung brachte. Eben lief der Bus ein. Unter den Ankommenden war eine ältere Frau, die auch ihren Mann mitgebracht hatte. Beide waren sie klein von Gestalt. Die Frau sah mich an der Haltestelle stehen. Daraufhin gab sie ihrem Mann einen Stoß in den Rücken und deutete auf mich. Was sie zu ihm sagte, konnte ich nicht verstehen. Dann nahm sie den großen Strauß Gladiolen, den sie im Gepäcknetz liegen hatte, drückte ihn ihrem Mann in den Arm und deutete wieder auf mich. Der Autobus leerte sich. Auch mein altes Ehepaar stieg aus, und nun wollte die Frau mich ihrem Mann vorstellen. Sie schob ihn vor sich her, zeigte mit dem Finger auf mich und sagte in schwäbischem Dialekt: »Und des do...« Sie war aber so aufgeregt, daß sie meinen Namen nicht mehr wußte. Ich hätte ihr ja helfen können, aber es war eine so fröhliche Situation, daß ich sie gerne noch ein wenig genießen wollte.

Mein Gladiolenfrauchen nahm also noch einmal einen Anlauf, schob ihren kleinen Mann noch ein Stück näher zu mir heran, drang mit ihrem Finger noch weiter auf mich ein und begann aufs neue: »Und des do...«

Aber sie kam nicht weiter. Mein Name fiel ihr einfach nicht ein. Dann wußte sie sich aber doch zu helfen. Sie berührte mich mit ihrem Finger und rief frohlockend mit lauter Stimme: »Und des do ischt unsere Person!« Nun wußte er es und überreichte mir mit verschmitztem Lächeln und einer ulkigen, kleinen Verbeugung den riesigen Gladiolenstrauß. –

Gewöhnlich hatte ich meinen Frauen, bevor die Freizeit zu Ende ging, noch einige gute Ratschläge für den Neuanfang zu Hause gegeben. So sagte ich unter anderem: »Rechnet nicht damit, daß sich in eurer Abwesenheit zu Hause etwas geändert hat. Ihr werdet dieselben Nöte und Schwierigkeiten antreffen. Die Kinder werden laut und manchmal ungezogen sein – die gleichen Ärgernisse mit den vielleicht unleidlichen Nachbarn werden auf euch zukommen. Die Not mit der Schwiegertochter oder mit der Schwiegermutter wird euch zu schaffen machen, und Aufregungen im Familienleben werden nicht ausbleiben. Ihr werdet einen Riesenstapel schmutziger Wäsche vorfinden, die Kinder werden wahrscheinlich die schönste Blumenvase zerbrochen, mit dem Ball eine Fensterscheibe eingeworfen haben, die Nachbarn werden sich über sie beschweren, und wahrscheinlich ist viel mehr Geld ausgegeben worden, als ihr gerechnet habt. Wappnet euch darauf. Vor allem bringt einen großen Sack voll Liebe und Geduld mit. Nicht die Verhältnisse zu Hause werden sich geändert haben, aber ihr müßt anders heimkommen. Das ist der Sinn dieser drei Wochen im Müttererholungsheim.«

Als ich nun das Treffen in Musberg veranstaltete, ging ich beim Mittagessen von einem zum anderen an den festlich gedeckten Tischen und kam auch zu meinem Gladiolenpärchen.

»Nun, Herr F.«, fragte ich den Mann, »hat Ihre Frau, als sie von der Freizeit kam, einen Sack voll Liebe und Geduld mit nach Hause gebracht?«

Da faltete er ergeben die Hände, warf einen komisch verzweifelten Blick gen Himmel und sagte: »Jo, mitbrocht hot se ihn schon – aber er hot wiedr e Loch kriegt.«

Von dieser Erfahrung wissen wir wohl alle mehr oder weniger zu berichten. Wie oft machten wir mit guten Vorsätzen einen neuen Anfang – und dann bekam der Sack doch wieder ein Loch! Wie gut, daß wir da an die Wahrheit des Wortes glauben können, die in einem unserer Gesangbuchlieder zum Ausdruck kommt: »All Morgen ist ganz frisch und neu des Herren Gnad und große Treu!« Wie gut, daß jeder neue Morgen für uns auch die Gelegenheit zu einem Neuanfang ist, und daß wir von der Vergebung leben dürfen – und weil wir dies wissen, auch bereit sind, zu vergeben.

Diese Müttererholungsarbeit ist etwas sehr Wertvolles. Sie gibt Frauen aus allerlei Lebenskreisen Gelegenheit, sich näherzukommen und Verständnis füreinander zu finden. So saßen am Tisch nebeneinander die Bäuerin und die Frau des Professors, die ehemalige Gutsbesitzerin, durch Flucht und Kriegserlebnisse verarmt und einsam geworden, und die kinderreiche Arbeiterfrau. Sie kamen miteinander ins Gespräch und versuchten sich gegenseitig zu verstehen. Manches durch Unkenntnis und törichte Reden verbreitete Vorurteil wurde dadurch beseitigt und Brücken geschlagen von Herz zu Herz. Die Bäuerin, die auf dem Hof ihrer Väter lebte und verkrampft und unbeweglich an dem Althergebrachten festhielt, nicht gewillt, von Tradition und Sitte auch nur einen Millimeter zu weichen, lernte im Umgang mit den Flüchtlingsfrauen einsehen, daß es unter diesen Flüchtlingen solche und andere gab, daß es unrecht sei, zu verallgemeinern. Umgekehrt lernte auch die Flüchtlingsfrau die alteingesessene Bäuerin verstehen, der es oft schwerfiel, sich in die Lage derer zu versetzen, die Haus und Hof, Hab und Gut verlassen mußten und nur das nackte Leben retten konnten.

Es war mir wichtig, Brücken zu schlagen, zum gegenseitigen Verständnis zu helfen. Gern habe ich die Frauen in meinen Ansprachen mit »Meine lieben Schwestern« angesprochen, in dem Bemühen, ein Zusammengehörigkeitsgefühl zu wecken. Es ist meistens gelungen.

Die schönste Bestätigung des Wertes meiner Arbeit blieb mir jedoch, wenn ich erleben durfte, daß etwa eine Frau, deren Herz in Bitterkeit verhärtet war durch unbeschreiblich schweres Erleben, die mit versteinertem Gesicht in der Andacht saß, und deren Hände sich nicht mehr zum Gebet zusammenfanden, bei der Abreise sagte: »Ich hab' hier wieder zu meinem Gott hingefunden.«

Ich denke da an eine Frau, die mit ihrer Tochter und deren

noch schulpflichtigen Kindern zum Einbruch der feindlichen Truppen ins Wasser ging, nachdem sie so Entsetzliches durchgemacht hatten, daß sie nicht glaubten, weiterleben zu können. Vor ihren Augen ertranken die hilflosen Kinder, während sie und ihre Tochter gerettet wurden. Die verbitterte Frau, die einst gute Tage gesehen hatte – sie war die Herrin eines großes Besitzes gewesen –, kam resignierend und ohne jegliche Erwartung in unser Haus, eine kluge, gebildete Frau, aber mit erloschenem Blick. Als sie jedoch das Heim verließ, um wieder zu ihrer Tochter, mit der sie zusammenlebte, zurückzukehren, war es ihr klargeworden, daß sie noch einen Lebensauftrag zu erfüllen habe.

Immer wieder äußerten sich Frauen, sowohl mir als auch meiner Mitarbeiterin gegenüber: »Wenn es doch ein Heim gleicher Art wie unser Müttererholungsheim gäbe, wo wir unsere Männer mitbringen oder auch einmal unsere Kinder mitnehmen könnten!«

Der Gedanke ließ uns nicht los. Immer mehr nahm er Gestalt an. Aber ich hatte doch eben erst mein Häuschen gebaut! Wir hatten unseren kleinen Garten angelegt und waren glücklich über jeden eigenen Strauch, unseren Birnbaum mit seinen ausladenden Ästen und die schlanke Edeltanne vor unseren Fenstern, die Rosenranken auf der Terrasse. Aber es war merkwürdig gewesen: Am Einzugstag, als ich voller Freude über unser hübsches, kleines Heim durch die Räume gegangen war, hatte es in mir geheißen: »Hänge dein Herz nicht daran. Habe, als hättest du nicht. Sei bereit, wenn es von dir gefordert wird, dich wieder davon zu trennen.« Ich hatte dieser seltsamen Mahnung wenig Bedeutung beigemessen. Schließlich hatte ich mir kein Haus erspart und erbaut, und wenn es noch so bescheiden war, um es wieder herzugeben. Dieses würde doch nun gewiß die Endstation meines Lebens sein.

Außerdem hatten wir im kirchlichen Gemeindeleben bereits wieder Fuß gefaßt. Ich leitete den Frauenhilfskreis in unserer Kirchengemeinde Musberg, der von Abend zu Abend mehr besucht wurde, so daß der Gemeindesaal bald nicht mehr ausreichte. In dem eine halbe Stunde von der eigentlichen Ortschaft entfernt gelegenen Vorort Oberaichen kamen die Frauen der uns umgebenden neuen Ein- und Zweifamilienhäuser in unserer Wohnung regelmäßig zu Bibelarbeit, Singen und Vorlesen zusammen. Außerdem gründete ich hier einen Mädchenkreis. Die Häuser rings um uns öffneten ihre Türen. Manch eine Familie, die seit Jahr und Tag in keinem Gottesdienst mehr gewesen war, stellte ihr Wohnzimmer zur Verfügung für Frauen- und Mädchenkreis. Fröhliches Singen schallte an solchen Abenden durch unsere stille Gegend, und ein herzliches Verhältnis herüber und hinüber entspann sich, ohne daß zu enge Freundschaften daraus geworden wären, die oft genug in Klatsch und Tratsch enden.

Nein, wir waren nicht ohne Aufgaben am neuen Platz. Immer wieder wurden wir ja auch gebeten, Freizeiten zu leiten.

Und nun diese sich immer deutlicher bemerkbar machende, in neue Richtung weisende Stimme: ein Heim, nicht nur für Mütter, sondern für Eheleute und Familien gleicherweise wie für Einsame.

Einmal bekamen wir Besuch von einem uns befreundeten Ehepaar. Es war zwischen Weihnachten und Neujahr. In traulicher Gemeinschaft saßen wir beisammen, musizierten, sangen und freuten uns am lebhaften Gedankenaustausch.

Plötzlich sagte die bei uns zu Besuch weilende Dame: »Es ist nicht recht, daß ihr die Traulichkeit eueres Heimes nur für euch behaltet. Ihr müßt sie andern zugänglich machen. Wie viele wären glücklich, eine harmonische, ja eine bewußt christliche Atmosphäre, wie ihr bemüht seid, sie zu verbreiten, wenigstens für einige Wochen im Jahr erleben zu dürfen. Habt ihr euch noch nie mit dem Gedanken befaßt, Gäste aufzunehmen?«

»Wir haben doch keinen Platz«, antwortete ich, blickte jedoch meine Mitarbeiterin vielsagend an. Sprach unsere

Besucherin nicht aus, was wir schon eine ganze Zeit in uns bewegten?

Ich fuhr fort: »Wenn Gott noch eine derartige Aufgabe für uns hat, muß er uns ein passendes Haus an den Weg stellen. In einem solchen Fall wäre ich sogar bereit, mein Häuschen wieder zu verkaufen.«

Glaubte ich wirklich daran, daß Gott uns ein Haus an den Weg stellen könne? – Ganz gewiß! Hatte ich es nicht auf dem Lindenhof so erlebt?

Meine Familie hatte sich inzwischen wieder um zwei weitere Glieder vergrößert. Ein im Schwarzwald lebendes Arztehepaar bat mich, seine dreizehnjährige Tochter für einige Zeit aufzunehmen. Mit derselben Bitte traten zwei junge Leute, Flüchtlinge, die beide berufstätig waren, an mich heran. Sie hatten einen kleinen, sechsjährigen Buben, den sie nur über das Wochenende bei sich haben konnten und gerne in guten Händen wissen wollten. Also auch jetzt war ich nicht ohne Kinder. Genügten diese verschiedenen Aufgaben nicht?

Mein fünfzigster Geburtstag! Gratulanten, Glückwunschtelegramme, der Besuch meines Verlagsdirektors und des Verlagsleiters.

Gegen Abend kam unser kleiner Junge nach Hause, schüttete mir eine Handvoll Zehnpfennigstücke in den Schoß und sagte: »Da – das schenke ich dir noch zu deinem Geburtstag. Zwar hast du schon einen Blumenstock von mir bekommen, aber das Geld kannst du sicher auch noch brauchen.«

»Aber Hans-Dieter – woher hast du denn das?«

»Na, von dem Gedicht, das Tante Martl zu deinem Geburtstag gemacht hat und das ich dir aufgesagt habe. Ich bin dann von einem Haus zum anderen gegangen, habe geklingelt und gefragt: 'Wollen Sie ein Gedicht hören?' Und die Leute wollten alle. Sie fanden es wunderschön. Ich bin auch gar nicht steckengeblieben. Und dann haben sie es bezahlt.«

Ich war entsetzt. »Aber Hans-Dieter! Wie kannst du nur?

Du hast mich damit in peinliche Verlegenheit gebracht!«

Bestürzt blickte mich der kleine Kerl an. »Jetzt wollte ich dir eine Geburtstagsüberraschung bereiten, Mutti, und nun freust du dich nicht einmal darüber.«

Es war gut, daß die meisten der Damen, an deren Türen Hans-Dieter mit seinem oder vielmehr meinem Geburtstagsgedicht hausieren gegangen war, in unseren Frauenkreis kamen. So konnten wir den Zusammenhang erklären. Sie haben es alle mit Humor aufgenommen.

Eines Tages bekamen wir eine Trauerbotschaft aus Oberböhringen. Die Frau unseres Freundes, des Landwirts und Kunstmalers Hans Lang, war nach der Geburt ihres vierten Töchterchens gestorben. Wir hatten die fleißige, junge Bäuerin schätzengelernt. Mit welcher Herzlichkeit war sie uns immer entgegengekommen, wenn wir einen Besuch auf dem Hof machten! Unfaßlich, daß sie nun nicht mehr da sein sollte, daß sie ihren Mann und die vier Kinder zurückgelassen hatte. Wie schwer mußte es für ihn sein!

Ich wurde die Patin des neugeborenen Mädchens. Erschüttert kam ich von der Taufe zurück. Obgleich die Tante der Kinder, die jüngste Schwester ihres Vaters, sich ihrer rührend annahm und sich sofort bereit erklärte, das Neugeborene als ihr eigenes Kind aufzuziehen, war doch deutlich zu spüren, wie sehr die Gattin und Mutter fehlte. Besonders aus den Augen der Ältesten, eines zehnjährigen Mädchens, sprach das Wissen um Verlust und Leid.

Briefe gingen hin und her. Einige Male besuchte uns Hans Lang. Es gab so manches nach diesem tiefeinschneidenden Todesfall, was ihn beschäftigte und beschwerte. Es war selbstverständlicher Freundesdienst, mit ihm zu tragen und, soweit dies menschlich möglich ist, zu trösten.

Unser Leben im Oberaichener Häuschen lief indessen in ziemlich gleichmäßigem Rhythmus ab: Schriftstellerische Tätigkeit, Freizeiten halten, Vortragsarbeit in den Gemeinden. Zu meiner großen Freude hatte meine Mitarbeiterin auch zu schreiben begonnen. Schon auf dem Lindenhof war es mir aufgefallen, daß sie auch auf diesem Gebiet eine Gabe besaß. »Schreibe doch! Beginne mit Artikeln und gib deine Erlebnisse im Landdienst an junge Menschen weiter«, riet ich ihr. So enstanden ihre Bücher »Junges Herz auf neuen Wegen« – »Die Alltagskanzel« – »Drillings Zwillinge«, die von uns gemeinsam herausgegebenen Tagessprüche »Aus dem Alltag – für den Alltag«, und vor allem viele Artikel für »Frau und Mutter«. Herzlich freute ich mich mit ihr über das Gelingen. Dieses gleichartige Arbeiten verband uns nur noch fester miteinander. An Aufgaben fehlte es uns also nicht. Meine jüngste Pflegetochter war noch zu Hause und konnte uns manches an häuslichen Verpflichtungen abnehmen, bevor auch ihre Berufsausbildung begann. – Auch meine Mutter machte sich nach wie vor in Haus und Garten nützlich. Jedoch ließen ihre Kräfte langsam nach.

Der Gedanke an einen weiteren Auftrag ließ uns aber nicht zur Ruhe kommen. Ein christliches Erholungsheim? – »Ja – wenn Gott uns ein Haus an den Weg stellt!« Nachdenklich ging ich durch die mir liebgewordenen Räume meines Häuschens. Manchmal blieb ich auf der schönen, schwarzen Wendeltreppe mit dem roten Geländer sinnend stehen. – Nein, es war nicht so einfach, dem Gedanken auch nur näherzutreten, dies alles wieder zu verlassen. In unserem Gärtchen blühten gerade die Rosen. Wie liebte meine Mutter dieses Fleckchen Erde – zum erstenmal ein eigenes! War es recht, sie in ihrem hohen Alter noch einmal umzupflanzen?

Aber war es denn überhaupt nötig, sich darüber Gedanken zu machen? Niemand hinderte uns doch daran, hier zu bleiben; und weit und breit sahen wir kein Haus, das Gott uns an den Weg stellte. Und war es nicht ein Unrecht, eine Veränderung anzustreben, wenn man an die Frauen und Mädchen dachte, die regelmäßig unter unserer Leitung zusammenkamen, zu froher, aber auch ernster Gemeinschaft unter Gottes Wort? Wir wurden immer mehr gespannt, was Gott mit uns vorhatte und wie er uns »überraschen« würde.

Eines Tages war es soweit. Hans Lang fragte meine Mitarbeiterin, ob sie bereit sei, seine Frau und die Mutter seiner Kinder zu werden. Daß ich zuerst erschrak, ist wohl verständlich. Hatten wir uns nicht vorgenommen, zu gemeinsamer Arbeit beieinander zu bleiben? Die Trennung von ihr würde mir nicht leichtfallen. Aber es war mir klar, daß ich ihr kein Hindernis bedeuten dürfe, wenn sie ihren Weg an der Seite dieses Mannes fortsetzen wollte.

Nachdem meine Mitarbeiterin sich entschlossen hatte, dem Mann, der um sie warb, ihr Jawort zu geben, ihm Gattin und seinen Töchtern Mutter zu sein – und sie hatte von Gott klare Weisung für diesen Weg –, erklärte ihr Verlobter, der natürlich auch von unseren Erholungsheim-Plänen gehört hatte, in ruhiger Selbstverständlichkeit: »Das machen wir jetzt gemeinsam zu dritt. Ich habe mich ohnehin entschlossen, meinen Hof, einen Teil meiner Felder und den Wald aufzugeben. Ich übernehme das Berghaus und glaube fest daran, daß Gott unser Vorhaben segnen wird.«

Da hatte uns Gott nun in der Tat ein Haus an den Weg gestellt. Es war nicht zu fassen.

Hätte es sich darum gehandelt, mit dem jungen Paar zu ziehen, ohne eine solche gemeinsame Aufgabe dahinter - ich hätte nie eingewilligt. Auf diese Weise aber konnten wir beisammenbleiben und einander die Hände frei machen für die mannigfachen Aufgaben, die im Erholungsheim, in der Familie, auf dem Feld und im Garten tatkräftigen Einsatz erforderten.

Aber noch war es nicht soweit. Mein Häuschen mußte verkauft, der neue Weg vorbereitet werden.

Es war seltsam: Als sich dann eins nach dem anderen fast ohne unser Zutun abwickelte, fand keinerlei Zweifel in uns Raum. Das also war es, was sich seit einem Jahr geheimnisvoll angebahnt hatte. Also doch wieder eine neue Aufgabe!

Es ist für eine unverheiratete Frau ohne Baukenntnisse nicht ganz einfach, ein Haus, und sei es noch so klein, zu erstellen. Zum Glück hatte ich einen prächtigen Architekten,

Professor F., der mich nicht nur als erfahrener und tüchtiger Mensch, sondern auch als bewußter Christ gewissenhaft beriet.

Aber ein Haus zu verkaufen, schien mir nicht weniger schwer. Wir gaben ein Inserat in der Zeitung auf. Über siebzig Zuschriften kamen. Uns graute. Wie sollten wir da den richtigen Käufer herausfinden? Er mußte vor allem in bar bezahlen können, denn ich wollte das Häuschen in etwas größerem Umfang, weil ja auch die Familie Lang dort wohnen sollte, am neuen Platz aufbauen. Das »uns von Gott an den Weg gestellte Haus« sollte dann speziell für die Gäste sein. Für einen Menschen, der kein Verhältnis zu Gott hat, mag es unfaßlich, ja vielleicht sogar lächerlich scheinen, daß man Gott mit solchen Dingen wie der Wahl eines Hauskäufers behelligt. Für uns aber war es selbstverständlich, daß wir ihn baten, uns doch zu zeigen, wer von diesen vielen Interessenten derjenige sei, dem ich das Haus zusprechen sollte.

Ein wenig hilflos saßen wir vor dem Stapel Zuschriften, die wir in drei Teile sortierten. Einmal die Briefe der Makler, die auf unser Inserat geantwortet hatten, dann die Offerten derer, die wir telefonisch erreichen und somit Zeit sparen konnten, und schließlich die Angebote, die wir schriftlich beantworten mußten. Als ich das letztgenannte Bündel Zuschriften zum Schreibtisch hinübertrug, fiel ein einzelner Brief heraus auf den Boden. Lachend hoben wir ihn auf und legten ihn beiseite: »Wer weiß, ob das nicht der Käufer sein soll?« Er war es dann wirklich.

Alles entwickelte sich schnell und reibungslos. Eines Tages fuhr der Möbelwagen vor. Noch einmal ging ich durch mein Häuschen und nahm Abschied. Nur zwei Jahre hatten wir unser trauliches, kleines Heim genießen dürfen. Ein wenig wehmütig war mir nun doch zumute – aber es hatte keinen Sinn, solche Stimmung in sich aufkommen zu lassen. Ganz klar war uns der Weg vorgezeichnet. Gott hatte uns ein Haus und mit diesem eine neue Aufgabe an den Weg gestellt. Wir hatten nur zu folgen.

Meine Mutter sagte nichts als: »Wo du hingehst, da will auch ich hingehen.« Mein »goldener Anhänger«!

»Berghaus St. Michael – Haus der Stille«, so heißt unser Erholungsheim, das wir nun schon über acht Jahre hoch oben auf der Schwäbischen Alb über Geislingen an der Steige führen.

Mehr als zweitausend Gäste haben in diesen Jahren an dem stillen Platz Erholung für Leib und Seele gesucht, Frauen und Männer, Ehepaare mit und ohne Kinder, Alte und Junge. Sie kommen aus allen Teilen Deutschlands, aus der Schweiz, aus England. Wir haben auch schon Gäste aus der Türkei und aus Indien gehabt. In unserem Prospekt steht ein Vers, der zum Ausdruck bringt, um was es uns in unserer Arbeit geht:

Willst du wahre Schönheit sehn,
mußt du stille Wege gehn.
In dem Lärm, der Hast des Lebens
suchst solch' Einkehr du vergebens.
Stillesein ist dir so nötig,
auch die Einsamkeit kann segnen.
Such die Stille, dort wirst sicher
du dir selbst und Gott begegnen.

Meine Aufgabe ist das Leiten der täglichen Andachten, teilweise auch die Abendgestaltung, sowie die geistliche Betreuung der Gäste während des Aufenthaltes und die Korrespondenz mit ihnen. Es kommt zu manch seelsorgerlichem Gespräch, und das Vertrauen so vieler beschämt und beglückt mich stets aufs neue.

Die meisten der Menschen, die zu uns kommen, leben in der Unruhe der Städte. Viele von ihnen sind berufstätig und leiden unter dem Tempo und der Hetze des Alltags. Sie können die sie auf unserer Höhe umgebende Stille zuerst kaum fassen. Es ist jedoch keine Friedhofsstille, sondern sie macht froh und lehrt die Aufmerkenden auf Stimmen zu achten, die im Lärm und Getöse nicht mehr zu vernehmen sind.

Die meisten unserer Gäste sind Privatgäste. Dann schicken uns Ärzte und Krankenhausfürsorgerinnen Erholungsbedürftige. Sie kennen die Psyche des heutigen Menschen, der nicht mehr zur Ruhe kommt, aber gleichzeitig mit der Stille kaum noch etwas anzufangen weiß. Hin und wieder erleben wir es, daß ein Gast am ersten oder zweiten Tag die Befürchtung ausspricht: »Diese Einsamkeit hier oben halte ich nicht aus. Was soll ich nur drei Wochen ohne Kino, Theater, Kaffeehausmusik, Fernsehen und Ähnliches anfangen?« Wir versuchen ihm dann über diesen »Schock der Stille« hinwegzuhelfen, fragen ihn, ob er schon einmal eine Nachtigall hat singen hören – solches ist bei uns möglich –, ob er weiß, wie erholsam ein stiller Weg über die Heide ist, wo man stundenlang keinem Menschen begegnet – auch das gibt es bei uns, ohne daß man Angst haben muß –, stellen ihm schöne Lichtbilderabende, bei Regenwetter ein Hauskonzert, ein Rundgespräch oder eine unserer biblischen Aufführungen in Aussicht und verraten ihm, daß wir selbst auch einen Fernsehapparat haben, der aber im Familienhäuschen steht. Wir möchten unsere Gäste und uns nur auswahlweise aus dem Angebot des Fernsehens bedienen und keinesfalls seine Sklaven werden. Wenn eine gute Sendung angekündigt ist, laden wir die Gäste ins Familienhäuschen, wo es auch hin und wieder einen Abend am offenen Kamin bei Kerzenschein und Gesang zur Laute gibt. An solchen Abenden liest meine Mitarbeiterin wohl einmal aus der Sammlung ihrer eigenen Gedichte, und ihr Mann singt das eine oder andere Lied, von einer seiner Töchter am Klavier begleitet. Am Sonntag geht man gemeinsam zur Kirche.

Es verstand sich von vornherein, daß wir auch hier oben Frauenhilfskreis und Kindergottesdienst ins Leben riefen. Unsere Gemeinde ist eine reine Landgemeinde. Die Frauen leisten neben ihren Männern in schwerer Arbeit Bewundernswertes. Während der Sommermonate ist es nicht möglich, sie am Abend zusammenzurufen. Aber sie schicken ihre Kinder zu uns. Im Winter aber ist es eine ganze Schar. Besonders sind es junge Frauen, die regelmäßig kommen, die fröhlich unsere Lieder lernen. Wach und aufgeschlossen nehmen sie auch an unserer Bibelarbeit teil.

Da unsere Gottesdienste in Ermangelung einer eigenen Kirche bis jetzt im dörflichen Schulhaus stattfinden müssen, sparen und sammeln wir nun mächtig, um eine eigene kleine Kirche erstellen zu können. Niemand sage, die Menschen von heute hätten keine offene Hand mehr dafür. Man muß es nur verstehen, ihr Herz zu erwärmen. Es ist erstaunlich, in welch verhältnismäßig kurzer Zeit ein Grundstück erstanden und eine schöne Summe zusammengetragen werden konnte. Im nächsten Jahr soll mit dem Bauen begonnen werden.

Oft kommen Frauen aus den verschiedensten Gemeinden Württembergs. Sie haben das »Berghaus St. Michael« als Ziel ihres Sommerausflugs gewählt. Wir bewirten sie, und ich darf ihnen einen Vortrag oder eine Andacht halten.

So fehlt es uns aber auch hier nicht an Arbeit. Daß Gott uns auch die Mitarbeiter ins Haus sendet, in einer Zeit, wo es immer mehr Menschen um des Geldes willen in den Lärm der Fabriken zieht, kommt uns immer wieder wie ein Wunder vor. Selbst in diesem Stück erleben wir etwas von der Wahrheit des Wortes: »Bittet, so wird euch gegeben.«

Von vornherein haben wir uns vorgenommen, daß in unserem Erholungsheim nicht die Frage: Was bringt es uns ein? vorherrschend sei, sondern: Wie können wir hier den Menschen an Leib, Seele und Geist dienen? Aus diesem Grund nehmen wir auch immer wieder Menschen auf, denen es nicht möglich ist, den vollen oder überhaupt einen Pensionspreis zu zahlen. Eine besondere Freude bereitet es uns, Menschen aus dem Osten zu solchen Erholungstagen zu verhelfen. Im Augenblick wird ihnen die Ausreisegenehmigung leider nicht erteilt. Wir wissen, daß man vom rechten Geben nicht ärmer wird. Das erkannte ich schon vor Jahren, als ich folgendes schrieb:

Daß ich dienen, daß ich schaffen darf,
daß mein Leben ich nicht nutzlos lebe;
daß ich wirken, daß ich formen darf,
und von dem, was mir geschenkt ward, andern gebe;
daß gesund ich bin, die Glieder regen kann,
daß ich Tag für Tag Gelegenheiten sehe;
daß man auf mich wartet, und ich wissen darf:
ja, man braucht mich, wo ich geh und stehe;
daß ich trösten, daß ich lieben darf:
Dies macht wert und reich mein Leben.
Arm ist, der nur eignen Vorteil sucht,
reich wird man durch Lieben und durch Geben.

Jeder von uns dreien hat sein spezielles Arbeitsgebiet: Der Hausherr die große Hühnerfarm, die die eigentliche Existenzgrundlage bildet, dazu der große Garten und die Äcker. Wir bauen all unser Gemüse und die Kartoffeln selbst. Da kommen uns die Erfahrungen des erprobten Landwirts zugute. Da wir kein einziges Geschäft auf unserem Berg haben, wo wir etwas einkaufen könnten, ist er viel mit unserem Wagen unterwegs, auch um den großen Kundenkreis mit Eiern und Geflügel zu beliefern. Zum Malen kommt er meist nur in den Wintermonaten.

Seine Frau hat die wirtschaftliche Leitung und das Anlernen und Anleiten der Mitarbeiter in den Händen. Das ist ein großes Arbeitsgebiet. Für die Familie soll schließlich auch noch Zeit übrigbleiben, zumal zu den Töchtern aus erster Ehe noch ein kleines Schwesterchen und der langersehnte Bruder gekommen sind. Da bleibt ihr zum Schreiben nur wenig Zeit.

Ich persönlich betrachte es als ein großes Geschenk Gottes, daß ich mein Leben lang in Aufgabengebieten stehen durfte, die meinen Fähigkeiten entsprachen und die mich erfreuten. Wie vielen Menschen bin ich begegnet, die darunter litten, daß sie nicht ihrer Neigung oder Begabung entsprechend eine Arbeit tun durften, sondern Jahre hindurch in einem Wirkungskreis stehen mußten, der ihnen nicht Lust, sondern

Last bedeutete! Daß ich also auch hier wieder in seelsorgerlicher Arbeit stehen darf, macht mich glücklich.

In den letzten Jahren wurde ich besonders während der Wintermonate, in denen das Haus wohl auch geöffnet, aber doch nicht bis auf den letzten Platz gefüllt ist wie im Sommer, in die Schweiz zu Evangelisationsvorträgen gerufen. Mit Freuden sagte ich zu, ob ich in kirchliche, Gemeinschafts- oder in Heilsarmeekreise gebeten wurde. Je länger desto mehr weiß ich, daß es nicht auf die Form ankommt. Obgleich ich seit Jahren freudig in unserer kirchlichen Arbeit und in unserer Gemeinde als Kirchengemeinderätin stehe, so erkenne ich doch immer mehr, daß keine Kirche, keine Gemeinschaft das Recht hat, von sich als der alleinseligmachenden und einzig richtigen zu reden. Alle Form wird einmal zerbrechen. Bestehen bleibt nur, was von Gott geboren ist. Die Frage wird nicht sein: Gehörte ich zur evangelischen oder katholischen Kirche, gehörte ich zu den Marienschwestern oder zu der Heilsarmee, gehörte ich zu der Evangelischen Gemeinschaft, zu den Baptisten oder Methodisten? Es wird auch nicht danach gefragt, ob wir Pfarrer, Diakonissen, Heilsarmeeoffiziere oder Missionare waren, sondern ob wir zur Gemeinde Jesu gehören, zu denen, die sich für Christus entschieden und das Zeugnis, daß sie Gottes Kinder sind, durch den Heiligen Geist erhalten haben, trotz all ihrer Schwachheit und Sündhaftigkeit. Daran wird man erkennen, daß wir Gottes Kinder und Jünger Jesu sind, daß wir Liebe aneinander üben, vor allem aber an Verlassenen und Armen.

Je älter ich werde, desto mehr bin ich mir der Gnade bewußt, die mir zuteil wurde, daß ich im Dienst Gottes stehen darf. – In jungen Jahren schon habe ich mit großer Freude diesen Dienst erfüllt. Je älter ich aber werde, desto mehr fühle ich die große Verantwortung eines solchen Auftrags. Es ist mir nicht so sehr darum zu tun, »gut« zu sprechen, sondern vor allem, das Wesentliche zu sagen. Was aber könnte das anders sein als die Botschaft von Jesus Christus? Ich selbst möchte dabei vollkommen in den Hintergrund treten. Ich weiß, daß ich für jedes Wort einmal zur Rechenschaft gezogen werde. Wehe, wenn ich mich persönlich hervorhöbe und der, den ich zu verkündigen habe, dadurch in den Schatten gestellt würde! Altersmäßig bin ich ja nun längst, wie man so sagt, auf der absteigenden Linie. Wenn ich meinen nächsten Geburtstag noch erleben darf, wird es der sechzigste sein. So sehr ich auch noch in meiner Arbeit stehe – der schwankende Gesundheitszustand ist mir immer wieder ein Mahnzeichen.

Ob die vor mir liegende Wegstrecke nur kurz oder noch lang sein wird? Was sind schon ein paar Jahre? …als flögen wir davon! – Allein wesentlich scheint mir, daß ich die Zeit im Blick auf die Ewigkeit ausnutze. Je älter ich werde, desto mehr erkenne ich, wie mangelhaft mein eigenes Tun ist und wie abhängig ich von Gott bin. Das Gebet und das Lesen der Heiligen Schrift ist mir viel bedeutungsvoller geworden. Es hat nichts mit überspannter Frömmigkeit zu tun, wenn man etwas weiß von dem Streben nach einem Beten »ohne Unterlaß«, wie die Bibel es nennt. Das bedeutet nichts anderes, als vor Gott stehen bleiben, oder wie Joseph zu seinen Brüdern sagte: »Ich bin unter Gott.«

Unter Gott stehen heißt Ehrfurcht vor ihm haben, ihn ernst nehmen.

Was heißt Beten?
Stille werden, nach innen lauschen,
alle irdischen Beschwerden
gegen Gottes Frieden tauschen;
sich die leeren Hände füllen lassen
und im Glauben Gottes Hand erfassen;
wie ein Kind dem Vater alles sagen
und dann voll Vertrauen mit ihm es wagen;
lösen sich von der Vergänglichkeit
und schon hier sich nähern Gottes Herrlichkeit …

Wenn ich nun an den Schluß meiner Aufzeichnungen komme, so bin ich mir dessen bewußt, daß Gott allein die

Ehre gehört. Mancher, der sie liest, wird vielleicht sagen: Was ist nun schon Besonderes an diesem Leben? Die Frage ist berechtigt. An dem, was ich getan habe, ist nichts Besonderes zu entdecken. Aber die Führungen Gottes, sein wunderbares Eingreifen in so manchen schwierigen Situationen meines Daseins, die deutlichen Erhörungen so vieler oft nur stammelnd gesprochenen Gebete, das ist und bleibt etwas Besonderes und Großes – und doch kann jeder das erleben, der Gott ernst nimmt. Ich bilde mir auch keineswegs ein, daß alles, was ich tat und unternahm, richtig war. Auch in meinem Leben gab es Fehlschläge und gewiß vieles, was ich besser machen hätte sollen und können. Darunter beuge ich mich und weiß mich der Vergebung bedürftig. Obgleich ich oft im Leben vor große Entscheidungen gestellt wurde und es mir auch geschenkt war, einige nicht ganz einfache Probleme zu lösen: In meiner Brust schlägt ein ängstliches Herz. Nur meine Nächsten wissen das, die anderen, die mich in meiner Entscheidung als große, tatkräftige Frau kennen, glauben es oft nicht. Aber es ist so. Ich muß täglich meine Angst in die Hände Gottes legen. Ich glaube, sie ist es, die mich vor Hochmut und Überheblichkeit bewahrt, denn es ist mir so manche Anerkennung und Würdigung in meinem Leben zuteil geworden.

Ich bin mir auch bewußt, daß dieses Buch, meine Biographie, wie meine anderen Bücher alle, sehr schlicht gehalten ist. Ich betrachte es auch keineswegs als ein Urteil negativer Art, wenn man von ihnen als von schlichten Büchern spricht. Meine Leser sind ja in der Hauptsache Menschen, die in einfachen Verhältnissen leben, die gezeichnet sind von Sorgen und Mühen und die, wenn sie einmal Zeit finden, ein Buch in die Hand zu nehmen, darin Erholung und Wegweisung finden wollen. Mein Lebensauftrag war immer, gerade solchen zu dienen. Was hätte es für einen Sinn, wenn ich über ihre Köpfe hinwegreden würde und sie meine Bücher aus der Hand legten, weil sie ihnen nichts zu sagen haben und sie ihren Inhalt nicht verstehen? Wenn mir aber eine müde Mutter erzählt oder schreibt: »Ich konnte nicht anders, als Ihr Buch in einem Zug zu Ende zu lesen, weil es so lebensnah geschrieben ist und Probleme behandelt, wie sie auch vor mir standen«, dann ist das die köstlichste Begutachtung, die mir zuteil werden kann. Wenn in den Rezensionen, die mir mein Verleger schickt, immer wieder einmal der Satz vorkommt: »Elisabeth Dreisbach versteht lebensnah und spannend zu erzählen«, so freut mich das natürlich. Auch von den negativen Beurteilungen möchte ich lernen. Jedenfalls beglückt es mich, daß ich immer wieder aufs neue schreiben darf – noch immer schreiben darf – und daß ich weiß: Viele Menschen warten auf meine Bücher.

Obwohl ich noch mitten im pulsierenden Leben stehe, ständig umgeben von Menschen, an denen ein Auftrag zu erfüllen ist, obgleich ich nach wie vor flehende Hände vor mir sehe, so wird es doch langsam stiller um mich. Wohl habe ich liebe, treue Freunde im In- und Ausland, wohl gehören meine Pflegekinder nach wie vor zu mir, und mit meinen Mitarbeitern stehe ich in beglückender Arbeits- und innerer Lebensbeziehung – aber an meinem Wege sind nun doch schon etliche Gräber. Vor drei Jahren verließ mich meine geliebte Mutter – mein treuer »goldener Anhänger«. Bis zur letzten Stunde durfte ich sie bei mir haben. Als sie so schwach war, daß sie nicht mehr reden und auch nicht mehr beten konnte, war ich so froh, ihr sagen zu können: »Wenn du den Namen des Herrn nicht mehr anrufen kannst, dann ruft er dir zu: Ich habe dich bei deinem Namen gerufen, du bist mein!«

Ich schrieb dieses Buch in der Hauptsache draußen auf der Anhöhe am Rand unseres Wäldchens an Tagen strahlenden Sonnenscheins. Vor mir liegt unser Erholungsheim, umgeben von grünen Wiesen und den für die Schwäbische Alb so charakteristischen Baumgruppen. Drüben breitet sich unsere schöne Heide aus, auf der man wie auf einem Moosteppich wandelt, und der Heckenrosen, Thymian, Silberdisteln sowie unzählige Wacholdersträucher das Gepräge geben. Blicke ich nach rechts, sehe ich den Stuifen, den Rechberg und weiter hinten den Hohenstaufen. Herb ist die Schwäbische Alb, aber schön, und sie ist mir in den Jahren meines Hierseins Heimat geworden.

Mein Blick geht über unsere Wiesen, Wälder und Hügel – weiter, immer weiter. Ich höre meine Mutter sagen: »Droben in Zion endet der Schmerz, ach, nur nach Zion sehnt sich mein Herz.« Muß es nicht so sein, daß wir, wenn wir unter Gott stehen, je länger desto mehr von Himmelssehnsucht erfüllt werden? Das heißt nicht, daß wir weltflüchtig und lebensverneinend sind, sondern daß wir uns zubereiten lassen, die bleibende Stadt zu erreichen, die Christus uns bereitet hat.

.»..als flögen wir davon.« Wo sind sie geblieben, die Jahre? – Sie sind vergangen wie ein Traum. Nein, kein Traum, sondern ernste und doch wunderbare Wirklichkeit sind sie gewesen, und ich habe rückblickend nichts als zu danken.

Nie kann, o Herr, ich danken dir genug!
Es soll dir danken jeder Atemzug.
Es soll dir danken jeder Herzensschlag
bis zu dem letzten Schlag, am letzten Tag.
Es soll dir danken jeglicher Gedanke.
Nichts anderes möcht ich sprechen als:
Ich danke! Herr, ich danke!

Bilder aus dem Leben von
Elisabeth Dreisbach

Familie Dreisbach. Elisabeth (Bild links: 2. von rechts, Bild oben: 4. von links), einziges Mädchen unter drei Brüdern.

Elisabeth Dreisbach 1935, im Alter von 31 Jahren.

Bild links:
Familie Dreisbach mit Elisabeth als junge Heilsarmeekadettin.

Die Autorin mit ihren Pflegekindern.

In ihrem Arbeitszimmer.

Elisabeth Sauter-Dreisbach mit ihrem Mann Dr. Eugen Sauter.

Bild links: 1980

Bild oben: 1983

1996, im Alter von 92 Jahren.

…aber die Freude bleibt

»Schreiben Sie immer noch?« Wie oft ist mir in den letzten Jahren diese Frage gestellt worden. Und bis jetzt konnte ich sie immer mit einem freudigen Ja beantworten. Wenn ich neuerdings aber hinzufüge, ich arbeite augenblicklich an meinem achtzigsten Buch, und danach will ich endgültig aufhören, kann es vorkommen, daß man mich ungläubig ansieht.

»Haben Sie das nicht schon vor zehn Jahren gesagt? Ich meine mich zu erinnern, daß Sie nach Ihrem 70. Geburtstag der festen Überzeugung waren, jetzt sei es Zeit, mit der schriftstellerischen Tätigkeit aufzuhören.«

Ich senke schuldbewußt die Augen. »Ja, Sie haben recht. Man sollte so etwas nicht äußern und danach doch weitermachen.«

Lachend erwidert mein Gegenüber: »Wir haben es damals nicht geglaubt und glauben es Ihnen auch heute nicht. Wie können Sie aufhören? Schreiben ist doch Ihr Lebenselement.«

Ja, so ist es. In den 52 Jahren, in denen ich schriftstellerisch tätig bin, habe ich dies mit wachsender Freude getan; und je länger desto mehr wurde mir bewußt, welch eine große Verantwortung ein christlicher Autor gegenüber seinen Lesern hat.

»Sie schreiben in erster Linie über Frauenschicksale«, meinen viele. Ja, das stimmt. Aber nicht nur, auch Jugend- und Kinderbücher habe ich verfaßt. Natürlich habe ich viele Frauenschicksale geschildert und tat es besonders für die im Lebenskampf stehende Frau, die am Abend oder wann auch immer eine freie Stunde erübrigen kann – und dann oft zu müde und abgekämpft ist, um sich mit großen Problemen zu befassen.

Aus diesem Grund war es mir wichtig, einfach und allgemein verständlich zu schreiben, um meinen Lesern Hilfe, Trost und Ermutigung weiterzugeben. Viele Leserbriefe bestätigen mir, daß ich verstanden worden bin. Weil meine Bücher ihren Ursprung im wirklichen Leben haben, werden sie auch von vielen bejaht. Nicht nur Frauen, auch Männer lesen sie.

»Wollen Sie damit sagen, daß Sie alles, was Sie schreiben, selbst erlebt haben?« Nein, das kann gar nicht sein. Aber irgendein Erlebnis liegt jedem Buch zugrunde. Viele Menschen, deren Schicksale ich schildere, sind mir begegnet. Natürlich mußte ich in der Darstellung Veränderungen vornehmen, indem ich ihnen einen anderen Namen gab, sie an einen anderen Ort versetzte, den Ablauf der Ereignisse veränderte und manches wegließ oder anderes hinzufügte. Ich darf nicht so schreiben, daß der Betreffende sich in meiner Schilderung wiedererkennt und dadurch möglicherweise schockiert wird.

»Empfindet man deshalb Ihre Bücher so wirklichkeitsnah, weil sie letztlich dem Leben entnommen sind?« Ja, ich glaube, daß es so ist.

»Und Sie behaupten wirklich, daß dieses Buch, an dem Sie jetzt schreiben, Ihr letztes ist?« Behaupten? Ich habe wirklich vor, jetzt aufzuhören, obwohl ich genau weiß, daß mir irgend etwas Wesentliches fehlen wird, wenn ich längere Zeit nicht an einem Manuskript arbeite. Bitte vergessen Sie nicht, daß meine Kräfte nachlassen. Ich bin immerhin über achtzig Jahre alt. Meine Sehkraft ist schwächer geworden. Ich höre nicht mehr so gut wie früher. Arthritis macht mir sehr zu schaffen.

»Aber an Stoff würde es Ihnen nicht fehlen?« Nein, das Leben selbst bietet unaufhörlich spannendsten Stoff. Ich habe es immer – und je länger desto mehr – als eine wunderbare mich selbst beglückende Aufgabe empfunden, schreiben zu dürfen. Jedes Buch habe ich wie eine Geburt erlebt. Irgendwann wurde die Saat in mich gelegt. Sie keimte und wuchs. Das Buch nahm, noch ehe ich daran zu schreiben begann, in mir Form und Gestalt an. Ich trug es gleichsam in mir. Ich lebte mit diesem Buch, längst ehe es gedruckt war. Und während ich daran arbeitete, entwickelte es sich immer weiter und machte mich glücklich. Jedesmal, wenn ich eines meiner Bücher beendet hatte, trennte ich mich nur schwer von ihm. Immer, wenn ich die letzte Seite geschrieben hatte, habe ich eine Weile ganz still meinem geistigen Kind nachgesonnen. Nun geht es hinaus »in die Welt«. Was wird es erreichen? – Ja, es wird mir fehlen, nicht mehr schreiben zu können. Aber auch an einer solchen Stelle ist die Bereitschaft notwendig loszulassen, sich von dem zu trennen, was man liebt.

Im Rückblick auf die über fünfzig Jahre kann ich Gott nicht genug danken für den Lebensauftrag, den er mir gegeben hat. Aus der Gabe wurde eine Aufgabe.

Nichts, was ich weitergab, gab ich von mir.
Es war mir alles erst von Gott gegeben.
In überschwenglich reichem Maß
erfüllt' mit Gnade er mein Leben.
Und aus der Gabe wurde Auftrag mir.
Und dieser wieder machte reich mir meine Tage.
Was kann ich Bessres tun, als daß ich stets
für solches Nehmen, Geben Dank ihm sage!

Als ich dieses Buch noch mit Heinz Schäfer, dem in den Ruhestand getretenen Verlagsdirektor, durchsprach, waren wir sehr schnell bei der Frage des Titels.

»Wie soll Ihr neues Buch heißen?«

»Freuen müßte man sich können!«

»Der Titel könnte mir gefallen.«

»Ich aber bin irgendwie unsicher geworden.«

»Inwiefern?«

»Sie waren doch immer der Meinung, man sollte möglichst keinen negativen Titel wählen. ›Freuen müßte man sich können‹ – das besagt doch, daß man es im Grunde nicht kann. Ist dann dieser Titel nicht doch negativ?« Herr Schäfer sah mich nachdenklich an.

»Wahrscheinlich haben Sie recht. Vielleicht sollten wir einen Titel suchen, der unzweideutig positiv ist. – Geben Sie mir doch bitte Ihre Bibel.«

Er wußte, daß ich immer wieder gerne Bibelworte als Titel

für meine Bücher gewählt hatte. Wir waren übereingekommen, daß dieses neue Buch gewissermaßen eine Fortsetzung meiner Autobiographie »...als flögen wir davon« werden sollte. So war es naheliegend, auch diesmal ein Wort aus dem 90. Psalm, dem ich den Titel meiner Autobiographie entnommen hatte, zu wählen.

Der Direktor blätterte in der Bibel und fuhr fort: »Hier hätten wir etwas Passendes: Fröhlich unser Leben lang!«

Ich wiederholte nachdenklich das Wort: »Fröhlich unser Leben lang.«

»Ja«, stellte ich erfreut fest, »das ist wirklich etwas Positives.«

Wir einigten uns auf diesen neuen Titel.

Und nun sitze ich hier und bin aufs neue unsicher geworden. Mir kommt das Lied in den Sinn, das wir vor Jahren im Kindergottesdienst gesungen haben: »Immer fröhlich, immer fröhlich, alle Tage Sonnenschein. Voller Schönheit ist der Weg des Lebens, fröhlich laßt uns immer sein.«

Als Kind sang ich dieses Lied laut und unbekümmert. Doch im Laufe der Jahre, nachdem auch in meinem Leben Krankheiten, Enttäuschungen, Kummer und Sorgen nicht ausblieben, veränderte sich mein Verhältnis zu diesem Lied. Ich konnte einfach nicht mehr so selbstverständlich singen: »Immer fröhlich, alle Tage Sonnenschein.« Das stimmte doch nicht! Es gab nicht alle Tage Sonnenschein. Wieviel Leid und Anfechtungen, Kämpfe und Glaubensproben gibt es. Es ist ein Unterschied, ob ich ein unbekümmertes Kind bin oder ein im Lebenskampf stehender Erwachsener.

Für welchen Titel sollte ich mich nun entscheiden? »Fröhlich unser Leben lang« oder »Freuen müßte man sich können«? Oder für einen noch ganz anderen? Ich werde mich erst im Laufe der Arbeit an diesem Buch festlegen können.

Eine Fortsetzung meiner Biographie? Irgendwie konnte ich mich mit diesem Gedanken nicht so ganz befreunden. Bisher war ich der Meinung gewesen, daß man seine Biographie nicht in Etappen, sondern nur einmal schreiben könne nämlich dann, wenn man alt geworden ist. Als ich vor mehr als zwanzig Jahren an meinem Buch »...als flögen wir davon« arbeitete, hatte ich das Empfinden, ich käme gewissermaßen zu einem Abschluß. Nicht daß ich damals lebensmüde gewesen wäre. Aber immerhin lag mein sechzigster Geburtstag bereits hinter mir. Allerdings hat man mich danach immer wieder gebeten: »Schreiben Sie doch für Ihre Leser Ihre weitere Lebensgeschichte. Sie haben so viel Interessantes und Wichtiges, vor allem im Dienst für Gott und an den Menschen, erlebt, daß Sie das nicht für sich behalten sollten.«

Also eine Fortsetzung von »...als flögen wir davon«. Tatsächlich wird kaum eines meiner Bücher so viel gelesen wie dieses. Ich selbst nehme es gelegentlich zur Hand und lese hier ein Stück und dort wieder eins. Ich vertiefe mich noch einmal in den Anfang und blättere dann in den letzten Seiten. Je länger desto mehr erkenne ich, wie wunderbar die Führungen Gottes in meinem Leben waren. So heißt es auf der ersten Seite: »Von den Führungen Gottes will ich in diesem Buch vor allem reden, nicht von dem, was ich selbst erlebt oder gar geleistet habe...« Ich lese von den fröhlichen Kindheitserinnerungen im Zusammenleben mit meinen drei Brüdern, vom Dienst für Gott, in dem meine Eltern als Offiziere der Heilsarmee standen – von ihrer Hingabe und Opferbereitschaft, ihrer freiwilligen Entscheidung, auf persönlichen Besitz zu verzichten, keinen Alkohol anzurühren und sich ganz für die Ärmsten der Armen einzusetzen. Ich begleite meine Eltern in Gedanken auf ihren Wegen in die Gefängnisse, wo sie sich um die Strafgefangenen kümmerten. Ich erlebe beim Lesen meinen Vater, diesen großen, stattlichen Mann, der in Hamburg die erste Obdachlosenbetreuung der Heilsarmee ins Leben rief und den Heimatlosen ein Zuhause schuf. Ich höre meine kleine, zierliche Mutter, die über eine große Redegabe verfügte, wie sie vor vielen Menschen in den Räumen der Heilsarmee, auf Freiversammlungen wie in großen Sälen voll innerer Überzeugung sprach, so wie es die Männer und Frauen der Heilsarmee heute noch tun.

Wie wunderbar, daß es uns Menschen möglich ist, Bilder der Vergangenheit wieder lebendig werden zu lassen. Ich lese in meiner Autobiographie von ernsten Krankheitszeiten, die ich durchzustehen hatte – von schweren Wochen, Monaten, Jahren. Für mich, das temperamentvolle, mit Plänen und Ideen erfüllte Mädchen, war das nicht leicht. Doch gerade diese Zeiten prägten und formten mich wie keine anderen.

Ich erzähle in diesem Buch von Berufswahl und Ausbildung, von einer klaren inneren Berufung zum Dienst für Gott. Ich rufe Städte und Menschen in meine Erinnerungen zurück. Ach, wie reich an Erlebnissen war doch mein Dasein! Und immer wurde es mir geschenkt, Aufgaben zu erfüllen, die meiner Neigung und Begabung entsprachen. Auch mich hat es immer wieder zu den Hilfsbedürftigen hingezogen, vor allem zu Kindern, Alten und Schwachen.

Ich blättere weiter in meinem Buch. Nach Kriegsende darf ich 1946 ein Flüchtlingskinderheim eröffnen. Nie hätte ich früher gedacht, einmal keine eigenen Kinder zu haben, und dann wurden es im Laufe der Jahre über eintausendfünfhundert Jungen und Mädchen, die mich »Mutti« nannten.

»Was für ein reiches Leben liegt hinter Ihnen«, haben mir manche gesagt, nachdem sie meine Autobiographie gelesen hatten. Ja, es ist wahr: Es war ein erfülltes Leben. Zwar fehlte es darin auch nicht an persönlichem Leid, an bitteren Erfahrungen, Enttäuschungen und Sorgen. Ich habe es aber nie bereut, mein Leben unter die Führung Gottes gestellt zu haben. Ich selber mußte manchen Wandel erleben, aber Er, der Herr, bleibt derselbe gestern, heute und wird es auch in Ewigkeit sein – Er, Christus, der Treue, Unwandelbare, in allen Situationen Zuverlässige.

Auf der letzten Seite meines Buches »... als flögen wir davon« heißt es: »Wo sind sie geblieben, die Jahre? Sie sind vergangen wie ein Traum. Nein, kein Traum, sondern ernste und doch wunderbare Wirklichkeit sind sie gewesen, und ich habe rückblickend nichts anderes zu tun, als zu danken.«

Damals dachte ich wirklich, daß mit meiner bisherigen Lebensbeschreibung ein Abschluß gefunden sei. Sechzig Jahre – das war doch schon ein ganz schönes Alter. In den vorausgegangenen schweren Krankheitszeiten hatte ich nie gewagt, mir vorzustellen, daß ich einmal so alt werden könnte. Darum war ich geneigt, den Kindern meiner Freunde, mit denen ich gemeinsam in der Arbeit des Christlichen Erholungsheims Berghaus St. Michael stand, recht zu geben. Damals besaß ich einen kleinen Dackel, den wir alle sehr gern hatten. Die Kinder, in jener Zeit vier und fünf Jahre alt, baten mich: »Omi, schenk uns doch deinen Dackel!«

Meine Antwort lautete: »Ach, laßt ihn mir noch, bis ich gestorben bin, dann sollt ihr ihn haben.« Darauf meinte das fünfjährige Mädchen: »Das dauert noch so lange, bis du stirbst, Omi.« Ihr Bruder aber war der Meinung, ich sei schon so alt, daß ich bestimmt bald sterben würde.

Das liegt nun schon zwanzig Jahre zurück. Damals hätte ich mir nicht vorstellen können, daß ich meinen achtzigsten Geburtstag erleben würde.

Wenn ich mich entschließe, weiter zu berichten, dann nur deshalb, um aufs neue die wunderbaren Führungen Gottes in meinem Leben zu bezeugen. Es lohnt sich in der Tat, sein Leben der Führung Gottes zu unterstellen.

So beginne ich nun mit der Fortsetzung meiner Lebensbeschreibung. Auch in diesem Buch werde ich von Menschen erzählen, durch die mein Dasein bereichert wurde. Ich denke an interessante und auch originelle Begegnungen wie zum Beispiel an diese:

»Blendend sehen Sie aus!« sagte eine Dame, die als Gast in unser Haus gekommen war. »Sie haben sich in den etwa 18 Jahren seit unserer ersten Begegnung überhaupt nicht verändert.« Das war vielleicht gut gemeint und sollte eine Art Kompliment sein. Doch wie reagiert man auf eine solche übertriebene Äußerung, die ja in keiner Weise der Wirklichkeit entspricht? Ich antwortete spontan: »Das kommt daher, daß ich so glücklich verheiratet bin.«

»Ja«, fuhr die redefreudige Dame fort, »das haben wir damals gehört und uns sehr gewundert, daß Sie noch so spät geheiratet haben.«

»Ich auch!« antwortete ich prompt und fühlte mich nicht veranlaßt, weitere Erklärungen darüber abzugeben.

»Aber wirklich«, beeilte sich die Frau noch einmal zu versichern, »Sie sind genauso geblieben, wie Sie waren.« Ihr mochte in diesem Augenblick wohl klar geworden sein, daß ihre vorige Äußerung etwas unpassend gewesen war. Schließlich ging es doch niemand etwas an, ob und wann ich mich verheirate.

»Und jetzt wohnen Sie mit Ihrem Mann wieder hier oben im Berghaus?« fragte sie weiter.

»Ja, schon bald wieder drei Jahre. Und wir sind sehr gerne hier, wo ich achtzehn Jahre tätig gewesen bin. Mein Mann und ich sind glücklich darüber, in diesem Haus und Werk trotz unseres Alters noch Aufgaben erfüllen zu können.«

»Sind Sie nicht bereits achtzig Jahre alt?«

»Im dreiundachtzigsten Lebensjahr bin ich.«

Die gesprächige Dame musterte mich von oben bis unten. »Ich muß es noch einmal bestätigen: Gut sehen Sie aus, immer noch stattlich und ansehnlich!«

Ich mußte diesem Gespräch schließlich ein Ende bereiten und sagte darum: »Nun darf ich Sie bitten, mit mir ins Büro zu kommen. Dort ist jemand, der Sie in Ihr Zimmer führen wird.«

Lachend erzählte ich meinem Mann von dieser Unterhaltung. Er sah mich prüfend an. »In achtzehn Jahren nicht verändert? – Aber gut siehst du trotzdem noch aus. Darin hat die Dame recht. Und so, wie du bist, gefällst du mir noch immer, ja, mit jedem Tag besser.«

»Auch wenn ich jetzt am Stock gehen muß?«

»Als wenn das an meiner Liebe zu dir etwas ändern würde.«

»Du Guter, ich danke dir!«

Als wir dann in unserem Wohnzimmer gemütlich beieinander saßen, nahm ich das Gespräch noch einmal auf. »Weißt du, als diese Frau, die glaubte, mir ein solches Kompliment machen zu müssen, mich das letzte Mal gesehen hat, war ich bereits sechzig Jahre alt. Eigentlich ist es dann doch lächerlich zu behaupten, ich hätte mich überhaupt nicht verändert. Stell dir vor – in solch einem langen Zeitraum.«

»Du darfst ihre Worte nicht auf die Waagschale legen«, erwiderte mein Mann, der die schöne Angewohnheit hat, Abwesende möglichst zu verteidigen. »Gewiß hat sie gemeint, in deinem Wesen, in deiner ganzen Art bist du dieselbe geblieben.«

»Das hätte sie kaum in den kurzen Augenblicken feststellen können. Ganz spontan rief sie es aus, als sie mich begrüßte.«

»Nun ja, sie wollte dich mit solch einer Feststellung sicher erfreuen!«

Eine Weile war es zwischen uns beiden still. Dann begann ich noch einmal: »Es wäre im Grunde genommen doch schlimm, wenn man sich im Laufe so vieler Jahre nicht auch in seiner Art verändert hätte. Natürlich auch äußerlich. Ich brauche nur einen Blick in den Spiegel zu werfen, dann weiß ich alles. Was sagt unser Arzt immer, wenn ich über Schmerzen in den Knien und über andere Gelenkbeschwerden klage? ›Mangel an Jugend‹. Dazu kommt, daß ich schlecht höre. Auch meine Augen haben sehr nachgelassen.«

»Das alles hat aber die Dame bestimmt nicht gemeint, sondern deine herzliche, natürliche Art, die du dir in all den Jahren erhalten hast.«

Ich blickte meinen Mann lächelnd an: »Du verstehst es, zu trösten.«

»Bist du etwa trostbedürftig?«

»Manches Mal schon, wenn ich unzweideutig feststellen muß, daß meine körperlichen Kräfte nachlassen.«

»Aber das geht uns doch allen so. Ich glaube, es ist wichtig, dazu ein bewußtes Ja zu finden und nicht nur das zu sehen, was man nicht mehr wie in früheren Jahren leisten kann, sondern für alles dankbar zu sein, worüber man sich noch freuen kann.

Denk doch, welch gutes Gedächtnis du noch hast und daß es dir möglich ist, bis zum heutigen Tag schriftstellerisch tätig zu sein. Auch daß man dir immer wieder Gelegenheit gibt, hier im Hause für die Gäste oder bei Gemeindebesuchen eine Andacht zu übernehmen.«

»Ja, dafür bin ich auch dankbar. Aber gerade bei solchen Anlässen, wie etwa beim Schreiben eines neuen Buches oder wenn ich einen Vortrag oder eine Andacht halte, wird mir deutlich, wie wichtig es ist, daß meine Zuhörer oder Leser erkennen, daß ich nicht auf dem geistlichen Stand von vor zwanzig oder dreißig Jahren stehengeblieben bin. Es hat mich richtig gefreut, als mir jemand vor ein paar Jahren sagte: ›Mit jedem Buch, das Sie schreiben, merkt man mehr, daß Sie innerlich reifen.‹«

»So ist es«, erwiderte mein Mann, »und so muß es auch sein!«

»Erinnerst du dich an Frau Karl, die vor einiger Zeit bei uns war? Es sind bestimmt vierzig Jahre her, daß ich ihr zum ersten Mal begegnete. Sie ist ein lieber, aufrichtiger Mensch. Aber immer wieder, wenn ich mit ihr zusammenkomme, frage ich mich, woran es liegen mag, daß Sie immer noch wie früher in ihrer Art fast kindlich, manchmal sogar kindisch wirkt. Dabei ist sie in ihrem Beruf gut zurechtgekommen, wenn man davon absieht, daß manch einer sie heimlich belächelt hat. Mir kommt es vor, als sei sie in ihrer geistigen, vielleicht auch in ihrer geistlichen Entwicklung stehengeblieben.«

»Vielleicht hat es im Leben von Frau Karl an der nötigen Korrektur gefehlt.«

»Das könnte wohl sein. Ihr Vater war Chef eines großen Unternehmens. Sie blieb das einzige Kind und wurde sehr verwöhnt. Alles drehte sich nur um sie. Vielleicht meint sie, das müsse heute noch so sein.«

»War sie nicht verheiratet?«

»Doch, aber nicht lange. Kurz bevor ihr Kind geboren wurde, starb ihr Mann.«

»Dann fehlte ihr also auch die Korrektur innerhalb der Ehe.«

Ich blickte meinen Mann fragend an. »Wie meinst du das?«

»Ich sehe es so, daß ein Ehepartner dem anderen im Laufe ihrer Zweisamkeit, natürlich liebevoll, ohne ihm dauernd Vorhaltungen zu machen und ihn bestimmen zu wollen, eine Hilfe sein sollte, Fehler zu entdecken und abzulegen. Das setzt voraus, daß er sich über die eigenen Fehler ebenfalls klar ist. Nur so können die beiden Menschen einander helfen, innerlich zu wachsen.«

Eine Erinnerung an meine Eltern, die schon äußerlich, vor allem aber in ihrer Art, sehr verschieden waren, amüsierte mich.

»Warum lachst du?« fragte mein Mann.

Ich erzählte ihm, daß mein Vater manchmal scherzhaft von meiner Mutter gesagt hat: Sie ist mein gesegneter Hemmschuh! Hin und wieder nannte er sie auch Bremsklotz.

»Daß dein Vater deine Mutter einen gesegneten Hemmschuh nannte, zeigt doch, wie freundlich er ihre Korrektur aufnahm, daß er sie bejahte und darüber nicht gekränkt war.«

»Es ist schade, daß du meine Eltern nicht mehr kennengelernt hast. Ich kann an sie nur mit größter Liebe und Hochachtung denken. Wenn wirklich einmal eine Meinungsverschiedenheit zwischen ihnen auftrat – solche bleiben ja auch in bewußt christlichen Häusern nicht aus –, waren beide bemüht, daß daraus ja keine Mißstimmung wurde.«

»Hast du nicht in deinem Buch ›...als flögen wir davon‹ darüber berichtet, daß es gewöhnlich dein Vater war, dieser große stattliche Mann, der bei Meinungsverschiedenheiten zuerst seine Hand der Mutter entgegenstreckte, um zu verhüten, daß sich irgendeine Trübung zwischen ihnen ausbreitete, und sagte: ›Komm, Mama, laß uns gut miteinander sein!‹?«

»Ja, das stimmt! Und dann legte sie ihre Hand in die seine, und alles war wieder in Ordnung. Das hat mich als Kind sehr beeindruckt.«

Mein Mann wiederholte lächelnd: »Bremsklotz – Hemmschuh! Wie ist das denn bei uns? Bist du mein Hemmschuh und ich dein Bremsklotz? Oder haben wir das nicht mehr nötig, weil wir erst so spät geheiratet haben?«

Ich schüttelte den Kopf. »Nein, das glaube ich nicht; denn zu lernen haben wir ja heute noch. Fertig oder vollkommen werden wir nicht, so lange wir auf Erden sind. Ich bin fest davon überzeugt, daß wir auch aneinander noch eine Menge Aufgaben zu erfüllen haben. Auch wenn wir im vorgeschrittenen Alter geheiratet haben und darum vielleicht schon gemäßigter waren und uns nicht mehr so schnell aufregten. Es stimmt, was ein Missionsdirektor einmal seinen Schülern sagte: ›Brüder, ihr bleibt nicht, wer ihr seid. Wenn ihr euch verheiratet, seid vorsichtig in eurer Wahl. Entweder zieht der eine den anderen zu sich empor, oder er wird herabgezogen.‹«

»Ja, das ist so«, erwiderte mein Mann. »Keiner bleibt, wie er gewesen ist. Irgendwie beeinflußt der eine den anderen.«

»Das habe ich auch schon gemerkt.«

»Inwiefern?«

»Ich meine feststellen zu können, daß deine ruhige, ausgeglichene Art sich auf mich positiv auswirkt und ich dadurch auch ruhiger geworden bin und nicht mehr so rasch reagiere. Andererseits freue ich mich darüber, daß du längst nicht mehr so zurückhaltend bist. Du gehst inzwischen viel mehr aus dir heraus, sprichst die Menschen unserer Umgebung an und nimmst an ihrem Ergehen Anteil. Ich staune oft, welche Wandlung in uns beiden vor sich gegangen ist.«

»Das kommt daher, daß wir uns von Herzen gut sind. Und

außerdem behauptet man ja, daß Eheleute, die sich lieben, mit der Zeit einander ähnlicher werden, sogar im Aussehen.«

Wir saßen nebeneinander auf unserer Couch, und ich rückte nun ein wenig von meinem Mann ab. »Laß sehen, ob das bei uns festzustellen ist. Einander ähnlich? Gewichtsmäßig jedenfalls nicht.« Mein Mann lachte hell auf.

»Nein, diesen Ehrgeiz besitze ich nicht.«

Er rückte wieder ein Stück näher zu mir heran und zog mich an sich.

»Ist es nicht herrlich, daß wir uns so gut verstehen?« sagte er.

»Doch, das ist beglückend. Aber ich muß noch einmal zum Ausgangspunkt unseres Gespräches zurückkehren. Es wäre wirklich schlimm, wenn sich nach so vielen Jahren in unserem Wesen nichts geändert hätte. Aus diesem Grund kann ich die Feststellung, die diese Dame nach so langer Zeit glaubte machen zu müssen, nicht als ein Kompliment auffassen. Weißt du noch, was wir kürzlich in unserer Andacht gelesen haben? ›Bessert euer Leben und ändert euer Wesen, so will ich bei euch wohnen, spricht der Herr.‹ Das zeigt doch die Notwendigkeit einer grundlegenden Veränderung.«

Mein Mann wiederholte nachdenklich: »Bessert euer Leben! Ja, das will ich gelten lassen. Mit einigem guten Willen mag das gehen. Aber: Ändert euer Wesen! Dabei geht es doch um unsere Veranlagung, um unsere Erbmasse, um das, was wir ohne unser Zutun von den Vorfahren übernommen haben. Steht es wirklich in unserer Macht, unser Wesen zu ändern? Aus eigener Kraft jedenfalls nicht.«

Nach einigem Nachdenken fuhr er fort: »›So will ich bei euch wohnen – wenn ihr bereit seid, solche Veränderungen an euch geschehen zu lassen‹. Wo das eintritt, wird es uns selbst ein Anliegen sein, daß dies geschieht. Von daher wird man nach zwanzig oder auch nur nach zehn Jahren nicht derselbe sein, der man früher war.«

»Du hast recht. Das stimmt mit dem überein, was die Bibel

sagt: ›Ist jemand in Christus, so ist er eine neue Kreatur, das Alte ist vergangen, Neues ist geworden‹.«

»Wie oft hast du in deinen Vorträgen und Andachten gesagt: Wir dürfen zu Jesus kommen, wie wir sind. Aber wir werden nicht bleiben, wer wir sind. Also nicht Stillstand, sondern positive Veränderung, inneres Wachsen und Reifen.«

»Der Apostel Paulus sagt im 2. Korintherbrief: ›Wenn auch unser äußerer Mensch verfällt, so wird doch der innere von Tag zu Tag erneuert.‹«

»Es ist schön, daß du mich daran erinnerst. Weißt du, wenn man in jungen Jahren von den Begleiterscheinungen des Alters hört oder selbst davon spricht, hat man kaum eine Ahnung, was das bedeutet und wie sie einem zu schaffen machen können. Man muß das erst selbst erleben – wie in meinem Fall.«

»Übrigens hast du mir noch gar nicht erzählt, was die beiden Damen wollten, die dir gestern nachmittag einen überraschenden Besuch machten. Du schienst von ihrem Erscheinen nicht gerade begeistert zu sein.«

»Nun ja, das ist doch begreiflich. Ich war eben dabei, einen wichtigen Brief zu beantworten, den ich schon längst hätte schreiben sollen. Dabei gestört zu werden, ist nicht gerade erfreulich. Aber sie äußerten sich so beglückt über die Möglichkeit eines Gespräches mit mir, nachdem sie seit Jahren Leser meiner Bücher sind, daß ich nicht imstande war, sie kühl abzufertigen.«

»Bringst du das überhaupt fertig?«

»Zuweilen schon. Freundlichkeiten kann man auch mit Abschwächungen oder Steigerungen erweisen. Aber nachdem die beiden Damen eine weite Fahrt unternommen hatten, nur um mit mir reden zu können, hätte es mich belastet, wenn ich ihnen distanziert begegnet wäre, zumal sie mir sagten, daß sie durch meine Bücher viel Hilfe, Trost und innere Anregung erhalten hätten.«

»Es muß dir doch Freude bereiten, so etwas zu hören.«

»Doch, ich bin immer wieder für derartige Bestätigungen dankbar und spreche es auch aus. Aber irgendwie hat es mich dann doch eigentümlich berührt, als eine der Damen sagte: ›Wir haben gedacht, daß wir unseren Besuch bei Ihnen nicht länger aufschieben dürfen. Man kann ja nie wissen, nachdem Sie doch schon so alt sind...‹ Ich verstand sie, obwohl sie den Satz nicht vollendet hatte. Sie haben ja recht, auch wenn es mich manches Mal ein wenig schockiert, daß andere so unverblümt darüber sprechen. Noch deutlicher drückte es jene Frau aus – ich habe dir damals davon erzählt, die mich mit den Worten begrüßte: ›Was, Sie leben noch?‹«

»Ich meine, du solltest das mit Humor auffassen.«

»Mit Humor? Also, da hört doch jeglicher Humor auf.«

»Du darfst mich nicht falsch verstehen. Ich meinte nicht den Ausspruch oder die Feststellung als solche, sondern die Unbekümmertheit, mit der manche Menschen so etwas sagen. Hast du nicht selbst geschmunzelt, als du mir von der siebenundachtzigjährigen Dame berichtet hast, die ebenfalls als Gast hier im Berghaus war? Du fragtest sie am Vortag ihrer Abreise, wie es ihr gehe. Da antwortete sie: ›Wie es Menschen geht, die wissen, daß sie nahe am Ziel sind.‹ Erinnerst du dich noch daran?«

»Oh ja«, bestätigte ich. »Sie hat noch hinzugefügt: ›Glauben Sie mir, ich habe oft richtig Heimweh nach dem Himmel.‹ Ich dachte darüber nach, daß man Heimweh doch nur nach einem Ort haben kann, an dem man schon einmal war. Wenn sie von Sehnsucht gesprochen hätte! Da kam mir die Stelle aus dem neunzigsten Psalm in den Sinn, wo es heißt: ›Der du die Menschen lässest sterben und sprichst, kommt wieder Menschenkinder.‹ In diesem Augenblick fuhr die Siebenundachtzigjährige fort, die soeben noch von Heimweh nach dem Himmel gesprochen hatte: ›Nächstes Jahr komme ich aber wieder ins Berghaus, das habe ich mir fest vorgenommen.‹«

»Siehst du, auch in manchem ernsten Wort verbirgt sich ein Körnchen Humor.«

Ich verstand, was mein Mann meinte und erinnerte ihn an eine andere kleine Episode, die so ähnlich war. »Eine ältere Pfarrfrau sagte: ›Wenn einer von uns (sie sprach von ihrem Mann und sich) zuerst stirbt, dann ziehe ich zu meiner Schwester nach Tübingen.‹ Eine Bestätigung dafür, daß jeder gerne lebt, auch wenn er von dem eigenen Tod spricht.«

»Eins schließt das andere nicht aus.«

»Ich habe dir ja schon manches Mal erzählt, daß ich mich in meinem Leben viel mit dem Tod beschäftigt habe.«

»Ja, das weiß ich, und das tust du noch heute. Es vergeht doch kaum ein Tag, an dem du nicht von den Letzten Dingen sprichst.«

»Das schließt aber nicht aus, daß ich noch gerne lebe, besonders im Gedanken an dich. Allerdings, wenn ich nachts oft so heftige Schmerzen in den Gelenken habe, du durch mein Stöhnen wach wirst und deine Nächte durch mich immer wieder gestört werden, denke ich manchesmal: Wenn ich jetzt nicht verheiratet wäre, würde ich wahrscheinlich Gott bitten, mich heimzurufen. Nur der Gedanke, daß du alleine zurückbleiben müßtest, hindert mich daran, so zu beten.«

»Oh, mit welch düsteren Gedanken beschäftigt sich meine Frau!« Mein Mann sah mich liebevoll an.

»Wir wollen uns doch über jeden Tag freuen, den wir noch beisammen sein dürfen. Und außerdem muß ja Gottes Stunde für jeden von uns kommen. Er weiß, wann es für uns Zeit ist.«

»Ja, davon bin ich auch überzeugt.«

»Im übrigen brauche ich dir nicht zu sagen, daß es bei mir kein Beweis von Lebensüberdruß ist, wenn ich immer wieder vom Tod spreche. Außerdem sind es nicht düstere Gedanken, mit denen ich mich dabei befasse, sondern es entspricht einfach meinem Bedürfnis, mich mit dem Unabänderlichen auseinanderzusetzen und mich darauf vorzubereiten. Schließlich wird die vor uns liegende Wegstrecke immer kürzer. Darum haben wir ja das Buch von Albert Zeilinger miteinander gelesen.«

»Ja, ich fand es sehr aufschlußreich. Es beantwortet eine ganze Reihe von Fragen, die viele Menschen bewegen. Ich finde schon den Titel gut: ›Am andern Ufer – Vom Geheimnis des Todes und der Toten.‹«

»Es ist allerdings eine Tatsache, daß viele Menschen solche Gedanken weit von sich weisen – als ob sie dadurch, daß sie sich nicht damit befassen, das Unabänderliche aufhalten oder verdrängen könnten. Kürzlich bin ich auf ein Wort in Matthäus 4 gestoßen: ›Denen, die saßen am Ort und im Schatten des Todes, ist ein Licht aufgegangen.‹ Ich glaube nicht, daß ich es falsch sehe, wenn ich sage, daß alle Menschen, die keine Beziehung zu Jesus Christus haben, ihr Leben lang im Schatten des Todes sitzen. Nur Er kann letztlich von der Todesfurcht befreien. Findest du nicht auch, daß die Worte des Apostels Paulus sehr hilfreich sind: ›Wir werden bei dem Herrn sein allezeit. So tröstet euch nun mit diesen Worten untereinander.‹ Überhaupt gibt die Bibel uns im Blick auf das Sterben wertvolle Erkenntnisse an die Hand, die uns helfen, die Angst davor zu überwinden.«

»Du denkst dabei sicher auch an das Wort Jesu, das dir, wie du mir schon einige Male gesagt hast, besonders lieb geworden ist: ›Wahrlich, wahrlich, ich sage euch: Wer mein Wort hört und glaubt dem, der mich gesandt hat, der hat das ewige Leben und kommt nicht in das Gericht.‹«

»Ja, so ist es. Im Grunde genommen fürchtet sich ja jeder Mensch letztlich vor dem Tod.«

Mein Mann antwortete: »Es mag verschieden sein und hängt vielleicht von der Art eines jeden ab. Der eine ist mutiger als der andere. Er vermag seine Angst vielleicht zu verbergen oder zu überwinden. Du hast in deinen Vorträgen manchmal gesagt, du seist davon überzeugt, daß letztlich in jedem Menschen, auch wenn er es nicht wahrhaben will, ein Stück Todesfurcht steckt.«

»Dieser Meinung bin ich auch heute noch. Ich finde sogar,

daß vielfach alte Menschen von dieser Angst richtig gezeichnet sind. Viele versuchen, sich lässig darüber hinwegzusetzen. ›Ach was, wir müssen alle einmal sterben, und das werden wir auch noch überstehen!‹ So oder ähnlich reden sie. Irgendwie finde ich solche Äußerungen beinahe ehrfurchtslos, außerdem glaube ich nicht recht daran. Ich erinnere mich, daß ich starke und beherzte Männer habe sagen hören: ›Wir haben uns alle ohne Ausnahme gefürchtet, wenn wir im Kriegsgeschehen den Tod vor Augen hatten und erleben mußten, wie links und rechts von uns Kameraden gefallen sind.‹ Nicht wenige haben in ihrer Todesangst und als sie vor Schmerzen nicht mehr aus noch ein wußten, nach ihrer Mutter geschrieen.«

»Der Tod ist ein Feind. Die Bibel sagt: Der letzte Feind, der überwunden werden muß. Daher braucht sich kein Mensch wegen seiner Todesfurcht zu schämen. Was mag wohl letztlich die Ursache der Todesfurcht sein?«

»Ich meine, da wären einige Ursachen zu nennen. Jeder muß diesen letzten Weg allein gehen. Wie oft hast du schon gesagt: Könnten wir doch beide miteinander sterben.«

»Ja, und doch muß jeder seinen eigenen Tod durchstehen, selbst wenn wir in der gleichen Stunde sterben würden. Gewiß gibt es noch andere Gründe dafür, daß wir Menschen uns vor dem Letzten fürchten, das im Grunde genommen gar nicht das Letzte ist. Da ist der Gedanke an das kommende Gericht, obwohl viele Menschen behaupten, nicht daran zu glauben. Im Unterbewußtsein fürchten sie sich doch davor.«

»Aber dann dürfen sich bewußte Christen doch nicht mehr davor ängstigen, wenn sie an die Wahrheit des soeben zitierten Wortes glauben. Da heißt es nicht: Wer vollkommen ist, kommt nicht in das Gericht, sondern nach der Aussage Jesu: ›Wer an mich glaubt, und an den, der mich gesandt hat, der hat das ewige Leben und kommt nicht in das Gericht.‹ Also ewiges Leben nicht erst im Jenseits. Das ist doch eine wunderbare Zusicherung.«

»Es gibt wohl noch einen anderen Grund, warum Menschen, auch bewußte Christen, mit der Todesfurcht nicht ganz fertig werden. Wir wissen, daß viele vor ihrem Tod durch große körperliche Nöte hindurchmüssen. Die Sorge, ob man sich darin bewährt und Gott durch sein Verhalten nicht Unehre bereitet, zumal wir wohl alle leidensscheue Menschen sind, trägt bestimmt zur Todesfurcht bei. Meinst du das nicht auch?«

Mein Mann antwortete nicht sofort. Nach kurzem Besinnen meinte er: »Du magst recht haben. Aber ich bin der Meinung, daß sich keiner im voraus darüber ängstigen sollte. Ich erinnere an das Wort Jesu: ›Sorgt nicht für morgen. Es ist genug, daß jeder Tag seine eigene Plage hat.‹ Nicht einmal für den folgenden Tag sollen wir sorgen und tun es doch oft viel weiter im voraus. Das ist wohl eine der schwersten Lektionen, die wir in der Schule des Lebens lernen müssen. Auch wir haben ja noch längst nicht ausgelernt.« Ich sah meinen Mann einige Sekunden schweigend an.

»Was denkst du jetzt?« wollte er wissen.

»Ich bin froh, daß wir uns mit Freimut über solche Lebensfragen unterhalten können. Das kann man nicht mit jedem. – Nun ja, nicht mit jedem, aber mit dem allernächsten Menschen sollte es doch möglich sein.«

»Ich denke«, beendete mein Mann das Gespräch, »wir sollten uns einem anderen Thema zuwenden. Meinst du nicht auch? Übrigens ist es doch seltsam: Wenn dich Menschen ansprechen und dir etwa ihre Verwunderung darüber zum Ausdruck bringen, daß du noch lebst, dann findest du das unpassend. Du selbst aber beschäftigst dich täglich mit dem Tod, als sei er das Selbstverständlichste. Manchmal scheint es mir, als sei es dir geradezu ein Bedürfnis, davon zu reden.«

»Das ist es auch. Aber ich denke, man muß wissen, wann, mit wem und wie man darüber spricht. Nie darf es zu einem lässigen Geschwätz werden.«

Mein Mann machte den Vorschlag, daß wir uns jetzt noch eine Kassette anhören sollten und schlug das Lied von

Gerhard Schnitter vor: ›Du bist das Leben, das sich wirklich lohnt.‹

Das Wissen um unseren bevorstehenden Tod muß nicht unbedingt Angst und Schrecken in uns auslösen, sondern kann Vertrauen, Zuversicht und eine von Gott gewirkte Ruhe bewirken. Das ist mir aufs neue klar geworden, als ich von dem Tod eines uns bekannten und sehr geschätzten Oberstudienrats hörte. Er starb genau eine Woche nachdem seine Frau von dieser Erde abgerufen worden war. Seine Tochter fand in der Nachttischschublade neben seinem Bett im Krankenhaus folgende Niederschrift:

> *Mein Herr, wie danke ich DIR für dieses DEIN Wort! Süßer als Honigseim ist es für meine Seele. Was würde in diesen meinen Drangsalen und Ängsten aus mir werden, wenn DU mich nicht mit DEINEM Heiligen Worte tröstetest? Verleihe mir ein gutes Ende, einen glücklichen Ausgang aus dieser Welt. Gedenke meiner, mein Gott, und leite mich auf der rechten Bahn in DEIN Reich! Amen.*
> *(Aus: Nachfolge Christi)*

Wer so stirbt, der stirbt wohl.

Als ich vor zweiunddreißig Jahren mit meinen Freunden Hans und Martl Lang nach Oberböhringen zog und mit ihnen gemeinsam das christliche Erholungsheim Berghaus St. Michael eröffnete – ich habe darüber ausführlich in meinem Buch »... als flögen wir davon« berichtet –, war mir ganz klar, daß dies der uns von Gott gewiesene Weg ist. Es folgten für mich achtzehn Jahre intensiver Arbeit. Wir begannen sie in einem wunderschön gelegenen Haus, das der Vater des Landwirts und Kunstmalers Hans Lang mit seiner jüngsten Tochter als Gaststätte und Pension betrieb. Als er hörte, daß ich plante, gemeinsam mit Martl Sommer – meiner früheren Mitarbeiterin in meinem Flüchtlingskinderheim – ein christliches Erholungsheim zu gründen und nach einem geeigneten Projekt suchte, bot er uns das Berghaus zum Kauf an. Er hatte schon einige Zeit vorgehabt, es zu veräußern, weil er die Lage für ungünstig hielt. Sein Gedankengang war naheliegend, hatte sich doch sein Sohn, dessen erste Frau nach der Geburt des vierten Kindes gestorben war, mit Martl Sommer verlobt.

Als ich Hans Lang nun besorgt fragte: »Was wird aber jetzt aus unserem Vorhaben, gemeinsam ein Erholungsheim zu eröffnen?« antwortete er: »Das machen wir nun zu dritt.«

Das Haus stand uns also zur Verfügung. Um es jedoch erwerben zu können, mußte Hans Lang seinen Hof verkaufen. Das fiel ihm nicht leicht, denn er war mit Leib und Seele Landwirt. Irgendwie wurde es uns aber allen klar, daß dies der für uns vorgesehene Weg war. Bald begann die gemeinsame Tätigkeit für die Menschen, die als Erholungssuchende das Berghaus St. Michael aufsuchten. Zuerst waren es nur einzelne, meist ältere Leute. Dann aber sprach es sich herum, und wir staunten, wie sich die Gästeschar vergrößerte. Die wenigen Zimmer reichten bald nicht mehr aus, es mußte hinzugebaut werden. Familien mit ihren Kindern kamen, junge Leute, ältere Ehepaare, Gemeindegruppen, Seniorenkreise, Pfarrer mit ihren Kirchengemeinderäten sowie Posaunenchöre, die das Haus an Wochenenden belegten. Immer mehr wurde uns klar, daß dieser Platz für unser Anliegen besonders geeignet war. Freude und Dank erfüllte uns. Das bedeutete natürlich nicht, daß es ohne Schwierigkeiten und Probleme gegangen wäre. Wo gibt es ein Unternehmen, auch ein christliches, in dem das ausbliebe?

In den achtzehn Jahren meiner Mitarbeit im Berghaus war mein Aufgabengebiet hauptsächlich die Betreuung der Gäste, die Korrespondenz mit ihnen und die Zimmereinteilung. Vor allem aber hatte ich die täglichen Andachten zu halten, denen oft seelsorgliche Gespräche folgten.

Neben mancherlei zu lösenden Problemen gab es auch beglückende Höhepunkte, die uns immer wieder mit Staunen und Dank erfüllten. Da war z. B. der Bau der schönen und großen Hauskapelle, der notwendig wurde, weil es keinen Raum gab, der die vielen Menschen gefaßt hätte, die durch Gemeindebesuche oder anläßlich unserer biblischen Aufführungen, die ich damals schrieb, herbeiströmten. Ein Stuttgarter Autobus-Besitzer machte Interessenten durch Annoncen auf unser Haus aufmerksam und trug dazu bei, daß oft selbst unser Andachtsraum die vielen Leute kaum fassen konnte.

Der erfahrene Landwirt und begabte Kunstmaler Hans Lang erwies sich als hervorragender Darsteller unserer biblischen Männergestalten wie z. B. Abraham, Eli und andere. Seine Frau übernahm die Frauenrollen. Bis zu meinem achtundsechzigsten Lebensjahr wirkte ich bei diesen biblischen Laienspielen ebenfalls mit – und das mit großer Freude. Gott schenkte es uns, daß wir durch die Mithilfe unserer Freunde die Kosten für die Erstellung unserer Hauskapelle in verhältnismäßig kurzer Zeit bezahlen konnten.

Als uns eines Tages klar wurde, daß sich das wunderschöne Gelände, die zum Haus gehörenden Wiesen und Waldstücke, herrlich eignen würden, Kindern ein kleines Paradies zu bereiten, nahm der Gedanke immer mehr Gestalt an, zusätzlich ein Kinderheim zu bauen. Frau Lang und auch ich waren ausgebildete Erzieherinnen, und die aus der ersten Ehe ihres Mannes hervorgegangenen Töchter ergriffen ebenfalls pädagogische Berufe, als sie erwachsen waren. Als an einem Weihnachtsabend die mit den Jahren entstandene Hühnerfarm in Flammen aufging, kamen wir zu dem Schluß, sie nicht wieder aufzubauen, weil ein Kinderheim zweckmäßiger und segensreicher sein würde als eine Hühnerzucht. Nun stand jedoch die große Frage vor uns: Wie können wir die nötigen Gelder zusammenbekommen, um ein Kinderheim einzurichten? Die notwendigen Räume waren inzwischen entstanden. Da gab Gott uns eine bestätigende Antwort durch einen Gast, der einige Ferientage in unserem Haus zubrachte. Es war eine Diakonisse, die uns erzählte, daß zu ihrem Mutterhaus ein Krankenhaus gehörte und ebenso ein Kinderheim. Das letztere müsse jedoch aufgelöst werden, weil man die Räume für das Krankenhaus benötige.

Wir erzählten der Diakonisse von unseren Kinderheim-Plänen. Wie staunten wir, als sie uns fragte: »Hätten Sie eventuell Interesse an den Möbeln und allem anderen Zubehör unseres bisherigen Kinderheimes?«

Wir sahen uns gegenseitig nur sprachlos an. Schließlich folgte zögernd die verständliche Antwort: »Das käme wohl darauf an, wieviel wir dafür bezahlen müßten.«

»Ich werde mit der Leitung unseres Hauses darüber sprechen«, erwiderte die Diakonisse. Nach verhältnismäßig kurzer Zeit traf die Antwort ein: »Wir schenken Ihnen alles, was Sie für Ihr neues Kinderheim brauchen können.« Bald stand ein Lastwagen vor der Tür mit Betten, Matratzen, Kopfkissen, Decken, Nachttischchen und vielem anderen. Die Kinder konnten kommen. Mehr, als wir uns je vorzustellen wagten, wurden wir durch Gottes Güte beschenkt.

Ähnlich war es mit unserer Orgel. Nachdem wir die Hauskapelle erstellt hatten, sprachen Hans Lang, seine Frau und ich über ein notwendiges Musikinstrument zur Begleitung der Lieder in unseren Andachten. Als ich es als selbstverständlich betrachtete, mein Harmonium zur Verfügung zu stellen, sagte Herr Lang: »Das ist ja gut und schön, und wir sind dir dafür auch dankbar, aber –«

Ich sah ihn fragend an und wiederholte: »Aber...?«

»Wäre eine Orgel nicht viel schöner und passender für den neuen großen Andachtsraum?«

»Natürlich«, erwiderte ich etwas gedehnt, denn ich fand, daß mein Harmonium, das ich von meinen ersten Honoraren als Schriftstellerin bezahlt hatte, eigentlich ausreichen würde. Woher sollten wir das Geld für eine Orgel nehmen? Wieder durften wir so etwas wie ein Wunder erleben: Ein Gast unseres Hauses, der von diesem heimlichen Wunsch erfuhr, schenkte uns das nötige Geld für eine Elektronenorgel.

Es ist erstaunlich und zugleich wunderbar, wie wir im Berghaus auch immer wieder die rechten Mitarbeiter erhielten. Sie verrichteten ihre Arbeit nicht nur in großer Treue, sondern waren auch bereit, für geringere Bezahlung, als sie ihnen an anderen Orten geboten wurde, ihren Dienst zu tun.

Ein Werk wie das unsere steht und fällt mit der inneren Einstellung seiner Mitarbeiter. Natürlich ist zuerst alles abhängig vom Segen Gottes. Aber dazu gehört eben auch, daß Er uns solche Mitarbeiter ins Haus führt, die bereit sind, sich in ein bewußt christlich geleitetes Heim einzufügen. Hauswirtschaftsleiterinnen oder Praktikantinnen, Erzieherinnen oder solchen, die es werden wollen, wird von vornherein gesagt, daß bei uns tägliche Andachten stattfinden – für Gäste wie für Mitarbeiter. Meist bestätigen sie dann, daß sie zu einer Kirchengemeinde oder einer Gemeinschaft gehören, im Kirchenchor oder im Jugendkreis mitarbeiten und es von Herzen bejahen, in ein christlich geführtes Haus zu kommen. Wenn dann ihre Zugehörigkeit zu solchen Kreisen nicht nur oberflächlicher Art ist, läßt sich das auch in der Verrichtung ihrer Arbeit nicht verleugnen. Es kommt allerdings vor, daß manche eine andere Auffassung von ihrem Dienst haben, bei denen das Verdienen eine weitaus wichtigere Rolle spielt als das Dienen. Da bleiben dann Schwierigkeiten nicht aus.

Wir haben Mitarbeiter, die mehr als zwanzig Jahre im Haus tätig sind, z. B. eine Kinderschwester aus der Schweiz, die vorher ein Säuglingsheim geleitet hat und nun bei uns überall dort ihre Kraft einsetzt, wo sie gebraucht wird: im Büro, im Krankenzimmer, in der Waschküche oder auch in der Küche. Unter unseren Gästen war lange Zeit eine Studiendirektorin, die eines Tages zu der Überzeugung kam, ihre Kraft dem Berghaus St. Michael zur Verfügung stellen zu sollen. Sie gab ihre staatliche Stellung auf und ist nun seit einigen Jahren im Berghaus tätig. Sie leitet hier eine Kindergruppe und setzt sich darüber hinaus ein bei der Betreuung unserer Gäste, den Abendgestaltungen sowie bei manchen anderen Anlässen. Ich kann nicht anders, als an dieser Stelle jener Menschen zu gedenken, die wie tragende Säulen in großer Treue ihren Platz im Berghaus ausgefüllt haben.

Auch in den elf Jahren, in denen ich nicht mehr »hier oben« lebte, sondern mit meinem Mann in einem schönen Vorort von Geislingen wohnte, habe ich regen Anteil an allem Geschehen im Berghaus genommen. Das konnte auch nicht anders sein, hatte ich doch achtzehn Jahre meines Lebens hier verbracht und mein ganzes Herz – Gott weiß es – in diese Arbeit gelegt.

Ja, und nun werden diejenigen meiner Leser, die mich baten, ihnen Näheres über meine große Lebenswende zu erzählen, doch noch auf ihre Kosten kommen. Allerdings sollte niemand erwarten, eine ergreifende oder rührselige Liebesgeschichte zu hören. Doch will ich nicht verschweigen, daß Gott mir in die Abenddämmerung meines Lebens hinein noch ein ganz großes Glück geschenkt hat.

Mein Mann kam als Gast in unser Haus – in jener Zeit, als mir noch die Betreuung der Gäste oblag. Er verlebte hier Urlaubstage mit seiner Schwester und deren Mann.

Dr. Sauter fiel unter unseren Gästen in keiner Weise auf. Er war eher still und zurückhaltend, so daß ich, die damals weitgehend dafür die Verantwortung trug, daß unsere Gäste sich wohlfühlten, ihn öfter durch einige Fragen aus seiner Reserve herauszulocken versuchte. Nur in einem tat er sich hervor – nämlich durch sein Orgelspiel. Es war an jedem Morgen in der Andacht ein Genuß, ihn zu hören. Wenn ihm dann jemand ein Kompliment machte: »Herr Doktor, das war wieder einmal wunderschön«, erwiderte er meist in seiner Bescheidenheit: »Nennen sie mich doch bitte nur bei meinem Namen.« Er hatte Mathematik und Physik studiert und war damals, als wir uns kennenlernten, noch berufstätig. Mit keinem Gedanken hätte ich mir in jener Zeit vorstellen können, daß ich einmal diesen Mann heiraten würde. Überhaupt heiraten – in meinem Alter!

Natürlich hat es in meinem Leben Zeiten gegeben, in denen ich mir gewünscht hatte, Frau und Mutter zu werden. Aber es schien nicht mein Weg zu sein. Außerdem war ich tagsaus, tagein so beschäftigt, daß ich für eine Ehe und Familie kaum Zeit gehabt hätte. Wenn mir auch dann und wann der Gedanke kam, daß eine Zweisamkeit schön und bereichernd sein könnte, verdrängten doch meine vielen Aufgaben solche Wünsche oder Erwägungen. Und inzwischen war ich doch viel zu alt geworden, um noch ans Heiraten zu denken!

Der Urlaub dieses Mannes, zu dem ich nun seit fünfzehn Jahren gehöre, ging zu Ende. Ich verabschiedete ihn wie alle anderen Gäste, die wieder unser Haus verließen. Schade, nun hatten wir keinen so guten Organisten mehr, und ich mußte wieder die Choräle in unseren Andachten selber begleiten – so gut ich's eben konnte.

Dr. Sauter kam vier Jahre nicht in unser Haus. Dann war er auf einmal wieder da, wie ein alter Bekannter, ja, wie ein guter Freund des Hauses, und nahm aufs neue den Platz an der Orgel ein. Die Innigkeit seines Orgelspiels hat mir je länger desto mehr das Herz bewegt. In der Folgezeit, in der er immer häufiger ins Berghaus kam, glaubten wir beide zu erkennen, daß unsere Wege ineinander münden sollten.

Ein persönliches Gespräch mit dem Theologieprofessor Adolf Köberle, den wir als bewußten Christen sehr schätzten, bestätigte uns in den uns bewegenden Fragen. Er ermutigte uns, trotz des vorgeschrittenen Alters als Eheleute dem Herrn gemeinsam zu dienen, in dessen Nachfolge jeder von uns seit vielen Jahren stand. Daß Professor Köberle uns auf unsere Bitte hin auch versprach, uns zu trauen, war für uns eine große Freude. Leider erkrankte er vorher so schwer, daß er das Krankenhaus aufsuchen und sich einer Operation unterziehen mußte. An seiner Stelle übernahm es der von uns ebenfalls sehr geschätzte Dekan Lempp, uns zu trauen. Wir wählten als Trautext das Wort aus dem 40. Psalm: »Herr, mein Gott, groß sind deine Wunder und deine Gedanken, die du an uns beweisest. Ich will sie verkündigen und davon sagen, wiewohl sie nicht zu zählen sind.«

Daß wir diesen Tag, den Tag unserer Hochzeit, erleben

durften, kam uns in der Tat wie ein Wunder vor. Die Wintersonne schien so warm von einem strahlend blauen Himmel, daß wir am 9. Januar die Mäntel ausziehen mußten. Als einer unserer Gäste sagte, er habe noch nie eine so schöne Hochzeit erlebt, hatten wir nicht den geringsten Anlaß, dem zu widersprechen.

Wir blieben gemeinsam noch ein weiteres Jahr im Berghaus. Daß mein Mann während des ersten Vierteljahres nur zum Wochenende nach Hause kommen konnte, mußte ich hinnehmen. Vorher konnte er sich nicht von seinen beruflichen Pflichten lösen. Jeden Freitagabend stand ich in jener Zeit am Bahnhof in Geislingen voll ungeduldiger Erwartung, ganz wie es sich für eine jung verheiratete Frau gehört, um ihn abzuholen, wenn er von Erlangen zurückkam. Aber dann wurde er pensioniert, und wir mußten uns nicht mehr trennen. Wir wußten beide, daß wir nie den Tag der goldenen Hochzeit erleben würden, kaum die silberne. Aber wir durften erleben, und es ist bis heute so geblieben, daß jeder unserer gemeinsam verlebten Tage ein goldener Hochzeitstag war und ist.

Bei allem Glück unserer Zweisamkeit fiel es mir jedoch sehr schwer, mich vom Berghaus St. Michael zu trennen, von allem, woran mein Herz dort hing. Da war zuallererst der bisherige Auftrag für die Menschen, die zu uns kamen, die Seelsorge und täglichen Andachten, die gute Hausgemeinschaft und anderes mehr. Aber mein Mann und ich glaubten zu erkennen, daß der Zeitpunkt gekommen war, einen neuen Anfang zu machen. Wir waren sehr froh darüber, daß gerade zu jener Zeit, als wir das Berghaus verließen, eine tüchtige Hauswirtschaftsleiterin dorthin kam. Damit war für Frau Lang die Möglichkeit gegeben, den Dienst in der Küche, den sie achtzehn Jahre lang in großer Treue ausgeübt hatte, in deren Hände zu geben und nun selbst die täglichen Andachten und die Fürsorge für die Gäste und Mitarbeiter zu übernehmen. Bis zum heutigen Tag leitet sie mit Umsicht, Geschick und Liebe das Berghaus St. Michael.

Herr Lang war in jener Zeit schon monatelang ernstlich krank. Seine Krankheit erforderte Tag und Nacht intensive Pflege und einige Male auch einen Krankenhausaufenthalt. Das war für den tatkräftigen Mann sehr schwer. – In seinen gesunden Tagen wirkte er wie ein Baum, der von keinem Sturm gefällt werden konnte. In dieser ernsten Schule Gottes reifte er zu immer neuen Erkenntnissen. Für mich und meinen Mann war es selbstverständlich, von unserem neuen Wohnort aus mit ihm und seiner Frau in ständiger Verbindung zu bleiben. Unvergeßlich ist mir, wie er bei einem unserer Besuche auf meine Frage: »Hans, was können wir für dich tun?« mit matter Stimme antwortete: »Nur beten! Nur beten!«

Es bewegte uns tief, wie hilflos dieser einst so kraftvolle Mensch geworden war, so daß er erkannte: Alle meine Stützen sind gebrochen, es bleibt nur Er!

Wie oft hatte er mit seiner schönen, vollen Stimme in gesunden Tagen das Bachlied gesungen:

Liebster Herr Jesu, wo bleibst du so lange?
Komm doch, mir wird hier auf Erden so bange!
Komm doch und nimm mich, wenn dir es gefällt,
von der beschwerlichen angstvollen Welt.
Komm doch, Herr Jesu, wo bleibst du so lange?
Komm doch, mir wird hier auf Erden so bange.

Es ist genug Herr, drum komm zu erlösen
meine bedrängete Seele vom Bösen.
Ich bin vom Klagen und Seufzen so matt
und meiner bitteren Tränen so satt.
Komm doch, Herr Jesu, wo bleibst du so lange?
Komm doch, mir wird hier auf Erden so bange.

Wie oft mag Hans Lang in den Monaten mit den vielen schlaflosen Nächten so empfunden und gebetet haben! Und dann ist Er, den er in diesem Liede um Erlösung angefleht hat, wirklich gekommen und hat ihn geholt.

In unserer Hauskapelle wurde Hans Lang aufgebahrt. Auf

seinem Grabstein stehen als Bekenntnis die Worte: *Geliebt und erlöst!*

Die Arbeit im Berghaus ging wie bisher weiter. Für uns aber begann ein neuer Lebensabschnitt, der mit keinem der vorhergehenden vergleichbar war. Ich war nun verheiratet. Ich bin von Natur aus ein kontaktfreudiger Mensch, hatte nie Mangel an Beziehungen zu anderen Menschen und durfte es auch immer wieder erleben, daß Gott mir Verbindung zu Menschen schenkte, von denen ich lernen konnte. Ich wurde dadurch nur bereichert. Guter Gedankenaustausch war mir immer ein Herzensbedürfnis. So kam es zu wertvollen Freundschaften im In- und Ausland. Ich denke da an Winifred Haines in England, an Dr. Ernst von May in der Schweiz, an Frau Dr. Hilty, an Frau Dr. Selma Freud in Wien und andere mehr. Aber nun war mir das »Du« meines Lebens begegnet. So verschieden mein Mann und ich auch in Art und Wesen sind – das uns in wunderbarer Weise Verbindende unseres Glaubens, unsere Beziehung zu Jesus Christus, waren und sind die Kraftquellen, aus denen wir gemeinsam und doch auch wieder jeder für sich leben.

Als ich kürzlich unserer Erythräerin, einer sechsunddreißigjährigen Frau, berichtete – ich werde später noch ausführlich von ihr erzählen –, daß ich achtundsechzig Jahre alt geworden war, ehe ich mich verheiratete, sah sie mich fassungslos an. Sie glaubte mich falsch verstanden zu haben, zumal ihre Deutschkenntnisse noch mangelhaft sind. Ich bestätigte meine Worte, indem ich sechs Mal zehn Finger emporhob und dann noch einmal acht.

»Nein«, erwiderte sie, »nicht gutt! Ich mit fünfzehn Jahre heiraten und meine Mama mit zwölf.« Nun ja, ich konnte nicht unbedingt von ihr, der Afrikanerin, dafür Verständnis erwarten, als ich sagte, daß auch Eheleute in unserem Alter noch sehr glücklich miteinander sein können.

Es ist nicht lange her, da feierten wir unseren fünfzehnten Hochzeitstag. Unsere Wohnung, obgleich umgeben von

Schneemassen, glich einem Blumengarten. In allen Farben waren die Räume zur Feier unseres Festtages geschmückt – Zeichen der Liebe meines Mannes und des Gedenkens unserer Freunde.

Als ich diese enorme Umstellung in meinem Leben vor fünfzehn Jahren beinahe nicht fassen konnte, betete ich: »Herr, ich weiß, es ist etwas Ungewöhnliches, in meinem Alter noch zu heiraten. Aber ich glaube fest, daß du uns zusammengeführt hast. Ach, wenn du uns wenigstens *ein* Jahr dieser Zweisamkeit schenken möchtest! Du weißt, wir wollen dir gemeinsam dienen.«

Nun sind es bereits fünfzehn Jahre geworden. Kein Tag ohne gemeinsames Gebet – kein Tag ohne Dank für dieses wunderbare Geschehen in unserem Dasein. Dabei lagen auch in diesen Jahren allerlei ernste Erlebnisse wie Zeiten schwerer Krankheitsnöte, in denen uns das Weiterbestehen unserer beglückenden Zweisamkeit fraglich schien. Aber gerade solche Stunden haben uns immer inniger zusammenwachsen lassen, und wunderbare Erfahrungen von Gebetserhörungen bereichern unser gemeinsames Leben. Wiederholt stand mein Mann an meinem Bett in den verschiedenen Krankenhäusern, in die ich wegen meines Herzleidens gebracht wurde. Als ich etwa fünf Jahre alt war, sang meine Mutter meinen Brüdern und mir Lieder vor, die von der Himmelssehnsucht sprachen. Damals verstand ich ihren Sinn noch nicht. Aber nun, auf dem Krankenlager, wurden sie in mir wieder lebendig. Ich sprach darüber mit meinem Mann und war glücklich über unsere innere Übereinstimmung, auch wenn diese Stunden für uns beide nicht leicht waren. Noch heute bin ich froh und dankbar für die Saat, die meine Mutter damals in mein Kinderherz gelegt hatte.

In diesen Liedern geht es ja nicht um Illusionen, sondern um die jenseitige Welt und das ewige Leben, von denen die Bibel spricht.

Gerade die Zeiten des Leidens haben unsere Ehe mit Werten gefüllt, die wir nicht missen möchten.

Es ist in diesen Jahren mehrfach vorgekommen, daß unverheiratete Frauen zu mir sagten: »Sie haben es gut. Sie sind nicht allein. Sie können doch gar nicht wissen, wie es einem Menschen zumute ist, der niemand hat, mit dem er seine Tage und Nächte teilen kann. Wenn man mit all seinen Problemen allein dasteht, kommt einem das Leben wie eine einzige Hoffnungslosigkeit vor. Wundern Sie sich etwa, wenn viele Alleinstehende oder unglücklich Verheiratete Selbstmord begehen?«

Ich habe immer versucht, solche Menschen zu verstehen, mich aber auch bemüht, ihnen zu helfen. Oft habe ich dann gesagt: »Es ist nicht wahr, daß ein Alleinstehender einsam sein muß. Das Wort, das Gott selbst nach der Erschaffung der Welt gesprochen hat, gilt auch heute noch: ›Es ist nicht gut, daß der Mensch allein sei.‹ Mir ist klar, daß der Ausweg aus dem Alleinsein nicht allein die Ehe ist. Sonst gäbe es keine verheirateten Menschen, die trotz ihrer Zweisamkeit sehr alleine sind. Doch ich wiederhole noch einmal: Alleinsein bedeutet nicht unbedingt einsam sein. Ich bin überzeugt, daß Gott auch denen, die sich allein gelassen und unverstanden fühlen, ein ›Gegenüber‹ gibt.«

In den Jahren meiner Ehelosigkeit war ich zwar, wie man so sagt, eine alleinstehende Frau, aber nie einsam. Gott schärfte mir den Blick für die ausgestreckten leeren oder mit Lasten gefüllten Hände der Menschen meiner Umgebung, für die trostbedürftigen Herzen und hoffnungslosen Augen rings um mich. Das Erkennen ihrer Not wurde mir zur verpflichtenden Aufgabe. Ich wurde so davor bewahrt, mich selbst und mein Schicksal wichtig zu nehmen und unerfüllten Wünschen nachzugrübeln. Überhaupt: Grübeln! Ich hörte einmal den Ausspruch: Entweder grübelt man sich von Gott weg, oder man dankt sich zu ihm hin!

Kein einziger Mensch muß darüber klagen, daß er keine Aufgabe hat. Auch der Schlichte, ja, der Unbegabte hat die Möglichkeit, zu lieben und anderen mit Güte und Freundlichkeit zu begegnen. Dafür müssen ihm allerdings die

Augen geöffnet werden, wobei sein Selbstmitleid ihm ein großes Hindernis sein kann. In einem meiner vielen Gedichte heißt es: »Arm ist, der nur eignen Vorteil sucht; reich wird man durch Lieben und durch Geben.«

Nun ist es aber nicht so, daß derjenige, der sich verheiratet, automatisch der Ichbezogenheit enthoben wird. Es gilt für den Verehelichten wie auch für den Alleinstehenden: Er steht in Gefahr, sich selbst zu leben, wenn er nicht bereit ist zu teilen, was er besitzt, oder wenn sich alles nur um ihn drehen muß. Es wird immer darum gehen, ob man das Wort der Bibel ernst nimmt: »Einer trage des andern Last, so werdet ihr das Gesetz Christi erfüllen.« Wo dies ganz bewußt zur Tat wird, sei es in der Ehe oder in einer anderen Lebens- und Berufsgemeinschaft, wird man besonders bereichert werden; denn die Freude, die wir geben, kehrt ins eigene Herz zurück.

Das gilt auch für Alleinstehende. Wer so lebt, bei dem wird die Klage immer weniger geäußert werden: »Freuen müßte man sich können!«, weil man dann bald aus eigener Erfahrung hinzufügen kann: »Und man kann sich freuen – immer da, wo man anderen zur Freude verhilft.«

Für meinen Mann und mich hatte also das Neue begonnen: Eybach! Als wir es glückstrahlend Freunden und Bekannten erzählten, daß wir, ohne danach gesucht zu haben, in dem kleinen Vorort von Geislingen in kurzer Zeit eine passende, wunderschön gelegene Wohnung gefunden hatten, sagte jemand: »Wie kann man nur nach Eybach ziehen, einem ganz unbedeutenden Ort in einem schmalen, sonnenlosen Tal und – und –« Lauter negative Feststellungen machte der Betreffende. Allerdings, das Tal, in das der kleine Ort eingebettet ist, könnte breiter sein. Aber ist es nicht von beiden Seiten von bewaldeten Höhen umgeben! Aus dem hellen Grün der Buchen heben sich dunkle Tannen hervor, und im Herbst sind es die Lärchen, die zwischen den Tannen leuchten wie Gold. In einem Ausläufer des Tales liegt die Pfingsthalde mit ihren schönen, gepflegten Häusern und den blumenbewachsenen Vorgärten. Da sie auf der Südseite liegen, sind sie auch in den Wintermonaten nicht ohne Sonne – und werden von manchen die Riviera Eybachs genannt.

Zu unserer Wohnung waren wir durch einen Spaziergang gekommen, auf dem wir mit der uns bis dahin kaum vertrauten Ortschaft näher bekannt werden wollten. Wir hatten nämlich eine kleine Eigentumswohnung gekauft, nachdem mein Mann erkannt hatte, daß es bei der Fülle von Aufgaben im Berghaus St. Michael für mich immer schwieriger sein würde, zu einem arbeitsfreien Tag in der Woche zu kommen. Nicht, daß ich mir einen solchen Tag nicht hätte nehmen können. Aber die Fülle der Pflichten war einfach da und mußte gemeistert werden. Er war der Meinung, es sei notwendig, nach einer kleinen Ferienwohnung in der Nähe Geislingens Ausschau zu halten, in der man immer wieder einmal Abstand von den verschiedenen Verpflichtungen nehmen könne.

So stießen wir zufällig auf eine Anzeige, die besagte, daß in Eybach Eigentumswohnungen erstellt würden. Zufällig? War es nicht vielmehr ein neuer Weg, der sich hier auftat? Schließlich kam der Kauf eines Einzimmer-Appartements zustande, und wir verbrachten von da an einen freien Tag je Woche in unserer kleinen Ferienwohnung. Uns war jedoch bald klar, daß dies keine Dauerlösung sein konnte.

An einem schönen Frühlingstag machten wir also jenen Spaziergang, der uns nach einer kleinen Steigung zu einer Baustelle brachte. Interessiert blieben wir stehen. Diese Gegend war uns völlig unbekannt. Das Haus befand sich noch im Rohbau. Eine große Terrasse breitete sich vor der Wohnung im Hochparterre aus. Und dann stieß ich einen Ruf der Freude und Begeisterung aus: »Sieh nur diese Aussicht.« Vor unseren Augen breitete sich das ganze Wiesental aus. Dieser Anblick erinnerte mich an Herrenalb, wo ich vor vielen Jahren ein Privatkinderheim hatte, lange bevor ich ein Haus für Flüchtlingskinder in Geislingen eröffnete. »Oh, wenn wir hier doch wohnen könnten!« Mein Mann wurde von meiner Begeisterung angesteckt.

»Wir wollen fragen, wer hier baut und ob man vielleicht eine Wohnung mieten kann.« Ehe wir uns jedoch erkundigten, wo wir den Bauherrn finden könnten, standen wir noch eine ganze Weile vor dem Haus und blickten über das Wiesental, das sich vor uns ausbreitete. Man hatte es uns als schmal und sonnenlos geschildert. Doch von der Höhe aus wirkte es ganz anders und keineswegs sonnenlos.

»So ist es«, sagte ich zu meinem Mann, »wenn man das Leben nur von unten her betrachtet, von der Sicht der Widerwärtigkeiten und Enttäuschungen. Auf die Höhe muß man steigen, auch wenn es manchmal etwas mühsam scheint.« In der Tat, von diesem Standort aus entdeckten wir manches, was unsere Augen von unten her nicht gesehen hatten. Ich mußte denken: Wenn doch die Menschen, die sich in den Niederungen ihrer Hoffnungslosigkeit bewegen und in der Trostlosigkeit ihrer Schwermut und Depressionen, sich empor schwingen könnten auf die Höhen des Glaubens, um mit dem Psalmisten sprechen zu können: »Ich hebe meine Augen auf zu den Bergen. Woher kommt mir Hilfe? Meine Hilfe kommt vom Herrn, der Himmel und Erde gemacht hat.«

Ich machte meinen Mann auf die Wälder zu beiden Seiten des Tales aufmerksam und zeigte ihm die kleine Kapelle auf halber Höhe, die sich in das Grün am Rande des Waldes einbettete. Ich wies mit der Hand auf die gegenüberliegende Seite. »Schau, dort drüben, das ist der Himmelsfelsen, der sich wie ein gewaltiger Wächter über Eybach erhebt. Darunter liegt im Tal das Schloß, in dem ich einige Male zu Besuch beim Grafen von Degenfeld war. Ich lernte seine Frau, Gräfin Ilona von Degenfeld-Schonburg, bei den großen Bezirks-Frauentagen unserer Kirche kennen, an denen ich einige Male Vorträge zu halten hatte. Sie war die Vostandsdame der Evangelischen Frauenhilfe in Württemberg. Ich schätzte sie sehr. Wir hatten gute Gespräche miteinander. Ihr sind auch viele wertvolle Impulse für die Arbeit des MBK zu verdanken.«

»MBK?« fragte mein Mann. »Was ist das?«

»Mädchenbibelkreis«, erwiderte ich. »Ihr war es wichtig, daß junge Mädchen durch Gottes Wort den richtigen Einstieg ins Leben fanden.«

»Du mußt mir ein anderes Mal darüber Näheres erzählen. Aber jetzt sollten wir uns doch zuerst dem Neubau zuwenden, vor dem wir stehen. Du hast dich eben so begeistert über seine Lage und die schöne Aussicht geäußert, daß ich wirklich wünschen würde, wir bekämen hier eine passende Wohnung.«

»Aber dir gefällt es hier doch ebenso – oder nicht?«

»Doch, außerordentlich! Aber« – er wandte sich dem noch unfertigen Haus zu – »es müßte schon eigenartig zugehen, wenn...«

Ich unterbrach ihn. »Willst du damit sagen, daß es ein seltsamer Zufall wäre, wenn wir hier völlig unerwartet eine geeignete Wohnung für uns fänden?«

Mein Mann, der mir eine Enttäuschung ersparen wollte, versuchte meinen Wunschtraum ein wenig zu dämpfen. »Denk doch, andere Menschen suchen wochen-, monatelang, ja vielleicht Jahre nach einer passenden Wohnung, und wir sollten sie so gut wie ungesucht finden?«

Ich verstand ihn gut, mußte ihm aber in diesem Augenblick einfach widersprechen. »Könnte es nicht sein, daß Gott selbst uns hierher geführt hat? Könnte es nicht in seinem Plan liegen, daß gerade hier eine Wohnung für uns gebaut werden muß?«

Mein Mann blickte mich einen Augenblick lang nachdenklich an, und dann sagte er: »Doch, Elisabeth, es könnte sein!«

Und so war es dann auch. Wir lernten am nächsten Tag den Bauherrn und Besitzer dieses Hauses und dessen Frau kennen. Nach einem guten Gespräch unterzeichneten wir sofort den Mietvertrag.

So kamen wir nach Eybach, wo wir elf Jahre unseren Wohnsitz hatten. Wir liebten diesen kleinen Ort bald so, als wäre er unsere Heimat.

Diejenigen, die mich baten, doch unbedingt eine Fortsetzung meines Buches: »... als flögen wir davon« zu schreiben, waren der Meinung, ich hätte in den darauffolgenden zwanzig Jahren wieder eine Unmenge erlebt und dürfte es deshalb nicht bei meiner bisherigen Autobiographie belassen. »Sie begegnen doch ständig so vielen Menschen«, meinte eine Dame, »und erleben doch dauernd irgend etwas Interessantes.«

Nun ja, damit hat sie nicht unrecht. Aber sind es wirklich so außergewöhnliche Geschehnisse, daß sie meine Leser interessieren? Es stimmt allerdings, daß mein Mann und ich dauernd mit verschiedenen Menschenschicksalen konfrontiert werden. Aber vielfach sind es wirklich nur Dutzendschicksale, kaum einmal etwas Außergewöhnliches.

Während ich das niederschreibe, steigt in mir die Frage auf: Bist du eigentlich berechtigt, das ein Dutzendschicksal zu nennen, was doch für den einzelnen, der es erlebt, von größter Bedeutung ist?

Ist es wirklich nichts Besonderes oder Außergewöhnliches, wenn – wie in Eybach – eine zarte, schmächtige Frau, eine Kriegerwitwe, vierzig Jahre lang ihren vollständig gelähmten Sohn in großer Treue und unsagbarer Liebe versorgt? Der Sohn, der nur auf dem Rücken liegen kann, hat keine einzige wunde Stelle am ganzen Körper. Seit mehr als vierzehn Jahren besuchen wir die beiden regelmäßig, und immer liegt der Kranke sauber und gepflegt in seinem Bett. Nein, hier kann man wirklich nicht von einem Dutzendschicksal sprechen. Diese Frau hätte wahrlich Grund genug zu sagen: Ach, wenn man sich doch freuen könnte, aber ich kann es nicht! Woran und worüber sollte ich mich freuen, wenn ich Tag und Nacht das Elend meines Sohnes mit ansehen muß?

Und doch findet sie immer wieder einen Grund zur Freude. »Sehen Sie doch meinen Jungen an.« (Der über Vierzigjährige bleibt ihr Junge, obgleich er längst das Mannesalter erreicht hat!) »Ist er nicht ein lieber Kerl? Und wie er sich freuen kann! Wenn ich ihm erzähle, daß Sie und Ihr Mann zu Besuch kommen, jauchzt er laut auf. Oder wenn ich am Sonntagnachmittag an seinem Bett sitze und ihm aus der Bibel vorlese, freut er sich sehr.« Sie, die Mutter, ist davon überzeugt, daß er sie versteht, obgleich er sich mit keinem Wort dazu äußern kann. Sprechen kann er nicht, aber vor Freude jauchzen, das vermag er.

Natürlich gibt es viele Arten von Freude, laute und überschäumende wie auch stille und verborgene, von vielen Menschen gar nicht wahrnehmbar. Sie äußert sich etwa darin, daß der Betreffende sein schweres Schicksal annimmt und bejaht wie diese Frau. Dieses Bejahen läßt ihn innerlich ruhig und auch froh werden.

Es gehört zu den Lebenskünsten, sich an den kleinen Freuden am Wege erquicken und aufrichten zu können. Diese Kriegerwitwe, von der ich erzähle, führt mit ihrem schwer behinderten Sohn ein armseliges, trostloses Dasein – oberflächlich betrachtet. Aber ob es völlig freudlos ist? Nein, es entspräche nicht der Wahrheit, das behaupten zu wollen, denn sie hat es gelernt, was viele nicht vermögen, sich an den kleinen, unscheinbaren Lichtblicken zu erfreuen.

»Schauen Sie sich dieses herrliche Alpenveilchen an«, sagt sie strahlend bei einem unserer Besuche. »Zwölf Blüten trägt es, und eine ganze Reihe Knospen folgen noch. Eine Nachbarin hat es mir zum Geburtstag geschenkt.«

Freudestrahlend zeigt sie uns eine Ansichtskarte. »Die hat mir die Frau unseres Pfarrers aus ihrem Urlaub geschickt. Stellen Sie sich vor. Als gestern unser Arzt bei uns war, hat er meinen Jungen gefragt, ob seine Halsschmerzen jetzt verschwunden seien. Da hat er mit dem Kopf genickt. Somit ist doch klar erwiesen, daß er ihn verstanden hat. Wie freue ich mich darüber!«

Hätte ich der Mutter die Freude zerstören sollen, indem ich behauptet hätte: »Nein, das reden Sie sich nur ein. Ihr Sohn kann den Sinn des Gesagten nicht begreifen.« Es gehört vielmehr zu unseren Pflichten, denen, die nach unseren Begriffen ein freudloses Dasein führen, sich also auf der Schattenseite des Lebens befinden, zumindest kleine Freuden zu vermitteln.

Immer wieder, wenn mein Mann und ich in dem kleinen Häuschen einkehren, in dem die Witwe mit ihrem gelähmten Sohn lebt, kommt uns der Gedanke, daß wir es bei ihr wirklich mit einer »Heldin des Alltags« zu tun haben. In all den Jahren hat sie nie einen freien Tag gehabt, sie konnte sich nie eine Urlaubsreise leisten. Wenn sie eine dringende Besorgung machen muß, bittet sie eine Nachbarin, sich während ihrer Abwesenheit an das Bett ihres Sohnes zu setzen und auf ihn zu achten.

Sie sagt: »Er ist so an mich gewöhnt und vermißt mich, wenn ich nicht da bin. Wir gehören in Freud und Leid zusammen.« In Leid? Ja, das ist sichtbar, aber in Freude? Wo ist denn die in ihrem Leben zu finden? Das Alpenveilchen mit seinen vielen Blüten wird eines Tages verwelkt sein. Eins ist mir klar: Die Freude dieser Frau besteht in der Gewißheit, für ihren hilflosen Sohn zu leben und ihm soweit wie möglich zukommen zu lassen, was er für sein armes Dasein braucht.

Die Mutter dieses Kranken hat ihre eigene Auffassung von Freude. Sie ist entstanden aus ihrer selbstlosen Liebe und Opferbereitschaft. Ja, diese ist eine Heldin des Alltags, aber sie trägt keine Krone, jedenfalls keine sichtbare. Ich zweifle jedoch nicht daran, daß sie einmal zu denen gehören wird, von denen es heißt: »Sei getreu bis in den Tod, so will ich dir die Krone des Lebens geben.« Sie ist eine einfache, schlichte Frau, aber sie gehört zu den Treuen im Lande, und den Treuen gilt diese Zusage.

Aber ich wollte ja von unserer Einladung ins Eybacher Schloß erzählen. Es war in jener Zeit, als ich mit der Gräfin Ilona von Degenfeld-Schonburg öfter in der kirchlichen

Arbeit zusammentraf. Eines Tages lud sie meine Mutter und mich zum Essen ein. »Aber bringen Sie auf jeden Fall Ihre Pflegekinder mit«, sagte sie. Zur Zeit meines ersten Kinderheimes in Herrenalb waren zu den Erholungskindern auch zwei kleine Brüder im Alter von sechs und sieben Jahren zu mir gekommen, die mir der Evangelische Kinderrettungsverein übergeben hatte. Ihre bisherige Pflegemutter war gestorben. Ich beschloß, die Kinder zu behalten. Später kamen noch ein Junge und zwei Mädchen dazu. Alle Kinder, die von ihren Eltern gebracht worden waren, um sich zu erholen, kehrten nach kurzer Zeit in ihr Elternhaus zurück. Bei meinen Pflegekindern war das nicht möglich. Während des Krieges waren wir evakuiert worden und fanden entgegenkommender Weise im Gingener Pfarrhaus Aufnahme. In jener Zeit wurden wir eingeladen, im Eybacher Schloß einen Tag zu verbringen. Die Kinder waren nicht wenig aufgeregt. Ein großes Schloß inmitten eines schönen Parkes, ein richtiger Graf und eine richtige Gräfin!

Meine jüngste Pflegetochter, damals fünf Jahre alt, wollte wissen, was eine Gräfin ist. Ich antwortete: »Weißt du, so etwas ähnliches wie eine Prinzessin.« Ich überlegte nicht, daß die Kleine sich nach den Bildern ihres Märchenbuches eine Vorstellung machte. Es folgten noch ein paar gute Ratschläge. »Grüßt höflich! Benehmt euch anständig – ja, bitte – nein, danke! Seid bescheiden beim Essen, schlürft nicht beim Trinken und achtet auf eure Kleider, daß ihr keine Flecken macht.«

Wir waren in den Park gebeten worden. Die Frau Gräfin würde gleich erscheinen. Wenig später stand sie auf der Freitreppe und winkte uns freundlich zu, näher zu treten. Sittsam, wie sonst kaum, stiegen meine Kinder die Stufen hinauf. Meine Jüngste schien die Gräfin vom ersten Augenblick an ins Herz geschlossen zu haben. Sie eilte in freudiger Erwartung den anderen voraus; und ehe meine Mutter und ich oben angelangt waren, hatte sie beide Arme ausgebreitet und die Knie der Dame des Hauses umfaßt. Diese beugte sich wohlwollend zu dem Kind herab und drückte es an sich. Sie hätte so gerne eine eigene Tochter gehabt. Meine kleine Pflegetochter aber wandte sich plötzlich mir zu und stellte in sichtlicher Enttäuschung fest, so laut, daß die Herrschaften es vernehmen konnten: »Aber sie hat ja gar keine Krone auf dem Kopf.«

Das löste bei dem gräflichen Ehepaar – der Graf war inzwischen auch hinzugetreten – ein belustigtes Lächeln aus. Mir aber war ein wenig bange zumute. Würde es bei der Mahlzeit ohne Zwischenfall abgehen? Doch es klappte alles gut, zumal der Diener den Kindern sichtlich großen Respekt einflößte. Er stand in seiner Livree und mit weißen Handschuhen bei Tisch hinter dem Stuhl der Gräfin und nahm deren Anordnungen entgegen. Obgleich er in seiner uniformähnlichen Gewandung auch meiner kleinen Pflegetochter sehr gefiel, schien sie auf seinem Haupt keine Krone zu vermissen.

Ich erinnere mich, daß ich als kleines Mädchen – ich mochte etwa neun Jahre alt gewesen sein – ähnliche Vorstellungen hatte wie meine jüngste Pflegetochter, die die Krone auf dem Haupt der Gräfin vermißte. Ich wurde damals mit meiner Freundin, einer Engländerin, in das Schloß des Barons von Thiele-Winkler in Mecklenburg eingeladen. Wir waren im Ponywagen von der Erzieherin der Töchter des Barons abgeholt worden. In dem prächtigen Schloß kamen wir uns ziemlich unbeholfen vor, bis nach dem Einnehmen des Tees die jungen Baronessen mit uns im Park herumtollten – ganz wie andere Kinder auch. Was mich damals aber so sehr beeindruckte war, daß die Tante der beiden Mädchen, Eva von Thiele-Winkler, mit uns am Tisch saß, eine Frau im einfachen Diakonissenkleid, die unendliche Güte ausstrahlte. Gerade ihre Schlichtheit fiel mir besonders auf, obgleich ich noch ein Kind war. Irgendwie hatte ich mir eine solche Frau ganz anders vorgestellt, mit kostbarem Schmuck behängt, in Brokat oder Seide gekleidet. Auch sie trug keine Krone. Aber als ich später ihr Leben kennenlernte und mich mit ihrer schriftstellerischen Tätigkeit befaßte und dabei erfuhr, daß sie von einigen Hundert Waisen und anderen heimatlosen Kindern Mutter geworden war, wuchs meine Hochachtung ihr gegenüber immer mehr. Eva von Thiele-Winkler verzichtete persönlich auf allen Reichtum, um Gott an diesen Kindern zu dienen. Sie war eine Beterin. Das Gebet wurde die Grundlage ihres gesegneten Lebens. Sie ist mir zum leuchtenden Vorbild geworden.

Doch nun muß ich noch einmal zum Schloß in Eybach zurückkehren. Es ist mir unvergeßlich, wie Gräfin von Degenfeld-Schonburg mir einmal Einblick in ihr persönliches Leid gewährte. Ich saß an ihrem Krankenbett, das auch ihr Sterbelager wurde. Mit matter Stimme erzählte sie mir, daß sie und ihr Gatte zwei Söhne hatten. Ihr Wunsch nach einer Tochter war vergeblich gewesen. Der älteste Sohn, ein hochbegabter, vielversprechender junger Mann, mußte in den Krieg ziehen und kehrte von dort nicht mehr zurück. Er starb als junger Offizier auf dem Schlachtfeld. Der zweite Sohn hatte ein schweres unheilbares Leiden und blieb bei den Eltern. So war es nur zu verständlich, daß sein Schicksal die Mutter auf ihrem Sterbebett sehr beunruhigte. Ich besuchte sie in jenen Tagen öfter, saß dann bei ihr und verstand sehr wohl ihre große Sorge. Ich durfte ihr versichern, daß Gott sich nicht nur ihrer selbst, sondern auch des kranken Sohnes annehmen werde. Sie dürfe ihn getrost seinen Händen überlassen. Wie ungezählte Male vorher wurde mir erneut deutlich, daß wahrer Trost und Zuspruch nichts mit Reichtum zu tun haben, sondern allein aus den Quellen des ewigen Wortes Gottes geschöpft werden können. Sie erfuhr, was im Buch Nehemia (Kap. 8, 9) so wunderbar zu lesen ist, als dem trostbedürftigen Volk gesagt wird: »Seid nicht traurig und weinet nicht..., bekümmert euch nicht; denn die Freude am Herrn ist eure Stärke.«

Nach ihrem Tod ergab es sich dann, daß ein Onkel, der in Ungarn seinen großen Besitz durch den Umsturz verloren hatte, nach Deutschland kam und die Betreuung seines kranken Neffen übernehmen konnte. Das Vertrauen der sterbenden Mutter hatte so seine Erfüllung gefunden.

Wenn doch alle Bekümmerten den Zugang zu dem fänden, der gesagt hat: »Kommet her zu mir alle, die ihr mühselig und beladen seid, ich will euch erquicken.«

Mühselig und beladen! Sind wir das letztlich nicht alle? Die Kriegerwitwe mit ihrem gelähmten Sohn in dem winzigen Häuschen, die Gräfin in dem Schloß auf ihrem Krankenbett – und gleicherweise wir alle, ob wir es zugeben oder nicht, bis wir dahin kommen, die Lasten unseres Lebens in die Hände Gottes zu legen.

Die beiden Frauen in Eybach waren völlig verschieden in Art, Erziehung und Wissen. Sie haben wohl auch kaum je miteinander zu tun gehabt. Und doch sehe ich gewisse Parallelen – nicht nur in bezug auf Besitz und Armut. Jede dieser Frauen trug eine ganz persönliche Last. Wären sie sich begegnet, ich glaube, daß sie sich bei allen äußeren Gegensätzen als Schwestern empfunden hätten, weil sich beide als Kinder des einen Vaters im Himmel wußten.

Manches Mal habe ich mich darüber gewundert, wie viele Menschen meine einfach geschriebenen Bücher gelesen haben. Was ist die Ursache dafür, daß in unserer schreibwütigen Zeit so viele Menschen, die meist sensationelle Literatur der christlichen vorziehen, zu solchen Büchern greifen? Bietet nicht das Fernsehen täglich spannenden Stoff, der meist noch einen gewissen Nervenkitzel erzeugt? Manche romantischen Wege, die zum Lebensglück führen sollen, werden aufgezeigt. Es ist viel von Liebe die Rede, die in Wirklichkeit aber oft etwas ganz anderes ist. Verbrechen und Kriminalität werden so selbstverständlich geschildert, daß der schädliche Einfluß keine Frage ist. Natürlich gibt es auch gute Sendungen. Bei alledem bleibt die Frage, ob christliche Bücher in einer Zeit offensichtlicher Gottentfremdung überhaupt noch Zugkraft haben.

Nicht nur die Auflagenhöhe meiner eigenen Bücher gibt

darauf eine bejahende Antwort, sondern auch der Verkauf vieler anderer Bücher mit bewußt christlichem Inhalt. Kommt es daher, daß letztlich in jedem Menschen so etwas wie eine Sehnsucht nach dem Überirdischen, nach Göttlichem ist? Trotz des großen Angebots von Literatur bleibt das menschliche Herz vielfach leer und unbefriedigt. Eleonore Fürstin Reuß drückt das in einem Lied so aus:

Ich bin durch die Welt gegangen,
und die Welt ist schön und groß,
und doch ziehet mein Verlangen
mich weit von der Erde los.

Ich habe die Menschen gesehen,
und sie suchen spät und früh,
sie schaffen, sie kommen und gehen,
und ihr Leben ist Arbeit und Müh.

Sie suchen, was sie nicht finden
in Liebe und Ehre und Glück,
und sie kommen belastet mit Sünden
und unbefriedigt zurück.

Es ist eine Ruhe vorhanden
für das arme, müde Herz;
sagt es laut in allen Landen:
Hier ist gestillet der Schmerz.

Es ist eine Ruhe gefunden
für alle, fern und nah;
in des Gotteslammes Wunden
am Kreuze auf Golgatha.

Solchen, die sich darüber wundern, daß heute noch christliche Literatur gelesen wird, würde ich gerne – wäre es nicht ein Vertrauensbruch – Einblick in meine vielen Leserbriefe gewähren. Sie beweisen, wie groß das Verlangen nach Frieden, Ruhe und Harmonie in Ehen und Familien ist. Ich habe nicht den Ehrgeiz, eine überragend geistig und an allen Neuheiten interessierte Leserschaft zu haben, sondern bin glücklich, aus den Zuschriften entnehmen zu können, daß viele Leser durch meine Bücher für ihr Leben neue Hoffnung schöpfen und wieder kindlich glauben lernen konnten. Mir ist bewußt, daß manch einer meine Bücher achselzuckend zur Seite legt und sagt: »Mit solchen Büchern weiß ich nichts anzufangen, sie haben mir nichts zu sagen.« Das mag in der Tat der Fall sein. Aber es ist wohl auch nicht mein Auftrag, in erster Linie für sie zu schreiben, sondern für solche, deren Herz offen ist für die schlichte Heilsbotschaft, oder für solche, die sich nach einem neuen Leben mit Gott sehnen. Darin sehe ich meinen Lebensauftrag.

Als eines Tages gerade wieder ein neues Buch von mir erschien, schrieb eine Journalistin dazu eine Rezension in einer Zeitung. Dort hieß es unter anderem: »Elisabeth Dreisbach versteht, spannend zu erzählen, aber sie schildert immer wieder Familien, die so intakt sind, daß man sie heute kaum noch findet...«

Ich war nicht bereit, diese Rezension unwidersprochen hinzunehmen und bat telefonisch um eine Unterredung. Die Dame besuchte mich. Als sie mir gegenübersaß, sagte ich, daß es nicht der Wirklichkeit entspräche, wenn sie behaupte, es gäbe heute keine harmonischen Familien mehr.

»Zumindest ist das etwas sehr Seltenes«, erwiderte sie.

Ich versuchte ihr klarzumachen, daß da, wo man mit der Wirklichkeit Gottes rechnet, auch Harmonie ist. Das bedeutet nicht, daß in solchen Häusern alles nach Wunsch geht, daß es keine Schwierigkeiten, Enttäuschungen oder Probleme mit den Kindern oder in der Ehe gibt. Aber die Botschaft des Evangeliums ist wegweisend in der Bewältigung solcher Situationen.

Die Journalistin war der Meinung, es gäbe nachweislich mehr unglückliche Ehen als andere. Sie erinnerte an die vielen Ehescheidungen und die damit zusammenhängende hohe Selbstmordziffer.

»Und doch sehe ich es als meine Aufgabe an, auch auf glückliche Familien und gute Ehen hinzuweisen«, erwiderte ich. »Über zerrüttete Ehen wird genug geschrieben. Ich halte es für wichtig, in meinen Büchern deutlich zu machen, daß es auch anders möglich ist. Das ist meine feste persönliche Überzeugung.«

Deshalb spreche ich auch in diesem Buch von Glauben, Hoffnung und Liebe, wie ich es in all den Jahren meiner schriftstellerischen Tätigkeit getan habe.

Als mein Mann und ich nach Eybach gezogen waren, öffnete sich uns bald ein neues Betätigungsfeld. Uns war es selbstverständlich, daß wir uns sogleich für das kirchliche Leben interessierten. Eybach ist überwiegend katholisch. Wir wußten, daß die evangelische Gemeinde lange Zeit kein eigenes Gotteshaus gehabt hat und in der freundlicherweise zur Verfügung gestellten katholischen Kirche zu den Gottesdiensten zusammengekommen war.

Als wir zum ersten Mal die gerade erst erbaute evangelische Kirche besichtigten, kam unverhofft der Gemeindepfarrer hinzu. Wir sagten, daß wir nach Eybach zugezogen sind. Dann fragte mein Mann, ob er einmal auf der Orgel spielen dürfe. Voller Interesse hörte der Pfarrer zu und fragte gleich anschließend, ob mein Mann bereit sei, den Orgeldienst in den sonntäglichen Gottesdiensten und auch bei anderen Anlässen zu übernehmen. In den elf Jahren unseres Dortseins hat mein Mann diesen Dienst getan. Es blieb nicht allein dabei. Nachdem in jener Zeit außer dem Kindergottesdienst keine Arbeit unter Jugendlichen angeboten werden konnte, erklärten wir beide uns bereit, einen Jugendkreis zu beginnen und zu leiten.

In jener Zeit war es noch üblich, daß die angehenden Konfirmanden zumindest ein Jahr vor ihrer Einsegnung jeden Sonntag zum Gottesdienst kamen. Glücklicherweise bestehen auch heute noch viele Gemeindepfarrer darauf. Ohnehin ist die Frage von Taufe und Konfirmation in unserer Kirche zum Problem geworden, die allen evangeliumstreuen Seelsorgern große Not bereitet. Für viele Eltern ist die

Taufe ihrer Kinder und ebenso die Konfirmation nichts anderes als ein Familienfest, zu dem man die nächste Verwandtschaft einlädt und bei dem es vor allem um gutes Essen und Trinken geht. Kein Wunder, daß viele Konfirmanden darauf aus sind, eine Menge Geschenke zu erhalten, womit sie sich dann voreinander brüsten.

»Ich habe über dreihundert Mark bekommen.«

»Ha, das ist noch gar nichts! Über fünfhundert sind es bei mir. Mein Patenonkel allein hat mir zweihundertfünfzig Mark geschenkt, und da wollten die andern sich auch nicht lumpen lassen.«

Ein Mädchen berichtet: »Ich habe eine Waschmaschine für meine Aussteuer bekommen.«

»Und ich schöne Bettwäsche, zweimal komplett für ein Doppelbett.«

Die andern sticheln: »Na ja, dann kannst du ja bald ans Heiraten denken.«

Obgleich verantwortungsbewußte Pfarrer sehr bemüht sind, die Eltern ihrer Konfirmanden davor zu warnen, ihnen an ihrem Festtag Alkohol anzubieten, kommt es doch immer wieder vor, daß Konfirmanden am Abend ihres Festtages zumindest angeheitert, wenn nicht gar betrunken sind. Mir war es in den zwanzig Jahren meiner Vortragstätigkeit immer wieder ein ernstes Anliegen, bei Konfirmanden-Elternabenden oder auch, wenn ich zu ihren Söhnen und Töchtern zu sprechen hatte, folgendes zu erklären: »In der Taufe spricht Gott zu dem Täufling: Ich will dein Vater sein. Er streckt, bildlich gesprochen, seine Hand nach dem Kind aus. Dasselbe geschieht bei der Glaubenstaufe. Nur daß dann der Täufling, der ein gewisses Alter erreicht haben muß, vor der Taufe bekennt, eine persönliche Entscheidung für Jesus Christus getroffen zu haben. Für ihn gilt das Schriftwort: ›Wer da glaubt und getauft wird, der wird selig werden; wer aber nicht glaubt, der wird verdammt werden.‹ Hier ist zweifellos die Betonung auf das Wort *glauben* gelegt. Nun kann es natürlich sein, und ich habe dies in einigen

Fällen erlebt, daß es auch bei der Glaubenstaufe solche gibt, die keine bewußte Entscheidung für Christus getroffen haben, sondern sich vielleicht aus Familientradition oder aus irgendwelchen andern Gründen taufen ließen. Ich weiß aber auch von vielen, die ihre Glaubenstaufe sehr ernst nahmen.

Warum ist die Taufe in unserer evangelischen Kirche für viele Christen ein Problem geworden? Wie viele Eltern und Paten nehmen das Taufgelübde, das sie einmal ablegten, überhaupt nicht mehr ernst. Sie versprechen während des Taufaktes auf die Frage des Pfarrers, ob sie gewillt sind, das Kind christlich zu erziehen: ›Ja, mit Gottes Hilfe.‹ Wer dies nicht gleichgültig ausspricht, dem ist klar, daß die Vorbereitung auf die Konfirmation, die eine Bestätigung des Taufbundes ist, schon gleich nach der Taufe beginnen muß. Sie ist nicht nur Aufgabe des Pfarrers, sondern vor allem die Pflicht der Eltern und Paten.

Wie oft aber ist nie über einem Kind oder mit dem Kind gebetet worden, in der Familie nie ein christliches Lied gesungen oder gemeinsam ein Gottesdienst besucht worden.

Es gibt heute schon viele Kinder in Deutschland, die nicht mehr wissen, wer Jesus ist. Darum muß immer wieder darauf hingewiesen werden, daß die Hand Gottes, die in der Taufe über dem Kind ausgestreckt wurde, einmal ergriffen werden und die Antwort lauten muß: ›Gott-Vater, ich will dein Kind sein.‹

Dies ist der eigentliche Sinn der Konfirmation: Bestätigung des Taufbundes. Zweifellos wäre der Konfirmand überfordert, würde man von ihm verlangen, daß dieses allein am Tag der Einsegnung geschehen muß. Manche nehmen diese Gedanken bereits in den Konfirmanden-Vorbereitungsstunden sehr ernst. Aber es muß ja nicht dieser vorgeschriebene Tag sein. Jedoch ist es biblisch, daß jeder Mensch in seinem Leben diese Entscheidung für sich treffen muß. Die Bibel nennt es Bekehrung oder Wiedergeburt.

Ich habe eine kleine Konfirmandenfreundin, ein feines

sensibles Mädchen. Es ist das einzige Kind seiner Eltern. Zwei Pfarrer taten sich zusammen, um einen dreitägigen Ausflug mit ihren Konfirmanden zu unternehmen. Das Ziel war ein Schullandheim, das ihnen zur Verfügung gestellt worden war. Meine kleine Freundin, eine eifrige Leserin meiner Bücher, freute sich sehr auf diese Tage. Bitter enttäuscht kam sie danach zu ihren Eltern zurück.

»Stellt euch vor«, berichtete sie, »es gab dort so etwas wie eine Diskothek. Bis nachts um zwei Uhr saßen unsere Pfarrer mit uns zusammen. Schallplatten wurden aufgelegt und Kassetten gehört. Dabei wurden Spiele gemacht und Witze erzählt. Es ging sehr ausgelassen und laut zu.«

»Ihr habt doch hoffentlich keinen Alkohol getrunken?« fragte die Mutter.

»Na, das wäre die Höhe!« schaltete der Vater sich in das Gespräch ein. »Du weißt doch, daß es verboten ist, Jugendlichen unter sechzehn Jahren alkoholische Getränke anzubieten.«

»Hat es dir denn gefallen?« forschte die Mutter.

»Zuerst fand ich es recht lustig. Aber dann habe ich mich gefragt, ob so etwas zu einem Konfirmandenausflug gehört. Unsere Pfarrer konnten es nicht verhüten, daß einige der Jungen und Mädchen zeitweise in die Nacht hinaus gingen und längere Zeit wegblieben. Ich wurde nach zwölf Uhr so müde, daß ich mich kaum aufrechthalten konnte, wagte aber nicht, mich als einzige in den Schlafraum zu verziehen. Nein, Mutti, gefallen hat mir das ganz und gar nicht. Ich hatte mir etwas ganz anderes vorgestellt.

Als ich später eine meiner Schlafkameradinnen fragte, was wohl ihre Mutter zu dieser Art von Konfirmandenausflug sagen würde, meinte sie: Meine Eltern sind nicht engherzig. Sie sagen, daß man der Jugend ihre Freude gönnen soll.«

Liegt es nicht doch vielfach an uns und unserer Gesinnung, was unsere jungen Leute von derartigen Veranstaltungen halten und erwarten, oder haben wir keinen Einfluß mehr auf sie? Ein Elternpaar meinte: »Wir dürfen nicht kleinlich sein. Die heutige Jugend ist eben anders, als wir es in diesem Alter waren. Man kann das Rad der Zeit nunmal nicht zurückdrehen.«

Ich erinnere mich an ein Gespräch, das ich vor Jahren mit einer angehenden Konfirmandin hatte. Sie sagte: »Von mir aus könnte die Einsegnung gut ausfallen. Ich will nämlich gar nicht fromm sein.«

»Und warum willst du nicht fromm sein?«

»Am Wege der Christen«, so antwortete sie, »gibt es so viele Verbotszeichen: Dies darfst du nicht, und jenes gehört sich nicht. Hier darfst du nicht mitmachen, und dort darfst du nicht hingehen. Darum will ich nicht fromm sein und kann gut auf die Konfirmation verzichten.«

»Warum besuchst du dann den Konfirmandenunterricht und läßt dich einsegnen?«

»Weil meine Mutter darauf besteht. Dabei ist sie selber nicht fromm und ebensowenig ihr Freund, der bei uns wohnt. Nur wegen meiner Großmutter hält sie an der Konfirmation fest. Sie sagt, man dürfe es der alten Frau nicht antun, daß ich nicht eingesegnet werde.«

Was soll man dazu sagen? Ich versuchte, dem Mädchen zu erklären, daß ihre Meinung von den Verbotstafeln am Wege der Christen nicht richtig ist und daß wir völlige Freiheit haben, unsere Entscheidungen zu treffen. Aber unsere Auffassung hat sich geändert. Wir finden als bewußte Christen gar nicht mehr alles schön, gut und hilfreich, was uns die Welt bietet. Wir wollen gar nicht mehr alles mitmachen. Das liegt daran, daß in uns eine Sinnesänderung durch Christus stattgefunden hat.

Ein anderes Erlebnis mit einem angehenden Konfirmanden war dieses: Ein mir bekannter Pfarrer fühlte sich veranlaßt, den Vater eines der Jungen, die er einsegnen sollte, zu besuchen. Er sagte: »Ihr Sohn schwänzt wiederholt den Konfirmandenunterricht, und wenn er erscheint, kommt er bestimmt zu spät und stört die anderen. Ich bitte, daß sie diesbezüglich mit ihm reden.« Der Vater rief den Jungen, gab ihm in Gegenwart des Pfarrers eine schallende Ohrfeige und schrie seinen Sohn an: »Da höre ich ja schöne Dinge von dir! Merke dir ein für alle Mal: Solange du zum Konfirmandenunterricht gehst, hast du zu parieren. Was du nachher tust, das ist mir gleich!«

Welch eine Auffassung!

Wir fühlten uns in Eybach innerlich angeregt, die künftigen Konfirmanden, die regelmäßig zum Gottesdienst kamen, anzusprechen und sie zu fragen: »Hättet ihr Lust, bei einem Jugendabend mitzumachen? Wir wären bereit, alle vierzehn Tage an einem Abend hier im Gemeindesaal mit euch zusammenzukommen.«

»Und was wird da gemacht?« fragten einige.

»Wir wollen mit euch singen, gemeinsam Spiele machen, mit euch Lebensfragen besprechen und an jedem Abend eine kurze Andacht halten und gemeinsam über Gottes Wort reden.«

Die Reaktion der jungen Leute war zuerst einmal Staunen und unsicheres Schweigen.

»Besprecht es mit den anderen und ladet sie dazu ein. Wir wollen inzwischen mit unserem Gemeindepfarrer reden und euch – wenn er einverstanden ist – am kommenden Sonntag den Termin nennen.« Natürlich hatten wir einen Fehler gemacht. Daran war ich in meiner raschen Art schuld.

»Wir hätten zuerst mit unserem Pfarrer sprechen sollen«, sagte mein Mann. »Wir können ihn doch nicht vor vollendete Tatsachen stellen.« Er hatte recht. Erfreulicherweise nahm unser Pfarrer aber unser Angebot sofort an und gab gerne seine Zustimmung. Nun waren wir, mein Mann und ich, schon damals keine jungen Leute mehr. War es nicht ein Wagnis, in unserem Alter noch einen Jugendkreis zu beginnen? Waren wir noch imstande, für die jungen Leute Verständnis aufzubringen, wo man doch immer behauptet, es bestehe eine unüberbrückbare Kluft zwischen jung und alt? Unsere Freude war groß, als am ersten Abend fünfzehn junge Leute, Mädchen und Jungen, erschienen. Am zweiten und dritten Abend waren es sogar einige mehr. Es bildete sich ein konstanter Kreis von zwanzig bis fünfundzwanzig Jugendlichen, die regelmäßig zusammenkamen. Mein Mann übernahm es jedesmal, gleich zu Anfang, wenn sie durch Singen, Spielen und Diskutieren noch nicht an Spannkraft verloren hatten, eine Andacht von etwa zehn Minuten zu halten, die stets mit einem freien Gebet geschlossen wurde.

Warum erzähle ich das so ausführlich? Um denen das Gegenteil zu beweisen, die der Meinung sind, eine solche Jugendarbeit sei heute nicht mehr zeitgemäß. Die Jugendabende waren oft sehr anstrengend, so daß wir manchmal recht abgekämpft nach Hause kamen. Aber wir wußten, es lohnt sich. Vor allem schien es uns notwendig, die jungen Leute mit lebensnahen Fragen zu konfrontieren und ihnen vom Wort Gottes her zu antworten. Wir erinnern uns gerne an diese Zusammenkünfte mit den Jugendlichen unserer Gemeinde. Natürlich ging nicht alles von vornherein glatt und ohne Schwierigkeiten. Besonders unter den Jungen waren einige, die eine gewisse Zeit brauchten, ehe sie erkannt hatten, daß es hier nicht um etwas Ähnliches wie um einen Kegelklub oder Sportverein ging. Nichts gegen diese, aber es ist eben doch ein Unterschied, ob man etwas für den inneren Menschen weitergeben möchte oder andere Interessen hat.

Da waren z. B. ein paar Jungen zwischen vierzehn und sechzehn Jahren, die es darauf abgesehen hatten, jeden dieser Abende zu stören, indem sie sich etwa über die Andacht lustig machten oder absichtlich fürchterlich falsch sangen, wenn wir mit dem Jugendkreis ein Lied einübten. Sie kamen vorsätzlich zu spät und störten so die anderen. Wir mußten einige Male ganz energisch werden und ihnen klarmachen, daß zwar die Teilnahme an diesen Abenden freiwillig sei, aber daß wir erwarten würden, daß sich jeder der Anwesenden der Ordnung anpasse und sich in das Programm des Abends einfüge. Wir seien auf keinen Fall gewillt, uns die Veranstaltungen durch einige stören oder verderben zu lassen. Wir forderten sie auf, sich zu entscheiden, ob sie weiter am Jugendkreis teilnehmen wollen oder lieber fernbleiben möchten. Diese zwei, drei Jungen merkten bald, daß wir nicht bereit waren, uns von ihnen drangsalieren zu lassen und zogen die Konsequenzen. Die anderen kamen desto treuer.

Als Weihnachten nahte, konnten wir die jungen Leute dafür begeistern, ein von mir verfaßtes Krippenspiel in der Kirche aufzuführen. Vor allem gefiel ihnen, daß sie keine Rollen auswendig zu lernen hatten und somit auch nicht steckenbleiben konnten. Angeregt durch die lebenden Bilder, die ich bei den Oberammergauer Passionsspielen gesehen hatte und die in die eindrucksvollen Darbietungen der mehr als tausend Mitwirkenden eingefügt waren, ließ ich die Weihnachtsgeschichte in lebenden Bildern darstellen. Die farbenprächtigen Gewänder, die schon im Berghaus St. Michael verwendet worden waren, machten sich äußerst wirkungsvoll. Jahre hindurch wurde dieses Weihnachtsspiel am Heiligen Abend in unserer dann stets übervollen Kirche aufgeführt. Die Vorbereitungen gaben Anlaß zu manchen ernsten Gesprächen mit den Jugendlichen, denen ich klar zu machen versuchte, daß sie nicht nur für weihnachtliche oder stimmungsvolle Unterhaltung zu sorgen, sondern einen speziellen Evangeliumsauftrag zu erfüllen hätten.

Zwischen den lebenden Bildern sprach ich selbst den weihnachtlichen Text, während mein Mann das Ganze mit entsprechendem Orgelspiel untermalte.

Uns fiel auf, daß einige der Jugendlichen keine Ahnung von gutem Benehmen zu haben schienen, obgleich keiner von ihnen aus asozialen Verhältnissen kam. Auch auf diesem Gebiet hat sich in unserer Zeit manches verändert. Man erlebt es heute öfter, daß kleinere Kinder kaum noch ein »Bitte« oder »Danke« kennen. Ob die Eltern der Meinung sind, daß die Erziehung dazu eine Einengung der persönlichen Freiheit oder eine Behinderung der Selbstentfaltung ihrer Kinder sei?

Ich denke an den ersten Weihnachtsabend, den wir mit unserem Jugendkreis in Eybach veranstalteten. Mein Mann und ich hatten weiß gedeckte Tische mit Tannengrün geschmückt. Inzwischen habe ich hören müssen, daß manche jungen Leute dies sentimental, völlig überholt und unnötig nennen. Wir hatten an jeden Platz einen bunten Teller mit Äpfeln, Nüssen, Mandarinen, Kleingebäck und Süßigkeiten gestellt. Davor standen Kerzen, die wir zu Beginn anzündeten. Dann riefen wir unsere Jungen und Mädchen herein, die bis dahin vor der geschlossenen Tür warteten.

War es lächerlich von uns, auf eine gewisse Reaktion gespannt zu sein, wie wir sie aus früherer Zeit kannten? Nur einige wenige betraten erwartungsvoll und sichtlich überrascht den Raum. Die meisten stürmten mit großem Hallo herein, drängelten und schubsten sich, ehe sie sich mit Gepolter auf die Stühle fallen ließen. Hier und da vernahm man freudige Ausrufe wie: »Spitze! Pfundig! Klasse!« Und dann begannen die meisten ohne Aufforderung zu essen, ihre Orangen und Mandarinen zu schälen und sich mit den Schalen zu bewerfen. Dabei überflogen ihre Augen die anderen Teller, um zu prüfen, ob bei der Verteilung der guten Dinge auch gerecht vorgegangen worden war und ein anderer nicht etwa mehr hatte als man selbst.

Mein Mann und ich blickten uns erstaunt an. Wenn wir geglaubt hatten, daß dieses weihnachtliche – wenn auch bescheidene – Fest in einem gewissen Rahmen verlaufen würde, wurden wir bald eines anderen belehrt. Doch wir waren nicht gewillt, uns das Heft aus der Hand nehmen zu lassen.

»Halt! Halt!« riefen wir in die lärmende, lachende und sich sichtlich freuende Schar hinein. »Wir wollen doch gemeinsam beginnen, meint ihr nicht auch?«

Nun erst schien es einigen klar zu werden, daß ihr Benehmen unpassend gewesen war. Fast verlegen legten sie die bereits angebissenen Äpfel zurück auf den Teller und blickten uns erwartungsvoll an. Ob wohl wieder zuerst mit einer Andacht gerechnet werden mußte? Wir teilten Gesangbücher aus, und ich sagte einige erklärende Worte über das Lied: »Lobt Gott, ihr Christen allzugleich«, dabei vor allem über den Vers: »Heut schließt er wieder auf die Tür zum schönen Paradeis...«

Nun war es erfreulich, wie sich alle mit hineinnehmen ließen in die schönsten und tiefsten Gedanken der Weihnachtsgeschichte und kräftig mitsangen. So wurde es doch noch ein schönes Fest für uns alle.

Uns war es ein Anliegen, mit den Jugendlichen wichtige und zeitgemäße Lebensfragen durchzusprechen. Unsere Jüngsten waren dreizehn Jahre alt, die Ältesten etwa dreiundzwanzig. An einem Abend kamen wir auf Freundschaft, Ehe und Partnerschaft zu sprechen. Irgendeiner der Teilnehmer schnitt das Thema »Ehe ohne Trauschein« an. Damals war es noch nicht so üblich, wie es heute vielfach der Fall ist, daß unverheiratete junge Leute zusammenleben, um sich »auszuprobieren«, wie man sagt, bevor sie heiraten oder auch nicht.

»Wie ist eure Meinung darüber?« fragten wir. Zuerst einmal allgemeines Schweigen, bei einigen verlegene Gesichter.

Aber es war offensichtlich, daß dies ein Thema war, mit dem sich schon alle beschäftigt hatten. Da meldete sich zu unserer Verwunderung ein erst fünfzehnjähriger Junge zu Wort.

»Ich finde«, sagte er, »wenn zwei unverheiratet zusammenziehen und tun, als wäre dies eine Ehe, dann ist das meiner Meinung nach nur ein Abenteuer. Eine Ehe bedeutet doch, daß man beisammenbleibt, nachdem man sich gegenseitig Treue gelobt hat, daß man einander erträgt, auch wenn man nicht immer gleicher Meinung ist. Mit der Zeit wächst man dann immer mehr zusammen und läuft nicht auseinander, wenn man Probleme hat, sondern versucht, sich immer besser zu verstehen.«

Wie kam dieser Junge zu dieser Auffassung? fragten wir uns. Hatte er vielleicht Ähnliches in seiner Familie erlebt? Nun brachten auch andere ihre Meinung zum Ausdruck. Man hörte ein Für und Wider zu dieser Auffassung. Daraufhin bemühten wir uns, den jungen Leuten von der Bibel her zu zeigen, daß Gott selbst die Ehe eingesetzt hat und ein ständiger Partnerwechsel nicht in seinem Sinne sei – abgesehen davon, daß es nach Jesu Worten Ausnahmefälle gibt, in denen eine Ehescheidung berechtigt ist.

Wir hatten das Empfinden, die meisten jungen Leute waren dankbar, daß man sie ernst nahm und mit ihnen Probleme besprach, für die man sich in vielen Familien nicht Zeit nahm oder sie in lässiger, oberflächlicher oder gar zweideutiger Art und Weise behandelte.

Leider machte eine Erkrankung unserer schönen Aufgabe ein Ende. Ich kam meines Herzens wegen ins Krankenhaus nach Schwäbisch Hall, so daß wir den Jugendkreis nicht weiterführen konnten.

Doch haben wir den Weg einiger unserer jungen Leute verfolgen können. Eines der jungen Mädchen ist Krankenschwester geworden, eine andere ging mit ihrem Mann nach Südafrika, wo er auf einer Missionsstation der Herrnhuter Brüdergemeine noch heute als Arbeitstherapeut tätig ist und den Einheimischen bei ihrer beruflichen Ausbildung wertvolle Anleitung gibt. Seine Frau gehörte zu denen, die ziemlich regelmäßig unsere Jugendabende besucht und innerlich bejaht haben.

Schon um dieser zwei Mädchen willen hatte es sich gelohnt, unsere Jugendabende durchzuführen. Ich bin aber überzeugt, daß sich auch andere Teilnehmer bei Gelegenheit an dort stattgefundene Gespräche erinnern werden.

Es war uns ein ernstes Anliegen, die jungen Menschen erkennen zu lassen, wie schön es ist, als bewußter Christ zu leben und daß dies der Weg zur wahren Freude ist.

»Worüber und woran soll ich mich denn noch freuen?« Das ist eine Frage, die vor allem von älteren und alten Menschen gestellt wird, oft in großer Resignation und Hoffnungslosigkeit.

Nicht nur der Dienst an jungen Leuten gehörte zu unseren Aufgaben in Eybach. Wie vielen sind wir in den elf Jahren unseres Dortseins begegnet, die die längste Wegstrecke ihres Lebens schon hinter sich hatten! Wir trafen sie in der Kirche und in unserer Nachbarschaft.

Ganz besonders erinnere ich mich an gelegentliche Spaziergänge in den umliegenden Wäldern oder auf dem Reiterweg, der an der Reitschule vorbeiführte. Es war immer schön, dort die gepflegten Pferde mit ihren Reitern zu beobachten.

Auch andere Spaziergänger erfreuten sich an diesem Bild. Man grüßte sich im Vorbeigehen oder traf sich auf den Bänken unter den Buchen. Eichhörnchen huschten über den Weg und an den Baumstämmen empor. Waldvögel kamen zutraulich näher, weil sie es gewöhnt waren, gefüttert zu werden.

Auf den wiederholten Spaziergängen blieb es meist nicht bei einem kurzen Grüßen. Man kam miteinander ins Gespräch. Vor allem Rentner suchten diese Wege auf – Alleinstehende, aber auch Ehepaare. Manchmal hatten wir den Eindruck, als warteten einige schon auf uns. Wir setzten uns zu ihnen auf eine Bank, und es dauerte meist nicht lange, da gewährten sie uns Einblick in ihr Leben. Einige litten sehr unter ihrer Einsamkeit. Sie kamen immer wieder hierher in der Hoffnung, daß sich jemand zu ihnen setzen und sie in ein Gespräch ziehen würde.

»Oft vergehen Tage, ohne daß auch nur ein Mensch mit mir spricht«, war die Klage eines alten Rentners. Manchmal fragten wir uns, was wohl die Ursache dafür ist, daß manche Leute uns so freimütig ihre Lebensschicksale erzählten. Ist es nicht so, daß viele unter der Verständnis- und Lieblosigkeit ihrer Umgebung leiden? Oft bedarf es nur einiger freundlicher Worte und der Bereitschaft zum Gespräch, und der Kontakt ist schon hergestellt.

Was bewog wohl die Frau mittleren Alters, uns an ihrer großen Sorge teilnehmen zu lassen, obgleich wir sie nur flüchtig kennengelernt hatten? »Ich habe einen einzigen Sohn«, erzählte sie. »Er besaß ein gutgehendes Geschäft. Seine Ehe war glücklich zu nennen. Er hing auch an seinen Kindern. Dann lernte er eine attraktive, recht oberflächliche Frau kennen, die auf ihn keinen guten Einfluß ausübte. Es war, als wäre er durch sie verhext. Er begann Schulden zu machen, vernachlässigte seine Familie und gab seiner eigenen Frau nur noch unzureichend Haushaltsgeld für sie und die vier Kinder. Eines Tages machte er bankrott und zog zu der anderen Frau. Wie eine böse Macht war es über ihn gekommen. Eines Tages erklärte er seiner Frau, daß er sich von ihr scheiden lassen wolle, um seine Geliebte zu heiraten. Meine Schwiegertochter weigert sich, in die Scheidung einzuwilligen.«

»Ich habe ihn aus Liebe geheiratet«, sagte sie, »und ihm Treue gelobt bis zum Tod. Ich gebe ihn nicht frei. Und die Kinder sollen ihren Vater behalten, selbst wenn sie über seine Handlungsweise empört sind. – Vor meiner Schwiegertochter habe ich die größte Hochachtung. Sie hat sich wieder eine Bürostelle gesucht. Vor ihrer Eheschließung war sie nämlich im kaufmännischen Beruf tätig. Sie erzieht ihre Kinder in vorbildlicher Weise. Wie sehr ich als Mutter unter der Handlungsweise meines Sohnes leide, brauche ich ihnen sicher nicht zu sagen. Fast jeden Abend – immer lassen es meine Kräfte nicht zu – gehe ich zu meiner Schwiegertochter, um im Haushalt zu helfen. Sie kommt oft sehr erschöpft vom Büro heim. Ihre Kinder, die bis auf die jüngste Tochter alle ins Gymnasium gehen, nehmen der Mutter an Arbeit ab, was nur möglich ist. Aber auch sie leiden natürlich unter der Belastung.«

Wie hätten wir Worte finden können, diese Frau zu trösten? Genügten da überhaupt Worte? Auch dieses Mal, wie schon so oft in solchen Situationen, erkannten mein Mann und ich, wie hilflos man solchen Problemen gegenüberstehen kann. Aber auch hier gilt: Das Wissen um die Not eines Menschen verpflichtet.

Ob die Mutter dieses treulosen Sohnes mich verstand, als ich sagte: »Ich weiß nicht, was Sie vom Beten halten und ob es Ihnen etwas bedeuten kann, wenn ich Sie an ein Wort der Bibel erinnere: ›Wirf dein Anliegen auf den Herrn, er wird dich versorgen.‹ In einer anderen Übersetzung heißt es: ›Wälze die Last deines Lebens auf den Herrn, und dann komm zur Ruhe, er wird's wohl machen.‹«

»O doch!« erwiderte sie. »Glauben Sie mir, wenn ich nicht täglich beten würde, wäre ich an dieser Enttäuschung, die mir mein Sohn zugefügt hat, längst verzweifelt. Auch meine Schwiegertochter betet für die Umkehr ihres Mannes wie auch ihre Kinder für den Vater.«

Nun war es an uns, getröstet zu sein. Wir waren ja nicht imstande, der Familie ihres Sohnes die schwere Last abzunehmen, unter der sie litt und seufzte. Aber daß sie sich gemeinsam an die rechte Adresse wandten, an den, der allein helfen kann, das wurde auch für uns ein Trost.

Wir lernten diese Frau näher kennen und erkannten sehr bald, daß sie zu den Menschen gehörte, die der Aufforderung des Apostels Paulus Folge leisten: »Seid fröhlich in Hoffnung, geduldig in Trübsal, haltet an am Gebet.« Sie war eine fröhliche Christin, ein ausgeglichener Mensch. Das empfanden sowohl die Schwiegertochter als auch ihre Enkel wohltuend.

Bis jetzt hatte sie nicht erlebt, daß ihr Gebet für den irregeleiteten Sohn erhört wurde. Aber sie konnte dennoch froh sein – fröhlich in der Hoffnung, daß Gottes Stunde kommt, in der Er dem Sohn zu stark werden würde. Sie wartete geduldig in der Trübsal, die ihr auferlegt worden war, so schwer ihr dies oft auch fiel, und sie hielt an am Gebet und hörte nicht auf, ihre Not immer wieder vor Gott auszubreiten, denn schließlich wußte sie:

In dir ist Freude in allem Leide,
o du süßer Jesu Christ!
Durch dich wir haben himmlische Gaben,
du der wahre Heiland bist;
hilfest von Schanden, rettest von Banden.
Wer dir vertrauet, hat wohl gebauet,
wird ewig bleiben. Halleluja!
Zu deiner Güte steht unser G'müte;
an dir wir kleben in Tod und Leben,
nichts kann uns scheiden. Halleluja!

(Johann Lindemann, 1549–1631)

Freuen müßte man sich können – dieser Wunsch bleibt für viele Menschen unerfüllt, weil sie den nicht kennen, der allein bleibende Freude zu geben vermag. Mit allem, was ich in diesem Buch schreibe und berichte, möchte ich darum bezeugen, daß die Freude am Herrn meine Stärke ist und daß sie das für jeden sein kann.

Hier geht es um ein wunderbares Geheimnis, das die Welt um uns nicht kennt. Sie nennt uns wirklichkeitsfremde Phantasten, die von einer Fata Morgana Hilfe erwarten, also von einem Trugbild, das nicht der Wirklichkeit entspricht.

Ich habe ungezählte Menschen kennengelernt, die in den Enttäuschungen ihres Lebens verzweifelten oder resignierten. Ich bin aber auch ebensovielen begegnet, die die Wahrheit des eben zitierten Liedes erfahren haben und sie bestätigen konnten: »In dir ist Freude in allem Leide, o du süßer Jesu Christ...« Darin heißt es weiter: »Wenn wir dich haben, kann uns nicht schaden Teufel, Welt, Sünd oder Tod.«

Wollte ich dies verschweigen, würde ich mich Gott und den Menschen gegenüber schuldig machen.

Ich könnte von vielen Leuten erzählen, zu denen wir in den elf Jahren, die wir in Eybach lebten, Kontakt hatten. Wer mit offenen Augen durch seine Tage geht, erlebt immer wieder etwas, wodurch er angeregt wird, Freude zu vermitteln und Traurige zu trösten. Es sind oft gar nicht außergewöhnliche Ereignisse. Man müßte nur dahin kommen, an keiner Not, die einem begegnet, lieblos vorüberzugehen. Es müßte einem zum Herzensanliegen werden, Freude weiterzugeben. Ja, ich sage bewußt »weitergeben«, denn was man selbst nicht besitzt, kann man nicht anderen vermitteln. Gott will, daß wir uns freuen. Man sollte sich einmal die geringe Mühe machen, in der Bibel nach Worten der Freude zu forschen. Man würde erstaunt sein, wieviel dazu in der Heiligen Schrift gesagt wird.

Allerdings ist von anderen Freuden die Rede als solchen, die uns so oft im Alltag begegnen. Es gibt edle, das Herz erhebende irdische Freuden. Wir denken dabei an Gottes Natur, an die Musik, an den Umgang mit wertvollen Menschen, an gute Bücher und anderes mehr. Es ist erstaunlich, mit welch »billigen Freuden« sich Menschen begnügen. Mir fällt ein älteres Ehepaar ein, das wir anläßlich eines Krankenbesuchs kennenlernten. Diese beiden Menschen lassen sich im Fernsehen nicht eine einzige Faschingssendung entgehen. Weil sie etwas behindert sind, können sie an solchen Veranstaltungen nicht mehr wie früher teilnehmen. Verwundert stellten wir fest, daß sie sich mit derartig armseligen Angeboten zu begnügen schienen. Eines Tages überreichte mir die Frau einen größeren Briefumschlag.

»Sie erkundigen sich immer so nett nach unserem Ergehen«, sagte sie. »Hier habe ich etwas, was meinem Mann und mir so viel Spaß macht. Ich möchte es Ihnen schenken und hoffe, daß Sie sich darüber auch ein wenig freuen.« Als ich zu Hause den Inhalt des Umschlags betrachtete, konnte ich nur den Kopf schütteln.

»Sieh nur«, sagte ich zu meinem Mann, »was wir für ein Geschenk bekommen haben. Was machen wir nur damit?« Er nahm das Bild – einen billigen bunten Druck – und betrachtete es. Es stellte eine Faschingsszene dar; verkleidete, mehr oder weniger geschmacklos aufgeputzte Menschen, deren Gesichter hinter Masken verborgen blieben. Sie tanzten auf der Straße, verrenkten die Glieder und tranken.

Am liebsten hätte ich das Bild sofort vernichtet, aber ich konnte es in diesem Augenblick einfach nicht. Hatte die Frau uns mit diesem eigenartigen Geschenk nicht eine Freude bereiten wollen? Ich war froh, mich bei der Annahme des Umschlags herzlich bedankt zu haben, ohne zu wissen, was in ihm enthalten war. Es war gut so, sonst hätte ich vielleicht, um ehrlich zu sein, sagen müssen: »Gute Frau, so etwas bedeutet uns nichts. Mein Mann und ich sind nicht für Fasching.« Dadurch hätte ich sie aber verletzt, denn ihr und ihrem Mann bedeutete das Fastnachtstreiben ja so viel.

Auch ein solches Geschenk muß mit Augen erbarmender Liebe gesehen und mit Dank entgegengenommen werden, und das ohne den geringsten Anflug von Dünkel oder Überheblichkeit.

Es ergab sich eines Tages doch eine Gelegenheit, mit diesem Ehepaar zu sprechen und behutsam zum Ausdruck zu bringen, wie wir über das Faschingstreiben denken. Wir gaben unserer Überzeugung Ausdruck, daß sich hinter den lachenden, grinsenden und weinenden Gesichtern oft namenloses Elend verbirgt.

Doch mit solcher Feststellung ist es ja nicht getan. Von uns wird ein offenes Bekenntnis erwartet, und das ist gar nicht immer leicht. Dazu gehört nicht nur Mut, sondern auch ein feines inneres Einfühlungsvermögen und eine tiefe Überzeugung.

Nicht weit von uns wohnte eine alleinstehende Frau. Sie schien zu kaum einem Menschen Verbindung zu haben. Ihre Katzen und Hühner waren die einzigen Lebewesen, die ihr etwas bedeuteten. Nachdem wir kurze Zeit in Eybach wohnten und des öfteren an ihrem Haus vorbeikamen, grüßten wir sie, als sie sich einmal im Garten zu schaffen machte.

Nur zögernd wurde unser Gruß erwidert.

»Wie kommt ihr denn dazu, mich anzusprechen?« schienen ihre Augen zu fragen. »Habt ihr etwa auch von den Gerüchten gehört, die um mich kreisen? Seid ihr nur neugierig und wollt wissen, was daran wahr ist?« In der Tat wurden wir nach einigen Wochen angesprochen, als jemand beobachtet hatte, daß wir diese Frau grüßten. Wir gingen darauf in keiner Weise ein. Wie schnell ist der Ruf eines Menschen zerstört! Wir antworteten deshalb: »Jedenfalls ist diese Frau sehr einsam. Sie scheint keinen Menschen zu haben, der zu ihr gehört.«

»Ihr genügen die Katzen und andere Tiere, die sie bei sich hat«, war die wenig freundliche Erwiderung. »Das sagt doch alles!«

Es dauerte einige Zeit, bis es zu einem Gespräch zwischen uns und der einsamen Frau kam. Der Anknüpfungspunkt waren tatsächlich ihre Katzen und ihre Hühner. In den Augen dieser verbitterten Frau schien alle Freude erloschen zu sein. Sie sah aus, als erwarte sie nichts mehr vom Leben. Ob sie wohl schwer enttäuscht worden war?

Einmal sagte sie zu uns: »Tiere sind treuer als Menschen und ohne Falsch.«

Gab es denn keinen Weg, dieser Frau zur Freude zu verhelfen, wenigstens dann und wann zu einer kleinen Freude?

Weihnachten nahte. Mein Mann und ich überlegten, wem wir am neuen Wohnort einen Weihnachtsgruß bringen sollten. Dabei dachten wir auch an diese Frau. Es war nur ein bescheidener Gruß in der mit rotem Band und Tannengrün geschmückten Schachtel. Erstaunt blickte sie uns an, als wir vor ihrer Tür standen.

»Das soll für mich sein? – Ja, wieso? – Warum? – Ich – Ich –«

»Es ist doch Weihnachten, und wir wollten Ihnen eine kleine Freude machen.«

Tatsächlich, in ihren Augen standen Tränen.

»Aber warum? – Ich weiß gar nicht...«

»Nehmen Sie es nur, und freuen Sie sich daran.« Aus den Fenstern der umliegenden Häuser strahlten am Abend die Kerzen von den Christbäumen. In der Wohnung dieser Frau blieb es dunkel.

Wie staunten wir, als sie nach einigen Wochen an unserer Wohnungstür klingelte. In ihrer hochgenommenen Schürze brachte sie zehn frische Eier.

»Die haben meine Hühner gelegt. Ich möchte sie Ihnen bringen, weil Sie damals an Weihnachten so freundlich an mich gedacht haben.«

Wir baten sie näherzutreten und boten ihr einen Stuhl an. Verwundert blickte sie sich bei uns um. »Oh, Sie haben es aber schön! Hier würde es mir auch gefallen.«

»Aber Sie hätten uns doch nicht auch ein Geschenk bringen müssen. Sie brauchen die Eier bestimmt für sich selbst.«

»Nein, so viele kann ich schon entbehren. Und man gibt halt, was man hat. Daß Sie am Christtag an mich dachten, werde ich Ihnen nie vergessen.«

Noch einige Male kam die einsame Frau zu uns. Nicht lange danach starb sie plötzlich. Niemand war bei ihr, nur ihre Katzen und Hühner.

Immer werden wir an irgend jemand schuldig, und immer wieder müssen wir Versäumnisse beklagen.

Als wir vor einiger Zeit jemand begegneten, der recht niedergeschlagen war über verschiedene Nachrichten, Berichte aus Zeitungen und der Tagesschau, die seiner Ansicht nach Grund zu ernster Besorgnis gaben, sagte mein Mann: »Beim besten Willen kann man im Blick auf die Zukunft die Lasten der ganzen Welt nicht auf sich nehmen. Es ist naheliegend, daß in uns manches Mal die Frage aufsteigt, was wohl noch alles auf uns zukommen wird.«

Ich schaltete mich in das Gespräch ein und sagte: »Aber es ist bei allem gut zu wissen, daß Gott im Regimente sitzt und einmal das letzte Wort im Weltgeschehen sprechen wird. In vielen Fällen ist das einzige, was wir tun können bei all dem Jammer, der beim Gedanken an die Zukunft über uns herfallen will, ihm unsere Sorgen anzubefehlen. Denkt an den König Hiskia, von dem die Bibel erzählt, der von seinen Feinden einen niederträchtigen Brief erhielt. Was tat er in dieser ausweglosen Situation? Er nahm den Brief, eilte zum Tempel, also ins Gotteshaus, und breitete die Schmähschrift seiner Feinde auf den Stufen des Altars aus in der Gewißheit, daß Gott um den haßerfüllten Brief weiß und eingreifen würde. So geschah es dann auch.«

Es gibt in unserem Lebensbereich Fälle, in denen wir Menschen trösten und ihnen in ihrer wirtschaftlichen, körperlichen oder familiären Not beistehen können. Es ist sehr wichtig, daß wir das auch tun. Ich meine aber, daß es meist zu wenig ist.

Seelsorge ausüben zu dürfen, ist eine besondere und oft auch sehr beglückende Aufgabe, besonders dann, wenn Menschen für Trost und Wegweisung aus dem Wort aufgeschlossen sind. Seelsorge kann aber auch etwas vom Schwersten sein, wobei man seine eigene Hilflosigkeit bedrückend empfindet. Ich denke an zwei Erlebnisse, von denen ich berichten möchte:

Nach einem Vortragsabend wurde ich von einem Herrn angesprochen, der mich bat, ihm Gelegenheit zu geben, irgendwann und irgendwo mit mir über seine familiären Verhältnisse zu sprechen. Dazu möchte er seine Frau mitbringen. So geschah es dann auch.

An einem der nächsten Tage hielt ein teurer Wagen vor unserer Haustür, dem ein gut gekleidetes Ehepaar entstieg. Es dauerte nicht lange, daß mir Einblick in ein erschütterndes Familiendrama gewährt wurde. Drei schon erwachsene Kinder dieses Ehepaares hatten einen Selbstmordversuch unternommen. Für zwei von ihnen gab es keine Rettung mehr, während das jüngste der Kinder ins Leben zurückgeführt werden konnte. Ich will davon absehen, das Gespräch mit dem Ehepaar in Einzelheiten wiederzugeben. Zwei Aussprüche aber sind mir vor allem haften geblieben. Der Mann sagte: »Dabei ist es mir doch so wichtig, als Christ zu leben und dies auch vor anderen nicht zu verschweigen.« Seine Frau erwiderte darauf: »Ich meine, es ist vor allem wichtig, daß du dich endlich um deine Familie kümmerst, wie es deine Pflicht ist.«

Bei meinen vielen seelsorgerischen Aufgaben ist mir meine eigene Ratlosigkeit selten so stark bewußt geworden wie bei diesem Gespräch. Sowohl der Mann als auch die Frau hatten zu ihrem Teil recht. Aber irgend etwas stimmte da doch nicht! Ich kam mir diesen beiden Menschen gegenüber unendlich hilflos vor und konnte Gott in meinem Herzen nur bitten, daß mein Versuch, ihnen *seine* Liebe und *sein* Erbarmen nahezubringen, gelingen möge.

Ein anderes Erlebnis liegt viele Jahre zurück. Ich hielt einen Evangelisationsvortrag in Landsberg an der Warthe. In dem gut besetzten Saal befanden sich auch einige junge Männer im Alter von etwa zwanzig Jahren. Sie scheuten sich nicht, durch spöttisches Lachen und laute Zwischenbemerkungen den Vortrag zu stören. Nach Beendigung des Abends standen sie vor dem Saal, fast so, als würden sie auf mich warten. Mir kam es wie eine Herausforderung vor, der ich mich aber stellte. Ich versuchte, mit ihnen in ein persönliches Gespräch zu kommen und war bemüht, ihnen klarzumachen, welche Verantwortung sie hätten, nachdem sie Gelegenheit gehabt hatten, Gottes Angebot zur Errettung ihres Lebens anzunehmen. Doch ihre Reaktionen waren auch jetzt nicht anders als vorher.

Am frühen Morgen des nächsten Tages suchte mich einer dieser jungen Männer voller Schrecken auf und brachte mich an das Kranken- und Sterbebett seines Freundes, der ebenfalls den Vortrag gehört hatte. Durch einen Blutsturz war er bereits besinnungslos, als ich das Zimmer betrat. Seine Mutter stand weinend am Bett ihres Sohnes. Mir blieb nichts anderes zu tun, als mit ihr für den sterbenden Sohn zu beten, daß Gott sich seiner erbarme!

Diese und andere Erlebnisse sind mir ein Beweis dafür, wie schwer der Dienst eines Seelsorgers sein kann. So mancher Not stehen wir machtlos gegenüber. Dann ist es gut zu wissen, daß es nicht vergeblich ist, darüber mit Gott zu reden. Unsere Seufzer und Gebete erreichen sein Ohr. Gott hat Mittel und Wege, einzugreifen und zu helfen. Doch was wir selbst tun können, das nimmt Gott uns nicht ab. Darum sollten wir möglichst an niemand schuldig werden und es nicht an der Liebe fehlen lassen.

Mein Mann erinnerte mich einmal daran, was wir ein paar Tage zuvor in unserer Morgenandacht gelesen hatten: »In Jesaja 35 steht: ›Stärket die müden Hände und macht fest die wankenden Knie. Saget den verzagten Herzen: Seid getrost, fürchtet euch nicht!‹«

Wenn ich an die in unserer Zeit immer größer werdende Zahl von Hilfsbedürftigen denke, so gehören sie doch alle zu denen, die in diesem Wort gemeint sind: Menschen mit verzagten Herzen, mit müden Händen, ohne Hoffnung und Zukunftsaussichten.

Gott wird uns nicht für das weltumfassende Elend verantwortlich machen. Aber wir sollten die Gelegenheiten, die sich in unserem Alltag in der Begegnung mit einzelnen Menschen bieten, nicht ungenutzt lassen.

Ich denke an einen alten einsamen Mann, dem wir einige Male auf dem Kirchgang begegneten. Er ist katholisch und besucht den Gottesdienst seiner Kirche. Als wir ihn eines Sonntags ansprachen, gewährte er uns in den wenigen Augenblicken, die wir bei ihm auf der Straße standen, Einblick in die Einsamkeit seines Alltags, unter der er leidet. Da ist keiner, der ihn einmal fragt: »Wie geht es dir?« oder: »Was kann ich für dich tun?« Es fiel uns auf, daß sein Hemdkragen schmutzig und zerrissen war, auch sein Anzug hatte Flecken. Dabei leben einige seiner Verwandten im Nachbarort. Man sollte doch meinen, daß sie nach ihm hätten schauen können. Wir fragten, ob wir ihm einige Hemden meines Mannes bringen dürften. Doch er lehnte ab: »Danke, ich benötige Ihr Geschenk nicht. Ich habe, was ich brauche.«

Es ist also gar nicht immer so leicht zu helfen, selbst wenn man es will. Dabei ist aber wichtig, daß wir das, womit wir anderen helfen oder sie erfreuen möchten, nicht in der Form eines Almosens geben.

Eines Tages machte uns jemand darauf aufmerksam, daß in einem nicht ganz nahegelegenen Dorf eine schwer zuckerkranke Frau allein mit ihrem sprachbehinderten Sohn in einem winzigen Häuschen lebte, daß ihr der Besitzer zu einem für sie tragbaren Preis vermietet hatte. Der Junge ging noch zur Schule. Wegen seiner Sprachbehinderung mußte er eine Sonderschule besuchen, die weit von seinem Wohnort entfernt lag. Täglich wurde er mit einem Kleinbus abgeholt und wieder zurückgebracht.

Der Gedanke an diese Frau ließ uns nicht los. Weil sie für uns ziemlich weit entfernt wohnte, konnten wir uns nicht sogleich entschließen, sie aufzusuchen. Aber dann wurden wir unruhig darüber, daß wir diesem inneren Auftrag noch nicht Folge geleistet hatten. So fuhren wir eines Tages zu ihr. Es war eine schöne Fahrt durch einen jetzt im Winter märchenhaft wirkenden Wald, der im Schmucke glitzernden Rauhreifes prächtig aussah. Niemand begegnete uns an diesem bitterkalten Tag. Bald waren wir auf der Hochebene der Schwäbischen Alb. Weit und breit war kein Haus zu sehen. In der Ferne ließen schneebedeckte Dächer ein Dorf erahnen.

Wir fanden das einsame Häuschen. Es war uns unerklärlich, wo diese Frau, die wir besuchen wollten, hier eine Einkaufsmöglichkeit hatte. Brot und Milch waren wohl das wenigste, was sie benötigte.

Wir stiegen aus dem Auto, und mein Mann fragte mich: »Wie willst du denn unser Kommen erklären? Sie kennt uns doch nicht und wird kaum gewillt sein, wildfremde Menschen bei sich einzulassen.«

Lange standen wir vor der verschlossenen Haustür. Wir klopften, riefen – klopften wieder. Endlich meinten wir, innerhalb des Hauses ein leises Geräusch zu vernehmen. Wieder dauerte es eine Weile. Unterdrücktes Sprechen drang an unser Ohr. Schließlich fragte eine Stimme: »Ist jemand da draußen?«

Wir nannten unseren Namen, mit dem sie allerdings nichts anfangen konnte. Da kam mir plötzlich die Idee, sie zu fragen, ob man bei ihr eventuell ein paar Eier kaufen könnte.

Mein Mann sah mich an. Über sein Gesicht huschte ein belustigtes Lächeln, und er flüsterte mir zu: »Eier, jetzt bei dem Wetter? Die Hühner möchte ich sehen, die bei diesem Schnee Eier legen. Oder vielleicht doch?«

Ich zuckte die Achseln. So weit gingen meine landwirtschaftlichen Kenntnisse nicht.

Jetzt wurde die Gardine eines kleinen Fensters um ein winziges Stück beiseitegeschoben. Man schien sich vergewissern zu wollen, wie die Leute aussähen, die mitten im Winter ohne triftigen Grund den Berg heraufgekommen waren, um nach Eiern zu fragen. Wir schienen wohl harmlos zu wirken. Also öffnete man die Tür einen kleinen Spalt weit. Die Stimme einer Frau, die wir bis dahin aber nicht sehen konnten, antwortete: »Nein, ich verkaufe keine Eier. Ich habe keine Hühner.«

Jetzt wurde, halb verborgen hinter der Frau, die wir nun zu sehen bekamen, auch der Kopf eines Jungen sichtbar. Beiden stand die Angst auf dem Gesicht geschrieben. Ich fragte: »Dürfen wir nicht einen Augenblick hereinkommen? Wir sind aus Eybach und haben gehört, daß Sie krank sind. Wir wollten nach Ihnen sehen.«

Und tatsächlich – man ließ uns, die Fremden, ein. Wir betraten ein winziges Stübchen, das jedoch ungeheizt und bei diesem Wetter eiskalt war. Nachdem wir mit der Frau einige Worte gewechselt hatten, schien ihr Mißtrauen zu weichen; denn sie bat uns, in die Küche zu kommen, dem einzigen Raum, der im Haus geheizt war.

Sie mochte uns abnehmen, daß wir gekommen waren, um ihr irgendwie zu helfen. Doch war sie auch jetzt noch sehr zurückhaltend. Der Junge, mit dem wir uns zu unterhalten versuchten, antwortete ebenfalls nur zögernd.

Diesem ersten Besuch folgten im Laufe der Monate mehrere. Die Kälte ging zurück, der Schnee schmolz, und das uns zuerst entgegengebrachte Mißtrauen, das wir gut verstehen konnten, wich. Nachdem die Frau uns nach und nach Einblick in ihr Leben gewährt hatte, konnten wir begreifen, warum sie keine Fremden einließ und auch nicht jedes Telefongespräch entgegennahm.

Wie konnten wir in diesem Fall nur helfen? Mit einigen Lebensmitteln war es nicht getan. Diese Frau mußte es spüren und mit der Zeit glauben, daß wir es gut mit ihr meinten. Der Junge war an Wochentagen stundenlang fort in der ziemlich weit entfernten Schule. Ihr selbst war es durch die körperliche Verfassung unmöglich, in das nächste Dorf zu gehen, um dort einzukaufen. In solcher nicht nur äußeren, sondern auch inneren Einsamkeit gestaltete es sich nicht ganz einfach, ihr zu helfen. Da sie Schweres erlebt hatte, war sie fremden Menschen gegenüber mißtrauisch geworden. Es brauchte schon eine gewisse Zeit, bis wir das Empfinden hatten, ihr Vertrauen erworben zu haben.

Über zwei Jahre hatten wir mit ihr Verbindung. Wir bemühen uns auch noch jetzt, wo wir nicht mehr in Eybach wohnen, den Kontakt aufrecht zu erhalten. Zwar war und ist es uns auch heute nicht möglich, die Last ihres Lebens, ihre Krankheit und mancherlei Enttäuschungen von ihr zu nehmen. Aber sie soll spüren, daß sie nicht allein gelassen ist. Bei unseren Besuchen kamen wir natürlich auch auf das zu sprechen, was uns lebenswichtig ist, auf unseren Glauben und die Verbindung mit Gott.

Man mag fragen, ob das sinnvoll ist und dieser Frau etwas nützen kann. Ihre Verhältnisse sollte man ändern, werden manche sagen. Weil wir dazu aber nicht imstande sind, sollten die Frau und ihr Sohn wenigstens unseren guten Willen, unser liebevolles Eingehen auf sie spüren.

Dazu gehörte aber auch, daß wir sie an dem teilnehmen ließen, was wir als äußerst wichtig erkannten. Natürlich konnten wir damit nicht einfach ins Haus fallen, sondern mußten hierfür einen geeigneten Augenblick abwarten. Als wir wieder einmal dort waren, ergab er sich.

»Es ist schade«, sagte ich, »daß Sie hier oben keine Gelegenheit zu einem Gottesdienstbesuch haben. Im nächsten Dorf ist zwar eine Kirche, aber dorthin zu gehen wird Ihnen wohl nicht möglich sein.«

»Ja, das ist zu weit für mich«, antwortete sie, »und außerdem ist das eine evangelische Kirche. Wir sind katholisch.« Fragend blickte sie uns an, als wollte sie prüfen, ob wir als Evangelische nun auch weiterhin zu ihr kommen würden. Wir versuchten ihr klarzumachen, daß Gott weder von einer äußeren Form noch von irgendeiner Kirche abhängig ist. Weil sie jetzt aber keine Verbindung zu einer Kirche habe, wäre es doch schön, wenn wir hier in ihrer Wohnung eine Andacht halten könnten.

»Meinen Sie nicht auch?« fragte ich sie.

Die Frau blickte uns unsicher an, ohne zu antworten.

Ich fuhr fort: »Gott ist überall erreichbar, wo man ihn mit aufrichtigem Herzen anruft. Ist es Ihnen recht, wenn wir jetzt mit Ihnen einige Verse aus Gottes Wort lesen?«

Sie verneinte es nicht, und wir wandten uns an ihren Sohn. »Du hast doch sicher eine Schulbibel? Kannst du uns daraus etwas vorlesen?«

Der Junge nickte und reichte mir die Bibel. Nachdem ich eine passende Stelle ausgesucht hatte, las er diese auch wirklich vor, wenn auch stockend und verlegen. Und dann beteten wir in ihrer Küche miteinander das Gebet des Herrn, das Vaterunser, das beide auswendig konnten.

Es blieb nicht bei dem einen Mal. Fortan gehörte eine Andacht zu unseren Besuchen. Als wir einmal ohne sie aufbrechen wollten, erinnerte uns die Frau daran, die sich inzwischen auch an unser freies Gebet gewöhnt hatte. Man kann daraus keine Norm machen. Aber wo man sich in seinem Innern dazu gedrängt fühlt, sollte man jede Gelegenheit dazu wahrnehmen.

»Sehen Sie doch, wie die Blumen in meinem Gärtchen

wachsen«, sagte an einem Sommertag die Frau zu uns. Mühsam hatte sie sich auf schwerem, steinigen Boden ein kleines Stückchen Land umgegraben. Es fiel ihr nicht leicht, sich zu bücken, die Pflanzen zu begießen und Unkraut zu jäten. Aber diese paar Quadratmeter Erde waren ihre ganze Wonne. Als an ihrem Zaun bunte Wicken emporrankten und ich erfreut spontan ausrief: »Wicken, oh wie schön! Das sind meine Lieblingsblumen!« da schnitt sie mir davon einen Strauß. Das war für sie bestimmt ein Opfer.

»Wie herrlich die duften!« sagte ich und hatte den Eindruck, als fühle sich die Frau selbst durch meine Aussage beschenkt. Wie leicht können wir Menschen durch ein Lob, durch eine Anerkennung oder Bestätigung erfreuen und ermutigen. Und wie oft unterlassen wir es.

Eine Geschäftsfrau erfuhr, daß wir öfter »auf den Berg« fuhren, um nach dieser Frau zu sehen.

»Was, die besuchen sie?« war ihre Reaktion. »Wissen Sie denn nicht, daß ...« Unzweideutig wollte sie eine unfreundliche Bemerkung über die Frau machen. Vielleicht war es unhöflich von mir, sie zu unterbrechen: »Nein, wir wissen nichts von ihr, doch eines ist gewiß, diese Frau lebt dort oben krank und in großer Einsamkeit, und sie braucht es, daß man sich um sie kümmert.«

Längst waren wir in Eybach heimisch geworden und fühlten uns dort wohl. Neben unseren Schutzbefohlenen, deren Zahl immer größer wurde, hatten wir auch gute Verbindungen zu den Leuten unserer Kirchengemeinde und gewannen aus diesem Kreis manche Freunde. Auch mit unseren Pfarrersleuten verstanden wir uns gut und waren sehr froh, in ihnen klar ausgerichtete Christen kennenzulernen. Vom ersten Tag unseres Dortseins an hatten wir auch guten Kontakt mit unserem Hausbesitzer und seiner Frau. Einige Male im Jahr besuchten wir uns gegenseitig, besonders zu den Festtagen wie Weihnachten oder an Geburtstagen. Niemals machte sich zwischen uns Disharmonie breit. Die beiden Kinder wuchsen vor unseren Augen heran, und wir freuen uns noch heute, nachdem einige Jahre vergangen sind, über jede Begegnung mit ihnen.

Auch zu einigen Nachbarhäusern hatten wir bald ein gutes Verhältnis, das durch Gedankenaustausch oder bei gelegentlichen gegenseitigen Besuchen zum Ausdruck kam.

In jener Zeit bekam ich Gehbeschwerden, die mit den Jahren immer heftiger wurden. Ich dachte bei mir: Es wird mir doch nicht so gehen wie meiner Großmutter Lisette, die bereits mit fünfundvierzig Jahren so von Rheuma und Gicht gequält wurde, daß sie an zwei Stöcken gehen mußte? Aber ich hatte die fünfundvierzig ja längst hinter mir, und es fehlten nur wenige Jahre bis zu meinem achtzigsten Geburtstag. Da war es wohl nichts Außergewöhnliches, wenn man Rheuma oder Arthritis bekam. Ich mußte schließlich lernen, damit fertig zu werden und mich mit diesem Zustand abzufinden. Das schreibt sich leicht – muß aber doch erst gelernt sein. Ich bin immer noch dabei, es zu lernen und ein Ja zu diesen und anderen Altersbeschwerden zu finden.

Die steile Straße, die zu unserer Wohnung emporführte, begann mir beschwerlich zu werden. Lange haben wir gezögert, uns mit dem Gedanken zu befassen, daß der Augenblick kommen könnte, an dem ich wegen meiner Gehbehinderung diese Steigung nicht mehr schaffe, zumal wir außerdem achtzehn Stufen außerhalb des Hauses zu unserer Wohnung hinaufsteigen mußten. Wir schoben diese Erwägungen immer weit von uns. Vielleicht würde sich mein Zustand wieder bessern. Wir waren hier so heimisch geworden, daß wir oft bei der Rückkehr von einer weiten Autofahrt und beim Anblick der bewaldeten Höhen und des Tales ausriefen: »Unser liebes Eybach!«

In der Anfangszeit war ich mit meinem Mann einige Male auf dem Himmelsfelsen gewesen. Vom Tal bis hinauf auf die Höhe hätte ich es auch damals kaum zu Fuß geschafft. So fuhren wir eben mit dem Auto hinauf. Oben auf der Hochfläche zu gehen, das war mir noch gut möglich. Wir schwärmten unsern Besuchern oft vor, wie schön es dort sei und daß der Ausblick vom Himmelsfelsen hinunter ins Tal mit dem Ort Eybach jedesmal ein freudiges Erlebnis wäre.

Einmal besuchten uns zwei Damen, eine Berlinerin und eine Schweizerin. Die letztere lächelte allerdings ein wenig überlegen, als wir ihnen vorschlugen, auf den Berg zu steigen und den Himmelsfelsen aufzusuchen. Nach schweizer Begriffen sind das keine Berge, sondern nur Hügel.

Bei ihrer Wanderung begegneten diesen Damen zwei Männer in grüner Kleidung, wie sie meinten Waldarbeiter. Sie grüßten freundlich und gaben bereitwillig Auskunft, als eine der Damen fragte: »Ist dies der Weg, der nach Eybach führt?«

»Ja, gehen Sie nur immer geradeaus, dann senkt sich der Weg ins Tal, und Sie kommen direkt in den Ort.«

Die Berlinerin, die sich schon vorher für das schöne, von alten Bäumen umgebene Schloß interessiert hatte, fuhr fort: »Wir kommen gerade von der entgegengesetzten Seite und finden die Gegend hier sehr schön. Die Wälder hier in der Umgebung gehören doch wohl Ihrem Grafen. Sagen Sie dem Herrn da unten im Schloß einmal, daß er dafür sorgen soll, daß dieser Weg bald hergerichtet wird; der ist nicht gerade empfehlenswert für Fremde. Der Graf sollte ihn einmal von seinen Waldarbeitern ausbessern lassen.«

»Ja«, sagte der eine der Männer. »Ich werde ihm Ihren Wunsch vortragen.«

»Kennen Sie den Grafen persönlich?«

»Oh ja, ich kenne ihn gut!« Er schien weitergehen zu wollen, wandte sich aber noch einmal um und sagte: »Ich bin Graf Degenfeld.«

Nun kam selbst die Berlinerin in eine gewisse Verlegenheit. »Oh, entschuldigen Sie! Das konnte ich nicht wissen.«

»Kein Grund zur Entschuldigung«, erwiderte der Graf liebenswürdig. »Ich werde dafür sorgen, daß der Weg hergerichtet wird.« Er wechselte noch einige Worte mit den Damen, grüßte höflich und ging mit seinem Begleiter, der ein Förster zu sein schien, weiter.

Mein Mann und ich trafen verschiedentlich mit einigen älteren Damen zusammen, zwei Gräfinnen, die nach schweren Erlebnissen in der Nachkriegszeit im Eybacher Schloß Aufnahme gefunden hatten. Wir holten sie gelegentlich mit unserem Auto von dort zu uns. Dabei lernten wir auch den jetzigen Schloßbesitzer und seine Gattin kennen.

Natürlich kamen wir auch mit katholischen Bewohnern des Ortes in Berührung. In manchen von ihnen lernten wir ernste Christen kennen, obwohl wir in Glaubensfragen nicht immer gleicher Meinung waren. Mein Mann wurde einige Male gebeten, in der katholischen Kirche bei Abwesenheit des dortigen Organisten die Orgel zu spielen. Ich begleitete ihn dann und saß neben dem Instrument bei ihm. In Sonderheit erinnere ich mich an einen Ostersamstagabend, an dem vor jedem der vielen Besucher eine Kerze stand, die jedoch erst später angezündet wurden. Dazu holten die Ministranten die Flamme von einer großen, bis in den hintersten Winkel der Kirche sichtbaren Kerze im Altarraum, dem sogenannten Osterlicht.

All die vielen kleinen Kerzen erhielten nun ihr Licht von dem Osterlicht; und bald erstrahlte die ganze Kirche, die zu Beginn des Gottesdienstes nur von wenigen Kerzen beleuchtet war, in hellem Schein.

Nach der Feierstunde, die mich sehr beeindruckte, nahm jeder das vor ihm stehende brennende Licht, um es durch die Dunkelheit nach Hause zu tragen. Es war nicht ganz einfach, die brennende Kerze vor dem Wind zu schützen und zu verhüten, daß das Licht erlosch, bevor das Ziel erreicht war.

Ein Junge, dem es so erging, eilte zurück in die Kirche. Er hätte seine Kerze ebensogut an einem Licht der Kirchgänger neu anzünden können. Aber es war ihm wichtig, es an dem Osterlicht in der Kirche zu tun. Nachdem dies geschehen war, ging er vorsichtig, Schritt für Schritt, die Flamme behutsam mit der davor gehaltenen Hand schützend, nach Hause.

Das wurde mir zu einer Lektion. Auch unser Licht, das wir

als Christen leuchten lassen sollen, ist immer in Gefahr, durch den Sturmwind unserer Zeit ausgeblasen zu werden. Wie gut, daß wir dann immer wieder zum »Osterlicht« zurückkehren können, um es daran neu zu entzünden. Dabei mag uns das Wort in den Sinn kommen, mit dem die Christen in Rußland sich am Ostermorgen grüßen: »Der Herr ist auferstanden! Er ist wahrhaftig auferstanden!«

Diese Botschaft gilt allen, die das Evangelium ernst nehmen, ganz gleich, welcher Kirche sie angehören.

Auch den katholischen Pfarrer in Eybach lernten wir persönlich kennen. Ich war auf etwas eigenartige Weise mit ihm in Verbindung gekommen, bevor wir damals, vor mehr als zehn Jahren, unsere kleine Eigentumswohnung in Eybach gekauft hatten. Es gab gewisse Schwierigkeiten mit dem Transport einiger Möbelstücke. Sie waren zwar in das Haus, in dem wir unser Appartement hatten, geliefert worden. Aber weil wir nicht anwesend waren – der Transport hatte sich verzögert –, hatten die Transporteure sie einfach im Treppenhaus abgestellt und waren danach wieder abgefahren. Was sollten wir nur tun? Nachdem wir in jener Zeit in Eybach noch fremd waren, schien es uns unmöglich, irgendwelche uns unbekannten Männer zu bitten, die schweren Möbel in den zweiten Stock zu transportieren. Da kam mir eine Idee. Ich hatte schon einmal einen Vortrag in der hiesigen evangelischen Kirchengemeinde gehalten. Der Pfarrer müßte mich also kennen und wußte bestimmt Rat. So telefonierte ich und fragte ihn, ob er in seiner Gemeinde nicht ein paar starke Männer auftreiben könnte, die uns, natürlich gegen Bezahlung, helfen würden.

»Aber selbstverständlich!« erwiderte der Pfarrer entgegenkommend. »Das mache ich gerne. Sagen Sie mir nur, um welche Zeit sie die Männer erwarten. Ich sorge für ein paar kräftige Möbelträger.«

Wir wechselten noch einige Worte, und dann verabschiedete ich mich von dem freundlichen Herrn.

»Haben Sie herzlichen Dank für Ihre Bereitschaft, Herr Pfarrer, und grüßen Sie Ihre liebe Frau!«

»Wie bitte?« kam es gedehnt zurück. »Da muß ein Mißverständnis vorliegen. Ich bin nämlich der katholische Pfarrer.«

Irrtümlicherweise hatte ich die Telefonnummer des katholischen Geistlichen gewählt.

Unsere Möbel wurden aber doch in den zweiten Stock hinaufgetragen, nur weiß ich heute nicht mehr, ob von katholischen oder evangelischen Gemeindegliedern.

Elf Jahre Eybach! Wie im Flug sind sie vergangen. In der Tat: Als flögen wir davon! Außergewöhnliches haben wir in dieser Zeit nicht erlebt, und doch waren die Tage, Wochen und Monate so ausgefüllt, daß die Zeit kaum ausreichte für all das, was wir gerne getan hätten. Der Dienst an den Menschen, die Gott uns in den Weg stellte, nahm immer mehr zu. Mir wurde klar, wie notwendig es für uns ist, gedanklich eine Umstellung vorzunehmen: Was uns unbedeutend, ja unwesentlich scheint, ist für einen anderen unter Umständen von größter Wichtigkeit. Wir müssen uns darin üben, vieles mit den Augen des anderen zu sehen. Dann würden wir ihn besser verstehen und nicht mehr so vorschnell urteilen, wie wir es manchmal tun.

In den elf Jahren unserer Eybacher Zeit haben wir natürlich immer Verbindung mit dem Berghaus gehabt, besonders aber in der Zeit der schweren Erkrankung von Hans Lang.

Eines Tages erinnerte uns Hans Lang in einem Gespräch: »Nicht wahr, es bleibt wie besprochen, Ihr kommt wieder herauf ins Berghaus.« Diesem Ausspruch war allerdings einiges vorausgegangen. Ich muß, um es verständlich zu machen, eine Anzahl von Jahren zurückgehen. Es war lange vor meiner Eheschließung. Ich stand neben Hans und Martl Lang in der Arbeit des Erholungsheimes. In jener Zeit, als wir es gemeinsam eröffneten, hatte ich mein kleines Einfamilienhaus auf der Oberaichener Höhe verkauft und es von demselben bewährten Architekten Prof. Fritz auf dem

Gelände des Herrn Lang, der mir das Grundstück dafür schenkte, neu erstellen lassen. Es war allerdings etwas größer, denn nicht nur meine Mutter und ich, sondern auch Familie Lang sollten vorerst darin Wohnung finden. Die Zimmer im Berghaus wurden dringend für die Gäste benötigt.

Daß ich mir Gedanken darüber machte, wem ich mein kleines Haus einmal übergeben sollte, wenn Gott mich von dieser Erde abrufen würde, war naheliegend. So vermachte ich es Herrn und Frau Lang, auf deren Gelände es ja stand. An eine Eheschließung dachte ich damals überhaupt nicht. Bei der notariellen Regelung ordnete Hans Lang an, daß das Berghaus mir Heimat bleiben sollte, auch wenn ich körperlich nicht mehr imstande sein würde, mitzuarbeiten. Wie weit schien mir das damals entfernt zu sein! Ich stand ja mit allen meinen Kräften mitten in der Arbeit, die ich so liebte, Seite an Seite mit Martl und Hans Lang.

Wie es später dann dazu kam, daß alle meine Pläne durch meine Eheschließung durchkreuzt wurden, habe ich bereits berichtet. Inzwischen lebten wir schon elf Jahre in Eybach. Und nun bestätigte kurz vor seinem Tode Hans Lang noch einmal das damals Besprochene und Festgelegte: »Ihr kommt wieder zurück ins Berghaus.«

War das eine menschliche Entscheidung gewesen? Wir sehen es heute ganz klar als Gottes Führung an.

Eybach zu verlassen fiel mir nicht leicht. Ich habe in der Vergangenheit manchen Wechsel erleben müssen. Nie ist es mir leichtgefallen, mein Tätigkeitsfeld aufzugeben, denn überall, wo ich im Dienst Gottes an den Menschen stand, hatte ich meine Lebenswurzeln tief in den Boden meines Aufgabengebietes gesenkt. Wollte ich meinen Auftrag sinnvoll und segensreich erfüllen, so mußte ich das tun. Überall lernte ich Menschen kennen, mit denen ich bald verbunden war und deren Freuden und Leiden ich miterlebte. Darum fiel es mir jedesmal schwer, mich wieder von ihnen zu trennen. Wie oft hatte ich mir vorgenommen, die Beziehung zu diesem oder jenem nicht abbrechen zu lassen. Nur in ganz wenigen Fällen ist es mir gelungen, denn der neue Platz hielt schon wieder wichtige Aufgaben und andere Menschen für mich bereit.

Seit meiner Heirat hatte sich an der Situation nichts geändert. Mein Mann ging ja mit mir den gleichen Weg. Dazu kam, daß uns der neue Platz vertraut war. Als wir nun unsere ehemalige Wohnung wieder eingerichtet hatten, schien alles ganz wie früher zu sein. Und doch war es anders. Hans Lang lebt nicht mehr. Seine Frau leitet inzwischen das größer gewordene Christliche Erholungsheim. Die älteste Tochter, die nach ihrem Examen seit Jahren in der praktischen Arbeit des Kinderheims steht, das sie mit aufgebaut hat, und die jüngste Tochter, die aufgrund ihrer beruflichen Ausbildung als Sozialpädagogin für die Leitung eines Kinderheims qualifiziert ist, tragen miteinander die Verantwortung für das neu erstellte Kinderheim.

Gäste kommen, Gäste gehen. Die Wochenendfreizeiten sind zu einem festen Bestandteil im Christlichen Erholungsheim Berghaus St. Michael geworden. Auch wenn ich nun nicht mehr wie in den Jahren davor in der Verantwortung stehe, so öffnet sich meinem Mann und mir aufs neue ein Aufgabengebiet, das uns die befriedigende Gewißheit gibt: Wir werden noch gebraucht! Wir befinden uns hier nicht auf dem Abstellgleis.

Wieder nimmt mein Mann den Platz an der Orgel ein, beglückt über sein eigenes neues Instrument, das er gerne dem Berghaus mit seinem Dienst zur Verfügung stellt, weil das ehemalige kleine Instrument den Raum akustisch nicht so füllte.

Wie früher habe ich auch jetzt Gelegenheit, wenn Martl Lang verhindert oder in Urlaub ist, die Andachten zu übernehmen, besonders bei den vielen Gemeindegruppen, die auch heute von allen Seiten das Berghaus zu ihrem Ausflugsziel machen. Gewöhnlich berichtet dann Frau Lang von der Entwicklung der Arbeit, vom Werden und Wachsen des

Werkes. Meistens beschließe ich diese Nachmittage mit einem geistlichen Wort.

Vieles hat sich in den Jahren verändert. Anstelle des von Gott abgerufenen Hans Lang trägt sein Sohn, der mit seiner Familie ebenfalls auf dem Gelände wohnt, die Verantwortung für die laufenden Aufgaben und anfallenden Arbeiten, die einer männlichen Hand bedürfen. Auch einer der Schwiegersöhne stellte seine Berufserfahrungen dem Werk zur Verfügung.

Aber nicht nur im Haus und Werk hat sich manches verändert. Auch bei mir ist im Laufe der Jahre einiges anders geworden. Nicht etwa gesinnungsmäßig, im Gegenteil. Was meine Auffassung dem Dienst gegenüber betrifft, so ist es mir noch klarer als vor Jahren, wie notwendig in einem solchen Haus bewußt geübte Seelsorge ist. Es genügt nicht, den Gästen gute Verpflegung, geschmackvoll eingerichtete Zimmer und Aufenthaltsräume zu bieten. Das allen Gästen zur Verfügung stehende Hallenbad übt ebenfalls große Anziehungskraft aus. Die schöne Umgebung, wie etwa die in nächster Nähe liegende Oberböhringer Heide mit den bequemen Wanderwegen, wird von allen, besonders von den älteren Gästen, sehr geschätzt. Aber so empfehlenswert das alles auch sein mag, es wäre nicht ausreichend. Das Wesentliche ist und bleibt, dem inneren Menschen täglich geistliche Speise anzubieten.

Freudig stellten wir bei unserer Rückkehr ins Berghaus fest, daß Martl Lang dieser Anforderung gerecht wird. Jeden Morgen sammelt sie die Gästeschar um sich und hält eine gut vorbereitete Andacht, bemüht, dabei nicht ins routinemäßige Fahrwasser zu geraten, sondern die alte, bewährte Botschaft immer wieder neu und frisch zu verkündigen. Einige Male im Jahr kommen auch erfahrene Seelsorger von auswärts, um Bibelfreizeiten im Berghaus St. Michael zu leiten.

Wenn ich vorher sagte, daß bei mir selbst einiges anders geworden sei, meinte ich damit das deutliche Nachlassen meiner körperlichen Kräfte. Als wir von Eybach zurückkehrten, stand ich immerhin vor Vollendung meines achtzigsten Lebensjahres. Daß meine Augen nachlassen, mein Gehör Unterstützung durch ein Hörgerät benötigt und es mir nicht mehr möglich ist, wegen meiner Arthritis längere Wege zu machen, ist schließlich nichts Außergewöhnliches. So geht es anderen alten Leuten auch. Es denke niemand, daß ich mich darüber leicht hinwegsetze. Auch ich kenne Stunden, in denen das Nachlassen meiner Kräfte mich belastet. Andererseits bringe ich heute viel mehr Verständnis auf für alte Leute, die an ihren Alterserscheinungen oft schwer tragen. Und meine ihnen gestellten Fragen: »Wie geht es Ihnen?« oder: »Hatten Sie eine gute Nacht?« kommen nicht gewohnheitsmäßig oder als Höflichkeitsform über meine Lippen, sondern aus eigener Erfahrung von Schmerzenszeiten und gestörten Nächten. Das merken die Alten sehr wohl, ob man mit dem Herzen oder nur mit den Lippen fragt.

Seit unserer Rückkehr ins Berghaus sitze ich an jedem Morgen unter den Gästen in der Andacht, die Martl Lang in unserer Hauskapelle hält. Daß ich außerdem immer wieder einmal selbst eine Andacht halten darf, ist mir eine besondere Freude. In all den Jahren, seit ich seelsorglich tätig bin, war es immer dasselbe: Nichts beglückt mich so sehr, als wenn ich spüren darf, daß mir das Wort, sei es das geschriebene oder gesprochene, abgenommen wird. Oft schon habe ich meinen Zuhörern gesagt: »Es ist nicht der Redner allein, der einen Vortrag oder eine Predigt hält, sondern der Hörer wirkt ebenso mit, indem er die Botschaft aufnimmt und innerlich bejaht. Das bleibt dem Redner nicht verborgen.«

Während ich das Wort »Botschaft« niederschreibe, erinnere ich mich an ein sehr bewegendes Erlebnis. Es war in der Schweiz, in den Jahren, als ich noch oft auf Vortragsreisen unterwegs war und dort an einigen Orten »Geistliche Abende« zu gestalten hatte. Diesen voraus ging gewöhnlich eine kurze Gebetsversammlung, an der alle teilnehmen konnten, die den Vortrag hören wollten. In einer solchen

Gebetsgemeinschaft erlebte ich es, daß die Bitte ausgesprochen wurde: »Herr, segne das Wort deiner Botschafterin!«

Wie tief ist solch ein Gebet in mein Herz gedrungen! Botschafterin! Ist ein Botschafter nicht der Gesandte seines Landes? Welch eine Verantwortung für diejenigen, die im geistlichen Dienst stehen. Wie gerne wollte ich es immer und will es auch heute noch sein, trotz meines vorgeschrittenen Alters und mancher nicht zu verbergenden Alterserscheinungen: Botschafterin im Auftrag Gottes!

Manchmal sage ich in der Einführung zu einem Vortrag oder bei einer Begrüßungsansprache meinen Zuhörern: »Ich höre nicht mehr gut. Ich sehe nicht mehr gut. Ich kann nicht mehr so gehen wie früher. Aber mein Kopf – mein Gedächtnis – ist noch in Ordnung.« Wenn ich das sage, klingt es in mir wie eine Ermahnung: Das Letztere hast du dir keineswegs selbst zuzuschreiben. Das ist Gnade, nichts als Gnade!

Ein halbes Jahr nach unserer Rückkehr von Eybach feierte ich meinen achtzigsten Geburtstag, und zwei Tage später mein fünfzigstes Schriftstellerjubiläum. Ich darf diese beiden, für mich so ereignisreichen Tage in diesem Buch nicht verschweigen, besonders nachdem Martl Lang neben all ihrer vielen Arbeit nicht nur meinen Geburtstag, sondern auch das Jubiläum zu einem wirklichen Fest gestaltet hat.

Es kamen so viele Gäste, Verwandte, Freunde und Leser meiner Bücher, daß wir für die vielen Autos einen Platzanweiser benötigten. Ich war überwältigt von all der Anhänglichkeit, Liebe und Treue, die mir an diesem Tag begegneten. Nicht nur der Direktor des Christlichen Verlagshauses in Stuttgart, für das ich nun fünfzig Jahre lang schrieb, war mit seiner Gattin erschienen, sondern auch alle meine Pflegekinder hatten es möglich gemacht zu kommen. Als mein Mann die Anwesenden begrüßte, freute er sich, auch meinen zweiten Pflegesohn vorstellen zu können, der mit seiner Familie in den USA lebt und dort als Generalrepräsentant der Deutsch-Amerikaner tätig ist.

In unserer Hauskapelle wurde ein Festgottesdienst gehalten. Die Gesänge und Ansprachen brachten immer wieder den Dank Gott gegenüber zum Ausdruck, der besagte: »Lobe den Herren, der sichtbar dein Leben gesegnet.« An festlich gedeckten Tischen wurde die große Schar der Gäste bewirtet. Mir persönlich war es wichtig, in meiner Ansprache hervorzuheben, daß nicht ich im Mittelpunkt des Festes stehen dürfe, sondern daß Gott allein die Ehre gebühre, der mir ein so erlebnisreiches und von wunderbaren Führungen erfülltes Leben geschenkt hatte.

Seitdem sind nun wieder drei Jahre vergangen. Jünger bin ich nicht geworden, aber noch reicher an Erfahrungen mit dem Herrn, dem ich schon in jungen Jahren mein Leben ausgeliefert habe.

Dieses Buch entsteht unter Gebet – vielleicht noch mehr als meine vorherigen – und mit dem Wunsch, daß es allen zum Segen werde, die es lesen. Wenn ich darin Bilder von Menschen aufzeichne, die mir begegnet sind, dann nur aus dem Grund, weil ich hoffe, daß manche meiner Leser anhand solcher Lebensbeschreibungen sehen, daß nicht sie allein Lasten zu tragen haben. So wie ihnen geht es vielen Menschen, die Gott durch Lebensnot und Prüfungen formen und gestalten will – »auf daß wir«, wie es in der Heiligen Schrift heißt, »etwas werden zum Lobe seiner Herrlichkeit«. Bei alledem sollen wir lernen, zu unserem Schicksal ja zu sagen, weil es der Weg Gottes mit unserer Seele ist.

Ich sagte vorher, daß manche Verbindung, die ich gerne aufrechterhalten hätte, aus zeitlichen Gründen nicht weiter gepflegt werden konnte. Aber es gibt »Fälle«, bei denen wir aus innerem Verantwortungsbewußtsein bestehende Verbindungen nicht aufgeben dürfen.

Mein Mann wurde gebeten, auch nachdem wir nicht mehr in Eybach wohnten, von Zeit zu Zeit im dortigen Gottesdienst die Orgel zu spielen. Darüber haben wir uns gefreut, denn auf diese Weise blieben wir in loser Verbindung mit der Eybacher Gemeinde. Bei solchen Gelegenheiten besuchten wir dann auch immer wieder einige unserer alten Schutzbefohlenen. So war es uns ein Anliegen, uns um die Kriegerwitwe mit ihrem gelähmten Sohn weiterhin zu kümmern. Bei unseren Besuchen erleben wir dann wieder das Jauchzen ihres Sohnes. Wenn wir an seinem Bett sitzen, zeigt er uns mit mühsamem Drehen seines Kopfes immer wieder das Bild des Guten Hirten, das über ihm an der Wand hängt. In all den Jahren, seitdem wir ihn besuchen, gehört es einfach dazu, daß ich ihm das Lied vorsinge: »Weil ich Jesu Schäflein bin, freu' ich mich nur immerhin über meinen guten Hirten«. Den letzten Vers singe ich besonders gerne für ihn. Darin heißt es: »Denn nach diesen schweren Tagen werd' ich endlich heimgetragen in des Hirten Arm und Schoß. Amen, ja, mein Glück ist groß!«

Mein Glück ist groß? Ist es nicht Vermessenheit, im Anblick solcher Belastung von Glück zu singen? Wenn wir davon nicht fest überzeugt sind, daß dieses Glück in der zukünftigen Welt für den so schwer behinderten Jungen bereitet ist, dann allerdings sollten wir schweigen.

Nach solchen und ähnlichen Besuchen kehren wir jedesmal froh nach Hause zurück, im Wissen, einigen Menschen Freude bereitet zu haben.

Da ist zum Beispiel auch unser Freund, der ehemalige Vikar. Er wurde von schwerer Krankheit erfaßt und war nicht mehr imstande, seinen Dienst in der Gemeinde zu erfüllen. Wir lernten ihn als einen edlen, bescheidenen Menschen kennen, der es annehmen mußte, obgleich er damals noch nicht vierzig Jahre alt war, Frührentner zu werden. Daß wir ihm, der allein in seiner Wohnung lebt, die er selbst in bester Ordnung hält, dann und wann einen Topf heiße Suppe brachten, war das allerwenigste, was wir für ihn tun konnten. Doch dabei ergaben sich gute persönliche Gespräche, in denen wir dem sehr einsam Gewordenen Mut zu machen versuchten. Aus dieser Verbindung erwuchs im Laufe einiger Jahre eine Freundschaft. Nur wenige Menschen kümmern sich um ihn. Mein Mann und ich betrachten es aber als eine uns von Gott gegebene Verpflichtung, uns regelmäßig seiner anzunehmen. Dann und wann laden wir ihn zu einer schönen Autofahrt ein. Vor allem aber nehmen wir ihn in unsere tägliche Fürbitte hinein. Es ist unser inniger Wunsch für ihn, daß er, der ein guter Klavierspieler ist, doch wieder die Kraft und Freudigkeit finden möge, sich an seinen Konzertflügel zu setzen, um darauf zu spielen, wie er es oft in gesunden Tagen getan hat – sich und anderen zur Freude.

In diesen Tagen hatte ich ein interessantes Gespräch mit einem Herrn, dem Inhaber eines gutgehenden Geschäftes. Er bewohnt mit seiner Familie ein schönes Haus, hat eine fleißige Frau und mehrere bereits erwachsene Kinder. Zu einem dieser Kinder, einer Tochter, hat er ein besonders gutes Verhältnis. Dieser Herr gestand uns, daß er sich augenblicklich große Sorgen um dieses Kind mache. Es ist nicht nur auf künstlerischem Gebiet begabt, sondern auch im Berufsleben sehr tüchtig, leider jedoch labil und leicht beeinflußbar. Diese Tochter hat sich jetzt einer Glaubensrichtung angeschlossen, in der viel vom positiven Denken die Rede ist. Man baut sich Ideale auf und behauptet, der Mensch sei an sich von Grund auf gut und keineswegs erlösungsbedürftig. Gott läßt man zwar gelten. Es fragt sich nur, welcher Art dieser Gott ist. Der Gott, den die Bibel meint, kann es nicht sein; denn von ihm wissen wir, daß wir alle ohne Ausnahme Sünder sind und einen Erlöser brauchen. Der ist uns in der Heiligen Schrift auch genannt, nämlich Jesus Christus!

Dieser aber wird in den Statuten jener Glaubensrichtung mit keinem Wort erwähnt. Es geht in ihr um Menschen, die durch eigene Anstrengung und – wie schon gesagt – bewußt positives Denken sich zu Idealmenschen heranbilden wollen.

Der Vater dieser Tochter ließ meinen Mann und mich darüber nicht im unklaren, daß seine Frau und er über die Entscheidung ihrer Tochter sehr beunruhigt waren. Im Laufe des Gespräches versuchten wir ihm klarzumachen, daß sie als Eltern ihrer Tochter gegenüber eine verantwortungsvolle Aufgabe hätten.

»Wenn Sie es nicht schon vorher getan haben«, sagte ich, »wäre es jetzt allerhöchste Zeit, Ihrem Kind den Weg zu Christus zu zeigen. Aber was wir nicht selbst besitzen, können wir nicht weitergeben.« Und dann war es mir, als dürfe ich es nicht versäumen, diesen Herrn unzweideutig vor die Frage zu stellen: »Wie steht es denn mit Ihnen selbst? Sind Sie ein Christ?«

Nach kurzem Nachdenken antwortete er, und wir wunderten uns über seine Ehrlichkeit: »Nicht genug, nicht wie ich es sein sollte.«

Wenn mein Mann und ich unsere verschiedenen »Schutzbefohlenen« aufsuchen, reicht es keinesfalls aus, ihnen nur Freundlichkeiten zu erweisen. Wir fühlen uns innerlich zu kleinen Hilfeleistungen gedrängt, doch das ist noch kein eindeutiges Zeichen für unser Christsein. Es gibt viele Idealisten, vorbildliche Menschen, die das auch tun, ohne sich Christen zu nennen. Aber Mitmenschlichkeit reicht einfach nicht aus. Unsere christliche Einstellung, ja, Christus selbst muß in unserem Tun transparent sein. Nach den Worten der Schrift: »Die Liebe Christi dränget uns, solches zu tun.«

Ob der genannte besorgte Vater es fertigbringen wird, sein Kind den gefährlichen Einflüssen dieser Glaubensrichtung zu entreißen, die, wie er selbst sagte, mit dem Christentum so gut wie nichts zu tun hat, bezweifle ich. Wo man Jesus Christus als den Erlöser ablehnt, befindet man sich nach Aussagen der Bibel auf einem Irrweg. Die vielen Anhänger dieser Lehre – und sie ist in Deutschland sehr verbreitet – behaupten, in diesem Kreis Gott gefunden zu haben. Gott finden ohne Christus? Undenkbar! Jesus sagt: »Ich bin der Weg, die Wahrheit und das Leben, niemand kommt zum Vater als durch mich.«

In dem Brief des Apostels Paulus an die Philipper lesen wir: »Freuet euch in dem Herrn allewege, und abermals sage ich: Freuet euch!« In diesem meinem Buch geht es letztlich ja um die Freude. Je länger desto mehr wird mir klar, wie schwer es ist, darüber zu schreiben bei dem vielen Leid, das einem tagtäglich begegnet. Kann ich einem der verschiedenen Menschen, die ich hier erwähnte, einfach sagen: Du mußt dich freuen, Gott will es so! Muß es einem, der durch schwere Krankheit gezwungen wurde, seinen Beruf aufzugeben, als kranker Mensch auf die Ehe verzichtet und die Nöte des Alleinseins auf sich nimmt, nicht wie Hohn vorkommen, wenn ihm gesagt wird: »Du mußt dich nur freuen, dann wird alles gut!«

Geht es jener Frau, die seit mehr als vierzig Jahren nicht vom Bett ihres gelähmten Sohnes weichen kann, nicht ebenso? Wie könnte ich wagen, ihr zu sagen: »Freue dich, freue dich allewege, also immer!« Hat sich der Apostel Paulus geirrt, wenn er dazu aufrief? Nein! Da steht nämlich: »Freuet euch in dem Herrn.« Nur in der engen Verbindung mit ihm, Christus, gelangt man zu dieser Freude, die ein von Gott gegebener Zustand der inneren Gelassenheit und des Vertrauens ist.

Sich freuen – in dem Herrn – bedeutet nämlich nicht, ohne Enttäuschungen, Sorgen und Kümmernisse zu sein, sondern trotz dieser notvollen Begleiterscheinungen unseres Lebens immer wieder getrost und zuversichtlich zu werden – von Freude erfüllt zu sein, aber eben durch Christus.

Mir ist klar, daß weder ich noch irgendein anderer Mensch zu einem Betrübten oder gar Verzweifelten sagen kann: »Freu' dich nur, dann wird alles gut!« Welch eine Vermessenheit wäre das! Er kann sich in seiner Situation ja gar nicht freuen, so gerne er es möchte.

Und doch wird in der Bibel von einem Mann gesprochen, der vor einer ihm unlösbar scheinenden Aufgabe stand: Josua. Zu ihm wurde gesagt: »Ich habe dir geboten, daß du freudig und unverzagt seist.« Wer kann so sprechen, wenn nicht der allein, der imstande ist, Freude zu vermitteln? Gott selbst sprach so zu Josua.

Kinder können sich noch unbekümmert freuen. Sie sind

aber oft auch erstaunlich scharfe Beobachter. Es würde etwas Wesentliches in diesem Buch, der Fortsetzung meiner Biographie, fehlen, wollte ich nicht wenigstens einige meiner Beobachtungen und Erlebnisse mit Kindern hier schildern.

Mit den Jungen und Mädchen des jetzigen Kinderheims im Berghaus habe ich im Gegensatz zu damals kaum noch etwas zu tun. Früher habe ich den Buben und Mädchen Geschichten erzählt, ihnen Lieder beigebracht, mit den Kleinsten Fingerspiele geübt und anderes mehr. Heute fällt mir das nicht mehr so leicht – nicht deshalb, weil ich weniger imstande wäre, zu erzählen und zu singen, sondern darum, weil mir die Treppenstufen im Kinderheim so beschwerlich werden. Ich freue mich jedoch jedesmal, wenn einige der Kleinsten mir schon von weitem zurufen: »Hallo, Omi!« In meinem Flüchtlingskinderheim war ich für alle stets die Mutti, jetzt bin ich schon lange zur »Berghaus-Omi« befördert worden, vor allem natürlich für die Enkelkinder von Martl Lang, die zum Teil hier oben heranwachsen.

Wir waren von Eybach zurückgekehrt, als ich eines Tages gebeten wurde, mit unseren Gästen die Andacht in der Hauskapelle zu halten. Als ich danach wieder auf dem Weg in unsere Wohnung war, begegnete mir die damals dreijährige Bettina. Mit ihrem hellen Stimmchen fragte sie mich: »Omi, war die Andacht gut?«

Ich stutzte einen Augenblick. Wie kommt das Kind zu einer solchen Frage? Aber Bettina wartete auf eine Antwort, und so sagte ich: »Ja, ich glaube, daß sie gut war.«

Ich habe mich nachher gefragt: »Wann ist eine Andacht in Wirklichkeit gut zu nennen?« Geht es vor allem darum, daß man imstande ist, fließend zu formulieren? Ist es in erster Linie wichtig, lebensnah zu sprechen, Illustrationen einzuflechten, die den Alltag der Zuhörer treffen, und ihnen dadurch den Text lebendig machen und anschaulich vor Augen führen? Ist es wichtig, daß man sich bemüht, die Andacht nicht in die Länge zu ziehen, sondern so kurz wie möglich zu halten, damit die Zuhörer nicht ermüdet werden?

Mein Mann hat mir schon manchesmal den Rat gegeben, eine Andacht oder einen Vortrag zu beenden, wenn die Zuhörer am liebsten noch mehr hören würden. Natürlich merkt man als Redner, wenn heimlich auf die Uhr geschaut wird, und irgendwie springen die Gedanken anderer auf einen über: »Hoffentlich redet er oder sie nicht zu lange.«

War die Andacht gut? Ich meine, sie ist gut, wenn man von ihrer Aussage innerlich ergriffen wird, und wenn man weiß, es geht mich persönlich an. Sie ist vor allem gut, wenn die Gegenwart Jesu zu spüren ist, der gesagt hat: »Wo zwei oder drei in meinem Namen versammelt sind, da bin ich mitten unter ihnen.«

Manchmal, wenn jemand von einem Gottesdienst kommt oder an einer Trauung teilgenommen hat, hört man den Ausspruch: »Das war wieder einmal feierlich und stimmungsvoll.« Unter keinen Umständen reicht das aus! Eine Predigt oder eine Andacht muß Kraft vermitteln und ernste Entschlüsse hervorrufen, sie muß meinen inneren Zustand aufzeigen und mich Gott näherbringen. Sie muß mich erkennen lassen, was Er mir sagen will und was in meinem Leben neu werden muß.

Ich frage mich, ob alle meine Leser mit diesen Gedankengängen etwas anfangen können. Andachten halten? So etwas kommt natürlich in einem christlichen Erholungsheim vor oder in bewußt christlichen Familien. Aber der Durchschnittschrist? Doch nun muß ich mich selbst gleich korrigieren. Gibt es eigentlich Durchschnittschristen? Wir müssen da wohl ganz klar unterscheiden lernen. Nicht alle, die sich Christen nennen, sind es auch. Zur Kirche gehören, getauft und konfirmiert sein, auf eine kirchliche Trauung zurückblicken können und – weil es so üblich ist – sich einmal christlich beerdigen lassen, das alles ist kein Beweis für das Christsein.

Ich hörte einmal von einem Traum, den ein Mann gehabt hatte. Dieser Traum hat mich sehr beeindruckt. Der Mann träumte, er sei gestorben und habe sich plötzlich vor der

Himmelstür befunden. Als er wartend davor stand, öffnete ihm ein Engel die Tür.

»Was wünschst du?« fragte er freundlich.

»Ich möchte hier hinein, in den Himmel«, antwortete der Mann und wunderte sich über die Frage des Engels. Es lag doch klar auf der Hand, daß er hier stand, um durch die Pforte in das verheißene Land zu gelangen. Er gab dies dem Engel zu verstehen.

Dieser fragte daraufhin: »Hast du Ausweispapiere?«

»Ausweispapiere?« wiederholte der Mann erstaunt. »Ich bin der Meinung, daß man mich hier oben kennt.« Und dann begann er aufzuzählen: »Ich bin in einem christlichen Haus aufgewachsen, besuchte regelmäßig von klein auf den Kindergottesdienst und später die verschiedenen Jugendkreise, gehörte zum Christlichen Verein junger Männer, wurde natürlich getauft und konfirmiert, bin in der Kirche getraut worden und habe viel Gutes getan, Spenden gegeben und mich eingesetzt, wo immer ich's konnte. Und jetzt liegt gerade meine von unserem Pfarrer gehaltene, also christliche Beerdigung hinter mir.«

»Das alles genügt uns nicht«, fuhr der Engel in großem Ernst fort.

»Du sprachst vorhin von Ausweispapieren«, sagte darauf der Mann, der unruhig zu werden begann. Er durchsuchte seine Taschen. »Ah, jetzt weiß ich.« Er hielt dem Engel ein Blatt Papier hin. »Hier ist mein Taufschein, und hier«, seine Hände begannen jetzt zu zittern, »hier ist meine Quittung für die letzte Kirchensteuer; immer habe ich sie pünktlich bezahlt. Und hier ist die Bestätigung dafür, daß ich Kirchengemeinderat wurde.«

»Das alles meine ich nicht«, sagte der Engel mit traurigem Gesicht.

»Aber was, um alles in der Welt, erwartest du noch mehr?« fragte der Mann, völlig verunsichert.

»Hast du nichts, aus dem zu ersehen ist: ›Christi Blut und Gerechtigkeit, das ist mein Schmuck und Ehrenkleid. Damit will ich vor Gott bestehn, wenn ich zum Himmel werd' eingehn.‹«

Der Engel fuhr fort: »Wenn dies nicht deine Gewißheit und persönliche Erfahrung ist, kann ich dich nicht einlassen, es tut mir leid.«

Der Mann erwachte, in Schweiß gebadet. Es war nur ein Traum gewesen. Nur ein Traum? Was ihn fortan umtrieb und ihn stark bewegte, war die Frage: Wie gelange ich zu diesem »Ausweis«, zu dieser Gewißheit?

Ich habe oft versucht, in meinen Andachten oder Vorträgen auf diese Frage ungefähr so zu antworten: »Um ein wirklicher Christ zu werden, muß ich fünf Stationen passieren: Erstens Sündenerkenntnis, zweitens Sündenbekenntnis, drittens Reue, viertens Buße, fünftens Heilsgewißheit.«

Wenn wir uns damit beschäftigen, wird uns manches klar werden. Ich kann nicht sagen: Ja, ich glaube an einen Gott, zumindest an ein höheres Wesen, das alles erschaffen hat – aber Heilsgewißheit?

Ich hörte einmal, daß man in einer kirchlichen Institution behauptet, von Heilsgewißheit zu reden sei gleichbedeutend mit Gotteslästerung. Kein Mensch könne sich erdreisten zu behaupten, er besäße Heilsgewißheit. Wie aber steht es dann mit dem Wort der Heiligen Schrift: »Der Geist selbst gibt Zeugnis unserm Geist, daß wir Gottes Kinder sind« (Römer 8, 16)? Ein Zeugnis ist doch eine Bestätigung, die rechtsgültig ist, wenn sie von einem dazu Bevollmächtigten unterschrieben wurde. Ich gebrauche jetzt ein Bild: Das Zeugnis des Heiligen Geistes ist unterschrieben mit dem Blut Jesu, das für meine Sünden vergossen worden ist. Wo ich dies im Glauben angenommen habe, kann ich das genannte Wort in Anspruch nehmen: »Christi Blut und Gerechtigkeit, das ist mein Schmuck und Ehrenkleid...«

Ich komme noch einmal zurück auf Bettinas Frage: »War die Andacht gut?« Um Andacht halten zu können, muß man nicht unbedingt Theologie studiert, sondern vor allem die soeben ausgeführte Erfahrung gemacht haben.

Von Erlebnissen mit Kindern, die mich erfreut oder beeindruckt haben, wollte ich erzählen. Ein solches Erleben liegt nun schon Jahre zurück. Es war zur Zeit der Kartoffelernte. Zum Berghaus gehören auch einige Äcker. Die Kinder halfen fröhlich mit mehr oder weniger Ausdauer beim Auflesen der Kartoffeln mit. Ein Fünfjähriger rief mir zu: »Omi, komm doch auch und hilf uns beim Auflesen!«

Seine Mutter antwortete für mich: »Weißt du, die Omi kann sich nicht mehr so gut bücken.«

Darauf urteilte er sogleich: »Die kann aber auch gar nichts mehr.«

Seine um ein Jahr ältere Schwester nahm mich in Schutz: »Doch, die Omi kann noch was: Die kann Geschenke machen und Andacht halten.«

Dieser Ausspruch hat mich damals recht erfreut. Wenn ich in jener Zeit auch noch gelenkiger war als heute, so fiel mir schon damals das Bücken nicht mehr so leicht. Das Mückchen, so nannten wir das kleine Mädchen, hob nicht hervor, was die Omi nicht mehr tun konnte, sondern was ihr noch möglich war: Geschenke machen und Andacht halten!

Unsere Kinder sind heute meistens nicht arm an allerlei Spielzeug. Oft scheinen sie damit geradezu überfüttert zu sein, und es vergeht ihnen manchmal die Lust zum Spielen. Und doch brauchen sie unsere Geschenke, die nicht unbedingt von Geldausgaben abhängig sind. Laßt uns doch Liebe schenken und Geduld; Zeit, sie anzuhören und auf sie einzugehen, und den Willen, sie mit ihren kleinen und großen Anliegen ernst zu nehmen. Was sie zum Leben brauchen, ist herzliche Zuneigung, die sich nicht darin äußert, daß wir ihnen alle ihre Wünsche erfüllen, sondern daß sie erfahren dürfen, welch ein Anliegen uns ihr seelisches und körperliches Wohlbefinden ist.

Geschenke machen und Andacht halten! Nun ist es nicht überall so, daß die Kinder in ihren Familien, auch wenn diese sich christlich nennen, mit Andachten aufwachsen, so wie sie hier im Berghaus zum Tagesgeschehen gehören. Für ein christliches Elternpaar sollte die Andacht schon früh einsetzen. Ich verstehe dies so, daß man regelmäßig über dem Kind betet, auch wenn es noch klein ist und den Sinn der Handlung nicht verstehen kann. Andacht halten, das heißt auch, frühzeitig mit den Kindern geistliche Lieder singen. Ebenso gehört das Tischgebet dazu und das Erzählen von biblischen Geschichten. Das Kind sollte auch den sonntäglichen Kindergottesdienst besuchen.

Von großer Wichtigkeit ist es, die Kinder von klein auf zur Ehrfurcht zu erziehen. Vergessen wir doch nicht, wie entscheidend die Erziehung ein Kind prägt. – Ehrfurcht vor Gott, Ehrfurcht vor alten Menschen, Ehrfurcht vor dem Leben. Wie soll ein Kind das lernen, wenn es ihm nicht beigebracht wird! Sage doch keiner, daß Kinder so etwas nicht verstehen. Sie haben noch ein natürliches Empfinden für das Gute wie für das Schlechte, das manchem Erwachsenen längst verlorengegangen ist. Jeder Vater sollte sich davor hüten, natürlich auch die Mutter, in Gegenwart des Kindes, wie es leider manchesmal geschieht, sich über Gott lustig zu machen oder Glaubensfragen in frivoler Weise spöttisch herabzusetzen.

Auch heute noch gilt: »Irret euch nicht! Gott läßt sich nicht spotten. Denn was der Mensch sät, das wird er ernten« (Galater 6, 7). Manch einer hat in späteren Jahren in erschreckender Weise erleben müssen, wie eine solche Saat, die er selbst in ein Kinderherz gesät hat, aufgegangen ist und entsprechende Frucht getragen hat.

Kinder sind aber auch erfreulich zugänglich für Gott und die christliche Lehre. Ich könnte viele erlebte Beispiele erzählen. Nicht umsonst sagt Jesus: »Wenn ihr nicht werdet wie die Kinder, so werdet ihr nicht ins Himmelreich kommen« (Matthäus 18, 3). Ich denke jetzt vor allem an die Kleinen, die noch behütet und von den gefährlichen Einflüssen unserer Zeit nicht vergiftet sind. Jugendliche von dreizehn, vierzehn Jahren machen sich heute lustig über solche, die zur Kirche gehen oder gar beten. »Wie kann man mit einem Gott reden, den es gar nicht gibt«, sagen sie, »mit einem Gott, den noch kein Mensch gesehen hat, der überhaupt nicht existiert.«

Wie herzerquickend ist es dagegen, ein kleines Kind beten zu hören: »Lieber Gott, mach mich fromm, daß ich in den Himmel komm.« Ich kenne natürlich Eltern, die nie mit ihrem Kind beten. Sie meinen, fortschrittlich zu sein, wenn sie sagen, ihr Kind solle ohne eine solche Beeinflussung heranwachsen. Sie gestehen ihm großzügig zu, daß es sich später einmal selbst entscheiden kann, ob es zur Kirche gehören und ein christliches Leben führen will. Sind sich solche Eltern eigentlich darüber im klaren, was sie unterlassen und versäumen? Im Grunde genommen sind sie zu bedauern, denn sie können ja nicht weitergeben, was sie selbst nicht besitzen. Jesus ermahnt: »Laßt die Kinder zu mir kommen, denn solchen gehört das Reich Gottes« (Markus 10, 14), und ein sehr ernstes, ja erschütterndes Wort in Matthäus 18, 6, über das man sich nicht lässig hinwegsetzen kann: »Wer aber einen dieser Kleinen, die an mich glauben, zum Abfall verführt, für den wäre es besser, daß ein Mühlstein an seinen Hals gehängt und er ersäuft würde im Meer, wo es am tiefsten ist.«

Ich fühle tiefes Mitleid mit Kindern, die durch ihre Jugendzeit gehen, ohne von ihren Eltern oder anderen Erziehern auf Jesus Christus hingewiesen worden zu sein. Es ist für diese Kinder schwer, ohne christliche Vorbilder zur Erkenntnis der Wahrheit zu kommen. Dabei sind gerade die Kleinen dafür so zugänglich. Einige Erlebnisse sollen dies deutlich machen:

Bettina war knapp fünf Jahre alt. Da kletterte ihr etwas jüngerer Bruder, der im unteren Stockbett schlief, die kleine Leiter hinauf, die zum oberen Bett führte, in dem seine Schwester lag. Plötzlich begann die Leiter mitsamt dem dreijährigen Hans-Steffen nach hinten zu kippen. Bettina, blitzschnell die Gefahr erkennend, richtete sich in ihrem Bett auf und ergriff den Arm ihres Bruders, der vor Angst zu schreien begann. Bettina aber rief in großem Schrecken:

»Mama, komm schnell, er stürzt! Ich kann ihn und die Leiter nicht länger halten.«

Glücklicherweise war die Mutter im nächsten Augenblick da und konnte ein Unglück verhüten. Als Bettina etwas später allein bei der Mutter war, sagte sie: »Mama, das war aber gut, daß der liebe Gott mir so viel Kraft gegeben hat, daß ich den Hans-Steffen so lange halten konnte, bis du kamst.«

Der liebe Gott hatte ihr Kraft gegeben. So sah sie es. Und so war es auch. Wie hätte sie so etwas äußern können, wenn die Mutter nicht bei irgendeiner Gelegenheit in dieser Weise mit ihr gesprochen hätte?

Christoph ist es von klein auf gewöhnt, daß in seinem Elternhaus über Gott und Jesus geredet wird. Er darf frühzeitig, mit drei oder vier Jahren, dann und wann mit dem Vater zur Kirche gehen. Sein Vater ist von Beruf Lehrer, aber er hat auch als Lektor in verschiedenen Kirchen zu predigen. Stoffi, so wird Christoph genannt, weiß, daß er dabei ruhig sitzen muß und nicht stören darf. Man mag der Meinung sein, das Kind sei damit überfordert. Doch wird er ja nicht jeden Sonntag mitgenommen, und wenn, dann darf er während des Gottesdienstes ein kleines Bilderbuch anschauen, das er als ein Gesangbuch ansieht. Aber allein die Tatsache, daß der Vater ihn, den Ältesten, mitnimmt, während die kleinen Geschwister zu Hause bei der Mutter bleiben müssen, stärkt sein Selbstbewußtsein. So wächst er mit Gottes Wort auf und ist es auch gewöhnt, daß die Mutter mit ihren Kindern christliche Lieder singt und ihnen von Jesus erzählt. Das alles gehört wie selbstverständlich zum Rhythmus des täglichen Lebens. Daß man dem lieben Gott alle seine Kümmernisse sagen darf, hat Christoph bald begriffen.

In diesem Jahr hat er zu dem Schwesterchen, das jetzt etwas mehr als zwei Jahre alt ist, noch einen kleinen Bruder bekommen. Eines Tages hat die Mutter das nur wenige Wochen alte Baby auf dem Schoß. Da beginnt ihre kleine Tochter, die nach dem Mittagsschlaf noch in ihrem Bettchen liegt, zu schreien. Die Mutter ruft den Fünfjährigen: »Stoffi, komm schnell, setz dich auf die Couch. Ich will dir das Brüderlein in den Arm legen, während ich nach Michaela schaue. Die ist sicher ganz naß. Ich muß sie trockenlegen.«

Christoph setzt sich gehorsam in die Couchecke. Während die Mutter ihm das Baby übergibt, ermahnt sie ihn: »Du mußt den Kleinen jetzt ganz festhalten, damit er nicht herunterfällt.«

Zuerst ist das Brüderlein still. Dann aber beginnt es fürchterlich zu schreien. Vielleicht hat der besorgte große Bruder es zu fest in seinen Armen gehalten. Er ruft: »Mama, Mama, komm schnell! Der Tobias schreit so sehr.«

»Versuche, ihn zu beruhigen!« erwidert die Mutter ihrem Ältesten. »Ich kann Michaela jetzt nicht allein lassen. Ich muß sie erst fertigmachen.«

Und tatsächlich, der Säugling wird still. Nach einigen Minuten kommt die Mutter zu den beiden. »Siehst du«, lobt sie den Fünfjährigen. »Das hast du gut gemacht! Dich kann man schon gebrauchen.«

Da antwortet der Junge: »Der Herr Jesus hat ihn beruhigt. Ich habe es ihm gesagt.«

Die Mutter nimmt nun das Baby und trägt es zum Wickeltisch. Während sie dabei ist, es trockenzulegen, ist Stoffi von der Seite gekommen und lehnt sich mit den Armen auf den Wickeltisch. Der Kleine fängt wieder jämmerlich zu schreien an. Da beugt sich Stoffi über das Brüderchen, faltet seine Hände und sagt: »Lieber Herr Jesus, du hast doch eben dem Tobias sein Herz beruhigt, als ich dich darum gebeten habe. Tu es doch jetzt noch einmal.« So beglückend, so selbstverständlich kann das alles sein – das Reden mit Gott, das Vertrauen zu ihm und das Wissen darum: Er kann helfen.

Aber es muß den Kindern erst gesagt werden. Man muß ihnen das Verständnis dafür wecken. Daß manchmal auch kleine Entgleisungen vorkommen, ist weiter nicht schlimm. Dafür sind ja die Eltern da, daß sie mit den Kindern sprechen und versuchen, ihnen zu erklären, was sie noch nicht verstehen können.

So war Christoph unlängst ein wenig krank. Seine Mutter, meine Patentochter, hatte es mir am Telefon erzählt. Plötzlich hörte ich seine Stimme und bat sie: »Laß ihn doch mal an den Apparat kommen.« Und nun ergab sich folgendes Gespräch zwischen uns:

»Stoffi, hier ist die Omi. Ich höre, daß du krank gewesen bist.«

»Ja, ich hab' ganz doll Fieber gehabt, und ich bin auch ganz mager geworden.«

»Das tut mir aber leid! Geht es dir denn jetzt wieder besser?«

»Nein, noch nicht ganz. Aber ich darf schon wieder aufstehen.«

»Das ist gut. Hoffentlich erholst du dich bald. Opi und ich wollen für dich beten, daß du bald wieder gesund wirst.«

»Ist nicht nötig, wir haben 'nen Arzt.«

Ich mußte am Telefon schmunzeln und habe es später seiner Mutter erzählt. Gewiß hat sie daraufhin versucht, ihm klarzumachen, daß eins das andere nicht ausschließt; daß man auch den Arzt rufen darf, obgleich man es vorher dem lieben Gott gesagt hat – daß Gott aber den Arzt segnen muß, damit dieser dem Kranken helfen kann.

Eines Tages liegt der Fünfjährige auf der Couch und ruft nach seiner kleinen Schwester: »Michi, komm zu mir, ich will mit dir über Jesus sprechen.«

Es entzieht sich meiner Kenntnis, was der Inhalt des Gespräches war. Plötzlich hört ihn die Mutter im Nebenzimmer verärgert rufen: »Mama, die Michi ist zu dumm! Mit der kann man nichts anfangen. Sie versteht überhaupt nicht, was ich ihr sage. Sie ruft immer nur: ›Jesus, Jesus‹ und läuft dabei im Zimmer herum.«

Als meine Patentochter mir diese Begebenheit erzählte, sagte ich: »Möge in Michaelas Leben die Zeit kommen, in der sie erkennt, daß das Anrufen des Namens Jesu ihr zum Rettungsanker werden kann. Jetzt begreift sie es natürlich noch nicht, und wer weiß, was Stoffi ihr erzählt hat. Aber irgendwann sollte es auch ihr beigebracht werden, was meine Mutter uns klarzumachen versuchte, als meine drei Brüder und ich noch Kinder waren: ›Wer den Namen des Herrn anruft, der wird selig.‹«

Stoffi war noch nicht ganz fünf Jahre alt, als er eines Tages den Eindruck hatte, seine Mutter sei stiller als sonst oder gar ein wenig traurig. Vielleicht fühlte sie sich nicht besonders wohl oder hatte irgendeinen Kummer. Dazu war das Wetter an diesem Tag trüb und unfreundlich. Die Kinder spielten im Wohnzimmer um die Mutter herum. Plötzlich hellte sich der Himmel auf. Stoffi blickte erfreut hinaus. »Oh, Mama, sieh nur!« Er deutete mit der Hand in den Garten. »Die Sonne scheint! Die Sonne scheint! Soll ich einen Sonnenstrahl für dich hereinlassen?« Er öffnete spontan die Tür zur Terrasse, damit die Sonne hereinkommen könne. In diesem Augenblick wurde er selbst zu einem kleinen Sonnenstrahl für seine Mutter, die bewegt war von seinem Bemühen, sie aufzumuntern.

In der Tat, Kinder können zu Lichtträgern werden.

Katja, auch eine Enkelin von Martl Lang, damals gerade vier Jahre alt, fragte ihre Mutter: »Mama, gibt es im Himmel auch Salat und Obst?«

»Warum willst du das wissen?«

»Der Großpapa ist jetzt im Himmel. Der braucht doch Vitamine. Ich will ihn dort besuchen und ihm Salat und Obst bringen.«

Die Mutter antwortete: »Wir können nicht einfach in den Himmel gehen.«

»Aber mein Papa, der kann es, der ist doch so groß! Der nimmt eine lange Leiter, und ich steige hinauf.« Welch ein Vertrauen von Katja! »Mein Papa kann alles!« Väter und Mütter können für ihre Kinder gewissermaßen durch ihr Vorbild zur Himmelsleiter werden. Welche Möglichkeiten und Aufgaben haben doch christliche Eltern!

Noch ein Erlebnis mit Kindern: Katjas Mutter war ebenfalls fünf Jahre alt, als Martl Lang nach dem Tode der ersten Frau ihres Mannes deren zweite Mutter wurde. Auch sie wuchs mit ihren Schwestern ganz selbstverständlich in die Berghauswelt hinein, in der es viel Beglückendes für Kinder gab: Hühner, Gänse, Kaninchen, Hunde, Schweine, Rinder und sogar ein wunderschönes weißes Pony, auf dem man reiten konnte.

Eines Tages erklärte die Fünfjährige: »Mama, wenn ich groß bin, heirate ich einen Pfarrer. Weißt du, dann ist die Omi schon lange tot und kann keine Andachten mehr halten. Das muß dann mein Pfarrer tun.«

Daraufhin sagte ihre Mutter: »Aber bis dahin darfst du nicht mehr so trotzig sein, wie du es jetzt noch manchmal bist. Der Pfarrer mag nicht gerne eine eigensinnige Frau haben.«

Darauf antwortete die Kleine: »Dann werde ich sagen: Herr Pfarrer, Sie müssen mich nehmen, wie ich bin!«

Denken wir nicht alle mehr oder weniger wie das kleine Mädchen damals? Man muß mich nehmen, wie ich bin.

Ich hatte einmal eine Mitarbeiterin, ein sehr befähigtes, intelligentes junges Mädchen, das im Umgang jedoch nicht unkompliziert war. Als einmal eine Aussprache nötig wurde, sagte sie zu mir: »So bin ich nun einmal. Ich habe mich ja schließlich nicht selbst gemacht. Meine Umgebung muß mich halt akzeptieren, wie ich bin!«

Nein, so ist es nun doch nicht. Die kleine Christel, später Katjas Mutter, konnte nicht erwarten, daß sich alle nach ihr richten und ebensowenig meine Mitarbeiterin. Zu den Lektionen der Schule des Lebens gehört – man lernt es am besten schon frühzeitig –, daß man sich einfügt. Sonst kommt man im Leben schwer zurecht, sei es in der Schule, im Beruf oder in der Ehe und Familie.

Manche Eltern vertreten heute die Meinung, daß man seine Kinder ganz frei heranwachsen lassen soll. Solche Väter und Mütter erlauben ihren Kindern alles und verbieten ihnen nichts. Sie sollen sich ungehemmt entwickeln können. Die Väter und Mütter merken oft viel zu spät, daß sie Sklaven ihrer Kinder geworden sind. Man hat heute den Eindruck, daß die vor einigen Jahren stark um sich greifende antiautoritäre Welle wieder im Abnehmen ist. Manche Eltern und Erzieher haben eine völlig falsche Auffassung von Autorität. Autorität hat nichts mit Zwang oder liebloser Härte zu tun, sondern bedeutet liebevolle Konsequenz. Wie soll sich ein Kind als Erwachsener im Leben zurechtfinden, wenn es nicht frühzeitig gelernt hat, sich anzupassen und einzufügen? Ich denke da an ein junges Mädchen, das eines Tages zu ihrem Chef sagte: »Wenn ich mit schlechter Laune ins Büro komme, so ist es am besten, Sie sprechen mich erst gar nicht an.«

Der Chef hatte sie aufgrund ihrer guten Schulzeugnisse angestellt. Aus diesen war allerdings nicht zu ersehen gewesen, daß das junge Mädchen nicht gelernt hatte, sich zu überwinden, wenn ihm etwas schwer fiel.

Es ist fast nicht zu glauben, in welche Situationen Lehrer heute geraten können, wenn sie sich durchsetzen wollen. Ein Beispiel aus unseren Tagen: Der Lehrer betritt eine Klasse und wendet sich an einen Schüler: »Du siehst doch, daß da Papier auf dem Boden herumliegt. Bitte, hebe es auf!«

»Mach's doch selber«, ist die Antwort. »Ich hab's nicht dahin geworfen.«

Verallgemeinern kann man so etwas natürlich nicht. Doch sollen solche oder ähnliche Fälle nicht selten sein. Glücklicherweise gibt es immer noch Eltern, die ihre Kinder zu Gehorsam und Dankbarkeit erziehen. Das kommt nicht nur diesen, sondern auch ihnen selbst zugute.

Wenn ich bisher einige heitere Beispiele von den Kindern wiedergab, an denen ich mich immer wieder im Berghaus freuen kann, so muß dazu gesagt werden, daß diese alle in geordneten Verhältnissen leben und von liebevollen Eltern betreut werden. Sie haben das große Glück, in einer harmonischen Familie heranzuwachsen und müssen auch nicht in einer lärmenden, von Benzingestank erfüllten Stadt wohnen. Es ist immer ein Fest, wenn sie die Großmama besuchen dürfen, bei der sie sich auf dem weiten Gelände des Berghauses St. Michael nach Herzenslust tummeln können oder gar hier ihren ständigen Wohnsitz haben. Da sind die Wiesen, die schattenspendenden alten Bäume, und vor allem die vielen, vielen Blumen an den Wegrändern, vor den Häusern und im Garten. Im Herbst freuen sich die Kinder an der bunten Farbenfülle und im Winter an der weißen Pracht der Felder und Wiesen.

Ich erinnere mich, wie eines meiner Patenkinder, das mit seinen Eltern in der Stadt wohnte, einmal im Frühling zu Besuch kam. Beide Hände hatte es mit Schlüsselblumen gefüllt und rief, überwältigt von der ihr bis dahin unbekannten Schönheit in der Natur: »Omi, Omi, ich könnte weinen vor lauter Blumen!«

Die damals Sechsjährige fand keine andere Ausdrucksform für das, was sie beim Anblick der vielen goldenen Himmelsschlüssel empfand. Die Freude darüber schien ihr kleines Herz sprengen zu wollen.

Wie können Kinder uns Erwachsene mit ihrer Ursprünglichkeit beglücken! Aber sind wir dafür noch offen?

Es heißt vielfach, daß wir in einer kinderfeindlichen Zeit leben. Ist es wirklich so? Bei manchen kommt es mir so vor, als seien sie von einer Psychose befallen. Ich denke da an ein gesundes, intelligentes Ehepaar. Beide lehnen eigene Kinder ab.

»Nein, wir wollen unser Dasein genießen. Kinder sind eine Last. Mit Kindern können wir unser eigenes Leben, auf das wir doch Anspruch haben, nicht verwirklichen. Und dann, wie kann man in einer solchen Zeit wie der unseren es noch wagen, Kinder in die Welt zu setzen – in eine ungewisse Zukunft, in der jeder Tag den Ausbruch eines neuen Krieges bringen kann. Außerdem kosten Kinder Geld. Sie sind eine ziemlich teure Angelegenheit.«

Nicht in jedem Fall natürlich, aber doch sehr oft spricht der krasse Egoismus aus solchen Äußerungen. Wie oft müssen junge Ehepaare später erleben, wenn sie endlich für ein Kind bereit sind, daß sie dazu nicht mehr imstande sind. Dann läuft man von Arzt zu Arzt, damit dieser ihnen helfe.

Nein, Kinder dürfen in diesem Buch nicht fehlen. Der Umgang mit ihnen hat mein Leben ebenso geprägt wie der Umgang mit alten oder leidenden Menschen.

Glücklich sind Kinder, die in Harmonie und unbekümmert zwischen ausgeglichenen und an sich selbst und ihrer Charakterbildung arbeitenden Eltern heranwachsen.

Tiefes Mitleid und Erbarmen erfüllt mich immer, wenn ich an solche denke, deren Kindheit durch ihre eigenen Eltern und deren Tun zerstört wird.

In das hiesige Kinderheim wurde ein kleiner Junge gebracht, weil sein Vater ihn unmenschlich mißhandelt hatte. Die brutalen Schläge auf den Kopf des Kindes hatten die zeitweilige Erblindung und später wohl lebenslängliche Sehstörungen zur Folge.

In der vergangenen Woche berichtete ein Zeitungsartikel, daß ein vor Eifersucht fast irrsinniger Mann seine Frau in Gegenwart seiner zwei kleinen Söhne auf der Straße erstochen habe, weil er sie mit ihrem Liebhaber überrascht hatte. Er lebte seit einiger Zeit von seiner Frau getrennt. Dieser Zeitungsbericht hat mich zutiefst erschüttert. Genügte es nicht, daß die beiden kleinen Jungen immer wieder heftige Streitigkeiten zwischen ihren Eltern erlebt hatten? Mußten sie nun auch noch Zeugen dieser unmenschlichen Bluttat sein? Wie können sie je in ihrem Leben mit diesen unbeschreiblichen Eindrücken fertig werden? Und was wird wohl einmal aus ihnen selbst werden?

Vor meinem Mann und mir sitzt ein fünfzehnjähriger Junge. Irgendwie sind wir betroffen über seine traurigen Augen. Er erzählt uns von seinem Elternhaus, das im Grunde genommen nie ein solches war. Eine dem Alkohol verfallene, häufig betrunkene Mutter; ein Vater, der seine Frau schlägt und verachtet und sich dann einer anderen zuwendet; Geschwister, die das Leben zu Hause nicht mehr ertragen und fortlaufen, ohne zu wissen wohin. Schließlich gehen sie auf's Jugendamt und flehen die Beamten an: »Nehmt uns weg von den Eltern, wir ertragen es nicht länger, bei ihnen zu bleiben!«

Daß sie sich in dem Kinderheim, in das man sie brachte, in dem innere und äußere Ordnung herrschte, nur schwer zurechtfanden – wen wundert es? Eines der Geschwister lief von dort wieder weg, tauchte in einer zweifelhaften Familie unter, wurde von der Polizei weggeholt und in ein anderes Heim gebracht. »Arme Kinder, was soll aus euch werden? Ihr seid letztlich nicht schuld an eurer Unfähigkeit, das Leben zu meistern, wenn ihr einmal auf eigenen Füßen stehen sollt.«

Zwei kaum vierzehnjährige Mädchen unterhalten sich. Irgend jemand hat sie zu dem ergreifenden Film »Der stumme Schrei« mitgenommen, in dem in erschütternder Weise von dem Mord an ungeborenen Kindern die Rede ist. Eines der Mädchen vertraut der anderen an: »Meine Mutter hat schon ein paar Mal abgetrieben.« Noch unter dem Einfluß des Filmes fährt es fort: »Für mich käme das nicht in Frage – aber...« Wird sie stark genug sein, ihrem Vorsatz treu zu bleiben?

Und nun ein ganz anderes Erlebnis. Vor mir liegt der Brief einer Frau, die mir berichtet: »Zehn Jahre lang haben mein Mann und ich vergeblich auf ein Kind gewartet, und wir sehnten uns doch so sehr danach. Dann haben wir uns entschlossen, ein Pflegenest aufzumachen, heimatlosen Kindern ein zu Hause zu bereiten. Bald nachdem die ersten Kinder bei uns waren, erhörte Gott unser Gebet und schenkte uns ein eigenes Kind. Aus Dankbarkeit blieben wir bei unserem Entschluß und nahmen noch acht fremde Kinder auf. Wir sind eine große glückliche Familie geworden und erleben so viel Erfreuliches, natürlich auch Enttäuschungen, mit unseren Kindern, daß ich wünschte, so erzählen zu können wie Sie, Frau Dreisbach. Es würde sich lohnen, ein Buch über die Erlebnisse mit unseren Kindern zu schreiben, aber ebenso auch über die mit Gott, der sie uns anvertraut hat.«

Wie wahr ist doch das Wort, das ich seiner Zeit in der Eingangshalle meines Flüchtlingskinderheims anbringen ließ: »Kinder sind Rätsel von Gott, schwerer als alle zu lösen, aber der Liebe gelingt's, wenn sie sich selber bezwingt.«

Ich wünschte so sehr, meine Leser würden das auch so sehen, was im 127. Psalm im dritten Vers steht: »Kinder sind eine Gabe Gottes.« Unser Verhältnis zu ihnen wird neu und beglückend, wenn wir dies wissen. Ebenso möchte ich an das Wort aus Matthäus 18, 5 erinnern: »Wer ein solches Kind aufnimmt in meinem Namen, der nimmt mich auf.«

Eines Tages fiel mir ein Mädchen von etwa dreizehn Jahren auf, das ich vorher auf unserem Gelände nie gesehen hatte. Ich wußte nicht, woran es lag, aber es kam mir anders vor als jedes Mädchen, dem ich bisher in unserem Kinderheim begegnet war.

»Das ist Marita!« wurde mir erklärt. »Sie ist taubstumm und kommt nur über das Wochenende und in den Ferien zu uns.«

Taubstumm! In wenigen Augenblicken sah ich das schwere Schicksal dieser »Neuen« vor mir. Ein tiefes Mitleid mit dem Mädchen erfüllte mein Herz. Ich mußte einen Weg finden, mich mit Marita zu verständigen. Vielleicht könnte mir helfen, daß mein Vater vor vielen Jahren zwei taubstumme Jungen unterrichtet und zur Einsegnung vorbereitet hatte. Sie kamen damals zum Unterricht in unsere Wohnung, weil sie nicht gemeinsam mit den übrigen Jungen und Mädchen zur gleichen Zeit unterrichtet werden konnten. Mein Vater lernte in erstaunlich kurzer Zeit, sich mit ihnen zu verständigen. Sie lasen ihm die Worte vom Mund ab. Er mußte nur langsam und deutlich, wenn auch lautlos sprechen. Es fiel mir damals nicht schwer, die Art der beiden Taubstummen, sich verständlich zu machen, zu erfassen.

Es gab bald auch zwischen Marita und mir keine Verständigungsschwierigkeiten mehr. Ich erfuhr, daß sie in einem

Taubstummenheim lebte, in dem viele behinderte Kinder die Schule besuchten. Da während der Ferien und über dem Wochenende das Heim geschlossen wurde und Marita nicht zu ihrer Mutter nach Hause konnte, hatte man im Berghaus angefragt, ob sie hier die freien Tage zubringen könne.

Marita lief mir eines Tages ungewollt beinahe in die Arme. Spontan umfaßte ich sie und führte sie in unsere Wohnung. Dann stellte ich meinen Mann und mich vor: »Ich bin die Omi vom Berghaus, und dieses ist der Opi.« Sie wiederholte: »Omi, Opi«. Also hatte sie mich verstanden, während sie auf meine Lippen blickte, die die Worte geformt hatten, ohne daß ich einen Laut von mir gab.

»Und wie heißt du?« fragte ich in derselben Art weiter.

»Marita!« Da zog ich sie an mich und fand nichts besseres zu sagen als: »Ich hab' dich lieb!«

Erstaunt blickte mich das Mädchen an, als wolle es erwidern: »Du kennst mich doch gar nicht.« Aber es freute sich sichtlich, daß es mir möglich war, mich mit ihm zu verständigen.

Es war im Sommer. Ich saß oft draußen auf der Wiese vor dem Häuschen, dort, wo unsere Gartenmöbel stehen, meistens mit meiner Schreibmaschine. Marita stellte sich des öfteren bei uns ein.

»Darf ich auch einmal schreiben?« fragte sie eines Tages und deutete auf die Schreibmaschine. Sie schien mein Zögern zu bemerken. Nur ungern ließ ich andere an die Schreibmaschine.

»Ich kann Maschine schreiben«, erklärte Marita mir mit ihren rauhen Kehllauten. »In unserer Schule Unterricht! Lehrerin so dick.« Sie umkreiste ihren Körper mit beiden Armen, um mir den Leibesumfang dieser Dame anzudeuten.

»Sie ist sicher sehr nett«, fragte ich zurück.

Ein heftiges Kopfschütteln war Maritas Antwort. Dann folgte die weitere Personenbeschreibung der Lehrerin: »Puh! Frau Müller stinkt!«

Ich hütete mich zu sagen: »So spricht man aber doch nicht

von einer Lehrkraft in der Schule.« Unsere Bekanntschaft war noch zu neu, als daß ich ihr hätte Vorhaltungen machen dürfen. Ich mußte erst einmal ihr Vertrauen gewinnen. Mein Mitleid mit dem behinderten Mädchen war in diesem Augenblick stärker als mein pädagogisches Empfinden. Wie viel mußte es in seinem Leben entbehren! Maritas Ohr war nicht imstande, irgendeinen Laut aufzunehmen, weder ein Wort der Liebe noch eins der Ablehnung.

Ich dachte an mich selbst. Schon von meiner Kindheit an hatten mich Worte beglückt – die Möglichkeit, Gedanken auszusprechen, ihnen Form und Gestalt zu geben, sie anderen mitzuteilen und sie niederzuschreiben. Je älter ich wurde, desto mehr erfreute mich eine vollendete Rede, ein wohlgestalteter Vortrag und später vor allem eine geisterfüllte, wohlformulierte Predigt.

In meinem Elternhaus wurde sehr auf eine gute Ausdrucksform geachtet. Von alledem sind die Gehör- und Sprachlosen ausgeschlossen. Wie gut, daß es Heime gibt, in denen man bemüht ist, sie zu fördern und in eine Welt einzuführen, die ihnen ohne diese Hilfe unzugänglich wäre.

Ich denke an Helen Keller, deren Lebensbild mich bereits als Kind stark beeindruckt hatte. Für Taube und Stumme schienen in jener Zeit keine Bildungsmöglichkeiten zu bestehen. Und doch schlug dieses Mädchen dank der aufopfernden Hilfsbereitschaft ihrer Hauslehrerin, die ihm später zur Freundin wurde, einen erstaunlichen Weg ein. Helen Keller wurde eine hervorragende Schülerin, studierte, erwarb den Doktortitel und leistete Erstaunliches in ihrem Leben. Natürlich war es notwendig, daß sich ein Mensch ganz für sie einsetzte, ein Mensch, der sich für sie beinahe selbst aufgab und sich so in die Psyche der Behinderten hineinlebte, das er ihr alles geben konnte, was notwendig war, um ein solch hohes Ziel zu erreichen. – Und nun war Marita hier. Natürlich konnte ich ihr nicht auch nur einen Bruchteil von dem geben, was Helen Keller durch ihre Lehrerin empfing. Aber ich konnte auch nicht so tun, als ginge mich dieses taubstumme Mädchen überhaupt nichts an, auch wenn wir räumlich getrennt lebten und uns nur von Zeit zu Zeit sahen.

Würde sie überhaupt jemals einen Zugang zu mir finden, der über Achtzigjährigen?

Aber ich hatte ihr ja gesagt, daß ich sie liebhaben wolle. Und die Sprache der Liebe verstehen auch Taube und Stumme. Ich erlaubte ihr also, in meiner Gegenwart auf meiner Maschine zu schreiben. Erfreut, mir beweisen zu können, daß sie es besser konnte als ich, klapperte sie fröhlich drauflos. Vorher hatte sie mir mit energischem Kopfschütteln erklärt, daß ich es falsch mache, wenn ich nur mit drei Fingern schreibe. Scheinbar imponierte es ihr kein bißchen, daß ich ihr bewies, auch auf diese Weise nach meiner Vorstellung recht schnell schreiben zu können. Jedenfalls bin ich mit dieser Art über fünfzig Jahre lang gut zurechtgekommen. Aber sie machte mir klar, daß ihre dicke Lehrerin (wieder hielt sie sich die Nase zu, um mir deutlich zu machen, wen sie meinte) ihr mit einem Stöckchen auf die Hände schlage, wenn sie nicht alle zehn Finger beim Schreiben benutze.

Ohne Zweifel, Marita hatte mir einiges voraus.

Nach einer Weile reichte sie mir das Briefblatt hin.

Ich las: »*Liebe Omi, Du und Opi sehr gut. Ihr sicher viel beten zu Gott. Das ist gut. Ich habe Dich lieb, Omi! Deine Marita.*«

Dieser kleine Liebesbrief hat mich sehr bewegt. Ich fragte sie: »Marita, betest du auch?«

Sie sah mich einen Augenblick an, als müsse sie nachdenken. Dann zuckte sie die Achseln und formte mit den Lippen: »Manchmal!«

Von den größeren Kindern im Kinderheim hielt sie sich in der ersten Zeit fern. Mit den kleineren gab sie sich zunächst nur zögernd ab, wohl empfindend, wie auch diese schon merkten, daß sie anders war als die übrigen. Vor allem liebte Marita die beiden Schäferhunde, die zum landwirtschaftlichen Anwesen gehören. Maritas Liebkosungen waren oft sehr heftig. Sie streichelte die Hunde, auch wenn es denen nicht paßte. Das wurde dem größeren eines Tages wohl doch zu viel. Er konnte ja nicht ahnen, daß die Arme sein Knurren, durch das er seinen Unwillen kundtun wollte, nicht hören konnte. Sie streichelte ihn weiter und versuchte ihn festzuhalten, als er sich erheben wollte. Da passierte es. Er schnappte zu und biß sie. Glücklicherweise war es keine schwere Verletzung. Dadurch hatte sie aber begriffen, daß ihre ungestümen Sympathiebezeugungen dem Hund nicht unbedingt gefielen. Ach, es gab in Maritas jungem Leben ja so manches, was sie nicht durfte, was sie nicht konnte und worauf sie verzichten mußte. Es fiel ihr schwer, immer so zu reagieren, wie es richtig war. Eines Tages saß sie wieder bei mir am Gartentisch. Irgendwie schien sie verärgert oder schlecht gelaunt zu sein. Ich fragte: »Marita, was hast du? Bist du traurig, oder hast du Ärger gehabt? Fühlst du dich nicht wohl?«

Sie deutete heftig mit der Hand hinüber zum Kinderheim und erklärte mir: »Tante bös!« Sie meinte ihre Gruppenleiterin, die Erzieherin.

Ich blickte sie erstaunt an und wagte zu widersprechen: »Aber die Tante ist doch immer gut zu dir!«

»Nein, Tante bös, Tante schimpft!«

»Dann warst du sicher nicht gehorsam!«

»Essen pfui!« Sie machte eine Handbewegung, als führe sie einen Löffel zum Mund und tat dann, als spucke sie das Essen zurück in den Teller, weil es sie ekelte. »Pfui Essen!«

Ich fand, daß ich dies nun doch nicht unwidersprochen hinnehmen dürfe. Maritas Gesichtsausdruck hatte sich völlig verändert. Sie war nicht gewillt, meine Entgegnungen anzuhören und blieb dabei: »Essen hier schlecht! Tanten alle bös! Mein Zimmer nicht schön!«

Auf der ganzen Linie war sie verneinend und voller Widerspruch. Schließlich sagte ich: »Marita, du bist unzufrieden, weil du undankbar bist.« Ich versuchte, ihr die mancherlei Vorzüge ihres Hierseins klarzumachen: »Du hast ein schönes Zimmer ganz allein für dich, du bekommst mit wenigen Ausnahmen dasselbe Essen wie die Gäste im Erholungsheim! Daß du manchmal einen Brei oder ähnliches, was man für die Kinder doch auch kochen muß, erhältst, ist doch klar. Warum siehst du nicht das Gute, das dir hier geboten wird?«

Nein, sie wollte mir nicht länger zuhören. Obwohl sie mein Sprechen nicht vernehmen konnte, hielt sie sich die Ohren zu, um zu demonstrieren, daß ihr meine Meinung völlig unwichtig war. Auch blickte sie mir nicht mehr auf die Lippen, um meine Worte ablesen zu können. Plötzlich sprang sie heftig vom Stuhl, stieß diesen zurück und lief davon.

Ich war überzeugt, daß sie schon nach kurzer Zeit wiederkommen würde. Aber ich täuschte mich. Es vergingen zwei oder drei Tage. Marita ließ sich nicht blicken. Ich sah sie wohl zu den kleineren Kindern gehen oder sich mit den Hunden abgeben, auch auf dem Spielplatz stellte sie sich ein. Dort schaukelte sie wild und turnte in fast halsbrecherischer Weise am Reck. Dabei warf sie immer wieder einen schrägen Blick zu den Fenstern unserer Wohnung herauf. Wenn ich ihr zusah, tat sie, als bemerkte sie mich nicht. Sie betrat weder unsere Wohnung, noch kam sie zu unserem Sitzplatz auf dem Rasen, wie sie das sonst so gerne getan hatte. Es war offensichtlich: Marita war verärgert, ja, tief gekränkt.

Einmal wandte sie mir aus einiger Entfernung ihr Gesicht zu. Ich winkte mit beiden Armen: »Marita, komm doch!« Sie tat auch jetzt, als sähe sie mich nicht. Das ging tagelang, ja, einige Wochen so. Was mochte in diesem Kind vor sich gehen? Mein Mann merkte, daß ich im Gedanken an Marita, der ich doch so gerne Gutes erweisen und Liebe entgegenbringen wollte, traurig war. Dieses Erlebnis entsprach so gar nicht meinen bisherigen Erfahrungen mit Kindern.

Eines Tages sah mein Mann, wie Marita sich wieder einmal auf den Weg zu den Hunden machte. Dabei mußte sie an unserem Haus vorbei. Er trat ihr in den Weg und zeigte auf die offene Haustür. »Komm doch, Marita! Omi wartet!«

Sie lief an ihm vorbei, als sei er Luft. Wie sollten wir uns jetzt weiter verhalten? Uns blieb nichts anderes übrig, als zu warten. Täglich schlossen wir sie in unsere Fürbitte ein.

Eines Tages stand ich bei meinem Mann im Wintergarten. Marita lief mit abgewandtem Gesicht an uns vorüber. Wir konnten sie durch die großen Fensterscheiben genau beobachten. Dann wandte sie für den Bruchteil einer Sekunde den Kopf zu uns. Im gleichen Augenblick breitete ich meine beiden Arme nach ihr aus.

»Marita, törichtes Kind!«

Da war es, als sei ein Bann gebrochen. Sie stürmte in den Wintergarten und wortlos in meine ausgebreiteten Arme hinein. Ach, sie konnte ja gar nicht ausdrücken, was in ihr vorging. Sie lehnte ihren Kopf an mich und ließ sich von mir streicheln. Worte sind ja auch gar nicht immer nötig, so wichtig und hilfreich sie zuweilen sein können.

Von da an war zwischen uns wieder alles gut. Längst hat sie sich hier zurechtgefunden. Die Tanten sind nicht mehr bös – das Essen ist so gut, daß man es nicht mehr zurück in den Teller spucken muß. Ihr Zimmer ist ihr längst zu einem ihr lieben, eigenen Reich geworden, und sehr beglückt war sie über das ihr zur Verfügung gestellte Fahrrad, mit dem sie unbekümmert drauflos strampelt.

Als ich kürzlich an einem Sonntagmorgen neben meinem Mann in der Kirche saß, fühlte ich mich kurz vor Beginn des Gottesdienstes von hinten stürmisch umarmt. Ein blonder Mädchenkopf lehnte sich für einen Augenblick an meine Wange. Als ich mich überrascht umwandte, blickte ich in zwei strahlende Kinderaugen. Es war Marita, die sich unbekümmert von den vielen Menschen im Gottesdienst einen Weg zu uns gebahnt hatte und sich riesig freute, daß ihr diese Überraschung gelungen war. Schon an einigen Sonntagen sah ich sie zu meiner Freude neben einer der Erzieherinnen sitzen. Was zieht die Taubstumme wohl hierher? Sie hört keinen Gesang, vernimmt nicht einmal das Spielen des Posaunenchores oder die Klänge der Orgel. Sie versteht auch kein Wort der Predigt. Würde ich sie nach dem Grund ihres Kommens fragen, so wäre ihre Antwort vielleicht diese: »Nur dabeisein möchte ich – nur dabeisein, nicht wie so oft abseits stehen müssen.«

»Wer ein solches Kind aufnimmt in meinem Namen...«

Ein solches Kind! Meint Jesus in erster Linie nicht die, die so vieles entbehren müssen, was ungezählte andere Kinder als selbstverständlich hinnehmen? Die Tauben, die Stummen, die Blinden, die Mißhandelten, die Ungewollten – die ungeliebten, die unerwünschten Kinder?

Vor Jahren erzählte mir ein Mädchen von dreizehn Jahren unter Tränen, eine andere Gleichaltrige habe ihr höhnisch nachgerufen: »Du hast ja gar keinen Vater, du hast ja nur einen Erzeuger!«

Wie oft begegnet uns das Wort »Kindernothilfe«. Genügt es, daß wir mit Bedauern oder gar Erschütterung von Fällen lesen, in denen Kinder von den eigenen Eltern mißhandelt oder ausgesetzt werden? Tatsache ist, daß wir in vielen Fällen beim besten Willen nicht helfen, die Verhältnisse nicht ändern, so manche Not nicht lindern können. Aber haben wir uns überhaupt schon einmal ernsthaft mit der Frage beschäftigt, ob irgendwo in erreichbarer Nähe vielleicht *eine* Kindernot wäre, die wir beheben oder zumindest lindern könnten?

Manch einer, der behauptet, keinen Zugang zu Kindern zu haben oder keine Begabung, mit ihnen umzugehen, ahnt nicht, um wieviel Freude er sich selbst bringt, wenn er sich solchen Aufgaben verschließt.

Jene Frau, von der ich in diesem Buch bereits erzählte, die zu ihrem eigenen einzigen Sohn noch acht fremde Kinder ins Haus genommen und aufgezogen hat, ist durch diese gewiß nicht leichte Aufgabe bestimmt nicht ärmer geworden. Sie hat vielmehr anderen, die sich vergeblich nach einem eigenen Kind sehnen, durch ihr Beispiel einen Denkanstoß gegeben und auch Mut gemacht, einen solchen Weg der Selbstverleugnung einzuschlagen. Ich meine, die Reaktionen mancher zu hören: »Dazu habe ich keine Zeit, kein Geld, keine Räumlichkeit, keine Begabung – und wenn ich ehrlich sein soll, auch keine Lust. Da müßte ich mich ja selbst einschränken.« Allerdings, ohne Opferbereitschaft und Selbstverleugnung geht es nicht, und ein wenig Phantasie und Erfindungsgeist gehören auch dazu.

Ich bin überzeugt, daß jene Frau, in deren Haus eine Asylantenfamilie Aufnahme fand, selbst darüber glücklich ist, jede Woche einige Male zu dieser Familie zu gehen, um den Kindern, die nur wenig Deutsch können, hier aber die Schule besuchen müssen, bei den Schulaufgaben zu helfen.

»Welch eine ausgefallene Idee!« sagten die Nachbarn, als eine alte Dame, in deren Haus eine kinderreiche italienische Familie endlich eine Wohnung fand, bei deren Einzug der Frau ein Blumensträußchen überreichte mit den Worten: »Herzlich willkommen in diesem Haus!« Jedem Kind drückte sie ein paar Süßigkeiten in die Hand. Kein Wunder, daß das gegenseitige Verhältnis ausgezeichnet wurde. Die Italiener hatten schon einige Male die Wohnung wechseln müssen. Wer will denn schon eine kinderreiche Familie? Nirgends aber hatten sie bisher erlebt, daß man ihnen Blumen überreichte. Die Reaktion darauf: Strahlende Kinderaugen, wenn die alte Dame auftaucht, und eilige Hilfsbereitschaft von willigen Kinderhänden.

»Du Oma, schwere Tasche! Ich dir tragen helfen! Ich dir Garagentür aufmachen, wenn du mit deine Auto kommst.« War der Wunsch des Elternpaares, sie an ihrer großen Freude teilnehmen zu lassen, verwunderlich? Glückliche Mitteilung im Treppenhaus: »Wir bekommen wieder ein Bambino!« Als es so weit war, kam der telefonische Anruf der stolzen Mutter aus dem Krankenhaus: »Ich dir zuerst sagen. Ich wieder ein Sohn haben!«

Das ist es ja gerade, empören sich manche: »Die vermehren sich wie die Kaninchen! Und wir müssen zahlen!«

Ich möchte davon absehen, dazu hier Stellung zu nehmen. Ich schäme mich über solche Äußerungen.

Es sind nun eineinhalb Jahre her, da lasen mein Mann und ich in der Tageszeitung einen Hinweis, daß eine junge Frau aus Erythräa mit zwei kleinen Söhnen, sechs und viereinhalb Jahre alt, vom Leiter des Ordnungsamtes der Stadt Geislingen, dem die Angelegenheiten der Asylsuchenden unterstellt sind, auf dem Bahnhof in Empfang genommen wurde. Vorher war sie einige Monate in einem Sammellager gewesen und nun nach Geislingen überwiesen worden, wo man ihr im Übergangswohnheim zwei bescheidene Räume überlassen hatte.

Sie konnte sich sprachlich nicht verständigen, kannte hier ja auch keinen Menschen und war voller Angst, was auf sie und ihre Kinder warten würde. Weinend stand sie im Übergangswohnheim und sehnte sich zurück nach dem Sammellager, in dem sie eine Anzahl Leidensgenossen kennengelernt hatte und sich mit ihnen wenigstens verständigen konnte, auch wenn sie verschiedener Nationalität waren. Bei allen Verständigungsschwierigkeiten verband sie das ähnliche Schicksal. Durch oft erschütternde Umstände waren sie alle heimatlos geworden.

Ich las den Hinweis in unserer Zeitung und sagte zu meinem Mann: »Wollen wir nicht noch heute nach dieser Frau sehen? Wir müssen uns um sie kümmern.«

Mein Mann war sofort einverstanden. Wir fuhren den Berg hinunter und sprachen mit der Hausmeistersfrau des Übergangswohnheims, die uns gleich darauf die junge Mutter mit ihren beiden Söhnen vorstellte. Ängstlich standen uns alle gegenüber.

»Sprechen Sie englisch?« fragten wir.

»Französisch?«

»Deutsch?«

Kopfschüttelnd bewies sie, daß sie wenigstens unsere Fragen verstanden hatte.

»Nur Erythräisch.«

Wie sollten wir uns nur mit ihr verständigen? Schließlich mußte sie wissen, mit wem sie es zu tun hatte. Eine etwas eigenartige Vorstellung folgte: »Ich Omi!« Dann deutete ich auf meinen Mann: »Das Opi! Wir wollen euch helfen. Kommt, steigt in unser Auto.«

Was nicht in Worten verstanden wurde, erklärten wir durch Gesten. Die offene Wagentür und einladende Handbewegungen ließen keinen Zweifel daran, daß wir die junge Frau und ihre Kinder mit uns nehmen wollten.

In unserer Wohnung war schnell der Tisch gedeckt. Nein, es kam keine Unterhaltung zustande. Aber auch hier wurde die Sprache der Liebe verstanden. Von da an verging keine Woche, ohne daß wir nicht zwei- oder dreimal bei unseren neuen Schutzbefohlenen erschienen. Die Kinder riefen schon von weitem, wenn sie uns sahen: »Omi, Opi!« und stürmten voller Freude auf uns zu. Und es dauerte nicht lange, da konnten wir uns so gut verständigen, daß Elsa – wenn auch in sehr gebrochenem Deutsch – berichten konnte, wie es ihr möglich gewesen war, mit ihren beiden jüngsten Kindern von Erythräa zu fliehen, nachdem sie Fluchthelfern dafür viel Geld bezahlt hatte. Ihr Mann, der zu einer Befreiungsbewegung gehörte, mußte untertauchen, um sein Leben zu retten. Danach fühlte auch sie sich nicht mehr sicher. Sie hatte Schreckliches erlebt. Soldaten hatten Dörfer und Städte bombardiert. Eine große Anzahl der Männer waren gefesselt abgeführt und erschossen worden. Die junge Frau hat außer ihren beiden kleinen Söhnen Jonas und Henok noch drei weitere größere Söhne, von deren Verbleib sie bis heute nichts weiß. Ebensowenig konnte sie erfahren, was aus ihren Eltern und anderen Angehörigen geworden ist. Elsa kommt aus guten Verhältnissen und ist Christin. Ihre beiden Großväter waren orthodoxe Priester.

Es ist nicht zu sagen, wie viele Tränen Elsa in der ersten Zeit ihres Hierseins vergossen hat und wie das Heimweh nach ihren Lieben noch heute an ihr zehrt. Bald hatten wir sie auch mit Frau Lang bekannt gemacht. In ihr fand Elsa ebenfalls einen gütigen, hilfsbereiten Menschen. Alle vierzehn Tage ist Elsa mit ihren beiden kleinen Jungen zu Gast im

Berghaus. Sie nehmen an der Andacht und am gemeinsamen Singen und Gebet teil. In der Anfangszeit war Elsa beim Singen der Lieder so stark bewegt, daß sie nur weinen konnte. Aber dann tat es ihr sichtlich wohl, von allen Seiten mit Liebe umgeben zu werden. Eines Tages umarmte sie mich und sagte in ihrem gebrochenen Deutsch: »Du mein Mama, und Opi mein Papa! Danke, viele Danke!«

Längst bevor wir uns in Deutsch richtig verständigen konnten, sangen wir mit den dreien, während mein Mann uns auf unserer Hausorgel begleitete. Als erstes lehrten wir sie das Lied: »Gott ist die Liebe...« Als wir nach einiger Zeit bei ihrem Besuch fragten: »Was sollen wir heute zuerst singen?« antwortete Elsa spontan: »Santa Jesus.« Wir überlegten und konnten uns nicht erinnern, ein Lied mit diesem Wortlaut gesungen zu haben. Schließlich wurde mir klar, was Elsa meinte. »Santa Jesus = Er sandte Jesus, den treuen Heiland, er sandte Jesus und macht mich los...«

Ach wie oft haben wir es inzwischen miteinander gesungen! Aber auch das andere wurde eines der Lieblingslieder der beiden Buben: »Ja, Gott hat alle Kinder lieb, alle Kinder in jedem Land. Er kennt alle ihre Namen, alle ihre Namen, hält sie alle, alle bei der Hand.«

Und dann geht es in ganz persönlicher Art weiter: »Ja, Gott hat auch den Jonas lieb, und den Henok.«

Längere Zeit war es mir nicht klar, warum Elsa immer mit den Tränen zu kämpfen hatte, wenn wir dieses Lied sangen. Später erfuhr ich, daß sie dann an ihre drei älteren Söhne dachte, von deren Schicksal sie nichts wußte. Waren sie überhaupt noch am Leben? Ich nahm sie in den Arm und sagte: »Du weißt nicht, wo sie sind. Aber Gott weiß es bestimmt!« Und dann ließ ich mir die Namen ihrer drei ältesten Söhne nennen: Alexander, Ephraim und Abraham. Von da an wurden auch die Namen der verschollenen Söhne in das Lied eingefügt: »Gott kennt alle ihre Namen, hält sie alle, alle bei der Hand, wo sie sich auch befinden mögen.« Um dies zu illustrieren und den beiden kleinen Brüdern verständlich zu machen, reichten wir uns alle beim Singen dieser Worte im Kreis die Hände.

Manches Heitere erlebten wir mit den Kindern. Eines Sonntags saßen wir wieder gemeinsam in unserem Wohnzimmer und machten ein Spiel. Die beiden Jungen, ganz bei der Sache, links und rechts von mir sitzend, rückten im Eifer immer näher an mich heran. Nach einer Weile bat ich sie: »Macht jetzt mal ein wenig Platz, damit die Omi hinausgehen kann.«

»Warum?« fragte Henok, der eine Störung im Spiel befürchtete.

Lachend erwiderte ich: »Aber hör mal, die Omi muß schließlich auch einmal auf die Toilette!«

»Schade«, erwiderte Jonas und rückte fast ein wenig widerwillig von mir ab.

Einmal machten wir mit unseren drei Schützlingen eine Autofahrt nach Ulm, um ihnen die Donau und das Münster zu zeigen. Auf einer der Promenadenbänke saßen wir gemeinsam am Ufer der Donau, unmittelbar vor einem großen hölzernen Schiff, das die Stadtverwaltung zum Spielen und Klettern für die Kinder aufgestellt hat und auf dem Buben und Mädchen begeistert herumturnen konnten. Jonas und Henok genossen es sichtlich, genau wie die anderen Kinder.

Da spazierte ein farbiges Ehepaar, ein großer, gut aussehender Schwarzer mit seiner elegant gekleideten Frau, vor uns auf der Promenade. Vor ihnen her sprangen ihre zwei Kinder, ein Mädchen und ein Junge, beide kleiner als Jonas und Henok. Die beiden, eben noch auf dem großen Schiff herumkletternd, verließen es fast erschrocken, als sie die Schwarzen sahen, und eilten zu uns auf die Bank. Ich wies sie auf die schwarze Familie hin und meinte, ihnen damit eine Freude zu machen. Aber sie schüttelten den Kopf. Und als ich sagte, daß sie doch so ähnlich aussähen wie sie, wehrten sie energisch ab: »Nein, wir nicht Neger, wir nicht schwarz!«

Sie machten einen bewußten Unterschied zwischen ihrer und der Hautfarbe der Schwarzen. Jonas beteuerte noch einmal: »Nein, wir nicht schwarz.«

»Was für eine Hautfarbe habt ihr denn?« wollte ich wissen.

Ehe der Ältere antworten konnte, erwiderte Henok: »Hellblau!« Seit einiger Zeit interessierte er sich nämlich für die deutschen Benennungen der Farben, und hellblau war seine Lieblingsfarbe geworden.

Unsere gegenseitige Verständigungsmöglichkeit reichte noch nicht so weit, daß wir hätten feststellen können, ob und woher sich ein gewisser Rassendünkel bemerkbar machte. Henok nahm es daraufhin zur Kenntnis, als ich sagte: »Du hast eine schöne Hautfarbe, so wie die Haselnuß ist. Gott hat euch braun, die Neger schwarz und uns weiß werden lassen.«

Je länger, desto mehr freuten wir uns, feststellen zu können, wie die Kinder sich fast spielend Deutschkenntnisse aneigneten.

Der Deutschunterricht begann gewöhnlich im Auto, wenn wir Elsa und die Kinder am Sonntagabend wieder in das Übergangswohnheim brachten.

»Ein Baum, viele Bäume. Viele Bäume – ein Wald. Ein Stern – viele Sterne.«

Darauf mußte natürlich das Lied folgen und gelernt werden: »Weißt du, wieviel Sternlein stehen an dem blauen Himmelszelt...«

Als der Mond zwischen den Wolken hervortrat, folgerte Henok: »Ein Mond, viele Monde!« Jonas aber wußte es besser und fiel ihm ins Wort: »Nein, nicht viele Monde, nur immer ein Mond.«

Es gab natürlich auch allerlei Anschauungsunterricht im fahrenden Auto. Ich versuchte, ihnen die Jahreszeiten zu erklären und sagte etwa, daß nach dem Herbst der Winter käme und alle Blätter von den Bäumen fallen. Dann müßten die Bäume ausruhen und neue Kräfte für das Frühjahr sammeln. Im Frühling kämen wieder Blätter und Blüten und später im Herbst auch Früchte wie Kirschen, Äpfel und Birnen.

Jonas machte sich seine eigenen Gedanken und fragte nach einer Weile: »Was fressen die Bäume?« Seine Gedanken waren gar nicht unlogisch. Ihm war klar, wenn etwas wachsen, gedeihen und Frucht tragen soll, muß es auch Speise zu sich nehmen.

Köstlich war es, wie die Kinder im Umgang mit der deutschen Sprache begannen, sich selbst Wortbilder zu formen. Eines Tages war ich mit Elsa in einem Wollgeschäft gewesen. Dort hatte man ihr einen ganzen Beutel Wollreste geschenkt. Voller Freude teilten die Kinder mir kurze Zeit später mit, daß die Mama für sie etwas stricke. Jonas fügte eifrig hinzu: »Mama strickt für uns eine Winterhilfe für den Hals.« Ist das nicht eine viel schönere Benennung als das gewöhnliche Wort Schal?

Die Erythräerin Elsa fühlte sich auf die Dauer nicht glücklich in dem Übergangswohnheim, in dem fast nur Männer aus verschiedenen Ländern untergebracht waren, außerdem noch etliche obdachlose deutsche Männer, für die man ebenfalls eine Bleibe benötigte.

Elsa war verständig genug zu begreifen, daß man nicht in jedem Zimmer fließend warmes Wasser haben konnte und daß sie sich wie die andern mit einem gußeisernen Becken an der Wand begnügen mußte. Aber schließlich wollte sie die Kinder und auch sich selbst wenigstens einmal in der Woche gründlich und warm waschen. Im Haus war wohl eine Dusche vorhanden, aber nur eine einzige für alle Bewohner. Da hieß es anstehen, bis man an der Reihe war. Elsas stark ausgeprägtes hygienisches Empfinden litt unter diesen Zuständen. Wie sollte sie sich dagegen wehren, wenn die Männer auf den Boden der Dusche und auch sonst im Haus herumspuckten? Obgleich sie nie von ihnen belästigt wurde – es geht etwas von ihr aus, das sie wie eine Schutzmauer umgibt –, empfand sie als Frau die Blicke und Gedanken mancher Männer doch als bedrückend, hatte andererseits aber auch Verständnis dafür, wie schwer es für diese Männer war, ohne ihre Frauen hier zu sein.

Ich muß unwillkürlich an ein Erlebnis denken, das allerdings schon einige Jahre zurücklag. Damals waren nur wenige Ausländer als Gastarbeiter in Geislingen. Im Übergangswohnheim waren in jener Zeit vor allem deutsche Obdachlose, sogenannte Land- oder Stadtstreicher, untergebracht. Einer der evangelischen Pfarrer, zu dessen Bezirk auch das Übergangswohnheim gehörte, sprach meinen Mann und mich eines Tages an.

»Es sollte etwas geschehen für die Obdachlosen und Gastarbeiter, die in diesem Heim wohnen.« Er wandte sich direkt an mich: »Frau Sauter-Dreisbach, haben Sie nicht früher in einer ähnlichen Arbeit gestanden, in der man sich speziell für solche eingesetzt hat, die im Schatten der Gesellschaft leben? Ich meine, davon etwas in Ihrer Autobiographie gelesen zu haben. Mir ist der Gedanke gekommen, ob Sie mit Ihrem Mann nicht dann und wann in diesem Übergangsheim für die Männer einen Abend gestalten könnten.«

Wir blickten uns fragend an. Könnte nicht auch das ein Auftrag Gottes sein? Wir erklärten uns bereit, zuerst einmal einen Lichtbilderabend für diese Männer anzubieten. Der Pfarrer nahm unser Angebot dankend an und versprach, einen Diakon zu diesem Abend zu senden, der sich später dann selbst um die obdachlosen und zum Teil gestrandeten Männer kümmern sollte.

Zuerst suchten wir das Hausmeisterehepaar auf und besprachen mit ihm unser Vorhaben. Das Ehepaar versprach, die Leute dazu einzuladen. An dem festgesetzten Termin waren wir früh genug dort und gingen von Zimmer zu Zimmer, um uns vorher mit den Leuten bekannt zu machen und sie zur Teilnahme an diesem Abend zu ermuntern. Verständigungsschwierigkeiten gab es nicht, denn es waren ja fast alles Deutsche.

Wenn wir aber geglaubt hatten, auf freudige Zustimmung

zu stoßen, irrten wir uns sehr. Verschiedene Männer lagen am hellen Tage mit ihren Kleidern im Bett, manche hatten sogar die Schuhe anbehalten. Einige von ihnen waren total betrunken und überhaupt nicht ansprechbar. Andere hingen auf ihren Stühlen am Tisch, auf dem offene Bierflaschen standen. Wir konnten uns des Eindrucks nicht erwehren, daß sie den ganzen Jammer ihres Daseins im Alkohol ertränken wollten. Trotzdem versuchten wir, in ein Gespräch zu kommen und luden sie zum Abend ein. Einige waren völlig ablehnend, andere schienen belustigt zu sein. Lallend wiederholte einer: »Licht-bil-der? Wenn es noch Fernsehen wäre, irgendein prickelnder Film! Was zei-gen Sie denn für Bil-der?«

»Schöne Aufnahmen von Tirol!«

»Tirol? Haben Sie eine Ahnung, wie wir in der Welt herumgekommen sind und was wir schon alles gesehen haben! Na, vielleicht kommen wir doch! Ist halt 'ne kleine Abwechslung. Ob wir hier sitzen und saufen oder dort zuschauen, ist ja schließlich doch alles egal!«

Hatte es überhaupt einen Sinn, noch weiter einzuladen? Aber es war ein Auftrag. Wir durften uns ihm nicht entziehen und gingen weiter von Zimmer zu Zimmer.

Sieben Personen waren wir an diesem Abend, vier Obdachlose, der vom Pfarrer gesandte Diakon, mein Mann und ich. Vielleicht mochten die Männer unseren Wunsch spüren, ihnen nicht nur zu einer Abwechslung in ihrem grauen Alltag zu verhelfen, sondern ihnen auch eine kleine Freude zu bereiten. Sie waren jedenfalls aufmerksam, und keiner versuchte zu stören. Wir aber verließen irgendwie bedrückt das Haus. War das, was wir bei diesen Männern gesehen und erlebt hatten, überhaupt noch Leben zu nennen? Sie alle besaßen kein Zuhause, lebten entweder von Arbeitslosenunterstützung oder von Almosen. Manche von ihnen suchten in jeder Stadt, in die sie kamen, sämtliche Sozialeinrichtungen und Pfarrhäuser auf, um ihr geringes Einkommen ein wenig aufzubessern. In katholischen Pfarrhäusern gaben sie sich als katholisch aus, in evangelischen Pfarrhäusern nannten sie sich evangelisch. Der größte Teil des Geldes, das sie erbettelten, wurde in Alkohol umgesetzt. Was für ein Ziel hatten sie? Wo endete ihr Leben?

Der Pfarrer hatte recht, der Umgang mit solchen Menschen war mir nicht unbekannt. In den Jahren meines Dienstes in der Heilsarmee in verschiedenen Großstädten hatte ich viel mit Heimatlosen, mit Gefangenen und mit Straßenmädchen zu tun gehabt. Ich höre einige meiner Leser sagen: »Na ja, dann waren Sie so etwas ja gewöhnt.« Kann man sich wirklich daran gewöhnen, zu sehen, wie der Mensch – einst zum Ebenbild Gottes erschaffen – immer tiefer hinabsinkt und schließlich nur noch dahinvegetiert? Wehe, wenn der Anblick solcher Gestrandeten uns zur Gewöhnung wird und in uns nicht mehr das Bedürfnis zu helfen hervorruft.

Noch einmal zurück zu unserem Lichtbilderabend. Meinem Mann und mir bedeuteten die Aufnahmen aus Tirol natürlich mehr, als wir es den anwesenden Männern sagen konnten. – Längere Zeit hatte ich wegen meines Herzens im Krankenhaus gelegen. Hinter uns lagen so schwere Tage und Nächte, daß wir fast nicht mehr zu hoffen wagten, noch einmal miteinander in Urlaub fahren zu können. Dann wurde es uns doch noch geschenkt. Es kam uns wie ein Wunder vor. Wir fuhren nach Tirol in das Tannheimer Tal und erlebten dort so schöne und beglückende Urlaubstage wie kaum vorher. Wahrscheinlich bewegten uns die Naturschönheiten und die ganze Atmosphäre jener Tage deshalb so stark, weil wir gerade die Zeit im Krankenhaus hinter uns hatten und jede Stunde des gemeinsamen Erlebens wie ein Geschenk aus Gottes Hand war. Während wir im Auto fuhren, formten sich in mir fast ganz von selbst aus großer Dankbarkeit Verse zu einem kleinen Lied und zu einer Melodie. Mein Mann nahm, wieder zu Hause angekommen, Verse, Lied und Reisebeschreibungen zu den verschiedenen Dias mit seinem Recorder auf, so daß wir bis zum heutigen

Tag bereits viele Gäste des Berghauses an diesem Ferienerlebnis teilnehmen lassen konnten.

Ob unsere wenigen Obdachlosen an jenem Abend aufnahmefähig genug waren, um in sich zu bewegen, was wir ihnen durch das kleine Ferienlied sagen wollten?

Berge, Täler, grüne Matten,
Bächlein, Flüsse, klare Seen.
Wechselnd Bild von Licht und Schatten.
Großer Gott, wie ist die Welt so schön!

Blauer Himmel, junger Morgen,
Sonnenschein auf lichten Höh'n.
Ich vergesse meine Sorgen,
will nur dankbar Gottes Güte seh'n.

Naht sich auch der Alltag wieder
und der Pflichten steter Kreis.
Ich sing dennoch meine Lieder,
weil von Gottes Vaterhuld ich weiß.

Wußten diese Männer irgend etwas von Gottes Vaterhuld? Wußten sie noch etwas »von der Pflichten stetem Kreis«, durch deren Erfüllung das Herz froh und das Leben sinnvoll wird?

Mitten in unserer Stadt saß eines Tages ein verkommen aussehender Mann auf den Treppenstufen der Kreissparkasse. Er hatte sich ein Schild umgehängt, auf dem zu lesen war: »Alle wollen leben, ich auch!« Neben ihm lag ein verbeulter Hut. Die Vorübergehenden verstanden, daß dieser Obdachlose »milde Gaben« erwartete. Manche holten bereits ihren Geldbeutel hervor. Aber längst nicht alle gaben etwas, als sie die halbgeleerte Bierflasche neben dem Hut stehen sahen.

Alle wollen leben, ich auch! War das noch Leben zu nennen? Ähnliche Gedanken bewegten uns, als wir das Übergangswohnheim am Abend verließen. Landstreicher, Tippelbrüder, Stadtstreicher, Brüder der Landstraße, so nennt man sie. Im Grunde genommen geht es hier um tief zu bedauernde Männer, irgendwie aus der Bahn geworfen, irgendwann unter verderblichen Einfluß geraten. Zum Teil haben sie eine trostlose Kindheit erlebt und wohl nie ein gutes Vorbild gehabt.

Wieder höre ich den Einwand einiger meiner Leser: »Viele wollen sich auch nicht helfen lassen.« Sie mögen recht haben, aber entbindet uns diese Tatsache von unserer Christenpflicht, ihnen zu helfen, wenigstens den Versuch zu machen?

Ich denke an jenen Mann, der mit seinem Bündel unter dem Arm durch die Straßen einer Kleinstadt schwankte. Immer wieder betrat er ein Geschäft, um zu betteln. Manche wiesen ihn, weil er so verkommen aussah, mit harten Worten ab. Andere steckten ihm ein Geldstück zu, um ihn, dessen Kleider so widerlich rochen, schnell wieder los zu sein. Ein Gastwirt, dessen Wirtschaft er ebenfalls in der Hoffnung betrat, von ihm ein Almosen zu erhalten, warf ihn mit empörten Worten kurzerhand aus dem Lokal. Der Mann mußte wohl ein Blasenleiden haben, jedenfalls konnte er das Wasser nicht mehr halten. Aber wie war es möglich, ihm zu helfen? Er hätte zur Behandlung in ein Krankenhaus gehört.

Mein Mann und ich, die wir nur auf der Durchfahrt in jener Stadt waren, wurden den Gedanken an diesen bedauernswerten Menschen nicht los. Auf der Rückfahrt quälten uns die Erwägungen, ob wir uns nicht um ihn hätten kümmern müssen und ihm einen Platz im Krankenhaus besorgen sollen. Aber ohne Einweisung durch einen Arzt wäre das nicht möglich gewesen. Und ob er sich überhaupt hätte überreden lassen, ein Krankenhaus aufzusuchen?

Immer wieder werden wir an irgendeinem Menschen schuldig. Die Erkenntnis unserer eigenen Hilfs- und Machtlosigkeit löst in uns oft tiefe Traurigkeit aus, manches Mal sogar Verzweiflung. Dann müssen wir uns erneut vor Gott beugen und ihn bitten: »Herr, laß mich doch nicht immer aufs neue an einem Menschen schuldig werden, indem ich mich lieblos von ihm abwende, anstatt wenigstens den Versuch zu machen, ihm zu helfen.«

Oft kann schon ein einziges gütiges Wort Wunder wirken. Ich weiß von einem erschütternden Fall, wo das Fehlen eines solchen Wortes einen vereinsamten Mann in den Selbstmord getrieben hat.

Monate nach dem erwähnten Lichtbilderabend lebten unsere Erythräer in dem Übergangswohnheim. Uns war klar, auf die Dauer war dies keine Bleibe für sie. Der Leiter des Ordnungsamtes, ein verständiger, um seine Schützlinge besorgter Mann, sprach mit uns. »Die Frau kann unmöglich unter all diesen Männern in dem Heim bleiben. Sie kennen hier doch so viele Menschen. Vielleicht ist es Ihnen möglich, für die junge Frau aus Erythräa mit ihren beiden Kindern eine Wohnung zu finden.«

Angeregt durch diese Fragen begannen mein Mann und ich, die Annoncen in der Zeitung zu studieren. Tatsächlich, es wurden etliche kleine Wohnungen angeboten, auch solche, deren Miete nicht unerschwinglich war. Elsa lebte ja von der Sozialfürsorge. Wir telefonierten, schrieben, suchten mit ihr und den Kindern angebotene Wohnungen auf. Das ging so wochenlang. Aber was wir erlebten, war einfach niederschmetternd. »Asylanten? Nein, unter keinen Umständen!«

»Ja, die Wohnung ist frei. Sie können sie besichtigen.« Wieder machten wir uns auf den Weg. Aber wenn man Elsa und die Kinder mit ihrer braunen Hautfarbe sah, die übrigens immer sauber und ordentlich gekleidet waren, hieß es: »Ich bedaure, die Wohnung ist heute morgen vergeben worden.«

Endlich schienen wir Erfolg zu haben: »Ja, ich bin bereit, diese Frau mit ihren Kindern aufzunehmen. Ich werde ihr sogar ein Bett mit Matratzen und sonstigem Zubehör schenken.«

Wir atmeten auf. Der Einzugstermin wurde festgelegt. Und dann plötzlich eine Absage: »Die Nachbarn sind der

Meinung: So etwas nimmt man doch nicht in seinem Hause auf.«

Aufs neue begannen wir zu suchen, zu telefonieren, herumzufragen. Nichts geschah. Einmal war ich besonders entmutigt, ja zutiefst betroffen. Ich hatte telefonisch mit einer Geschäftsfrau zu tun. Sie besaß einen großen Bekanntenkreis. Vielleicht konnte sie mir irgendwie raten. Kaum aber hatte ich mein Anliegen vorgebracht, fuhr sie mich erregt an: »Hören Sie auf, ich will nichts davon wissen. Diese vielen Asylanten sind noch unser Untergang. Die erfinden allerlei Gründe, um bei uns Aufnahme zu finden und auf bequeme Weise versorgt zu werden. Wir aber müssen dafür blechen. Nein, für diese Leute habe ich nicht das Geringste übrig.«

Mir tat das Herz weh! Gewiß, es gab bestimmt auch solche, die nach Deutschland gekommen waren, weil sie sich hier ein bequemes Leben erhofften. Aber so waren doch nicht alle. Wie viele von ihnen litten unter Heimweh und wären lieber heute als morgen zu ihren Angehörigen zurückgekehrt, wenn sie dazu nur eine Möglichkeit gesehen hätten. Aber die damit zusammenhängende Gefährdung ihres Lebens im Heimatland ist ein zu großes Risiko für sie.

Was mich besonders bedrückte war, daß diese Geschäftsfrau, die ich persönlich gut kannte und auch schätzte, sich Christ nannte. Ob ihr das Wort der Bibel nicht bekannt war? »Die Fremdlinge sollst du nicht bedrängen und bedrücken« (2. Mose 22, 20) oder das andere Wort: »Der Herr hat die Fremdlinge lieb...« (5. Mose 10, 18).

Waren nicht viele unter uns vor Jahren auch heimatlose Flüchtlinge? Manch einer hat mir erzählt, daß er für ein Stück Brot, für jeden kühlen oder warmen Trunk auf der Flucht unendlich dankbar war. Ich brauche nur an die Erlebnisse vieler meiner Kinder zu denken, denen ich in meinem Flüchtlingskinderheim eine Heimat zu bieten versuchte. Haben wir diese Zeiten total vergessen?

Einmal war ich richtig verzagt, weil sich trotz aller Bemühungen keine Tür für unsere Erythräer auftun wollte. Ich hatte nicht die Geduld verloren, aber ich war eben keine fünfzig oder sechzig Jahre mehr. An Unternehmungsgeist fehlte es mir noch nicht, und das Erbarmen mit unseren Schützlingen war nicht geringer geworden. Aber die körperliche Spannkraft ließ bei mir, der Achtzigjährigen, einfach nach.

Meinem Mann und mir war es möglich gewesen, einen kleinen Freundeskreis zu gewinnen, der sich mühte, eine, wenn auch bescheidene, so doch menschenwürdige Wohnung zu finden. Noch einige Male wurde uns ein Angebot gemacht. Wir gingen, um die Wohnung zu besichtigen. Mit trostlosen Augen stand Elsa mit ihren Kindern auf dem schmutzigen, verwahrlosten Hof. Hier sollte ihre Bleibe sein? Die Wohnung lag an einer belebten Straße. Ein Auto nach dem andern raste an dem Haus vorüber. Ich versuchte, mir vorzustellen, wie die beiden Jungen unbeschadet die Straße überqueren konnten, um zur Schule, in den Kindergarten oder in den nahe gelegenen Park zu gelangen!

Kopfschüttelnd stand Jonas am Randstein. »Hier kann Henok nicht sein«, sagte er. »Viel zu gefährlich!«

Um eine Enttäuschung reicher brachten wir Elsa und ihre Kinder wieder zurück ins Übergangswohnheim.

Aber endlich hatten sie eine Wohnung in einem schönen Stadtviertel bekommen. Vor jedem Haus dieser Straße stand ein Birkenbaum oder zierten Sträucher und Blumen die Vorgärten. Ich suchte einige Mitbewohner des Hauses auf, in dem unsere drei eine Wohnung erhalten hatten, und stellte Elsa mit ihren Kindern vor. Nun ist sie schon mehr als ein halbes Jahr dort. Zwischen ihr und den anderen Hausbewohnern besteht ein ausgezeichnetes Verhältnis. Elsas Ordnungsliebe und Sauberkeit sowie ihre höfliche, zurückhaltende Art hat ihr den Zugang zu allen erleichtert.

Wenn ich sie frage: »Elsa, geht es gut mit den Bewohnern im Hause?« erwidert sie strahlend: »Ja, Omi, alles schöne Leute, sehr schöne Leute!«

»Du meinst gute Leute«, korrigiere ich sie.

»O ja, gute Leute!« Und deute ich dann auf ihr Gesicht oder auf die Gesichter ihrer Kinder, begreift sie es gut, wenn ich erkläre: »Das Gesicht ist schön«, und dann zeige ich auf die Stelle, wo ihr Herz zu suchen ist, und sage: »Hier gut! Innen gut! Außen schön!«

Als ich eines Tages wieder einmal krank geworden war, konnten wir Elsa und die Kinder eine Zeitlang nicht ins Berghaus holen. Als mein Mann ihr das klarzumachen versuchte, weinte sie laut und herzzerbrechend. Die Nachbarin, eine mütterliche alte Frau, hörte ihren Jammer und eilte zu ihr in die Wohnung: »Frau Habte, was ist denn passiert?« fragte sie erschrocken.

Da bekam sie unter Schluchzen die Antwort: »Omi krank. Omi krank!«

Nach einigen Tagen baten wir ein befreundetes Ehepaar, das sich ebenfalls um unsere Erythräer kümmerte, Elsa und ihre Kinder mit ihrem Wagen zu uns auf den Berg zu bringen. Mein Mann wollte mich nicht allein lassen. So geschah es dann auch. Die beiden sonst sehr lebhaften Buben setzten sich mucksmäuschenstill in unser Wohnzimmer und wagten kaum, sich zu rühren. Weil sie uns leid taten, holte mein Mann sie wenigstens für einige Augenblicke an mein Bett. Danach kam Elsa zu mir ins Schlafzimmer und brach aufs neue in verzweifeltes Weinen aus: »Omi krank! Omi krank!« Ich redete ihr gut zu und sagte, daß ich glaube, bald wieder gesund zu werden.

Und dann geschah es, daß Elsa an meinem Bett niederkniete, ihr verweintes Gesicht in ihren Händen barg und für mich betete, Gott möge mich doch wieder gesund machen. Kaum jemals vorher hat mich ein Gebet so sehr bewegt wie dieses der Asylantin, das aus einem schmerzerfüllten, kindlich gläubigen Herzen kam.

Daß ein uns bekannter Möbelhändler sich bereiterklärte, Elsa und ihren Kindern eine, wenn auch nicht neue, so doch gut erhaltene Couchgarnitur zu schenken, und daß alles übrige, was benötigt wurde, Stück für Stück durch die Hilfe von Freunden zusammenkam, soll hier nicht unerwähnt bleiben. Das ist für Gott ein Geringes. Er bringt uns zwar das Nötige nicht ins Haus, aber er bewegt die Herzen der Menschen, daß diese willig und freudig Opfer bringen und dabei erkennen: Geben ist seliger als Nehmen.

Wie es mit Elsa weitergehen wird? Sie hat bis zum heutigen Tag weder Nachricht von irgendeinem ihrer Angehörigen noch ist sie im Besitz der Anerkennung als Asylantin. So etwas dauert oft viele Monate. Unser tägliches Gebet ist es, daß Gott ihr, die so viel Schweres erlebt hat, hier eine bleibende Heimat schenken möge.

Immer wieder wurde ich gefragt: »Wie lautet der Titel des Buches, an dem Sie jetzt schreiben?«

Ich habe meine Leser wissen lassen, daß ich längere Zeit im Unklaren darüber war. Zunächst hatte ich ja gedacht: »Freuen müßte man sich können!« Mir war aber inzwischen klar geworden, daß dieser Titel, so viel darüber zu sagen wäre, letztlich negativ klingen könnte. Und dann kam der zweite Vorschlag: »Fröhlich unser Leben lang!« Ich meinte, das sei ebenfalls nicht richtig ausgedrückt. Eines Tages besuchte mich dann der neue Verlagsdirektor und brachte einen weiteren Vorschlag mit. Im gleichen Augenblick war mir klar: »Ja, das ist der richtige Titel. So wollte ich das neue Buch nennen. Je mehr ich darüber nachdachte, desto mehr Zugang bekam ich zu diesem Titel. »...aber die Freude bleibt«.

Also doch Freude? Hatten wir nicht vorher festgestellt, daß wir denen, deren Leben oft so trost- und freudlos ist, das Wort Freude kaum zumuten können? Ungezählte Menschen sehnen sich nach Freude. Darum: »...aber die Freude bleibt«. »Bleibt« – also muß sie einmal vorhanden sein. In Philipper 4 lesen wir: »Freuet euch in dem Herrn allewege, und abermals sage ich euch: Freuet euch!« Paulus hütet sich zu sagen: »Freuet euch an eurem Geld, an eurem Besitz, an eurem Erfolg.« Er weiß, wie nichtig das alles ist. Wir Menschen unserer Generation, die zweimal eine völlige Geldentwertung erlebt haben und plötzlich vor einem Nichts standen, wissen, daß die Freude an irdischen Gütern sehr kurz sein kann. Paulus sagt auch nicht: »Freuet euch an euren Familien, an euren Kindern!« So glücklich man darüber sein kann, so bitter sind andererseits Enttäuschungen, die wir mit ihnen erleben können.

Alle diese Freuden sind nicht von Dauer, aber die Freude am Herrn ist unsere Stärke und wird bleiben, wenn wir sie wie eine Kostbarkeit zu hüten wissen. Sie ist wie ein Licht, das wir mit unsern Händen umgeben, um es vor dem Verlöschen durch einen Luftzug zu schützen. Ja, weil ich es weiß und erfahren habe – und ungezählte Menschen mit mir –, muß ich es weitersagen: »... aber die Freude bleibt«. Im Buch Jesaja ist zu lesen: »Du wirst fröhlich sein über den Herrn.« Diese Freude entsteht nicht durch erfüllte Wünsche. Sie ist nicht zu denken ohne unser persönliches Verhältnis zu Christus.

Ich hoffe, es gelingt mir, meine Leser für diese Freude zu erwärmen. Aber mir ist auch klar, daß man sie nicht so einfach annehmen oder bejahen kann, sie muß erlebt werden. Alle, die aus dem Evangelium leben, werden dies bestätigen können. Aber mir ist sehr wichtig, auch solche zu erreichen, die bisher keinen Zugang zu diesen biblischen Aussagen hatten. Gerade hier liegt der missionarische Auftrag meiner Bücher, durch die ich nicht nur unterhalten, sondern bleibende Werte vermitteln möchte.

Bei vielen liegt der Grund für den mangelnden Zugang zum Wort Gottes nicht darin, daß sie nicht wollen, sondern – man möge mir diese Feststellung abnehmen – in ihrer Unwissenheit. Ich meine Protest zu vernehmen: »Wieso Unwissenheit? Hat man nicht jeden Sonntag Gelegenheit, einen Gottesdienst zu besuchen, in dem biblische Wahrheiten verkündigt werden?«

Meine Antwort darauf lautet: Ja und nein! Gott sei Dank,

es gibt auch heute noch Pfarrer und Pastoren, die als lebendige Christen von der Wahrheit der göttlichen Botschaft überzeugt sind und darum das Evangelium verkündigen. Es ist jedoch kein Geheimnis, wenn ich sage: Es gibt auch andere. Allen wahren Christen muß es ein ernstes Anliegen sein, dafür zu beten, daß Gott immer wieder Männer und Frauen als Zeugen in seinen Dienst ruft, die sich der großen Verantwortung bewußt sind, die Botschaft des göttlichen Heils zu verkündigen.

Um zu der Freude zu gelangen, die zur Kraft wird, muß man sich Jesus Christus öffnen, der von sich gesagt hat, er sei der Weg zur bleibenden Freude, der Weg zum wahren Leben, der Weg zur Seligkeit.

Nur dem, der die Bibel, vor allem das Neue Testament, kennenlernt, wird es klar, was er zu tun hat, um zu dieser Freude zu gelangen. »Suchet in der Schrift, denn sie ist es, die von mir zeuget«, sagt Jesus. Ich möchte von einigen Menschen erzählen, die nicht nur selbst zu dieser Freude gefunden, sondern auch anderen dazu verholfen haben.

Da ist zum Beispiel der Briefträger, der eines Tages mit seiner Frau als Gast ins Berghaus St. Michael kam. Dieser Mann übte früher einen anderen Beruf aus. Er bekam von seinem Arzt den dringenden Rat, sich umschulen zu lassen. Ich weiß nicht genau, welcher Art seine Beschäftigung vorher war. Ich meine, er hatte zu wenig Bewegung in frischer Luft. Nur ungern entschloß er sich, Briefträger zu werden. Aber er war Christ und wollte, daß Gott als Herr seines Lebens auch in den alltäglichen Belangen über ihn bestimmen sollte. Er betete: »Zeige mir, Herr, meinen Weg und deinen Willen für die Zukunft.« So wurde er also Briefträger, und wenn schon, dann wollte er auch ein guter Briefträger sein. Er nahm sich vor, nicht nur ein Briefbote, sondern auch ein Bote Gottes zu sein.

Da war zum Beispiel eine alte Frau, die jeden Tag im Gärtchen vor ihrem Haus stand und auf ihn, den Briefträger, wartete. Nur ganz selten bekam sie Post. Es tat ihm jedesmal leid, wenn er wieder sagen mußte: »Auch heute wieder nichts.« Aber die alte Frau hatte längst aufgehört, auf Post zu warten. Kam wirklich einmal eine Postkarte oder gar ein Brief, dann nahm sie ihn mit Überraschung entgegen. In Wirklichkeit aber wartete sie auf den Briefträger, den freundlichen Mann, der nie an ihrem Haus vorüberging, ohne sich nach ihrem Ergehen zu erkundigen oder sie aufzumuntern. Er bewunderte dann die schönen Blumen im kleinen Vorgarten, in dem sie bei gutem Wetter stets auf ihn wartete, oder sprach ihr Mut zu, wenn sie einmal fast verschämt klagte, daß es ihr heute gar nicht gut gehe, oder wenn sie ihm besorgt mitteilte, daß ihr Kanarienvogel beinahe aus dem Fenster geflogen wäre. Im letzten Augenblick hätte sie es noch verhüten können. Immer nahm der Briefträger die alte Frau mit ihrem Anliegen ernst und verließ sie nie ohne ein mutmachendes Wort. Das war längst nicht immer ein Wort der Bibel, aber seine Gesinnung war biblisch, und das spürte die alte Frau und dankte es ihm wortlos. Ob er wohl ahnte, daß die allmorgendliche Begegnung mit ihm, dem Briefträger, wie ein Licht den oft dunklen Tag dieser Frau erhellte, und wie sehr sie davon zehrte? An manchen Tagen war es für sie die einzige Möglichkeit, mit einem Menschen zu sprechen.

Oder da war noch ein anderes Haus, in dem man den Briefträger täglich sehnlichst erwartete. Ein älterer Zahnarzt, herzleidend und nicht mehr fähig, seinem Beruf nachzugehen, schaute jeden Morgen auf die Uhr, ob es noch nicht Zeit für das Kommen des Briefträgers sei, dem er täglich eine Tasse Kaffee anbot. Der durfte nicht zu heiß sein, damit der Briefträger ihn sofort trinken konnte, denn seine Zeit war bemessen. Aber es war meist möglich, mit diesem Mann einen kurzen Gedankenaustausch zu haben. Und so ergab sich manches Gespräch, aus dem der Zahnarzt, der im Grunde seines Herzens ein einsamer Mann war, Trost und Ermutigung schöpfen konnte. Er war zwar verheiratet und lebte in einem schönen, gepflegten Haus, umgeben von auserlesenen Möbeln, wertvollen Bildern und kostbaren Teppichen. Aber was ihn umgab, war eine kalte Pracht, denn zwischen den Eheleuten bestand keine Herzlichkeit oder Zuneigung. Die Frau des Hauses ließ den Briefträger merken, daß sie es nicht gerne sah und es nur unwillig duldete, daß ihr Mann an jedem Morgen eine Tasse Kaffee für ihn bereithielt.

Eines Tages sagte der Zahnarzt in einem Anflug von Bitterkeit: »Gestern hat meine Frau mir heftige Vorwürfe gemacht, daß ich Ihnen einen ihrer silbernen Teelöffel auf die Untertasse gelegt habe. Außerdem hätten Sie Schmutz von der Straße auf ihren wertvollen Teppich getragen.«

Dem Briefträger war das natürlich peinlich. Er antwortete: »Ich kann selbstverständlich davon absehen, Ihnen die Post ins Haus zu bringen. Ich werde sie in Zukunft in den Briefkasten werfen.«

»Das dürfen Sie mir nicht antun«, erregte sich der Zahnarzt. »Und das lasse ich mir auch nicht nehmen, Ihnen am Morgen eine Tasse Kaffee anzubieten. Dann hole ich mir eben aus der Küche einen Aluminiumlöffel. Das wäre ja noch schöner, wenn –« Er vollendete den Satz nicht. Eine entsprechende Handbewegung sagte alles.

»Nehmen Sie es nicht so tragisch«, beruhigte ihn der Briefträger. »Vielleicht meint es Ihre Frau nicht so böse, wie es manchmal klingt. Hier habe ich noch ein Traktat für Sie. Es wird Sie ermuntern, wenn Sie es lesen.«

»Ich danke Ihnen«, erwiderte der Zahnarzt. »Sie ahnen nicht, wie gut es mir tut, mit Ihnen zu reden.«

Der Briefträger verließ das Haus und eilte dem nächsten Ziel zu. Ach, könnte er doch dem trotz seiner schönen Umgebung so einsamem Mann etwas Freude vermitteln! Wie gut, daß er für ihn und so manchen anderen, dem er auf seiner Tagestour begegnete, beten konnte.

Eines Tages, als der Postbote wieder das Haus des Zahnarztes betreten wollte, öffnete ihm die Frau die Tür. Dem

Briefträger fiel sofort auf, wie bleich sie aussah. »Mein Mann ist heute nacht gestorben«, sagte sie mit fast tonloser Stimme. Es war unverkennbar, wie todunglücklich sie war. »Er ist seinem Herzleiden erlegen.« Sie öffnete die Haustür weiter. »Aber kommen Sie doch bitte herein.«

»Es hat geregnet, und es ist draußen sehr schmutzig. Ich möchte lieber nicht eintreten.« Irrte er sich – oder war sie bei seinen Worten peinlich errötet? Aber sie wiederholte ihre Bitte. »Kommen Sie wenigstens für ein paar Minuten. Ich möchte Ihnen Näheres über das Sterben meines Mannes erzählen. Es ging alles so unglaublich schnell.« Es fiel der Frau sichtlich schwer, weiterzusprechen.

»Mein Mann hat Sie immer gern gehabt.«

Dann saß der Briefträger im Salon der Frau des Hauses gegenüber.

Nachdenklich ging er später mit seinen Postsachen weiter. Also war er gestern zum letzten Mal bei seinem Freund, dem Zahnarzt, gewesen. Wer hätte das gedacht! Als er beim nächsten Mal nach der Beerdigung die vielen Kondolenzbriefe in das Trauerhaus trug, wartete die Witwe des Verstorbenen schon auf sein Kommen. Etwas verlegen fragte sie ihn: »Darf ich Ihnen heute anstelle meines Mannes einen Kaffee anbieten?«

Ich kann nicht mit Sicherheit sagen, ob der Postbote nach all den vorausgegangenen Erfahrungen das Angebot angenommen hat. Aber soviel ist sicher: Sein unaufdringlich freundliches Verhalten ihrem Mann gegenüber hatte die Frau schließlich doch zum Nachdenken gebracht.

Und dann war da noch die Geschichte mit dem Hund. Es war nur ein kleiner Hund, ein Dackel; von seinen Besitzern viel zu gut gefüttert, denn er war ziemlich rundlich. Aber seine Korpulenz hinderte ihn nicht daran, sich manchmal wie ein Rasender zu gebärden.

Die kleinen Buben und Mädchen, die aus dem Kindergarten kamen, machten möglichst einen großen Bogen um das Haus, immer in Angst, er könne im Vorgarten sein und ihnen mit seinem wütenden Gebell doch noch zu nahe kommen.

Einmal hatte seine Besitzerin, eine ältere Frau, nicht schnell genug die Gartentür geschlossen. Der Dackel raste hinaus und verfolgte die schreienden Kinder »rachedurstig«. Was hatten die in seinem Revier zu suchen? Unweigerlich hätte er sie, zumindest einen von ihnen, gebissen, wenn nicht ein größerer Junge zur Hilfe herbeigeeilt wäre. Der Dackel versuchte zwar, auch ihn anzugreifen, bekam aber, ehe er sein Hosenbein zerreissen konnte, von diesem Jungen einen derben Tritt, so, daß er jaulend und mit eingezogenem Schwanz zurück durch die offene Gartentür rannte. Dort wurde er von seinem Frauchen mitleidig und zugleich empört wegen der harten Abwehr des großen Jungen empfangen. »Komm her, du armer, armer Waldi! Hat der böse Junge dir sehr weh getan?« In den Armen der Frau fand der scheinbar ungerecht behandelte Dackel Trost und Beruhigung. Ein Wurstzipfel, mit dem der Ehemann, der die Tragödie vom Fenster aus beobachtet hatte, als Trostpflästerlein herbeieilte, tat ein übriges.

Am nächsten Tag ging das gleiche Theater wieder los. Die kleinen Kinder flüchteten schreiend vor dem Hund, der jedoch den Garten nicht verlassen konnte, weil seine Herrin sich hütete, die Tür unverschlossen zu lassen. Statt dessen raste der Dackel innerhalb des Gartens wie ein Wilder am Zaun entlang. Größere Kinder warfen heimlich Steine über den Gartenzaun nach ihm, was ihn nur noch rasender machte. Auch die früheren Briefträger hatten zum Teil schon üble Erfahrungen mit diesem rabiaten Tier gemacht. Einer hatte sogar eine zerrissene Hose zu beklagen. Zwar wurde ihm der Schaden ersetzt, aber jeden Tag war das Ehepaar in Sorge, wenn es Zeit für den Postboten war.

Nun muß man wissen, daß die beiden alten Leute weder einen Sohn noch eine Tochter gehabt hatten. Darum nahm Waldi seit Jahren bei ihnen sozusagen die Stelle eines eigenen Kindes ein.

»Bitte werfen Sie die Post immer direkt in den Briefkasten«, bat die Frau den Briefträger, »es sei denn, daß Sie einen Einschreibebrief oder ein anderes Schriftstück für uns hätten, das unsere Unterschrift erforderlich macht. Dann klingeln Sie bitte dreimal, damit wir wissen, daß Sie es sind. Wir können dann unsern Waldi einsperren.«

So wurde unser Postbote auch informiert.

Er hatte den Hund noch nie gesehen, denn er wurde ja vor ihm eingesperrt. Aber die Sache behagte dem neuen Briefträger keinesfalls. Es muß doch möglich sein, dachte er, das Vertrauen eines so kleinen Köters zu gewinnen. Von da an versuchte er immer, Waldi durch die verschlossene Haustür anzusprechen, wenn er Post zu bringen hatte. Anfangs bellte dieser empört über die Unverschämtheit des Mannes, der es wagte, ihn mit Namen zu nennen und so zu tun, als kenne er ihn. Aber der Briefträger ließ sich nicht beirren. Immer wieder sprach er freundlich auf ihn ein, auch ohne ihn zu sehen: »Waldi, was bist du für ein schöner Hund! – Und was hast du für eine melodische Stimme! – Warte nur, wir werden miteinander Freundschaft schließen.«

Eines Tages geschah es, daß Waldi wieder einmal im Vorgarten war. Kaum näherte sich der Briefträger dem Haus, raste der Hund wie verrückt kläffend innen am Gartenzaun entlang. Seine Stimme überschlug sich fast vor Wut. Beim besten Willen vermochte der Briefträger dieses Gekläff heute nicht melodisch zu nennen.

»Lassen Sie ihn nur«, bat er die Besitzerin des Hundes. »Über den Zaun kann er ja nicht, und die Gartentür ist geschlossen. Vielleicht ist es gut, wenn Sie ihn um die Zeit meines Kommens im Vorgarten lassen und nicht im Haus einsperren. Irgendwie müssen wir uns ja einmal kennenlernen.«

Am nächsten Tag brachte er ein paar Kalbsknöchlein vom vorhergehenden Tag mit und warf sie über den Gartenzaun dem Hund zu, natürlich mit Frauchens Erlaubnis. Die täglich freundlichen Worte des Briefträgers sowie von Zeit zu Zeit ein kleines Mitbringsel aus der Küche seiner Ehefrau änderten die Situation. Waldi gehörte mit der Zeit auch zu der Kundschaft, die es nicht erwarten konnte, daß der Briefträger kam. Schwanzwedelnd und voller Wiedersehensfreude stand er hinter dem Gartentor, an dem er bettelnd hochsprang, wenn sich der Postbote näherte.

Eines Tages war es dann soweit, zwar nicht ohne Bangen des alten Ehepaars, aber doch in einer gewissen freudigen Erwartung: Waldis Frauchen öffnete das Gartentor und ließ den Hund hinaus. Der Dackel sprang an unserm Briefträger empor, leckte ihm die Hände, ließ sich von ihm kraulen und jammerte, als er weiterging. Der alte Herr aber lehnte im offenen Küchenfenster und tat, als hätte er nichts anderes erwartet: »Habe ich es nicht immer gesagt? Warum so lange diese Hundskommödie?«

Sie aber widersprach ihm energisch: »Du weißt genau, daß es bisher kein Mensch fertiggebracht hat, unsern Waldi für sich zu gewinnen. Unbegreiflicherweise ist es dem neuen Briefträger gelungen.«

Ob man es glaubt oder nicht, Waldi freute sich jedesmal, wenn er dessen Stimme hörte. Und vor lauter Freude hinterließ er kleine Bächlein im Hausflur. Allein dies war schon Grund genug, daß er jeweils um diese Zeit in den Vorgarten hinaus durfte. Es kam schließlich so weit, daß Waldi den Postboten ein Stück weit begleitete, wenn er Post brachte, aber immer nur bis zur nächsten Straßenecke. Dann kehrte er zurück und lief schwanzwedelnd zu seinem Herrchen und dessen Ehefrau.

»Was soll eigentlich diese Hundegeschichte zwischen den menschlichen Schicksalen in Ihrem Buch?« mag mich manch ein Leser jetzt fragen. Meine Antwort: Das hat verschiedene Gründe: Erstens habe ich mich über die Erlebnisse des Briefträgers, der sie mir so nett und natürlich erzählte, gefreut. Er hat es natürlich sachlicher getan. Aber als Schriftstellerin liest man zwischen den Zeilen und nimmt auch Unausgesprochenes wahr. So habe ich die Geschichte von dem Dackel, der den Postboten zuerst am liebsten zerrissen hätte und später sein Freund wurde, so ›miterlebt‹, wie ich sie niedergeschrieben habe.

Ich meine, ein Mensch mit Gemüt bringt es nicht anders fertig, als auch zu Tieren freundlich zu sein. Außerdem handelte der Briefträger – man mag die Zusammenhänge sehen oder nicht – auch hier als Christ. Ihm war es selbstverständlich, sich im Umgang mit Menschen oder mit Tieren als solcher zu bewähren.

Irgendwo habe ich einmal den Ausspruch gehört: »Lege die Hand auf den Kopf eines Kindes, und du legst sie auf das Herz seiner Mutter.« Das Benehmen eines Fremden ihrem Kind gegenüber wird für die Mutter ein Maßstab dafür sein, wie sie ihm begegnen kann. Ich möchte das obengenannte Wort so umwandeln: »Sei barmherzig mit dem Tier, sei zu ihm freundlich, und du machst seinen Besitzer glücklich.« Ich könnte mir vorstellen, daß manch einer der Nachbarn des alten Ehepaars, dem der Dackel gehörte, sich darüber lustig machte oder gar ärgerte, daß die beiden Leute ihr Herz so stark an den kleinen Kläffer hängten, ihn verwöhnten und verhätschelten. Ob jemand aus der Nachbarschaft wohl je darüber nachgedacht hat, wie sehr diese beiden Leute sich in jungen Jahren vergeblich nach einem Kind gesehnt hatten und jetzt, wo sie alt waren, gerne Enkel gehabt hätten, die sich ihrer annehmen könnten? So wurde der Dackel für sie irgendwie ein Ersatz. Der Briefträger hatte dafür Verständnis und gewann darum nicht nur die Sympathie des Hundes, sondern auch das Herz der beiden Alten.

Natürlich ist das noch kein Beweis des Christseins. Tiere lieben können auch andere. Aber ein Christ wird sich auch im Umgang mit Tieren von seinem Gewissen leiten lassen.

In diesen Tagen las ich in einer Zeitung: »Tiere werden, juristisch gesehen, in Zukunft nicht mehr als Sache, sondern als Lebewesen behandelt.« Ich vertrete den Standpunkt, daß wir sie als Geschöpfe Gottes zu behandeln haben. Sie sind zwar nicht den Menschen gleichgestellt, die nach biblischer

Aussage ja nach dem Bilde Gottes erschaffen wurden, zumal das Tier über einen Instinkt, aber nicht über Verstand verfügt. Man kann beim Umgang mit Tieren aber doch Erlebnisse haben, die einen staunen lassen. So ist wirklich etwas daran, wenn ein Hunde- oder Katzenbesitzer sagt: »Mein Tier versteht alles, was ich zu ihm sage.« Irgendwie kann es einen schon betroffen machen, wenn derjenige hinzufügt: »Es ist treuer als ein Mensch!« Welche Enttäuschungen müssen solchem Ausspruch vorausgegangen sein.

Zu den Erinnerungen meines Lebens, die ich in meinem Buch »... als flögen wir davon« und auch in diesem wiedergebe, gehört, daß es durch meine und meiner Brüder Erziehung für uns selbstverständlich war, uns mit Tieren zu befassen und zu ihnen gut zu sein. Ich habe so nette Tiererlebnisse gehabt, daß es mich schon oft gereizt hat, darüber zu schreiben, zumindest in einem Kinderbuch. Da wäre die Geschichte von dem Schmetterling gewesen, den wir Fridolin nannten. Vierzehn Tage haben wir ihn, der sich vor plötzlich einbrechender Kälte in unser Wohnzimmer flüchtete und an der Gardine seinen Standplatz hatte, täglich ein paar Mal mit einem Tröpfchen Honig gespeist, weil wir fürchteten, ohne Nahrung würde er elendiglich verenden. Dasselbe Schicksal hätte ihn getroffen, wenn wir ihn hinaus ins Freie gelassen hätten. Dort wäre er sicher erfroren. Ich näherte mich ihm also behutsam mit einem Tropfen Honig auf der Spitze meines Zeigefingers. Es dauerte nicht lange, und er setzte sich auf den Finger, rollte seinen Rüssel aus, um die Sache zu erkunden und saugte die süße Speise auf. So geschah es, bis sich das Wetter geändert hatte und wir ihn wieder hinaus in die frische Luft und Sonne lassen konnten.

Oder die Geschichte von unserm Dackel Struppi, der einige Gänseküken betreute, sie spazieren führte und dabei eigenartig lockende Töne von sich gab, beinahe wie eine Henne, die ihre Küchlein bewachte. Manchmal schien er zu glauben, daß die Gänsebabys vom Spaziergang ermüdet waren. Dann schubste er sie behutsam mit der Schnauze in einen Sandkasten, über dessen Rand die kleinen Gänse alleine nicht gelangen konnten. Dort wähnte er sie in Sicherheit. Aber er wich nicht von ihrer Seite. Nahte sich jemand dem Sandkasten, so fletschte er die Zähne und bellte wütend. Das war so originell, daß ich eines Tages bei der Redaktion unserer Tageszeitung anrief: »Haben Sie schon einmal einen Gänsehund gesehen?«

»Nein!«

»Aber vielleicht Hundegänse?«

»Auch dazu hatten wir bis jetzt keine Gelegenheit.«

»Dann schicken Sie einen Ihrer Reporter ins Berghaus St. Michael. Dort können Sie beide photographieren.«

Struppi und seine Adoptivkinder erschienen in der Geislinger Zeitung, dazu ein Bericht. Die Folge war, daß am Sonntag darauf etliche Privatautos bei uns vorfuhren, deren Besitzer baten, die außergewöhnliche Tierkombination Hund und Gänse sehen zu dürfen. Struppi, der um seine Schützlinge bangte, empfing sie derartig, daß sich keiner von ihnen in seine unmittelbare Nähe wagte.

Hätte ich Zeit gehabt, mein Vorhaben auszuführen, wäre in dem Tierbuch für Kinder bestimmt auch die Geschichte von den fünfzig Fröschen zu lesen gewesen. Ich war etwa acht Jahre alt, als meine Brüder zwei heimatlose Igel fanden. Sie glaubten wenigstens, daß sie heimatlos seien und hatten mit ihnen Mitleid. Sie trugen sie zu uns nach Hause. Aber wovon leben Igel? Einer meiner Brüder behauptete gelesen zu haben, daß sie mit Vorliebe kleine Laubfrösche fressen.

Also machten wir uns gemeinsam auf und erreichten bald den Wald, in dem wir Tage zuvor solche winzigen Frösche gesehen hatten, die dort in großen Mengen herumhopsten. Wir nahmen uns vor, nicht eher nach Hause zu gehen, bis wir fünfzig dieser Tierchen gefangen hatten. Das war gar nicht so einfach, denn sie entglitten unseren Händen immer wieder. Aber schließlich hatten wir vier Geschwister sie beisammen. Doch hatten wir vergessen, eine Blechbüchse oder einen ähnlichen Behälter mitzunehmen. Es blieb uns also nichts anderes übrig, als unser Igelfutter in meine weiße Sonntagsschürze zu sammeln, die ich zusammenraffte, um die glitschige Beute nach Hause zu tragen.

Neugierig, wie sich unsere beiden Igel verhalten würden, umstanden wir den Verschlag, in dem sie untergebracht waren. Ich öffnete meine Schürze und ließ die fünfzig Frösche aus ihrer Gefangenschaft. Die sprangen und purzelten über die Igel her und waren ehe wir uns versahen, nach allen Richtungen in die Freiheit geflüchtet. Nichts blieb von ihnen zurück als meine keineswegs mehr sonntägliche grün gesprenkelte Schürze. Die beiden Igel aber hatten keinerlei Notiz von den Fröschen genommen. Sie labten sich genüßlich an der Milch, die wir ihnen in einer kleinen Schüssel vorgesetzt hatten.

Obgleich dies weder ein Kinder- noch ein Tierbuch sein soll, möchte ich meinen Lesern, unter denen ja auch viele Tierfreunde sind, diese Erlebnisse nicht vorenthalten. Sie gehören, so unwesentlich sie scheinen mögen, einfach in mein Erinnerungsbild. Darum möchte ich auch noch von meinem Kanarienvogel Hans-Jockeli erzählen, der mich jeweils weckte, wenn ich meinen Mittagsschlaf auf der Couch im Wohnzimmer gehalten hatte. Um drei Uhr trug meine Mitarbeiterin den Kaffee herein.

Das war für den Kanarienvogel das Zeichen, mich zu wecken. Er durfte bei geschlossenem Fenster im Zimmer frei herumfliegen. So kam er, setzte sich auf meinen Kopf und zupfte mich liebevoll an den Haaren, um mir mitzuteilen, daß es jetzt Zeit sei aufzuwachen.

Wenn wir dann um den Kaffeetisch herumsaßen, nahm er seinen Platz auf dem Rand der Zuckerdose ein und wußte, daß es ihm erlaubt war, ein wenig daraus zu naschen. Ich hatte ihn von einem Vogelzüchter bekommen, kurz nachdem Hans-Jockeli aus dem Ei geschlüpft war. Sein Körper war damals noch mit zartem Flaum bedeckt, aus dem mit der Zeit gelbe Federn wurden.

Aber nun genug der Tiergeschichten. Auf eines möchte ich jedoch auch hier hinweisen: Die Bibel gibt uns für den Umgang mit unseren Tieren klare Anweisungen. Da heißt es zum Beispiel: »Der Gerechte erbarmt sich seines Viehs.« Dabei sind bestimmt nicht nur unsere nutzbringenden Tiere gemeint wie Kühe, Pferde, Schafe und andere. Das gilt bestimmt ebenso für Vögel im Käfig wie Papageien und Wellensittiche, auch Meerschweinchen und Goldfische sind nicht ausgenommen. Ein Christ wird unglaubwürdig, wenn er sich nicht barmherzig erweist, sei es Menschen oder Tieren gegenüber. Das Brüllen und Stöhnen der oft gequälten Kreatur steigt zum Himmel. Es hat schon seinen Grund, wenn der Apostel Paulus in Römer 8, 19 ff. vom »ängstlichen Harren der Kreatur auf Erlösung« schreibt.

Nun kann man einem Tier nicht das Evangelium predigen. Aber das Verhältnis des Menschen zu ihm sollte ein Beweis seiner Stellung dem gegenüber sein, was die Bibel dazu als Richtlinie angibt. Das ist dann eine Predigt ohne Worte.

Doch nun möchte ich noch einmal auf den Briefträger zurückkommen. Er erzählte mir folgende Begebenheit, die mich ebenfalls beeindruckte:

In seinem Arbeitsbezirk lag unter anderem auch das katholische Pfarrhaus. Der dort wohnende Geistliche war ein liebenswürdiger Herr.

»In den wenigen Minuten unseres jeweiligen Zusammenseins«, so erzählte mir der Postbote, »erkannten wir immer wieder, daß unabhängig von der Zugehörigkeit zur evangelischen oder katholischen Kirche eine Bruderschaft in Christus zwischen uns möglich ist. Die Gespräche mit dem Geistlichen waren mir sehr wichtig. Der gemeinsame Gedankenaustausch gab uns beiden allerlei Anregungen. Unter anderem kamen wir auch auf die Nöte unserer Tage zu sprechen.

Dabei merkte ich deutlich, daß der zersetzende Geist unserer Zeit, der sich in der Masse besorgniserregend zeigt, auch an den Kirchen und Gemeinschaften nicht halt macht.

Eines Tages hatten wir ein Gespräch über die Oberflächlichkeit und Gleichgültigkeit vieler Gott gegenüber. Aber wir versäumten nicht, auch zum Ausdruck zu bringen, daß man auch in unsern Tagen immer wieder bewußte Hinwendungen zu Jesus Christus erleben kann.«

So ist es doch ein unbedingt positives Zeichen, daß in den Pfingsttagen zur gleichen Zeit 7000 junge Menschen in Bad Liebenzell, 5000 in Esslingen und 5000 bei dem Treffen in Aidlingen zusammenkamen. Auch aus der Sowjetunion und anderen Ländern wird von einem Aufbruch der Jugend berichtet, die das Christentum neu entdeckt hat.

»Der katholische Pfarrer und ich«, so berichtete der Briefträger weiter, »gerieten so in Eifer über diese frohmachende Tatsache, daß es mich innerlich drängte, dem Geistlichen zu sagen, daß ich jetzt am liebsten mit ihm gemeinsam Gott dafür danken würde.«

»Warum sollten wir das nicht tun?« erwiderte der Pfarrer und griff nach einem Gebetbuch.

»Ich darf doch sicher beten, wie ich es gewöhnt bin«, fragte der Postbote offen, »so frei, wie es aus meinem Herzen kommt.«

»Aber gerne«, erwiderte der katholische Geistliche, dessen Betschemel in seinem Studierzimmer bewies, daß er es gewöhnt war, zum Gebet niederzuknien. Ich weiß nicht, wie sie es dann gehalten haben, der katholische Pfarrer und der evangelische Briefträger. Aber es waren gewiß bewegende Augenblicke, als die beiden ihre Anliegen vor Gott ausbreiteten.

Manche meiner Leser werden diese Sprache verstehen und sich darüber freuen. Andere wieder werden damit nichts anfangen können. Jedenfalls wurde ein Briefträger, der sich anfangs sträubte, diesen Beruf zu ergreifen, durch seinen Bekennermut, der sich nicht nur in Worten, sondern vor allem in seiner Gesinnung äußerte, ein Segen für viele.

So könnte ich noch von manchen Menschen berichten, die, obgleich sie nie Theologie studiert haben, in ihrem Leben zur Tat werden ließen, was Christus den Seinen gesagt hatte: »Ihr sollt meine Zeugen sein.«

Vor mit liegt ein liebliches Bild: zarte Wiesenblumen in leuchtenden Farben, gepreßt, aufgeklebt und mit einer durchsichtigen Folie überzogen. Immer wieder muß ich das Bild in die Hand nehmen, es anschauen und an diejenige denken, die es mir geschenkt hat. Es ist ein besonderes Blumenbild. Ich habe davon viele gesehen, aber keines hat mich so bewegt wie dieses.

Johanna B. hat es mir verehrt. Keine der zarten Blumen konnte sie selbst pflücken. Aber sie besitzt Freunde, die dies für sie tun, um sie damit zu erfreuen und es ihr zu ermöglichen, anderen Freude zu bereiten. Aber ich sollte vielleicht zuerst erzählen, wie mein Mann und ich Johanna kennenlernten.

Es war vor einigen Jahren, als ich gebeten wurde, in der Bibelkonferenzstätte Langensteinbacherhöhe während einer Freizeit für Senioren einige Vorträge zu halten. Ich wählte das Thema: »Mit frohem Herzen alt werden.« Dieses von Gott gesegnete Werk liegt, umgeben von herrlichen Wäldern, am Rande des Schwarzwaldes auf einer Anhöhe zwischen Pforzheim und Karlsruhe. Durch meinen ältesten bereits verstorbenen Bruder, der Pastor war und die Arbeit, die auf der Langensteinbacherhöhe getan wird, sehr schätzte, hatte ich mit diesem Haus Kontakt bekommen. So kamen wir, mein Mann und ich, nach Langensteinbach und freuten uns an der dort herrschenden guten geistlichen Atmosphäre und über die wertvollen Vorträge.

Während der Tage, an denen ich zu den Hausgästen sprechen durfte, fragte uns jemand, ob wir auch schon einen Besuch bei der Kranken gemacht hätten, die im oberen Stockwerk läge und von ihrer alten Mutter betreut würde.

Ich verneinte dies, waren uns doch diese beiden völlig unbekannt. Dann aber wurde die an uns gestellte Frage uns zum Auftrag. Das Wissen um die Not eines Menschen verpflichtet.

So fuhren wir am nächsten Tag mit dem Aufzug hinauf und klopften an die uns genannte Zimmertür. Eine helle, fröhliche Stimme forderte uns auf, einzutreten. Wir begrüßten zuerst die alte Mutter, die am Bett der Kranken saß. Dann wandten wir uns dieser zu. Kaum hatte ich einige Worte mit ihr gesprochen, rief Johanna, die uns ihren Namen genannt hatte, freudig erregt: »Sie sind Frau Sauter-Dreisbach! Ich erkenne Sie an Ihrer Stimme; denn meine Mutter und ich haben Ihre Vorträge hier oben durch den Lautsprecher gehört und alles gut verstanden. Wie sehr freue ich mich, daß Sie sich die Zeit nehmen und uns mit Ihrem Mann besuchen. Ich kann ja nicht zu Ihren Vorträgen in den Saal kommen. Aber meine Mutter und ich genießen es sehr, immer wieder eine Zeitlang auf der Langensteinbacherhöhe sein zu dürfen und über den Lautsprecher an den Gottesdiensten und Vorträgen teilnehmen zu können, auch wenn es uns leider nicht möglich ist, in der Gemeinschaft der anderen zu sein.«

Mein Mann und ich waren verwundert über die frisch-fröhliche Art der Kranken, die doch, wie wir später erfuhren, ein schweres Leiden hatte. Ich mußte von ihr mehr wissen. Diesem ersten Besuch folgte im nächsten Jahr, als die Mutter und ihre kranke Tochter ebenfalls wieder dort waren, ein zweiter.

Später schrieb mir Johanna einen Brief, dessen Inhalt mich sehr bewegte. Weil ich in diesem Buch Begegnungen mit Menschen schildere, die zum Teil ein schweres Schicksal hatten und sich bemühten, dieses tapfer zu tragen, ist es mir ein Anliegen, aus Johannas Brief verschiedene Auszüge wiederzugeben. Vielleicht können sie einigen Lesern Mut und Zuversicht schenken. Ich bin überzeugt, daß die kranke Johanna zu denen gehört, die einen wichtigen Dienst zu erfüllen haben. Sie schreibt unter anderem: »Daß ich überhaupt noch lebe, ist ein Wunder. Von Geburt an war ich hüftleidend. Durch eine Rückgratverkrümmung folgten unsagbar schwere Zeiten. Mein Herz machte mir je länger desto mehr große Not, so daß es zu schweren Herzattacken kam. Meine Bewegungsmöglichkeit wurde immer mehr eingeengt. Ich mußte fast ständig liegen. Jetzt bin ich siebenundvierzig Jahre alt.«

Im Grunde genommen ist Johannas bisheriges Leben nur ein Leidensweg gewesen. Als wir sie zum erstenmal besuchten, erwarteten wir eine bedauernswerte, hilflose, ja schwermütige Kranke zu finden, nicht aber ein fröhliches Menschenkind. Sie begrüßte uns mit strahlendem Gesicht, als seien wir längst gute Bekannte, ja Freunde. Was war das für ein Geheimnis, das sie umgab?

Ich zitiere weiter aus ihrem Brief: »Gott hat mir die Augen geöffnet. Ich durfte erkennen, daß er aus allem Leid, das er mir schickte, Herrlichkeit machen will. Jesus hat für uns das schwerste Kreuz getragen. Ich kann es bezeugen: Mit ihm trägt sich alles Leid leichter. Allerdings, es kamen auch für mich Stunden, in denen ich mich nur mühsam vortasten konnte. In solchen Situationen kann ich nur sagen: ›Vater, ich verstehe dich nicht, aber ich vertraue dir!‹ Ich möchte es bestätigen, daß er mir immer wieder aus meiner Not heraushalf und sie erträglich machte.«

Diese jetzt Siebenundvierzigjährige gibt auf ihrem Krankenbett ein fröhliches Zeugnis von dem, was sie immer wieder mit Christus erlebt. Die in ihrem Brief angeführten Bibelworte sind ihre persönliche Erfahrung geworden: »Wessen sollte ich mich trösten? Herr, ich hoffe auf dich. Und er läßt keinen zuschanden werden.«

»Wäre er nicht mein Trost gewesen, ich wäre vergangen in meinem Elend.«

»Da dieser Elende rief, hörte der Herr und half ihm.«

Johanna schreibt weiter: »Wie oft hat der Herr mir in diesen schweren Jahren geholfen.« Sie beschließt mit folgenden Bibelworten den Brief: »Wenn ich in Angst wandle, erquickst du mich, und wenn mir gleich Leib und Seele verschmachtet, so bist du doch, Gott, meines Herzens Trost und mein Teil.«

Es mag für viele unverständlich sein, daß ein körperlich schwer leidender Mensch so sprechen kann. Hier ist nichts von frömmelnder Schwärmerei, sondern das Bekenntnis wunderbarer Erfahrungen, die zu einem lebendigen Zeugnis werden.

Wir alle sind mehr oder weniger leidensscheu, fürchten uns vor Schmerzen und schwerer Krankheit. Auch ich gehöre dazu und kann Gott nur bitten, mir die Gnade zu schenken, so fröhlich und getrost auch durch dunkle Tage zu gehen, wie das bei Johanna der Fall ist – eingedenk des Wortes aus dem 23. Psalm: »Und ob ich schon wanderte im finstern Tal, fürchte ich kein Unglück, denn du bist bei mir.«

Immer wieder streift mich beim Schreiben dieses Buches der Gedanke, ob die Leser letztlich nicht etwas ganz anderes erwarten als derartige Berichte? Wer will sich denn schon mit der schweren Krankheit eines anderen Menschen befassen?

In meiner Autobiographie »...als flögen wir davon« konnte ich meine Leser noch teilhaben lassen an Reisen, die ich unternahm: etwa nach Budapest, nach Paris oder in die Schweiz. Ich konnte ihnen Eindrücke von Hamburg und anderen Großstädten vermitteln, wo ich überall tätig war. Jetzt aber bin ich alt geworden. Meine kranken Knie erlauben mir nicht mehr, Berge zu besteigen oder auch nur längere Wege zu gehen. Meine Kräfte lassen nach. Es ist nicht immer ganz einfach, verzichten zu müssen und damit fertig zu werden, daß man nicht mehr so leistungsfähig ist wie in früherer Zeit. Soll ich dem Vergangenen nachtrauern?

Wiederholt wollten liebe Freunde meinen Mann und mich dazu bewegen, doch endlich einmal eine Reise nach Israel zu machen. Sie, die schon wiederholt dort waren, drängten uns so sehr, daß wir fast den Eindruck haben mußten, es sei ein nicht gutzumachendes Versäumnis, nicht dort gewesen zu sein.

Andere schilderten ihren Aufenthalt in Teneriffa, Kenia und Mallorca sehr verlockend. Einer unserer Verwandten, der in Indien ein großes Aufgabengebiet hat, verstand es, durch seine Rundbriefe in uns die Lust zu wecken, Einblick in die dortigen Missionswerke zu nehmen. Unser Interesse für dies alles ist groß. Aber mein Mann wäre nie ohne mich gereist, und mir persönlich läßt das spürbare Nachlassen meiner körperlichen Kräfte nicht mehr zu, solche Reisen zu unternehmen.

Wir betrachten den Verzicht nicht als Verlust, sondern meinen, unser Leben hier im Berghaus gibt uns noch eine Fülle von Möglichkeiten, die uns bereichern, auch wenn es sich dabei um keine besonderen Geschehnisse handelt.

Daß meine körperlichen Kräfte nachlassen, das ist naturgegeben. Damit muß jeder fertig werden. Aber weil ich weiß, daß viele älter gewordene und alte Menschen mit dieser Tatsache nicht so ohne weiteres zurechtkommen, möchte ich nun auch zu dieser Lebenssituation einiges sagen.

Ich habe in diesem Buch über das Verhältnis zu Kindern und Heranwachsenden, aber auch zu Tieren gesprochen. Es mag sein, daß es unter meinen Lesern solche gibt, die zu keinem der beiden Bereiche Beziehungen haben. Andererseits gibt es aber auch viele, die sowohl mit Kindern, Jugendlichen und auch mit alten Leuten zu tun haben und sich daher für die Ausführungen darüber in diesem Buch interessieren.

Als ich kürzlich in Vertretung von Martl Lang mit den Gästen noch zu einer Abendgestaltung zusammen war, erzählte ich ihnen einfach einige meiner Erlebnisse mit Tieren, wie ich es auch in diesem Buch getan habe. Ich wunderte mich, daß am Schluß dieses Abends ein älterer Herr, der mit seiner Frau und seiner Schwiegermutter unser Gast war, zur mir kam und sagte: »Sie haben uns mit Ihrem

Erzählen heute abend eine große Freude bereitet.« Dieser Mann steht mitten im arbeitsreichen Berufsleben. Ich hatte kaum erwartet, daß Tiergeschichten ihn ansprechen würden.

Anders ist es vielleicht bei den Erlebnissen mit Kindern, obgleich es – mir allerdings unverständlich – Menschen gibt, die zu Kindern kaum ein Verhältnis haben. Ich finde dies fast abartig. Ich hörte von einer Großmutter, die zu ihrer eigenen Tochter sagte: »Ich bin bereit, dir deine Wäsche zu waschen, zu bügeln und zu flicken, aber verlange nicht, daß ich mich mit deinen Kindern abgebe.«

Erst kürzlich habe ich in einer Lebensbeschreibung der Russin Goritschewa, die auf wunderbare Weise in ihrem Heimatland zum Glauben an Christus gekommen ist, einen interessanten Ausspruch gelesen: »Unsere Großmütter sind unsere Rettung. Die glauben noch an Gott, können mit unseren Kindern beten und ihnen biblische Geschichten erzählen. Sie singen mit ihren brüchigen Stimmen ihnen sogar noch geistliche Lieder vor. Ja, unsere gläubigen Alten!«

Während ich dies niederschreibe, sage ich mir: Du gehörst jetzt ja auch schon zu ihnen. Aber heißt es nicht, man sei so alt, wie man sich fühlt?

Diese Behauptung steht allerdings auf ziemlich schwachen Füßen; denn heute fühlen wir uns wohl, morgen weniger gut oder gar schlecht.

Kürzlich habe ich das erlebt: Wir hatten im Berghaus St. Michael Gemeindebesuch, was recht oft vorkommt. Zur bestimmten Zeit werden die Autobusse mit den Tagesgästen erwartet. An sorgfältig gedeckten Tischen nehmen sie, je nach Abmachung, zum Mittagessen oder zum Nachmittagskaffee ihre Plätze ein. Später gibt es eine Führung durch das Gästehaus und durch das Kinderheim. Anschließend begibt man sich in den Andachtsraum, den ich gerne das Herzstück unseres Hauses nenne. Dort berichtet Frau Lang über den Beginn der Arbeit des Christlichen Erholungsheimes, über die wunderbaren Führungen Gottes und die Fülle von gesegneten Erfahrungen. Anschließend halte ich gewöhnlich eine kurze Andacht.

Einer der auswärtigen Besucher hatte mich diesmal gebeten, vor der Andacht einiges aus meinem persönlichen Leben zu erzählen – etwa, wie es dazu kam, daß ich Schriftstellerin wurde. Ich erzählte unter anderem, daß ich nun schon dreiundachtzig Jahre alt sei und auf wunderbare Erfahrungen mit Gott zurückblicken kann. Dabei muß ich offenbar doch einen recht vitalen Eindruck gemacht haben. Jedenfalls kam nach meinem Bericht und der darauffolgenden Andacht eine ältere Frau mit ihrem etwa fünfjährigen Enkelsohn an der Hand zum Rednerpult. Sie erzählte mir, daß der Kleine sehr gut aufgepaßt und zu ihr gesagt habe: »Oma, das stimmt ja gar nicht, was die Frau gesagt hat. Die ist doch noch gar nicht so alt.« Und in der Tat, ich mache immer wieder die Erfahrung: Wenn ich über geistliche Themen oder meine Lebenserfahrungen zu sprechen beginne, werde ich von der Aufgabe so mitgerissen, daß meine körperlichen Beschwerden ganz in den Hintergrund treten. So ist das eben: Manchmal fühlen wir uns älter, als wir sind. Ein andermal wieder spüren wir das Alter gar nicht und freuen uns, wenn man uns für jünger hält, als es unser Paß ausweist. Aber unabhängig davon, wie alt wir uns fühlen oder nach Jahren sind – vielleicht sollten wir uns noch einmal an den vorhin zitierten Ausspruch von Frau Goritschewa erinnern. Wichtiger wäre demnach, ob man auch von uns sagen kann: »Ja, unsere gläubigen Alten... sie sind unsere Rettung.«

Ich möchte noch etwas bei Erlebnissen mit älteren Menschen bleiben.

Im Berghaus St. Michael fand wieder einmal eine Familienfreizeit statt. Eine Anzahl von Leuten, die zur Altpietistischen Gemeinschaft gehörten, nahm daran teil. Väter, Mütter, Kinder und Großeltern waren beisammen. Was uns auffiel und angenehm berührte war, daß die Freizeit ausgezeichnet organisiert verlief. An den täglichen Andachten, die der Leiter der Gruppe hielt, nahmen alle wie selbstverständlich teil. Die Kinder, bis hin zu den Kleinen, die noch auf dem Schoß der Mütter saßen oder sich während der Andacht auf dem Teppichboden leise mit Bauklötzchen oder anderem beschäftigten, verhielten sich vorbildlich. Wurde eins der kleinen Kinder doch unruhig, so daß man eine Störung befürchten mußte, nahm eine Mutter das Kind auf den Arm und trug es hinaus, ohne daß die Andacht unterbrochen werden mußte. Allerdings konnte man die Kinder nicht überfordern, indem man sie in alle Vorträge und auch zur Gebetsgemeinschaft mitnahm. Dafür hatten die Verantwortlichen der Freizeit Vorsorge getroffen, indem sie zwei Kindergärtnerinnen aus ihren Kreisen gewonnen hatten, die sich in diesen Tagen der Kinder annahmen. Sie hatten sie in einem anderen Raum um sich gesammelt, sangen mit ihnen Lieder, die sie auf der Gitarre begleiteten, und erzählten ihnen biblische Geschichten, die sie mit Flanell-Bildern auf entsprechenden Tafeln plastisch untermalten. Auch die Lieder wurden auf Bildtafeln dargestellt, so daß selbst die noch nicht schulpflichtigen Kinder sie dort »ablesen« konnten. Es war eine Freude, die hellen Kinderstimmen zu hören.

Als mein Mann und ich diesem fröhlichen »Religionsunterricht« eine Weile zugehört hatten, fiel uns eine gut aussehende Frau auf, die mit einem kleinen Kind auf dem Arm – ich schätzte es noch keine zwei Jahre alt – hinzukam, ebenfalls eine Weile zuhörte und in die Lieder einstimmte. Zwei etwas größere Kinder hielten sich dicht zur Mutter und waren ebenfalls ganz dabei. Man merkte, daß ihnen die Lieder, die dort gesungen wurden, nicht unbekannt waren.

Irgendwie hatte mich die ruhige Art der Frau beeindruckt. Eine andere Teilnehmerin der Freizeit erzählte mir später, daß die Frau Bäuerin sei, acht Kinder habe und mit den größeren den Hof mit über hundert Schweinen versorge, während ihr Mann wochentags in die Stadt zur Arbeit fahre, um seine große Familie ernähren zu können. Es fällt mir nicht schwer, mir vorzustellen, daß dort auf dem Hof auch eine

Großmutter nötig ist, die der jungen Frau nach besten Kräften zur Seite steht, etwa, indem sie die Kleinen beaufsichtigte, während die Bäuerin der anderen Arbeit nachgeht.

Die alten Maler, wie etwa Moritz von Schwindt, haben immer wieder solche Familienidylle in ihren Bildern festgehalten: Die fleißige Mutter, den pflichtgetreuen Vater, umgeben von einer fröhlichen Kinderschar, der Großvater und die Großmutter selbstverständlich dazugehörend, Ruhe und Gelassenheit ausstrahlend. Natürlich durften auf diesen Bildern die Tiere nicht fehlen: Hühner, Gänse, Tauben, Katzen und Hunde, die Gespielen der Kinder, belebten das liebliche Bild.

Wenn ich die Bäuerin beobachtete, sah ich, daß sie es sichtlich genoß, mit einigen ihrer Kinder an der Freizeit teilnehmen zu können und einmal nicht im Zwang der vielen täglich anfallenden Pflichten zu stehen. Hier konnte sie sich mit den Kindern an den gedeckten Tisch setzen, ohne vorher selbst die Mahlzeiten zubereiten zu müssen. Für wenigstens kurze Zeit war es ihr möglich, einmal zur Ruhe zu kommen. Wenn ich sie so sah mit dem kleinsten ihrer Kinder, das sie ständig auf dem Arm trug, dann meinte ich, es könne gar nicht anders sein, als daß zu Hause auf ihrem Hof ein Großelternpaar oder wenigstens eines von den beiden zu finden sei, um die Bäuerin zu entlasten. Ich habe die Frau nicht gefragt, wer statt ihrer in den wenigen Tagen, die sie hier auf der Schwäbischen Alb zubringen konnte, den Hof und die Tiere versorgt. Vielleicht hatte ihr Mann einige Tage Urlaub nehmen können, oder freundliche Nachbarn waren für sie eingesprungen.

Immer wieder sehe ich das Feierabendbild des Malers von Schwindt vor mir. Welche Ruhe und welchen Frieden strömt es aus. Gibt es das heute überhaupt noch? Ich weiß, es ist selten geworden, daß das jüngste der Kinder auf dem Schoß der Großmutter in den Schlaf gewiegt wird. Auch scheinen die Zeiten vorbei zu sein, in denen der Großvater den heranwachsenden Enkeln beibringt, wie man den Pflug durch den Acker führt oder ein Pferd lenkt. Bulldog und Auto sind an ihre Stelle getreten. So manch ein Familienidyll gehört unwiederbringlich der Vergangenheit an. Meist leben die Großeltern nicht mehr im Kreis der Familie, obwohl die Menschen unserer Zeit im allgemeinen ein viel höheres Lebensalter als früher erreichen. Was ist es also mit den Großvätern und Großmüttern?

Kennt man eigentlich noch solche Bilder, auf denen die ganze Familie vereint ist, außer etwa vor dem Fernsehapparat? Ist es verwunderlich, wenn wir uns ein wenig nach jener Zeit zurücksehnen, in der ein gemeinsamer Feierabend noch möglich war, wo die Familie auf der Bank vor dem Haus oder unter der Linde saß? Kinder spielten um die Alten herum, selbst der Bauer und seine Frau legten die Hände in den Schoß.

Ich meine den Protest mancher Leser zu hören: »Hören Sie auf mit solchen sentimentalen Stimmungsbildern! Sie passen einfach nicht mehr in unsere hektische Zeit, in der man andere Lebensauffassungen hat.« Ist es in Wirklichkeit nicht so, daß in unseren Familien das Gespräch immer mehr verstummt, weil sich viele einen Abend ohne Fernsehen nicht mehr vorstellen können? Es ist, als sei der Mensch auf der Flucht vor der Stille... Doch wollte ich ja bei unseren Alten bleiben.

Ein großer Teil der Gäste in unserem christlichen Erholungsheim sind ältere Leute. Die Jungen zieht es meist in die Ferne. Es gibt ja auch so viele Flug- und andere Reisemöglichkeiten! Die meisten leben in so guten Verhältnissen, daß sie es sich ohne weiteres leisten können, ferne Länder zu besuchen.

Was aber ist mit denen, die zu Hause bleiben und ihre Erholungstage in der Nähe zubringen?

»Erholungstage?« fragt der Achtundsiebzigjährige. »Daß ich nicht lache! Wovon sollen meine Frau und ich uns denn erholen? Ich bin Rentner. Mit der Hausarbeit werden wir gemeinsam in unserer kleinen Wohnung schnell fertig. Weil meine Frau mit ihren kranken Knien nicht mehr so lange in der Küche stehen kann, lassen wir uns ›Essen auf Rädern‹ bringen, das uns die Stadt zu mäßigen Preisen zur Verfügung stellt. Mir selbst ist es noch möglich, kleine Spaziergänge und die notwendigen Besorgungen zu machen, bei denen mich meine Frau wegen ihrer körperlichen Schwäche nur selten begleiten kann. In der Zwischenzeit sitzen wir eben zu Hause herum und warten. Worauf eigentlich? Wir haben keine Angehörigen mehr, die sich um uns kümmern könnten. So ist es eigentlich ein hoffnungsloses Warten.

Unser Pfarrer hat uns den Rat gegeben, einmal einige Tage in einem Erholungsheim zuzubringen. Darum sind wir in das Berghaus St. Michael gekommen. Hier finden wir außer etlichen jungen Leuten auch Altersgenossen, mit denen wir unsere Erfahrungen austauschen können. Meine Frau lebt sichtlich auf, und auch mir tut die Zeit hier gut.«

»Worauf warten wir noch?« Irgendwie hat uns diese Frage sehr bewegt. Mein Mann und ich haben Besuche in verschiedenen Altenheimen gemacht. Da saßen sie, die weißhaarigen Männer und Frauen, entweder allein in ihren Stuben oder in den Vorplätzen, in den Treppenhäusern der verschiedenen Stockwerke, oder, wenn solche vorhanden waren, auch in den Aufenthaltsräumen. Wir haben uns zu ihnen gesetzt und versucht, ein Gespräch anzuknüpfen. Es kam meistens nur schwer zustande, nicht allein deshalb, weil sie fast alle schwerhörig waren, sondern zum Teil auch, weil sie gar nicht mehr ansprechbar sind. Freudlos und unendlich verlassen wirkten sie auf uns. Worauf warteten sie? Auf die nächste Mahlzeit, auf ein freundliches Wort, auf den Besuch eines Angehörigen, der oft so lange auf sich warten läßt? Auf den Tod?

Wir sprachen bei solch einer Gelegenheit einmal einen jungen Pfleger an, der uns unter anderem sagte, daß er noch nicht lange in diesem Altenheim tätig sei. Mit großen Idealen war er gekommen, um den alten Leuten zu helfen, um ihnen ein wenig Freude zu bringen; aber es sei unendlich schwer, dies in die Tat umzusetzen. Die Heimleiterin sei zwar eine mütterliche, feine Frau – wir haben sie persönlich kennengelernt und können dies bestätigen –, »aber«, so berichtete der junge Mann weiter, »es gibt täglich so viele notwendige Arbeiten, daß das rein Menschliche einfach zu kurz kommt.« Er sei besorgt, daß ihm die Freudigkeit zu diesem Dienst mit der Zeit verlorengehe. Die ganze trostlose Atmosphäre des Hauses greife auf ihn über, so sehr er auch bemüht sei, sich dagegen zu wehren.

Welche Pflichten erwarten uns, die wir irgendwo in einem Altersheim oder sonstwo Alte, Hilfsbedürftige oder einsame Angehörige haben?

Ich hörte von einer Ärztin, die, wenn ich nicht irre, aus Japan nach Deutschland kam, um die Verhältnisse hier zu studieren. Als man sie fragte, was sie besonders beeindruckt habe, erwiderte sie: »Die schönen Städte mit den vielen Grünanlagen, die herrlichen Schulhäuser und die hellen Krankenhäuser und Kliniken. Aber warum benötigt man in Deutschland so viele Altersheime? Ist es hier nicht üblich, daß man seine Großeltern und Urgroßeltern im Kreis der Familie den Lebensabend zubringen läßt und sie dort versorgt, bis sie sterben?«

Mich hat der Ausspruch dieser Ärztin betroffen gemacht. Natürlich ist es nicht überall möglich, meist schon aus räumlichen Gründen, die alten, oft kränklichen Menschen in der Familie zu behalten.

Altenheime müssen sein, und sie sind gewiß eine segensreiche Einrichtung, wenn sie in rechter Weise – ich meine damit in christlicher Gesinnung – geleitet werden. Aber ich stimme dem unbedingt zu, was ein Arzt sagte: »Nur wenn es gar nicht anders geht, sollte man dem alten Menschen zumuten, seine gewohnte Umgebung zu verlassen und sich noch einmal völlig umzustellen, indem er seine Lebenswurzeln in einen fremden Boden senken muß.« Wie viele alte Menschen leiden unsagbar unter Heimweh, wenn sie so entwurzelt werden.

Natürlich muß man dieses Problem von verschiedenen Seiten betrachten. Es gibt viele alleinstehende Männer und Frauen, die in ein Altersstadium eingetreten sind, in dem sie sich einfach nicht mehr selbst versorgen können. Wenn sie nun unter keinen Umständen mehr zu Hause oder bei ihren Angehörigen bleiben können – das mag mancherlei Gründe haben –, sollte man doch bemüht sein, ihnen die in vielen Fällen vorhandenen Vorzüge der Unterbringung in einem Altenheim klarzumachen, um ihnen so den Übergang zu erleichtern. Heimwehkranken Bewohnern muß man zu helfen versuchen, indem man ihnen deutlich macht, daß der Aufenthalt in einem Alten- oder Pflegeheim nicht mit dem gewohnten Zuhause verglichen werden darf. Aber es gibt in solchen Heimen viele alte Leute, denen es dort oft besser geht, als sie es je zu Hause gehabt hätten. Vielleicht kamen sie sich dort überflüssig vor oder waren anderen Familiengliedern im Wege. Die andere Seite ist aber, daß es hier und da bei gutem Willen doch eine Möglichkeit gäbe, einem alten Menschen die Heimat zu erhalten, wenn man bereit wäre, etwas zusammenzurücken und ihm Platz zu machen.

Gewiß, früher waren die Wohnverhältnisse anders. Aber früher war es auch bei uns selbstverständlicher – nicht nur in China oder Japan –, den alten Menschen Ehrfurcht entgegenzubringen und ihnen zu vergelten, was sie für ihre Nachkommen getan und geopfert hatten.

Wer Altenheime besucht, kann mancherlei Interessantes erleben. In ein und demselben Haus, in dem alle Einwohner die gleichen Lebensbedingungen haben, gibt es solche, die über alles klagen, und andere, die zufrieden sind. Bei denen, die klagen, ist nichts nach ihrem Geschmack: Die Betreuung läßt zu wünschen übrig, die Heimleitung kümmert sich nicht genügend um den einzelnen, das Essen entspricht nicht ihren Vorstellungen, die anderen Insassen sind unleidlich und anderes mehr.

Mein Mann und ich besuchten eine Frau, die vor Jahren meine Schneiderin gewesen war. Sie hatte einen Schlaganfall erlitten, war ohne ihren Rollstuhl bewegungsunfähig und auf allen Gebieten abhängig vom Pflegepersonal. Das Zimmer teilte sie mit einer anderen Frau, die meistens im Bett liegen mußte und kaum noch ansprechbar war. Jedesmal, wenn wir meine ehemalige Schneiderin besuchten und nach ihrem Ergehen fragten, beeindruckte es uns, daß sie nie etwas zu klagen hatte. Stets berichtete sie Positives: »Die Schwestern sind alle sehr nett zu uns. Die Mahlzeiten sind gut und ausreichend. Die Heimleiterin besucht uns, so oft sie es möglich machen kann, und meine Angehörigen kommen fast jeden Samstag oder Sonntag. Ich habe über nichts zu klagen.« Vor ihr auf dem Tisch stehen ein Blumensträußchen und ein Teller mit Obst. »Sehen Sie, das haben sie mir wieder mitgebracht. Sie kommen nie mit leeren Händen. Doch, mir geht es gut! Ich bin zufrieden.«

Im gleichen Haus fuhren wir einmal mit dem Aufzug, in dem sich eine Anzahl Heimbewohner befanden, die vom unten gelegenen Speisesaal hinauf in ihre Etagen wollten, wo sie ihre Zimmer hatten. Ich bin der Meinung, daß man auch im Aufzug nicht stumm nebeneinander stehen muß, sondern ein kurzes freundliches Gespräch in Gang bringen sollte. »Sie kommen vom Abendessen?« fragte ich die Mitfahrenden. »Hat es etwas Gutes gegeben?«

Nur zwei oder drei antworteten freundlich: »Ja, es gab Kakao und Butterbrezeln.« Die anderen erwiderten nichts und blickten sich gegenseitig vielsagend, aber unverkennbar unzufrieden an. Es allen recht zu machen ist eben kaum möglich.

Nein, leicht ist der Dienst in einem solchen Hause nicht. Allerdings kann es auch schwer sein, alte Menschen mit körperlichen Gebrechen, mit Arterienverkalkung oder anderen Leiden bei sich zu Hause zu haben. Aber geht es in erster Linie darum, daß wir es leicht haben? Wenn wir doch wieder dahin kämen zu fragen: »Gott, was willst du, das ich tun soll?«

Jedes Opfer, das wir bringen, auch für unsere alten Menschen, trägt in sich einen Segen. Jesus sagt, daß sogar ein Becher kalten Wassers, den wir einem Bedürftigen reichen – und gehören unsere Alten nicht auch zu diesen –, nicht unbelohnt bleiben wird.

Laßt uns nicht schuldig werden an unseren Alten! Gehen wir nicht alle denselben Weg, und werden nicht auch wir einmal von Herzen dankbar sein, wenn man uns im Alter Gutes tut?

»Das ist es ja gerade«, erwidert mir jemand. »Der alte Mann, mein Urgroßvater, den wir in unserem Haus aufgenommen haben, ist die personifizierte Unzufriedenheit. Was wir auch für ihn tun, nie zeigt er die geringste Dankbarkeit. Er erkennt überhaupt nichts an von dem, was man ihm an Fürsorge entgegenbringt.«

»Oder unsere Urgroßmutter! Sie meint heute noch, alles besser zu wissen und redet uns in alles hinein. Dadurch gibt es täglich Ärger mit unseren jungen Leuten, von denen man natürlich wenig Verständnis für die Alten erwarten kann.«

Kann man es wirklich nicht? Oder sollte es tatsächlich ohne jeden Erfolg sein, wenn wir unsere Kinder und Jugendlichen dazu erziehen, unseren Alten gegenüber Geduld aufzubringen und ihnen Liebe zu erweisen? Allerdings, manche der oben angeführten Klagen sind berechtigt. Es braucht täglich viel Weisheit, aber auch den guten Willen, im Umgang zwischen Alten und Jungen die rechte Art zu finden, vor allem aber Liebe, die wir uns immer wieder neu erbitten müssen.

Ich habe einige Gespräche mit alten Leuten in Erinnerung: »Wie geht es Ihnen, Herr K.? Wir haben uns längere Zeit nicht gesehen.«

»Kein Wunder«, erwidert der Zweiundachtzigjährige. »Ich wohne ja auch nicht mehr zu Hause.«

»Was, Sie sind umgezogen?«

»Umgezogen? Rausgeschmissen hat man mich.«

»Wieso? Ich verstehe nicht...«

»Ja, Sie werden es nicht glauben. Vor ein paar Tagen sagte

mein Sohn zu mir, ohne daß er es vorher mit mir abgesprochen hatte: ›Vater, in einer Stunde komme ich zu dir in dein Zimmer und packe deine Sachen. Stell dir vor, es ist mir gelungen, in dem neuerbauten Altenheim für dich ein schönes Zimmer zu bekommen. Es war gar nicht so leicht; denn viele Bewerber warten auf Aufnahme. Nur weil unerwartet ein Insasse gestorben ist, wurde das Zimmer frei. Heute nachmittag fahre ich dich mit deinen Sachen dorthin.‹ Ich habe gemeint, ich höre nicht recht«, berichtete Herr K. weiter. »Es ist dir gelungen? wiederholte ich seinen Ausspruch. Bist du noch ganz bei Trost? Es ist dir gelungen? sagst du. – Und mich, deinen alten Vater, hast du überhaupt nicht gefragt, ob ich will? Ich habe dir noch zu meinen Lebzeiten das Haus vermacht, und du schiebst mich einfach ab?

›Komm, Vater, red' nicht so lang! Alles ist vorbereitet. Es wird dir gut gefallen. Ein schöner Park gehört zu dem Haus. Viele deiner Altersgenossen leben dort. Sie machen einen zufriedenen Eindruck und sagen, daß sie gut versorgt werden. Du wirst bald Anschluß finden und nicht allein sein. Ein Arzt kommt täglich ins Haus und –‹

Da habe ich meinen Sohn empört unterbrochen: ›Ja, zähle nur alle Vorzüge auf. Was nützen sie mir? Du hast mir die Heimat genommen und setzt mich einfach vor die Tür.‹ Sie dürfen mir glauben, ich war dem Zusammenbruch nahe. Aber schließlich ließ ich es mit mir geschehen. Es war für mich gleichbedeutend, als ob sie mich auf den Friedhof getragen hätten. So brachte mich mein Sohn in das Altenheim.

›Nicht einmal meine Möbel habt ihr mir gelassen‹, habe ich noch zu meinem Sohn gesagt, als er sich von mir verabschiedete. Da hatte dieser geantwortet: ›Dein Zimmer bleibt dir bei uns erhalten, wie es war. Du wirst ja immer wieder einmal zu uns auf Besuch kommen. Dann sollst du alles so vorfinden, wie du es verlassen hast.‹

›Wieder einmal auf Besuch kommen!‹ habe er bitter wiederholt. ›Auf Besuch kommen, wo es doch mein eigenes Haus ist. Nie sollst du es vergessen: Die Heimat hast du mir genommen.‹«

Es sollte wohl ein Trost sein, als sein Sohn antwortete: »Ich komme bald wieder und schaue nach dir.« Die ausgestreckte Hand, die er ihm reichte, ergriff der Alte nicht, sondern wandte sich von ihm ab. Als die Stationsschwester später ins Zimmer kam, saß der alte Mann bitterlich weinend im Sessel.

Hörte man die Argumente des Sohnes, so lauteten diese: »Es war mit dem Vater unerträglich geworden. An allem kritisierte er herum. Und was das Schlimmste war, er redete in der Nachbarschaft über uns und behauptete, nicht gut versorgt zu werden. An meiner Frau ließ er kein gutes Haar. An allem, was sie tat, hatte er etwas auszusetzen. Es kam so weit, daß unsere Ehe durch ihn Risse bekam. Um sie zu retten, mußte ich eine solche schwere Entscheidung treffen. Weil er in den vergangenen Monaten in seinem Groll und Ärger uns immer wieder gedroht hat, er werde sich in einem Altenheim einen Platz sichern, habe ich nun einfach gehandelt. Meine Frau und ich hoffen, daß er uns nicht ewig zürnt und sich bald in dem schönen neuen Heim einlebt, dort Freunde findet und auch wieder den Zugang zu uns. Natürlich werden wir ihn regelmäßig besuchen und unsere Pflicht an ihm erfüllen.« Der Sohn meinte es nach unserer Erkenntnis wirklich aufrichtig. Aber genügt es, daß er an dem alten Vater seine Pflicht erfüllt?

Ich erhalte viele Briefe von meinen Lesern aus dem In- und Ausland. Junge und alte Leute schreiben mir, berichten von Erlebnissen, fragen mich um Rat und erfreuen mich, indem sie mich an ihrem Erleben teilnehmen lassen. Sie sagen mir, daß meine Bücher ihnen Trost, Ermutigung und Hilfe geworden sind. Dabei bewegt mich das Schicksal der alten Menschen meist besonders.

Da schreibt eine ältere Dame aus der Schweiz unter anderem folgendes: »Sie wissen ja, Frau Sauter-Dreisbach, daß mein Mann ganz plötzlich gestorben ist, nachdem wir erst ein halbes Jahr verheiratet waren. Das schwerste für mich war, daß ich nun wieder ganz allein dastand, nachdem ich, um im Alter nicht einsam sein zu müssen, erst sehr spät geheiratet habe. Aber kurze Zeit nach dem Todesfall erkannte ich, daß ich mich als Christin nicht der Trostlosigkeit hingeben darf, sondern gefordert bin, etwas dagegen zu tun.

Ich hielt es für sinnlos, die große Wohnung für mich allein zu behalten und meine Zeit damit auszufüllen, die Zimmer zu putzen und mir das Essen zu kochen. Ich bat Gott, mir trotz meines Alters eine Aufgabe zu geben. Sie wissen ja, daß ich nicht mehr weit von meinem achtzigsten Lebensjahr entfernt bin. Ich sprach mit einer befreundeten Dame, die in einem neuen, schön gelegenen Altersheim lebt, über meine Probleme. ›Komm doch zu uns‹, riet sie mir. ›Dann bist du nicht allein. So wie ich dich kenne, brauchst du vor allem den Umgang mit anderen Menschen und eine Aufgabe an ihnen. Hier hättest du dazu Gelegenheit.‹«

Ich entnahm diesem Brief weiter, daß Frau F., die vor ihrer Eheschließung einige Jahre lang in einer Großstadt selbst ein Heim für obdachlose Frauen geleitet hatte, sich dazu entschlossen hatte, in dieses genannte Altenheim zu ziehen, als dort ein Zimmer frei wurde. Allerdings mußte sie sich sehr einschränken, weil man ihr nur einen, wenn auch schönen großen Raum zur Verfügung stellen konnte. Sie sah in der Umstellung jedoch nicht das Negative, sondern vor allem die Gelegenheiten, die sich ihr in diesem Heim boten.

In ihrem Brief erzählt sie weiter: »Die Heimleiter, ein sehr nettes älteres Ehepaar, sind sehr freundlich zu uns Mitbewohnern. Sie bemühen sich auch um persönlichen Kontakt mit den einzelnen.«

Dann zählt Frau F. in ihrem Brief alle Vorzüge des Heimes auf: Der schöne, gepflegte, parkähnliche Garten, in dem jeder von den älteren Leuten, der es wünschte, ein eigenes Gartenbeet bekommen kann, um es zu bepflanzen und sich daran zu erfreuen. Frau F. berichtet von Veranstaltungen:

Konzerte, Filme, Lichtbildvorträge, Gymnastik und anderes. »Gemeinsame Ausflüge werden unternommen und regelmäßig finden Gottesdienste statt. Die Verpflegung könnte auch nicht besser sein. Es geht mir gut, und ich habe nur zu danken. Und was mir als Christ wichtig ist: Ich habe keine Zeit, meinem Alleinsein nachzutrauern. Es gibt hier so manche Gelegenheit, anderen einsamen und kränklichen Alten Freundlichkeiten zu erweisen und ihnen Gutes zu tun. Ich bin also im Alter nicht ohne Aufgaben. So gibt es Besorgungen zu machen für solche, denen es selbst nicht mehr möglich ist, oder einen Brief zu schreiben für jemand, der damit nicht mehr zurechtkommt, und anderes mehr. Ich halte es für gefährlich, sich nur mit sich selbst zu beschäftigen und sich in Selbstmitleid zu ergehen.«

Gerne habe ich meinen Lesern durch dieses Beispiel gezeigt, daß es auch frohe und dankbare Menschen im Altenheim gibt. Keineswegs möchte ich damit sagen, daß man überall solche positiven Verhältnisse vorfindet, wie es hier der Fall ist. Allerdings sollten sich alte Menschen auch darüber Gedanken machen, was sie selbst dazu beitragen können, um dem Aufenthalt in ihrer neuen Umgebung auch gute Seiten abzugewinnen.

Ich denke zum Beispiel an einen alten Herrn, der auf jeden Fall seine Geige mitnahm, als er in ein Altenheim umsiedelte, um durch sein Spiel sich selbst und andere zu erfreuen.

Aus einem anderen Brief, der mich erreichte, entnehme ich folgendes: »Fast vierzig Jahre habe ich nun in meinem Haus gewohnt, das ich zusammen mit meinem Bruder von meinen Eltern erbte. Mein Bruder verzichtete damals darauf, mit seiner Frau und den vier Kindern darin eine Wohnung zu beziehen. Eines Tages jedoch teilte er mir völlig unverhofft mit, daß er sich umständehalber entschlossen habe, die ihm zustehenden Räume nun doch mit seiner Familie zu beziehen. Ich muß Ihnen ehrlich sagen, daß ich über diese

Nachricht erschrocken war, so sehr ich meinen Bruder liebe! Aber das Wohnrecht steht ihm ja zu. Seine Frau drängte. Sie wollte so schnell wie möglich umziehen.

Ersparen Sie mir zu schildern, welche Probleme für mich entstanden. Fast das ganze Haus mußte umgeräumt werden. Es war gar nicht so einfach, alle Möbel unterzubringen. Ich mußte einige davon verschenken, um Platz zu schaffen. Das größte Problem lag aber auf einem ganz andern Gebiet: Jahrelang hatte ich als Sprachlehrerin in dem Haus Schüler, vielfach Erwachsene, unterrichtet. Selbst in meinem Alter konnte ich dies noch tun. Nun kam mein Bruder mit seiner Frau und vier lebhaften Kindern, die wie die Wilden durch das Haus tobten. Ich will sie gar nicht unerzogen nennen, obgleich die Eltern meiner Meinung nach manches hätten untersagen können. Die Kinder waren es einfach nicht gewöhnt, auf andere Rücksicht zu nehmen. Meine Schwägerin erwiderte auf meine Frage, ob die Kinder sich nicht etwas ruhiger verhalten könnten: ›Du hast eben nie eigene Kinder gehabt. Man merkt, daß du unverheiratet bist.‹ Ich wußte, sie hätte am liebsten gesagt: ›Man merkt, daß du eine alte Jungfer bist.‹

Zwar hatte ich nur noch wenige Schüler, aber der Lärm war ihnen zu groß. Sie blieben weg. Die Familie nahm immer mehr Besitz von dem ganzen Haus. Ich aber wurde immer einsamer. Kurzerhand suchte ich mir eine andere Wohnung. Denken Sie, nachdem ich so lange im eigenen Haus gewohnt hatte! Nun lebe ich hier in drei Zimmern in einer mir so gut wie unbekannten Gegend, in der ich keinen Menschen kenne, und fühle mich hier sehr fremd. So sieht mein Lebensabend aus! Ich will gewiß nicht klagen; aber worauf habe ich jetzt noch zu warten?«

Ich besann mich und fragte allen Ernstes, wie kann ich nur in diesem Fall trösten und helfen? Mir war klar, daß ich nicht zögern durfte und dieser alten Dame schnellstens antworten mußte. Sie konnte in ihrer Situation nicht allein gelassen werden. Aber ob es ihr half, wenn ich versuchte, ihr Mut zu machen und ihr riet, sich am neuen Wohnort einen neuen Freundeskreis zu schaffen, neue Verbindungen anzuknüpfen und in der Kirchengemeinde nach neuen Kontakten Ausschau zu halten? Altersnöte!! Wie hilflos steht man ihnen doch oft gegenüber!

Bei einem solchen Dienst wird man nicht immer mit einer dankbaren Reaktion des alten Menschen rechnen können, dem man Hilfe oder Rat zukommen lassen möchte. Oft stößt man dabei sogar auf Widerstand oder Ablehnung, zumal, wenn der Betreffende unter Umständen nicht mehr imstande ist, die Beweggründe derer zu erkennen, die ihm Gutes tun wollen.

Ich denke da an folgendes Beispiel: Ein uns verwandtes Ehepaar besucht seit Jahren eine Dame, die in einem Altenheim lebt und sowohl körperlich als auch geistig immer mehr abbaut. Diese Frau war einst hoch intelligent, stand im Berufsleben an verantwortungsvoller Stelle und nahm bis ins hohe Alter hinein an allem Geschehen rings um sie her regen Anteil. Es ist für den Bruder meines Mannes und seine Frau schmerzlich und zugleich erschütternd, bei ihren regelmäßigen Besuchen feststellen zu müssen, daß diese Dame sie zeitweilig nicht mehr erkennt, ihnen wie eine Fremde gegenübersitzt; sie tut und redet manches, was in früheren Zeiten nie vorgekommen wäre, obgleich sie seit Jahrzehnten befreundet sind.

Ist es da noch sinnvoll, immer wieder die beschwerliche Reise auf sich zu nehmen, zumal dieses Ehepaar auch nicht mehr jung ist? Sind alle Bemühungen, die Kranke zu erfreuen, nicht vergebens? Aber diese beiden Menschen warten nicht auf ein Echo oder auf einen Dank. Sie sehen den Dienst an dieser hilflos gewordenen Frau als Auftrag von Gott an. Diesem nachzukommen bedeutet ihnen nicht nur Pflichterfüllung, sondern Freude.

Noch ein Erlebnis mit alten Leuten möchte ich hier berichten und von einem Ehepaar erzählen, das jahrelang im Missionsdienst in China tätig war. Als die damals jugendliche Schwester meines Mannes einen Heiratsantrag von einem Missionar aus China erhielt, den sie in ihrer Heimat als einen treuen, Gott hingegebenen Menschen kennengelernt hatte, ahnte sie nicht, was auf sie beide zukommen würde, nachdem sie ihm ihr Jawort gegeben hatte. Nach der Teilnahme an einer Bräuteschulung im Missionshaus Bad Liebenzell reiste sie mit einer anderen Missionars-Braut nach China. Dort erlebte sie an der Seite ihres Mannes glückliche, aber auch beschwerliche Jahre im Missionsdienst. Nach ihrem ersten Heimaturlaub, den sie mit ihrem Mann und ihren zwei ältesten Kindern bei ihren Eltern zubrachte, durfte die Familie nicht mehr nach China zurückkehren, weil dort inzwischen keine Missionare mehr zugelassen wurden. Später wurde der bisherige Chinamissionar in den landeskirchlichen Dienst als Pfarrer übernommen. Inzwischen steht er im achtundachtzigsten Lebensjahr und wohnt mit seiner jetzt einundachtzigjährigen Frau im Hause der jüngsten Tochter.

Beide sind körperlich angeschlagen und haben mehr oder weniger unter Altersbeschwerden zu leiden. Aber ihre Hingabe an Gott und der Glaube an seine Zusagen sind das Element ihres Lebens geblieben. Sie genießen es dankbar, von ihrer Tochter und deren Mann liebevoll umsorgt zu werden, besonders da, wo ihre eigenen Kräfte nachlassen. Ihre vier weiteren Kinder kommen sie besuchen, so oft sie die Möglichkeit haben, oder laden die alten Eltern ein, Tage oder Wochen bei ihnen zu verbringen.

Wenn wir beisammen sind, leuchtet in unseren Gesprächen immer mehr die lebendige Hoffnung der Zukunft auf. Uns ist unvergeßlich, was der alte Pfarrer kürzlich sagte: »Wir kommen dem ewigen Ziel immer näher, und oft werfen wir Alten schon einen Blick hinüber auf die andere Seite.«

Hier verstummt die Frage: Worauf warten wir?

Die Hoffnung der Zukunft ist die Kraft der Gegenwart.

Auch diese beiden betagten Menschen gehören zu denen, die bestätigen können: »... aber die Freude bleibt!«

Seit einigen Jahren kommt von Hamburg ein Prediger zu uns ins Berghaus St. Michael, um für unsere Gäste eine Freizeit zu gestalten. Ich erinnere mich, daß er beim letzten Mal, nachdem er zu seinem Thema einige passende Bibelabschnitte gelesen hatte, seine Zuhörer anregte, sich selbst die Frage zu stellen: »Geht das etwa mich an? Bin ich damit gemeint?«

In diesem Buch habe ich in der Hauptsache von persönlichen Erlebnissen erzählt. Genauso ist es ja auch in meiner Autobiographie »... als flögen wir davon«. Darin habe ich über eine Zeitspanne von sechzig Jahren geschrieben. Dieses mein wohl letztes Buch »... aber die Freude bleibt« berichtet vor allem von Erlebnissen der letzten dreiundzwanzig Jahre. Es will nichts anderes aussagen als das, was ich im Dienste Gottes und in der Nachfolge Christi erlebt habe. Seit meiner Jungmädchenzeit hat sich mein Dasein aus lauter Begegnungen mit Menschen zusammengesetzt, die mir von Gott zugeführt wurden. Daran wollte ich auch jetzt meine Leser teilnehmen lassen. Vielleicht sollte sich jeder von Ihnen ebenfalls fragen: »Geht das etwa mich an? Bin ich damit gemeint?«

Wer von uns hätte nicht immer wieder mit alten Leuten zu tun. Vielleicht gehören wir gar selbst zu ihnen. Oder sind in unserem Lebenskreis nicht auch Kranke, Mutlose, ja Verzweifelte, die aus der Not ihrer Depressionen allein nicht mehr herausfinden? Wir alle haben mit gläubigen und ungläubigen Menschen, also mit Christen und Nichtchristen, zu tun, oft auch mit Kindern. Dazu wollte ich mit diesem Buch Denkanstöße geben, Anregungen zu segensreichen Begegnungen von Mensch zu Mensch.

Seitdem nun mein Mann und ich von Eybach ins Berghaus St. Michael zurückgekehrt sind, vergingen mehr als dreieinhalb Jahre. Wie wunderbar sind doch die Führungen Gottes! Das kann jeder, der mit ihm rechnet, bestätigen. Es muß nicht immer etwas Außergewöhnliches geschehen. Und doch ist jeder Tag als eine Besonderheit anzusehen, die in uns immer wieder neu Staunen und Danken hervorruft. Es muß keineswegs ein Haus wie dieses sein, in dem mein Mann und ich längst wieder heimisch geworden sind und in das immer wieder Menschen einkehren, die alle ihr eigenes Schicksal mitbringen. Natürlich hat man in einem Erholungsheim ständig eine Fülle von neuen Erlebnissen, die den Blick und die Erfahrung weiten.

Dabei fällt mir immer wieder auf, wie die Menschen, denen wir hier begegnen, es wohltuend empfinden, daß wir bemüht sind, an ihrem Alltagsgeschehen teilzunehmen. Es bedarf oft nicht viel mehr, als daß man in Herzlichkeit nach ihrem Ergehen fragt und Verständnis für ihre Lebenssituation aufbringt. Besonders die Alleinstehenden und Einsamen sind dafür dankbar. Darin sehen wir einen Auftrag Gottes. Ich kann verstehen, wenn ein ungläubiger Mensch behauptet, das alles nur schwer begreifen zu können, und er fragt: Wie soll man darin einen Auftrag Gottes erkennen? Hier geht es in der Tat um ein Geheimnis, das nur dem zugänglich ist, der die Macht des Gebets kennt, dem die Verbindung mit Gott und das Wirken des Heiligen Geistes nicht fremd sind. Menschen, die zu diesen unsichtbaren Kräften kein Verhältnis haben, werden auch mit den Menschen, von denen ich in diesem Buch berichte und deren Schicksale ihnen vielleicht unbedeutend vorkommen, nichts anzufangen wissen. Sie mögen das Buch ruhig beiseite legen, wenn ihnen darin Sensationen fehlen. Wer aber bemüht ist, zu anderen Menschen Kontakt zu finden, und das, weil er in ihnen solche sieht, die ihm von Gott in den Weg gestellt wurden und an denen er eine Aufgabe zu erfüllen hat, der kann mit den Erlebnisberichten vielleicht etwas anfangen. Auf alle Fälle versteht er sie.

Bei dem Hinweis auf das Wirken des Heiligen Geistes kam

mir ein Erlebnis in den Sinn, daß mein Mann und ich vor noch nicht langer Zeit mit einem sechzehnjährigen, aufgeschlossenen Mädchen hatten. Wir freuten uns darüber, daß es uns lebhaft berichtete, es sei als Helferin im Kindergottesdienst tätig. Es leite eine Gruppe und habe vertretungsweise zusammen mit einer Freundin auch schon den ganzen Kindergottesdienst gestalten dürfen. Es hatte sich zur Teilnahme am Kirchentag gemeldet. Im Laufe des Gesprächs sagten wir ihm, daß es mit offenen Augen und wachem Herzen, nicht aber kritiklos auf sich einwirken lassen sollte, was dort den Tausenden von Menschen angeboten werde. Solchen großen Veranstaltungen gegenüber dürfe man ruhig kritisch sein, damit man erkenne, was wirklich wertvoll ist und was vom Wesen des Christseins abweicht.

»Das will ich mir vornehmen«, erwiderte das junge Mädchen. »Ich bin nämlich schon von meinem Wesen her ziemlich kritisch.«

Wir kamen noch einmal auf ihren Dienst im Kindergottesdienst zu sprechen.

»Erhaltet ihr gewisse Anweisungen, worüber ihr zu den Kindern sprechen sollt?«

»Ja«, sagte es und fuhr in seiner forschen Jungmädchenart fort: »Aber manchmal sind sie schon blöd.«

»Wieso?« wollten wir wissen.

»Na ja, wie sollen wir jungen Helferinnen den Kindern erklären können, wer oder was der Heilige Geist ist?«

Nachdem ich darüber einige Augenblicke nachgedacht hatte, erwiderte ich: »Ich kann gut verstehen, daß ihr da überfordert seid. Wie habt ihr euch denn zu helfen gewußt?«

»Wir haben eben eine andere biblische Geschichte erzählt.«

»Die Frage nach dem Heiligen Geist kann man nicht so ohne weiteres beantworten«, fuhr ich fort. »Da sind sogar manche Pfarrer überfordert, besonders solche, die meinen, derartige Fragen mit dem Verstand beantworten zu können. Ich will dir sagen, wie ich dieses Thema den Kindern erklären würde. Es geht ja um die Dreieinigkeit. Die kann man auch nicht mit dem Verstand erfassen.

Da ist zuerst Gott, der Vater. Er hat die Welt geschaffen und alles, was existiert. Gott, der Allwissende, der Heilige, der Allmächtige.

Er ist der *Gott über uns.*

Dann kommt die zweite Person: Gott, der Sohn, Jesus Christus, der vom Vater zur Erlösung der Menschheit auf diese Erde gesandt wurde und der für uns am Kreuz starb. Damit hat er uns von unserer Sünde befreit, uns von der Macht des Bösen errettet – also

Jesus, der *Gott für uns.*

Nun die dritte Person: Gott, der Heilige Geist. Er ist vom Himmel auf diese Erde gesandt worden, um in uns Wohnung zu nehmen, um unser Lehrmeister zu sein und uns zu zeigen, wie wir durch Jesus zu Gott, dem Vater, gelangen können. Der Heilige Geist, der uns tröstet, der in uns wirkt und uns das Zeugnis gibt, daß wir Gottes Kinder sind.

Der Heilige Geist, *Gott in uns.*«

Ich könnte mir denken, daß dieses aufgeschlossene junge Mädchen, dem es wichtig ist, sich für die Sache Gottes einzusetzen, eine Weile brauchen wird, bis es diesem Gedankengang näher kommt. Aber auch hier gilt: Dem Aufrichtigen läßt es Gott gelingen.

Daß bleibende Freude eine besondere, fast überirdische Freude ist, hat mir der letzte Brief von Frau Martl Lang an die Freunde ihres Hauses erneut klargemacht. Darin schreibt sie unter anderem:

»Es war an einem Sontag. Ich ging nach dem Gottesdienst an das Grab meines lieben Mannes. Unser kleiner Friedhof liegt unmittelbar neben der Oberböhringer Kirche. Der Kindergottesdienst war um diese Zeit auch schon zu Ende. Unsere Mädchen und Jungen vom Kinderheim kamen am Friedhof vorbei. Da beugte sich eine unserer Zehnjährigen, die Papa Lang noch gekannt hatte, über die niedrige Friedhofsmauer, schaute auf das Grab meines Mannes, dann auf mich und sagte: ›Aber nicht wahr, Mama Lang, du bist trotzdem immer noch glücklich?‹

Das gab einen kleinen Stich in mein Herz. Bin ich – trotzdem – immer noch glücklich? Ich wußte, meine Antwort war nicht unwesentlich für das Kind wie auch für mich. Kurz prüfte ich mich selbst. Wenn ich ehrlich bin – und das will ich sein –, so glücklich wie zusammen mit Papa Lang bin ich nicht mehr. Aber – bin ich unglücklich? Kann ich vor Gott sagen, daß ich nach allem, was ich an Freude, an Hilfe, an neuen Erkenntnissen in den vergangenen Jahren – den Jahren ohne meinen Mann – erfahren habe, unglücklich bin? Nein, unglücklich bin ich auch nicht! Das zu behaupten wäre Undankbarkeit.

Auf einmal wurde es mir klar, und ich konnte dem Kind auf seine Frage antworten: ›Ja, ich bin immer noch glücklich, aber es ist eine andere Art von Glück!‹ Ich selbst war froh, das in diesem Augenblick so klar erkannt und auch ausgesprochen zu haben: ›Eine andere Art von Glück.‹«

Nichts anderes ist gemeint, wenn wir davon reden: »Aber die Freude bleibt.« Auch hier handelt es sich nicht um eine irdische, dieseitige Freude, sondern um die Freude, die von Gott selbst gewirkt wird.

Ich beschließe mein Buch »...aber die Freude bleibt« – blättere noch einmal in den Manuskriptseiten und begegne darin einer Anzahl von lieben Bekannten, Freunden – jungen und alten, frohen und freudlosen. Da steigt in mir plötzlich die Frage auf: Wer von ihnen gehört nun eigentlich zu denen, die bestätigen können: Ja, so ist es in Wahrheit: Die Freude bleibt! Sie bleibt trotz allem, was ich auch an Schwerem und an Enttäuschungen erlebt habe. Sie reicht weiter.

Vielleicht stellt einer meiner Leser im Zusammenhang mit dem Titel dieses Buches fest: »Aber Sie haben in der Hauptsache von traurigen oder belasteten Menschen geschrieben. Was fangen diese mit dem Buchtitel an?«

Ich antworte: »Gerade an solche richten sich meine Worte.

Gerade die möchte ich erreichen und ihnen den Weg zur Freude zeigen, die es bei aller Freudlosigkeit in ihrem Dasein verlernt haben, sich der bleibenden Freude zu öffnen. Gerade die meine ich, in denen jedes Warten auf etwas Frohmachendes erloschen ist.«

Aber die Freude bleibt! Diese Aussage ist schon von vielen Menschen erprobt und bestätigt worden. Was ist das für eine Freude, die bleibt? Nur die, die in Zusammenhang mit dem »Du« zu bringen ist, das Gott uns in Jesus Christus anbietet, durch den er unser Vater geworden ist.

Alles, alles Irdische vergehet,
Blume welkt, der Wind darüber wehet.
Wer in dir die Heimat hat gefunden,
rühmt es laut und preist zu allen Stunden:
Du – du aber bleibest!

Sehr wichtig ist mir der 28. Vers in Psalm 73: »Das ist meine Freude, daß ich mich zu Gott halte und meine Zuversicht setze auf Gott den Herrn, daß ich verkündige all dein Tun!«

Auch die Aussagen dieses Buches sollen Verkündigung sein. Wie würde ich mich freuen, wenn meine Leser das erkennen.

Unlängst las ich einen Ausspruch, dem ich nachdenken mußte: »Bücher sind zuweilen wie eine Herberge, in der man rasten kann.«

Wenn dieses Buch für den einen oder anderen zu einer Herberge werden könnte – wie meine bisherigen Bücher auch, die ich im Laufe von dreiundfünfzig Jahren geschrieben habe –, dann hat Gott meine schriftstellerische Arbeit gesegnet! Dann wurde Gabe zur Aufgabe. Weitergeben zu können, was mir selbst gegeben worden war, das hat mich reich und froh werden lassen, so daß ich noch im hohen Alter bezeugen kann: »...aber die Freude bleibt!«

Elisabeth Sauter – Dreisbach (20.4.1904–14.6.1996)
in memoriam

... und ich werde bleiben im Hause des Herrn immerdar.

Nein, das Bleiben war ihr nicht ins Stammbuch geschrieben, vielmehr der Wechsel, die Veränderungen, ausgelöst schon durch die Berufung ihrer Eltern in den Dienst der Heilsarmee. Geboren in Hamburg, ging es über Berlin, Chemnitz, Wien, Königsberg, die Schweiz, Herrenalb, Stuttgart bis in das kleine Dorf Oberböhringen auf der Schwäbischen Alb, und von dort wieder hinunter ins Tal nach Eybach und später zurück auf den Berg.
Abrufbereit war sie im Grunde genommen immer, abrufbereit für den, in dessen Dienst sie ihr Leben gestellt hatte. Und Wurzeln schlagen konnte sie nur in ihm, ihrem Herrn.

Was war die Frucht dieses wechselvollen Lebens?

Saat der Liebe zu Jesus Christus, Saat der Hoffnung, Saat durch das Wort – das Wort auch, das ihr zu schreiben gegeben war in vielen Büchern. Es sind Bücher, die in ganz besonderer Weise die Kriegs- und Nachkriegsgeneration ansprachen; Bücher, die das Leben so aufgriffen, wie es war, mit allen Höhen und Tiefen, mit Freude und Glück, mit Fragen und Zweifeln; Bücher, von denen viele Menschen bezeugten: durch sie habe ich zum Glauben gefunden, durch sie habe ich wieder hoffen, und an Gott festzuhalten gelernt, ja, sie haben mich wieder zur Liebe angespornt.

Ein reiches Leben also und trotz allem Wechsel ein gesegnetes Leben – trotz menschlicher Grenzen, mitunter auch Schwächen. Aber – wer hätte sie nicht?! Müssen wir Gott nicht eben deshalb umso mehr loben und preisen, daß er gerade aus unserer Unvollkommenheit Gutes und Gesegnetes machen kann?

Aber nicht nur die Bereitschaft zum Wechsel war ein Kennzeichen ihres Lebens, sondern auch der Mut, Wagnisse einzugehen, und Menschen, die ihr nahestanden, vor Überraschungen zu stellen. So entschloß sie sich nach dem Krieg, ein

Heim für Flüchtlingskinder zu eröffnen, aus dem Nichts heraus eine Heimat für die Heimatlosen zu schaffen und sich nach Jahren wieder davon zu lösen, um in den Dienst der Württembergischen Landeskirche zu treten: Freizeiten, Vorträge, Lektorendienste – immer wieder Neues. Und dies immer mit derselben Intensität, derselben Liebe und dem Bewußtsein, im Dienst für Gottes Sache zu stehen.

Eben in diesem Bewußtsein wagte sie noch einmal den Abbruch ihrer Zelte in Stuttgart. 1955 baute sie gemeinsam mit meinem Mann und mir das Christliche Gästehaus Berghaus St. Michael auf und prägte es lange Zeit mit. Aber auch diesmal gab es kein »Bleiben«. Als Mensch, der Überraschungen liebte und den Mut zum Wagnis hatte, entschloß sie sich mit fast 70 Jahren zu heiraten. Welch eine Freude, welch ein Glück lag für sie in den Worten: Frau Sauter-Dreisbach.

Gott schenkte ihr nach so viel Wechsel ein glückliches Leben zu zweit. Sie verstand es auch da, glücklich zu machen, zu geben, zu lieben. Daß sie auch in ihren letzten Lebensjahren, als die Nöte des Alters sich immer mehr bemerkbar machten, noch täglich von ihrem Glück reden und es bezeugen konnte, ist auf das Konto unermüdlicher Fürsorge und hingebungsvoller Pflege ihres Mannes zu buchen.

Zum Schluß bleibt die Frage: Wo war nun in allem Wechsel ihres Lebens das Bleibende?

Es war doch da, weil sie schon hier im Hause des Herrn zu Hause war. Als wir in den letzten wachen Augenblicken diese Worte zusammen beteten »... und ich werde bleiben im Hause des Herrn immerdar!« war der Friede eines Menschenherzen zu spüren, das nach so viel Wechsel nun dankbar war für das Bleiben–Dürfen im Hause des Herrn immerdar.

Martl Lang

Lieferbare Erzählungen von Elisabeth Dreisbach im Christlichen Verlagshaus:

112516 Der Sand soll blühen
112628 ...als flögen wir davon
297001 Herz zwischen Dunkel und Licht
297002 Es wird ein Schwert durch deine Seele dringen
297003 Ganz wie Mutter
297004 Heilige Schranken
297005 ...und alle warten
297006 Wenn sie wüßten...
297007 Glied in der Kette
297008 Steffa Matt
297009 Die Lasten der Frau Mechthild
297010 Des Erbguts Hüterin
297011 ...und dennoch erfülltes Leben
297012 Der dunkle Punkt
297013 Die Versuchung der Chiara Frohmut
297014 Große Not im Kleinen Kaufhaus
297015 ...und haschen nach Wind
297016 Was dein Herz wünscht
297017 ...und keiner sah den Engel
297018 Lisettens Tochter
297019 Du hast mein Wort
297020 ...daß Treue auf der Erde wachse
297021 Alle deine Wasserwogen
297022 Die zerrissene Handschrift
297023 In Gottes Terminkalender
297024 Kleiner Himmel in der Pfütze
297025 Eine Hand voll Ruhe
297026 Das verborgene Brot
297027 Was dir vor die Hände kommt
297028 Ich aber meine das Leben
297029 Liebe ist immer stärker
297030 Ein Freund wie du
297031 Die Kinder von Markeden
297032 Dreisbach-Lesebuch 1
297033 Dreisbach-Lesebuch 2
297201 Das ausgeliehene Brüderlein
297215 Jockeli, der Ausreißer
297289 Cornelia erlebt Oberammergau
297562 Das letzte Licht
297571 Dennoch in Gottes Händen
297588 Vergebene Schuld
297599 Der entgleiste Posaunenengel
298400 Was ich gab, ward mir gegeben – Kassetten